소설을 생각한다

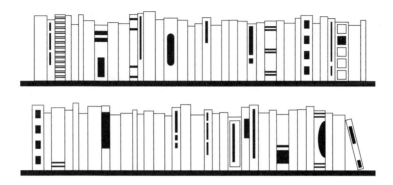

소설을 생각한다

비평동인회 크리티카 엮음

문예출판사

책을 펴내며

여기, 소설에 대한 사유를 모아 한 권의 책으로 묶어 낸다.

소설을 주제로 한 사유는, 그것이 충분히 의미 있는 일반화에 이른 것이라면, 사유 주체의 미적 취미뿐 아니라 문학관과 세계관 그리고 그가 활용하는 이론적 도구 따위에 따라 상이한 방향에서 상이한 방식으로 진행될 수 있다. 문학이론 개론서에서 흔히 볼 수 있는 갈래, 예컨대 정신분석·마르크스주의·구조주의·해체론·페미니즘 등과 같은 서로 다른 이론적 입장에 입각한 서로 다른 소설론이 있을 수 있고, 또 실제로 있다. 우리가 이 책에서 소개한 김현의 분류를 빌려 '문화적 초월주의', '민중적 전망주의', '분석적 해체주의' 각각에 따른 소설론 또는 소설에 대한 사유를 상정해 볼 수도 있다. 요컨대 관점과 지향에 따른 범례적인 작품들이 있고, 그것들을 근거로 구축되는 이론들이 있을 수 있다는 말이다.

글머리에 누구나 알고 있을 이런 말을 하는 까닭은, 우리가 이 책에서 소개하는 사유들이, 그리고 그러한 사유들을 묶은 이 책이 '부분적'이라는 점을 먼저 분명히 해두고자 해서다. 소설을 둘러싸고 생성된 의미 있는 사유 작업 중 극히 일부만 소개한다는 점에서 이 책은 부분적이며, 소개하는 각각의 사유도 소설작품이라는 '물건'에 대해 비평이나 이론이 갖는 의존성 또는 제한성이라는 점에서 볼 때 부분적이라 할 수 있다.

물론 그렇다고 해서 이론이나 비평의 내실이 모두 소설작품으로 환원된다는 말은 아니다. 제대로 된 이론과 비평이라면 작품에 근거하되 작품과는 다른 식으로 말을 하며, 작품으로 환원되지 않는 고유의 인식 지평을 열어 보일 수 있다.

이 책에 소개된 데이비드 허버트 로런스(David Herbert Lawrence)처럼 소설을 "지금까지 이룩된 인간의 표현 형식 중 최고의 것"이라고까지 높이진 않더라도—이 책에 실린 글들 대부분의 필자처럼—대체 불가능한 소설 고유의 예술적 역능을 믿는다면, 그 믿음은 무엇보다도 삶의 실상 또는 '진실'에 대한 창조적 깨달음을 유발하는 유력한(어쩌면 가장 유력한) 매체가 소설이라는 믿음과 통하는 것일 터다. 따라서 그러한 소설에 대한 사유 또한, 그것이 제대로 된 것이라면, 실존적·사회적·형이상학적인 복합적 흐름으로서의 인간 삶에 대한 탐문을 내적 동력으로 포함하고 있을 것이다. 이 책에 소개된 글들이 대체로 그러하다고 생각하는데, 각각의 글은 저마다 고유한 방식으로 소설을 궁구하고 있지만 소설만 사유하고 있는 것은 아니다. 개별 작품으로서의 소설, 장르 또는 형식으로서의 소설과 직접 연관된 문제뿐 아니라 소설의 객관적 원천으로서의 사회역사적 현실에 대한 성찰, 그리고 창조적 생산물로서의 소설을 낳는 인간 존재에 대한, 인간의 삶에 대한 사유까지 명시적으로 혹은 내밀하게 포함하고 있다.

사실 이 책을 만들면서 '소설의 위기', 심지어는 '근대문학의 종언'이라는 담론마저 실감을 얻고 있는 상황이 의식되지 않을 수 없었다. 이런 사회문화적 형국에서 소설에 대한 과거의 사유를 소개하는 것은 너무 한가한 작업이 아닌가 하는 생각마저 들었다. 그런데 조금 뒤로 물러나 생각해 보면, '소설의 위기'나 '소설의 죽음'은 이미 200여 년 전에 헤겔이 '예술의 붕괴' 또는 '예술시대의 종언'을 말한 이래, 더 분명하고 구체적으로는 지난 세기 초반부터, 서양에서는 반복적으로 등장했던 논제가 아니던가. 이 책에 소개된 몇몇 텍스트도 각자 그 나름으로 맞이했던 '소설의 위기'를 각자의 눈으로 직시하고 그것을 넘어설 수 있는 길을 각자의 방식으로 모색한 사상적 고투의 산물로 볼 수 있다. 한데 진정한 사유란 원래 그런 것이 아닐까. 일가를 이룬 사상가의 사유치고 죽음과 절망, 고통과 위기를 직시하고 그것과 맞상대하지 않은 사유가 있었던가. '위대한'이라는 관형어가 붙을 만한 소설들 또한 그러하지 않은가. 인류가 존속하는 한 언제 어디서나 어떤 식으로든 들이닥치는 '위기'야말로 어쩌면 진정한 사상, 생명력을 일깨우는 창조적 사유의 (부정적) 모태일 것이다.

무릇 위기란 그것에 직면한 쪽에게는 항상 유례없는 위기로 다가오겠지만, 지금 우리 앞에 도사리고 있는 위기는 그 규모나 파급력에서 그야말로 '미증유의 위기'일 공산이 크다. 문화의 위기, 인간다운 삶의 위기, 심지어 지구 생명 전체의 위기를 운위해도 그리 큰 과장으로 들리지 않을 형국인데, 항간에서 말하는 '소설의 위기'는 그 거대한 복합적 위기의 한 징후 또는 증상으로 보아야 할 것이다. 우리의 상황이 이러하다면, 지금이야말로 이러한 대위기를 직시하고 극복할 수 있는 큰 생각이 요구되는 시대라 할 수 있겠는데, 소설에 관한 사유 또한 그런 생각의 일환으로 이루어지기를 요청받고 있다고 할 수 있지 않을까. 우리가 소개하는 텍스트 대부분은 각각이 처했던 국면에서 그런 큰 생각에 방불한 사유로서 생성된 것이니만큼, 그러한 텍스트를 읽는 것은 지금 우리에게 필요한 생각의 힘을 키우는 데 도움이 될 수 있으리라 믿는다.

이 책은 비평동인회 '크리티카'의 집단 작업 결과물이다. 우리가 이 책을 만들 때, 먼저 세밀한 기획에 따라 어떠어떠한 글들을 선정하고, 그 각각의 글에 대한 해설이나 번역을 분담하는 식으로 일을 진행하지는 않았다. 이 책에서도 우리는 동인 각자가 가장 쓰고 싶은 글을 쓴다는

'크리티카'의 집필 원칙을 적용했다. 하지만 '소설'이라는 단일 주제로 책을 내는 것이기 때문에 몇 가지 지침을 정해 놓지 않을 수 없었다. 소설을 둘러싸고 생성된 유의미한 글을 원문 그대로 제공한다는 것, 그래서 그 글을 독자 스스로 직접 접할 수 있도록 한다는 것, 그렇기 때문에 이론적 언어로 표현된 것이든 실제 비평이나 에세이로 구현된 것이든 글의 형식은 상관없지만 독자들이 이 책에서 바로 읽을 수 있는 분량의 완결된 글을 선정해야 한다는 것, 그리고 이렇게 선정된 글에 대한 간명한 해설을 덧붙인다는 것 등이 일종의 편집 지침으로 세워졌다. 이에 따라 동인 각자가 스스로 전공한 분야나 비교적 정통한 지점에서 글을 선정하여 번역하고 해설하는 작업을 했다. 일의 진행 방식이 이러했기 때문에 선정된 글들의 '색깔'이나 수준이 너무 달라 독자들에게 중구난방의 잡다한 글 묶음을 제공하는 결과를 초래하지 않을까 하는 우려가 없지는 않았다. 하지만 실제로 이루어진 결과는, 오래 함께한 동인들의 작업답게 텍스트의 선정이나 해설 양 측면에서 사유의 포괄적 연대성을 구현하고 있다고 감히 자평한다. 선정된 텍스트들의 전체적 흐름을 보았을 때 꼭 들어가야 하지만 '크리티카' 자체로 감당할 수 없는 글이 있다면 외부의 필자를 모시기로 했는데, 발터 벤야민(Walter Benjamin)의 「이야기꾼」이 그런 글이었다. 이 자리를 빌려 우리의 부탁에 기꺼이 응해 주신 임홍배 교수께 감사의 말씀을 전한다.

마지막으로, 번역과 관련하여 밝혀 둘 것이 있다. 이 책에서 '소설'은 novel(영어), Roman(독일어), roman(프랑스어), роман(러시아어)을 옮긴 말이다. 'novel' 'Roman' 등이 상당한 정도의 규모를 내적 요건으로 하는 것은 사실이지만, 그래서 '장편소설'로 옮기는 것이 더 적당해 보이기도 하지만, 그렇게 하면 초점이 순전히 분량의 측면에만 놓이는 문제가 발생한다. 독일만 하더라도 Epik(서사문학)이라는 범주하에서 Epos(서사시), Roman(로만), Novelle(노벨레), Erzählung〔이야기, 또는 '작은 이야기'라는 의미에서 '소설(小說)', Kurzgeschichte(단편) 등이 갈라지는 반면, 우리는 '소설'이라는 범주하에서 장편소설, 경장편소설, 중편소설, 단편소설 등으로 분류한다. 애당초 분류 체계 자체가 서로 다르기 때문에 'Roman'을 '소설'로 옮기나 '장편소설'로 옮기나 딱 들어맞는 번역은 못 된다. 그래서인지 우리말로 쓴 글에서(이 책에 수록된 글에서도) '소설'과 '장편소설'이 두루 섞여 사용되는 것을 볼 수 있는데, 우리도 뾰족한 대안이 있는 것은 아니다. 여기에서는 그저 'novel' 'Roman' 등을 '소설'로 통일하여 옮겼다는 점만 밝혀 둔다.

우리 삶에서 소설의 의미 있는 영향력이 과거에 비해 작아질 수밖에 없다 하더라도, 그리고 소설을 한없이 사소한 것으로 몰아대는 조건이 강화되고 있다 하더라도, 그것이 소설 자체가 사소화(些少化)될 이유는 못 된다. '시류를 거슬러' 기꺼이 '반(反)시대적' 사업에 동참하는 소설가들과, 그들이 빚어내는 '큰 이야기'를 정성스레 맞이하는 독자들에게 이 책이 자그마한 쓸모가 있기를 바란다.

2018년 말 글쓴이들을 대표하여
김경식 씀

차례

1장

D. H. 로런스

G. 루카치

발터 벤야민

M. 바흐친

사르트르

아도르노

프레드릭 제임슨

루쉰

최재서

임화

김현

백낙청

D. H. 로런스   David Herbert Lawrence 1885~1930

소설가이자 시인이며 평론가이기도 한 D. H. 로런스(1885~1930)는 영국 중부 지방 노팅엄 주의 한 광산촌에서 태어났다. 거의 배우지 못한 광부 아버지와 결혼 전 교사의 꿈을 품고 책을 가까이 했던 어머니 사이에서 그는 노동계급의 정체성과 그에 대한 거리두기를 동시에 체득하며 자라났다. 고등학교 졸업 후 의료기구 공장 사무원, 초등학교 교사 생활을 거쳐 노팅엄 대학에 입학했고 이 때부터 장편소설을 쓰기 시작했다. 자전적 성격의 세 번째 장편『아들과 연인』 (1913)은 런던 문학계에 그의 이름을 각인시켰지만 만성적 궁핍에서 그를 구해내지는 못했다. 1차 세계대전 기간 중 출간되었다가 판매 금지된『무지개』 (1915) 및 그것과 연작인『연애하는 여인들』(1920)은 로런스를 20세기의 가장 문제적인 작가 중 한 사람으로 자리매김했다. 여기서 그는 사실주의적 서사와 아방가르드적이거나 모더니즘적인 반(反)서사의 경계를 허무는 특유의 감각적 언어로 근대의 계급·성·인종 관계에 연루된 이데올로기와 정동의 경제를 생생히 드러내고 이 근대적 힘들에 포획되지 않는 삶의 운동을 추적한다. 장편소설 외에도 그는 수많은 시와 중단편, 기행문, 사회평론, 문학평론을 써냈다. 그는 니체, 베르크손, 프로이트 등 당대의 지적 풍경을 구성하는 수많은 사상가와 대면하여 그들을 '밟고 넘어서는' 사유를 펼치곤 했는데, 가령 프로이트와의 대면은『정신분석학과 무의식』(1921)과『무의식의 환상곡』(1922)이라는 기발한 산문을 낳았다. 뒤의 책이 출간될 즈음부터 한동안 로런스는 실론(스리랑카), 호주, 뉴멕시코, 멕시코 등지를 떠돌며 서구 문명의 한계와 비서구권의 문명적 가능성을 탐색했는데, 그 상상적 산물이『캥거루』(1923)와『날개 돋친 뱀』 (1926)이다. 유럽으로 돌아온 작가는 건강이 악화된 상태에서 두 권의 장편을 더 써낸 뒤 프랑스 남부의 작은 마을에서 45년간의 강렬한 삶을 마감했다.

소설의 미래[1]

D. H. 로런스

김성호 옮김

아기가 요람에 누워 옹알거릴 때 당신은 그 어린 천사의 미래를 두고 이야기를 펼친다. 이런 주제는 낭만적이고 황홀하다. 또 당신은 마침내 임종의 자리에 누운 늙고 고약한 할아버지의 미래에 관해 목사와 이야기를 나누기도 한다. 여기서 역시 주제는 막연하고도 거대한 감정에 관계하는데, 이 경우엔 주로 두려움의 감정이다.[2]

소설에 관해서는 어떤 느낌이 드는가? 우리는 소설의 멋진 앞날을 떠올리고 뛸 듯이 기뻐하는가? 아니면 심각하게 고개를 가로저으면서, 저 고약한 피조물이 조금 더 목숨을 부지하기를 염원하는가?

소설은 늙은 죄인으로 임종의 자리에 누워 있는가, 아니면 귀여운 아

---

1 원제 "The Future of the Novel." 1923년 이 에세이가 〈문학 다이제스트 국제 서평(*Literary Digest International Book Review*)〉지에 처음 실릴 때 편집자는 원제목 대신 "소설을 위한 수술, 혹은 폭탄(Surgery for the Novel —Or a Bomb)"이라는 더 선정적인 제목을 붙였다.—옮긴이

2 원문의 'emotion'은 모두 '감정'으로, 'feeling'은 모두 '느낌'으로 옮긴다. 두 가지 원어 모두 '정서'로 옮기는 편이 더 나을 경우가 있고, 'feeling'은 문맥에 따라 '감정'으로 옮길 때 느낌이 더 살기도 한다. 그러나 로런스의 소설론에서 두 단어의 차이가 중요한 의미를 지닌다는 점(이에 관해서는 해제 참조)을 고려하여 번역할 때 문맥에 따른 변주를 포기하고 일관성을 택했다. ('정서'는 이 글과 상관없이 'affect'의 번역어로 남겨 둔다. 'affect'는 'emotion'과 'feeling', 그 외의 몇 가지 심리적·신체적·심신상관적 경험을 포괄한다.)—옮긴이

기로서, 그저 요람 주위를 아장아장 걸어 다니고 있는가?

판단에 앞서 그자를 다시 한 번 살펴보자.

저기 그가 있으니, 얼굴이 여럿 달리고 나무처럼 수많은 가지를 거느린 자, 바로 근대소설이다. 그는 샴쌍둥이처럼 거의 이중적이다. 한쪽에는 진지하게 대접해 줘야 하는, 얼굴이 창백하고 이마가 높은[3] 본격소설이, 다른 한쪽에는 선웃음을 짓고 있는, 꽤 그럴싸한 요부, 대중소설이 있다.

일단 브리아레오스[4]의 진지한 쪽에서 『율리시스(Ulysses)』[5], 도로시 리처드슨(Dorothy Richardson) 양, 마르셀 프루스트(Marcel Proust) 씨의 맥박을, 다른 쪽에서는 『족장(The Sheik)』[6]과 제인 그레이(Zane Grey) 씨, 그리고 괜찮다면 로버트 체임버스(Robert Chambers) 씨[7]와 그 외 인물들의 고동을 느껴 보자.

『율리시스』는 자기 요람 안에 있을까? 아 이런, 얼굴이 뭐 이리 칙칙해! 『뾰족한 지붕(Pointed Roofs)』[8], 이건 얌전한 어린 소녀들이 가지고 노는 조그맣고 재미난 장난감일까? 프루스트 씨는 어떨까?

아아, 이들 목구멍에서 죽음을 앞둔 자의 가르랑대는 소리가 들린다. 그들 자신에게도 이 소리가 들린다. 신경을 곤두세워 거기에 귀 기울이면서, 그들은 그 음정이 단3도인지 장4도인지를 알아내려 애쓰고 있다.

---

3 high-browed, 지식인이라는 뜻.—옮긴이
4 Briareos, 그리스신화에 나오는 거인으로 손이 100개, 머리가 50개 달렸다.—옮긴이
5 1922년에 발표된 제임스 조이스(James Joyce)의 대작으로 대표적인 모더니즘 소설 가운데 하나다.
6 이디스 모드 헐(Edith Maude Hull)의 1919년 작 통속소설. 1921년에 미국에서 영화화되었다.—옮긴이
7 제인 그레이(1875~1939)와 윌리엄 체임버스(1865~1933)는 모두 미국의 대중소설 작가다.—옮긴이
8 도로시 리처드슨의 1915년 작 소설.—옮긴이

사실, 꽤나 유치한 짓이다.

'진지한' 소설은 이 모양이다. 열네 권에 이르도록 너무나도 길게 지속되는 단말마의 고통 속에 죽어 가면서, 그 현상에 유치하게 빠져드는 것이다. "내 새끼발가락이 따끔했나, 안 따끔했나?" 하고, 조이스 씨나 리처드슨 양이나 프루스트 씨의 작중인물들은 너 나 할 것 없이 묻는다. "내 땀 냄새는 유향(乳香)과 오렌지 페코와 구두약의 혼합물일까? 아니면 몰약과 돼지비계와 셰틀랜드산(産) 트위드?"

임종의 자리를 둘러싼 청중은 입을 쩍 벌린 채 대답을 기다린다. 수백 페이지가 지나, 마침내 무덤에서 나는 듯한 목소리로, "둘 다 아니야, 그건 심연의 클로로코리암바시스[9]지"라는 대답이 들려오면, 청중은 온통 전율에 휩싸여 이렇게 중얼거린다. "내 느낌도 바로 그래."

이것이 진지한 소설의 임종 자리에서 벌어지는, 길게 지속되는 음산한 희극이다. 그것은 아주 미세한 조각들로 쪼개진 탓에 조각 대부분은 보이지 않고 냄새로 분별해야 하는, 그런 자의식이다. 수천 페이지에 걸쳐 조이스 씨와 리처드슨 양은 자기 스스로를 잡아 찢어 산산조각내고, 미세하기 이를 데 없는 감정들을 더없이 섬세한 실 가닥으로 풀어내어, 종국에 우리는 양털 매트리스 속에 꿰매어져 갇힌 채로 천천히 흔들려서 양털스러운 나머지 것들과 더불어 자신도 양털로 변하는 것처럼 느낀다.

끔찍하다. 그리고 유치하다. 일정한 나이가 지나서도 자의식에 빠져드는 것은 사실 유치한 짓이다. 열일곱 살에는 자의식적일 수밖에 없다. 스물일곱 살에도 아직은 약간 자의식적일 것이다. 하지만 서른일곱 살에 심하게 그렇다면 그건 발달장애의 징후에 불과하다. 그리고 마흔일곱 살에도 여전히 그런 식이면 조로(早老)하여 망령기가 들었음이 분명하다. 진지한 소설이 바로 이 꼴이다 ─ 조로하여 망령기가 든 것. '나는

---

9 chloro-coryambasis, 로런스가 조롱의 의미를 담아 지어낸 표현으로 짐작된다. ─옮긴이

어떤 존재인가'에 유치하게 빠져드는 것. "나는 이래, 나는 저래, 나는 그래. 내 반응은 이렇고, 이렇고, 이래. 아, 아랫도리 단추들을 풀면서, '아랫도리 단추를 풀었다'고 상스럽게 말하는 대신 나 자신을 정말 면밀히 관찰하고자 하면, 나 자신의 느낌을 세밀히 분석하고자 하면, 천 페이지가 아니라 백만 페이지라도 쓸 수 있을 거야. 사실, '아랫도리 단추를 풀었다'고 대놓고 말하는 건 생각할수록 천박하고 교양 없는 짓이지. 따지고 보면 그 얼마나 흥미진진한 모험인가! 처음 푼 단추가 어느 것이었더라?" 등등.

진지한 소설에 나오는 인물들은 자기 자신에, 자신이 느끼거나 느끼지 않는 것에, 세상의 온갖 바지 단추가 자신에게 어떤 반응을 불러일으키는지에 흠뻑 빠져 있고, 청중 또한 작가의 발견을 그 자신의 반응에 적용하는 데 미친 듯이 빠져 있다. "나도 그래! 바로 그거야! 이 책에서 꼭 나를 보는 것 같다니까!" 뭐, 이건 임종의 자리보다 더하다. 거의 사후(死後) 행동인 것이다.

어떤 경련이나 격변이 일어 진지한 소설을 자의식에서 빠져나오게 해야 할 것이다. 지난 세계대전은 상황을 악화시켰다. 어떻게 해야 하는가?

소설, 그 불쌍한 것은 사실 아직 청춘이기에 하는 말이다. 소설은 한 번도 완전히 어른이 된 적이 없다. 사리를 분별할 나이로 채 자라나지 못한 것이다. 청소년답게 소설은 언제나 마지막 희망을 잃지 않았고, 결국에 가서는 꽤 심한 자기연민에 빠졌다. 딱 유치한 짓이다.

그 유치함을 너무 오래 끌었다. 숱한 청소년들이 40대, 50대, 60대가 되어서도 사춘기를 못 벗어난다.

어느 부위엔가, 모종의 외과 수술이 필요하다.

한편 대중소설이 있으니, 『족장』, 『배빗(Babbitt)』,[10] 제인 그레이 같은

---

10 미국 작가 해리 싱클레어 루이스(Harry Sinclair Lewis, 1885~1951)의 1922년 작 베스트셀

부류다. 이들도 똑같이 자의식적인데, 다만 자신에 대한 환상이 더 많을 뿐이다. 사실 여자 주인공들은 자기가 더 사랑스럽고, 더 매력 있고, 더 순수하다고 생각한다. 사실 남자 주인공들은 자기가 더 영웅적이고, 더 용감하고, 더 기사(騎士) 같고, 더 매혹적이라고 여긴다. 다수의 대중은 대중소설에서 '자기 모습을 발견'한다.

그런데 요즘 그들이 발견하는 자아란 좀 우습다. 옷깃에 채찍을 숨기고 있는 족장과, 몸 어딘가에 채찍 자국이 나 있는 여주인공—채찍은 눈앞에서 사라지고 그녀는 결국 사랑을 받지만, 입에 담기 어려운 부위에 아직 채찍 자국이 희미한 모습을 드러낸다.

대중소설에서 대중이 발견하는 자아란 좀 우스운 것이다. 그리고 핵심적 교훈은, 이를테면 『겨울이 오면(If Winter Comes)』[11]의 경우, 허술하기 짝이 없다. "그대가 선하면 선할수록 더 그대에게 나쁘니, 가여운 그대여, 오, 가여운 그대여. 그토록 기막히게 선하지는 말지니, 그건 정말 좋은 게 아니니라." 『배빗』의 경우에는 이런 식이다. "계속 나아가라, 부를 쌓고 나서, 선한 자신은 그에 어울리지 않는 척하라. 그런 식으로 다른 더러운 욕심쟁이들을 넘어서라. 그들은 부를 쌓으면 그저 자신에게 만족한다. 그대는 한 단계 더 나아가라."

반죽을 부풀어 오르게 하는 데 언제나 똑같은 종류의 베이킹파우더 가스가 쓰인다. 소다는 타르타르 크림과, 타르타르는 소다와 반작용한다. 엉덩이에 채찍을 맞고 격하게 사랑받는 '족장'류의 여주인공들. 견고한 부를 거머쥐고 자기연민에 우는 '배빗'들. 더없이 선량한데 감옥에 끌려가는 '겨울이 오면'류의 주인공들. **교훈**: 너무 선하지 말라, 그로 인해 감옥에 갈 테니. **교훈**: 자기연민에 빠지지 말라, 부를 축적하여 자기연민

러.—옮긴이

11 미국 작가 허친슨(A. S. M. Hutchinson, 1879~1971)의 1921년 작 대중소설.—옮긴이

에 빠질 필요가 없을 때까지는. **교훈:** 남자가 그대를 사랑하게 하지 말라, 그가 그대를 채찍질하여 그 꼴로 만들 때까지는. 그러면 그대는 신성한 결혼에서는 물론 가벼운 범죄에서도 동반자가 될 것이다.

역시, 유치하다. 도대체가 성장을 못하는 사춘기 청소년. 자의식의 골에 빠져서 미쳐 가는데, 그것도 단단히 미쳐 간다. 사춘기를 중년과 노년까지 끌고 간다. 마치 『돔비 부자(Dombey and Son)』에서 죽어가는 숨결로 "장밋빛 커튼—"이라고 중얼거리는, 정신줄 놓은 추한 노파 클레오파트라처럼.[12]

'소설의 미래.' 노쇠한 딱한 소설, 그것은 꽤나 더럽고 지저분한 궁지에 처해 있다. 그것은 벽을 타고 넘든지, 아니면 벽에 구멍을 뚫어야 한다.

다시 말해 그것은 성장해야 한다. 유치한 짓은 집어치워라. 이를테면 이런 것이다. "내가 그 소녀를 사랑하나, 안 하나?", "나는 순수하고 어여쁜가, 그렇지 않은가?", "내가 아랫도리 단추를 왼쪽부터 푸나, 오른쪽부터 푸나?", "어머니가 내 신부가 끓여드린 코코아를 안 마시겠다고 하여 내 인생을 망쳐 놓았나?" 이런 질문과 그에 대한 대답은 **내게는** 더 이상 진정으로 흥미롭지 않다. 세상은 여전히 그런 것들을 물고 늘어지지만 말이다. 내가 그 소녀를 사랑하는지 안 하는지, 정부 기준에 따르면 내가 순수한지 불순한지, 내가 아랫도리 단추를 왼손으로 푸는지 오른손으로 푸는지, 어머니가 나에 대해 어떻게 느끼는지 등에 나는 전혀 관심이 없다. 예전에는 달랐지만, 이제 나는 이따위 것들에 조금도 관심이 없다.

요컨대 나로서는 순전히 감정적이고 자기분석적인 곡예는 할 만큼 했다. 이제는 끝났다. 그 악단의 소리가 내겐 하나도 들리지 않는다. 그 망

---

12 찰스 디킨스(Charles Dickens)의 소설 『돔비 부자』(1847~1848)에서 돔비의 두 번째 아내가 되는 스큐턴 부인은 '클레오파트라'로 불린다.—옮긴이

할 서커스가 내 눈엔 하나도 보이지 않는다.

하지만 그렇다 해도 내가 무심하거나 냉소적인 것은 아니다. 다른 어떤 것에 관심이 있을 뿐이다.

이렇게 돌아가는 세상에 폭탄이 하나 떨어진다고 가정해 보자. 그러면 우리는 무엇을 좇을 것인가? 어떤 느낌을 밀고 나아가 다음 시대로 진입하고 싶은가? 어떤 느낌이 우리를 그리로 이끌어 갈 것인가? 이 민주주의-산업-'내 사랑 자기야'-'엄마한테 데려다 줘'의 질서가 무너질 때, 우리에게 내재한 어떤 충동이 새로운 질서를 위한 동력을 제공할 것인가?

다음은 무엇?(*What next?*) 내게 흥미로운 것은 바로 그것이다. **지금은 무엇!**(*What now!*)은 이제 별 재미가 없다.

과거를 살펴서 '**다음은 무엇?**'의 책을 찾고자 한다면 성 마태, 성 마가, 성 누가, 성 요한이 쓴, 복음서라 불리는 저 작은 초기 소설들을 발견할 수 있다. 그러나 이것들은 미래의 단초, 새로운 충동, 새로운 동기, 새로운 영감을 지닌 소설들이다. 그것들은 바로 지금이 어떤지, 또는 과거에는 어땠는지에 관심이 없다. '메인 스트리트', '겨울이 오다', '족장들', '뚜껑별꽃들'에는 전혀 무관심한 것이다.[13] 그들이 원하는 바는 세계 안에 새로운 충동을 들여오는 것이다.

그것들은 최상의 의미에서, 작은 소설들이다. 이 점을 부인할 수는 없다.

플라톤(Platon)의 『대화』 역시 기묘한 작은 소설이다.

내가 볼 때 철학과 허구(fiction)가 분리된 것은 세상에서 가장 유감스러운 일이었다. 신화의 시대로부터 그들은 하나였다. 그러다 아리스토텔레스(Aristoteles)와 토마스 아퀴나스(Thomas Aquinas)와 저 짐승 같은 칸

---

13 '메인 스트리트'는 싱클레어 루이스의 베스트셀러 소설 『메인 스트리트』(Main Street, 1920)를, '겨울이 오다'(winter coming)는 허친슨의 『겨울이 오면』을, '족장들'은 헐의 『족장』을, '뚜껑별꽃들'은 에무스카 오르씨(emmuska orczy)의 소설 『뚜껑별꽃(The Scarlet Pimpernel)』(1905)을 가리킨다.

트(Immanuel Kant)에 와서 그 둘은 잔소리를 해대는 부부처럼 서로 갈라
섰다. 그리하여 소설은 질척해졌고 철학은 추상적으로 메마르게 되었
다. 이 둘은 소설에서 다시 합쳐야 한다. 그러면 현대적인 복음서, 현대
적인 신화, 새로운 방식의 이해가 생겨나는 것이다.

인류 안에서 새로운 것들을 위한 새로운 충동을 발견해야 한다. 그것
을 추상을 통해 발견하는 것은 실로 치명적이다. 복음서에조차 설교가
너무 많다. X, Y, Z는 복이 있나니……. 나는 X, Y, Z에 관심이 없다. 톰,
딕, 해리가 각자 그 자신으로서(in propria persona) 축복받는 것을 보여주기
를. 톰이 온유하게 행할 때 복을 받는지, 아니면 오만하게 굴 때 더 복을
받는지 보여주기를. 팔복(Beatitudes)에 나오는 그 X들 가지고는 안 된다.
마음이 가난할 때 X는 괜찮을지 모르지만, 똑같은 상태의 잭은 혐오스
럽다.

그렇다, 철학과 종교, 이 둘은 대수(代數)의 방향으로 너무 멀리 나아
갔다. X는 양을, Y는 염소를 대표한다고 하면, X-Y=천국, X+Y=현세,
Y-X=지옥.

고맙네! 그런데 X는 무슨 색 셔츠를 입었나?

한편 소설은 감정의 방향으로 너무 멀리 나아갔다. 소설에서 사람들
은 언제나 눌러앉아 자신의 느낌을 견뎌내든지 아니면 눌러앉아 느낌을
즐긴다. "일어나서 그걸 바꾸자"고는 결코 말하지 않는 것이다.

느낌에 큰 변화를 일으키려고 정말로 노력하는 것, 정말로 새로운
어떤 것 속으로 나아가려 노력하는 것은 네 복음서 같은, 또는 피카레
스크적인 사도행전, 아우구스티누스의 『고백록』, 『의사의 종교(Religio
Medici)』[14] 같은 소설뿐이다. 그리고 이들도 X들, Y들, Z들 사이에서 살짝

---

14 의사이자 골동품 수집가였던 영국인 토머스 브라운 경(Sir Thomas Browne)이 1642년에 쓴
    신앙고백서.—옮긴이

비틀거린다.

소설에는 미래가 있다. 소설의 미래는 복음과 철학과 우리가 알고 있는 오늘날의 소설을 대체하는 것이다. 소설은 추상적 개념을 쓰지 않으면서 새로운 명제들과 씨름할 용기를 지녀야 한다. 소설은 낡은 감정의 틀에서 우리를 벗어나게 할 새로운, 정말로 새로운 느낌, 전혀 새로운 계열의 감정을 우리에게 제시해야 한다. 현재의 것과 현재까지 있었던 것을 두고 코를 훌쩍이거나, 낡은 계열의 최신 감각(sensations)을 고안해 내는 대신, 소설은 벽에 구멍을 내듯이 돌파구를 만들어 내야 한다. 그러면 대중(the public)은 악을 쓰면서 그건 신성모독이라고 말할 것이다. 왜냐하면 당신이 비좁은 구석에 오랫동안 끼여 있으면 당신은 당연히 그 숨막힘과 비좁음에 정말로 익숙해지고, 마침내 악취 나는 그곳이 더할 나위 없이 아늑하다고 느끼게 되기 때문이다. 그러면 자신의 아늑한 벽이었던 곳에 새로 훤히 뚫린 구멍을 보는 순간 당연히 겁에 질리게 된다. 당신은 겁에 질린다. 차갑게 흘러드는 신선한 공기 때문에 죽기라도 할 것처럼 뒤로 물러난다.

그러나 점차 그 틈새로 양 한 마리가, 그다음 또 한 마리가 빠져나가서는 바깥의 신세계를 발견한다.

「소설의 미래」와
로런스의 소설미학

김성호

1. 소설, 기로에 서다

소설 장르에 대한 로런스의 신뢰와 애착은 거의 신앙의 경지에 있다. 그
가 쓴 에세이 「소설(The Novel)」의 한 대목을 보자. "소설[1]은 위대한 발견
이다. 그것은 갈릴레오의 망원경이나 또 다른 누군가의 무선보다도 훨
씬 위대하다. 소설은 지금까지 이룩된 인간의 표현 형식 중 최고의 것
이다."[2] 1925년에 선보인 이 소설 예찬론에는 오노레 드 발자크(Honoré
de Balzac), 귀스타브 플로베르(Gustave Flaubert), 레프 톨스토이(Lev Tolstoy)
의 이름이 등장하고, 조지프 콘래드(Joseph Conrad), 제임스 조이스(James
Joyce), 아나톨 프랑스(Anatole France), A. S. M. 허친슨, 싱클레어 루이스,
크누트 함순(Knut Hamsun)의 작품이 언급된다. 그러나 로런스의 찬사는

---

1 인용문을 포함하여 본 해제에 등장하는 '소설'은 모두 장편소설을 지칭한다.

2 D. H. Lawrence, "The Novel," *Study of Thomas Hardy and Other Essays*, ed. Bruce Steele
(Cambridge: Cambridge UP, 1985) p. 179. 이후 이 글은 N으로 약칭한다. 이 글이 실린 책에는
그 외에도 로런스가 1920년대에 쓴 다수의 소설·예술론이 실려 있는데, 그중 본 해제에서
언급되는 글의 제목, 최초 출간연도, 약칭은 다음과 같다. "The Future of the Novel"(1923,
FN), "Art and Morality"(1925, AM), "Morality and the Novel"(1925, MN), "Why the Novel
Matters"(1925, WNM), "The Novel and the Feelings"(1925, NF), "John Galsworthy"(1927, JG).

이 대가들 자신을 향해 있지 않다. 오히려 그들에 대한 태도는 푸대접에 가깝다. 『안나 카레니나(Anna Karenina)』에서 정욕의 죄를 들먹이는 톨스토이는 "늙은 거짓말쟁이"(N, p. 180)라는 식이다. 로런스는 소설의 위대함이 소설가의 사상이나 문체의 위대함과는 전혀 다른 문제라고 생각한다. 그에 따르면 소설의 위대함은 일차적으로 그것이 작가들의 거짓말, 그들의 관념과 판타지, 그들의 이런저런 교훈의 의도를 뒤집고 깨부숴 버리는 데 있다.

그런데 관념의 전횡을 막을 어떤 신비로운 장치가 소설에 내장되어 있다 해도, 그 장치의 효과적 작동은 결국 소설가의 역량에 좌우되기 마련이다. 다시 말해, 소설가의 역량은 특정한 관점과 특화된 표현으로 구성된 자신의 의식을 타자들의 세계를 향해 개방하고 그 부딪힘 속에서 자신의 의식을 시험할 수 있는 능력을 포함한다. 로런스의 눈에 비친 현대 작가들은 이런 객관화 또는 상대화의 능력이 현저히 떨어지며, 따라서 소설의 잠재력을 제대로 구현하지 못한다. 「소설」보다 3년 앞서 발표한 「소설의 미래」에서 그가 모더니즘 계열의 작가들과 대중소설 작가들을 동시에 비판과 조소의 대상으로 삼은 데는 이러한 진단이 깔려 있다. 그에게 조이스, 프루스트, 리처드슨은 죽음을 앞두고 침상에 누워 자신에게 일어난 느낌과 감정의 실타래를 한 올 한 올 풀어 살피는 데 몰두하는 조로한 어린애로 보인다. 소설의 이름으로 벌이는 그런 짓은 "끔찍하다. 그리고 유치하다."(FN, p. 152) 대중소설 작가들도 자의식이 과잉되어 있기는 마찬가지로, 단지 상투적이고 센티멘털한 환상이 더 많을 뿐이다.

이런 미적 문제 상황은 죄르지 루카치(György Lukács)가 서구 현대문학에서 발견한 그것과 일견 흡사해 보인다. 그러나 루카치에게서 로런스 자신도 '퇴폐'의 작가로 분류된다는 고약한 사실은 차치하고라도, 로런스가 1920년대의 소설론에서 거론하는 '소설다운 소설'의 목록을 참조하면 동년배인 두 사람이 미학적으로 서로 얼마나 다른 세계에 속하는 지 짐작할 수 있다. 좀 엉뚱해 보이지만, 로런스는 『율리시스』나 『잃어버린 시간을 찾아서』 같은 당대의 실험적 작품보다 플라톤의 『대화』, 구약성경, 신약의 복음서와 사도행전, 아우구스티누스의 『고백록』, 브라운의 『의사의 종교』 등 근대 장편소설이 등장하기 전에 철학과 종교 영역에 출현한 몇몇 서사가 더 '소설적'이라고 주장한다. 후자들 사이에도 '급'의 차이가 있고, 일반적으로 철학이나 종교의 관념성이 구체적 진실의 현현을 방해한다는 점을 고려해야 하지만, 그래도 여기 언급된 모든 텍스트에서는 새로운 삶을 향한 투쟁, 매 시기 새 시대의 예표가 되는 정서적·정신적 투쟁이 펼쳐진다는 것이다. 이 대목에서 로런스는 자신의 작품을 거론하지 않지만, 아마도 그는 자기 소설들이 근대 센티멘털리즘 문학과는 물론이고 직전 세기의 사실주의나 자기 시대의 모더니즘과 결부되기보다 근현대 서사문학의 틀을 벗어나는 더 보편적이고 심원한 '소설'의 전통 속에서 이해되기를 원했을 것이다.

로런스에 따르면 소설은 삶과 죽음의 기로에 서 있다. 현대소설이 취한 길은 죽음의 길이다. 그 길 위의 경험이 아무리 강렬해도 거기에는 미래가 없다. 그러나 현대소설이 아닌—모더니즘도, 대중문학도 아닌—미래의 소설이란 어떤 것인가? 여기서 근대 이전의 철학적·종교적 '소설'이 단서는 될지언정 모델이 될 수 없음은 자명하다. 사실 로런스는 미래의 소설이 현대소설은 물론, 먼 옛날 '소설적인 것'을 품고 있던 신화에서 떨어져 나와 추상화의 길을 걸어온 철학과 종교서사까지 대체하는 어떤 것, 말하자면 철학과 종교를 '지양'한 소설, "현대적인 복음서, 현대적인 신화, 새로운 방식의 이해"(FN, P.154)가 되어야 한다고 말한다. 리얼리즘-모더니즘-포스트모더니즘이라는 상투화된 삼분법에 들어맞지 않는 이 색다른 소설의 이념을 가급적 친숙한 개념으로 풀어 보면 어떨까? 우리는 로런스가 제시하는 위대한 소설의 본질적 요소를 세 가지로 압축할 수 있을 텐데, 그 하나는 예술적 반인간주의, 다음은 상대성의 진리, 마지막은 정서적 선구다. 이하의 지면에서는 이들을 차례로 논하고, 이에 더해 로런스의 소설미학과 모더니즘의 관계가 모더니스트에 대한 그의 논평이 암시하는 것보다 문제적이라는 점을 간단히 살펴보기로 한다.

2. 예술적 반인간주의

로런스에게 소설의 궁극적인 묘사 대상은 의식과 감각의 주체로서의 개인도, 개인의 성격과 운명을 결정하는 사회도 아니다. 특히 '사회소설'로 분류되는 작품에 대해 그는 경멸감을 감추지 않는데, 거기서의 인물들은 뭔가가 심각하게 결여되었다고 보기 때문이다. 예컨대 존 골즈워디(John Galsworthy)의 소설에서 "작중인물 하나하나는 모두 돈에 의해서 결정된다. 그것을 획득함이나, 그것을 소유함이나, 그것을 원함이나, 아니면 그것을 전혀 갖지 못함에 의해서 말이다."(JG, p. 214) 이런 의미에서 그들은 "사회적 존재"일지언정 "정말로 생생한(vivid) 인간"은 못 된다.(JG, p. 210) 그러나 이 경우 '생생함'이란 무엇을 뜻하는가? 그것이 순수하거나 도덕적으로 올바른 인성과 아무 관련이 없음은 두말할 필요가 없다. 생생함, 즉 살아 있음은 인성이나 의지의 문제가 아닌 것이다. 그것은 비인성적인 것, 질 들뢰즈(Gilles Deleuze)의 용어를 빌리면 '강렬도적인(intensive)' 것이다. 휴머니즘적 이상을 전달하는 것이 아니라 비인성적 차원의 '생생함'을 드러내는 것을 소설적 성취의 핵심으로 삼는 데에서 로런스 특유의 반인간주의가 성립한다.

로런스 학자들 사이에 잘 알려진 1914년 6월 5일자의 편지에서 그는 한 편집인에게 아직 출간되지 않은 자기 소설의 새로움을 다음과 같이 역설한다. "당신은 내 소설에서 작중인물의 안정된 낡은 자아를 기대해서는 안 됩니다. 그런 것과는 다른 자아가 있어서, 이 자아의 행동에 따를 때 개인은 알아볼 수 없고(unrecognizable), 말하자면 (…) 일종의 동소체적(allotropic) 과정을 거쳐 가지요." 자기 소설의 인물들은 기존의 정형화된 성격이 아니라 "어떤 다른 리드미컬한 형식"에 들어맞는다는 것이다.[3] 그런데 로런스가 자신은 한 여성의 "비인간적으로, 생리적으로, 물질적으로, 그녀됨(what she *is*)"에 관심이 있다고 하면서도, 마리네티(E. F. T. Marinetti) 같은 미래파가 "새로운 인간 현상을 찾는 대신 인간에게서 발견되는 물리학의 현상만 찾으려 한다"는 점에서 "어리석다"[4]고 비판한 것을 보면, 그가 그리고자 하는 비인성적인 것은 미래파에게서와—그리고 아마도 들뢰즈에게서와—달리 물질적인 것 일반, 더 나아가 동물적인 것 일반에서도 구별되는 인간의 삶에 고유한 특질임을 짐작할 수 있다.[5]

　1914년의 편지가 강렬하면서도 방어적인 논조를 띤다면, 로런스가 『무지개(The Rainbow)』(1915)와 『연애하는 여인들(Women in Love)』(1920)을 출간하고 나서 쓴 소설론은 자신감과 공격성을 한껏 드러낸다. 이제 인간 삶의 비인성적 생생함은 종종 '불꽃(flame)'으로 표상된다.

　이 지겹고 역겨운, 소소하고 개인적인(personal) 소설들이라니! 따지고 보면 그것들은 소설도 아니다. 모든 위대한 소설에서 누가 내내 주인공인가?

3　Lawrence, *The Letters of D. H. Lawrence, Vol.II: June 1913 - October 1916*, ed. George J. Zytaruk and James T. Boulton (Cambridge: Cambridge UP, 1981) p. 183, p. 184.

4　Ibid., p. 78.

5　미래파와 구별되는 로런스의 예술 개념에 대해서는 백낙청, 「'다른 어떤 율동적 형식'과 리얼리즘—*The Wedding Ring*에 관한 로런스 편지의 해석 문제」, 『황찬호교수정년기념논문집』, 명지, 1987, 157-175쪽을 참고하라. '비인성적인 것'과 개체성에 관한 로런스와 들뢰즈의 공통된 생각과 차별성에 관해서는 졸고 「"주체 없는 개체화"?—들뢰즈와 로런스에 있어서의 개체성」, 『영미문학연구』 9호(2005 하반기), 5-44쪽을 참고하라.

작중인물 가운데 그 누군가가 아니고, 그 모든 자들 배후의 명명되지 않은, 이름 없는 어떤 불꽃이다. (…) 위대한 소설에서는 느껴지지만 미지의 것인 불꽃이 모든 인물들 뒤에 넘실대고, 그들의 말과 몸짓 속에 그 빛이 어른거린다. 그대가 너무 **개인적**이면, **너무** 인간적이면 어른거리는 그 빛은 사라져 버리고, 아주 실물 같지만(lifelike) 대부분의 사람들이 그렇듯이 생기 없는 (lifeless) 어떤 것이 남게 된다.(N, p. 182)

앞서 '동소체적 과정'이라는 표현에 암시되었듯이, 소설이 묘사하는 삶은 어떤 관념으로도 요약할 수 없는, 불꽃처럼 동일하면서 변화무쌍한 본원적인 힘의 역사적 발현이다. 그것은 말하자면 표현적 사건으로서의 삶, 어떤 초월적 지점이 아니라 결정의 구조 한가운데서 이뤄지는 새로운 가능성의 출현으로서의 삶이다. 설령 그것이 죽음이나 파멸의 가능성이라 할지라도 말이다. 삶의 사건은 개인만의 사건일 수 없다. 그것은 개인의 닫힌 의식 속에서가 아니라 타인과의, 세계와의 끊임없는, 섬세한 힘의 주고받음 속에서 일어나며 그 주고받음의 본질과 양상을 바꾸기 때문이다. 사건은 언제나 관계의 사건이며, 공동의 사건이다. 소설은, 로런스에 따르면, 이런 의미의 삶을 표현하는 데 최적화된 장르다. "소설은 삶의 책이다."(WNM, p. 195)[6]

---

6 이 말을 '소설은 삶의 반영이다'로 읽는다면 로런스의 의미를 절반만 가져오는 셈이다. 이 대목에서 로런스는 현실 속에서 소설이 지니는 묘한 지위를 다음과 같이 표현한다. "책은 삶이 아니다. 책은 다만 에테르 위의 떨림(tremulations)일 뿐이다. 그러나 분명 떨림으로서의 소설은 살아 있는 온 인간(the whole man-alive)을 떨리게 할 수 있다."(WNM, p. 195) 소설은 실재가 아니고 그런 의미에서 '2차적'이나, 실재 자체가 살아 있는 것으로 여겨지는 한 소설은 실재적 변화의 원인이 될 수 있다. '삶의 책'인 소설 안에서 삶은 반영의 대상에 머물지 않고 운동 주체로서의 지위를 주장한다. 삶과 소설의 관계를 '재현'보다 '표현'으로 지칭하는 것이 적절한 이유다.

3. 상대성의 진리

로런스에게 소설이 인간 표현의 최고 형식인 이유는 무엇보다 "거기서는 절대적인 것이 그토록 불가능하기 때문"이다. "소설에서는, 그것이 예술로 쳐줄 만한 작품이라면, 모든 것이 다른 모든 것에 대해 상대적이다."(N, p. 179) 로런스는 1920년대의 평론에서 절대적 진리의 거부라는 자신의 예술적 신념을 반복해 전달하는데, 특히 「소설」과 「소설은 왜 중요한가」에서 반절대주의는 극명한 표현을 얻는다.

> 모든 것은 상대적이다. 지금껏 신이나 인간의 입에서 나온 모든 계명은 엄격하게 상대적이다. 그것은 특정한 시간과 장소, 상황에 결부되어 있다.
> 이것이 소설의 아름다움이다. 모든 것은 그 자신의 관계 속에서 진실하며, 그 이상은 아닌 것이다.
> 모든 것의 연관성, 상호 연관성은 냇물처럼 흐르고 변화하고 떨린다. 소설의 작중인물들은 냇물 속의 물고기처럼 헤엄치고 표류하고 떠다니며, 죽으면 배를 위로 드러낸다.(N, p. 185)

그러므로 삶에 관한 한, "그 어떤 절대들, 혹은 절대도 구해서는 안 된다. 그 어떤 절대의 추한 제정(帝政)과도 이제 완전히, 영원히 결별하자. 절대적 선은 없고, 절대적으로 옳은 것은 없다. 모든 것은 흐르고 변하며, 변화조차 절대적이지 않다."(WNM, p. 196)

마지막 문장은 곱씹어 볼 만하다. "변화조차 절대적이지 않다."(「소설」에 나오는 표현으로는, "불꽃조차 상대적일 뿐이다."(N, p. 189)) 변화 자체를 절대적 이념으로 신봉하는 시대가 있다. 변하지 않는 모든 것을 죄악시하는 시대. 이 '변화-주의'의 맞은편에는 물론 진리의 시대적 변화 가능성을 부정하는 교조주의가 있다. 대척점에서 서로를 노려보는 닮은꼴들이 아닐까.

절대주의와의 싸움은 말과의 싸움이기도 하다. 진실과 거짓은 모두 말과 특별한 관계에 있다. 소설은 말의 장르라는 점에서 철학, 교리, 시, 희곡 등과 같은 부류다. 그러나 로런스에 따르면 소설—"예술로 쳐줄 만한" 소설—은 말에 내재한 기만의 가능성을 상쇄하는 데서 다른 언어 매체보다 탁월하다. "소설을 우롱할 수는 없"지만, "거의 모든 다른 매체는 우롱할 수 있다. (…) 시나 희곡에서는 어쩐지 바닥 청소를 너무 깔끔히 하고, 인간의 말(Word)을 좀 너무 자유롭게 날아다니게 놓아둔다. 반면 소설에는 언제나 수고양이가, 검은 수고양이 한 마리가 있어서, 말의 하얀 비둘기가 경계를 게을리 하면 그것을 덮쳐 버린다."(N, p. 181) 요컨대 소설은 작가의 말을 상대화한다. 바흐친(M. M. Bakhtin)의 입을 빌리면, 진정한 소설에서 말은 '독백'으로 흐르지 않으며, 인물과 삶은 작가나 그 어떤 다른 인물의 말에 의해 '종결'되지 않는다. 가히 소설은 비종결성의 형식인데, 이때 소설의 비종결성은 삶 자체의 비종결성에서 나온다.[7] 말의 구조물이되 "삶의 책"인 소설은 시나 희곡보다, 그리고 "아리스토텔레스와 토마스 아퀴나스와 저 짐승 같은 칸트"(FN, p. 154)의 추상화된 철학과 신학보다 위대하다고 로런스는 역설한다.

이상의 논의에서 이미 암시되었지만, 소설이 절대주의의 절대적 거부라는 아포리아적 명제에 충실하다는 것은 소설에서는 진리의 문제가 제기될 수 없음을 의미하지 않는다. 어떤 삶의 방식이든지 동일한 가치를 갖는다거나, 삶에 관한 어떤 관점이든지 진리에 대해 동등한 권리를 갖

---

7 바흐친의 '비종결성' 또는 '종결 불가능성' 개념에 관해서는 Mikhail Bakhtin, *Problems of Dostoevsky's Poetics*, ed. and trans. Caryl Emerson(Minneapolis: University of Minnesota Press, 1984)(우리말 번역본은 『도스또예프스끼 시학의 제(諸)문제』, 미하일 바흐찐, 김근식 옮김, 중앙대학교출판부, 2011)를 참고하라. 바흐친의 소설론에 관한 최근의 자상한 논의로는 변현태, 「바흐찐의 소설이론과 그 현재적 의미」, 『다시 소설이론을 읽는다—세계의 소설론과 미학의 쟁점들』, 김경식 외, 창비, 2015, 71-96쪽을 참고하라.

는다는 생각은 로런스가 혐오해 마지않는 기계적 평등주의[8]와 허무주의의 조합에 불과하다. 그런 의미에서 그의 반절대주의는 극단적 상대주의도, 극단적 주관주의도 아니다. 오히려 그것은 소설가에게 자신의 모든 것을 걸고 (혹은 내던지고) 진리에 다가설 것을 요구한다.

모든 것이 다른 모든 것에 대해 상대적이라는 말은 "냇물처럼 흐르고 변화하고 떨리는" 관계 속에, 그 순간적 균형 속에 진리가 거한다는 말이기도 하다. "느껴지지만 미지의 것인" 불꽃처럼, 삶의 진리는 경험되는 것일 뿐 추상적 언어로 객관화하거나 전유할 수 없는 무엇이다. 아인슈타인과 같은 시대를 살았던 로런스는 이런 순간적 연관성의 진리, 상대성의 진리가 드러나는 예술적 구도를 '사차원적'이라고 표현한다. 「예술과 도덕」에서 그는 말한다. "예술에서 구도(design)는 창조적 흐름 속의 다양한 사물, 다양한 요소 사이의 관계에 대한 인식(recognition)이다. 구도를 **발명**할 수는 없다. 우리는 그것을 인식하는데, 사차원 속에서 인식한다. 그러니까 눈으로보다는 피와 뼈로 말이다."(AM, p. 167) 예술적 진리가 사차원의 것이며 이를 '본다'는 관념은 부적절하다는 생각은 같은 시기에 쓰인 다른 글에서도 나타난다. 고흐의 그림을 대할 때 우리는 "캔버스 위에 나타난 상(像, vision)의 무게를 달거나 크기를 재거나 심지어 그것을 묘사할 수가 없다. 사실대로 말하면 그것은 커다란 논쟁의 대상이 되고 있는 사차원 속에만 존재한다."(MN, p. 171) '사차원'에 구현된 예술적 상, 예컨대 고흐의 해바라기는 실제 해바라기의 재현이 아니며, 해바라기에 대한 고흐의 관념의 표현도 아니다. 로런스는 그것이 화가와 대상 사이의 '생생한 관계'의 드러남이자 그런 관계의 성취라고 말한다. 드러남과 성취의 동시성[9]을 지닌다는 면에서 소설이 추구하는 관계

8　대표적으로 Lawrence, "Democracy," *Reflections on the Death of Porcupine and Other Essays*, ed. Michael Herbert(Cambridge: Cambridge UP, 1988), pp. 63-83을 보라.

9　로런스가 쓰는 정확한 표현은 고흐가 자신과 해바라기 사이의 생생한 관계를 "드러내고,

의 진리도 다르지 않으리라.

4. 정서적 선구

소설가는 자기가 그리는 세계를 바깥에서 바라보는 관찰자가 아니다. 로런스의 비유를 이어 가면, 소설가 자신이 하나의 '물고기'가 되어 삶의 흐름 속에 있는 다른 존재들의 움직임에, 그것이 일으키는 떨림에 민감하게 반응할 때라야 삶의 진실에 부합하는 소설적 구도가 '드러나고, 또는 성취되는' 것이다. 상대성의 진리는 내재성의 진리다. '피와 뼈로 인식한다'는 것, 우리 사이에 더 흔한 표현으로 '몸으로 안다'거나 '몸으로 쓴다'는 것은 이런 내재주의를 가리킬 것이다. 물론 하나하나의 반응이 곧바로 예술적 구도를 만들어 내지는 않는다. 구도란 갖가지 반응이 순간적 번득임 속에 하나의 총체로, 또는 성좌로 승화된 것일 터다.

세계가, 인간이 그 내부로부터 파악되는 한, 세계와 인간은 대상의 지위에 머물지 않으며 이해는 종결의 형식, 즉 관념에 머물지 않는다. 로런스는 내재적 이해를 'feeling(느낌)'이라는 말로 지칭하곤 하는데, 오늘날 그것은 적어도 두 가지 근접 어휘와 구별되어야 한다. 하나는 지난 세기 후반 신경학과 실험심리학의 주도하에 과학 용어로 등극한 'affect(정동)'[10]이고, 다른 하나는 예나 지금이나 그것보다 더 광범위하게, 더 다양하고 느슨한 의미로 쓰이는 'emotion(감정)'이다(이하에서는 영어를 번역어로

또는 성취한다"(reveals, or achieves, MN p. 171)이다. 백낙청은 이 표현을 리얼리즘의 관점에서 논한 바 있다. 백낙청, 「로런스와 재현 및 (가상)현실 문제」, 『안과밖』 창간호(1996 하반기), 270-308쪽 참고.

10 'affect'가 과학이 적절하게 다룰 수 없는 모종의 경험들을 포괄하는 더 넓은 의미로 쓰일 때는 '정동'보다 '정서'가 그 말에 더 상응하는 것으로 보인다. 이 두 단어의 차이 및 정동 이론에서 선(先)인지주의와 인지주의 사이의 대립에 관해서는 졸고 「감정사(感情史)의 개념과 쟁점」, 『영미문학연구』 29호(2015) 제1절, 29-33쪽을 참고하라.

대신한다). 과학적 의미의 '정동'은 자극에 대한 생리·신경 반응을 가리키는데, 그것이 인지와 가치 평가에 선행하느냐 아니면 그 효과로 나타나느냐 하는 문제를 두고 논쟁이 거듭되었음에도 불구하고 그 실험 가능성 또는 검증 가능성 자체는 '정동 이론'의 주창자들과 추종자들 — 이는 신경학자와 심리학자뿐 아니라 신경정치학자, 신경역사학자 같은 다른 분야의 '모험적인' 연구자들을 포함한다 — 사이에 사실로 전제되어 있다. 그것이 순수하게 신체적이든, 심신상관적이든 이렇게 일반화되거나 대상화될 수 있는 정서는 로런스의 관심사가 아니다(그리고 어쨌거나 '정동'이라는 표현을 로런스의 저작에서 찾아보기도 쉽지 않다).

'감정'의 경우는 애매한 데가 있다. 「소설의 미래」에 등장하는 "새로운, 정말로 새로운 느낌, 전혀 새로운 계열의 감정"(FN, p. 155) 같은 표현에서 '감정'은 그 자체로 부정적인 뉘앙스를 풍기지 않는다. 그러나 여기서도 그 말이 '느낌'과 동일한 의미로 쓰인 것은 아닌데, 「소설과 느낌」의 한 대목에서는 두 용어가 가리키는 경험의 차이가 논의의 초점으로 부각된다.

> 내가 말하는 것은 느낌이지, 감정이 아니다. 감정은 우리가 다소간 인식 (recognize)하는 것이다. (…) 우리의 감정들은 길들여진 짐승으로, 말처럼 고상하기도 하고, 토끼처럼 소심하기도 하나, 그 모두가 전적으로 우리의 편의를 도모한다. (…)
>
> 편리함! 편리함! 편리한 감정이 있고 불편한 감정이 있다. 불편한 것들은 사슬로 매거나 코에 고리를 꿰어 버린다. 편리한 것들은 우리의 애완동물이다. 사랑은 우리가 가장 아끼는 애완동물이다.(NF, pp. 202-203)

여기서 '인식', 엄밀히 말하면 '재인(알아봄)'은 앞 절의 인용문에서 예술적 구도를 두고 쓰인 '인식'과는 또 다르다. 여기서는 내면화된 감정에 대한 의식적 통제와 의식적 생산, 다시 말해 근대 '감정교육'을 가능케 하는 감정의 상투형이 전제되는 것이다. 예술적 구도는 (모든 진정한 감정, 진정한 느낌이 그렇듯이) 일회적이나, 감정의 상투형은 원리상 무한히 재생산된다. 서구 역사에서 이런 감정교육의 원형으로 지목될 만한 것은 18세기 센티멘털리즘으로, 「소설의 미래」에서 언급되는 현대 대중소설은 그것의 왜소화된 후예다.[11] 그러나 현대의 감정에 대한 로런스의 논평이 센티멘털리즘과 대중소설만 겨냥한 것은 아니다. 정동 이론이나 미학에서 감정은 느낌에 비해 정신적 요소, 즉 인지와 가치 평가의 요소를 더 많이 내포하며 그만큼 주체 자신이나 타인에게 더 쉽게 지각된다고 이야기된다. 여기서의 '느낌'은 로런스가 주제로 삼는 '느낌'과 똑같지 않지만, 어쨌거나 로런스 역시 느낌이 아닌 감정을 인식과 '길들이기'에 순응하는 정서로 지목한다. 그런데 감정에 대한 의식의 관계는 대중소설과 모더니즘 소설에서 유사한 방식으로 이뤄진다고 로런스는 보고 있다. 물론 모더니즘 소설은 상투적 감정이나 그런 감정에 기생하는 도덕주의에 적대적이다. 그러나 순간순간의 감정과 느낌을 세밀한 해부의 대상으로 삼는 글쓰기는 그런 행위를 수행할 자의식적 자아를 전제하며, 이 자기 집중이 삶의 길에 대한 더 대담하고 진취적인 탐색을 방해한다는 점에서 모더니즘의 실험성은 대중소설의 정서적 구태의연함과 본질적으로 상통한다는 것이 로런스의 생각이다.

---

11 18세기의 '감정교육'은 영어로 흔히 'sentimental education'으로 표현되는데, 여기서 'sentiment'는 인간에게 자연적으로 주어져 있다고 가정되는 도덕 감정을 가리킨다. '도덕 감정'은 감정이되 (적어도 센티멘털리즘 사상의 원조인 샤프츠베리(Shaftesbury)에게 있어서는) 이성적인 감정으로서, 여기에 파토스와 에우파테이아(선한 감정)를 구별한 스토아주의의 흔적이 남아 있다. 그런데 스토아학파가 '이성적 공화국'이라는 제논의 이념을 점차 시야에서 배제하고 개인의 수양에 초점을 맞춰 간 것과 유사하게, 센티멘털리즘은 '도덕 감정'이 함축하는 불의한 세계와의 진지한 대결의식을 점차 낭만적 감정과 자의식적 감상으로 대체해 갔다. 그러나 이런 변질이 일어나기 전의 센티멘털리즘은 이미 감정의 상투형과 그 언어적 표현에 의존하는 이념이었다.

느낌이 자의식의 차원을 벗어난다고 꼭 구태를 벗어나는 것은 아닐 것이다. 프로이트에 대한 비판에서 드러나듯이,[12] 로런스도 무의식 자체를 "정말로 새로운 느낌"의 근원으로 간주하는 것과는 거리가 멀다. 당대의 정신분석가들을 향해 그는 "무성하게 엉클어져 있는, 부패하고 제멋대로인 느낌들이 온통 불쑥 나타나게 해봐야" 별로 좋을 게 없다고 충고한다.(NF, p. 204) "낡은 감정의 틀에서 우리를 벗어나게 할"(FN, p. 155) 어떤 느낌은 한편으로 교묘한 자의식 작용을 통해 생산되는 의식된 감정과, 다른 한편으로 의식의 찌꺼기에 불과한 무의식적인 느낌과 결을 달리한다. 진정한 느낌은 우리가 가지고 놀기에는 너무 오묘하고 비인성적인 삶의 차원에서 발원할 터인데, 이 차원은 '아래'나 '안'에 있다기보다는 '앞'에 있다고 표현하는 편이 나을 것이다. 느낌이 가리키는 것은 저 앞에 있다. 느낌은 도래할 현실의 환영 같은 것이다. "어떤 느낌을 밀고 나아가 다음 시대로 진입하고 싶은가? 어떤 느낌이 우리를 그리로 이끌어 갈 것인가?"(FN, p. 154) 이러한 느낌에 대한 충실성, 다시 말해 정서적 진실성이 단지 반영의 문제, '있는' 느낌을 올바로 재현하는 문제가 아님은 물론이다. 그것은 선구(앞서 달려감)의 문제, 다시 말해 선취의 문제다. 진정한 느낌은, 반복하자면, '드러나고, 또는 성취되는' 것, 또는 성취를 통해서만 드러나는 것이다.

「소설의 미래」는 무엇보다 소설의 본래적 미래성을 주장하는 글이다. 이에 따르면 정서적 선구는 모든 위대한 소설의 본질적 특징이다. 정서적 선구는 언제나 동시에 정서적 돌파다. 소설에서 진정한 느낌이란 현

---

12 플라톤이 좀 덜 관념적이었더라면 "우리가 프로이트 같은 저열한 수준으로 떨어질 필요도 없었다"(N, p. 181)는 말과 함께, 로런스가 『정신분석과 무의식(Psychoanalysis and the Unconscious)』(1921)에서 펼치는, 프로이트적 무의식 개념에 대한 더 본격적인 비판을 참고할 만하다. 후자는 1922년에 따로 출간한 다른 소책자와 함께 *Fantasia of the Unconscious and Psychoanalysis and the Unconscious* (Harmondsworth: Penguin, 1971)에 실려 있다.

재의 정서체제[13]와 이데올로기적 장벽에 '구멍'을 내고 새 시대를 향한 탈출의 가능성을 연다. "소설은 벽에 구멍을 내듯이 돌파구를 만들어 내야 한다." 이 구멍, 이 틈새로 서서히 "양 한 마리가, 그다음 또 한 마리가 빠져나가서는 바깥의 신세계를 발견한다."(FN, p. 155) 그렇게 세상은, 폭탄이나 혁명에 의해서라기보다는 조그맣게 뚫린 구멍을 통한 개인들의 연이은 자발적 이탈에 의해서 바뀐다고 로런스는 믿는다.

5. 로런스와 모더니즘

이상에서 살펴본 것처럼 로런스의 소설미학은 초인성적인 삶의 미학이고, 상대성의 미학이며, 또한 고유의 역사주의와 반체제성을 내장한 정서의 미학이다. 분명 그것은 이전 세기(19세기)에 서구 소설의 발전을 추동한 비판적 리얼리즘을 — 적대시하지는 않더라도 — 넘어서는 어떤 것이다. 그렇다면 그것은 로런스 당대에 문학장의 헤게모니를 장악해 나간 모더니즘과는 어떤 관계에 있는가?

로런스와 모더니즘의 적대 관계는 일견 자명해 보인다. 앞서 언급했듯이 그가 1920년대의 소설론에서 모더니스트, 특히 조이스와 프루스트를 가차 없이 공격하고 있기 때문이다. 그런데 이 공격의 정당성은 그것대로 따져 볼 일이나, 공격의 열기를 하나의 징후로 해석할 여지도 없지 않다. 모더니즘 텍스트가 가히 충만한 자의식과 '분해의 충동'이라 할 만한 것을 드러낸다면, 그리하여 "정말로 새로운 느낌"을 전달하는 데 한

---

13 윌리엄 레디는 특정한 발화와 실천을 동반한 규범적 감정의 재생산 체제를 '감정체제(emotional regimes)'로 개념화한 바 있다. William Reddy, *The Navigation of Feeling: A Framework for the History of Emotions*(Cambridge: Cambridge UP, 2001) 참고. 본문의 '정서체제'(영어로는 affective systems가 될 텐데)는 감정과 그 밖에 '정서'라는 말이 포괄하는 경험들의 규제와 재생산의 물적·제도적·언어적 장치들, 그리고 그것이 허용하는 일탈을 총괄하여 지칭한다.

계를 보인다면, 이런 경향에 대한 비난 자체의 극단성은 로런스 자신에게 있는 동일한 경향의 징후, 즉 자신의 외부로 그것을 투사하려는 시도로 읽힐 수 있다는 것이다. 그는 결코 정서적 자의식이 약한 작가가 아니며, 그랬더라면 특정 순간의 느낌에 그토록 적확한 언어적 표현을 부여할 수는—달리 말하면 언어적 표현을 통해 그토록 생생한 느낌을 환기할 수는—없었을 것이다.

그럼에도 그를 모더니스트라고 부르는 것은 모더니즘이 그의 창작과 비평에 본질적 영향을 끼치지 않았다는 주장만큼이나 일면적이다. 로런스는 전형적 모더니스트들과 구별되어야 마땅하다. 그 차이는 그가 역사의 신화화, 미적 이미지의 과도한 숭배, 대중적 감성의 경멸, 그리고 느낌의 집착적인 해부 같은 모더니즘 문학의 특징적 경향을 전혀 공유하지 않았던 데 있는 게 아니라, 자신에게서 발견되는 그 경향을 스스로 문제로 인식하고 넘어서려 한—그리고 아마도 여러 작품에서 실제로 넘어선—데 있다. 소설론의 경우, 예컨대 감정과 느낌의 구별은 모더니즘 작가들이 센티멘털리즘을 극도로 경계하고 그 반대편에서 비인성성(몰개성성)의 미학을 내세웠던 사실을 상기시킨다. 정서에 관한 로런스의 문제들은 대표적 모더니스트들의 그것과 일견 매우 흡사하다. 그러나 마이클 벨(Michael Bell)이 지적했듯이 그 시대의 반(反)센티멘털리즘은 "센티멘털리즘이라는 목욕물을 버리면서 느낌이라는 아기까지 버리는" 사태로 가기 십상이었고, 이는 (로런스에게서와 달리) 모더니즘 작가들에게서 비인성성이 실제의 느낌으로 존재하기보다 강령적 구상과 기법상의 추구에 머문 것과 무관치 않았다.[14] 이 말은 모더니스트들의 이론적 기획을 로런스가 실천적으로 구현했다는 뜻이 아니라, 양자가 유사한

14　Michael Bell, "Lawrence and Modernism," *The Cambridge Companion to D. H. Lawrence*, ed. Anne Fernihough(Cambridge: Cambridge UP, 2001), pp. 185-186 참고.

기획에서 출발하여 어느 지점을 지나 정반대 방향으로 나아갔다는 뜻이다. 로런스가 그저 모더니스트 집단—그 정체가 그들 사후의 소급 규정을 통해 더 명확해질 집단—의 "외부"에 존재했던 것은 아니지만 "그에 대한 그들의 맹목과 일부에서 보인 적대감 자체가 그와 그들 각각의 의미를 이루는 필수 요소"[15]라는 벨의 주장은 그런 맥락에 있다. 요컨대 로런스는 (루카치가 말한 "모더니즘의 이데올로기"라기보다) 모더니즘 정서체제의 내부에서, 상당 부분 모더니스트들과 공유하는 언어로 자신의 고유한 미학을 형성해 나간 반/탈모더니스트다. 그의 소설과 비평은 헤겔(G. W. F. Hegel)식으로 말해서 그 자체가 센티멘털리즘과 리얼리즘의 적대적 산물인[16] 모더니즘이 다시 선구적으로 '지양된' 형태라고 할 수 있다.

---

15 Ibid., p. 179.

16 센티멘털리즘의 긴 사후 효과를 다룬 책에서 마이클 벨은 오늘날 '센티멘털한 감정'에 대한 비판의 범주로 기능하는 '진짜 느낌'의 관념이 다름 아닌 센티멘털리즘의 모순적 유산임을 설득력 있게 논한다. Michael Bell, *Sentimentalism, Ethics and the Culture of Feeling* (Basingstoke: Palgrave, 2000), 제1장 참고. 이 맥락에서 모더니즘은, 그것에 앞서, 그리고 그것과는 또 다른 방식으로 센티멘털리즘의 유산을 전유한 리얼리즘과 마찬가지로, 센티멘털리즘의 의식적 부정인 동시에 암묵적 계승으로 나타난다. 한편 프레드릭 제임슨은 20세기 초의 모더니즘이 전 시대의 '정서적 리얼리즘(affective realism)'이 붕괴한 결과이면서 후자에서 서사와 모순적으로 결합되어 있던 '정서'의 전경화에 해당한다고 주장한다. Fredric Jameson, *The Antinomies of Realism*(London: Verso 2013), 제1장 참고. 이 주장에 관한 논평으로, 졸고 「존재 리얼리즘을 향하여—최근의 총체성과 리얼리즘 논의에 부쳐」, 『창작과비평』 165호(2014 가을), 333–352쪽 참고.

2장

D. H. 로런스

G. 루카치

발터 벤야민

M. 바흐친

사르트르

아도르노

프레드릭 제임슨

루쉰

최재서

임화

김현

백낙청

게오르크 루카치 Georg Lukács 1885~1971

1885년 4월 13일 헝가리 부다페스트의 유대계 은행가 집안에서 태어난 루카
치는, 한 사람에게서 나온 것이라 믿기 어려울 정도로 다채로운 언어와 폭넓은
사유를 이 세상에 남겼다. 『영혼과 형식』으로 현대 실존주의의 원형을 제시한
그는, 『소설의 이론』을 통해서는 형식과 역사의 내적 연관성을 중시하는 소설
론 계보의 초석을 놓았다. 그가 혁명적 공산주의자로 삶의 양식과 세계관을 통
째로 바꾼 뒤 본격적으로 매진한 마르크스주의 연구와 정치적 실천 경험이 바
탕에 놓인 『역사와 계급의식』은 그에게 "서구 마르크스주의의 창시자"라는 위
명을 부여했다. 1930~1940년대에 그는 "위대한 리얼리즘"에 대한 요구로 수
렴되는 문학담론과 『청년 헤겔』 등의 집필을 통해 명시적으로는 파시즘 및 그
것으로 귀결되는 서구의 비합리주의 전통에 맞서면서, 은밀하게는 진정한 마
르크스주의적 요소를 스탈린주의적 왜곡으로부터 지키고자 했다. 1950년대
중반부터 루카치는 "마르크스주의의 르네상스"를 위한 이론적 작업에 들어갔
다. 이에 따른 성과는 미학에서는 『미학의 범주로서의 특수성』과 『미적인 것의
고유성』으로, 정치이론에서는 『사회주의와 민주화』로, 철학에서는 『사회적 존
재의 존재론을 위하여』와 『사회적 존재의 존재론을 위한 프롤레고메나』로 묶
였다. 그의 "삶으로서의 사유", "사유로서의 삶"은 1971년 6월 4일, 그의 죽음
으로 대단원의 막을 내렸다.

옮긴이의 말:
루카치와 케슬러의 글을 읽기 전에

．
．
．
김경식

「소설」은 게오르크 루카치(Georg Lukács)라는 독일식 이름으로 우리에게
친숙한 헝가리 출신 사상가 루카치 죄르지(Lukács György)가 옛 소련에
서 간행되던 『문학대백과사전』 편집부의 청탁을 받고 1934년 말에 작
성한 "Roman"을 옮긴 것이다. 이 글은 1935년 5월, 아나토리 바실리예
비치 루나차르스키(Anatorii Vasilievich Lunacharskii)가 편찬한 『문학대백과
사전』 제9권의 '소설' 항목 제2부에 「부르주아 서사시로서의 소설」이라
는 제목으로 처음 발표되었다. 사전에 실린 글은 루카치가 독일어로 작
성한 원고를 러시아어로 수정·번역한 것인데, 러시아어본 작성 과정에
루카치도 관여했으리라 짐작되지만 독일어 원본과 러시아어본 사이에
는 적지 않은 차이가 있다. 우리가 번역한 것은 러시아어로 처음 발표된
글이 아니라 루카치가 독일어로 작성해 둔 원본인데, 이 독일어본 원고
는 1981년 프랑크 벤젤러(Frank Benseler)가 편집한 『모스크바 논총』(*Georg
Lukács. Moskauer Schriften. Zur Literaturtheorie und Literaturpolitk 1934~1940*, hrsg. von
Frank Benseler, Frankfurt am Main 1981)에 처음 수록되었으며, 그 뒤 1988년
옛 동독에서 발간된 『소설에 관한 논쟁』(*Disput über den Roman. Beiträge zur
Romantheorie aus der Sowjetunion 1917~1941*, hrsg. von Michael Wegner u. a., Berlin und

Weimar 1988)에 재수록되었다.

이미 알고 있는 독자들도 있겠지만 루카치의 이 글은 진작에, 그것도 두 차례나 우리말로 번역된 바 있다. 1988년에 출간된 『소설의 본질과 역사』(소련 콤 아카데미 문학부 편, 신승엽 옮김, 예문, 1988)에 「부르주아 서사시로서의 장편소설」이라는 제목으로 맨 처음 소개되었는데, 이 글은 『문학대백과사전』에 수록된 러시아어본을 일본어로 옮긴 것을 다시 우리말로 옮긴 것이다. 신승엽이 엮은 이 책에는 이 글뿐 아니라 이 글을 대상으로 조직된 토론을 위해 루카치가 발표한 보고문, 그리고 이 두 편의 글을 둘러싸고 벌어진 논쟁, 그 후 루카치가 쓴 「결어(結語)」까지 번역되어 있다.[1] 「부르주아 서사시로서의 소설」은 1990년에 다시 한 번 더 우리말로 옮겨졌는데, 『루카치의 문학이론: 1930년대 논문선』(게오르그 루카치 지음, 김혜원 편역, 세계, 1990)에 「소설의 이론」이라는 제목으로 수록된 글이 그것이다. 이 글은 벤젤러가 편찬한 『모스크바 논총』에 실린 독일어본을 옮긴 것이다. 우리가 한 번역은 『소설에 관한 논쟁』에 수록된 글을 저본으로 한 것인데, 『모스크바 논총』에 수록된 글과는 차이가 없다(한 문장만 다른데, 이것은 본문에서 지적해 두었다).

사실 「소설」은 루카치의 제자들에게 저평가되었던 글이다. 이 글과 「'소설'에 대한 보고」, 그리고 1939~40년 옛 소련에서 '리얼리즘의 승리' 론을 중심으로 벌어진 논쟁 과정에 개입해 루카치가 쓴 글들이 처음 프

---

1 「부르주아 서사시로서의 소설」을 두고 벌어진 논쟁과 관련해 루카치가 쓴 글은 세 편이 있는데, 토론을 시작할 때 일종의 발제문으로 제출한 「'소설'에 대한 보고(Referat über den 'Roman')」, 토론이 끝난 후 1935년 3월 『문학비평』에 발표한 「토론의 결어(結語)(Schlußwort zur Diskussion)」, 그리고 1988년 출간된 『소설에 관한 논쟁』에 수록되기 전에는 발표된 적이 없는 「'소설론의 몇 가지 문제'에 대한 토론의 결어를 위한 테제들(Thesen zum Schlußwort zur Diskussion über 'Einige Probleme der Theorie des Romans')」이 그것이다. 러시아어로 발표된 앞의 두 글은 『소설의 본질과 역사』에 실려 있어서 다시 번역하지 않고 여기서는 독일어로 쓰인 「테제들」만 번역해 「소설」에 이어 수록한다.

랑스어로 번역되어 나왔을 때[2] 루카치의 "가장 중요한 제자들"은 그 시기 루카치가 생산한 텍스트 가운데 군이 출판할 가치가 없는 "가장 나쁜 텍스트들"을 묶어 냈다고 비판했다.[3] 하지만 「소설」을 꼭 그렇게만 볼 것은 아닌데, 1930년대 중반의 루카치, 특히 '사회주의 리얼리즘'을 소비에트 문학과 문학비평의 "주요 방법"으로 확정한 제1차 소비에트작가전 연방회의(1934년 8월 17일~9월 1일)에서부터 '반(反)파시즘 인민전선정책'을 공식적으로 채택한 코민테른 제7차 대회(1935년 7월 25일~8월 20일)까지의 루카치의 시각과 사고를 잘 보여주는 글로서, 그가 1930년대 전반기의 입장에서 후반기의 입장으로 넘어가는 지점 한가운데 있는 글이라 할 수 있다.[4] 사전의 한 항목으로 작성된 글이기 때문에 풍부한 논증이 부족하고 다소 도식적인 것은 사실이지만, 바로 그렇기 때문에 그 시기 루카치의 기본 관점과 사고방식이 특히 명료하게 표현된 글이기도 하다. 또 그렇기 때문에 루카치가 코뮤니즘으로 '회심(回心)'하기 전에 쓴 『소설의 이론(Die Theorie des Romans)』(1916)과 마르크스주의자 루카치가 구상한 소설론 사이의 간명한 비교를 가능하게 할 뿐 아니라, 루카치가 말년에 탈(脫)목적론적·비(非)종말론적 마르크스주의 존재론[5]의 연장선상에서 개진한 소설론적 사유(「솔제니친의 소설들(Solschenizyns Romane)」(1969))가 보여주는 여전함 혹은 새로움을 조명하기에도 유용한 텍스트다.

이 글은 특히 우리 문학과 관련해서 각별한 의미가 있는 글이기도 하다. 우리가 엮은 이 책에 수록된 임화의 글이나 비슷한 시기에 발표된

---

2 Claude Prévost, *Georges Lukács. Ecrits de Moscou*, Paris 1974.

3 F. Benseler, "Einleitung", *Georg Lukács. Moskauer Schriften*, p. 11.

4 1930년대에 루카치의 사유가 어떻게 변화·발전해 나갔는지에 관해서는 졸저 『게오르크 루카치: 과거와 미래를 잇는 다리』, 한울, 2000, 제2부를 참고하라.

5 『사회적 존재의 존재론을 위한 프롤레고메나』, 게오르크 루카치 지음, 김경식·안소현 옮김, 나남, 2017 참고.

김남천의 「소설의 운명」(1940)에서 확인할 수 있듯이, 이 글은 이미 1930 년대 후반부터 우리 문학의 일각에 적지 않은 영향을 미쳤다.[6] 그리고 우리가 엮은 책에 실린 바흐친의 「문학 장르로서의 소설」—지금까지는 주로 「서사시와 소설」이라는 제목으로 소개된—역시 이 글과의 관계 속에서 읽을 수 있는데, 바흐친이 직접 거론하지는 않았지만 그의 글은 루카치의 『소설의 이론』뿐만 아니라 이 글 곧 「소설」도 암묵적인 논쟁 의 대상으로 삼아 쓰인 글로 읽을 수 있다.

루카치의 텍스트에 대한 해설은 옛 동독의 연구자 페터 케슬러(Peter Keßler)가 쓴 「역사·유물론적 소설장르론을 위한 입지 모색(Standortsuche für eine historisch-materialistische Theorie des Romangenres)」으로 대신한다. 앞에 서 소개한 『소설에 관한 논쟁』에 수록된 이 글은 루카치의 「소설」 및 이 에 딸린 글들과 토론, 그리고 바흐친의 「서사시와 소설」을 한 묶음으로 배치한 장(章)의 머리말로 쓰였다. 따라서 이 글은 「소설」만 다루는 것이 아니라 당시 루카치가 제출한 「'소설'에 대한 보고」를 둘러싸고 이루어 졌던 논쟁의 골자까지 잘 정리했으며, 글 말미에는 바흐친의 소설론에 대한 간략한 소개까지 덧붙였다. 나는 다른 지면에서 「소설」을 중심으 로 루카치의 '중기소설론'을 다룬 바 있는데,[7] 케슬러의 논문은 내가 쓴 글과는 다소 다른 시각에서 다른 측면을 다루고 있기 때문에 따로 번역 하여 소개하는 것도 의미가 없지 않겠다고 생각했다. 두 글을 같이 읽으 면 루카치의 텍스트에 대한 이해가 조금 더 풍부해질 것이라 믿는다.

케슬러의 논문은 '사회주의' 국가였던 옛 동독에서 교육받고 활동했 던 연구자가 그 나라가 붕괴하기 직전에 쓴 글이다. 이미 다른 글에서 소개했다시피, 옛 동독에서 이루어진 루카치의 수용사는 굴곡이 상당

---

6 이와 관련해서는 『내가 읽고 만난 일본』, 김윤식 지음, 그린비, 2012, 67-86쪽을 참고하라.
7 졸고 「루카치 장편소설론의 역사성과 현재성」, 『다시 소설이론을 읽는다』, 황정아 엮음, 창 비, 2015, 13-40쪽.

히 심했다.[8] 동독(독일민주주의공화국) 수립 초기 마르크스주의에 입문하는 젊은 지식인들에게 '교사' 역할을 했던 루카치는, 하지만 1956년 10월 '헝가리 민중봉기'의 실패 이후 "헝가리 반혁명의 정신적 대부"로 낙인찍혔다. 그 후 옛 동독에서 루카치의 책과 글은 출판이 금지되고, 오직 비판의 대상으로만 호명되던 일마저도 점차 드물어지면서 학계와 이데올로기 장(場)에서 그의 존재는 거의 완전히 지워졌다. 그가 다시 논의의 구도 속에 들어온 것은 1967년이다. 그것은 베르너 미텐츠바이(Werner Mittenzwei)가 브레히트의 문학론·리얼리즘론을 적극적으로 해석·수용하면서 그 부정적 맞상대로 루카치를 세우는 방식으로 이루어졌다. 그 후 1970년대 중반 무렵부터 루카치가 다시 본격적인 논의의 대상이 되며 그에 대한 연구가 활발해지기 시작했는데, 하지만 몇몇 예외적인 경우를 제외하면 대부분의 연구는 그의 이론적 업적을 역사화·과거화하는 방식으로 이루어졌다. 여기에 옮긴 케슬러의 논문은 그러한 연구·수용 경향의 마지막 국면에 위치한 글로서, 비교적 균형 잡힌 시각에서 이루어진 연구 성과라고 할 수 있다. 우리는 이 글을 통해 「소설」에 대한 한 가지 해석뿐만 아니라 '현실사회주의' 국가였던 옛 동독에서 이루어진 루카치 연구의 한 귀결점을 엿볼 수 있다. 그리고 이를 통해 '마르크스·레닌주의 문학이론'이라는 이름으로 이루어진 '역사·유물론적 문학이론(Die historisch-materialistische Literaturtheorie)'이 최종적으로 도달한 수준의 일단을 확인할 수도 있다.

물론 '역사·유물론'이 '마르크스·레닌주의'와 동일시되던 시기는 이미 오래전에 지났다. 그렇다고 해서 '마르크스·레닌주의 문학이론'을 하나의 역사적 단계로 놓을 수 있는, 여러 갈래의 시도를 포괄하는 '역사·유물론적 문학이론'의 필요성이 사라진 것은 아니다. 아니, 미적 평가와

---

8 『게오르크 루카치』, 18-25쪽 참고.

판단이 상대주의적으로만 고집되는 개인 취향의 문제로 치부되고 문학
연구나 비평은 쇄말주의(瑣末主義)와 전문가주의에 의해 주도되는 것이
현재의 주된 지적 경향이기에, 그 필요성은 오히려 더 커졌다고 주장하
고 싶다. 우리가 이 책에서 소개한 바흐친, 벤야민, 아도르노 등과 함께
루카치 또한 그러한 '역사·유물론적 문학이론'을 형성해 가는 과정에서
망각해서는 안 되는 유산으로 한몫을 담당할 수 있을 것이며, 또 마땅히
그래야 한다.

　　마지막으로 번역과 관련하여 덧붙이자면, 본문 중에 [ ]로 묶은 말은
독자들의 이해를 돕기 위해 옮긴이가 원문에 없는 말을 임의로 추가한
것이다. 또 어떤 단어를 한 가지로 확정하여 옮기기보다는 대체 가능한
번역을 병기해 두는 게 독서에 유리하겠다고 판단되는 대목에서도 같은
식으로 [ ]를 사용했다.

소설

◆ 게오르크 루카치

◆ 김경식 옮김

1. 소설이론의 운명

소설은 부르주아 사회[1]의 가장 전형적인 문학 장르다. 고대와 중세 그리
고 오리엔트에도 여러 면에서 소설과 유사한 점들을 보여주는 작품이
있는 것은 사실이나, 소설의 전형적인 특징은 그것이 부르주아 사회의
표현형식이 되고 난 뒤에야 비로소 나타난다. 다른 한편, 근대 부르주아
사회의 모든 특수한 모순은 바로 소설에서 가장 적합하고 전형적인 방
식으로 형상화된다. 예컨대 드라마처럼 부르주아적 발전이 자신의 목적
을 위해 개조하고 변형한 다른 형식들과는 달리, 소설에서 이루어진 서
사 형식 전반에 걸친 그 변화는 아주 심각해서, 소설을 하나의 새로운

---

1 '부르주아 사회'는 'die bürgerliche Gesellschaft'를 옮긴 말이다. 이 텍스트에서 루카치는
'bürgerlich', 'Bürgertum', 'bürgerliche Klasse' 'Bürgerklasse' 등의 독일어뿐만 아니라, 이와
뜻이 같은 프랑스어 'bourgeois', 'Bourgeoisie' 등도 같이 사용하고 있는데, 우리는 모두 '부
르주아적[인]' '부르주아[의]', '부르주아계급' 등으로 통일해서 옮겼음을 밝혀 둔다. 이 글에
서 루카치가 19세기 중반 이후의 '부르주아계급'과 관련해서는 주로 프랑스어를 사용하고
그 이전 시기의 '부르주아계급'을 지칭할 때는—흔히 '시민계급'으로 옮겨지는—독일어
를 사용하는 경향이 있긴 하지만(물론 다 그런 것은 아니다), 적어도 이 텍스트에서는 특별한
의미상의 차이를 염두에 두고 그렇게 쓴 것 같지는 않다.—옮긴이

형식, 전형적으로 근대·부르주아적 형식이라 말해도 무방할 정도다.

발전의 불균등성은 가장 전형적인 이 근대·부르주아적 예술 장르의 이론의 발전에서도 뚜렷이 나타난다. 소설에 대한 우리의 일반적인 규정에 의거하여 사람들은 근대·부르주아적 발전이 이루어지던 시기의 미학이 이 특수한 새 예술 장르의 이론을 가장 활발히 만들어 냈다고 생각하는 경향이 있는 듯하다. 하지만 실제로 전개된 역사의 발전 과정은 이와는 정반대의 사실을 보여준다. 부르주아적 발전이 시작되었을 때의 이론적 연구는 그 일반적 형식법칙들을 고대에서 넘겨받을 수 있었던 예술 장르들, 곧 드라마, 서사시, 풍자 등등에 거의 전적으로 집중되었다. 소설은 [문학 또는 예술과 관련된] 일반 이론의 발전과는 별개로, 그것과는 거의 무관하게, 그것에 의해 고려되지도 별다른 영향을 받지도 않은 채 발전해 나간다. 소설의 이론을 위한 최초의 중요한 암시와 자극은 위대한 소설가들 자신의 여기저기 흩어져 있는 발언에서 찾아볼 수 있다. 이 발언들을 보면, 위대한 소설가들은 [소설이라는] 새로운 예술 장르를 충만한 예술적 의식을 가지고 빚어내고 발전시켰지만 이론적인 일반화에서는 그들 자신의 [문학적] 실천을 위해 꼭 필요했던 것 이상으로 나아가지는 않았다는 것을 분명히 알 수 있다. 물론 부르주아적 예술 발전 특유의 새로운 계기들을 이렇게 소홀히 다룬 것은 결코 우연이 아니다. 부르주아적 발전 초기의 이론은 모든 문화적·미학적 문제에서 필연적으로 고대의 모범에 최대한 기대게 된다. 그것은 중세 문화에 맞서 부르주아 문화를 위해 벌이는 투쟁에 가장 효과적인 이데올로기적 무기를 고대의 모범에서 발견한다. 이러한 경향은 상승을 꾀하는 부르주아계급의 첫 번째 발전 단계인 궁정·절대주의 단계를 거치면서 본질적으로 더 강화된다. 따라서 이러한 모범들에 상응하지 않는 모든 예술형식, 즉 민속적이고 통속적인, 왕왕 평민적이기도 한 방식으로 중세의 발전 과정에서 유기적으로 성장해 나온 모든 예술형식은 이론적으로 무시되며 심지어 몰(沒)형식적인 것으로 배척되는 경우도 자주 있다(예컨대 셰익스피어의 드라마). 그런데 소설은 바로 그 최초의 위대한 대표자들을 통해 중세의 서사 문화에 직접적이고 유기적으로—비록 이와 동시에 [그 중세의 서사 문화를] 공격하고 해체하는 성격을 띠긴 하지만—연결되어 있다. 소설 형식은 중세 서사 문화 해체의 소산, 중세 서사 문화의 '평민화'와 부르주아화의 소산이다.

독일 고전철학과 더불어 비로소 소설을 일반미학적으로 다루고 미적 형식들의 체계 속에 유기적으로 포함하려는 조짐이 나타나기 시작한다. 그와 동시에 위대한 작가들이 자신들의 [문학적] 실천을 두고 한 실천적 일반화는 폭이 한층 더 넓어지며, 더욱 깊은 이론적 의미를 얻게 된다(월터 스콧(Walter Scott), 요한 볼프강 폰 괴테(Johann Wolfgang von Goethe), 발자크 등등). 그러니까 소설론의 원리들은 이 시기에 마련된 셈이다.

그러나 소설의 이론을 상세히 다루는 문헌은 19세기 후반기에야 나타나기 시작한다. 이때에 와서야 비로소 소설은 근대 부르주아계급의 전형적인 표현형식으로 완전히 인정받게 되었다. 근대의 서사시를 창조하려는 시도는 중단된다. 그리고 드라마의 발전은 중심적인 나라들에서 그 정점을 넘어선 지 이미 오래였다. 그리하여 이제—대략 에밀 졸라(Émile Zola)의 이론적·논쟁적인 글들이 나온 이후부터—소설을 한층 더 폭넓게 다루는 문헌이 생겨난다. 물론 이러한 문헌에서도 소설은 이론적·체계적인 방식으로 다루어지기보다는 저널리즘식으로 산만하게, 그때그때 현안이 된 문제를 다루는 방식으로 논의되었다. 그런데 [소설과 소설이론 사이의] 발전의 불균등성으로 다음과 같은 사실이 초래된다. 즉 이러한 이론은 동시에 자연주의의 이론적 정초였으며, 소설의 위대한 혁명적·고전적 전통과 업적에서 소설이 벗어나는 것이자, 소설 형식 해체의 시작(이는 부르주아 이데올로기의 전반적 하강 노선의 필연적 결과로 나타나는 현상이다)이었다. 이러한 소설론들은 19세기 중엽 이래 근대 부르주아

계급의 예술 경향을 인식하는 데는 흥미로운 것이 될 수 있을지언정 소설의 실로 원칙적인 문제들을 해결할 수는 없다. 즉 다른 서사문학 형식들에 대해 소설이 예술 장르로서 갖는 독자성을 정초하지 못할 뿐 아니라 이 예술 장르의 특수한 고유성을 부각하여 드러내지도 못하며, 소설을 단순한 오락문학과 구분 짓는 소설의 예술적 원리를 정초하지도 못한다. 이런 식으로 부르주아적 발전은 제대로 된 체계적 소설론을 제공하지 못했다. 마르크스주의 소설론은 [19세기 후반기의 소설론이 아니라] 고전적 시기의 규정과 언급을 비판적으로 계승하고 발전시킬 실마리로 삼아야 한다.

2. 서사시와 소설

독일 고전미학은 처음으로 소설론의 문제를 원칙적으로, 그것도 수미일관하게 체계적·역사적으로 제기한다. 헤겔은 소설을 "부르주아 서사시(bürgerliche Epopöe)"[2]라고 명명함으로써 미학적 문제와 역사적 문제를 동시에 제기한다. 즉, 그는 소설을 부르주아적 발전 과정 내에서 서사시에 상응하는 예술 장르라고 본다. 소설은 한편으로는 대(大)서사문학(die große Epik)의, 따라서 서사시(Epos)의 일반적인 미학적 특징을 지니며, 다른 한편으로는 근본적으로 다른 성질을 띤 부르주아시대에 필연적으로 따르는 모든 변형을 겪는다. 따라서 소설의 이론은 대서사문학의 일반 이론의 한 역사적 단계가 된다. 이로써 한편으로 예술 장르의 체계 속에서 소설의 위치가 일반적으로 규정된다. 소설은 더 이상 이론이 점잖게 지나쳐 가는 한갓 '통속적인' 예술 장르가 아니라 근대의 발전 과정에서 지배적이고 전형적인 의미를 지닌 것으로 완전히 인정받게 된다. 다

---

2 Hegel, *Werke, Band 15: Vorlesungen über die Ästhetik III*, p. 392 참고.

른 한편, 헤겔은 다름 아닌 역사적 대립 설정으로부터 소설 형식의 특수한 성격과 특수한 문제성을 설명한다. 이러한 문제 설정의 깊이와 올바름은, 헤겔이 프리드리히 실러(Friedrich Schiller) 이래 고전철학의 전반적인 전개 과정을 따라 근대·부르주아적 발전이 포에지[3]에 불리함을 역설하고 포에지의 시대와 프로자의 시대의 대립 설정으로부터 소설의 이론을 전개하고 있는 데에서 분명히 드러난다. 헤겔은 〔그보다 훨씬 이전의 잠바티스타 비코(Giambattista Vico)와 마찬가지로〕[4] 역사적으로 서사시가 인류의 원시적 발전 단계, 곧 '영웅들'의 시대와 결부되어 있음을, 다시 말해 인간에게서 독립되고 독자적으로 되어 버린 사회적 힘들에 의해 아직 사회생활이 지배받지 않는 시대와 결부되어 있음을 알고 있다. 그 전형적인 현상형식들이 호메로스의 서사시들이었던 영웅시대의 시문학은 인간의 이러한 자립성(Selbständigkeit)과 자기활동성(Selbsttätigkeit)에 근거를 두고 있는데, 이는 동시에 "영웅적 개인은 자신이 속해 있는 (…) 인류적 전체"와 분리되어 있는 것이 아니라 "(…) 이러한 전체와 실체적으로 통일되어 있는 것으로서만 자신을 의식"[5]한다는 것을 의미한다.

헤겔에 따르면 근대·부르주아적 시대의 산문은 이러한 자기활동성 및 사회와의 실체적 통일성이 필연적으로 지양된 데 그 본질이 있다. "이 모든 관계에서 법치국가의 공권력은 그 자체로 개체적 형태를 지니지 않으며 오히려 보편적인 것 자체가 보편성을 띠고 지배하는데, 그 보편성 속에서 개체적인 것의 생생함은 지양된 것으로 또는 부차적이고

---

3 이 글에서 'Poesie'는 문맥에 따라 '포에지' '시' '시문학' '시성(詩性)' 등으로 옮겼으며, 'Prosa'는 '프로자' '산문' 등으로 옮겼다.—옮긴이

4 프랑크 벤젤러가 편찬한 『모스크바 논총』에 수록된 「소설」에는 밑줄 친 부분이 더 있다. "헤겔은, 물론 〔그보다 훨씬 이전의 잠바티스타 비코와 마찬가지로〕 객관적·경제적인 토대에 대한 인식은 없이, 역사적으로 서사시가 (…) 알고 있다."—옮긴이

5 Hegel, *Werke, Band 13: Vorlesungen über die Ästhetik I*, p. 247 참고.

중요하지 않은 것으로 나타난다."[6] 따라서 근대인들은 그들의 "개인적 목적 및 관계를 지닌 채 그러한 전체의 목적과는" 분리되어 있다. "개인은 무엇을 행하든지 개인으로서의 자신을 위해 그의 개인성을 발판으로 해서 행하며, 따라서 개인은 자신이 속해 있는 실체적 전체의 행동에 대해서는 책임을 지지 않고 다만 자기 자신의 행위에 대해서만 책임을 진다."[7] 헤겔에게 근대 시문학 일반의 문제와 그중에서도 특히 "부르주아 서사시"로서의 근대 소설의 문제는, 그가 이러한 발전 과정의 필연성을 무조건 인정하지만 이와 동시에 그 발전 과정의 모순적 성격도 날카롭게 강조하고 있는 데에서 발생한다. 그 발전은 영웅시대의 원시성에 비하면 절대적인 진보다. 하지만 그것은 동시에, 그리고 그 진보와 불가분리하게, 인간의 퇴락(頹落)[8]이자 포에지의 프로자로의 퇴락이며, 인간이 아무런 반대 없이 그대로 순응하기가 불가능한 퇴락이다. "그러나 우리가 완성된 부르주아적·정치적 삶에서 그 상태의 본질과 발전을 아주 유익하고 이성적인 것으로 인정한다 하더라도, 그러한 진정한 개체적 총체성과 생생한 자립성에 대한 관심과 욕구는 결코 우리를 떠나지 않을 것이며 떠날 수 없을 것이다."[9]

소설 형식에 대해 이론적으로 올바른 입장을 갖기 위한 전제 조건은 자본주의사회의 모순에 찬 발전에 대해 이론적으로 올바른 입장을 갖는 것이다. 독일 고전철학은 그러한 입장을 취할 수가 없었다. 자본주의사회의 근본모순, 곧 사회적 생산과 사적 전유(專有)의 모순에 대한 인식은

---

6 Ibid., p. 242.

7 Ibid., p. 247.

8 '퇴락'은 'Degradation'을 옮긴 말이다. 다른 글에서는 주로 '타락'으로 번역해 왔는데(예컨대 졸고 「루카치 장편소설론의 역사성과 현재성」, 『다시 소설이론을 읽는다』, 황정아 엮음, 창비, 2015, 22쪽), 이 글에서는 '퇴락'으로 고쳐 옮긴다.—옮긴이

9 Hegel, *Werke, Band 13: Vorlesungen über die Ästhetik I*, p. 255.

독일 고전철학의 지평 너머에 있었다. 헤겔의 철학 역시―최선의 경우에―이러한 근본모순의 몇 가지 중요한 결과적 현상을 정식화하는 데까지만 나아갈 수 있었다. 그럴 때에도 그의 철학은―관념론 철학으로서―모순들의 참된 변증법적 통일성은 파악할 수 없었다. 이러한 한계 속에서 또한 헤겔은 자본주의 발전의 진보성에 내재하는 모순을 올바로 예감하는 것으로 그친다. 즉, 그는 생산과 사회를 혁명적으로 변화시키는 자본주의 발전의 진보적 성격과, 자본주의 발전이 역시나 필연적으로 초래하는 심각한 인간 퇴락이 분리될 수 없다는 사실을 예감하는 것으로 그치고 만다.

고전적인 독일미학이 소설의 이론을 위해 쌓은 불멸의 업적은 장르로서의 소설과 부르주아사회 사이의 깊은 연관관계를 인식한 데 근거를 두고 있다. 그런데 바로 이러한 문제 설정의 올바름이 필연적으로 그에 대한 답의 한계를 규정한다. 고전적인 독일관념론의 미학에서는 부르주아사회에 대한, 더 나아가 그 발전 경과에 대한, 그리고 역사가 그 부르주아사회를 넘어서는 것에 대한 완전하고도 적확한 인식은 차단되어 있었다. 당대의 모든 독일인 중에서 자본주의의 본질을 가장 정확하게 통찰했던 헤겔조차 자본주의사회의 진정한 모순을 예감하는 데까지만 나아갈 수 있었다. 그리고 자본주의사회를 그 미적 결과의 측면에서 사상적으로 파악하려고 시도한 곳에서 그는 해결할 수 없는 모순에 빠져들 수밖에 없었다. 그리하여 자본주의시대가 예술에 불리하다는 그의 올바른 고찰은 '정신'이 예술의 단계를 넘어서 버렸다고 하는, 예술의 종말에 관한 그릇된 이론으로 탈바꿈하고 만다. 그는 현실과의 반(反)낭만주의적 방식의 '화해'를 소설의 필연적 내실로 파악하는데, 이때 그는 데이비드 리카도(David Ricardo)식의 진리를 사랑하는 '냉소주의'적 태도를 지니고 있지만[10]

---

10 리카도의 '냉소주의(Zynismus)'와 관련해서는 『경제학-철학 수고』, 카를 마르크스 지음, 강

또한 그 경직성과 일면성도 같이 지니고 있어서, 소설이 지닌 많은 중요한 문제와 가능성을 부주의하게 간과할 수밖에 없었다.

소설의 문제에서 고전미학이 지닌 이 모든 해결 불가능한 모순은 계급사회에서 이루어지는 진보의 모순들, 계급사회에서는 해결 불가능한 것일 수밖에 없었던 그 진보의 모순들로 소급될 수 있다. 진보의 모순성의 기원을 실재적인 경제적 기반에서 찾고, 인간 사회의 역사 속에서 그 모순성을 구체적으로 제시하며, 그 과정에서 예술 일반과 특히 소설에 그 모순성을 올바로 적용하는 일은 마르크스와 엥겔스에 와서야 비로소 이루어진다.

모든 모순의 현실적인 경제적 원인에 대한 유물론적·변증법적인 인식의 기초 위에서야 비로소, 그리고 『정치경제학 비판을 위하여(Zur Kritik der politischen Ökonomie)』의 「서론」에서 신화와 시문학의 관계를 두고 한 언급과 『가족·사유재산·국가의 기원(Der Ursprung der Familie, des Privateigentums und des Staats)』에서 씨족사회 해체의 변증법을 두고 한 설명에서야 비로소 "부르주아 서사시"로서의 소설의 형식에 대한 유물론적·변증법적인 파악의 토대가 마련된다. 고전적인 시기에도 부르주아 이론가들에게는 딜레마가 있었다. 인류의 영웅적 시대, 신화적 시대, 원시적인 시적 시대를 찬양함으로써 자본주의적인 인간 퇴락에서 빠져나오는 과거 지향적 길을 찾느냐(프리드리히 셸링(Friedrich Schelling)), 아니면 자본주의사회의 견딜 수 없는 모순들을 모종의 '화해' 형식 쪽으로 끌고 가느냐(헤겔) 하는 딜레마가 있었던 것이다. 부르주아시대의 그 어떤 사상가도 이러한 이론적 딜레마를 극복하지 못했으며, 당연히 소설의 이론에서도 그러지 못했다. 위대한 소설가들도 그들 자신의 낭만주의적 이론

유원 옮김, 이론과실천, 2006, 119쪽과 『칼 마르크스-프리드리히 엥겔스 저작집(MEW)』 제4권에 수록된 『철학의 빈곤(Das Elend der Philosophie)』 p. 82를 참고하라.—옮긴이

이나 화해 이론을 무의식적으로 밀쳐 두었을 때에만 모순의 올바른 형상화로 나아갈 수 있었다.

이와 같이 고전미학은 제대로 된 소설론에는 이르지 못했지만 문제 설정을 위한 대체로 올바른 단초에는 도달했다. 이 문제 설정은 커다란 진보를 뜻하는데, 그것이 커다란 진보라는 것은 무엇보다 이론적으로나 실천적으로 근대의 서사시를 정초하려 한 17, 18세기의 시도가 이로써 최종적으로 청산되었다는 사실에서 분명하게 알 수 있다. [근대의 서사시를 정초하려는] 그러한 경향들이 아무런 가망도 없다는 것은, 볼테르 (Voltaire)가 그의 서사시 이론에서 호메로스에게서 나타난 '영웅적' 원칙을 논박하고 '영웅성'을 배제한 채, 그러니까 순전히 근대적인 토대 위에서, 따라서 객관적으로 소설의 사회적 토대 위에서 서사시 이론을 정초하려 시도한 데에서 가장 분명하게 드러난다. 근대가 시문학, 특히 서사시에 불리하다고 말한 곳에서 마르크스가 경고의 본보기로 다름 아닌 볼테르의 『앙리아드(La Henriade)』를 『일리아스(Ilias)』에 대립시킨 것은 우연이 아닐 것이다. 고전철학이 소설의 이론을 위해 이룬 불멸의 업적은 다음과 같이 두 가지로 나눠 볼 수 있다. 한편으로 그것은 서사시와 소설의 통일성을 인식하고 그 필연적 결과로 모든 대서사문학의 공통 범주들을 부각하여 드러냈는데, 이는 이 시기에 괴테와 실러, 셸링과 헤겔에 의해 폭넓게 이루어졌다. 모든 위대한 소설은—물론 모순적이고 역설적인 방식으로—서사시를 지향하며, 바로 이러한 시도와 그것의 필연적 좌절 속에 소설이 갖는 문학적 위대성의 원천이 있는바, 이 점에 서사시와 소설이 갖는 공통성의 실천적 의의가 있다. 다른 한편, 고전적인 소설론의 의의는 서사시와 소설 사이의 역사적 차이를 인식하고 소설을 전형적으로 근대적인 예술 장르로 인식한 데 있다.

고전철학의 서사문학 일반론을 상세히 설명하는 것은 이 글의 분량이 허락지 않는다. 비록 그 일반론의 강점이 바로 여기에, 즉 호메로스적 구성에 대한 이론적 인식에 있지만 말이다(드라마의 전진적 모티프와 반대되는 후진적 모티프의 의의, 부분들의 독자성, 우연의 역할 등등). 이러한 일반적 원리들은 소설 형식의 인식을 위해 지극히 중요하다. 왜냐하면 그것들은 소설이 이전의 서사시와 마찬가지로 하나의 완전한 세계상(世界像)을, 자기 시대의 형상을 제공할 수 있게 만드는 그런 형식적 창작 원리들을 분석한 것이기 때문이다. 괴테는 소설과 드라마 사이의 이러한 대립을 다음과 같이 정식화하고 있다. "소설에서는 주로 **의향과 사건**(*Gesinnungen und Begebenheiten*)이 제시되어야 하며, 드라마에서는 **성격과 행동**(*Charaktere und Taten*)이 제시되어야 한다. 소설은 서서히 진행되어야 하며, 주인공의 의향은 (…) 전체가 급하게 전개되는 것을 저지해야 한다. (…) 소설의 주인공은 수동적이어야 하며, 적어도 지나치게 능동적이어서는 안 된다."[11] 한편으로 소설 주인공의 이러한 수동성은 주인공과 연계해서, 주인공을 중심으로 세계상의 온폭이 펼쳐질 수 있도록 하기 위해 형식상 필요한 것이다. 이에 반해 드라마에서는 행동하는 주인공이 사회의 **한 가지** 모순의 내포적 총체성(die intensive Totalität)을 극단으로 몰고 간다. 다른 한편으로 이러한 이론에서는—이론가 자신들에게는 흔히 의식되지 않은 채—소설의 한 가지 본질적 특징, 즉 부르주아 소설은 '긍정적 주인공'을 형상화할 수 없다는 점이 표현된다.

고전철학은 자본주의의 해결될 수 없는 모순들 사이의 어떤 도달 불가능한 '중간'을 의식적으로 지향함으로써 이 문제도 협소화하고 있다. 고전철학이 바로 이 '중간'을 의식적으로 형상화하고 있는 소설인 괴테의『빌헬름 마이스터』를 모범으로 삼은 것은 결코 우연이 아니다. 예컨대 셸링은 이상주의와 현실주의 사이의 투쟁을, 헤겔은 부르주아적 현실을 위한 인간 교육을 소설의 주제로 파악함으로써 고전철학은 서사시

---

11 Goethe, *Poetische Werke, Band 10*, Berlin und Weimar 1971, p. 321. 강조는 루카치.

와 소설의 차이에 대한 일정한 인식에 도달한다. 헤겔에 따르면, 산문화된 현실 속에서 소설은 "이러한 전제 조건에서 가능한 한 포에지에게 그것이 잃어버린 권리를"[12] 되찾아 주어야 한다. 그런데 그것은 포에지와 프로자[산문]를 낭만주의적으로 경직되게 대립시키는 형식을 통해서가 아니라, 산문적 현실 전체와 이에 맞선 투쟁을 형상화함으로써 이루어진다고 한다. 이 투쟁은 두 가지 방식으로 처리되는데, "한편으로는 평범한 세계 질서에 처음에는 저항하던 인물들이 점차 그 세계 질서가 참되고 실체적임을 인정하게 되고 그 상황과 화해하여 그 상황 속에 잘 편입되는 방식이 있고, 다른 한편으로는 그 인물들이 실행하고 완성하는 것에서 산문적인 모습을 털어내 버리고 기존의 산문을 미와 예술에 친근하고 우호적인 현실로 대체하는 방식이 있다." 고전미학이 이렇게 서사시와 소설 간의 특수한 차이들을 인식하고 있는 것은 사실이다. 또 고전미학은 신화가 옛 서사시에 제공하는 객관성을 아주 분명하게 부각했는데, 그렇기 때문에 고전미학은 소설에서 형식 부여가 지니는 각별한 의미를 알고 있다고까지 할 수 있다(셸링은 "소설은 오로지 자신의 형식을 통해서만 객관적이다"라고 말한다). 그러나 고전미학은 이러한 특수한 규정들로까지 구체적으로 파고들 수는 없고, 서사시와 소설을 큰 틀에서 올바로 대조하는 것으로 그친다.

3. 소설의 특수한 형식

셸링이 소설의 형식에 이같이 큰 의미를 부여한 것은 전적으로 옳다. 바로 그렇기 때문에 이 형식 문제들은 형식의 측면에서 보면 제기될 수도, 해결될 수도 없다. 운문으로 되어 있지만 그럼에도 서사시가 아니라 소

---

12 Hegel, *Werke, Band 15*, p. 393.

설인 『돈 주앙(Don Juan)』을 쓴 조지 고든 바이런(George Gordon Byron)은 그 작품 초반부에서 서사시와 소설의 대립을 형식적 측면에서 아주 예리하게 제시하고 있다. 그는 사건의 한가운데에서(in medias res) 시작하는 서사시의 구성과 단절하고자 하며, 주인공의 인생사를 맨 처음에서부터 이야기하려고 한다. 이를 통해 실상 바이런은 소설 형식의 특수한 본질적 지점 하나를 건드리고 있다. 서사시는 전체 심리에서 자신이 살고 있는 사회와 아무런 문제 없이 유착되어 있는 주인공을 다루기 때문에, 서사시적 형상화는 여하한 발생사적 설명도 필요로 하지 않는다. 그러므로 서사시는 서사적 사건들을 전개하기에 가장 유리한 지점에서 시작할 수 있다. [서사시에서] 과거의 서술은 이야기의 흥미, 세계상의 전개, 서사적 긴장 등을 위해서만 쓰일 뿐, 주인공의 성격과 사회에 대한 그의 관계를 설명하는 데 쓰임새가 있는 것은 아니다. 그런데 이 모든 것이 소설에서는 정반대다. 즉 소설에서는 현재를, 그리고 진전 과정을 발생사적으로 설명하기 위해 과거가 꼭 필요하다. 그러나 바이런은 문제를 형식적인 측면에서 건드렸으며, 그리하여 소설의 형식으로 전기(傳記) 형식을 요구한다. 대다수의 고전적 소설이 이러한 기초 위에 구축되어 있다는 것은 잘 알려진 사실이다. 그러나 소설을 구성하기 위해 발생사적 설명 원칙이 필요하다는 사실에서 전기 형식의 필연성을 추론하는 것은 형식주의적 태도일 것이다. 발생사적 전개의 가장 위대한 대가인 발자크도 주인공의 발전 과정상의 임의의 지점들에서 소설을 시작할 것을 분명히 요구하고 있으며, 실제 창작에서도 형식 부여의 이러한 다양성을 발전시키고 있다.

소설의 발전 과정에서 볼 수 있는 이론과 실천 간의―이미 앞에서 암시한 바 있는―모순의 결과, 그리고 실천이 이론을 넘어서 버린 결과, 특수한 규정들을 지니는 소설론의 초석(礎石)으로 단지 위대한 작품들 자체만 이용할 수 있는 듯이 보이기도 한다. 하지만 부르주아계급의 혁명적 시기에 활약했던 위대한 작가와 사상가들의 공식적인 이론과 나란히 그들의 작품 속에는 일종의 '내밀한' 이론 또한 존재한다. 기본 모순들에 대한 이 '내밀한' 이론의 통찰은 명시적인 소설론에서보다 한층 더 명료하다. 알다시피 헤겔은 이미 『정신현상학(Phänomenologie des Geistes)』에서 영웅시대와 산문적·부르주아적인 시대 사이의 대립, 인간의 자기활동성과 추상적인 사회적 힘들의 지배 사이의 대립을 서술했다. 거기에서도 그 서술은 그리스의 서사문학과 극문학에서 산문의 세계(로마)로 가는 길을 밝히는 데 쓰이고 있다. 『정신현상학』을 주의 깊게 읽는 독자라면, 이러한 이행이 그 책에서 두 번 나온다는 것을 알아차릴 것이다. 구체적으로 말하면 근대적 부르주아 사회로의 이행을 밝히는 장들, 즉「정신적 동물왕국」에 대한 장에서 처음 나오며,「소외된 정신, 교양」에 대한 장들에서 또 한 차례 나온다.[13] 이 장들도 인간의 자기활동성과 자립성을 보여주고 있긴 하지만, 그것은 본원적 축적이 이루어지던 자본주의 발생기의 소외된 자립성, 왜곡시키며 왜곡된 자립성이다. 헤겔이 그 장들에서 시문학을 검토하고 있는 것은 아니며, 소설과 그 형식 문제를 검토하고 있는 것은 더더욱 아니다. 하지만 그가 그 설명의 결정적 대목에서 드니 디드로(Denis Diderot)의 『라모의 조카(Le Neveu de Rameau)』를 인용하며 그 걸작의 구성과 형상화에서 극히 포괄적인 결론들을 추출하고 있는 것은 확실히 우연이 아니다.

"이 세계에서 알게 되는 것은, 권력과 부(富)의 **진정한 본질**도, 그것들의 명확한 **개념**도, 좋음과 나쁨이나 좋고 나쁜 것에 대한 의식도, 고귀한 의식과 저열한 의식도 진실성이 없다는 것이다. 오히려 이 모든 계기는 한쪽에서 다른 쪽으로 서로 뒤바뀌며 각각은 자기 자신의 반대물이다. (…) 하지만

---

13 Hegel, *Werke. Band 3: Phänomenologie des Geistes*, pp. 294-310, pp. 359-441 참고.

분열의 언어가 완전한 언어이며 이 교양 세계 전체의 참된 실존적 정신이
다."[14]

헤겔의 이 '내밀한' 소설론 원리들은, 대부분 등장인물들을 통해서만
표현되고 있는[그렇기 때문에 대부분 반어(反語)적으로 약화되어 있는] 발자크
의 '내밀한' 시학 원리들도 포함하고 있다. 발자크는 『잃어버린 환상(Les
Illusions Perdues)』에서 블롱데(Blondet)로 하여금 다음과 같이 말하게 한다.

"사고의 영역에서는 모든 것이 양면적이다. (…) 몰리에르와 코르네유를
다른 사람들보다 돋보이게 하는 것은, 알세스트는 '예'라고 말하게 하면서
필랭트는 '아니오'라고 말하게 하는, 옥타브는 '예'라고 말하게 하면서 신나
는 '아니오'라고 말하게 하는 그 능력이 아닐까?[15] 루소(Jean Jacques Rousseau)
는 『누벨 엘로이즈(Nouvelle Heloise)』에서 결투에 찬성하는 편지와 반대하
는 편지를 썼다. 어떤 것이 그의 진짜 생각이었는지 감히 말할 수 있을까?
우리 중 누가 클라리사와 러브레이스[16] 사이에서, 헥토르와 아킬레우스 사
이에서 결정을 내릴 수 있을까? 두 사람 가운데 누가 호메로스의 주인공일
까? 리처드슨은 어떤 의도를 가지고 있었을까?"[17]

『정신현상학』의 헤겔과 마찬가지로 발자크에게도 이러한 시학이 실
제로 어떤 허무주의적 회의를 의미하는 것은 아니다. 오히려 그것은 심

---

14 Ibid., p. 384-385.

15 알세스트(Alcesta)와 필랭트(Philinte)는 몰리에르의 극작품 『인간 혐오자(Le Misanthrope)』의
    등장인물이며, 옥타브(Octave)와 신나(Cinna)는 코르네유의 비극 『신나(Cinna)』의 등장인물
    이다.—옮긴이

16 클라리사(Clarissa)와 러브레이스(Lovelace)는 새뮤얼 리처드슨(Samuel Richardson)의 소설 『클
    라리사(Clarissa)』의 등장인물이다.—옮긴이

17 Balzac, *Verlorene Illusionen*. Berlin und Weimar 1972, p. 422.

충적인 모순들을 부르주아사회의 삶을 움직이는 힘으로 형상화하면서 끝까지 밀고 나가는 것을 의미한다. 괴테나 헤겔과 마찬가지로 발자크도 이론상으로는 모순들 사이의 유토피아적 '중간 상태'에 도달하려고 애를 썼으며, 몇몇 소설에서는 그것을 형상화하기까지 했던 것이 사실이다. 하지만 여기에서 그것은 문제가 되지 않는다. 왜냐하면 소설의 발전과 관련하여 발자크가 차지하는 세계사적 위대성은, 그가 자신의 형상화의 주 노선에서는 이 같은 '중간'의 유토피아에서 벗어나서 모순들을 형상화하는 데 진력했다는 바로 그 점에서 기인하기 때문이다.

그렇지만 헤겔도 일반미학의 차원에서 분명하게 말한 바 있듯이, 미해결의 모순들을 자본주의사회의 동력으로 창조적으로 인식하는 것은 소설의 형식을 위한 전제 조건일 뿐이지 형식 자체는 아니다. 전반적인 세계 상태에 대한 올바른 인식은 본래적인 문학적 원리, 즉 **행위**(Handlung)의 고안과 완성을 위한 전제 조건일 뿐이다. 이제 행위의 문제는 소설의 형식 문제에서 핵심을 이룬다. 사회 상태에 대한 각각의 인식이 행위의 불가결한 계기가 되지 않았다면, 그것은 추상적으로, 서사상 아무런 재미도 없는 것으로 머물러 있는 것이다. 사물이나 상황에 대한 각각의 묘사(Beschreibung)가 행위의 능동적 계기나 행위를 지연하는 계기가 되지 못하고 한갓된 묘사, 한갓된 구경꾼의 묘사로 머물러 있다면, 그것은 죽은 채로 공허하게 있는 것이다. 행위가 차지하는 이러한 핵심적 위치는 미학자들이 단지 형식적으로 고안해 낸 것이 아니다. 오히려 그것은 현실을 가능한 한 적합하게 문학적으로 반영하지 않으면 안 되는 필요성에서 생기는 것이다. 사회와 자연에 대한 인간의 실재적 관계가 형상화되어야 한다면, 다시 말해 인간이 이러한 관계에 대해 갖고 있는 의식뿐 아니라 의식의 토대를 이루고 있는 존재 자체도 의식과의 변증법적 관계 속에서 형상화해야 한다면, 이를 위한 유일한 방도는 행위를 형상화하는 것이다. 그도 그럴 것이 인간의 행위를 통해서만 그의 진정한 본질, 그의 의식의 진정한 형식과 내용이 그의 사회적 존재를 통해 표현된다. 인간은 자신의 진정한 본질을 알고 있거나 모르고 있을 수 있으며, 그것에 대한 심히 잘못된 관념을 의식 속에 품고 있을 수도 있다. "그들은 그것을 모르지만 행한다."[18](마르크스) 작가의 문학적 상상력은 인간의 이러한 '본질'이, 다시 말해 그의 사회적 존재에서 전형적인 것이 행위를 통해 표현되는 플롯과 상황을 고안해 내는 바로 그 점에 있다. 사회문제에 대한 깊이 있고 구체적인 통찰을 당연히 전제하고 있는 그와 같은 고안 능력을 통해 위대한 소설가는 자기 사회의 형상을 창조할 수 있는데, [그렇게 창조된 형상에 대해 엥겔스는 다음과 같이 말한 바 있다.] "거기에서 나는 심지어 경제적 세부 사항에 관해서도 (…) 이 시대의 모든 직업 역사가와 경제학자, 통계학자가 총괄해 놓은 것에서보다 더 많은 것을 배웠습니다."[19](엥겔스의 발자크론)

이러한 행위가 발생하는 조건, 그리고 그 행위의 내용과 형식을 규정하는 것은 경제와 계급투쟁의 그때그때의 발전이다. 그런데 서사시와 소설은 양자에 공통적인 이 핵심적 문제를 정반대의 방식으로 다룬다. 서사시와 소설은 개인들의 운명에 의거해, 개개인의 행동과 고난을 통해 특정한 사회의 본질적 규정들을 드러낼 필요가 있다. 따라서 개인이 사회와 맺는 관계는, 그러한 규정들을 사회와의 관계 속에 있는 개인적 운명들의 형태로 꿰고 있는 실과 같다. 엥겔스는 "귀부인"을 발자크 소설의 중심인물로 기술하면서 다음과 같이 말한다. "그[발자크]는 이 중심인물 둘레에 프랑스 사회의 전체 역사를 집결시키고 있습니다."[20]

그러나 야만의 상위 단계인 호메로스 시대에 사회는 아직—상대적으

---

18 *MEW, Band 23*, p. 88.

19 *MEW, Band 37*, p. 44.

20 Ibid., pp. 43-44.

로―통일적이었다. 문학적으로 중심에 놓인 개인은 사회 내부의 전형적 대립이 아니라 사회 전체의 기본 경향을 대표함으로써 전형적일 수 있었다. "평의회와 민회(民會)를 두고 있는" 군주정체는 "군사적 민주주의를 의미할 뿐이다."[21] (마르크스) 호메로스는 인민 또는 인민의 일부를 그들의 의지에 반해 어떤 것으로 강제할 수 있는 수단을 보여주지 않는다. 호메로스 서사시의 행위는 사회 **자체**가, 즉 통일적으로 행동하는 공동체로서 사회가 외적(外敵)에 맞서 싸우는 투쟁이다.

씨족사회의 붕괴와 더불어 이런 식으로 행위를 형상화하는 형식은 서사문학에서 사라질 수밖에 없었다. 그러한 형식이 사회의 현실생활에서 사라졌기 때문이다. 개인들의 성격과 행동이나 상황은 더 이상 사회 전체를 직접 대표함으로써 전형적으로 될 수 있는 것이 아니라 **투쟁하는 계급들 중의 한 계급**만을 대표할 수 있고, 또 그럼으로써 전형적으로 될 수 있다. 이제 그때그때의 계급투쟁의 본질적 규정들에 대한 이해의 깊이와 정확성이 인물들과 그들 운명의 전형적 본질을 결정한다. 모순으로 가득 차게 된 인민의 삶의 통일성은, 그 통일성을 구성하고 있는 대립물들에 대한 올바른 파악을 통해서만 이러한 대립물들의 통일성으로서 현시(顯示)될 수 있다.[22] 고대 서사문학의 형식적 요소들을 되살리려

---

21 『가족·사유재산·국가의 기원』에서 엥겔스에 의해 인용된다. MEW, *Band 21*, p. 105.

22 여기서 '현시되다'는 'darstellen' 동사의 수동형을 옮긴 말이다. 이 글에서 'darstellen' 은 기본적으로 '현시하다'로 옮기며, 그 명사형인 'Darstellung'은 주로 '현시'로 옮긴다. 'Darstellung'은 예컨대 프레드릭 제임슨이 『정치적 무의식(The Political Unconscious)』(프레드릭 제임슨 지음, 이경덕·서강목 옮김, 민음사, 2016) 「서문」에서 영어로 "번역 불가능한 명칭"(14쪽)이라고 하면서 독일어 그대로 사용하고 있는 데에서나 『문학적 절대(L'absolu littéraire: Théorie de la littérature du romantisme allemand)』(필립 라쿠-라바르트·장-뤽 낭시 지음, 홍사현 옮김, 그린비, 2015)의 저자들이 프랑스어로 옮기지 않고 독일어 그대로 사용하는 데에서 알 수 있듯이, 번역하기에 실로 '애매한' 단어다. 루카치의 『소설의 이론』이나 발터 벤야민의 『독일 비애극의 원천(Ursprung des deutschen Trauerspiels)』에서도 아주 중요한 위치를 차지하고 있는 이 단어는 지금까지 '제시' '재현' '표현' '현시' '서술' 등으로 옮겨져 왔다. 우리는 이 단어를 '레프리젠테이션(representation)'의 뜻과 '프레젠테이션(presentation)'의 뜻이 중첩된

는 이후의 시도는, 그 시도의 근저에 놓여 있는 계급 대립의 발전 단계
가 높으면 높을수록 더욱더 허위적이고 사변적으로 사회를 단일한 주체
로 여길 수밖에 없다(마르크스). 일단 계급사회가 발생하게 되면, 대서사
문학이 서사문학의 위대성을 창조할 수 있는 통로는 역동적인 총체성을
이루고 있는 계급적 대립들의 깊이와 전형성뿐이다. 서사적 형상화에서
그러한 대립들은 **그** 사회 **속에서** 이루어지는 개인들의 투쟁으로 구현된
다. 이로부터—특히 후기 부르주아 소설에서—마치 개인과 사회의 대
립이 주된 테마인 듯한 **가상**이 생겨난다. 하지만 이것은 어디까지나 가
상에 불과하다. 개인들 상호 간의 투쟁은 인물들과 운명들이 계급투쟁
의 중심 문제를 전형적이면서도 올바르게 반영함으로써만 객관성과 진
실성을 얻을 수 있다. 그런데 자본주의사회는 역사상 처음으로 인간의
전체 삶을 포괄하는 상호 간의 전면적 결합을 위한 경제적 기초를 창출
한다(사회적 생산). 그렇기 때문에 자본주의 시대의 소설이야말로 비로소
그 주지의[23] 모순(사회적 생산과 사적 전유)의 격동 속에 있는 사회적 총체
성의 형상을 그릴 수 있다. 발자크의 작품에서 '귀부인'의 사랑과 결혼은
사회의 개편 전체를 규정하는 요소들이 펼쳐지는 실마리일 수 있다. 그
러나 예컨대 고대 그리스 소설(롱고스[24] 등)의 사랑 이야기는 사회의 전체

단어라고 보고, '현시(顯示)'라는 일상에서는 잘 쓰지 않는 단어를 기본 번역어로 선택한
다. 물론 맥락에 따라 표현, 제시, 서술, 전시, 상연, 연출, 서술 등으로 옮길 수 있고 또 그
렇게 옮겨야 할 때도 있지만, 기본적으로는 '현시'로 옮기겠다는 말이다. 알다시피 '현시'
는 '나타내 보임'이라는 뜻의 한자말인데, 여기서 '나타내다'가 '표현'/'재현' 쪽에 가깝다
면 '보이다'는 '제시' 쪽에 가깝다. 따라서 '현시'는 이 두 측면, 즉 '레프리젠테이션'의 측
면과 '프레젠테이션'의 측면이 복합적으로 중첩된 'Darstellung'에 가장 가까운 말이 아닌
가 싶다.—옮긴이

23 '주지의'라고 옮긴 단어는 'notorisch'다. 독일어본 편자에 따르면 루카치가 원고를 수정
하면서 자필로 삽입한 단어인데, 철자가 분명하지 않다. '운동하는' '운동성의' 등으로 옮
길 수 있는 "motorisch"일 가능성도 있다고 한다.—옮긴이

24 롱고스(Longos)는 2세기 후반이나 3세기 전반에 생존했던 것으로 추정되는 고대 그리스
의 소설가로 『다프니스와 클로에(Daphnis kai Chloe)』의 지은이로 알려져 있다.—옮긴이

생활에서 분리된 목가(牧歌)이며, "자유시민의 생활 영역인 국가와 아무런 관련도 없는 노예들만"[25]을 다루고 있다.

하지만 처음으로 진정한 소설적 행위[줄거리]의 가능성을 창출하고 처음으로 소설을 한 역사시대 전체의 결정적 예술형식으로 만드는 그 근본모순이, 동시에 핵심적인 예술적 형식 문제인 행위에 가장 불리한 조건들을 야기하기도 한다는 점에서 불균등 발전의 변증법이 나타난다. 이는 자본주의사회의 구조가 다음과 같은 두 가지 결과를 초래하기 때문이다. 첫째, 이미 헤겔이―물론 경제적 기초에 대한 통찰이 결여됨으로써 여러모로 불완전한 형태로―감지한 바 있듯이, 사회적 힘들은 추상적이고 비인격적이며 문학적·서사적으로 포착하기 힘든 형태로 현상한다. 둘째, 원칙적 대립물들이 원칙적으로 분명하게 서로 마주해 있는 상황들이 부르주아적 일상 현실에서는 생겨나지 않는다. 즉 자본주의사회의 일상 현실에서 인간들은 서로 병존한 채 스치면서 행위하며, 그 행위의 추상적 결과를 통해서만 상호 간의 운명에 영향을 미친다. 따라서 위대한 소설가들의 형식 문제의 본질은, 이러한 소재의 불리함을 극복하고 추상적·평균적인 병렬적 행위가 구체적·전형적인 상호 행위로 되는 상황들을 고안해 그와 같은 전형적 상황의 연쇄로부터 실로 유의미한 서사적 행위[줄거리]를 구성해 내는 데 있다.

발자크를 다룬 한 편지에서 엥겔스는 소설에서 리얼리즘의 본질을 "전형적인 상황에서의 전형적인 인물들"이라고 규정했다. 그런데 우리가 앞서 보았듯이, 바로 발자크의 경우에 이 전형적인 것은 일상 현실의 평균과의 필연적인 괴리(乖離)를 의미한다. 서사적 상황과 서사적 행위가 생겨나기 위해서는, [다시 말해] 사회의 근본적인 모순들이 인간의 운명들에 대한 추상적인 주석(註釋)으로서가 아니라 인간의 운명들 속에

---

25 *MEW, Band 21*, p. 78.

서 구체적으로 형상화되어 현상하기 위해서는 그러한 괴리가 예술적으로 반드시 필요하다. 그러므로 전형적인 인물들(그리고 이와 아울러 전형적인 상황들)을 창조한다는 것은 사회적 힘들이 구체적으로 형상화되어 현상한다는 것을 의미하며, 고대의 예술과 미학의 '파토스(Pathos)'를 새롭게, 즉 모방하는 것도 기계적인 것도 아닌 방식으로 부활시키는 것을 의미한다. 헤겔은 '파토스'를 번역할 수 없는 말로 보면서 다음과 같이 규정했다. "그 자체로 독자성을 띠고 나타날 뿐 아니라 인간의 가슴속에 생생하게 살아 있으며 인간의 마음을 가장 깊숙한 내면에서 움직이는 보편적 힘들을 이제 마침내 고대인들을 따라서 파토스라는 표현으로 부를 수 있다."[26] 따라서 이러한 파토스는 단순히 열정(Leidenschaft)과 동일시될 수 없는 것이다. 그것은 열정 속에서 표현되긴 하지만, 그와 동시에 "그 자체로 정당한 마음의 힘이자 이성적인 것의 본질적 내실"[27]이다. 이러한 고대의 파토스는 폴리스에서 이루어진 사적인 것과 공적인 것의 직접적 결합, 그리고 고대 서사시와 드라마에서 형상화된 인물들 속에서 구현된 보편적인 것과 개별적인 것, 전형적인 것과 개인적인 것의 직접적 통일에 근거를 둔 것이었다. 그와 같은 직접적 통일은 근대적인 삶에서는 달성될 수 없다. "국가의 관념론의 완성"[28](마르크스)으로 인해 모든 부르주아적 공민문학(jede bürgerliche Citoyendichtung)은 추상적 보편성을 띠도록 되어 있다. 그러한 문학은 바로 과장된 비장함(Pathetik) 때문에 고대적 의미의 파토스를 상실하고 만다. 그러나 마르크스가 말한 바와 같이 이러한 과정은 또한 동시에 "부르주아사회의 유물론의 완성"[29]이기도 한바, 근대적 삶의 파토스에 대한 추구는 이러한 방향에서만 성

---

26 Hegel, *Werke, Band 13*, p. 301.

27 Ibid.

28 *MEW, Band 1*, pp. 368-369.

29 Ibid.

공할 수 있다. "이리하여 보편의 태양이 지고 나면 나방은 사적인 것의 등불을 향해 날아간다."[30](마르크스) 리얼리즘 소설의 위대한 대표자들은 매우 일찍이 사적인 것을 소설의 소재로 인식했다. 이미 헨리 필딩(Henry Fielding)은 자신을 "사적인 삶의 역사가"라고 불렀으며, 니콜라에듬 레티프(Nicolas-Edme Restif)와 발자크도 이와 아주 유사한 의미에서 소설의 과제를 규정했다. 그렇지만 사적인 삶에 대한 이러한 역사 기술은, 사적인 것 속에서 부르주아사회의 중대한 역사적 힘들이 구체적으로 나타날 때에만 진부한 연대기의 수준으로 전락하지 않는다. 발자크는 『인간희극(La Comédie humaine)』 「서문」에서 예리하게 강령적으로 다음과 같이 말했다. "우연은 세계에서 가장 위대한 소설가다. 생산적인 결과를 낳기 위해서는 우연을 연구하기만 하면 된다. 프랑스 사회가 역사가라면, 나는 그 비서에 지나지 않을 것이다."[31]

내용의 이 당당한 객관주의, 사회 발전의 이 위대한 리얼리즘은 평균적인 일상 현실의 틀이 폭파될 때, 작가가 '부르주아사회의 유물론'의 파토스로까지 밀고 들어갈 때, 오직 그럴 때에만 형상화를 통해 실현될 수 있다. 그런데 이러한 파토스는 아주 간접적으로만, 아주 매개적으로만 발견될 수 있다. 다시 말해, 작가가 인식하고 그 모순성을 형상화하는 사회적 힘들은 등장인물들의 성격적 특징으로 현상해야만 한다. 따라서 그 힘들은 일상생활에는 결코 존재하지 않는 열정의 높이와 원리들의 명료성을 지녀야 할 뿐만 아니라, 그와 동시에 이러한 높이에서, 이러한 명료성을 띤 채 개인의 개체적 특성으로서 나타나야 한다. 자본주의사회의 모순성은 어디에서나 작동하고 있으며, 부르주아적 인간의 내적·외적 삶 모두를 사로잡고 있다. 그렇기 때문에 삶의 한 가지 임의의 문

---

30 *MEW, Ergänzungsband 1*, p. 219.

31 Balzac, Vorwort zur *Menschlichen Komödie*. in: Balzac, *Eine Evastochter. Novellen*, Berlin und Weimar 1984, p. 50.

제를 열정적으로 끝까지 살아 나가면 인간은 필연적으로 이러한 모순들의 객체가 되며, 자신의 이러한 퇴락에 맞서는—다소간 분명한—반항자가 될 수밖에 없다. 자신이 쓴 서문들 가운데 한 곳에서 발자크는 만일 독자들이 자신의 소설 『고리오 영감(Le Pere Goriot)』에서 어떤 관습적인 것을 기대한다면 작품을 완전히 오해한 것이라고 강조한다. 말하자면, 순박하고 무지하며 감정적일 뿐인 고리오는 그 나름의 방식으로 보트랭과 마찬가지로 반항자인 것이다. 이로써 발자크는 근대소설에서도 파토스와 함께 서사적 상황과 서사적 행위가 생겨날 수 있는 지점을 아주 정확하게 표시하고 있다. 고리오와 보트랭(이에 덧붙여 보세앙 자작부인과 라스티냐크) 속에서 이러한 파토스가 형상화된다. 즉 이러한 인물들은 각자 속에서 부르주아사회의 어떤 본질적 계기의 해결 불가능한 갈등이 나타나는 높이와 열정으로 이끌려짐과 동시에, 극단적이지만 주관적으로는 진정한 파토스를 가지고 모순의 한 계기를 대표함으로써 주관적으로 정당한—비록 항상 의식적인 것은 아니지만—반항 상태에 있게 되는 것이다. 이를 통해서야 비로소 다음과 같은 매개체가, 즉 그 속에서 인물들이 생생한 상호 관계를 맺고 있는 살아 있는 인간으로서 행위하는 가운데 부르주아사회의 중대한 모순들을 그들 자신이 개인적으로 체험한 문제로서 구체적 형상을 지니게 만들 수 있는 그런 매개체가 생겨난다. 평균적인 부르주아적 삶의 산문적 사막에서 시적인 플롯을 구해내기 위한 이러한 구성은 결코 발자크의 개인적 특이성이 아니다. 스탕달은 [『적과 흑(Le Rouge et le Noir)』에서] 뒤늦게 태어난 자코뱅주의자 줄리앙 소렐과 낭만주의적인 왕당파 귀족 마틸드 드 라 몰을, 그리고 톨스토이는 [『부활』에서] 영주 네흘류도프와 카챠 마슬로바를 사건 진행에 따라 서로 접촉하게 만들며 그 접촉에서 서사적 행위가 싹트게 했다. 이러한 방식은 그 밖의 다른 창작 방식이 아주 상이함에도 불구하고 동일한 원리에 근거하고 있는 것이다.

개인적인 것과 전형적인 것의 통일은 오직 행위 속에서만 분명하게 나타날 수 있다. 헤겔에 따르면 행위는 "개인을, 그의 의향과 목적을 가장 분명하게 드러내는 것이다. 가장 내적인 근저에 있는 인간의 본질은 행위를 통해서 비로소 현실이 된다."[32] 이러한 현실, 인간과 그의 사회적 존재의 진정한 변증법적 통일성, 개체로서의 인간과 그가 처해 있는 상황의 사회적 모순성의―그의 운명을 규정하는―현상형태들 사이의 통일성은, 저 매개적이고 간접적인 새로운 형태의 파토스를 그 인간에게 부여한다. 이러한 인간은 전형적인데, 그 까닭은 그가 어떤 계층이나 계급의 몇몇 개체적 특성의 통계적 평균치에 해당하는 사람이어서가 아니라, 일반적인 계급적 운명의 객관적으로 전형적인 규정들이 그 인간 속에서, 즉 그의 성격과 운명 속에서 객관적으로 정확하게 나타남과 동시에 그의 개인적인 운명으로서 나타나기 때문이다.

이러한 통일성의 정확한 파악, 따라서 개인적인 것과 통일되어 있는 전형적인 것의 문학적 파토스는 서사적 모티프의 생산력, 다시 말해 하나의 전체적 세계상을 드러내는 폭넓은 행위를 산출하는 서사적 모티프의 능력을 규정한다. 이 결정적 모순에 대한 파악이 깊고 정확할수록, 형상화된 개인의 파토스와 이 모순의 융합이 구체적일수록, 구성은 더욱더 무궁무진해지며 고대인들의 서사시적 무한성에 더욱더 가까워진다. 헤겔의 미학은 대서사문학에 대해, 따라서 소설에 대해서도 올바른 요구를 하고 있는데, 그것은 '객체들의 총체성(Totalität der Objekte)'을 제공하라는 것이다. 헤겔의 요구는 인간 상호 간의 관계뿐 아니라 이러한 인간 상호 간의 관계와 인간과 자연의 관계를 매개하는 저 사물들, 제도들 등등도 형상화해야 한다는 것이다. 총체성의 요구가 의미하는 것은, 이러한 객체들의 선택이 자의적이어서는 안 된다는 것이다. 그렇다고 해

32 Hegel, *Werke, Band 13*, p. 285.

서 이로부터 예컨대 졸라와 그의 학파(이 경우가 [졸라보다] 더 심한데)의 '백과사전적' 사이비 완전성이 그 결론으로 나오는 것은 결코 아니다. 왜냐하면 이러한 '객체들'은 본질적으로 사회·인간적 관계의 매개자로서만, 문학적으로 표현하자면 소설적 행위의 계기로서만 문학적 의의를 획득하기 때문이다. 따라서 객체들의 총체성은 어떤 '환경'의 개별 요소를 꼼꼼하게 나열하는 것이 아니다. 오히려 그것은 서사적 필연성에 부합되게, 어떤 중요한 사회적 문제의 전형적 규정들이 행위로 표현되는 그런 인간 운명들을 현시하는 데에서 생겨나는 것이다. 사회 현실의 모상(模像), 사회적 발전 과정의 모상으로서 소설의 행위[줄거리]는 필연성의 지배를 받는다. 하지만 여기에서 행위의 평균적 개연성은 별로 중요하지 않다. 세르반테스(Miguel de Cervantes Saavedra)에서 톨스토이에 이르기까지 위대한 소설가들은 항상 우연을 아주 탁월하게 다루었으며, 줄거리를—외형상—가능한 한 느슨하게 구성했다. 다름 아닌 『돈키호테』는 일련의 에피소드로 구성되어 있는데, 그 에피소드들은 산초 판자와 대비되고 다른 산문화된 현실과도 대비되는 주인공의 파토스를 통해서만 결합된다. 그럼에도 불구하고 이 작품에는 대서사문학적인 의미에서 행위[줄거리]의 통일성이 존재한다. 왜냐하면 등장인물들이 구체적인 상황 속에서 행위하면서 항상 본질적인 것을 구체적으로 드러내기 때문이다. 반면 현대 소설가들이 아주 정교하게 구성해 낸 줄거리는 서사문학적 의미에서 공허하고 산만하며 분열되어 있다. 대립들이 올바르게 관찰되었다 할지라도 그 대립들은 인물들과 세계관들의 한갓 추상적 대립으로 머물러 있을 뿐이지 행위로 전개될 수 없기 때문이다.

4. 발생기의 소설

내용 면에서 볼 때 근대소설은 사멸해 가는 봉건주의에 맞서 상승을 꾀하는 부르주아계급이 벌인 이데올로기 투쟁의 산물이다. 중세적 세계 상태와의 첨예한 대립이 최초의 위대한 소설들을 거의 완전히 채우고 있지만, 그렇다고 해서 발생기의 소설이 봉건적인 서사 문화의 유산 전체를 물려받고 있다는 사실이 부인될 수는 없다. 이러한 유산은 새로운 소설에서 풍자적 패러디를 통해서나 이데올로기적 개조를 거쳐 인수되는, 모험 등등과 같은 저 소재상의 요소들보다 훨씬 크다. 새로운 소설은 중세의 서사 예술에서 여러 가지를 넘겨받는데, 전체 구성의 느슨한 다채로움, 주인공을 통해 결속되는 몇 가지 모험으로의 전체 구성의 분열, 노벨레식 마무리, 이러한 모험들의 상대적 자립성, 현시된 세계의 폭과 넓이 등이 그것이다. 물론 이 모든 요소가 패러디와 풍자를 통해 다루어지는 곳에서만 내용과 형식의 근본적인 개조가 이루어지는 것은 아니다. 이러한 개조의 가장 중요한 계기 중 하나는 평민적 요소가 구성에 점점 더 강력하게 유입된 점이다. 하인리히 하이네(Heinrich Heine)는 올바르게도 이 계기를 결정적인 것으로 강조한다. "세르반테스는 기사소설에 하층계급들에 대한 충실한 묘사를 도입하고 민중의 생활을 가미함으로써 근대소설을 창시했다."[33]

새로운 소재의 예술적 처리는 새로운 소설 형식의 기초를 세웠는데, 그 새로운 소재가 기사소설의 모험 세계를 물질적이고 생활과 가깝게 평민적으로 재생·변형하는 것으로만 이루어진 것은 아니다. 부르주아 사회가 생기기 시작할 때 동시에 나타나는 삶의 산문에도 새로운 소재가 있다. 근대소설의 위대한 창시자인 프랑수아 라블레(François Rabelais)와 세르반테스의 문학적 위대성은, 본질적으로 당대의 역사적 상황의 결과로 생겨난 이중전선투쟁(Zweifrontenkampf)에 근거를 두고 있다. 이들은 사멸해 가는 봉건사회에 의한 인간의 퇴락에 맞선 투쟁과 움트고 있

---

33 Heinrich Heine, *Werke und Briefe*. Hrsg. von Hans Kaufmann. *Band 5*, Berlin 1961, p. 416.

는 부르주아사회에 의한 인간의 퇴락에 맞선 투쟁을 동시에 전개했던 것이다. 세르반테스는 교체되고 있는 두 시대의 결정적인 규정들에 맞선 이중의 투쟁, 즉 기사계급의 공허해진 '영웅주의'에 맞선 투쟁과 그 시작부터 분명하게 나타나고 있는 부르주아사회의 산문의 저열함에 맞선 투쟁을 인물 속에 독창적인 방식으로 유기적으로 통일했다. 이로써 돈키호테의 형상에서 숭고함과 희극성이 통일되었는데, 이후의 발전은 이러한 통일성을 결코 획득할 수 없었다. 이러한 이중전선투쟁은 이후에는 더 이상 달성된 적이 없었던 위대성의 비밀이자, 이 최초의 위대한 소설들의 자유분방한 환상적 리얼리즘 양식(die frei phantastische Realistik)의 비밀이라고 할 수 있다. "부자유의 민주주의"[34](마르크스)인 중세는 바로 그 해체기에 다채롭고 풍부한 소재를, 그리고 인간의 자립성과 자기 활동성이 아직 상대적으로 자유롭게 발휘될 수 있는 그런 인간들과 행위들을 위한 환경을 작가들에게 제공했다(헤겔은 이 시기를 일종의 고대 '영웅주의'의 귀환이라고 명명하고, 셰익스피어의 위대성을 그의 시대가 그에게 제공한 이러한 가능성에 근거해 잘 설명했다). 그도 그럴 것이 이 시기에 부르주아사회의 산문은 다채로운 모험 위에 드리운 위험한 그림자에 불과했고, 자본주의적 분업에 따른 개인 생활의 추상적인 협소화와 인간의 추상화로 인한 퇴화는 라블레와 세르반테스의 시대에는 아직 지배적인 사회적 힘이 되지 않았다.

그런데 이러한 이중전선투쟁의 장점은 지금까지 거론한 소재의 유리함에 그치지 않는다. 중세의 다채로운 형식세계는 중세의 모든 사회적 내용과 첨예하게 투쟁할 때에도 유리한 소재로 남아 있었다. 그리고 이제 막 태동하고 있는 부르주아사회와 부르주아 이데올로기는 봉건주의의 경제정책과 문화에 의해 초래된 인류의 사회적·이데올로기적 부자

---

34 *MEW, Band 1*, p. 233.

유에서 벗어나고자 하는, 인류의 보편적 해방의 파토스를 아직 갖고 있었다. [라블레의 『가르강튀아(Gargantua)』에 나오는] 텔렘 수도원에 붙어 있는 "그대가 원하는 일을 하라"라는 문구는, 라블레에게는 아직 정당하고 매혹적인 인류 해방의 파토스를 가진 것이었다. "그대가 원하는 일을 하라"라는 말이 그 후 발전 과정에서 결국 비겁하고 저열한 자유주의적 부르주아계급의 기만적인 '자유방임'으로 변질되고 말았지만, 그렇다고 해서 이 인류 해방의 파토스가 오늘날의 독자에게 과소평가될 수 있는 것은 아니다. 라블레의 유토피아에서는 인간의 자유를 옥죄는 일체의 구속에 저항하는 투쟁의 매혹적인 파토스가 곳곳에서 울려 나오고 있다. 이 파토스는 그 후 자코뱅파가 벌인 영웅적 투쟁의 파토스를 형성했으며, 유토피아주의자들, 특히 프랑수아 마리 샤를 푸리에(François Marie Charles Fourier)의 경우에는 자본주의의 퇴락에 대한 맹렬한 비판으로 이어졌다. 따라서 새로운 부르주아적 삶의 산문에 맞선 투쟁은 이후 부르주아사회의 '나쁜 측면'에 대한 낭만주의적 반(反)자본주의자들의 소부르주아적 투쟁과는 달리 자본주의 발전의 혁명적인 힘에 대한 세계사적 정당성을 갖는 환상이자 유토피아다. '중간 상태'의 유토피아, 투쟁하는 대립물들의 화해의 유토피아는 물론 라블레와 세르반테스의 경우에도 하나의 유토피아일 수밖에 없다. 그러나 그 유토피아는 창조적·문학적으로 형상화되기 위해 중대한 대립물들을 극단적 형태로 형상화하는 데에서 비켜나 있을 필요가 없다. 이와는 달리 그것은 대립물들의 잇따른 충돌 와중에 있는 문학적 휴지부, 창조적 중심이 된다. 대립물들을 형상화하는 이러한 형식 덕분에 '긍정적 주인공'에 대해 소설 발전의 시작 단계에는 이후의 소설과는 전혀 다른 입장을 취하는 것이 가능해진다. 앞으로 살펴보겠지만, 정직하고 위대한 작가라면 '긍정적 주인공'을 부르주아사회에서 찾을 수 없다는 것은 부르주아사회의 본질에 속한다. 그런데 인간의 해방과 자기활동성에 적대적인 신구(新舊)의 적들과 사회적 대립물들에 대한 대범하고 독특한 총괄은, 여기에서 그 모든 풍자와 자기반어(Selbstironie)에도 불구하고 주인공들의 형상화 속에 계속해서 '긍정성'의 진정한 위대성을 집어넣는 것을 가능하게 한다. 점점 더 지배적인 힘으로 발전해 가는 부르주아사회가 작가들로 하여금 부르주아화라는 인간의 퇴락에 맞서 싸우도록 강제하면 할수록, 소설의 이후 발전에서 비판과 반어와 풍자는 더욱더 주인공의 '긍정성' 일체를 없애 나간다. 소설이 부르주아사회의 형상화, 부르주아사회에 대한 비판과 부르주아사회의 자기비판이 되면 될수록, 그 소설에서는 자기 사회의 해결할 수 없는 모순에 대한 절망에 찬 음조가 더 많이 지배할 수밖에 없다(조너선 스위프트(Jonathan Swift)를 라블레, 세르반테스와 비교해 보라).

그런데 이중전선투쟁은 이와 동시에 소설의 독특한 양식인 리얼리즘적 환상성(eine realistische Phantastik)을 낳았다. [여기에서는] 중대한 사회적·이데올로기적 시대 원리들이 리얼리즘적으로 파악되고 형상화되어 있다. 다채롭고 다양한 모험 속에서 현실적[진정한] 행위를 낳게 되는, 그 본질의 현실적[진정한] 전개를 낳게 되는 전형들도 리얼리즘적이다. 현시 방식(Darstellungsweise)이나, 진실한 디테일들 및 그것들이 중대한 사회적 힘들과 맺고 있는 유기적인 연관관계에 대한 파악도 리얼리즘적이다(중대한 사회적 힘들의 투쟁은 진실한 디테일을 통해 창조적으로 현상한다). 그러나 이야기 자체는 현실과의 일치에 개의치 않으며, 의식적으로 비(非)리얼리즘적이고 환상적이다. 이야기의 환상성은 한편으로는 거대한 시대적 힘들에 대한 유토피아적인, 하지만 세계사적으로 올바른 파악에서 생기는 것이며, 다른 한편으로는 부패해 가고 있는 낡은 세계와 산고(産苦)를 겪고 있는 새로운 세계를 인간 해방을 위한 위대한 투쟁의 원리들과 풍자적으로 비교하는 데에서 생기는 것이다. 나중에 살펴보겠지만, 이러한 환상성에는 아직 낭만주의적 요소가 없다. 그도 그럴 것이 그 환상성은 아직 자본주의적 삶의 산문에 맞선 절망적인 퇴각전이 아니다. 그러기는커녕 그것은 이제 막 태동하고 있는 새로운 사회의 아직 희망에 찬, 약화되지 않은 혁명적 에너지에 근거한 것이다. 이러한 환상성은 리얼리즘과 대립하는 것도 아니다. 그것은 현시 방식 내에서—예술상으로도—[리얼리즘과] 대조를 이루는 것이 아니라 오히려 전체 현시의 리얼리즘적 양식과 유기적으로 연관되어 있다. 이 환상성은 이 작가들의 전체적 안목의 대범함에 그 원천을 두고 있다. 즉, 이 작가들은 자기 시대의 실로 결정적인 규정들이 현상하는 모든 개별적 상황과 연관의 외적인 가능성이나 개연성에는 개의치 않고 그 규정들을 순수하게 파악하고 현시할 수 있었던 것이다. 세르반테스와 라블레는 중세의 소재적·예술적 유산을 전유함과 동시에 중세에 맞서 투쟁함으로써 이러한 종류의 리얼리즘적 환상성을 구사할 수 있었다. 그리고 봉건주의에 맞선 해방 투쟁의 다음 시대에 공격의 중점을 이리로[봉건주의 쪽으로] 옮긴 작가들은 약화된 형태로나마 이러한 리얼리즘적 환상성의 노선을 계속 견지할 수 있었다(볼테르의 소설들). 스위프트의 『걸리버 여행기(Gulliver's Travels)』는 라블레의 리얼리즘 유형에서 대니얼 디포(Daniel Defoe)의 유형으로 넘어가는 독특한 이행기를 이룬다. 형식 측면에서 볼 때 이 작품은 라블레 노선의 연장이다. 그러나 순전히 풍자적으로 된 리얼리즘은 이미 소설의 새로운 발전 단계로 넘어가고 있다.

5. 일상 현실의 정복

스위프트의 환상적·풍자적인 형식이 자본주의의 중심 국가인 영국뿐 아니라 프랑스에서도 소설 발전의 기본 흐름 바깥에 있듯이, 부르주아 사회에 대한 그의 쓸쓸한 염세주의 역시 18세기에 거의 유일한 것이다. 그렇다고 다른 작가들이 경악스러운 사실들, 가공할 만한 상황들, 그리고 본원적 축적이 이루어지던 생성기 자본주의사회의 '정신적 동물왕국'에 대한 충격적 인식을 스위프트보다 덜 형상화한 것 같지는 않다. 디포와 알랭 르네 르사주(Alain René Lesage), 필딩과 토비아스 조지 스몰렛 (Tobias George Smollett), 레티프와 쇼데를로 드 라클로(Pierre Ambroise François Choderlos de Laclos)는 물론이거니와 새뮤얼 리처드슨과 피에르 드 마리보 (Pierre de Marivaux)의 작품에서도 각기 다른 방식으로 리얼리즘적으로 형 상화된 세계가 생겨나는데, 그 세계의 내용적 재료는 거의 모든 점에서 스위프트의 염세주의의 대상이 되기에 충분한 것이다. 그러나 형상화된 세계의 근본적인 색조는 다르다. 막 봉건주의의 잔재를 극복하고 자본 주의를 정초하려 하고 있는 사회, 그러면서 본원적 축적의 피비린내 나 고 더러운 혼란을 야기하고 있는 그런 사회의 혼돈에 대한 부르주아적 강인함과 유능함의 승리가 근본적인 색조를 이루고 있는 것이다. [르사 주가 쓴] 『질 블라스 이야기(Histoire de Gil Blas de Santillane)』에 대해 월터 스 콧은 다음과 같이 말한다. "이 책은 독자로 하여금 자기 자신과 세계에 대해 만족스러워하도록 한다." 또 디포의 『몰 플랜더스(Moll Flanders)』와 이 시기 대부분의 위대한 소설은 해피엔딩으로 끝난다. 이렇게 작가들 은 자기 시대와, 그리고 그 시대의 위대한 변혁을 수행하는 자기 계급과 긍정적인 관계에 있다. 그러나 부르주아계급의 이러한 자기긍정은 매우 자기비판적인 것이다. 즉 영국에서 이루어진 본원적 축적의 무시무시하 고 끔찍한 모든 일과 프랑스 절대주의의 도덕적 타락과 폭정이 무자비 하게 다루어지고 리얼리즘적으로 형상화된다. 정말이지 자본주의사회 의 이 피비린내 나고 더러운 출산 진통을 형상화하는 데에서 비로소 더 좁은 의미의 리얼리즘 소설이 생겨나며, 부르주아사회의 일상 현실이 처음으로 포에지를 위해 정복된다.

소설은 초기 환상성의 광야를 떠나 부르주아계급의 사적인 삶 쪽으로 과감히 뛰어든다. 소설가는 사적인 삶의 역사가, 풍속의 역사가여야 한 다는 요구가 이 시기에 명백한 강령으로 나타난다. 소설 초기의 거대한 세계사적 지평은 더욱 협소해지고, 소설의 세계는 점점 더 부르주아적 삶의 일상 현실에 국한된다. 그리고 사회역사적 발전의 동인인 중대한 모순들은 이 현실 속에서 구체적이고 실증적으로 나타날 경우에만 형상화된다. 그럼에도 불구하고 형상화되는 것은 이 중대한 모순들이다. 일상생활의 리얼리즘, 새로이 발견된 일상 현실의 포에지, 이 일상생활의 산문에 대한 문학적 극복, 이 모든 것은 이 일상생활에서 그 시대의 중대한 사회적 갈등을 구체적인 인간과 구체적인 상황 속에서 생생하게 형상화하기 위한 수단일 따름이다. 따라서 이러한 리얼리즘은 일상 현실의 외적 특징들의 단순한 모사나 모방(그 시기의 공식적 미학이 빈번히 공포하는 것이 이것인데)과는 거리가 멀다. 작가들 자신은 아주 분명한 의식을 가지고 전형적인 것의 리얼리즘을 추구하는데, 이 리얼리즘에서 디테일의 진실성은 전형적인 것의 형상화를 위해 의식적으로 전면에 내세워진 수단이긴 하지만 여하튼 하나의 수단에 불과하다. 살아 있는 사람에 대한 성격 묘사가 비록 예술적으로 완전히 성공했을지라도 모사된 그 사람이 전형이 아니라면 참이 아니며 가치 없는 것이라고 필딩은 아주 분명하게 말하고 있다. 그는 자기가 아는 사람 중에서 협잡도 사기도 치지 않고 큰 재산을 모은 사람 하나를 반어적인 예로 든다. 필딩은 이런 사람도 있긴 하지만 비전형적인 인물로서 소설에는 적합지 않다고 말한다. 한데 [비전형적인 경우를 배제하는 것과 같은] 이러한 부정적 선택에서만 전형성의 원리가 이 위대한 리얼리즘의 근본원리로서 나타나는 것은 아니다. 필딩은 계속해서 다음과 같이 말한다. "훌륭한 작가라면 누구든지 개연성의 테두리를 벗어나서는 안 되겠지만, 그가 만든 인물이나 사건이 모든 거리 또는 모든 집에서 일어나거나 신문의 졸렬한 기사에서 발견될 수 있을 정도로 일상적이고 범상하거나 통속적이어야 할 필요는 전혀 없다."

이 작가들의 작품에서는 증가 일로에 있으면서 점점 더 강력해지는

[부르주아사회의] 산문이 그들이 창조한 전형적 주인공들의 힘과 유능함과 자기활동성을 통해 극복되고 있다. 이 시대의 위대한 리얼리즘 작가들은 인간들이 경제·사회적 힘들의 노리개라는 것을, 그리고 인간들의 의지나 도덕적 의도는 그들의 운명과 관련해 별로 의미가 없다는 것을 아주 분명하게 알고 있다. 그럼에도 불구하고 질 블라스, 톰 존스, 몰 플랜더스 같은 인물의 시성(詩性)은 아직 상승을 꾀하고 있는 계급의 전형적인 대표자가 지닌 힘찬 활동성에서 생겨난다. 즉, 그들은 경제적 사건의 파도에 의해 이리저리로 내던져지지만 그들의—계급적으로 조건 지어진—활동성과 유능함 덕분에 물가에 다다른다. 발생기 자본주의사회는 자연에 대한 인간의 지배, 사물에 대한 인간의 지배가 발생하는 사회다. 여기서 사회적 힘들은 그 구체적인 지배의 무시무시한 양상에도 불구하고 이미 견고해진, 이미 자동적으로 운동하는 자본주의사회에서 그 힘들이 지닌 저 죽은 유령성(jene tote Gespenstigkeit)을 아직 완성하지 못했다. 바이런은 필딩을 일컫기를, "인간 본성을 산문으로 그려낸 호메로스"라고 했다. 이와 같은 찬사는 우리가 곧 살펴볼 이유들 때문에 다소 과장된 것처럼 보인다. 그렇지만 이 시기 가장 중요한 소설들의 가장 중요한 부분들에서 서사시로의 특이한 접근이 이루어지고 있다는 사실은 의심할 여지가 없다. 예를 들면 디포의 『로빈슨 크루소(Robinson Crusoe)』 제1부는 자연에 대한 사회의 지배가 시작되는 것을 재현하는 것으로서, 인간이 자연과 벌이는 투쟁을 비할 데 없이 서사적으로 탁월하게 형상화하고 있다. 로빈슨이 섬에서 자연을 정복하여 문명에 종속시키는 수단인 삽이나 곡괭이는 모두 이런 맥락에서 일종의 서사시적 위대성을 획득하는데, 그 서사시적 위대성은 옛 서사시들에서 볼 수 있는 사물들의 포에지와 종종 실제로 맞닿아 있다. 그런데 이러한 포에지는 이 시기의 중요한 소설 다수에서 나타난다. 그것은 사회적 주도권을 잡기 위해 싸우는 자본주의에 의해 이루어진 생산력의 해방이 갖는 진보적 성격

이 문학적으로 반조(返照)된 것이자 서사적으로 형상화된 것이다. 이 자본주의의 진보적 성격은 생산력의 자본주의적 전개가 보여주는 온갖 전율스러운 양상에도 불구하고 여기에서는 아직 분명히 주도적인 계기로 남아 있다. 『로빈슨 크루소』에서는 이러한 계기가―모순들을 변호하는 침묵 없이―거의 전적으로 지배적인 것으로서 형상화될 수 있었다. 그렇기 때문에 이 작품에는 특수한 포에지가 있는데, 그러나 이러한 포에지는 비록 그렇게 두드러지고 순수한 모습으로는 아닐지라도 이 시기의 다른 소설들에서도 분명하게 나타난다.

최초의 위대한 리얼리스트들이 쓴 소설의 주인공들이 지닌 이 의기양양한 유능함은 그 시대의 중대한 모순들 사이에 있는 '중간 상태'와 같은 성격을 띠며, 소설의 주인공들에게는 비교적 '긍정적인' 성격을 확실하게 부여한다. 그러나 소설 발생기의 위대한 소설가들과 비교하면 지평이 좁아졌음을 알 수 있는데, 이러한 지평의 협소화는 주인공의 긍정성 문제에서 이미 매우 선명한 형태로 나타난다. 이렇게 내리막길을 가는 과정을 결코 작가의 빈약한 재능 탓으로 돌려서는 안 된다. 그 과정은 심화 일로에 있는 사회의 자본주의화, 그리고 그것과 불가분하게 연결된, 인간의 점증하는 퇴락에 기인한다. 여기에서는 '긍정성'의 대가로 모종의 고루한 평범성으로의 경향이 벌써 나타나고 있다. 우리가 로빈슨의 지루한 청교도적 종교성에 관해 말하고 있는 것은 결코 아니다. 질 블라스와 톰 존스를 위시한 이 시기의 가장 중요한 형상들에서도 자기활동성, 자기실현의 유능함은 부르주아적인 평범성과 고루함이라는 오점을 대가로 치르고서 획득된다. 이런 식으로 발전해 가는 것은 결코 작가 개인의 재능 문제가 아닌데, 이 점은 다음과 같은 두 가지 측면을 보면 알 수 있다. 첫째, 자본주의적으로 덜 발전한 프랑스에서 질 블라스 같은 인물은 리얼리스트로서 더 위대한 영국 작가들의 그 어떤 형상도 도달하지 못한, 그와 같은 고루함으로부터의 상대적 자유를 획득할 수 있다. 둘째, 이러한 주인공들은 그들이 지닌 부르주아적 긍정성에도 불구하고 부르주아계급의 이후의 발전을 긍정적 주인공으로서 감당하는 것이 점점 불가능해진다(톰 존스에 대한 윌리엄 메이크피스 새커리(William Makepeace Thackeray)의 비판을 참고하라).

자본주의 발전이 계속 고조되고 그 모순들이 더욱 강력하게 대두함에 따라, 현실의 리얼리즘적 정복의 테두리 안에서 주관적인 저항을 형상화하는 여러 형식이 생겨나는데, 그중 하나가―실러가 인식했듯이―문명에 의해 필연적으로 무자비하게 짓밟히는 자연에 대한 인간의 관계를 형상화하는 형식인 목가(牧歌)로의 경향이다. 그러나 이 발전 시기의 위대성은 목가적인 형상화도 투쟁적 성격, 저항적 성격을 띤다는 점에서 드러난다(올리버 골드스미스(Oliver Goldsmith)의 『웨이크필드의 목사(The Vicar of Wakefield)』). 이러한 주관주의적·감정적 저항성이 형상화되는 바로 그 소설들에서 극명하게 드러나는 것은, 이 발전 시기의 위대한 작가들도 이중전선투쟁을 수행하고 있다는 점이다. 즉 이들도 낡은 사회의 썩어 가는 잔재에 대한 비판과 자신이 속한 새 사회를 건설 중인 계급에 대한 자기비판을 동시에 수행하고 있는 것이다. 그리고 여기에서도 드러나듯이 낡은 사회에 대한 이러한 투쟁이 강력할수록, 정신생활에 대한 형상화의 창조적이고 리얼리즘적인 정복이 봉건적·귀족적·궁정적인 사회의 불모의 치명적 인습에 대한 투쟁으로서 의미를 많이 가질수록, 작가는 더욱더 성공적으로 폭넓고 깊이 있는 형상화에 도달할 수 있다(『마농 레스코(Manon Lescaut)』, 새뮤얼 리처드슨 등). 부르주아계급이 인간적 감정의 자율성과 자기활동성을 위해 전체 사회의 이름으로 수행하는 투쟁은 진보적인 투쟁이다. 그러나 이러한 경향이 순수하게 내면으로 향하는 정도가 심할수록, 그리고 자본주의의 산문에 맞서 인간의 주관성이 벌이는 서정적인 저항을 현시하는 정도가 커질수록, 그 경향은 서사의 형식들을 더 많이 해체하고, 인물과 상황과 행위를 서정시와 분석과 묘사로 더 많이 대체하는 한편, 현실을 리얼리즘적으로 정복하는 위대한 전통을 더 많이 청산하고 더욱더 낭만주의의 선구자가 된다.

　루소, 그리고 괴테의 『젊은 베르터의 고뇌(Die Leiden des jungen Werthers)』는 이러한 경향들의 진보적 정점이다. 이 두 사람에게는 이중전선투쟁의 파토스가 아직 살아 있다. 그래서 이들은 여러 점에서 소설 형식의 낭만주의적 해체의 발생을 준비하고 있긴 하지만 그들의 형상화에서는 아직 그러한 낭만주의적 해체와 거리가 멀다. 그러나 편지, 일기, 고백, 서정적 풍경 묘사 등이 우세하여 이미 여기에서 소설의 서사적 형식이 해체되기 시작한다. 부단히 성장해 가는 자본주의사회를 진정한 자기활동성으로 뚫고 나가지 못하는 인간 주체성의 실천적인 무능은, 무기력해진 주체성을 독자화하고 내면성이라는 하나의 고유한 '독립된' 세계를 세우려는 시도에서 저항적 양상을 띠고 나타난다. 로렌스 스턴(Laurence Sterne)은 이런 경향을 처음으로 의식적으로 표현한 작가다. 그는 옛 소설들의 객관적인 환상성을 주관적인 환상성으로 바꾸었고, 실재적인 객관적 규정들의 결합의 환상성을 형식의 아라베스크적 환상성으로 바꾸었다. 그는 환상적 아라베스크라는 우회로를 거쳐 주관적인 통일성, 즉 서로 대비됨으로써 객관적인 모순들을 비추는 감개(感慨)와 반어라는 두 대조적 기분(Stimmungen)의 통일성을 만들어 내기 위해 서사형식의 통일성을 의식적으로 파괴한다. 이러한 형식 해체의 세계관적 토대는 이전의 이중전선투쟁을 '자기 가슴' 속으로 상대주의적으로 옮기는 것이다. 스턴은 돈키호테와 산초 판자의 대비를 상대화하는데, [『신사 트리스트럼 샌디의 인생과 생각(The Life and Opinions of Tristram Shandy, Gentleman)』에서] 샌디 형제가 돈키호테와 산초 판자를 각자 자기 속에서 결합하도록 만듦으로써 그렇게 한다. 형과 동생 모두 자신의 이상과 관련해서는 돈키호테이지만 다른 사람의 이상과 관련해서는 산초 판자인

것이다.[35]

이렇게 첨예화된 스턴의 주관주의와 상대주의는 부르주아 이데올로기의 광범위하고 점점 더 강력해지는 한 경향을, 즉 삶의 산문의 증가하는 힘에 대한 부르주아 이데올로기의 반작용을 표현한다. 따라서 프리드리히 폰 슐레겔(Friedrich von Schlegel)은 여기에서 올바르게도 "우리 시대의 보다 높은 상태의 자연시"를 발견하고 있는 것이다.

6. '정신적 동물왕국'의 포에지

마르크스가 상세히 설명했듯이, 프랑스혁명은 부르주아적 발전의 영웅적 시기가 끝났음을 의미한다. "새로운 사회구성체가 일단 성립되자 케케묵은 거인들이 사라졌다. (…) 부(富)의 생산에 완전히 몰두한 채 경쟁이라는 평화적 투쟁 속에 있는 그 사회구성체는 로마 시대의 유령이 자신의 요람을 지켰다는 사실을 더 이상 파악하지 못했다."[36] 세계사의 투기장(鬪技場)에서 프랑스혁명과 혁명적 프롤레타리아계급의 독자적 등장 사이의 시기에 부르주아 이데올로기가 마지막으로 위대한 궁극적 종합들로 통합되었듯이(헤겔, 리카도, 왕정복고기 프랑스 역사가들) 소설 또한 그러했다. 18세기 소설이 이룬 일상 현실의 정복은 여기에서는 현시(顯示)의 한갓된 수단으로 바뀌며, 이제부터 현저해진 자본주의사회의 모순들의 비극적 화해 불가능성에 대한 웅대한 서사적 현시로 변한다. 어떤 의미에서 소설은 그 발생기의 환상성으로 되돌아가지만, 이 환상성은 이제부터는 부르주아적 삶의 심상치 않게 된 비극적 모순성에 대한 리얼리즘적 환상성이다. 낙관주의적인 파토스는 부르주아 문명의 필연적 몰

---

35 Laurence Sterne, *Das Leben und die Ansichten Tristram Shandys*, Leipzig 1952 참고.

36 *MEW, Band 8*, p. 116.

락을 문학적으로 예감하는 비극적 파토스로 변한다(러시아 소설의 발전에
서 1905년 혁명은 서유럽의 발전에서 6월 전투[37]와 같은 역할을 한다. 따라서 알렉산
드르 세르게예비치 푸시킨(Aleksandr Sergeevich Pushkin)부터 톨스토이에 이르기까지
러시아 소설의 위대한 대표자들은 괴테와 발자크와 스탕달로 대표되는 소설의 발전
단계와 유사한 발전 단계를 나타낸다).

그러나 이 리얼리즘적 환상성은 이미 낭만주의를 거친 것이었다. 물론
여기에서는 유럽 낭만주의 운동의 사회적·세계관적 특성을 논할 수 없
다. 우리의 논의는 소설의 발전을 이해하기 위해 꼭 필요한 것에 국한될
수밖에 없다. 낭만주의 운동의 애매한 외양은, 낭만주의 운동이 프랑스
혁명에 대한 반동적 반격과 보무당당하게 확산되고 있는 자본주의의 추
악함에 맞선 혼란스러운 저항이—개별 작가나 집단에 따라 달리—혼합
된 것이라는 점에 기인한다. 자본주의적 삶의 산문에 맞선 투쟁은 낭만
주의에서는 반동적이고 과거지향적인 색채를 띤다. 그러나 그 이데올로
기적 표현이 낭만주의인 사회적 조류들은 의식적으로건 무의식적으
로건, 의도적으로건 비의도적으로건 필연적으로 자본주의의 지반 위에 서
있는 것이기 때문에, 자본주의의 산문에 대한 낭만주의의 저항 역시 자
본주의 체제와 그로 인해 생기는 모든 결과를 불가피한 '운명'이라고 무
의식적으로, 암묵적으로 인정하는 데 그 바탕을 두고 있다. 그 결과 낭
만주의는 아직 존재하는 인간의 자기활동성의 요소들을 사회 현실 자체
속에서 찾아내고, 그것들을 대담한 리얼리즘을 통해 서사적 형상화의 중
심에 둠으로써 현실의 산문화를 극복하는 작업을 시도조차 할 수 없게
된다.

그러기는커녕 오히려 낭만주의는 객관적인 산문과 이 산문에 대한 무

---

37 1848년 6월 22일부터 25일까지 파리의 프롤레타리아계급이 일으킨 봉기가 루이 외젠 카
베냐크(Louis Eugène Cavaignac) 장군에 의해 유혈 진압된다.

기력한 저항으로서의 주관적인 포에지 사이의 경직된 대립, 고정된 것이자 극복 불가능한 것으로 파악된 그 대립을 형상화 속에서 영원한 것으로 만든다. 포에지의 원리가 현실에 대해 무기력한 주관성으로 전락하는, 사회적으로 필연적인 이 양상은 낭만주의 시문학에서 다양한 형태로 나타난다. 자본주의의 산문에 의해 아직 장악되어 있지 않은 사회 상황을 현시하는 식으로 소재상 도피하거나(월터 스콧의 역사소설), 환상적으로 과장된 형식 속에서 포에지의 원리와 산문의 원리를 대조하거나[에른스트 테오도어 아마데우스 호프만(Ernst Theodor Amadeus Hoffmann), 에드거 앨런 포(Edgar Allan Poe) 등], 사회 현실의 지반을 완전히 떠나 고유한 '마법적' 현실로서의 시적 현실을 주관의 힘으로 자유로이 창조하려 시도하거나[노발리스(Novalis)], 굳어 버린 것으로 파악된 외부 세계의 사물성(Dinghaftigkeit)을 상징적·환상적으로 과장하는 가운데 상징적인 양식화를 통해 외부 세계에서 산문화된 것을 제거하고 그럼으로써 그 세계를 다시 시적으로 만들려 시도하거나(이것이 이후의 소설 발전과 관련해 가장 중요한 양식적 원리다) 하는 형태가 있는 것이다. 빅토르 마리 위고(Victor Marie Hugo)의 『1793년』에서 포신을 빠져나와 배 안 여기저기를 거칠게 헤집고 다니는 대포는 아마도 [마지막에 언급한] 그런 양식화의 가장 명확한 형태일 것이다. 위고가 말하길, 대포는 "돌연 (…) 어떤 초자연적인 존재"가 된다. "기계가 괴물이 된다. (…) 그 물질, 그 영원한 노예는 자유를 얻었고 복수를 한다. 우리가 생명 없는 것이라 불렀던 것들 속에 도사리고 있던 악의가 모습을 드러내고 폭발한다. (…) 우리는 그것을 죽일 수 없다. 그것은 죽어 있는 것이다. 그리고 동시에 그것은 섬뜩한, 자연에 의해 부여된 삶을 산다."[38] 따라서 깃발 위에 근대적 삶의 산문에 맞선 가차 없는 투쟁을 적고 있는 낭만주의란 결국 '운명'으로서의 이러한 산

---

38   Victor Hugo, *Dreiundneunzig*, Leipzig 1972, pp. 36-37 참고.

문에 아무런 투쟁 없이 투항하는 것을, 아니 증오의 대상이자 격분에 찬 적대의 대상인 산문을 상징적으로 찬양하거나 시적으로 변호하는 것을 의미한다.

소설의 이 발전 단계에서 중요한 작가 가운데 낭만주의 경향들에 다소간이라도 영향을 받지 않은 작가는 단 한 명도 없다. 프랑스혁명 이래 부르주아문학에 미친 낭만주의의 이러한 깊고도 보편적인 영향에서, 낭만주의 경향들을 낳은 저 사회적 필연성이 효력을 발휘하고 있다. 그럼에도 불구하고 이 시대의 위대한 작가들이 위대한 것은, 물밀듯이 몰려오는 부르주아적 삶의 산문에 직면하여 완고히 대항하는 형태를 취하면서 결국에는 굴복하는 것이 아니라, 아직 존재하는 인간의 자기활동성의 요소들을 찾아내어 형상화하려는 시도를 아주 다양한 형태로 전개한다는 바로 그 이유 때문이다. 따라서 그들의 투쟁은 덜 완고하고 덜 '급진적'이라는 바로 그 이유 때문에 낭만주의의 투쟁보다 더 심오하다.

그러나 낭만주의 경향들은 이 모든 작가 속에서—부분적으로—지양된 계기로서 작용하고 있다. 우리가 부분적이라고 말하는 데에는 그럴만한 이유가 있다. 삶의 산문에 대한 낭만주의적·주관적·감정적 반대를 인물들의 형상화된 주관성으로서 제자리에 놓음으로써 위대한 작가들은 창조적 투쟁에서 낭만주의보다 객관적으로 훨씬 더 멀리 나아가고 훨씬 더 깊이 파고든다. 그럼으로써 그들이 낭만주의를 극복한 것은 사실이다. 그러나 그들은 낭만주의를 단지 부분적으로만 극복하는데, 그들이 사회적 형성물들을 인간들의, 계급들의 활동으로 더 이상 용해할 수 없는 곳에서 그들은 필연적으로 낭만주의적 양식화의 수단을 사용할 수밖에 없기 때문이다. 낭만주의 극복의 두 가지 형태, 즉 진정한 극복의 형태와 가상적 극복의 형태는 발자크에서 가장 뚜렷하게 볼 수 있다. 그러나 이 시대의 위대한 작가들이 낭만주의에 대해 취하는 입장의 이러한 분열은 다양한 형태로 그들 모두에게서 나타난다. 그들은 모두

두 측면에서 비판받을 수 있는데, 한편으로는 삶의 산문에 너무 많이 양보한다고, 다른 한편으로는 낭만주의적 주관주의에 너무 많이 양보한다고 비판받을 수 있다. 고전적인 소설에 대한 이 양면의 비판은 바로 괴테의 『빌헬름 마이스터』를 둘러싼 논쟁에서 나타났다. 실러는 괴테에게 보내는 편지에서 자신의 최종 인상을 요약하는 가운데, 그 소설의 낭만주의적 장치들은 괴테의 모든 솜씨에도 불구하고 단지 "연극적 유희"로서만, "계교"로서만 작용할 것이라고 비판했다. 반면에 철두철미 낭만주의자인 노발리스는 그 소설을 "포에지에 반(反)하는 캉디드"라고 거부했다. "그것은 시화(詩化)된 부르주아적이고 가정적인 이야기다. (…) 예술적 무신론이 이 책의 정신이다. 값싼 산문적 소재를 갖고서 시적인 효과를 얻다니, 이 얼마나 경제적인가."[39]

자본주의사회의 산문에 맞선 투쟁에서 나타나는 이러한 분열은 또한 '긍정적 주인공'의 문제에 대한, 그리고 이와 밀접한 관련이 있는 한편 우리가 보았다시피 소설의 양식과 구성을 좌우하는 '중간 상태'의 문제에 대한 이 작가들의 입장도 규정한다. 부르주아적 현실을 인정하도록 소설의 주인공을 교육해야 한다는 헤겔의 요구는 결국 긍정적 주인공으로 이어질 수밖에 없을 것이다. 그러나 이 긍정적 주인공은, 헤겔이 때때로 냉소적으로 표현했듯이, 주인공을 속물로 만들고 말 것이다. "다른 사람들과 진배없게 말이다. (…) 처음에는 유일한 여성이고 천사였던, 사모했던 여인은 다른 모든 여인네와 거의 같아 보인다. 직무는 노동과 짜증을 주고 결혼은 악처를 준다. 그리하여 남은 것은 온통 후회뿐이다."[40] 헤겔의 그러한 요구[부르주아적 현실을 인정하도록 소설 주인공을 교육해야 한다는 요구]가 실현되면 완전히 진부한 것이 초래될 수밖에 없을 것이다. 소

---

39   Novalis, *Werke in einem Band*, Berlin und Weimar 1983, p. 356.

40   Hegel, *Werke, Band 14: Vorlesungen über die Ästhetik II*, p. 220.

설의 특수한 형식을 다룰 때 이미 거론했던 이유들 때문에 일반적으로 이 '중간 상태'는 그것이 도달되지 못함으로써만, 작가가 그것을 형상화하는 데 실패하고 자신이 추구한 모순들의 '중간'과는 다른 것, 더 중대한 것을, 즉 모순들 자체의 해결 불가능성을 형상화함으로써만, 소설 구성의 한 요소가 될 수 있다. 작가들의 의식적인 경향성의 좌초, 자신들이 의도한 것과는 다른 세계상의 창조가 바로 이 발전 시기 작가들의 위대성의 본질을 이룬다. 블라디미르 일리치 울리야노프 레닌(Vladimir Ilich Ulyanov Lenin)은 톨스토이를 "러시아혁명의 거울"로 다루면서 의식적인 세계관과 형상화된 세계관, 의도와 작품 사이의 이런 역설적 관계를 분명하게 말하고 있다. "하나의 현상을 뚜렷하게 올바로 재현하지 못하는 것을 거울이라 할 수 없다. 그런데 우리의 혁명은 지극히 복잡한 현상이다. 혁명의 직접적인 집행자이자 참여자인 대중에게는 사건들에 대한 명료한 이해가 결여된 사회적 속성이 많이 있다. (…) 톨스토이는 끓어오르는 증오, 더 나은 것을 향한 성숙해 가는 열망, 과거의 것에서 해방되려는 욕구를, 그리고 또한 미성숙한 몽상, 정치 교육의 결핍, 혁명적 행위에 대한 무기력과 무능력을 반영했다."[41] 이 깊이 있는 비평은—약간의 수정을 가한다면—발자크와 괴테에게도 유효하다. 프리드리히 엥겔스는 이 두 사람을 [레닌과] 완전히 동일한 방법론적 입장에서 비평했다. 『빌헬름 마이스터』에는 주인공에 대해서, [이스라엘 민족의 초대 왕인] 사울처럼 아버지의 당나귀들을 찾으러 나갔다가 왕국을 발견했다고 하는 말이 나온다. 그렇다면 우리는 이 말보다 더 정당하게 이 고전적인 소설들에 대해 다음과 같이, 즉 그 작가들은 사실 당나귀들('중간상태'라는, 그들의 모험적이고 대개는 시대에 뒤떨어진 유토피아)을 찾아 나섰고 찾았지

---

41 Lenin, *Werke, Band 15*, p. 197, p. 203.

만 도중에 자본주의사회의 세계사적 모순들이라는 왕국을 발견하고 형상화했다고 말할 수 있을 것이다.

부르주아사회에서는 도저히 해결될 수 없는 이러한 모순들의 형상화는—성공적인 형상화에서는—'긍정적 주인공'에 대한 모든 요구를 억누른다. 발자크는 한 서문에서 세자르 비로토, 피에레트, 마담 드 모르소프 등이 예컨대 보트랭이나 뤼시엥 드 뤼방프레보다 더 독자의 마음을 사로잡지 못한다면 자신의 소설들은 실패한 것이라고 적었다.[42] 그러나 실제로는 이와 반대였기 때문에 그의 소설들은 성공했다. 모순들의 해결 불가능성을 드러낼 때, 그리고 자본주의사회의 비열성과 위선을 폭로할 때 단호하게 심층 깊숙이 파고드는 것이야말로 소설의 긍정적 주인공에 대한 헤겔의 냉소적 요구의 실현을 불가능하게 만든다. 이미 보았다시피, 18세기 소설의 고루하긴 하지만 자유롭고 유능한 긍정적 주인공은, 19세기에 와서 '긍정적' 주인공으로서는 점점 더 버틸 수 없게 되었다. '긍정적' 주인공을 요구하는 것은 19세기 부르주아계급의 경우 점점 더 변호의 요구, 작가들에게 모순들을 드러내지 말고 덮어둔 채 화해하라고 하는 요구가 된다. 니콜라이 바실리예비치 고골(Nikolai Vasilievich Gogol)은 이러한 요구에 대해 이미 매우 날카롭게 반박했다. "하지만 사람들이 주인공에게 불만을 느낄 것이라는 게 슬픈 것이 아니다. 슬픈 것은, 독자들이 동일한 주인공, 동일한 치치코프에게 만족할 수도 있을 거라는 확신이 내 마음속에 있다는 것이다. 만약 저자가 그[치치코프]의 영혼 속을 그렇게 깊이 들여다보지 않았더라면, 세상을 피해 숨겨져 있는 그 모든 것을 그 영혼의 근저에서 들추어내지 않았더라면, 누구도 다른 사람에게 털어놓지 않는 가장 내밀한 생각들을 드러내 놓지 않았더라면, 그 도시 전체에, 마닐로프 및 다른 모든 사람에게 보였던 모습

---

42   1840년에 출판된 노벨레『피에레트(Pierrette)』의 제1판 서문을 참고하라.

그대로 그를 보여주었더라면, 만약 그랬더라면 모두 다 아주 기뻐할 것이고 그를 흥미로운 남자로 여길 것이다."[43] 이로써 고골은 근대소설의 근본적인 사회적 문제성을 아주 분명하게 드러내 보인다. 즉 위대한 작가들이 부르주아혁명의 세계사적으로 진보적인 경향들에 대한 대표자로서 추구하는 것은, 부르주아사회의 평균적 인간이 문학에 본능적으로 요구하는 것과 모순된다. 소설의 고전적 대가들을 위대하게 만드는 바로 그것이, 그들을 자신들이 속해 있는 계급의 구성원 다수로부터 격리한다. 그들의 지향이 지닌 바로 그 혁명적 대중성이 그들을 비대중적으로 만드는 것이다.

7. 새로운 리얼리즘과 소설 형식의 해체[44]

위대한 소설문학 옆에는 늘 서사체 오락문학이 광범위하게 있었다. 이러한 오락문학은 중대한 사회적 문제들을 진지하게 제기하고 그 해결책을 찾으려 고심하는 일과는 거리가 멀었다. 그것은 평범한 부르주아적 의식에 반영된 세계를 그대로 재생산할 뿐이었다. 하지만 부르주아계급의 상승기에는 이 오락문학과 위대한 소설들의 대립이 부르주아계급의 몰락기에서처럼 그렇게 현저하지는 않았다. 문학적인 측면에서 볼 때 옛 오락문학은 아직 본연의 민중적인 이야기 문화의 전통을 활용했다. 사회적인 측면에서 보자면, 그것이 조잡하게 기만적이고 왜곡하는 변호론이 될 정도로 전략을 강요받는 경우는 드물었다. 이 모든 것은 부르주아계급의 이데올로기적 몰락기에 변한다. 변호론이 점점 더 강력하게 부르주아 이데올로기의 지배적인 경향이 된다. 자본주의사회의 모순

---

43 Nikolai Gogel, *Die toten Seelen*, Berlin und Weimar 1983, pp. 354-355.

44 루카치가 토론을 위해 제출한 발제문인 「'소설'에 대한 보고(Referat über den 'Roman')」에서는 이 장의 제목이 '자연주의와 소설 형식의 해체'로 되어 있다.—옮긴이

이 두드러질수록, 이 변호론이 수단으로 삼는 자본주의에 대한 기만적 찬양과 혁명적 프롤레타리아계급 및 반항적 노동대중에 대한 비열한 중상모략은 더욱더 조잡해진다. 따라서 1848년 이후의 진지하고 예술적으로 뛰어난 소설은 늘 내용뿐 아니라 예술적 측면에서도 시류에 역행할 수밖에 없으며, 또 자기 계급의 다수 대중의 발전으로부터—그것도 점점 더—고립될 수밖에 없다. 이러한 유의 대립은, 혁명적 계급인 프롤레타리아계급과 연결되지 못할 경우 다름 아닌 최상의 부르주아 작가들이 겪는 예술적·사회적 고립을 점점 더 깊게 만든다. 이 부르주아 작가들은 예전의 소설가들과는 달리 더 이상 사회의 삶, 자기 계급의 삶에 동참할 (mitleben) 수 없으며, 자기 계급이 벌이는 투쟁에 함께할 수 없다. 그들은 자신들에게 다소 낯설고 적대적인 사회 현실의 관찰자(Beobachter)가 된다.

중요한 작가들의 이러한 처지로 말미암아 그들이 과거에서 넘겨받는 주요 유산은 낭만주의 유산이 될 수밖에 없다. 그들이 부르주아계급 상승기의 위대한 전통과 맺는 진정한 관계는 점점 더 느슨해진다. 그들이 스스로를 이러한 전통의 후예라고 느낄 때조차, 그리고 그들이 이러한 유산을 열심히 탐구할 때조차 그들은 점점 더 낭만주의의 안경을 끼고 이 유산을 보게 된다. 귀스타브 플로베르(Gustave Flaubert)는 이 새로운 리얼리즘의 최초의 대표자이자 가장 위대한 대표자인데, 이 새로운 리얼리즘은 비열하고 진부한 허위에 불과한 변호론의 흐름에 맞서서 자본주의 현실을 사실주의적으로 처리하기 위한 길을 찾는 리얼리즘을 말한다. 플로베르적 리얼리즘의 예술적 출발점은 부르주아적 현실에 대한 증오와 경멸이다. 그는 부르주아적 현실의 인간적·심리적 현상형태를 매우 정확하게 파악하고 관찰한다. 하지만 그 현실의 분석에서 그는 단지 표면으로 드러난 모순들의 경직된 대립성까지만 파고들 뿐, 표면 아래에서 이루어지는 그 모순들의 생생한 상호 얽힘까지는 파고들지 않는다. 그가 그려 낸 세계는 완성된 산문의 기성(旣成) 세계다. 모든 시적인 것은 감정 속에서만, 이러한 산문에 맞선 인간들(청년 헤겔파)의 무력한 반항 속에서만 실존한다. 그리고 [소설의] 행위는 이렇듯 처음부터 무력하게 반항하는 주관성이 부르주아적 산문의 진부한 비열함에 의해 어떻게 유린당하는지를 현시하는 데에서만 존립할 수 있다. 이러한 기본 구상에 따라 플로베르는 가능한 한 행위를 거의 만들지 않고, 부르주아적 일상 현실의 평균을 결코 넘지 않는 인물과 사건으로 작품을 만든다. 따라서 플로베르는—의식적으로—서사적인 이야기 없이, 상황들 없이, 주인공들 없이 작업한다. 묘사된 현실에 대한 증오와 경멸이 그의 창작 방법의 출발점이기 때문에, 그 창작 방법에서는 예전의 모든 리얼리스트의 작품에서 본질적인 요소이자 옛 리얼리즘의 가장 위대한 대표작들에서 서사시를 떠올리게 했던 요소인 서사의 재미와 서사의 문화는 의식적으로 배제될 수밖에 없다. 그것을 대신하는 것은 정선된 디테일의 기예적인 묘사다. 이러한 리얼리즘을 통해 그가 낭만주의적으로 맞서 싸우는 삶의 진부함은 순전히 기예적으로 형상화된다. 다시 말해, 예술 작업의 중심을 이루는 것은 객관적으로 유의미한 규정들이 아니라, 그 규정들의 흥미로운 디테일을 기예적으로 드러냄으로써 진부한 평균을 감각적으로 생생하게 만드는 것이다.

따라서 낭만주의 유산의 본질은 객관주의와 주관주의의 그릇된 딜레마에 있다. 그 딜레마가 그릇된 까닭은, 이러한 주관주의뿐 아니라 이러한 객관주의도 공허하며 과장되고 부풀려진 것이기 때문이다. 하지만 그 딜레마는 불가피한 것이다. 그도 그럴 것이, 그것은 작가의 특성에서 혹은 정직성이나 재능의 결핍에서 생겨난 것이 아니라 부르주아계급의 이데올로기적 몰락기에 부르주아 지식인들이 처한 사회적 상황에서 생겨났기 때문이다. 공허한 주관주의와 과장된 객관주의는 완성된 자본주의 현상계의 필연적인 표면적 범주다. 이 객관적으로 필연적인 현상계의 마법이 미치는 범위 내에 속박된 채 이 시기의 중요한 리얼리즘 소설가들은 자신들의 리얼리즘적 현시를 위한 확고한 객관적 토대를 찾고자 하는 동시에, 포에지를 위해 산문화된 세계를 주관의 힘으로 정복하고자 하는 헛된 고생을 한다. 졸라는 의식적인 의도에서는 플로베르의 낭만주의적 경향성을 극복하고 있지만, 단지 자신의 의도와 상상 속에서 그것을 극복하고 있을 뿐이다. 졸라는 소설을 과학적 토대 위에 세우고자 하며, 상상과 자의적인 고안을 실험과 자료로 대체하고자 한다. 하지만 이러한 과학성은 플로베르적 리얼리즘의 감정적이고 역설적인 낭만주의적 원천의 한 변주(變奏)에 지나지 않는다. 즉 그것은 낭만주의의 허위적·객관주의적인 측면이 우세해진 것이다. 괴테나 발자크가 사회를 형상화하는 방법을 위한 과학적 자극을 에티엔 조프루아 생틸레르(Étienne Geoffroy Saint-Hilaire)에게서 받았을 때, 이 과학적 영향은 [그들에게] 줄곧 있었던 변증법적 경향성을, 즉 사회의 결정적 모순들을 탐구하려는 경향성을 강화했을 따름이다. 클로드 베르나르(Claude Bernard)로부터 유사한 자극을 얻으려 한 졸라의 시도는, 그로 하여금 자본주의 발전이 낳는 증상의 심층 깊숙이 파고들게 한 것이 아니라 그 증상에 대한 유사(類似)과학적 기록을 낳게 하는 데 그치고 만다[졸라의 문학적 실천에는 통속적인 대중 학자인 체사레 롬브로소(Cesare Lombroso)가 클로드 베르나르보다 훨씬 중요한 의미를 지닌다는 폴 라파르그(Paul Lafargue)의 말은 옳다[45]]. 실험과 자료가 실천적으로 의미하는 것은 다음과 같다. 즉 졸라는 생성하는 세계를 함께 체험하고 자신이 체험한 삶과 투쟁의 경험을 소설로 형상화하는 것이 아니라—라파르그가 정확하게 말했듯이—보고자의 방식으로 그때까지는 그에게 완전히 낯설었을지도 모를 어떤 사회복합체에, 그것을 묘사하려는 의도를 가지고 접근한다. 졸라의 세계는 산문적으로 된 빅토르 위고의 [『1793년』에 나오는] 대포다.

---

45   Paul Lafargue, "Das Geld" von Zola, in: *Die neue Zeit* (Berlin), 10. Januar 1892 참고.

졸라는 자신이 소설을 어떻게 구상하는지, 또 자신의 견해에 따르면 리얼리즘적 소설은 어떻게 구상되어야 하는지를 매우 분명하고 명확하게 기술했다. "어떤 자연주의 소설가가 연극계에 관한 소설을 한 편 쓰려고 한다. 그는 아직 어떠한 사실이나 인물도 갖지 못한 채 막연히 이런 생각에서 출발한다. 그가 맨 먼저 마음을 써야 할 일은, 묘사하고자 하는 이 연극계에 대해 자신이 경험할 수 있는 것을 적은 기록들을 모으는 것이다. 그는 이런저런 배우를 알게 되었고, 이런저런 연극도 보았다. (…) 그리고 나서 그는 이 방면을 가장 잘 아는 사람들과 이야기를 나눌 것이며, 여러 발언이나 일화, 인물평을 비교·조사할 것이다. 이것이 전부가 아니다. 그다음에 그는 글로 된 자료를 읽을 것이다. (…) 마지막으로 그는 바로 그 현장을 방문하고, 가장 사소한 디테일까지 다 알기 위해 며칠간 극장에 머물 것이다. 그는 저녁 시간을 여배우의 분장실에서 보내면서 가능한 한 그 분위기를 익히려 할 것이다. 일단 이런 자료가 완벽해지면 그의 소설은 저절로 쓰일 것이다. 소설가는 사실들을 논리적으로 배치하기만 하면 된다. (…) 이야기의 특이함에는 더 이상 관심이 쏠리지 않는다. 오히려 이야기가 평범하고 일반적일수록 그것은 더욱더 전형적으로 된다."[46] 이러한 경향의 그릇된 객관주의는, 한편으로는 진부한 평균이 전형적인 것과 동일시되면서 그저 흥미로울 뿐인 것으로 간주된 개인적인 것과 전적으로 대립 설정된다는 점에서, 다른 한편으로는 졸라가 더 이상 행위, 즉 외부 세계의 사건에 대한 인간의 활동적 반응이 아니라 인간의 평균적인 상태를 특성적인 것, 형상화할 만한 가치가 있는 것으로 보며, 그럼으로써 행위들의 서사적 형상화를 상태와 상황들에 대한 묘사로 대체한다는 점에서 가장 분명하게 나타난다.

서사냐 묘사냐(Erzählen oder Beschreiben)라는 딜레마는 부르주아문학만

---

46 Emil Zola, *Le Roman expérimental*, Paris 1880, pp. 214-215 참고.

큼이나 오래된 것이다. 그도 그럴 것이 묘사라는 창작 방법은 산문적으로 경직되어 가는, 그리고 인간의 자기활동성을 배제해 가는 현실에 대한 작가의 직접적 반응에서 생겼던 것이다. 아주 특징적이게도 벌써 고트홀트 에프라임 레싱(Gotthold Ephraim Lessing)은 묘사 방법을 문학 일반, 특히 서사문학의 형식법칙에 모순되는 방법이라고 아주 날카롭게 지적하면서 그에 대해 반대 입장을 취하는 한편, 호메로스라는 위대한 모범으로 되돌아가 아킬레우스의 방패를 예로 삼아 진정한 서사시인에게는 어떻게 모든 "기성(旣成)의 대상"이 일련의 인간 행위로 용해되는지를 분명하게 보여주었다. 자본주의적 삶의 산문의 부단히 높아지는 물결에 맞서 최상의 작가들이 벌인 투쟁 역시 실패하고 말았다는 사실은, 소설 속에서 사물과 상황에 대한 묘사가 어떻게 인간의 행위를 밀어내고 있는지를 보면 매우 분명하게 알 수 있다. 졸라는 근대소설에서 이루어지는 서사 문화의 자생적이고 불가피한 몰락 경향을 이론상에서만 아주 단호하게 표현하고 있다. [소설가로서] 졸라 자신은 아직 이러한 발전의 출발점에 서 있으며, 그의 실천은 훌륭하고 감동적인 수많은 디테일에서 아직은 소설의 위대한 전통에 가까이 있다. 그러나 그의 문학적 실천의 기본 노선은 이미 새로운 방향으로 나아가고 있다. 『나나(Nana)』의 경마 장면을 톨스토이의 『안나 카레니나(Anna Karenina)』의 경마 장면과 비교해 보기만 하면 된다. 톨스토이의 작품에서는, 말에 안장을 얹고 관중이 모여드는 데에서 시작해 모든 서사적 사건과 인물들의 행위가 그 인물들에게 유의미한 상황 속에 있게 되는 하나의 생생한 서사적 사건이 그려지고 있다. 졸라의 작품에서는 소설 주인공의 운명과는 사건 진행상 아무런 관계도 없는, 파리의 사교계에서 벌어진 한 사건에 대한 눈부신 묘사가 이루어진다. 그 사건에 소설의 인물들은 아무 관계도 없이 그저 흥미를 지닌 구경꾼으로서만 우연히 임석해 있다. 그 때문에 톨스토이 작품에서 경마 장면은 소설 줄거리의 서사적으로 형상화된 한 단계이지만, 졸라의 작품에서 그것은 단순한 묘사에 그치고 만다.

톨스토이는 이러한 에피소드의 대상적 요소와 등장인물 사이에 어떤 '관계'를 '만들어 낼' 필요가 없다. 경마는 줄거리 자체의 본질적 부분인 것이다. 그러나 졸라는 그 관련을 '상징적으로' 만들어 내야만 하는데, 그것은 소설의 여주인공과 승리한 말이 우연히 같은 이름을 가진 것으로 만듦으로써 이루어진다. 졸라가 위고로부터 물려받은 유산인 이러한 상징은 그의 작품 전체에 걸쳐 나타나는데, 백화점과 증권거래소 등은 위고의 노트르담[47]이나 대포와 마찬가지로 거창하게 양식화된 현대적 삶의 상징이다. 졸라의 그릇된 객관주의는 단순히 관찰된 디테일과 단지 서정적일 뿐인 상징이라는, 전적으로 이질적인 형상화 원리들이 이처럼 화해될 수 없게 비유기적으로 혼합되어 있는 데에서 가장 분명하게 나타난다. 그리고 이러한 비유기적 성격은 구성 전체를 관통한다. 즉 각 소설에서 묘사된 세계는 구체적인 상황에서 구체적인 인간이 하는 구체적인 행위로 구성되지 않고, 일종의 저장 용기(容器)로서 인물들이 사후(事後)에 맞춰 넣어지는 추상적인 환경이기 때문에 성격과 행위 사이에도 필연적 연관관계가 없다. 여기서 필요한 최소한의 행위를 위해서는 몇 가지 평균적인 특성으로 충분하다. 졸라의 문학적 실천은 사실 여기에서도 그의 이론보다 낫다. 다시 말해, 그가 창조한 인물들의 성격은 플롯에 대한 그의 구상보다 풍부하다. 하지만 바로 그 때문에 인물들의 성격은 행위로 전환되지 않고, 단순히 관찰되고 묘사된 것으로 머물러 있다. 그럼으로써 그 성격은 임의로 늘리거나 뺄 수 있는 부가물이 된다. 졸라식 방법의 객관주의는 사회적 세계상의 빈곤화를, 그가 인식하고 형상화한 사회적 규정들, 모순 속에 있는 그 사회적 추동력들의 빈곤화를 단지 피상적으로만 은폐할 뿐이다. 따라서 그 방법의 과학성은

---

47 빅토르 위고의 장편소설 『파리의 노트르담(Notre-Dame de Paris)』을 참고하라.

인식의 측면에서는 자본주의사회의 올바른 반영을 낳지 못하며, 예술적인 측면에서는 통일적인 형상화를 낳지 못한다. 라파르그가 정확하게 지적했듯이, 졸라는 자신이 한 개개의 관찰이 정확한데도 불구하고 결정적인 사회적 규정들을 늘 간과한다(『목로주점(L'Assommoir)』에서 그려진 노동자들의 알코올중독, 『돈(L'Argent)』에서 그려진 구자본주의와 신자본주의의 대립[48]). 소설의 발전과 관련해, 문제는—옛 리얼리스트들은 대개 중대한 사회적 투쟁에 동참함으로써 다름 아닌 결정적 문제들을 본능적으로 올바로 파악했지만—사회에 대한 인식에 있는 구체적 오류만이 아니다. 그러한 인식상의 오류가 소설 형식의 해체 및 빈곤화의 체계화와 가속화를 의미한다는 사실 또한 문제다. '사적인 삶의' 위대한 '역사가들'의 현대적 계승자는, 그날그날 벌어지는 사건의 서정적이거나 저널리즘적인 기록자에 불과한 존재가 되고 만다.

플로베르와 졸라는 소설 발전의 현대적인 전환점을 의미한다. 소설 형식의 해체로 나아가는 기본 경향들이 이 두 작가에 이르러 처음으로 분명하게, 거의 고전적인 형태로 나타나기 때문에 이들을 조금 더 상세하게 다루어야만 했다. 이후의 소설 발전은—그것이 엄청나게 다양함에도 불구하고—이미 플로베르와 졸라의 작품에서 경향들로서 나타났던 그 문제들의 틀 안에서, 즉 주관주의와 객관주의라는 그릇된 딜레마의 틀 안에서 펼쳐진다. 이로부터 일련의 거짓 대립이 필연적으로 생겨나고, 무엇보다도 인물과 상황의 진정한 전형성이 점점 더 사라지게 되며, 그 전형성을 대신하여 진부한 평균성 대(對) 한갓된 '독창성' 또는 '흥미로움'이라는 잘못된 딜레마가 나타난다. 그리고 이러한 그릇된 딜레마에 상응해서 현대소설은 '과학성'과 비합리주의, 날것의 사실과 상징, 그리고 기록과 '영혼' 또는 기분이라는 똑같이 그릇된 극단들 사이

---

48 졸라의 소설 『목로주점』과 『돈』 참고.

에서 발전하게 된다. 물론 진정한 리얼리즘을 이루기 위한 시도는 언제나 있다. 그러나 그 시도가 플로베르가 이룬 리얼리즘의 수준에 근접하는 것 이상으로 나아가는 경우는 극히 드물다. 이것은 우연이 아니다. 정직한 작가로서 졸라는 후기의 자신의 문학적 실천과 관련해 이렇게 말했다. "어떤 주제를 깊이 파고 들어갈 때마다 나는 항상 사회주의에 부딪히게 된다."[49] 오늘날의 사회에서 작가가 이 시대의 중심 문제인 자본주의와 사회주의의 투쟁이라는 문제에 덤벼들기 위해서 소재상 프롤레타리아의 계급투쟁 문제에 접근할 필요는 전혀 없다. 그러나 이와 연관된 문제를 처리하려면 몰락하고 있는 부르주아 이데올로기의 마법권에서 빠져나오는 이데올로기적 돌파가 꼭 필요하다. 그런데 이러한 돌파를 수행할 수 있는 작가는 극소수에 지나지 않는다. 이데올로기적 돌파를 이루지 못할 경우 작가들은 세계관에서나 문학적으로나 점점 더 편협해지고 모순적으로 되는 부르주아 이데올로기의 마법권에 사로잡힌 채 있을 수밖에 없다. 몰락해 가고 있는 부르주아계급의 점점 더 변호적으로 되어 가는 이데올로기는 작가들의 창조적 활동장을 점점 더 협소하게 만든다. 하인리히 만(Heinrich Mann)의 말에 따르면, "한 작가가 위대해질지는 자기 계급이 얼마나 많이 소화해 내는지에 달려 있다."

여기에서는 새로운 소설의 역사를 거칠게나마 다루는 것도 불가능하다. 우리는 현실의 핍진한 형상화 일체를 의식적으로 말살하는 파시즘의 야만에서 정점에 이른 부르주아 이데올로기의 전반적인 몰락 경향과 더불어, 최근 몇 십 년 동안 이루어졌던 해결 시도들의 주요 유형을 간단히 열거하는 것으로 만족할 수밖에 없다. 거듭 말하건대, 그러한 시도들은 모두 우리가 이미 플로베르와 졸라의 작품에서 확인했던 그릇된 딜레마의 틀 안에서 이루어지고 있다. 직접적인 졸라학파는 곧 해체

---

49 Brief von J. van Santen Kolff vom Juni 1886.

되었지만 졸라주의, 즉 기록소설의 그릇된 객관주의는 계속 생존해 있다. 졸라를 옛 리얼리즘과 연결시켰던 끈들은 점점 더 끊어지고, 졸라의 강령은 점점 더 순수한 형태로 실현된다(업턴 싱클레어(Upton Sinclair)). 물론 직접적인 졸라학파의 해체 와중에 이미 시작된 그릇된 주관주의와 비합리주의가 훨씬 강력한 경향이다. 이러한 경향으로 말미암아 소설은 점점 더 인간의 내면생활을 촬영한 스냅사진의 단순한 집합체로 바뀌며, 그 발전의 끝(프루스트, 조이스)에서 소설의 모든 내용과 형식이 완전히 해체되기에 이른다. 소설 형식의 이러한 해체 현상은 서사가 지녔던 예전의 감각적 생동성을 회복하려는 시도로 이루어진 아주 다양한—대개 반동적인—반격을 초래한다. 일부는 자본주의 현실에서 벗어나 자본주의와는 최대한 격리되게 양식화된 시골로(크누트 함순의 발전), 또는 아직 자본주의에 물들지 않은 식민지 세계로(조지프 러디어드 키플링(Joseph Rudyard Kipling)) 도피한다. 또 일부에서는 옛 서사문화의 조건들을 미적으로 재구성함으로써 소설을 기예적으로, 억지 예술적으로 다시 형식으로 만들어 내려는 시도가 이루어진다(액자소설, 콘라트 페르디난트 마이어(Conrad Ferdinand Meyer) 유형의 장식적인 역사화 등). 물론 사회적·예술적으로 자기 계급의 이러한 몰락 조류에 역행하여 당대 사회를 정직하게 비판함으로써 소설의 위대한 전통을 생생히 보존하려는 영웅적 시도를 감행한 작가들은 항상 있었다. 이러한 작가들은 제국주의 시대 부르주아계급의 발전으로 말미암아 필연적으로 자기 계급의 문학에서 고립된 예외로 남아 있을 수밖에 없다. 그 발전으로 역시나 필연적으로, 작가로서의 길을 그렇게 시작한 작가들 중 극소수만이 그 길 끝까지 시류를 거스를 용기와 끈기를, 그뿐 아니라 승리한 사회주의 국가에 공감하는 방향으로 계속 발전할 용기와 끈기를 가지게 된다(로맹 롤랑(Romain Rolland), 앙드레 지드(André Gide), 하인리히 만, 시어도어 드라이저(Theodore Dreiser) 등).

8. 사회주의 리얼리즘의 전망

우리는 부르주아 소설이 몰락해 가고 있는 추세에서 프롤레타리아계급의 역사적 등장이 어떤 분기점이 되었는지 이미 확인할 수 있었다. 즉 부르주아계급과 프롤레타리아계급 사이의 계급투쟁이 전체 사회의 중심 사안으로 분명하게 나타날수록, 부르주아 소설가들이 사회의 중심 문제들 한가운데에 접근하는 일은 점점 더 불가능해진다. 계급의 전체적인 혁명적 발전이 진행되는 가운데 이루어진 프롤레타리아 계급의식의 성장은 모든 문화 영역에서 그렇듯 소설 영역에서도 새로운 문제들과 그것들의 해결을 위한 새로운 창작 방법들을 낳는다. 역사적으로 개괄하던 와중에 우리는 자본주의사회에 의한 인간의 퇴락 문제가 소설 형식 전체의 중심 문제가 될 수밖에 없었다는 것을 고찰할 수 있었다. 마르크스는 자본주의사회에서 인간은 모두 퇴락한다는 사실에 대해 부르주아계급과 프롤레타리아계급이 취하는 상이한 입장을 다음과 같이 규정하고 있다. "유산계급과 프롤레타리아트계급은 동일한 인간적 자기소외를 드러낸다. 그러나 전자의 계급은 이 자기소외 속에서 편안하고 자신이 인정된다고 느끼며 그 소외를 **자기 자신의 힘**으로 알거니와, 그 소외 속에서 인간적 실존의 **가상**을 갖는다. 후자의 계급은 소외 속에서 자신이 부정된다고 느끼며, 소외에서 자신의 무력함과 비인간적 실존의 현실을 본다. 그들은, 헤겔의 표현을 사용하자면, 영락(零落)의 상태 속에서 이러한 영락에 대해 일어나는 **반란**, 즉 그들의 인간적 **본성**과 이 본성에 대한 노골적이고 결정적이며 포괄적인 부정인 그들의 생활 상황 사이의 모순으로 인해 그들이 필연적으로 일으키게 되는 반란이다."[50] 따라서 부르주아적 발전의 이데올로기 몰락기에 계급의식이 혁명적으로 계발되는 프롤레타리아계급은 자본주의 발전의 전체적 변증법을 파

---

50 *MEW, Band 2*, p. 37. 강조는 루카치.

악할 수 있다. 프롤레타리아계급은 비참함 속에서 "낡은 사회를 무너뜨리는 (…) 혁명적인 변혁적 측면"을 본다. 그들이 자본주의에 관해 또 알고 있는 것은, "투쟁을 야기함으로써 역사를 만드는 운동을 발생시키는 것은 바로 이 가장 나쁜 측면"이라는 점이다.

이처럼 프롤레타리아계급은 자본주의사회의 모순들에 대해 계급상 (上) 필연적인 새로운 입장을 취하게 된다. 그리고 이 새로운 입장으로부터, 이와 함께 변화된 소재의 매개를 거쳐 소설에 매우 중요한 새로운 양식 문제들이 생겨나게 된다. 프롤레타리아계급과 프롤레타리아 소설가에게 사회는 고정된 대상들의 '기성(既成)의' 세계가 아니다. 오히려 프롤레타리아의 계급투쟁이 인간의 영웅적인 자기활동성의 세계를 발전시킨다. 우리는 자신의 외적 실존과 내적 온전함을 위한 인간의 투쟁이 봉건 체제나 자본주의 체제에 맞서 아직 용감하게 수행되었던 동안, 이 투쟁에서 어떠한 서사적 긴장이 생겨날 수 있었는지를 이미 부르주아 소설에서 확인할 수 있었다. 이러한 투쟁의 파토스가 프롤레타리아계급에게는 더 고양되는데, 이는 자본주의에서 프롤레타리아의 실존이 부르주아의 실존보다 훨씬 더 불안정하고 위태롭기 때문만이 아니라, 개인적 실존에 대한 이러한 위협에 맞선 투쟁이 사회변혁이라고 하는 계급 자체의 보편적인 큰 문제들과 매우 밀접하게 매개되어 있기 때문이기도 하다. 요컨대 개인적 실존의 위협에 맞선 투쟁이 프롤레타리아계급에게서는 자본주의를 전복하기 위한 계급의 혁명적 조직화를 위한 투쟁으로 변하기 마련인 것이다. 프롤레타리아의 계급적 조직(노동조합과 당)을 건설하는 일은 프롤레타리아들이 영웅적 활동성을 발휘하는 행동이다. 이러한 투쟁은 동시에 자본주의에 억압받는 노동자들의 인간화 과정이기 때문에 그 영웅적 활동성은 한층 더 고양된다. 여기에서 노동과 투쟁을 통한 인간의 자기창조의 변증법이 역사 발전의 최고 단계에서 재생산되고 있다. 여기에서 마르크스의 말마따나 "교육자 자신이 교육받아야만 한다"[51]면, 그 과정은 헤겔이 부르주아 소설에 요구한 것처럼 부르주아적인 삶의 산문에 순응하는 것이 아니라 온갖 형태의 자본주의적 억압과 착취에 맞서 비타협적으로 투쟁하는 것이다. 그리고 이러한 상황에서 자연히 생기는 결과로서, 프롤레타리아 소설에서 그런 식으로 투쟁하는 주인공은 '긍정적 주인공'이 될 수밖에 없다. 서사시로의 재접근이 더욱더 분명하게 표현되는 대목이 있다. 가장 위대한 부르주아 소설에서조차 객관적인 사회적 문제들이 개인 대 개인의 투쟁이라는 우회로를 통해서만 형상화될 수 있었던 반면, 여기에서는 프롤레타리아계급의 계급으로의 조직화 속에서, 계급 대 계급의 투쟁 속에서, 그리고 노동자들의 집단적 영웅주의 속에서—이러한 측면에서—이미 다시 옛 서사시의 본질을, 즉 한 사회구성체가 다른 사회구성체에 맞서 벌이는 공동의 투쟁을 상기시키는 하나의 양식적 요소가 나타나고 있는 것이다. 막심 고리키(Maksim Gor'kii)의 세계사적 위대성은, 그가 프롤레타리아계급이 처한 역사적 상황의 결과로 생겨나는 이 모든 새로운 경향들을 인식했고 그 경향들을 예술적으로 완성된 형식으로 형상화했다는 바로 그 점에 있다.

프롤레타리아계급의 계급적 발전이 지닌 이러한 특수성은 승리로 끝난 권력 장악과 더불어 질적으로 새로운 것으로 고양된다. 국가권력을 소유한 가운데 무적의 프롤레타리아계급은 계급사회의 모든 뿌리를 근절하기 위한 투쟁을 계속 전개한다. 국가권력의 정복, '위로부터의' 계급투쟁, 계획적인 경제개혁, 자본주의가 안고 있는 경제적 모순의 극복 등은 소설의 발전과 관련해서도 내용과 형식에서 이뤄지는 일련의 근본적 변화를 의미한다. 사회제도들의 외관상의 자립성, 근로대중에 대한 그 제도들의 사실상 적대적인 대립은 와해된다. "국가, 그것은 우리다."

---

51 *MEW, Band 3*, pp. 533-534.

(레닌) 이제부터 적극적인 투쟁이 인간 퇴락의 객관적 원인(도시와 농촌의 분리, 육체노동과 정신노동의 분리 등등)을 겨냥하게 되고 인간 퇴락의 이데올로기적 타파와 극복이 이러한 사회·경제적 투쟁을 보완하고 완성하는 것이 됨으로써, 인간의 퇴락에 맞선 투쟁은 질적으로 고양된 단계로 전화한다. 자본주의적 삶의 불안은 그치게 되는데, 그럼으로써 이러한 삶의 불안을 토대로 필연적으로 발전할 수밖에 없었던 이데올로기들(종교)을 파괴할 가능성이 생겨난다. 계급을 없애기 위한 계급투쟁은, 근로대중의 새로운 영웅주의가 내포한 새로운 자기활동성 및 능동성의 무수한 형태의 발전과 불가분하게 결합되어 있다. 그리고 이러한 계급투쟁은 새로운 인간을 위한 투쟁, "전면적으로 육성된 인간"(레닌)을 위한 투쟁, 그 어떤 인간 착취든지 능동적으로든 수동적으로든 참여하거나 참지 않는 인간을 위한 투쟁(여성해방 등)과 불가분하게 결합되어 있다.

이 모든 발전 계기는 사회주의 리얼리즘에서 근본적으로 새로운 소설 유형을 산출한다. 순수 서사시적 요소들의 성장은 사회 발전의 경향 자체에서 필연적으로 생겨나는 결과다. 그러나 이러한 접근[소설의 서사시로의 접근]을 과장한다면, 또 승리만 보고 투쟁을 간과하며 전진만 보고 내·외적 성격을 띤 저항과 난관을 간과한다면, 그리고 경제의 객관적 변증법을 통해 규정된 우회로 대신 일직선의 유토피아적 노선을 설정한다면, 발전의 전망을 발전의 현실 자체와 혼동하는 셈이 될 것이다. 예컨대 노동과 투쟁을 통해서야 비로소 사회주의적 내용으로 채워질 수 있는 콜호스(kolkhoz)의 단순 사회주의적 형식이나 국가의 소멸이 진행되는 변증법적 과정 등등에 대한 스탈린 동지의 부단한 비판적 훈계는, 사회주의 건설기의 소설과 서사시의 관계를 위한 가장 중요한 양식비평적 방침이기도 하다. 바로 그렇기 때문에 여기서 문제는 서사시로의 **경향**이지 완성된 존재가 아니라는 것을 분명히 인식해야만 한다. 그도 그럴 것이, 프롤레타리아계급은 "경제와 인간의 의식 속에 있는 자본주의 잔재의 극복"(스탈린)이라는 거대한 과제를 이제야 막 해결하려 하고 있기 때문이다. 바로 이러한 투쟁은 서사성의 새로운 요소들을 계발한다. 그 투쟁은 지금까지 잠자고 있던, 왜곡되거나 오도되었던 수백만 대중의 에너지를 깨우며, 대중 속에서 명망과 영향력을 지닌 인물들을 부각하여 드러내고 그들로 하여금 행동하게 만든다. 그 행동으로 그들 자신이 여태껏 알지 못했던 그들의 능력이 만인(萬人)에게 널리 알려지며, 그 능력으로 그들은 앞으로 돌진하는 대중의 지도자가 된다. 그들이 지닌 중요한 개인적 속성은 보편적·사회적인 것을 명확한 방식으로 실현한다는 바로 그 점에 있다. 따라서 그들은 점점 더 많이 서사시 주인공의 특징을 띠게 된다. 소설에서 이루어지는 서사시 요소들의 이 새로운 전개는, 그러므로 옛 서사시의 형식적이거나 내용적인 요소들(예컨대 신화 등)을 기예를 통해 회복하는 것이 아니라, 발생하고 있는 무계급사회에서 필연적으로 생장하는 것이다. 그 때문에 서사시 요소들의 그 새로운 전개는 소설의 고전적인 발전과 절연되지 않는다. 새로운 것의 건설과 낡은 것의 주관적·객관적 파괴는 서로 뗄 수 없게 변증법적으로 연결되어 있기 때문이다. 이러한 파괴를 위해 같이 싸움으로써, 사회주의 건설을 위해 함께 투쟁함으로써 사람들은 자신들 속에 아직 존재하는 자본주의의 이데올로기적 잔재를 극복한다.

무엇보다도 문학은 여기에서 새로운 인간을 개인적인 동시에 사회적인 구체성 속에서 제시할 임무가 있다. 그 문학의 경향은 이러한 발전 과정의 풍부함과 다면성을 문학적 형상화를 위해 정복하는 쪽으로 나아가는 것이어야만 한다. "역사, 특히 혁명의 역사는 가장 훌륭한 당들, 가장 선진적인 계급들의 가장 계급의식적인 전위들이 상상하는 것보다 언제나 더 내용이 풍부했으며, 더 다양하고 더 다면적이며 더 생생하고 '더 교활'했다."(레닌) 사회주의 건설기의 소설의 과제는 역사적 발전의, 새로운 인간을 위한 투쟁의, 근로대중에 대한 억압과 착취의 근절을 위한 투쟁의 이러한 풍부함, 이러한 '교활함'을 구체적으로 형상화하는 데 있다. 사회주의 건설의 문학, 사회주의 리얼리즘의 소설은 이 새 유형의 소설을 획득하기 위해 힘을 다해 성실히 노력해 왔으며, 새로운 형식을 위한 투쟁에서, 다시 말해 서사시의 위대성에 가까워지면서도 소설의 본질적 규정들을 보존해야만 하는 소설을 위한 투쟁에서 이미 상당한 성과를 거뒀다(미하일 숄로호프(Michail Sholokhov), 알렉산드르 알렉산드로비치 파데예프(Aleksandr Aleksandrovich Fadeyev), 판표로프(F. I. Panfyorov), 표도르 바실리 예비치 글랏코프(Fyodor Vasilievich Gladkov) 등).

서사시의 양식 문제에 대한 사회주의 리얼리즘 소설의 새로운 관계는 이러한 발전 단계에서 유산 문제에 각별한 의미를 부여한다. 첫째, 사회주의 리얼리즘 소설은 필연적으로 당대의 양식 문제들에서 발전해 나간다. 사회주의는 "자본주의가 우리에게 상속분으로 남겼던"[52](레닌) 인적 자원을 가지고 건설된다. 그리고 당대의 모든 양식 문제는 사회적 존재로부터, 그리고 이를 통해 야기된 이들 인적 자원의 의식으로부터 필연적으로 생장했다. 따라서 그 누구도 이 양식 문제들을 간과할 수 없다. 이러한 양식 문제들을 비판적으로 철저히 연구하고 비판적으로 극복해야 하는 것이다. 둘째, 그런데 사회주의 리얼리즘의 양식은 인간 속에 내재하는 개인적인 것과 사회적인 것, 개별적인 것과 전형적인 것의 변증법적 통일성을 점점 더 왕성하게 만들어 내는 것을 의미한다. 위대한 부르주아 리얼리즘의 사회적 조건들은 사회주의 리얼리즘의 발전이 이루어지는 조건들과 판이하다. 옛 리얼리스트들은 자본주의의 해결 불가능한 모순이라는 사회적 토대 위에서 작업한 반면, 사회주의 리얼리즘은 사회적 모순이 프롤레타리아계급과 이들을 이끄는 당의 활동을 통해 최종적인 해결의 방향으로 유도되고 있는 사회에서 성장한다는 사실만 생

---

52 Lenin, *Werke. Band 31*, p. 35.

각해 보라. 그러나 옛 리얼리스트들이 보여준 문제 제기와 해결책의 대담함과 엄격함은, 그것을 비판적으로 전유하는 것이 사회주의 리얼리즘에 극히 중요한 그런 유산이다. 몰락하고 있는 자본주의 발전이 모든 사회적 문제 제기를 천박하게 만들고 덧칠해 가려 버렸기 때문에 그 유산은 더욱더 중요하다. 따라서 대담하면서도 모든 규정을 고려하는 문제 제기를 위한, 그리고 디테일의 "하찮은 허식(虛飾)"(엥겔스)에 매몰되지 않으면서도 엄격한 리얼리즘을 위한 자연스러운 모범은 옛 부르주아 리얼리즘일 수밖에 없다. 이 위대한 리얼리즘이 남긴 유산으로 되돌아가는 일은 당연히 비판적으로 이루어져야 하는데, 이는 무엇보다도 창작 방법에 관한 문제 제기와 문제 해결의 수준을 향상하는 것을 의미한다. 셋째, 서사시 형식으로 기우는 사회주의 리얼리즘 소설의 필연적인 성향으로 말미암아, 옛 서사시들과 그것들에 대한 이론적 작업 역시 유산의 중요한 문제로 다루어질 필요성이 생겨난다. 사회주의 리얼리즘의 소설문학에는 큰 역사적 행운이 있는데, 소설문학의 대가이자 지도자인 막심 고리키가 위대한 옛 리얼리즘의 전통과 사회주의 리얼리즘의 문제 및 전망 사이를 잇는 살아 있는 매개 고리로 존재한다는 것이다. 발전의 불균등성이 혁명에 유리할 수 있었기 때문에 러시아혁명이 부르주아혁명에서 성장·발전했듯이(1905년과 1917년), 서구 나라들에서와는 달리 러시아에서는 혁명의 긴 침체기에 문학적 데카당스가 수십 년간 지배하는 시대는 펼쳐질 수 없었다. 사회주의 리얼리즘 최초의 고전적 작가인 막심 고리키는 위대한 부르주아 리얼리즘의 마지막 고전적 작가들(톨스토이)과 아직 직접적인, 심지어는 개인적인 관계를 맺고 있었다. 따라서 고리키의 작품은 리얼리즘의 위대한 전통이 계속 생생하게 작용하고 있음을 의미하는 동시에, 사회주의 리얼리즘 발전의 필연성이 빚어내는 전망에 따라 이루어지는, 그 전통의 비판적 개조를 의미한다.

'소설론의 몇 가지 문제'에 대한 토론의 결어(結語)를 위한 테제들

게오르크 루카치

김경식 옮김

1. 개별 작가나 시기를 다루는 데 대해서는 구체적인 반론이 단 하나도 등장하지 않았고, 다만 [논의를] 확장했으면 하는 바람만 있었다는 점을 분명히 해둔다. 확장과 관련해서는 뒤에서 방법론과 관련해 다룰 것이다.

2. 민주주의적인 진보적 노선이 빠져 있고 인간의 퇴락이 과도하게 강조되고 있다는 미르스키[1]의 비판은 근거가 불충분하다. [나의 글은] 소설을 역사적으로 다룰 때 평민적 노선을 강조하면서 시작하고, 이어서 부르주아 일상 현실의 문학적 정복을 강조하고 있다. 결정적으로 중요한 장(章)은 다름 아니라 인간의 퇴락에 대한 낭만주의적 관점을 비판하는 것으로 시작되며, 이러한 낭만주의적 관점의 극복 정도가 바로 소설의 고전적 대가를 평가하는 기준을 이루고 있다.

---

1 미르스키(Dmitry Petrovich Svyatjpolk-Mirsky, 1890~1939)는 옛 소련의 작가, 문학비평가, 문학사가다. 그가 쓴 『러시아 문학사』(이항재 옮김, 써네스트, 2008)가 국역되어 있다. —옮긴이

3. 보완해 주기를 바란 것들, 즉 고대와 중세 등의 소설, 그리스 서사시의 특권적 위치 등은 **방법론상** 흥미롭다. 페레베르제프[2]가 바라는 것은, 개별 작가들에게 '사회학적' 별명(소부르주아 등등)을 추가함으로써 보완된, 본디 부르주아적인 사전 항목이다.

4. 폭넓은 역사적 연구에 대한 그러한[페레베르제프 유의] 요구는 장르와 시기 구분을 마르크스주의적으로, 역사적·체계적으로 다루는 것에 맞선 도전을 의미한다. 각 시기의 의의를 평준화하는 역사주의적인 근본 사고는 헤겔의 역사관에 맞선 랑케의 투쟁("모든 시대는 신과 똑같이 가깝다.")에서 유래하는 것으로, 부르주아 사회학에서 지배적 위치를 점하고 있으며, 거기에서부터 사회민주주의적 역사관과 사회학으로 이행한다. 쿠노[3]는 '사회학적 과학성'을 이용하여 마르크스주의를 이렇게 청산하는 흐름의 특히 의미심장한 대표자다(모건[4]-마르크스-엥겔스의 원시사회론에 대한 그의 '비판'은 마르크스의 그리스 서사시론에 대해 페레베르제프가 행하는 비판의 방법론적 모델이다). 따라서 문제는 전체 역사가 충분히 세밀하게 연구되어야 하는지가 아니다. 그것은 당연한 일이다. 문제는 역사를 이론적으로 다룰 때 우리가 **무엇을 지향**해야 하느냐는 것이다. 그러니

---

2 발레리안 페도로비치 페레베르제프(Valerian Fedorovich Pereverzev, 1882~1968)는 옛 소련의 문학이론가, 문학사가다. 1920년대까지는 소련의 대표적 마르크스주의 문예학자로 인정받았으나, 이후 이른바 '사회학주의'의 대표자로 비판의 대상이 되었다.—옮긴이

3 하인리히 빌헬름 카를 쿠노(Heinrich Wilhelm Carl Cunow, 1862~1936)는 독일 사회민주주의당 계의 경제사가이자 인류학자, 사회학자다. 대표작으로는 『마르크스의 역사·사회 및 국가의 이론(Die Marxische Geschichts, Gesellschafts, und Staatstheorie)』이 있다.—옮긴이

4 루이스 헨리 모건(Lewis Henry Morgan, 1818~1881)은 미국의 법률가이자 인류학자다. 현장 연구에 기초를 둔 그의 이론은 엥겔스와 페르디난트 율리우스 퇴니스(Ferdinand Julius Tönnies)의 저작에 영향을 미쳤다. 엥겔스의 『가족·사유재산·국가의 기원』은 모건의 『고대사회(Ancient Society)』에 대한 마르크스의 주석을 기반으로 쓴 것이다.—옮긴이

까 예컨대 조형예술에서 피디아스[5]를 지향해야 할 것인지, 후기로마 시대의 공예(리글[6])를 지향해야 할 것인지가 문제인 것이다.

5. 이러한 초역사화, 역사적 무차별성은 동시에 장르의 역사성을 파기한다. 어떤 하나의 서사시, 어떤 하나의 소설 등이 '영원히' 있어 왔다[는 식이다]. 페레베르제프에 따르면, 이러한 '영원한' 범주들이 역사가 흐르는 가운데 페르시아나 프랑스 등지에서 달리 '현실화'된다. 경험주의적 사회학주의는 **관념론**으로 전변(轉變)한다. 여기에서도 부르주아·사회민주주의적 전통이 관류하고 있다.

6. 이와 달리 장르론을 위한 마르크스주의적 노선은 역사적·체계적인 것이다. 즉, 그것은 장르 각각의 특수한 형식의 발생과 발전을 규정하는 **사회·내용적** 계기들을 부각하여 드러내어야 한다. 이러한 계기들을 부각하여 드러낼 때에야 비로소 부르주아·사회민주주의적 관점이 역사적 취급과 이론적 취급 사이에서 취하는 방법론적 이원론이 극복되며, 역사(시기 구분)는 장르들의 고유성을 이론적으로 전개하는 데 본질적 계기가 된다. 그래서 여기에서도 다른 하나의 장르와 결부된 길이 아니라 이러한 길[역사적·체계적 노선]이 선택되어야만 했다.

7. 동일한 부르주아·사회민주주의적 노선이 페레베르제프의 경우에는 추상과 구체에 관한 일반방법론적 문제를 다루는 데에서 표현된다.

---

5   페이디아스(Pheidias)로도 불리는 피디아스(Phidias, B.C. 500/490년경~B.C. 430/420년경)는 고대 그리스의 조각가로, 그리스 본격고전주의의 가장 대표적인 예술가로 꼽힌다. 〈올림피아의 제우스〉, 〈아테나 파르테노스〉 등의 작품이 유명하다.—옮긴이

6   알로이스 리글(Alois Riegl, 1858~1905)은 오스트리아의 미술사가로, 이른바 '빈학파'의 창시자다. 대표적인 저작으로는 『양식 문제(Stilfragen)』, 『후기로마 시대의 공예(Die Spätrömische Kunstindustrie)』 등이 있다.—옮긴이

페레베르제프에게 **모든** 이론은 추상적이며 구체적인 것은 **오직** 경험적 사실**뿐**이다. 이것은 구체적인 것에 관한 마르크스주의적 관점과 완전히 단절하는 것이다. "추상과 구체. 운동의 형식 변화의 일반 법칙은 그것의 모든 '구체적' 개별 예보다 훨씬 더 구체적이다."〔엥겔스, 『자연변증법(Dialektik der Natur)』〕 헤겔 철학의 '낡은' 성격에 대한 [페레베르제프의] 비판은 이러한 맥락에서 보자면 변증법의 유물론적 전도(顚倒)를 청산하기 위한 하나의 가면에 지나지 않는다.

8. 나는 내 작업을 소설의 이론을 구축하기 위한 **첫걸음**이라고 생각한다. 나를 비판하는 사람들이 하는 의례적인 말도 그러한 이론은 아직까지 구축되어 있지 않다는 것을—솔직하게 혹은 솔직하지 않게—강조하고 있다. 그러므로 소설 형식의 발생과 발전을 결정적으로 규정했던 사회적 현실의 계기를 부각하여 드러내는 시도[는 지금껏 없었다]. 이러한 계기에 대한 나의 선별이 올바른지에 대해 토론할 수 있었을 것이다. 하지만 이 문제에서 우리는 구체적이고 객관적인 이견을 단 하나도 듣지 못했다. 비판은 오로지—절대적으로 옳은—방법만 겨냥했다.

9. 소설의 이론에서 앞으로 더 이루어질 작업은 세 가지다. 첫째, 결정적으로 중요한 역사적·체계적인 양극(서사시와 부르주아 소설)을 확정한 뒤에 여러 과도적 형식 및 중간형식(Zwischenformen)을 이론적으로 다루어야 한다. 둘째, 소설과 더 작은 서사 장르들 간의 관계가 수립되어야 한다. 셋째, 소설과 다른 장르, 특히 드라마와의 관계가 규명되어야 한다. 그런데 이 일은 형식주의적 비교로는 이루어질 수 없고, 드라마 형식의 이론에서 그 형식의 특수한 바탕을 이루고 있는 사회적 규정들이 부각됨으로써 이루어질 수 있다. 그럴 때에야 비로소 왜 어떤 시기에는 소설

이, 다른 시기에는 드라마가 지배적 형식인지가 분명해질 수 있다(실러[7]의 이의들). 이것은 내 작업에서 **아직** 부족한 점이다. 바로 그렇기 때문에 나는 내 작업을, 소설의 이론을 마르크스주의적으로 다루기 위한 첫걸음이라고 생각한다. 페레베르제프의 비판은 마르크스주의의 방법에 대한 비판이지 내 작업에 대한 비판이 아니다. (1935년)

---

[7] 프란츠 실러(Franz Schiller, 1898~1955)는 옛 소련의 문학이론가로서, 한때 '고리키 세계문학연구소'에서 서유럽문학 부서를 담당한 바 있으며 독일문학 관련 저작을 다수 남겼다.―옮긴이

역사·유물론적 소설 장르론을 위한 입지 모색

◆ 페터 케슬러
◆ 김경식 옮김

제1차 작가대회[1] 직후인 1934년 12월 말과 1935년 1월 초에 미학자, 문예학자, 철학자, 역사가, 예술사가 등이 모스크바에 있는 공산주의 아카데미철학연구소 문학분과에서 소설론의 현안을 토론하기 위해 세 차례[2] 토론 모임을 가졌다. 루카치는 에세이 「소설」을 막 탈고했는데, 그 글은 처음 간행되는 소비에트 문학대백과사전 제9권 '소설' 항목에서 「부르주아 서사시로서의 소설」이라는 제목을 달고 주요 부분을 채우기 위해 마련된 것이었다. 그 에세이 텍스트, 그리고 루카치가 자신의 기본 테제를 다시 한 번 소개하는 한 편의 보고문[3]이 토론에 부쳐졌다. 그 논쟁은 1930년대 소비에트에서 벌어졌던 예술학·문예학 논의에서 가장 중요한 지점으로 보아도 될 만한 것이었다. 이렇게 말해도 되는 몇 가지 근거가

---

1 1934년 8월 17일부터 9월 1일까지 옛 소련에서 열렸던 제1차 소비에트작가전연방회의. 그전에 소비에트에서 벌어졌던 모든 문학적 논의는 이 대회에서 '사회주의 리얼리즘'이라는 방법 개념과 '사회주의 문학'이라는 범주 아래 종합되었다. 이 대회의 자료집은 번역되어 있다. 『사회주의 현실주의의 구상—제1차 소비에트작가전연방회의 자료집』, 슈미트/슈람(편), 문학예술연구소 미학분과 옮김, 도서출판 태백, 1989. —옮긴이
2 1934년 12월 20일과 28일, 1935년 1월 3일. —옮긴이
3 「'소설'에 대한 보고」—옮긴이

있다. 장르의 이론과 역사는 그전 수년간에는 별로 주목받지 못했다. 소설처럼 중요한 장르는 확실히 일반의 관심을 끌기에 충분했는데, 특히 연소(年少)한 소비에트 문학의 실천에서 그 장르가 차지하는 역할이 점점 더 커졌기 때문에 더욱더 그랬다. 그러나 그 토론은 무엇보다도 급속하게—당시의 다른 논쟁들도 그랬듯이—역사·유물론적인, 다시 말해 마르크스·레닌주의적인 문예학 및 예술학의 방법론과 방법학을 둘러싼 원칙적인 논쟁으로 번져 나갔다. 소비에트 문예학에서 새로이 형성된 입장들은 이미 20년대 말엽부터 점점 더 분명하게 그 윤곽이 드러났다. 루카치는 이러한 입장의 형성 과정에 관여했을 뿐 아니라 더 나아가 의식적으로든 무의식적으로든 그 과정에 개입했다. 첫 번째 모스크바 체류기(1930~1931년)에 쓴 글에서, 그 후 베를린에서, 그리고 1933년부터 다시 있게 된 소련에서 일련의 저작을 쓰는 과정에서 "위대한" 리얼리즘이라는 자신의 문학이론적·문학사적 구상의 개요를 설계하고 특유의 연구 방법을 발전시키기 시작하면서 그렇게 했던 것이다. 「소설」에는 그 구상과 방법이 이미 완전히 관철되었다.

비록 루카치가 이미 초기에 획득한 관점, 그중에서도 특히 『소설의 이론』(1916) 시기에 생겨난 헤겔주의적 색채를 띤 문학이론적·예술이론적 관점에 여전히 연루되어 있으며, 이 점에서 [초기와] 현저한 연속성을 보여주고 있긴 하지만, 그는 새로운 방법론적 출발점에서 시작했다. 이때 그는 모스크바의 '마르크스-엥겔스-레닌 연구소' 성원으로서, 대부분 아직 출간되지 않았거나 막 출간된 마르크스와 엥겔스의 텍스트를 열람할 수 있었다. 마르크스와 엥겔스의 미학적 견해와 관련해서나 역사·유물론적 예술론을 위해서나 큰 의미를 지니는 그 텍스트들은, 당시 미하일 리프시츠(Michail Lifschitz)와 프란츠 실러(Franz Schiller)를 중심으로 한 소규모 연구 집단에 의해서 출판이 준비되고 있었다. 마르크스의 『경제학-철학 수고(Ökonomisch-philosophische Manuskripte aus dem Jahre 1844)』, 엥겔스가 파울 에른스트(Paul Ernst)에게 보낸 편지, 엥겔스와 마거릿 하크니스 (Margaret Harkness)가 주고받은 편지, 마르크스와 엥겔스가 페르디난트 라 쌀(Ferdinand Lassalle)과 그의 비극 『프란츠 폰 지킹엔(Franz von Sickingen)』에 대해 의견을 나눈 편지 등이 이러한 텍스트에 속한다. 한편 루카치는 톨스 토이의 창작에 관해 레닌이 쓴 논설[4]에도 이미 얼마간 정통한 상태였다.

「소설」에서 루카치는 문학 및 예술 일반과 마찬가지로 소설 장르의 역사와 형식도 인간 사회의 보편사, 곧 역사 과정 전체와 불가분한 연관 속에 있는 것으로 고찰했다. 그리고 그는 레닌의 영향이 뚜렷한 반영 사 상을 단호히 받아들였다. 그리하여 루카치는 레닌과 연결된 가운데, 예 술품은 객관적인 사회적 현실의 모상(模像)이자 인식이며, 경제·정치·이 데올로기에서 전개되는 그 현실의 모순적 과정들이 특정한 역사적 상황 속에 있는 예술품에 각인된다는 생각을 표명했다.[5]

어떤 문학 장르, 특히 소설처럼 루카치 자신과 그의 휴머니즘적·해방 적인 예술관과 관련해 매우 중요한 장르의 역사를 서술할 때에도 이제 그에게 무엇보다 중요한 것은, 그때그때의 역사적 상황에서 예술적 사 유의 특정 유형들과 장르 형식들의 특정 유형들이 결부되어 있는 객관 적이고 "궁극적이며 결정적인 사회적 문제들"[6]을 찾아내는 일이었다. 루카치는 자신의 방법적인 처리 방식을 "역사적·체계적인"[7] 것이라고

4　「러시아 혁명의 거울인 레프 톨스토이」, 「L. N. 톨스토이」 등. 이 논설들의 국역본은 『레 닌의 문학예술론』(이길주 옮김, 논장, 1988) 참고.―옮긴이

5　1920~30년대의 소비에트 문학예술론에서 반영 문제가 발전한 과정, 그리고 그 발전 과 정에서 루카치의 미학이 차지하는 위치에 관해서는 *Literarische Widerspiegelung*, Berlin und Weimar 1981, pp. 64-76을 참고하라.

6　게오르크 루카치, 「'소설'에 관한 보고」, 실린 곳: Michael Wegner, Barbara Hiller, Peter Keßler und Gerhard Schaumann(편), *Disput über den Roman. Beiträge zur Romantheorie aus der Sowjetunion 1917-1941*, Berlin und Weimar 1988, p. 360.

7　게오르크 루카치, 「'소설의 몇 가지 문제'에 대한 토론의 결어(結語)를 위한 테제들(Thesen zum Schlußwort zur Diskussion über 'Einige Probleme der Theorie des Romans')」, 앞의 책 p. 488.

불렀다. 그의 방법은 "장르 각각의 특수한 형식의 발생과 발전을 규정하는 사회·내용적 계기들을 부각하여 드러내"[8]고자 하는 것이었다.

루카치는 에세이 「소설」에서 부르주아·자본주의 시대 이래 소설 장르의 역사적 발전 과정을 다음과 같이 다섯 단계로, 즉 "발생기의 소설", "일상현실의 정복", "'정신적 동물왕국'의 포에지", "새로운 리얼리즘과 소설 형식의 해체", "사회주의 리얼리즘의 전망"으로 분류했다. 유럽 소설사의 시기를 그렇게 구분할 것을 제안한 것은—전체적으로 보면—그 장르의 형성 과정에 관한 역사·유물론적 서술과 그 장르에 관한 이론적 해명에서 크게 한 걸음 앞으로 나아갔음을 의미한다. 그도 그럴 것이 유물론적 변증법을—나중에 이 글에서 밝혀지듯이 어느 정도 일면성을 지닌 것이긴 하지만—능숙하게 다뤘던 루카치는, 소설의 내용과 형식을 지배하면서 각인하고 있는 실로 결정적인 사회적 연관관계들을 발견했던 것이다.[9] 그럼에도 불구하고 소설을 "부르주아 사회의 가장 전형적인 문학 장르"(311)[10]로 평가할 때 유물론적 역사주의의 시도와 루카치의 근본적으로 선험적인 출발점인 "대서사문학"이라는 개념적 공리 사이에는 간과할 수 없는 긴장이 나타난다. 소설의 이론을 단지 하나의 "역사적 단계"로만 포함하는 "대서사문학의 일반이론"(314)의 가능성을 루카치가 확신하고 있었다는 것이 이 에세이에서 명백히 드러난다.

역사철학자 루카치는 헤겔을 유물론적으로 재해석하긴 했지만 그를 진정으로 극복하지는 못한 채, 인간 사회의 전체 발전 과정을 유[인간 유(人間 類, Menschengattung)]의 인간화를 위한 투쟁의 과정으로, 그 궁극 목

---

8   Ibid.

9   루카치 문학이론의 변화 과정에 관해서는 Werner Mittenzwei, "Gesichtspunkte," 실린 곳: *Dialog und Kontroverse mit Georg Lukács*, Leipzig 1975, pp. 9-104를 참고하라.

10 루카치의 「소설」에서 인용할 경우, 이 글이 수록된 *Disput über den Roman*의 쪽수를 본문 괄호 안에 병기한다.—옮긴이

116

표가 사회주의·공산주의에 있는, "자기의식적 인간성"의 발휘와 계발을 위한 투쟁의 과정으로 이해했다. 이는 그가 서사문학의 장르 이론을 숙고할 때, 초기의 『소설의 이론』에서 이미 그랬던 것처럼 헤겔의 이와 연관된 축점(軸點), 곧 서사시와 소설 양자 간의 통일성과 첨예한 대립성이라는 관점을 그대로 고수하고 있음을 의미한다.[11] 헤겔을 따라서 그는 서사시와 소설을 사회의 총체성이—물론 형상화된 개인들의 매개를 통해—펼쳐지는 두 가지 대서사형식이라고 본다. 1934년 소설에 관한 토론을 위한 보고문에서 그는 다시 한 번 정언적으로 다음과 같이 설명했다. "전체 사회를 서사적으로 형상화한 최초의 대(大)형식, 즉 씨족공동체의 원시적 통일성이 여전히 형식을 규정하는 생생한 사회적 힘으로 작용하고 있는 호메로스의 서사문학이 위대한 서사적 포에지(die große epische Poesie)의 발전 과정에서 한 극(極)에 위치한다면, 또 다른 한 극을 이루고 있는 것은 최후의 계급사회인 자본주의의 전형적인 형식이다. 소설 형식의 법칙들은 이러한 대조로 가장 확실하고 분명하게 파악될 수 있다. (…)"[12]

여기에서 무엇보다 흥미로운 것은 "위대한 서사적 포에지"라는 개념이다. 이 개념 또한 헤겔에게서 넘겨받은 것인데, 루카치에게 이 개념은

---

11 1934년에 쓰인 루카치의 소설 관련 텍스트들을 이른바 '모스크바 논총'에 포함시켜 1974년에 프랑스어로 출간했던 클로드 프레보(Claude Prévost)는, 그 텍스트들과 관련하여 헤겔로부터의 마르크스주의적 분리와 이와 동시에 끈질기게 존재하는 헤겔의 재수용을 보여주었다. Claude Prévost, "Introduction. Georges Lukács â Moscou," *Georges Lukács, Ecrits de Moscou.* Paris 1974, p. 32 참고. 같은 텍스트들의 이탈리아어판 서문에서 비토리오 스트라다(Vittorio Strada) 또한 『소설의 이론』이 루카치의 이후 소설론에 관한 사유 전체에 대해 지니는 의미를 강조했다. 하지만 그는 1930년대 전반기에 루카치의 소설론 사유가 마르크스주의적으로 정초된 것에 관해서는 아주 짤막하게 적었다. Vittorio Strada, "Introduzione," *György Lukács, Michail Bachtin e altri. Problemi di teoria del romanzo. Metodologia letteraria e dialettica storica.* Torino 1976, p. XXXIX 참고.

12 게오르크 루카치, 「'소설'에 관한 보고」, 실린 곳: *Disput über den Roman*, p. 360.

인간과 인간 유의 "숨겨진 본질", 곧 "자기(Selbst)"로서의 인간성을 가시화하고 수용자로 하여금 작품을 체험하는 가운데 그것을 의식하게 만드는, 세계 및 인간 현시(顯示)(Welt- und Menschendarstellung)의 미적인 질을 특징짓는 개념이다. 루카치는 그리스 서사시에서는 개인과 사회가 통일되어 있었다고 가정하는데, 이러한 통일성은 "폴리스에서 이루어진 사적인 것과 공적인 것의 직접적 결합, 그리고 (…) 형상화된 인물들 속에서 구현된 보편적인 것과 개별적인 것, 전형적인 것과 개인적인 것의 직접적 통일"(325)에 의거한다는 것이 그의 생각이다. 여기서 주인공은 "전체 심리에서 그가 살고 있는 사회와 아무런 문제 없이 유착되어" (319) 있다. "인간의 자립성과 자기활동성"―이 또한 헤겔에게서 넘겨받은 것으로, 루카치의 철학과 소설 미학에서 핵심적인 개념이다―이 펼쳐지는 것을 담보하는 바로 이러한 유착 상태 속에서 "위대한 서사적 포에지"의 원천이 찾아질 수 있다. 말하자면 (사람을 깊이 감동시키면서 사로잡는) 포에지로서 미적으로 "빛을 발하"는, 자기 자신에 도달하는 인간성이 그리스 서사시와 드라마에서 맨 처음 "순수한" 형식으로 외화된다. 계급사회가 발생하면 "대서사문학"은, "위대한 서사적 포에지"는 "역동적인 총체성을 이루고 있는 계급적 대립들의 깊이와 전형성"(324)에서 간신히 생겨날 수 있다. 이러한 관념을 끝까지 생각해 보면, 세계사의 발전 과정에 관한 특유의 표상에서 출발하고 있는 루카치가 예술의 미적인 가상 속에서 "숨겨진 본질"을 드러내는 계급적 대립들이 극단적인―더 정확하게 말하자면, 농숙한―형태로 사회적 의식 속에 들어오는 곳, 곧 자본주의 사회구성체에서야 비로소 다시 "위대한 서사적 포에지"를 진지하게 추정하는 이유가 너무나도 잘 이해될 수 있다. 특이하게도 "'정신적 동물왕국'의 포에지"라는 은유가 부여되고 있는 소설의 "고전적인" 형식은, 명백히 부르주아 시대에 근거를 둔 것으로 확정되어 있다. 루카치가 보기에 계급 구조가 "숨겨진" 사회, 다시 말해 계급 구조가 그 시대의 사회의식 속에서 충분히 성숙하지 못한 상태로 나타나는 사회의 지반 위에서 생겨나는 소설 형식들은 거의 주목받지 못한 채 경시된다. 예컨대 헬레니즘의 소설이나 중세 후기의 기사소설에 대해 루카치는 말로만 흥미롭다고 할 뿐 그 이상의 관심은 거의 보이지 않았다.

루카치에게 계급사회의 역사는 계급투쟁의 역사일 뿐 아니라 인간 퇴락의 역사이기도 하다. 퇴락은, 예컨대 루카치가 인용한 『신성가족(Die heilige Familie, oder Kritik der kritischen Kritik. Gegen Bruno Bauer & Consorten)』을 참고하면, "인간적 본성"의 모순을 유발하는 "인간의 자기소외"라는 마르크스의 개념과 명백히 동일한 것이다. 한편으로는 계급적 대립들의 성숙과 이와 결부된 인간 퇴락의 첨예화, 다른 한편으로는 자본주의사회에서 이루어지는 인간 실존의 이러한 급격한 파괴에 맞선 "인간적 본성"(초기 마르크스에서는 아직 존재론적으로 설정되어 있는)의 "반란." 루카치에게는 이 양자가 서사적 상황과 서사적 정신이, 따라서 "위대한 서사적 포에지"가 "내포적" 총체성의 미적인 의식형태로, 다름 아닌 소설로 귀환할 수 있는 사회·역사적 전제 조건이다. "아직 존재하는 인간의 자기활동성의 요소들을 사회 현실 자체 속에서"(340) 찾아내고 하나의 "전체"로 형상화함으로써 소설은 자신의 "미적인 가상" 속에서 삶의 산문을, 부르주아사회의 풀리지 않는 모순들을 극복하는데, 그런 곳에서 소설은 계속 "위대한 서사적 포에지"를 낳을 수 있다. 현시된 사회적 모순들의 충돌 속에서 이러한 인간의 "자기활동성"이 퇴락에 맞선 반항으로 뚜렷이 나타난다면, 그리하여 인간의 "본질"이 인간 자신에게 의식된다면, 그리고 형상화하는 가운데 이 본질을 위한 투쟁이 이루어지고 그 본질이—그것도 현시된 대상들의 매개된 "총체성" 속에서—방어된다면, "위대한 서사적 포에지"는 다시 존재하는 것이다. 이렇게 볼 때에만 우리는 루카치의 다음과 같은 엄격한 단언, 즉 "모든 위대한 소설은—물론 모순적이고 역설적인 방식으로—서사시를 지향하며, 바로 이러한 시도와 그것의 필연적 좌절 속에 소설이 갖는 문학적 위대성의 원천이 있다"(317)는 그의 단언을 이해할 수 있다. 오로지 "위대한 서사적 포에지"를 구비함으로써만 소설의 형식은 자신의 "순수하고" "진정하며" "현실적이고" "고전적인"—혹은 루카치가 그것을 어떻게 부르든 간에—특징을 획득한다. 말하자면, "위대한 서사적 포에지"는 소설 자체의 가장 농축된 형식이며 또한 이와 동시에 "위대하고" "현실적인[진정한]" 리얼리즘의 기초이자 보증인이기도 한 것이다.

이어지는 방대한 문학사·문학론 작업에서, 루카치는 소설 세계의 모상 속에서 "본질", "자기(自己)", 인간성이 모든 사회적 결정을 통해 어떻게 또는 얼마나 비치는지를 가차 없이 평가하고 저울질하며 측정까지 한다. 그런데 에세이에서 제시된 부르주아 시대 소설 발전의 시기 구분 또한, 아니 바로 그것이야말로 그 바탕에는 이러한 방법론적 틀이 놓여 있다. 소설사의 서술에서 역사적이고 유물론적인 체계론을 강력히 옹호한 것은 매우 가치 있고 생산적인 일이었다. 그러나 그러한 옹호는 소설을 비롯한 모든 예술작품을 궁극적으로 목적론적으로 파악된 인류 발전의 계기로, 어떤 시적(詩的) 이상상(理想像)에 가깝거나 먼 것으로 파악할 위험을 항상 자체 내에 지니고 있다. 유물론적 역사주의가 정신과학에 고취된 규범적 비(非)역사주의를 촉진하는 철학적 구성에 뒤덮여 있는 것이다.

루카치의 전반적인 미학적 견해는 "'자기'와 현실성의 우위 사이에서 벌어지는 줄타기"[13]에 독특한 방식으로 근거하고 있다. 그의 소설미학도 이러한 "줄타기"에 의해 결정적으로 규정된다. 작품 고찰의 방법적 토대이자 문학사·장르사 분석의 방법적 토대로서 그 "줄타기"는, "자기"의

---

13 Günter K. Lehmann, "Ästhetik im Streben nach Vollendung," in Georg Lukaćs, *Die Eigenart des Ästhetischen. Band 2*, Berlin und Weimar 1981, p. 872.

실존, 인간 본질 **자체의** 가장 내적인 "핵심"의 실존에 근거를 두고 있으면서 그 인간 본질이 심층적인 사회적 모순들 속에 얽혀듦을 드러내는 세계상을 지닌 소설들을 이 헝가리 연구자가 연구 대상으로 삼았던 대목에서 가장 생산적인 성과를 낳았던 것으로 보인다.

그렇기 때문에 부르주아사회 발전 과정의 상승·성숙 단계에서 생겨난 소설과 작가들, 그리고 명백히 그 전통의 맥을 잇고 있는 이후의 작가들에 관한 분석이 문학비평가이자 문학사가로서 루카치가 썼던 최상의 글에 속하는 것은 우연이 아니다. 예컨대 18세기 영국 소설의 주인공 유형과 그들이 지닌 "포에지"의 특성을 밝힌 것, 괴테를 다루는 데서 볼 수 있듯이 "중간 상태"의 유토피아의 형상에서 이루어진 변모에 관해 변증법적인 설명을 가한 것, 행위와 플롯 그리고 인물들의 지적 인상(人相)을 유럽 문학, 그중에서도 특히 서사예술에서 주요한 한 사조의 바탕이 되는 요소들로 규정한 것 따위가 대표적이다. 빠듯한 지면에 쓰인 에세이 「소설」에서 이미 강령적으로 제시되고 있는 이 모든 것에 대해 지금껏 마르크스·레닌주의적 문학이론과 문학사 서술에서는 아무런 이의도 없다시피 했다. 루카치의 강점은 무엇보다도 필딩에서 괴테를 거쳐 스콧, 발자크, 톨스토이에 이르는 18~19세기 유럽 소설에서 모사된 심층의 모순들을 "삶의 동력"으로 해명하고 설명하는 대목에서 입증되었다. 이 대목에서 그의 사유 방법의 역사·유물론적 성분이 아마 가장 분명하게 발휘될 수 있을 것이다. 여기에서 그는 현실성(Realität), 총체성(Totalität), 인간성(Humanität)이라는 자신의 삼원소로 리얼리즘 소설가들의 가장 중요한 이념적·미적인 특수성을 대단히 정확하게 찾아낸다. 이때 비극성에 대한 그의 감각이 그에게 특히 도움이 된다. 그리하여 그는 사회적 모순들의 해결 불가능성이 주인공들의 예외적 경우에서, 그들의 전형성에서 재현되는 바로 그곳에서 현시된 생활세계의 진실을 설득력 있게 드러내며, 이와 동시에 그러한 예술작품들의 세계 현시와 그것이 지닌 카타르시스적 효력의 실례에서 인간의 운명, 개인적·인류사적 운명이 인간 자신에 의해 통제될 수 있다는 것을 밝혀낸다. 이렇게 18~19세기의 부르주아 리얼리즘 소설에 관한 해석을 통해 루카치는 예술과 문화에 대한 제국주의적·파시즘적 해체에 맞선 투쟁을 위해, 인간성과 인간 이성의 수호를 위해—그것도 1930년대뿐만 아니라 오늘날을 위해서도—그러한 유산을 개발하는 최상의 전제 조건들을 만들어 냈다.

인간의 퇴락이—이렇게 루카치는 말하고 있는데—정점으로 치닫는 제국주의적 발전 단계로 들어서서 몰락을 맞이하고 있는 후기자본주의 시기에, "완성된 산문의 기성(旣成) 세계"(346) 속에서 인간의 "자기"가 거의 사라지고 파멸해 가는 것을 그는 보았다. "위대한 서사적 포에지"의 가망성, 따라서 소설 형식의 가망성도 점점 더 줄어든다. 그도 그럴 것이, 모사된 사회적 모순들은 더 이상 "자기"를 위한 투쟁의 심층을 밝히지 않으며, 서사된 세계의 미적 가상 속에서 그 "자기"가 총체성으로 발현되도록 하는 게 아니라 "공허한 주관주의" 혹은 "과장된 객관주의" 속에서 현시된 것의 "표면"에 "고착"되어 있게 한다. 루카치의 역사적 체계론의 논리에 따르면 이 지점에서 소설의 형식은 해체될 수밖에 없다. 자본주의의 예술적대성에 맞선 루카치의 투쟁이 아무리 가치 있는 것이라고 하더라도, 또 예술 과정 전체와 개별 예술작품에 관한 수많은 개별적 고찰이 아무리 예리하고 설득력 있는 것이었다고 하더라도, 이제 그의 방법의 한계가 아주 분명하게 드러날 수밖에 없다. 예술 생산의 경험적 전제와 조건인 현실의 구체적인 역사·사회적 구조들, 구체적인 생산 방식 및 생활 방식, 그때그때 역사적으로 규정되어 있는 구체적인 소유관계 및 계급관계를 루카치가 주목했을 때, 그 정확성은 위의 경우에서와는 심히 달랐다. 현실성과 이상성(Idealität) 사이에서 특이한 방식으로 모호함을 노정하는 현실 개념과 사회적 존재 개념에서 출발하는 그로서는, 아직은 "조야하고" "거칠게" 제공되는 전혀 새로운 현실 재료들에 대한 예술적 정복을 통해 어떻게 새롭고 변화된, 그리고 리얼리즘적이기 때문에 정당한 예술적 형식들로 나아가기도 하는지에 관한 적절한 이해, 꼭 필요한 이해를 발전시키기란 어려운 일이다.

루카치는 플로베르와 졸라의 소설에 관한 마르크스주의적 분석에 매혹적인 기여를 했다. 1930년대 초반 베를린의 프롤레타리아·혁명작가동맹(BPRS)에서 그가 수행했던 공동 작업은 공산주의 작가와 좌파 작가의 정치적·문화정책적·미학적 논의에 중요한 자극을 주었다. 그러나 연소한 국제 프롤레타리아·혁명 문학 및 사회주의 문학의 소설들이나 부르주아·휴머니즘적 모더니즘(Moderne) 소설들(마르셀 프루스트, 제임스 조이스 등)을 가치절하해서 처리한 것과 마찬가지로, 플로베르와 졸라의 작품을―주관적인 작가적 위대성을 지속적으로 강조했지만―특정한 관점에서 궁극적으로는 미적 쇠락의 표현으로 처리해 버린 것은 그의 엄격한 논리에서는 불가피한 오류였다. 루카치로서는 에른스트 오트발트(Ernst Ottwalt)든 프루스트든―그의 말에 따르면―"'과학성'과 비합리주의, 날것의 사실과 상징, 그리고 기록과 '영혼' 또는 기분이라는 똑같이 그릇된 극단들 사이에"(351) 있는 모든 소설을 괴테, 발자크 그리고 톨스토이를 근거로 측정할 수밖에 없다. 왜냐하면 그는 형식으로서의 소설을 보는 그의 관점의 방법론적 명령을 받고 있기 때문이다.

루카치는 소설 형식의 역사적 변화를 강조했다. 최초의 마르크스주의 미학자 중 한 사람으로서 그는 반영 사상에 관한 이해에서 출발하여 문학 형식의 객관성을 정초하는 가치 있는 시도를 수행했다. 그가 형식과 장르를 이른바 "'영원한' 실체들"[14]로 보는 부르주아·관념론적 형식 개념과 장르 개념을 거부한 것은 옳았다. 그러나 형식을 "내포적" 총체성의 표현으로, 세계와 인간의 포괄적 전체성의 농축된 재현으로 보는 그

---

14   Georg Lukács, *Kunst und objektive Wahrheit*. Leipzig 1977, p. 96.

특유의 엄격한 형식 규정은, 실상 하나의 모상이지만 하나의 "존재"이기도 한 형식의 존재론적 정초를 끝내 완전히 털어 낼 수 없는 것이기도 했다.

루카치에게는 발전 도상에 있는 사회주의사회에서 소설 장르가 발전할 전망이 크다는 것은 의심할 여지가 없는 사실이었다. 그는 새로운 사회에서 가능한 "인간의 영웅적인 자기활동성"(354) 문제에 곧바로 집중했다. 그는 프롤레타리아 작가가 새로운 삶의 질서를 건설할 때 바로 그것[인간의 영웅적인 자기활동성]을 발견할 수 있다고 했다. 루카치의 이론적 출발점은—이러한 추상적 일반화에서도—연소한 소비에트 문학의 작가들이 소설로써 이미 집적했던 실천적 경험들에 전적으로 부합하는 것이었다. 어쨌든, 루카치가 "순수 서사시적 요소들의 성장"(356)이라는 말로써 묘사했던 것이 적용되는, 그 시기 소비에트 소설에 나오는 주인공들의 이름을 꼽기란 그리 어려운 일이 아니다. 제1차 작가대회의 결의로 고무되었음이 분명한 그는 사회주의사회에서 소설이 다시금 서사시에 접근할 것이라고 예측했다. 헤겔에 기대고 있지만 마르크스에게도 의거하고 있는 루카치가 옛 서사시 형식들의 귀환을 말한 것은 결코 아니었다. 그러나 비교적 긴 역사적 시간에 걸쳐 확실히 산출된 사회주의 소설의 서사시로의 **경향**이란, 소설의 미학에 관한 그의 사유 전체에서 생겨나는 논리적으로 매우 일관성 있는 결과였다. 그 낙관주의적 예측은 이미 입증된 바와 같이 환상적 요소에 붙들려 있었는데, 그 요소의 "비밀"은—라슬로 시클러이(László Sziklai)에 따르면—"루카치의 이론 자체에"[15] 근거를 두고 있었다. 그러나 그 요소의 뿌리는 "헤겔 도식의 추상적인 '속행(續行)'"[16]으로 소급해 올라가는 것이었다. 다른 한편, ['사회주의 소설

---

15   László Sziklai, *Zur Geschichte des Marxismus und der Kunst*, Budapest 1978, p. 132.
16   Ibid., p. 115.

의 서사시로의 경향'이라고 하는] 루카치의 예후 판정적 명제는 1930년대 소련의 사회적·문학적·문화정책적 상황에 맞아떨어졌는데,[17] 이 상황 속에서 그 명제의 영향력은 강화되었다. 그 때문에 루카치의 에세이를 둘러싼 토론도 입체적인 인상을 전달한다. 그러나 변증론자인 루카치는 이미 그곳에서 자신의 가설을 상대화했다. 그는 소설 세계의 모상 속에 들어오는 "발전의 현실 자체"(356)에 내재하는 모순들, 즉 자신이 "내·외적 성격을 띤 저항과 난관들"(356)로, "우회로들"(356)로 묘사했던 현실의 모순들을 힘주어 지적했다. 그러한 모순들을 간과하거나 완전히 무시해 버리는 것은 연소한 소비에트국가의 사회 실제에서, 특히 예술, 그 중에서도 새로운 소설의 예술에서 "일직선의 유토피아적 노선"(356)에 길을 터주는 것을 의미할 터인데, 루카치는 그런 노선에 대해 경고하고자 했던 것이다. 그랬기 때문에 그는―물론 비판적으로 전유되어야 하는―모범으로서 과거의 부르주아 리얼리즘 문학의 위대한 유산에 그만큼 더 많은 호의를 보였는데, 이 부르주아 리얼리즘 문학으로부터 "문제제기와 해결책의 대담함과 엄격함"(358)을 배워야 한다는 것이 그의 생각이었다. 이렇게 볼 때 "대서사문학"과 "위대한" 리얼리즘을 위해 1930년대 이래 루카치가 경탄할 만큼 끈기 있게 수행한―내적인 모순으로부터 자유롭지는 못한―투쟁은, 인민전선정책의 영향 속에서 모든 반(反)파시즘·민주주의적 예술 창작자와 예술 수용자를 하나로 묶는 일에 가치 있는 기여를 한 것으로 그치지 않았다. 루카치는 마르크스·레닌주의적 세계관의 지반 위에서 형성 중에 있는 소비에트 예술의 실천과 이론, 루카치 자신이 그것의 생산적 발전을 위해 전심전력을 다했던 그 소비에트 예술의 실천과 이론에서 엿보이는 속류화와 왜곡상들에 맞서 싸

---

17 G. N. Pospelov, "Metodologiceskoe razvitie sovetskogo literaturovedenija," *Sovetskoe literaturovedenie za 50 let*. M. 1967, pp. 51-52 참고.

우는 전선(戰線)을 형성하기도 했던 것이다.

루카치의 에세이와 이를 소개하는 보고문을 둘러싸고 1930년 12월 20일과 28일, 1935년 1월 3일에 벌어졌던 소비에트 학자들의 논쟁 과정을 개관하면, 루카치와 그의 역사적·체계적인 방법을 원칙적으로 지지한 사람들이 소설 장르의 마르크스·레닌주의적 이론과 역사의 획득을 위해, 그리고 문학과 예술에 대한 마르크스·레닌주의적 고찰 일반의 계속적인 발전을 위해 얼마나 중요하고 새로운 제안을 했는지가 금방 분명해진다. 그의 견해와 테제들에 맞선 일부 진지한 일련의 반론은 사실 정당했는데, 이 점이―특히 오늘날의 시각에서―하찮게 평가되어서는 안 된다. 그러나 루카치의 새로운 방법론적 단초―형식과 장르들을 한편으로 하고 사회·경제적 구성체들, 객관적인 "사회적 규정들"을 다른 한편으로 하는 양자의 관계에서 일관되게 출발하는, 그러면서 그 규정들의 복잡한 변증법적 관계를 중심에 놓음**과 동시에** 사회와 예술의 불균등 발전에 대한 마르크스의 언급을 유효하게 만드는―는 토론에서 다시 가시화된, 여전히 영향력을 지닌 "마르크스주의적인 사회학적 방법" (그 중요한 대표자인 페레베르제프가 토론 테이블에 같이 앉아 있었다)의 이론적 기본 전제들보다 우월함이 분명히 입증되었다. 예술작품의 내용 및 형식의 역사적 특성과 예술작품에서 실현된 사회적 경험의 재현을 단지 예술가가 어떤 계급이나 사회집단에 속한다는 사실로부터 직접 도출하는 것은 거의 의미가 없어졌다. 게다가 페레베르제프 등이 장르의 이론적 규정을 위해 제안했던 것, 즉 문학사의 사실들을 차곡차곡 쌓아서 장르들의 역사를―겉보기에―주어진 것으로 추정된 어떤 형식의 늘 새로운 변형으로 재구성하는 것 또한 미심쩍어 보일 수밖에 없었다.

잡지 『문학비평(Literaturny kritik)』 편집부 출신으로 루카치 쪽에 가담한 학문적 전우(戰友)이자 동료인 리프시츠와 옐레나 우시예비치(Jelena Ussijewitsch), 그리고 다른 토론 참여자들은 마르크스와 엥겔스, 레닌이 예술과 문학의 문제와 관련해 한 작업과 언급에 대한 깊은 연구에서 출발하여, 그러한 원리적·방법론적 취약점들을 분명히 확정하고 그것에 단호히 반대할 모든 근거를 갖고 있었다. 1929/30년에 이른바 '페레베르제프주의'를 두고 벌어졌던 격한 논쟁의 분위기를 다시 한 번 상기시켰던, 그리고 덧씌워진 정치적 판단이나 심지어 정치적 혐의 앞에서도 그치지 않았던, 때로는 격하고 날카로웠던 어조는 그 시기에는 이례적인 것이 아니었다. 그 어조는 전선을 뚜렷이 하는 데는 도움이 되었으나, 여기저기에서 토론 분위기를 짓눌렀다. 그 어조가 공정한 논쟁을 방해했기 때문이다.

소설미학을 위한 루카치의 시도는 토론이 무엇보다도 [소설] 장르의 역사성과 그것의 여러 변종 속에 모사된 세계의 역사성에 더욱 주목하고 그 장르 변천의 뿌리와 조건들을 파고들도록 자극했다. 이를 위해 루카치가 제공했던 역사·유물론적 고찰 방식의 변주는, 페레베르제프를 제외한다면, 결국 그 근본 방향에서 전반적으로 인정되었다. 논쟁을 끝맺으면서 리프시츠는 이로부터 장차 소비에트의 소설 연구와 장르론의 한 가지 중요한 과제를 도출했다. "(…) 추출될 수 있는 결론은 장르들의, 그리고 장르들뿐 아니라 예술류들의 필연적인 역사적 분화에 있다. 따라서 우리는 마치 예술류와 장르들의 근거가 오직 개념 속에 주어져 있는 양 문제에 접근해서는 안 된다. 이러한 근거는 역사적으로 도출된 것이어야만 하며, 오직 역사를 통해서만 산출된다."[18]

그러나 장르들의, 그중에서도 소설 장르의 그와 같은 필연적인 역사적 분화는 사라질 위험에 처해 있었던 인식, 그러나 귄터 로젠펠트(Günter Rosenfeld)가 토론 기고문에서, 그리고 블라디미르 케메노프(Wladimir Kemenow)에게 심하게 공격받은 알렉산더 자이틀린(Alexander

---

18 「토론」, 실린 곳: *Disput über den Roman*, p. 474.

Zeitlin)이 백과사전의 장르 항목에서 옹호한 바 있었던 그 인식을 등한시해서는 안 되었다. 즉 소설 장르를 포함한 장르들은 역사적으로 정초된 그 모든 변화에도 불구하고 "구조적인 측면에서 모종의 근접성을 통해 서로 결합"[19]되어 있는바, 문학이론도 바로 이 "상대적 공통성"[20]을 찾아내려고 시도해야만 했다.

마르크스에 준거한 루카치의 방법, 즉 사회와 역사적 과정을 하나의 전체로서 고찰하고 소설의 역사와 다른 모든 문학적·예술적 산물의 역사를 이러한 전체 속에 배열하며, 마르크스가 발견한 인간 사회 보편사의 법칙들을 염두에 두는 가운데 문학과 예술의 발전 전반의 합법칙성들을 탐문하는 루카치의 방법은 마침 알맞은 때에 나온 것이었으며[21] 대체로 동의하는 반응을 얻었다. 마르크스주의적 예술 고찰에서 역사적인 것과 논리적인 것의 통일 원리―이것은 1930년대의 방법론 논의에서 큰 역할을 했는데―가 여기에서도 제시되었다는 것은 놀랄 일이 아니다. 계급사회의 가장 성숙한 발전 단계로서의 자본주의에 대한 마르크스의 분석을 고려할 때, 소설을 부르주아사회의 가장 전형적이고 주도적인 문학 장르로 파악하고 그것을 고대 서사시와 대조하는 것은 당연해 보였다. 그렇게 단호하게는 아니지만 그래도 일부 다른 연사들에 의해 지지받았던 페레베르제프의 반론은 원칙적으로 거부되었는데, 그의 반론이 결어(結語)를 위한 테제들에서 루카치가 적고 있듯이 일종의 "역사적 무차별성"과 통하는 것으로 여겨졌기 때문이다. 게다가 페레베르제프의 입장은 그가 "이론에서 자유로운" "순수한" 문학사의 권리를 고대할 때 보였던―의도적인 것이든 아니든―소박성으로 말미암아 무력

---

19 Ibid., p. 441.

20 Ibid.

21 G. Belaja, "Entdeckungen in der sowjetischen Literaturtheorie der dreißiger Jahre", in *Kunst und Literatur*(Berlin), 5/1985, p. 595.

화된 것처럼 보였다.

페레베르제프가 루카치의 문학 이론과 소설론 구상에서 극복되지 않은 헤겔주의적 요소들을 아주 분명하게 감지했던 것은 사실이다. 또 그는 소설을 서사시뿐 아니라 다른 서사 장르들과도 관련시켜야 한다는 요구를 했는데, 이는 전적으로 옳은 것이었다. 그러나 그가 루카치를 타격하기 위해 "개성과 집단의 통일성"[22] 문제로 보여주었던 "학교 선생같이 고루한 연기"[23]는, 예술작품에서 이루어지는 역사적 과정들의 반영에 대한 변증법적인 이해(이것은 페레베르제프 자신의 모사론적 단초들[24]과는 통합되기 힘든 것이었다)에 비해 상당한 불확실성을 노정했다. 게다가 그 연기는 장르와 서사시에 대한 페레베르제프 자신의 일반적 관념을 정초하고, 그가 부르주아계급의 "영웅적" 정신이 주재(主宰)하고 있다고 본 루이스 바스 드 카몽이스(Luís Vaz de Camões)의 『우스 루지아다스(Os Lusiadas)』와 존 밀턴(John Milton)의 『실낙원(Paradise Lost)』을 "고전적인" 서사시로 정초하는 것을 목표로 한 것이기도 했다. 그러나 루카치의 서사시-소설 구상을 주창하는 사람들은 여기에서 페레베르제프가 마르크스와 충돌하는 것을 본다. 마르크스는 "자본주의적 생산"은 "어떤 정신적 생산 분야들, 예컨대 예술과 시문학에 적대적"[25]이라는 유명한 단언에 이어 옛 서사시의 복구를 말하는 모든—비록 가정적인 것일 뿐일지라도—생각을 웃음거리로 만들었다. "우리가 역학 따위에서 고대인들보다 앞서 있다면 서사시도 만들지 못하란 법이 없지 않은가? 일리아드(Iliad)의 자리에 앙리아드를!"[26] 루카치와 비슷하게 블라디미르 그립

---

22 「토론」, 실린 곳: *Disput über den Roman*, p. 427.

23 ibid.

24 *Literarische Widerspiegelung*, p. 434 참고.

25 *MEW*, Band 26, Erster Teil, Berlin 1965, p. 257.

26 Ibid.

(Wladimir Grib)은 마르크스의 이러한 생각에 결정적으로 의거했으며 카몽이스, 밀턴 혹은 볼테르의 서사적 시문학 속 "영웅적" 세계의 객관적으로 부르주아적인 본질을 보여주었다. 그들의 서사적 시문학은 고대 서사시의 형식적 재료만 받아들였을 뿐인 것으로서, 결코 고대 서사시와 동렬에 놓여서는 안 된다는 것이 그립의 주장이었다. 서사시의 쇠락에 관한 첨예화된 결론을 포함하는 마르크스의 언급에서 나오는 결론은 루카치가 반입한 역사적 체계론 내에서는 너무나 당연한 것이었다. 마르크스 자신은 『일리아드』를 확실히 실패한 것으로 여겼다. 그렇지만 그가 볼테르의 서사시 같은 미적 형성물에 대해 "쇠락(Verfall)" 개념을 사용한 것은 아니었다.[27] 그립은 모방적인 "인공적" 서사시들을 부르주아 소설의 전(前)형식으로 분류하고, 그로부터 다시 한 번 루카치적 의미에서 서사시와 소설의 연관관계를 수립하는 것으로 자신의 주장을 마무리지었다. 다른 한편, 고대 이후 서사시들의 미적 특성, 그리고 예술적 세계 전유의 질과 결부되어 있었던, 그것들의 예술작품으로서의 "완전성"의 정도는 어떻게 평가되어야 하는가 하는 페레베르제프의 정당한 질문은 대답되지 않은 채 있었다. 그 사유의 자극은 생산적인 것으로 입증되었는데, 그도 그럴 것이 시적인 세계상 및 인간상의 사회역사적으로 조건 지어진 변화들과 장르에서의 그 결과들에 대한 지적만으로 일이 끝난 것은 아니었기 때문이다.

거듭해서 루카치는 소설의 형식과 역사를 파악하는 그의 방법이 지나치게 추상적이라는—토론에서 아마도 가장 중요한—비난과 대면하

---

27 최근에 만프레트 나우만은 『일리아드』에 대한 마르크스의 판단과 서사시의 포에지를 위한 필요조건들의 누락에 대한 언급을, "퇴폐적(dekadent)으로 된 자본주의는 필연적으로 퇴폐적인 예술을 낳는다는(덧붙이자면, 경제와 예술의 비대칭을 다시금 파기하는) 테제를 지지하는 증거로 이용하지 말고 시문학 장르들과 형식들의 역사성 문제를 앞서 말한 것"으로 보자고 제안했다. M. Naumann, "Umbrüche in der Antike-Rezeption von der Aufklärung bis Marx," in: *Weimarer Beiträge*, 1/1985, p. 11.

게 되었다. 이러한 주장을 내세웠던 그의 반대자들이 그렇다고 항상 같은 생각을 했던 것은 분명히 아니었다. 그들 중 몇몇은 자신들에게—적어도 몇몇 대목에서—문학사전에는 부적절한 것으로 보였던 문체로 된 서술 방식에 대한 의심을 표명했을 뿐이었다. 다른 사람들은 좀 더 실체적인 것을 겨냥했다. 루카치가 인간의 퇴락을 부르주아시대와 그 이후에 이루어지는 소설 형식 발전의 핵심이자 측도기로 만들 때 작동했던 선형적·필연적인 방식이 특히 검사대에 올랐다. 자본주의 사회구성체 상승 단계의 소설에 함유된 진보적 의식내용을 더욱더 정확하고 공정하게 분석하라는, 루카치에 반대하여 제기된 요구는, 그것이 예술사회학의 사고틀에서 생겨났다고 해서 애당초 그릇된 것은 아니었다. 페레베르제프가 루카치에게 던진 "부단한 질문"[28]에서 합리적 핵심은, 전반적으로 그가 상이한 역사적 시대들의 사회적 의식에 대한 꼼꼼하고 세분화된 탐구를 주장했던 곳에 있었다.[29] 비록 페레베르제프가 그렇게 하지는 않았지만, 여기에서 그는—예컨대 울리히 포흐트(Ulrich Focht)처럼—충분히 근거를 가지고 마르크스를 증인으로 끌어낼 수 있었을 것이다.

루카치의 역사적·체계적인 방법의 특성에 가장 분명하게 주목했던 사람들은, 그 방법에서 그들이 추상적이라고 불렀던 것을 철학적 구조로 해독(解讀)하고 그것에다 "선험적" 또는 "연역적"이라는 부가어를 붙였던 이들이었다. 여기에서 소설 장르와 그 역사를 보는, 역사적 현실성과 이상성 사이에서 흔들리는 루카치의 시각이 분명하게 폭로되지는 않고 플래시로 비추듯 조명되었을 뿐이라고 말할 수 있긴 하지만, 여하튼 그 본질은 예감되었다. 헤겔의 유산에 대한 공격 (드미트리 미르스키(Dmitry

---

28 「토론」, 실린 곳: *Disput über den Roman*, p. 449.

29 G. Belaja, "Entdeckungen in der sowjetischen Literaturtheorie der dreißiger Jahre," p. 596 참고.

Mïrsky), 페레베르제프 등)은 과격하지는 않았지만, 헤겔의 사유가 마르크스주의 일반을 위해 그리고 특수하게는 마르크스주의 문학이론을 위해 예비했던 수많은 생산적 요소들을 놓쳐 버렸다. 그런데 페레베르제프가 비록 개인과 "집단(즉 계급, 사회 등)"의 관계를 대책 없이 기계론적으로 다루긴 했지만, 그와 포흐트 그리고 다른 이들이 루카치가 소설의 미학에서 개성의 몰락과 "전체적(ganzheitlich)"인간의 부활을 위한 투쟁에 엄격하게, 하지만 그 핵심에서는 실상 선험적이고 연역적으로 집중하는 것을 신랄하게 비판했을 때 그들은 전적으로 옳았다. 그도 그럴 것이, 그럼으로써 그들이 궁극적으로 겨냥했던 것은 루카치의 역사와 예술 구상에 스며들어 있는, 유물론적으로 완전히 "개조되지"않은, 헤겔로 소급되는 관념론적 요소였다.

루카치와 그의 소설미학을 옹호하는 토론참여자들이 피상적인 경험주의적 사실기술(事實記述)을 경계할 이유는 분명히 상존했다. 그러나 다른 한편 [루카치의 소설미학에는] 페레베르제프, 포흐트와 함께 레오니트 티모페예프(Leonid Timofejew)도 그 위험을 경고했던 조짐, 즉 소설 종(種)들의 다양성을 과소평가할 뿐 아니라 수많은 과도기적 형식과 중간 형식 및 혼합 형식을 포함한 부르주아시대 이전 소설의 긴 역사도 과소평가하는, 미심쩍기는 마찬가지인 조짐이 있었다. 고대와 중세의 소설이 거듭해서 논쟁 속에 불러들여졌던 것은 그 장르의 발전과 관련해 결코 사소하지 않은 현상들이 간단하게 무시될지도 모른다는 우려의 표현으로 평가되어야 한다. 예컨대 중세 말엽에 고대 소설의 번역이 늘어나고 모방이 다양하게 이루어진 일과 같은 문학사적 사실은 좀 더 강력히 주목할 가치가 있었다. 그런저런 사실들을 간과하는 것에 대한 그 우려는, 비록 이론적 통찰은 그리 심오하지 않았지만 다음과 같은 성찰, 즉 겨우 몇 년 뒤 피상적인 "초역사화"나 속류사회학화의 혐의라고는 전혀 없이 아나 제거스(Anna Seghers)가 "위대한" 리얼리즘의 이론과 씨름하는 가운데 편지 상대자인 루카치에게 전달했던 그 성찰을 확실히 선취했다. 소설이 아니라 예술 발전 일반에 관해 말했던 제거스에게는 "잡종의" 형식들과 과도기적 형식들에서 이루어지는 현실의 예술적 전유의 측면이 특히 관심사였다. 예술사가 문제일 때건 예술의 현재 과정에서 나온 재료가 문제일 때건, 제거스는 루카치의 쇠락 명제를 통한 그와 같은 형식들에 대한 부정적 평가를 거부했다. 그러한 부정적 평가에서는 "현실로 향한 진로"[30]가 준수되지 않는다고 보았기 때문이다. 다음과 같은 문장은—비록 다소 다른 문제의 관점에서 진술된 것이긴 하지만—1934년의 소비에트 소설 논의를 위한, 나중에 이루어진 기여로 이해될 수 있으리라 본다. "고대 예술의 관점에서 보거나 중세 예술의 전성기에서 보면, 그 뒤에 왔던 것은 순전한 몰락이었다. 최상의 경우라 하더라도 부조리한 것, 실험적인 것이었다. 그렇지만 그것은 새로운 것의 시작이었다."[31]

토론에서 마르크스주의 소설론을 수립하기 위해 필요한 그다음 행보로 논의되었던 제안들에서, 그 직후 몇 년간 이루어진 루카치의 작업으로 들어가는 명백하고 확인 가능한 직접적 입구를 발견한 사람이 있었다. 소설의 역사적 발전을 그것이 드라마 장르의 발전과 얽혀서 상호작용하는 측면에서도 추적해야 한다는 제안이 여러 차례 이루어졌다(리프시츠는 더 나아가 문학 장르들의 진화를 다른 예술의 역사적 콘텍스트 속에 삽입할 것을 요구했다). 페드로 칼데론 데 라 바르카(Pedro Calderon de la Barca)에서 윌리엄 셰익스피어(William Shakespeare)를 거쳐 피에르 코르네유(Pierre Corneille)와 장 라신(Jean Racine)에까지 이르는 16/17세기 유럽의 위대한 드라마가 형성 중에 있는 부르주아 소설과 맺는 관계, 이러한 드라마가

---

30 Anna Seghers, *Über Kunstwerk und Wirklichkeit*, Band 1, Berlin 1970, p. 184.

31 Ibid., p. 177.

서사체 대(大)형식에 미치는 영향, 그리고 예컨대 독일 고전주의 시기 드라마의 우세와 소설의 상황 사이의 연관관계 등과 같은, 드라마와 서사체 대형식의 관계를 추적하는 것이 문제가 되었다. 루카치는 「결어」에서 성급한 결론을 경고했으며, 정당하게도 마르크스주의적 관점에서 먼저 드라마 장르를 역사적·체계적으로 정초할 것을 거듭 요구했다. 이를 위한 최초의 초석을 그 자신이 제공했으며, 1936~37년에 쓴 논저 『역사소설(Der historische Roman)』—이 책은 그가 마르크스·레닌주의적 기반 위에서 소설론을 수립하기 위해 쏟은 노력의 첫 성과로 이해될 수 있는데—에서 역사드라마를 역사소설과 비교하는 가운데 그 초석을 놓았다.

사회주의 소설은 경향적으로 서사시에 가까워질 것이라는 루카치의 대담한 테제는 토론에서 다루어지지 않았는데, 이는 당연한 일이었다. 대다수 연사는 그 테제의 이론적 핵심 요소, 즉 개성과 사회의 증대하는 새로운 통일성이라는 관점을 사회주의 건설의 대중적 파토스, 그리고 소비에트의 과학 및 기술의 몇몇 탁월한 성취와 직접 연관 지었다. 예컨대 케메노프가 소비에트의 비행기 조종사와 연구자들의 영웅적 행위를 실질적인 서사시로 찬양한 것과 같은 방식은, 지구 최초의 사회주의국가이자 동시에 이미 파시즘에 의한 외적 위협의 영향권 내에 있었던 나라에서 이룩된 것에 대한 자긍심과 기쁨의 분위기를 짐작케 한다.

이제 소비에트국가의 강력한 발전을 고려하는 예술이 새로운 사회를 위해 고대되었다. "온전한(ganz)" 인간으로서의 긍정적 주인공은 예술과 문학의 미래에 맞춰진 문화정책적 방향이자 요구에 불과한 것이 아니었다. 현실적인 것의 모상으로서 그 [긍정적 주인공의] 가능성은 발전 도상에 있는 사회주의사회에서 실제로 변화된 개개인의 위치에 근거를 두고 있었다. 그러나 전체적으로 볼 때 루카치의 테제를 둘러싼 토론에서 과도하게 강조된 소리가 났다. 서사시적·영웅적인 면모를 갖춘 소설, 심지어 새로운 프롤레타리아 서사시가 곧 도래할 것이며 사회주의 문학을 풍요롭게 할 것이라는, 소망을 강조하는 소리가 났던 것이다. 이러한 소리는 이후 소비에트의 예술 실천과 예술 이론에서 일시적으로 유행했던 이데올로기적·미학적인 주의주의(主意主義, Voluntarismus)의 출현을 예고하는 것이었다.

그러한 주의주의에 대한 루카치의 경고는, 소설 장르의 계속적 발전을 위한 토대로서의 사회주의사회에 내재하는 모순들에 적절하게 주의를 기울이는 것을 옹호하는 그의 발언에서 인식될 수 있었다. [그러나] 그의 경고는 주목받지 못했다. 오히려 하필이면 루카치의 친구인 리프시츠—다른 점에서는 루카치와 가장 폭넓은 일치를 보여준—가, 이미 가까운 미래에 "일련의 서사시적 요소들"[32]을 갖춘 소설과 나란히 "그 말의 본래적 의미에서의"[33] 서사시가 출현하리라고 예언했다.

페레베르제프가 궁극적으로 토론의 이 부분을 위해 한 기여는 이론적으로 매우 취약한 기반 위에 서 있었다. 그가 루카치의 에세이 마지막 장 전체를 비난할 때 보여주었던 집요함은 그의 학문적 적수들의 매우 격렬한 분노를 야기했다. 그 집요함에 속아 잊어버려서는 안 될 것은, 그가 어쨌든 그때 그곳에서 소설 장르 일반의 가망성과 전망을 위해 어떠한 구상도 내놓을 수 없었다는 사실이다. 그가 여기에서도 재차 루카치의 급소, 곧 "연장된" 헤겔적 요소를 지적했다는 점을 고려한다 하더라도, "개성과 집단"이라는 루카치의 대당(對當)을 말꼬리 잡아 이리저리 뒤집고, 다음과 같은 질문들, 즉 패배한 부르주아계급의 주도적 문학 장르인 소설이 왜 사회주의에서 사멸하지 않고 다시 개화하는지, 왜 프롤레타리아계급은 자본주의의 품속에서 자신의 서사시를 산출하지 않았는지 등과 같은 지속적인, 실제로는 속류사회학적인 질문으로 퇴각한

---

32 「토론」, 실린 곳: *Disput über den Roman*, p. 477.

33 Ibid.

것은 너무 초라했다.

　그러한 질문들과 그에 따른 이론적 재단(裁斷)을 배경에 놓고 보면, 1934년의 루카치 에세이와 모스크바 논의의 성과를 통해 소련의 연소한 마르크스·레닌주의적 소설론이 빈틈과 약점에도 불구하고 대체로 탄탄한 기반을 처음으로 획득했다는 것이 최종적으로 분명해졌다.

　미하일 바흐친은 1930년대의 예술·문학 논쟁에는 관여하지 않았다. 그러나 그는 1941년 3월 모스크바 세계문학연구소에서 강연을 하며 등장했다. 그는 그 강연에 "문학 장르로서의 소설"이라는 제목을 붙였는데, 강연 텍스트는 1969년에 「서사시와 소설」이라는 새로운 제명(題名)으로 출간되었다. 바흐친은 1930년대 중반 소설의 역사와 현재와 미래를 연구하기에 적합한 방법론을 모색할 때 펼쳐졌던 실을 다시 붙잡았다. 그는 루카치와 유사하게 근본적으로, 또 루카치에 견줄 수 있는 폭넓은 역사적 시각으로 그 장르의 본질에 관한 문제를 제기했다. 또 그는 [루카치와 마찬가지로] 서사시와 소설의 대비를, 역사적으로 젊은 서사체 대형식인 소설의 특성을 밝히는 데 적합하다고 여겼다. 그러나 그는 본질적인 지점들에서 다른 결론에 도달했다.

　바흐친은 서사시를, 그 대상이 시간과 의미와 가치에서 "완전히 과거의 것"(503)[34]인 "절대적으로 완성된"(503) 장르로 규정했다. 그에 따르면 서사시는 개인적인 경험이 아니라 전통에 의거하는 것이며, 절대적인 서사적 거리를 통해 현시된 세계를 지닌 채 현재 곧 "동시대적 시간"과 분리되어 있다. 그는 소설은 이와는 완전히 다르다고 생각했다. 바흐친에 따르면, 소설은 장르로서 "미완의" 것이며 지속적으로 발전하고 있

34　바흐친의 「서사시와 소설」에서 인용할 경우, 이 글이 수록된 *Disput über den Roman*의 쪽수를 본문 괄호 안에 병기했다.―옮긴이

다. 그리고 그 내용적·형식적인 형태는 흡사 무한히 가변적인 것 같다. 왜냐하면 소설은 비(非)종결 상태로 흘러가는 현재를 자신의 세계현시 속에 부단히 받아들이며 또―이와 마찬가지로 중요한 것인데―바로 이 비종결성과 "개방성" 상태로 그때그때의 현재의 미완의, 변화해 가는 수용자들에 의해 사용되기 때문이다. 바흐친은 이 특별히 강조된 장르론적 기본 테제를, 늘 소설 문제와도 다소간 강하게 관계했던 이전 작업들의 통찰과 인식으로 뒷받침했다. 이제는 "문체의 삼차원성"이라는 은유로 고쳐 쓰인, 소설 장르 제1의 기본적 특수성으로 간주된 소설의 다(多)언어성, 소설 장르의 역사적인 형식 변천에서 특징적인 "자기비판적" 원리로서의 대화(전래된 형식들의 패러디화와 트라베스티(Travestie)화), 카니발적인 세계 지각과 웃음 문화, 그리고 상대적으로 약하게 강조된 것이긴 하지만 목소리들과 "진리들"의 폴리포니(polyphony)와 같은 통찰과 인식들로 말이다. 이와 동시에 「서사시와 소설」에서는 바흐친의 소설 연구 방법론의 한 경향이 비교적 강하게 부각되었다. 이 경향은 1930년대 후반기의 몇몇 작업(「소설에서 시간과 흐로노토프의 형식들」, 「교양소설과 리얼리즘의 역사에서 그 의의」를 위한 준비 작업)에서 이미 시작된 것이었다. 바흐친은 예술적 형상과 현실의 관계 및 그 변화를, 그리고 인간과 역사의 변증법적 관계를 더 강하게 탐문했다. 여기에서 그와 루카치 사이에는 접점이 있었는데,[35] 대체로 그 시기 소비에트의 리얼리즘 연구 성과는 오래 영향을 끼쳤다. 그런데 바흐친이 소설과 모든 예술작품에서 전유된, "세계사

---

[35] 바흐친과 루카치 사이의 또 다른 접점이 흥미롭다. 이미 1914~15년에 루카치는 도스토옙스키를 다루는 방대한 연구서 집필을 위한 준비 작업에서 그 러시아 작가[도스토옙스키]의 소설에서 대화가 하는 역할을 지적했으며 또한 이와 동시에 톨스토이의 작품에서 보이는 '대화의 경시'를 부각했다(Georg Lukács, *Dostojewski. Notizen und Entwürfe*, Budapest 1985, p. 54 참고). 그럼으로써 그가 바흐친과 비슷한 의미에서 대화성을 소설세계를 구축하는 구성 원리로 이해했는지 여부는 물론 좀 더 정확하게 따져 봐야 할 문제다. 후기 루카치가 자신의 초기 고찰로 되돌아간 것 같지는 않다.

의 새 시대"(491)의 현실의 운동만 강조한 것은 아니었다. 그는 아주 일반화하는 가운데 "유럽인의 역사에 있었던 변혁의 특정한 순간"(499) 이후 이루어진 사회의 발전을 파악했다. 그는 통일적인 역사 과정의 모든 계기와 요소가 보여주는, 그 역사 과정의 비종결성을 아주 단호히 강조했다. 그리하여 바흐친에 따르면 그때그때의 현재의 "전체(das Ganze)"는, 그것이 예술적인 세계현시 속에 들어가면 결코 하나의 전체를 대표할 수 없다. 그리고 "비종결 상태로 있는 현재(동시대적 시간)와 최대한 접촉하는 지대"(499)로 들어서는 소설의 문학적 형상으로서의 인간 역시 당연히 비종결적이다. 바흐친은 한편으로는 소설 주인공의 비종결성과 "미완성"의 문제를, 그리고 다른 한편으로는 서사시 주인공의 종결성과 "완성"의 문제를 인간의 자기 자신과의 일치 문제라는 배경 위에서 보았던 것으로 보인다. 바로 여기에서 서사시와 소설에 관한 루카치의 구상과 친소(親疎) 관계가 가장 잘 식별될 수 있다. 바흐친과 루카치에 의해 주어진 서사시에서의 인간 묘사는 폭넓게 일치한다. "고상한" 장르의 주인공은 자기 자신과 완전히 일치하며, 현시된 세계의 "비상한 아름다움, 온전함[전체성](Ganzheit), 수정 같은 투명함과 예술적 완성"(526)이 그로부터 생겨났다는 「서사시와 소설」에서의 확언이 뜻하는 것은, 호메로스의 인간은 사회 속에서 그 사회와 완전히 유착되어 있으며 그러한 유착 상태가 그의 "자립성과 자기활동성"을 조건 짓고 창출한다는 루카치의 테제와 전혀 다르지 않다. 루카치는—단순하게 정식화하자면—인간의 "자기활동성"을 위한, 사라질 위험에 처한 본래의 "인간성"을 위한 현시된 투쟁을 찾아내기 위해 20세기까지의 소설 역사를 철저히 연구했다. 이때 부동의 지향점, 아니, 척도로 머물러 있었던 것은 언제나 인간의 옛(그러나 루카치에게는 잠재적으로 젊은, "현재적인") 서사시적 온전함[전체성]이었으며, 실존의 자기 자신과의 동일성—루카치에 따르면, 역사 발전의 더 높은 단계에서 다시 달성되거나 적어도 추구되어야만 하는—에 대한 궁극적 현시였다.

바흐친도 소설에 등장하는 인간의 새롭고 복잡한 "전체성(Ganzheit-lichkeit)"에 관해 말했다. 그러나 그 전체성은 옛 서사시의 온전함[전체성]과는 전혀 관계가 없었다. 그는 그러한 온전함[전체성]의 붕괴를 소설의 역사에서 제시했으며, 그것의 귀환을 완전히 배제했다. 그가 염두에 두었던 새로운 "전체성"은 그러한 온전함[전체성]과는 달리 바로 인간의 비종결성을 전제로 하는 것이었는데, 그 비종결성은 현시된 인물의 자기 자신과의 불일치에 의해 초래된다. 소설의 주인공은 소진될 수 없는데, 그에게는 "실현되지 않은 잠재력과 충족되지 않은 요구들"(528)이 항상 남기 때문이다. 바흐친에게 모든 것은 "인간성의 잉여"(528)를, 주인공과 운명의 비정합성을 소설의 인간상에서 가장 본질적인 구성소로 보는 것으로 귀결되었다. 미래와 생성의 장르로서 소설이 지닌 비상한 가능성을 그는 모든 목적론적 연관 너머에서 마르크스에 부합되게 "생성의 절대적 운동 속에"[36] 있는 인간에서 출발한 역사관으로써 정초했다. 그렇게 바흐친은 마르크스주의 소설론에 더 넓은 새로운 가능성들을 열어 준, 서사체 대형식을 보는 하나의 관점을 획득했다. 그러나 그 관점은 수십 년 후에야 비로소 소설 장르를 둘러싼 토론에서 서서히, 그리고 반대가 없진 않은 채로 전유되었다.

---

36 Marx/Engels, *Gesamtausgabe(MEGA), Abteilung 2, Band 1*, Berlin 1981, p. 392. 엘레나 내르리히-슬라테바는 주목할 만한 연구에서, 고대(Antike)와 현대(Moderne)의 문화사적 비교에서 바흐친이 취하는 입장이 『정치경제학 비판 요강』에서 같은 문제와 관련해 마르크스가 한 발언과 유사함을 지적했다. Elena Närlich-Slateva, "Zur Geothe-Rezeption Bachtins," in: *Roman und Gesellschaft. Internationales Michail-Bachtin-Colloquium*, Jena 1984, pp. 144-155 참고.

3장

D. H. 로런스

G. 루카치

발터 벤야민

M. 바흐친

사르트르

아도르노

프레드릭 제임슨

루쉰

최재서

임화

김현

백낙청

발터 벤야민 Walter Benjamin, 1892~1940

1892년 7월 15일 베를린에서 유복한 유대계 집안의 2남 1녀 중 장남으로 태어났다. 프라이부르크·베를린·뮌헨 대학에서 철학과 문학 및 예술사를 공부했다. 1차 세계대전 중 스위스 베른대학에서 학업을 계속하여, 독일 낭만주의 비평 개념에서 현대적 예술관과 비평 개념의 기원을 밝히고자 시도한 『독일 낭만주의 예술비평 개념』(1919)으로 박사학위를 취득했다. 프랑크푸르트 대학에서 교수 자격 논문으로 집필한 『바로크 비극의 원천』(1928)은 대립의 지양과 조화를 추구하는 고전적 상징예술과 달리 대립의 공존 자체를 의미 있게 만드는 새로운 총체성의 원리로서 알레고리 예술을 새롭게 조명한 역작이다. 1920~1930년대에 괴테, 카프카, 브레히트, 되블린, 보들레르, 프루스트 등에 관한 논문과 평론을 비롯하여 활발한 비평 활동을 펼쳤다. 호프만스탈, 블로흐, 아도르노, 크라카우어 등과 지적인 교류를 했고, 특히 숄렘, 브레히트와 긴밀히 교류했다. 1933년 히틀러 집권 후 파리로 망명하여 극심한 생활고에 시달리면서, 대도시의 구체적 이미지에 대한 분석을 통해 모더니티의 자본주의적 기원에 대한 해명을 시도한 『아케이드 프로젝트』 작업에 몰입했고, 이 미완성 유고작은 1982년에 출간되었다. 기술복제에 의해 대량으로 생산 유통되는 현대 예술의 의의를 규명한 「기술복제 시대의 예술작품」(1936), 그리고 교조적 사적 유물론과 진화론적 역사관을 비판한 「역사의 개념에 대하여」(1940)도 망명 시기에 집필되었다. 1940년 독일군이 파리로 진격하자 벤야민은 스페인을 거쳐 미국으로 망명하고자 스페인으로 입국하려 했으나 국경에서 가로막히자 1940년 9월 26일 국경지역 포르 부의 한 호텔에서 음독자살했다. 벤야민은 문학·미학·철학·역사·정치·신학을 아우르는 다양한 분야에서 고정된 개념이나 체계를 벗어나는 독특한 사유의 실험을 전개한 가장 독창적인 20세기 사상가의 한 사람으로 꼽히며 오늘날까지 지속적인 연구의 대상이 되고 있다.

이야기꾼 :

니콜라이 레스코프의 작품에 대한 고찰

◆ 발터 벤야민
◆ 임홍배 옮김

1.

이야기꾼은 비록 우리에게 친숙하게 들리는 이름이지만, 이야기꾼의 생생한 영향력을 따져 보면 결코 우리 곁에 가까이 있는 존재로 실감되지 않는다. 이야기꾼은 이미 우리에게서 멀어진 존재, 계속 더 멀어지고 있는 존재다. 니콜라이 세묘노비치 레스코프(Nikolay Semyonovich Leskov)[1] 같은 작가를 이야기꾼으로 서술한다는 것은 그를 우리 가까이로 데려오는 것이 아니라 오히려 더 멀리 떼어 놓는 것을 뜻한다. 이야기꾼의 특징을 잘 보여주는 굵직하고 단순한 윤곽은 일정한 거리를 두고 고찰할 때 선명히 드러난다. 더 적절히 말하면 바위 덩어리를 관찰하는 사람은 적당

---

[1] 레스코프는 1831년 오리올 주에서 태어나 1895년 페테르부르크에서 사망했다. 그는 농촌에 대한 관심과 공감이라는 면에서 어느 정도 톨스토이와 친연성이 있으며, 종교적 지향이라는 면에서는 도스토옙스키와 친연성이 있다. 그러나 그런 성향을 교조적 원칙으로 표방한 저작에 해당되는 초기 소설은 그의 작품 세계에서 금방 잊혔다. 레스코프의 의의는 짧은 이야기들에서 찾을 수 있는데, 그 작품들은 그의 창작에서 나중 시기에 속한다. 제1차 세계대전이 끝난 뒤 그의 이야기들을 독일어권에 소개하려는 시도가 여러 차례 있어 왔다. 무자리온 출판사와 게오르크 뮐러 출판사에서 나온 소규모 선집 외에도 무엇보다 C. H. 베크 출판사에서 나온 아홉 권짜리 선집이 손꼽힌다.

한 거리를 두고 적절한 각도에서 바라볼 때 바위가 마치 사람의 머리나 동물의 몸통처럼 보이게 되는 것이다. 이러한 거리와 각도는 우리가 거의 매일 접하는 어떤 경험을 가르쳐 준다. 그 경험은 이야기하는 기술이 종언을 고했다는 것이다. 제대로 이야기할 줄 아는 사람을 접할 기회가 갈수록 희귀해진다. 이야기를 듣고 싶다는 소망을 피력하면 당혹스러운 분위기가 번지는 일이 점점 더 잦아지고 있다. 우리가 남에게 양도할 수 없는 것처럼 여겼던 어떤 능력, 너무나 확고부동했던 어떤 능력을 박탈당한 느낌이다. 그 능력이란 경험을 주고받을 수 있는 능력이다.

이러한 현상의 한 가지 분명한 원인은 경험의 가치가 하락했다는 것이다. 경험의 가치는 끝없이 추락하는 것으로 보인다. 신문을 펼칠 때마다 경험의 가치가 최저점에 도달했음을 확인하게 되며, 바깥세상의 이미지뿐 아니라 윤리 세계의 이미지 또한 하룻밤 사이에 급변했음을 확인하게 된다. 과거에는 이런 변화가 가능하리라고는 상상도 할 수 없었다. 제1차 세계대전과 더불어 결코 멈출 줄 모르는 변화 과정이 분명히 드러나기 시작했다. 우리는 전쟁이 끝나자 사람들이 할 말을 잃은 채 전쟁터에서 돌아오는 것을 목격하지 않았던가? 이들의 직접 경험은 더 풍부해진 것이 아니라 더 빈곤해졌던 것이다. 그러고서 10년 뒤에 봇물처럼 터져 나온 전쟁소설들이 쏟아낸 것은 입에서 입으로 전해지는 경험과는 전혀 다른 어떤 것이었다. 그리고 그것은 특이한 현상도 아니었다. 왜냐하면 전략적 경험은 진지전에 의해, 경제적 경험은 인플레이션에 의해, 육체적 경험은 물량전쟁에 의해, 윤리적 경험은 권력자들에 의해 철저히 거짓된 경험으로 판명되었기 때문이다. 아직도 마차를 타고 학교에 다녔던 세대는 이제 구름 말고는 모든 것이 변화한 풍경 속 탁 트인 하늘 아래 서 있었고, 구름 아래로는 왜소하고 절단나기 쉬운 인간 몸뚱이가 파괴적인 흐름과 폭발의 소용돌이에 휩쓸리고 있었다.

2.

입에서 입으로 전해지는 경험은 모든 이야기꾼이 이야기를 길어 올리는 원천이다. 그리고 이야기를 쓴 사람들 중에서 위대한 이야기꾼들의 이야기는 수많은 무명의 이야기꾼들이 들려주는 이야기와 거의 구별되지 않는다. 무명의 이야기꾼들에는 두 부류의 집단이 있는데, 물론 이들은 여러모로 서로 겹치기도 한다. 또한 두 집단을 두루 아우르는 이야기꾼만이 이야기꾼의 모습을 온전히 체현했다고 할 수 있다. '어떤 사람이 여행을 하면 이야기할 거리가 생긴다'는 속담이 있듯이, 이야기꾼은 멀리 여행을 다녀온 사람이라 생각해 볼 수 있다. 그에 못지않게 성실하게 생업에 종사하며 그 고장에서 전승되는 이야기를 잘 아는 시골 사람이 들려주는 이야기도 우리는 즐겨 듣는다. 아득히 옛적에 이 두 집단을 대표했던 사람들을 떠올려 보면 한쪽 집단은 한곳에 붙박이로 사는 농사꾼이고, 또 다른 집단은 장사를 하는 선원이라는 것을 알 수 있다. 실제로 두 집단의 생활권에서는 어느 정도 고유한 전통을 지닌 이야기꾼을 배출했다. 이 각각의 전통에서 생겨난 이야기의 특성 중 어떤 요소는 그 후로도 수백 년 동안 보존되어 왔다. 근대의 독일어권 이야기꾼들 가운데 요한 페터 헤벨(Johann Peter Hebel, 1760~1826)[2]과 예레미아스 고트헬프(Jeremias Gotthelf, 1797~1854)[3]는 농촌 전통에서 유래했고, 찰스 실스필드(Charles Sealsfield, 1793~1864)[4]와 프리드리히 게르슈태커(Friedrich Gerstäcker, 1816~1872)[5]는 선원의 전통에서 유래했다. 그렇지만 이미 말한 대로 그런 전통은 기본적인 유형일 뿐이다. 이야기의 광활한 영역이 온전히 역사적으로 확장되어 실제로 펼쳐지는 과정은 오랜 전통을 지닌 그 두 유

---

2 짧은 달력 이야기로 유명한 독일 작가 겸 신학자.—옮긴이

3 스위스의 작가 겸 목사.—옮긴이

4 오스트리아에서 활동하다가 미국으로 건너간 작가.—옮긴이

5 북아메리카 여행기로 유명한 독일 작가.—옮긴이

형이 긴밀하게 상호 침투해 왔다는 사실을 떼어 놓고는 생각할 수도 없다. 특히 중세의 수공업 제도에서 그러한 상호 침투가 실현되었다. 한곳에 붙박이로 사는 장인과 여러 지역을 돌아다니는 도제들은 같은 공방에서 함께 작업했던 것이다. 그리고 장인들도 고향이나 타향에 정착하기 전까지는 저마다 한때는 도제 생활을 거쳤다. 농사꾼과 선원들이 이야기의 오랜 달인이었다면 수공업 제도 역시 이야기의 훌륭한 학교였다. 수공업 제도 안에서 수많은 방랑을 겪은 사람이 멀리서 전해 오는 이야기들이 한곳에 정주하는 이에게 아주 친숙하게 전승되는 오랜 옛적 이야기들과 결합되는 것이다.

3.

레스코프는 멀리 떨어져 있는 시공간의 소식을 훤히 꿰고 있었다. 그는 그리스정교회 신자로서 올곧은 신앙적 관심을 견지한 사람이었다. 그에 못지않게 그는 교회의 관료주의에 올곧게 맞서기도 했다. 세속의 관직을 견뎌 낼 수 없었던 그는 여러 공직에 몸담았으나 오래 버티지 못했다. 그가 어느 영국 대기업의 러시아 현지 대리인으로 오랫동안 있었던 일자리는 짐작건대 창작에 그 어떤 일보다 유익했을 것이다. 영국 회사의 위탁으로 그는 러시아 전역을 여행했고, 이 여행 덕분에 세속적 지혜와 더불어 러시아 사정에 관한 지식을 섭렵할 수 있었다. 이런 방식으로 레스코프는 지방에 산재한 교파들을 알 수 있는 기회를 얻었다. 이런 경험은 그의 이야기에 흔적을 남겼다. 정교회의 관료주의에 맞서 싸우는 과정에서 레스코프는 러시아 전설에서 동맹자를 찾을 수 있었다. 그의 이야기 중에는 의인이 그 중심에 서 있는 것들이 있는데, 그렇다고 그의 작품에 등장하는 의인이 금욕주의자인 경우는 드물었다. 대개는 소박하고 활동적인 남자로서 지극히 자연스러운 세속의 방식으로 성자가 되는 것으로 보인다. 레스코프는 신비주의적 열광에는 관심이 없다. 그는 때때로 기적에 몰입하곤 하지만, 경건한 믿음을 견지하면서도 곧잘 확고한 천성으로 기적을 다룰 줄 안다. 레스코프는 세속적인 일에 너무 깊이 연루되지 않으면서 지상에서 올바른 길을 찾아가는 인물을 모범으로 삼는다. 그는 세속적인 일에서 그런 인물과 합치되는 태도를 분명히 보여주었다. 레스코프가 스물아홉 살의 늦은 나이에 글쓰기를 시작했다는 사실은 그런 태도에 부합된다. 그는 사업차 여행을 마친 이후에 글쓰기를 시작했던 것이다. 그가 처음 발표한 글의 제목은 '어째서 키예프에서는 책이 비싼가?'였다. 이어서 그는 노동자계급, 알코올의존자, 군의관, 일자리를 잃은 상인 등에 관한 일련의 글을 발표했는데, 그런 글들이 나중에 쓴 이야기들의 예행연습이 되었던 셈이다.

4.

많은 타고난 이야기꾼들이 보여주는 전형적인 특징 가운데 하나는 실용적인 관심사를 추구한다는 것이다. 농부들에게 농사일을 조언해 주었던 고트헬프 같은 작가는 레스코프보다 더 지속적으로 그런 특징을 보여준다. 가스등의 위험을 탐구했던 샤를 노디에(Charles Nodier, 1780~1844) 같은 작가도 그런 특징을 드러낸다. 『라인 친구의 이야기 보물 상자(Schatzkästlein des rheinischen Hausfreundes)』(1811)라는 작품집에서 독자들에게 소소한 자연과학 지식을 전수했던 헤벨 같은 작가 역시 그런 계보에 속한다. 이 모든 사례는 모든 진정한 이야기의 속성이 어떠한지를 암시해 준다. 진정한 이야기는 공공연히 드러내든 감추든 간에 유익한 지식을 전달한다는 것이다. 그 유익함이 때로는 도덕교훈일 수도 있고 때로는 실용적 가르침일 수도 있으며, 격언이나 인생 지침이 될 수도 있다. 어느 경우든 간에 이야기꾼은 듣는 이에게 조언을 해줄 줄 아는 사람이다. 그러나 오늘날에는 '조언을 해줄 줄 안다'는 것이 고리타분하게 들리기 시작한다면, 그것은 경험을 전달할 가능성이 줄어드는 상황에 기인한다. 그 결과 우리는 우리 자신과 다른 사람에게 어떤 조언도 해주지 못한다. 조언이라는 것은 어떤 의문에 대한 해답이라기보다는 (마치 두루마리처럼 펼쳐지는) 어떤 이야기를 계속 이어 가면서 제안을 하는 것이다. 그런 제안을 받아들이기 위해서는 무엇보다 우선 이야기를 할 줄 알아야 할 것이다(자신의 처지를 말로 표현할 수 있는 만큼만 다른 사람의 조언에도 마음을 열 수 있다는 것은 두말할 나위가 없다).

직접 살아낸 삶의 소재에 직물처럼 짜 넣은 조언이 곧 지혜다. 이야기하는 기술이 종언을 고하는 이유는 진리의 서사적 측면인 지혜가 사멸하고 있기 때문이다. 그러나 이것은 오래전부터 진행되어 온 과정이다. 이러한 과정을 단지 '몰락 현상', 특히 '현대적인' 몰락 현상으로만 간주하려 든다면 그것보다 어리석은 일은 없을 것이다. 그것은 이야기를 아주 서서히 생생한 구어의 영역에서 밀쳐 내는 동시에 그런 소멸 속에서 새로운 아름다움을 느낄 수 있게 해주는 세속적인 역사적 생산력의 발전에 따른 부수 현상일 뿐이다.

5.

이야기의 몰락으로 귀결되는 과정을 가장 먼저 드러낸 징후는 근대 초기에 소설이 부상한 현상이다. 소설이 이야기와(그리고 좁은 의미의 서사시적 특성과) 구별되는 것은 본질적으로 책에 의존하고 있다는 데 있다. 소설의 확산은 인쇄술의 발명과 더불어 비로소 가능해졌다. 서사시의 자산이라 할 구전 전승은 소설의 존립을 가능케 하는 기반과는 성질이 전혀 다르다. 소설이—동화, 설화, 심지어 노벨레까지 포함하여—여타의 모든 산문문학 형식과 확연히 구별되는 것은 소설이 구전의 전통에서 생겨나지도 않았고, 구전의 전통으로 되돌아갈 수도 없다는 사실에 있다. 그런 점에서 소설은 무엇보다 특히 이야기와 대비된다. 이야기꾼은 이야기의 소재를 자신의 경험이나 전해 들은 경험에서 취한다. 그리고 이야기꾼은 자신의 경험담을 이야기를 듣는 사람들의 경험으로 전수해 준다. 소설가는 그런 전통과 결별했다. 소설의 산실은 고독한 개인이다. 그 고독한 개인은 자신의 가장 중요한 관심사에 관해서도 타인에게 본보기가 될 만한 이야기를 해줄 수 없으며, 조언을 받아들이지도 못하고 조언을 해주지도 못한다. 소설을 쓴다는 것은 인간의 삶을 묘사함에 있어 삶의 공통분모로 공유할 수 없는 것을 극단적으로 추구한다는 것을 뜻한다. 삶의 풍요로움 한가운데서 그 풍요로움을 묘사함으로써 소설은 인생을 사는 사람이 속수무책의 곤경에 처해 있음을 증언한다. 소설 장르에서 최초의 위대한 작품인 『돈키호테(Don Quixote)』(1615)는 다름 아닌 돈키호테처럼 너무 고귀한 자의 위대한 영혼과 대범함과 도움을 베풀려는 선의조차도 전혀 조언을 받지 못하며 추호의 지혜도 발휘하지 못한다는 것을 분명히 가르쳐 준다. 그러고서 수백 년이 경과하는 사이에 다시 소설 속에 삶의 지침을 심어 넣으려는 시도가 있었지만—그런 시도는 괴테의 『빌헬름 마이스터의 편력시대(Wilhelm Meisters Wanderjahre)』(1829)에서 가장 효과적으로 이루어졌는데—그것은 언제나 소설 형식 자체의 변화를 가져오는 데 그쳤을 뿐이다. 교양소설(Bildungsroman) 역시 소설의 기본 구조에서 전혀 벗어나지 않는다. 교양소설은 사회의 발전 과정을 한 인물의 발전 과정 속에 편입시킴으로써 사회 발전을 규정하는 질서에 너무나 취약한 정당성을 부여한다. 그런 정당화는 실제 현실과는 너무나 동떨어져 있다. 불가사의한 일이 다름 아닌 교양소설에서는 그럴싸한 사건으로 펼쳐지는 것이다.

6.

서사형식은 수천 년 동안 지구 표면에서 일어난 변화의 리듬에 비견될 만한 리듬으로 변천해 왔다는 사실을 유념해야 한다. 인간의 소통 형식 중에 서사형식만큼 서서히 형성되고 서서히 소멸한 것도 드물 것이다. 소설의 기원은 고대로까지 소급되는데, 시민계급이 부상하여 소설의 만개에 유리한 요소들을 제공하기까지는 수백 년이 소요되었다. 소설을 발전시킨 요소들이 등장한 이래 이야기는 아주 서서히 의고적 양식으로 물러나기 시작했다. 물론 이야기도 다양한 방식으로 새로운 내용을 취하긴 했지만, 본래부터 이야기는 그 새로운 내용에 의해 규정되지는 않았다. 다른 한편 알다시피 고도자본주의 시대에 이르러 언론매체를 가장 중요한 지배 도구로 삼아 시민계급의 지배가 확고해지면서 새로운 소통 형식이 등장했다. 이 새로운 소통 형식은 그 기원이 아무리 오래되었다 하더라도 이전에는 서사형식에 결정적인 영향을 주지는 않았다. 그런데 이제는 새로운 소통 형식이 서사형식에 결정적 영향을 주고 있다. 그리고 이야기의 입장에서 보면 이 새로운 소통 형식은 소설 못지않게 낯설고 소설보다 훨씬 더 위협적이며, 게다가 소설 자체에도 위기를 초래한다. 이 새로운 소통형식이 바로 정보다.

『르 피가로(Le Figaro)』의 창립자 이폴리트 드 빌메상(Hippolyte de Villemessant)은 정보의 본질을 유명한 문구로 표현한 바 있다. 그는 이렇게 말하곤 했다. "내 신문의 독자들에게는 마드리드의 혁명보다 라텡 구역에서 일어난 다락방 화재가 훨씬 더 중요하다." 이 말은 이제 멀리서 전해 온 소식보다는 아주 가까이서 벌어진 일을 파악하게 해주는 정보를 가장 즐겨 듣는다는 사실을 단숨에 깨우쳐 준다. 멀리서 전해 온 소식은—공간적으로 멀리 떨어진 지역에서 전해 온 소식이든 시간적으로 오래전부터 전해 온 소식이든 간에—그 진위를 확인할 수 없는 경우에 조차 타당성을 확보하는 모종의 권위를 누렸다. 그렇지만 정보는 즉각

검증되어야 한다. 정보의 일차적 요구는 '그 자체로 이해될 수 있게' 전달되어야 한다는 것이다. 흔히 정보는 수백 년 전에 통용되었던 소식보다도 정확성이 떨어진다. 그런데 수백 년 전의 소식이 곧잘 기적에서 제재를 취했다면, 정보의 불가결한 요건은 신빙성 있게 들려야 한다는 것이다. 그런 점에서 정보는 이야기의 정신과 합치될 수 없음이 판명된다. 이야기하는 기술을 좀처럼 접하기 어렵게 되었다면, 이런 사태를 초래한 결정적 요인은 정보의 확산이다.

우리는 매일 아침 지구 전역에서 전해 오는 뉴스를 접한다. 그런데도 진기한 이야기는 빈약하다. 그렇게 되는 이유는 이미 낱낱이 설명이 덧붙여진 사건만을 접하기 때문이다. 달리 말하면 그 어떤 사건도 이야기에는 도움이 되지 않고, 거의 모든 사건이 정보에만 도움이 되기 때문이다. 말하자면 이야기하는 기술의 절반은 이야기를 재현할 때 설명이 끼어들 여지를 차단하는 것이다. 그런 점에서 레스코프는 장인이다[「사기(Gora)」라든가 「흰 독수리(Belyj orel)」 같은 작품을 떠올려 보라]. 레스코프는 비범한 사건, 경이로운 사건을 최대한 정밀하게 이야기하며, 사건의 심리적 맥락을 독자에게 주입하지 않는다. 독자가 이해하는 대로 사태를 올바르게 파악하는 일은 독자의 재량에 맡겨지며, 그럼으로써 이야기되는 사건은 정보에는 결여된 진폭을 얻게 되는 것이다.

7.

레스코프는 옛 이야기꾼들의 전통에 정통하다. 고대 그리스 최초의 이야기꾼은 헤로도토스(Herodotos)였다. 그의 『역사(The Histories)』 제3권 제14장에는 배울 거리가 많은 이야기 한 편이 나온다. 그 이야기는 프사메니투스 왕에 관한 것이다. 이집트 왕 프사메니투스는 페르시아 왕 캄비세스에게 패배하여 포로가 되었는데, 캄비세스 왕은 포로가 된 프사메니투스 왕을 욕보이기로 작정했다. 그는 페르시아 군대의 개선 행렬이 지나가는 거리에 프사메니투스 왕을 세워 두라고 명했다. 그러고서 포로가 된 왕이 자기 딸이 하녀로 전락하여 항아리를 갖고 우물로 가는 모습을 지켜보도록 했다. 모든 이집트인들은 이 광경에 비통해하며 울부짖었지만, 프사메니투스 왕만은 아무 말 없이 꼼짝 않고 땅바닥만 내려다보고 있었다. 곧바로 아들이 포로 대열에 끼여 처형장으로 끌려가는 것을 보고서도 왕은 마찬가지로 미동도 하지 않았다. 그러다가 왕의 시종이었던 거지 행색의 늙은이가 포로 대열에 끼여 있는 것을 보자 왕은 주먹으로 머리를 치며 온갖 비통한 반응을 보였다.

이 이야기는 진정한 이야기가 어떤 것인지를 생생히 보여준다. 정보는 새로워지는 바로 그 순간에 효용을 상실한다. 정보는 그 순간에만 생명을 지니며, 전적으로 그 순간에 모든 내용을 공개하고 지체 없이 즉각 설명되어야 한다. 하지만 이야기는 다르다. 이야기는 결코 소진되지 않는다. 이야기는 그 생명력을 갈무리해서 오랜 세월이 지난 뒤에도 다시 뻗어 나갈 수 있다. 그래서 몽테뉴는 이집트 왕의 이야기를 다시 들춰내어 어째서 왕이 시종을 보고서 비통해했는지 되물었다. 몽테뉴의 대답은 이렇다. "왕은 슬픔이 너무 복받쳤기 때문에 슬픔이 아주 조금만 더해져도 참고 억눌렀던 감정이 터질 수밖에 없었다." 몽테뉴는 그렇게 해석했다. 그러나 이렇게 말할 수도 있을 것이다. "왕의 자녀들의 운명은 곧 왕 자신의 운명이므로 왕의 마음을 울리지 못한다." 또는 이런 해석도 가능할 것이다. "실제 삶에서는 우리 마음을 움직이지 못하는 많은 일들이 연극 무대 위에서는 우리 마음을 움직인다. 그런즉 왕의 시종은 왕에게 단지 배우였을 뿐이다." 또는 이렇게 말할 수도 있을 것이다. "너무 큰 고통은 정체되기 때문에 긴장이 풀려야 비로소 터져 나온다. 왕은 시종을 목격하자 긴장이 풀렸던 것이다."[6] 헤로

6　첫째는 벤야민과 헤셀(Hessel)의 해석, 둘째는 벤야민의 여자친구 아샤 라치스(Asja Lacis)의

도토스는 아무런 설명도 하지 않는다.[7] 그의 보고는 무미건조하기 짝이 없다. 그렇기 때문에 고대 이집트에서 유래하는 이 이야기는 수천 년이 지난 뒤에도 경탄과 숙고를 불러일으키는 것이다. 그런 이야기는 마치 공기가 통하지 않는 피라미드 방에 수천 년 동안 밀폐된 채 오늘날까지도 발아력을 간직해 온 곡식 알갱이와 흡사하다.

8.

간결하게 절제된 이야기는 심리적 분석에서 벗어나 오래도록 기억에 남는다. 이야기꾼이 심리적 음영의 분석을 자연스럽게 포기할수록 이야기가 듣는 사람의 기억 속에 자리 잡을 가망은 그만큼 커진다. 그만큼 더 완벽하게 듣는 사람 자신의 경험 속에 동화되며, 결국 더 기꺼이 자기가 들은 이야기를 가까운 시일 내에 또는 먼 훗날 계속 다른 이에게 전수해 주게 된다. 이야기를 듣는 사람의 마음속 깊은 곳에서 일어나는 이러한 동화 과정은 긴장이 이완된 상태에서 자연스럽게 이루어지는데, 오늘날 긴장의 이완은 점점 더 어려워지고 있다. 수면이 육체적 이완의 정점이라면 권태는 정신적 이완의 정점이다. 권태는 경험의 알을 부화하는 꿈속의 새와 같다. 숲속에서 나뭇잎이 바스락거리는 소리는 새를 쫓아낸다. 경험과 내밀하게 결합된 활동이 일어나는 새둥지는 도시에서는 이미 소멸했고 시골에서도 사라지고 있다. 이와 더불어 이야기를 귀 기울여 듣는 재능이 상실되고, 이야기를 귀 기울여 듣는 공동체가 사라지

해석, 셋째는 벤야민의 해석이다. ―옮긴이

7 하지만 이 이야기 속에서 캄비세스 왕은 전령을 보내어 프사메니투스 왕에게 친인척도 아닌 거지에게 비통해하며 경의를 표한 이유를 묻는다. 그러자 프사메니투스 왕은 자기 집안의 불행은 비통해하기에는 너무나 엄청나며, 한때 왕의 친구로서 부유했던 시종이 노년에 거지로 전락했으니 애통함을 표했노라고 답한다. 『역사』, 헤로도토스 지음, 천병희 옮김, 숲, 2009, 281쪽 참고. ―옮긴이

고 있다. 이야기를 들려준다는 것은 언제나 이야기를 계속 전수해 줄 줄 아는 재능이며, 이야기들이 보존되지 않으면 그런 재능은 사라진다. 이야기에 귀 기울이는 사람이 자신을 잊고 이야기에 몰입할수록 그가 듣는 이야기는 그만큼 더 깊이 마음속에 아로새겨진다. 이야기를 듣는 사람이 노동의 리듬에 몰입할 때 그는 이야기에 귀를 기울이면서 이야기할 줄 아는 재능을 저절로 습득하게 된다. 이야기하는 재능이 직물처럼 짜여서 만들어지는 그물은 그런 성질의 것이다. 수천 년 전에 가장 오랜 형태의 수공업 집단에서 직조되었던 그물은 오늘날 남김없이 풀어헤쳐지고 있다.

9.

이야기는 농촌과 해양과 도회지의 수공업을 포함하는 수공업의 테두리 안에서 오래도록 번성했고, 이야기 자체가 의사소통의 수공업적 형태다. 이야기는 정보나 보고서와 달리 사물의 순전한 '진상'을 전달하는 것을 중시하지 않는다. 이야기는 사물을 이야기꾼의 삶 속에 묻어 두었다가 다시 끄집어낸다. 그리하여 마치 도자기에 도공의 손길이 흔적으로 남듯이 이야기에는 이야기꾼의 흔적이 묻어난다. 이야기꾼은 앞으로 펼쳐질 사건의 발단이 되는 상황을 이야기꾼 자신이 전적으로 직접 겪지는 않았다 하더라도 누군가에게 전해 들은 것처럼 묘사하는 것으로 이야기를 시작하는 성향이 있다. 레스코프는 「사기」라는 이야기를 기차 여행 묘사로 시작하는데, 그는 이제부터 이야기할 사건을 기차 여행 중에 여행객에게 전해 들었노라고 이야기한다. 또는 「크로이처 소나타(Kreitzerova Sonata)」라는 작품에 등장하는 여주인공을 도스토옙스키 장례식에서 알게 되었노라고 이야기한다. 그런가 하면 「흥미로운 사내들(Interesnykh muzhchin)」에서 이야기하는 사건들은 어느 독서 모임에 참석했다가 전해 들었노라고 이야기한다. 그런 식으로 이야기 속에는 이야기꾼의 흔적이 여러 형태로 드러나는데, 직접 체험한 자의 흔적은 아니더라도 이야기 전달자의 흔적으로 드러나는 것이다.

이러한 수공업적 기술에 해당하는 이야기를 레스코프 자신이 일종의 수공업으로 받아들였다. 그는 어느 편지에서 이렇게 썼다. "문필 활동은 나에게 자유예술이 아니라 수공업입니다." 그가 수공업에는 연대감을 느낀 반면 산업 기술에 대해서는 이질감을 느꼈던 것은 결코 놀랄 일이 아니다. 그런 정황을 틀림없이 이해했을 법한 톨스토이는 레스코프의 이야기꾼 재능이 그런 문제에 예민한 감각을 보여준다는 것을 이따금 언급한 적이 있다. 그는 레스코프를 "경제발전의 결함을 지적한 최초의 작가"라 일컬었다. "사람들이 도스토옙스키를 열심히 읽는 것은 신기한 일이다. (…) 반면에 레스코프는 잘 읽지 않는 것을 나는 이해할 수 없다. 레스코프는 진실에 충실한 작가다." 기발하고 호기 넘치는 이야기 「강철 벼룩(Lewscha)」은 설화와 익살극의 중간 형식을 취하고 있는데, 이 작품에서 레스코프는 툴라의 은세공 기술자들을 앞세워서 토착 수공업 기술을 예찬했다. 그들이 만들어 낸 걸작인 강철 벼룩이 표트르 대제에게 진상되자 대제는 러시아인들이 영국인들에 비해 결코 꿀릴 게 없다는 확신을 갖게 된다.

이야기꾼의 산실이라 할 수공업 영역의 정신적 이미지를 누구보다 의미심장하게 묘파한 작가는 아마도 폴 발레리(Paul Valéry)일 것이다. 그는 자연 속에 존재하는 완벽한 사물들에 관해 언급한다. 완전무결한 진주, 완전히 숙성한 포도주, 완전히 성숙한 생명체 등을 가리켜 발레리는 "서로 엇비슷한 일련의 원인이 장구한 세월에 걸쳐 만들어 낸 값진 작품"이라 일컫는다. 그러한 원인들이 누적되어 완벽함에 도달할 때까지는 오직 시간적 제약이 따를 뿐이다. 발레리는 계속해서 이렇게 덧붙인다. "일찍이 인간은 자연의 이러한 인내 어린 생성 과정을 모방했다. 미세화

(微細畫), 완벽하게 다듬어진 상아 세공품, 광택과 새김이 완벽한 보석, 일련의 얇고 투명한 층들을 겹겹이 포개어 왁스를 칠한 가공품이나 회화 작품 등 끈질기고 헌신적인 노력으로 이루어 낸 이 모든 생산품이 이제는 자취를 감추고 있다. 그리고 그런 제품을 만들기 위해서라면 시간을 아끼지 않았던 시대도 지나갔다. 오늘날 사람들은 시간을 단축할 수 없는 일에는 더 이상 매달리지 않는다." 실제로 이야기를 단축하는 것도 성공했다. 우리는 단편소설(short story)의 탄생 과정을 지켜보았다. 구전의 전통에서 벗어난 단편소설은 얇고 투명한 층들이 서서히 연결되고 포개지는 과정을 더 이상 허용하지 않는다. 완벽한 이야기는 다양한 형태로 전승되는 과정에서 겹겹의 층을 형성하는 방식으로 진면목을 드러낸다.

10.

발레리는 그의 고찰을 다음 문장으로 끝맺는다. "영원에 대한 사유가 사라지는 것은 오래 걸리는 작업에 대한 거부감이 증가하는 현상과 맞물려 있는 것으로 보인다." 예로부터 영원에 대한 사유의 가장 강력한 원천은 죽음이었다. 영원에 대한 사유가 사라진다면 틀림없이 죽음을 대하는 관점도 달라졌다고 추론해 볼 수 있다. 그렇다면 그러한 변화는 이야기하는 기술이 종언을 고하는 정도에 비례하여 경험의 전달 가능성이 줄어든 변화와 일치한다는 사실이 밝혀진다.

예전에는 사람들의 의식에서 죽음에 대한 생각이 언제 어디서나 생생한 힘을 발휘했지만, 그런 경향이 퇴조하는 과정을 우리는 수백 년 전부터 추적해 볼 수 있다. 이러한 과정은 그 마지막 단계에 이르러 더욱 가속화된다. 19세기를 경과하면서 시민사회는 위생과 사회보장을 담보하는 사적·공적 제도를 구축하여 죽어 가는 사람의 생명을 연장해 주는 부수효과를 달성했는데, 어쩌면 그런 제도가 은연중에 추구한 주된 목적이 바로 그런 효과였을 것이다. 예전에는 죽음이 개인의 삶에서 공적 의례, 최고의 본보기가 되는 의례였다. 중세의 그림들을 떠올려 보면 죽은 자의 침상은 옥좌로 변용되었고, 초상집의 활짝 열린 문을 통해 수많은 사람들이 그 옥좌를 향해 몰려들었다. 그렇지만 근세를 지나오면서 죽음은 살아 있는 자들의 지각 세계로부터 점점 더 멀리 추방되었다. 예전에는 누군가가 죽어 나가지 않은 집이나 방은 찾아볼 수 없었다〔이비사(Ibiza) 섬의 해시계에 새겨져 있는 '수많은 사람들이 맞이하는 마지막 날'이라는 문구가 시간관념으로 의미심장하게 표현한 것을 중세에는 공간적으로도 실감했던 것이다〕. 오늘날 시민들은 전혀 죽음을 접한 적이 없는 공간에 살고 있고, 영원이 발붙일 틈도 없는 임시 거처에 살고 있다. 이들이 죽음을 맞이하면 상속자들은 이들을 요양원이나 병원에 차곡차곡 안치할 것이다. 그런데 유념할 것은 인간의 지식이나 지혜뿐 아니라 무엇보다 그가 살아온 삶이—그 삶이야말로 이야기를 생성하는 재료다—죽어 가는 자에게서 비로소 처음으로 전승 가능한 형태를 띤다는 사실이다. 삶이 마감될 때 인간의 내면에는 일련의 이미지들이 살아 움직이기 시작하는데, 그런 이미지들은 자신도 미처 깨닫지 못하는 사이에 자기 자신과 마주쳤을 때 포착된 고유한 인격의 모습들로 구성된다. 그런 순간에는 그 자신의 표정과 눈길에 결코 잊을 수 없는 이미지가 불현듯 떠올라서 그가 마주치는 모든 것에 모종의 권위를 부여하는데, 아무리 한심한 악당이라도 죽음의 순간에는 주위의 산 자들에게 그런 권위를 행사하는 것이다. 이야기의 근원에는 바로 그런 권위가 자리 잡고 있다.

11.

죽음은 이야기꾼이 들려줄 수 있는 모든 것에 대한 인준이다. 이야기꾼

은 죽음으로부터 권위를 부여받는다. 달리 말하면, 그의 이야기들이 소
급하는 곳은 자연사(自然史)다. 그 점은 독보적인 이야기꾼 헤벨의 가장
아름다운 이야기 중 하나에서 본보기의 형태로 제시되었다. 『라인 친
구의 이야기 보물 상자』에 들어 있는 이야기 「뜻밖의 재회(Unverhofftes
Wiedersehen)」는 팔룬 지방의 광산에서 일하는 어느 청년 광부의 약혼으
로 시작된다. 결혼식 전야에 깊은 지하 갱도에서 함몰 사고가 일어나 죽
음이 그를 덮친다. 그의 신부는 신랑의 죽음에 아랑곳하지 않고 평생 정
절을 지킨다. 그렇게 오랜 세월이 지난 뒤 할머니가 된 신부는 어느 날
폐광에서 건져 올린 시신이 황산염에 절어서 부패되지 않은 채 보존된
모습을 보고서 신랑임을 알아본다. 이렇게 재회한 뒤 신부도 곧 죽음을
맞게 된다. 헤벨은 이야기의 흐름에서 신랑 신부가 재회하기까지의 오
랜 세월을 부각할 필요성을 느꼈고, 그래서 다음과 같은 서술로 그 공백
을 채웠다. "그렇게 세월이 흐르는 사이에 포르투갈의 도시 리사본(리스
본)이 지진으로 파괴되었고,[8] 7년전쟁[9]이 지나갔고, 프란츠 1세[10] 황제가
서거했고, 예수회 교단이 폐쇄되었고,[11] 폴란드가 분할 점령되었으며,[12]
마리아 테레지아[13] 여제가 서거했고, 슈트루엔제가 처형되었고,[14] 미국
이 독립했으며, 프랑스와 스페인 연합군이 지브롤터를 공격했으나 점령

---

8 1755년 11월 1일 발생한 리사본 대지진.—옮긴이

9 1756~1763년 프로이센·영국 연합군과 오스트리아·프랑스·러시아 연합군이 슐레지엔 영
   토 분할과 오스트리아 왕위 계승 문제를 둘러싸고 벌인 전쟁.—옮긴이

10 신성로마제국 황제 프란츠 1세(1708~1765, 재위 1745~1765).—옮긴이

11 1775년, 예수회 교단에서 왕족들의 고해성사 내용을 몰래 기록해 둔 사실이 발각되어 오
    스트리아 전역에서 예수회 교단이 폐쇄된 사건.—옮긴이

12 1772년 오스트리아와 프로이센이 폴란드를 분할 점령한 사건.—옮긴이

13 오스트리아의 마리아 테레지아(1717~1780) 여왕.—옮긴이

14 요한 프리드리히 슈트루엔제(Johann Friedrich Struensee, 1737~1772): 덴마크 왕의 주치의를
    지내다가 나중에 귀족 작위를 받고 왕실의 고위직에 올랐으나 정치적 음모에 희생되었
    다.—옮긴이

하지 못했다.[15] 터키 군이 헝가리의 베테라니 요새를 지키던 슈타인 장군을 포위 공격했고,[16] 요제프 황제[17]도 서거했다. 스웨덴의 구스타프 왕이 러시아령 핀란드를 점령했고,[18] 프랑스혁명과 더불어 기나긴 전쟁이 시작되었으며, 레오폴트 2세[19] 황제도 무덤 속으로 갔다. 나폴레옹이 프로이센을 점령했고,[20] 영국군이 코펜하겐을 포격했으며,[21] 그러는 중에도 농부들은 씨를 뿌리고 양식을 거두었다. 방앗간 주인은 곡식을 빻았고, 대장장이는 쇠를 벼렸으며, 광부들은 광맥을 찾아서 지하 갱도를 파내려 갔다. 그런데 1809년 팔룬의 광부들이 (…)" 헤벨이 이 연대기에서 서술하고 있는 것보다 더 깊숙이 이야기꾼이 자신의 이야기를 자연사에 편입시킨 경우는 없을 것이다. 이 이야기를 면밀히 읽어 보면, 마치 낫을 든 저승사자가 정오에 대성당 시계 주위를 돌며 행진하듯 죽음이 규칙적인 주기로 등장하고 있다.

12.

특정한 서사형식에 대한 모든 탐구는 그 서사형식이 역사 서술과 어떤 관계에 있는가 하는 문제와 관련 있다. 더 나아가 역사 서술은 모든 서사형식에 공통된 창조적 무차별성[22]의 지점을 나타내는 것이 아닐까 하

---

15 이베리아반도 남단에 위치한 전략 요충지 지브롤터는 스페인 왕위 계승 전쟁(1701~1714)에 가담한 영국이 1704년부터 점령하고 있었다.—옮긴이

16 1788년 8월 당시 오스트리아·합스부르크 왕국의 영토이던 헝가리를 터키 군이 침공하여 베테라니 요새를 포위 공격한 사건.—옮긴이

17 신성로마제국 황제 요제프 2세(1741~1790, 재위 1765~1790).—옮긴이

18 스웨덴과 러시아의 전쟁(1788~1790)을 기화로 스웨덴이 핀란드를 점령한 사건.—옮긴이

19 신성로마제국 황제 레오폴트 2세(1747~1792, 재위 1790~1792).—옮긴이

20 나폴레옹이 1806~1807년 프로이센과의 전쟁에서 승리한 것을 가리킨다.—옮긴이

21 1807~1808년 영국 함대가 코펜하겐을 포격한 사건.—옮긴이

22 원래 철학자 살로모 프리들랜더(Salomo Friedländer, 1871~1946)가 『창조적 무차별성

는 물음을 던져 볼 수도 있겠다. 만약 그렇다면 역사 서술과 서사형식의 관계는 백색광(白色光)과 분광색(分光色)의 관계에 비견할 수 있다. 그 관계가 어떤 양상으로 나타나든 간에, 서사문학의 형식이 색깔이 없는 순수한 빛깔의 역사 서술로 나타날 때 연대기보다 더 명료한 서사형식은 존재하지 않는다. 그리고 연대기의 폭넓은 스펙트럼 안에서 이야기로 풀어낼 수 있는 다양한 방식은 마치 하나의 동일한 색깔을 다양한 음영으로 표현할 수 있는 것과 마찬가지로 다층적이다. 연대기 작가는 역사를 이야기로 풀어낸다. 헤벨의 이야기에서 완전히 연대기 작가의 어조로 서술되는 대목을 다시 떠올려 보면, 역사를 서술하는 역사가와 역사를 이야기로 풀어내는 연대기 작가의 차이를 어렵지 않게 가늠해 볼 수 있다. 역사가는 자신이 서술하는 사건들을 이런저런 방식으로 설명하는 책무에 충실해야 한다. 다시 말해, 역사가는 어떤 경우에도 역사적 사건을 세상이 돌아가는 이치의 본보기로 제시하는 역할에 만족하지 못한다. 그러나 연대기 작가는 바로 그런 역할을 수행하며, 특히 연대기 서술의 고전적 대변자로서 근대 역사 서술의 선구자 격인 중세 연대기 작가들이 그런 역할에 비중을 두었다. 그들이 서술한 역사 이야기는 신의 구원 섭리를 바탕에 깔고 있는데, 구원의 섭리는 이성으로 규명될 수 없기 때문에 그들은 검증이 가능하도록 설명해야 한다는 부담을 애초부터 떨쳐 냈다. 그 대신에 특정한 사건들을 엄밀하게 연결하는 해석이 아니라 거대하고 불가사의한 세상의 운행에 사건들을 편입시키는 해석이 자리잡게 되었다.

세상의 운행이 구원사의 과정이든 자연사의 과정이든 간에 그 차이는 중요하지 않다. 연대기 작가는 이야기꾼으로 탈바꿈했고, 말하자면 세

(Schöpferische Indifferenz)』(1918)에서 사용한 개념. 형태심리학에서 사물은 서로 간의 차이와 대립을 통해 인지되지만, 프리들랜더는 차이가 분화되기 이전의 '중심'에서만 사물의 총체적 인식이 가능하다고 보았다.—옮긴이

속화된 형태로 그 명맥이 유지되었다. 레스코프는 이러한 사태를 아주 분명히 증언하는 작품을 쓴 작가의 반열에 든다. 그의 작품에는 구원사를 지향하는 연대기 작가의 성향과 세속적 관심을 추구하는 이야기꾼의 성향이 강하게 공존한다. 그래서 그의 많은 이야기에서 그 두 가지 성향을 직조하는 기틀이 세상의 운행을 종교적 세계관으로 파악하는 황금빛을 띠는지 아니면 세속적 세계관으로 파악하는 다채로운 빛깔을 띠는지 거의 분간하기 어렵다. 「알렉산드르의 보석(Alexandrit)」이라는 이야기를 떠올려 보라. 이 작품은 독자를 '좋았던 옛 시절'로 인도해 준다. "그 시절에는 대지의 품속에 있는 돌들이나 하늘 높이 떠 있는 별들이 인간의 운명을 보살펴 주었다. 하지만 오늘날에는 천상에서든 땅속에서든 모든 것이 인간의 자식들의 운명에 무관심해졌으며, 그 어디에서도 그들에게 말을 걸거나 들어주지도 않는다. 새로 발견된 모든 별들도 천궁도(天宮圖)에서 더 이상 아무런 역할도 하지 않으며, 수많은 암석이 새로 발견되어 측정되고 저울로 달아서 낱낱이 비중과 밀도까지 검증되었지만 우리에게 아무것도 알려주지 못하며 하등 도움이 되지 못한다. 하늘의 별들과 대지의 돌들이 인간과 이야기했던 시대는 지나갔다."

레스코프의 이야기가 생생히 보여주는 세상의 운행을 명확하게 규정하기란 불가능해 보인다. 그의 이야기가 제시하는 세상의 운행이 구원사에 의해 규정되는가, 아니면 자연사에 의해 규정되는가? 다만 분명한 것은 세상의 운행이 본래의 역사적 범주 바깥에 자리 잡고 있다는 것이다. 레스코프는 인간이 자연과 공감했다고 믿었던 시대는 지나갔다고 말한다. 프리드리히 실러는 그런 시대를 소박 문학의 시대라 일컬었다. 이야기꾼은 그런 시대에 충실하며, 죽음이 안내자로 또는 최후의 가련한 낙오자로 함께하며 지나가는 피조물의 행렬 앞에 놓인 시계 숫자판에서 눈을 떼지 않는다.

13.

이야기를 듣는 사람이 이야기꾼에게 품는 소박한 신뢰는 이야기 내용을 기억해 두려는 관심에서 비롯되는데, 이 점은 제대로 탐구된 적이 없다. 편견 없는 청취자는 자신이 들은 이야기를 다시 남에게 이야기해 줄 수 있는 가능성을 확보하는 데 열중한다. 기억(Gedächtnis)은 다른 무엇보다 중요한 서사적 능력이다. 오로지 폭넓은 기억 덕분에 서사문학은 한편으로 사물의 운행을 이야기로 담아낼 수 있고, 다른 한편으로 사물을 소멸시키는 죽음의 폭력과 화해할 수 있다. 레스코프가 어느 날 고안해 낸 민중 출신의 소박한 사내에게 러시아 황제야말로 그의 이야기가 펼쳐지는 세계의 수장이므로 가장 방대한 기억의 소유자로 여겨지는 것은 전혀 이상한 일이 아니다. 그 사내는 이렇게 말한다. "우리의 황제와 그분의 가족 모두는 정말 엄청나게 놀라운 기억력을 지녔습니다."

기억의 여신 므네모시네(Mnemosyne)는 고대 그리스인들에게 서사의 뮤즈였다. 므네모시네라는 이름을 따라가다 보면 우리는 세계사적 분기점으로 거슬러 올라가게 된다. 다시 말해, 기억에 힘입어 기록된 역사 서술이 다양한 서사형식들이 분화하기 이전의 창조적 무차별 지점을 나타낸다면(그것은 위대한 산문이 시의 다양한 운율이 분화하기 이전의 창조적 무차별 지점을 나타내는 것과 같다), 가장 오래된 서사형식인 서사시는 그러한 일종의 무차별성에 힘입어 이야기와 소설을 함께 내포하고 있다. 그러고서 수백 년이 지나 소설이 서사시의 품에서 벗어나기 시작했을 때 소설에서 서사의 뮤즈적 요소, 즉 기억(Erinnerung)은 이야기에서와는 전혀 다른 형태로 나타나는 것을 확인할 수 있다.

기억(Erinnerung)은 이야기되는 사건을 대대손손 계속 전수해 주는 전통의 연쇄를 만들어 낸다. 기억은 넓은 의미에서 서사문학의 뮤즈적 요소다. 기억은 서사의 뮤즈가 분화된 여러 형태를 포함한다. 그중에 첫 번째로 이야기꾼이 구현하는 형태가 있다. 이야기꾼의 뮤즈는 모든 이야기가 종국에는 서로 연결되어 그물망을 짜도록 해준다. 위대한 이야기꾼들이 언제나 그랬고, 특히 오리엔트의 이야기꾼들이 곧잘 그랬듯이 하나의 이야기는 다른 이야기에 연결된다. 이야기의 모든 부분에는 이야기의 어느 지점에서든 새로운 이야기를 지어낼 줄 아는 세헤라자데가 살고 있다. 바로 이것이 이야기의 뮤즈인 서사적 기억(Gedächtnis)이다. 역시 좁은 의미의 뮤즈적 원리로 이야기의 뮤즈와 대립하는 것으로 소설의 뮤즈가 등장한다. 소설의 뮤즈는 처음에는, 다시 말해 서사시에서는 이야기의 뮤즈와 구분되지 않은 채 잠복해 있었다. 소설의 뮤즈는 서사시에서는 기껏해야 이따금 어렴풋이 모습을 드러냈을 뿐이다. 예컨대 특히 호메로스 서사시의 시작 부분에서 뮤즈를 불러내는 장엄한 장면이 그러하다. 그런 장면에서 분명히 드러나는 것은 짧은 지속성을 갖는 이야기꾼의 기억과 달리 영속성을 부여하려는 소설가의 기억이다. 소설가의 기억은 한 명의 주인공, 하나의 모험, 하나의 투쟁에 바쳐진다. 그 반면 이야기꾼의 기억은 수많은 분산된 사건에 바쳐진다. 바꿔 말하면 원래 서사시의 기억 속에서 이야기와 소설은 통일되어 있었지만 서사시의 붕괴와 더불어 그러한 근원적 통일성이 갈라진 이후, 이야기의 뮤즈인 기억과 나란히 소설의 뮤즈로 등장한 것이 회상(Eingedenken)이다.

14.

파스칼은 말했다. "아무것도 남기지 못할 만큼 가난하게 죽는 사람은 없다." 분명히 아무런 기억도 남기지 못하고 죽는 사람도 없을 것이다. 다만 기억이 언제나 상속자를 확보하는 것은 아니다. 소설가는 이러한 기억의 유산을 물려받는데, 그러면서 대개는 깊은 멜랑콜리(mélancolie)에 잠긴다. 아널드 베넷(Arnold Bennet, 1867~1931)[23]의 어느 소설에서 죽은 여인에 관해 "그녀는 도대체 진정한 삶이라곤 조금도 살아 보지 못했다"라고 회고하는 것은 멜랑콜리의 이유를 설명해 준다. 소설가가 물려받는 기억의 유산은 대개 삶이 남긴 기억의 총화인 것이다. 이 문제에 관해 가장 중요한 해명의 실마리를 제공한 것은 소설을 '선험적 고향 상실의 형식'이라 통찰했던 루카치(Lukács)다. 루카치에 따르면 소설은 또한 시간을 구성적 원리로 삼는 유일한 형식이다. 『소설의 이론』에는 이렇게 씌어 있다. "선험적 고향과의 유대가 상실될 때 비로소 시간은 구성적 원리가 될 수 있다. (…) 오직 소설에서만 (…) 의미와 삶은 분리되고, 그리하여 본질적인 것과 시간적인 것이 분리된다. 심지어 소설의 내적 줄거리 전체는 다름 아닌 시간의 힘에 맞서는 투쟁이라고까지 할 수 있다. (…) 바로 그 투쟁에서 (…) 희망과 기억이라는 진정한 서사적 시간 체험이 생겨난다. (…) 오직 소설에서만 (…) 대상을 포착하고 변화시키는 창조적 기억이 출현한다. (…) 주체가 기억 속에서 합류하는 지나온 삶의 흐름에서 자기 삶 전체의 통일성을 통찰할 때만 비로소 내면성과 외부 세계의 이원적 괴리는 극복될 수 있다. (…) 그러한 통일성을 파악하는 통찰은 (…) 아직 깨닫지 못한, 따라서 뭐라 형언할 수 없는 삶의 의미를 예지적 직관으로 파악하는 것이다."

실제로 '삶의 의미'는 소설을 움직이는 구심이다. 그런데 삶의 의미에 관해 묻는다는 것은 독자가 소설로 서술된 삶 속에 들어설 때 가장 먼저 느끼는 곤혹감의 표현에 다름 아니다. 소설은 '삶의 의미'를 추구하고, 이야기는 '이야기의 도덕'을 추구한다. 소설과 이야기는 이 각각의 구호로 서로 대립되며, 두 예술형식의 판이한 역사적 좌표는 이 구호에서 읽어 낼 수 있다. 소설의 가장 초기 형태를 보여주는 완벽한 본보기

---

23 영국의 소설가 — 옮긴이

가 『돈키호테』라면 가장 늦게 출현한 본보기는 플로베르의 『감정 교육 (L'Education Sentimentale)』(1869)일 것이다. 『감정 교육』의 마지막 대목에는 몰락하기 시작하는 부르주아 시대에 그 시대 특유의 행동 양태로 드러나는 삶의 의미가 인생이라는 술잔에 찌꺼기처럼 가라앉아 있다. 젊은 시절 단짝 친구였던 프레데리크와 데로리에는 젊은 날의 우정을 회고한다. 이들은 젊은 시절의 짧은 경험담을 떠올린다. 두 사람은 어느 날 남몰래 가슴 졸이며 고향 도시의 유곽을 찾아갔는데, 그들은 아무 짓도 하지 않고 그저 정원에서 꺾어 온 꽃다발을 창녀에게 바쳤을 뿐이다. "두 사람은 3년 후에 그 이야기를 다시 꺼냈다. 이들은 각자 상대방의 회고담을 보완하는 식으로 두서없는 이야기를 주고받았다. 회고담이 끝나자 프레데리크가 말했다. '그건 아마 우리 인생에서 가장 멋진 장면일 거야.' 그러자 데로리에가 말했다. '그래, 네 말이 옳을지도. 아마 우리 인생에서 가장 멋진 장면일 거야.'" 소설은 그런 인식과 더불어 끝나는데, 그런 결말은 이야기보다는 엄밀한 의미에서 소설에 더 어울린다. 실제로 '그다음에는 어떻게 되었지?'라는 질문이 이야기에서는 결코 정당성을 잃지 않는다. 반면에 소설에서는 마지막 페이지에 '끝'이라고 써넣음으로써 이 경계선에서 독자는 삶의 의미를 예감하며 생생히 떠올려 보고 싶은 유혹을 느끼지만, 그 경계선을 한 발짝이라도 넘어선다는 것은 감히 바랄 수 없는 일이다.

15.

이야기를 듣는 사람은 이야기꾼과 함께 있다. 이야기를 책으로 읽는 사람 역시 이야기꾼과 함께 있다는 경험에 동참한다. 그렇지만 소설의 독자는 고독하다. 소설의 독자는 다른 어떤 독자보다도 고독하다(시를 읽는 사람조차 듣는 사람을 위해 시어에 목소리를 부여할 마음가짐이 되어 있는 것이다).

소설의 독자는 이러한 고독에 처하여 소설의 소재를 다른 어떤 독자보다 더 열성적으로 빨아들인다. 소설의 독자는 소설의 소재를 어느 정도는 집어삼킬 기세로 끊임없이 자기 것으로 만들고자 한다. 정말이지 벽난로에서 불길이 장작을 집어삼키듯이 소설의 소재를 파괴하고 집어삼킨다. 소설을 관통하는 긴장은 벽난로에서 불꽃을 지피고 불꽃의 유희에 생기를 불어넣는 통풍과 아주 흡사하다.

소설 독자의 열성적인 관심에 자양분을 제공하는 것은 무미건조한 재료다. 언젠가 모리츠 하이만(Moritz Heimann, 1868~1925)[24]은 이렇게 말한 적이 있다. "서른다섯 살에 죽는 사람은 그의 생의 모든 지점에서 서른다섯에 죽는 사람이다." 이 말은 무슨 뜻일까? 이 문장보다 미심쩍은 말도 없을 것이다. 하지만 그것은 오로지 문장의 시제가 잘못되었기 때문이다. 이 문장이 말하려는 진실은, 서른다섯 살에 죽은 사람은 그의 삶을 돌이켜 보는 회상(Eingedenken)의 시점에서 보면 그의 생의 모든 지점에서 서른다섯에 죽는 사람으로 나타날 거라는 뜻이다. 바꾸어 말하면 실제 삶에서는 아무런 의미도 없는 이 문장이 회상된 삶에서는 논박할 수 없는 것이 된다. 소설 인물의 본질을 이보다 더 적절히 표현하지는 못할 것이다. 이 문장은 소설 인물의 삶의 '의미'가 오로지 죽음의 척도로만 해명될 수 있음을 말해 준다. 그런데 소설의 독자는 '삶의 의미'를 체현한 인간을 정말 찾고 싶어 한다. 따라서 어떤 방식으로든 그런 자의 죽음을 함께 체험할 수 있다는 확신을 미리 갖고 있어야 한다. 궁여지책으로 소설의 결말에 오는 비유적 죽음도 무방하지만 진짜 죽음이 더 낫다. 죽음이, 아주 특정한 죽음이 아주 특정한 곳에서 이미 그들을 기다리고 있다는 것을 어떻게 독자에게 알아차리게 할 것인가? 독자로 하여금 가슴 졸이며 소설의 사건에 몰입하게 하는 자양분은 바로 그런 물음이다.

---

24 독일의 희곡·소설 작가 —옮긴이

소설이 의미심장하게 다가오는 것은 낯선 자의 운명을 보여주면서 풍부한 교훈을 주기 때문이 아니라, 낯선 자의 운명이 그 운명을 지피는 불꽃의 힘으로 정작 우리 자신의 삶에서는 결코 얻을 수 없는 온기를 제공하기 때문이다. 소설이 독자를 끌어당기는 힘은 소설에서 읽어 내는 죽음을 통해 자신의 냉기 어린 삶을 따뜻하게 데울 수 있을 거라는 희망이다.

16.

고리키(Gorkij)는 다음과 같이 쓴 적이 있다. "레스코프야말로 민중 속에 가장 깊숙이 뿌리내린 작가이며 어떤 외래의 영향도 받지 않았다." 위대한 이야기꾼은 언제나 민중 속에, 특히 수공업 계층에 뿌리내리고 있다. 그런데 수공업 계층은 경제와 기술의 발전 정도에 따라 다양한 단계에 있는 농촌과 해양과 도회지의 요소를 두루 포괄하기 때문에 그 수공업 계층의 소중한 경험을 표현하는 개념들 역시 다양한 층위로 분화된다.〔물론 장사꾼들이 이야기의 기술에 기여한 역할도 과소평가할 수 없다. 그들은 이야기의 교훈적 내용을 증대시켰다기보다는 귀 기울여 이야기를 듣는 사람의 주의력을 사로잡을 목록을 더 세련되게 만들었다. 그들은 『천일야화(Alf laylah wa laylah)』에 등장하는 이야기에 깊은 흔적을 남기고 있다.〕 요컨대 인류의 살림살이에서 이야기가 수행하는 기본적인 역할은 차치하더라도 이야기의 수확물을 갈무리하는 개념은 매우 다양하다. 레스코프의 이야기가 종교적인 개념으로 가장 실감나게 파악될 수 있다면, 헤벨의 이야기는 자연스럽게 계몽의 교육적 관점에 부합하는 것으로 보인다. 그리고 포의 이야기에는 비의적(秘儀的) 전통이 등장하며, 키플링(Kipling, 1865~1936)[25]의 이야기는 영국 선원들과 식민지 용병들의 생활공간에서 최후의 피난처를 발견한다.

25　영국 작가 — 옮긴이

이 위대한 이야기꾼들의 공통점은 그들의 경험 속에서 움트는 새싹들이 마치 사다리를 타고 오르내리듯 자유자재로 뻗어 나간다는 것이다. 땅속 깊은 곳까지 닿고 천상의 구름 속으로도 이어지는 그 사다리는 집단적 경험의 이미지다. 모든 개인적 경험에서 가장 깊은 충격으로 다가오는 죽음조차 그 집단적 경험을 저해하는 장애나 제약이 될 수 없다.

"만약 그들이 죽지 않았다면 오늘날에도 살아 있을 거야." 동화는 이렇게 말한다. 동화는 인류의 으뜸가는 조언자였기에 오늘날까지도 어린이들에게 으뜸가는 조언자이며, 여전히 이야기에서 은밀히 생명력을 유지하고 있다. 최초의 진정한 이야기꾼은 동화 이야기꾼인데, 지금도 그렇고 앞으로도 그럴 것이다. 훌륭한 조언이 희귀했던 시절에 동화는 조언을 해줄 줄 알았고, 고난이 극에 달했던 시절에 동화는 가장 가까이에서 도움을 주었다. 그 고난은 신화의 공포가 초래한 고난이다. 동화는 신화가 사람들의 가슴을 짓누른 악몽을 떨쳐 내기 위해 인류가 고안해 낸 최초의 장치들에 관한 지식을 전수해 준다. 동화는 바보의 형상을 통해 어떻게 인류가 신화를 따돌리기 위해 '바보인 척 했는지'를 보여준다. 또한 막내둥이의 형상을 통해 신화의 공포에 떨던 고대로부터 점점 멀어질수록 어떻게 신화의 공포를 극복할 기회가 커졌는지도 보여준다. 두려움이 어떤 것인지 배우기 위해 길을 떠난 자[26]의 형상을 통해 우리가 두려워하는 사물들을 꿰뚫어 볼 수 있다는 것도 보여준다. 영리한 자의 형상을 통해 신화가 던지는 질문이 스핑크스의 질문처럼 단순하다는 것도 보여준다. 그리고 동화에서 아이를 도와주는 동물의 형상을 통해 자연이 신화에 복종할 뿐 아니라 기꺼이 인간을 위해 모여들 줄 안다는 것도 보여준다. 동화가 가르쳐 준 최고의 조언은 신화 세계의 폭력에 기지와 용기로 대응해야 한다는 것이다. 아득한 옛적부터 동화는 인류에게

---

26 『그림 동화』에 나오는 이야기.—옮긴이

그렇게 가르쳐 왔고, 오늘날까지도 어린아이들에게 그렇게 가르친다(동화는 용기를 변증법적으로 나누어서 소극적 용기 즉 기지와 적극적 용기로 구분한다). 동화가 보여주는 해방의 마법은 신화적 방식으로 자연을 작동시키지 않고, 자연이 해방된 인간과 연대한다는 것을 넌지시 일깨워 준다. 성인은 그러한 유대를 아주 드물게, 즉 행복할 때만 느낀다. 하지만 어린아이는 동화 속에서 처음으로 그런 유대를 느끼며, 그렇게 해서 행복감에 잠긴다.

17.

레스코프만큼 동화의 정신과 깊은 친화성을 지닌 작가는 드물다. 그런 친화성은 그리스정교회의 교리에서 추구한 경향과 관련이 있다. 알다시피 그 교리에서는 로마 가톨릭교회가 배척한 오리게네스(Origenes, 185~253)[27]의 사변적 학설이 중요한 역할을 하는데, 모든 영혼이 천국에 들어갈 수 있다고 믿는 아포카타스타시스(Apokatastasis)[28] 설이 그것이다. 레스코프는 오리게네스에게서 깊은 영향을 받았다. 그는 오리게네스의 저작 『신학의 근본원리에 대하여(De principiis)』를 번역할 생각도 했다. 그는 러시아 민간신앙을 받아들여 부활을 그리스도의 변용이라기보다는 (동화에 친숙한 의미에서) 탈마법으로 해석했다. 오리게네스에 대한 그러한 확장 해석이 『마법에 걸린 순례자(Otscharowanny Strannik)』의 밑바탕에 깔려 있다. 이 작품과 레스코프의 다른 많은 이야기는 동화와 전설의 혼합양식을 보여주는데, 그것은 에른스트 블로흐(Ernst Bloch)가 말한 동화와 설화의 혼합양식과 유사한 면이 있다. 블로흐는 우리가 말한 신화

---

27   이집트 출신의 교부철학자.—옮긴이
28   원래 '원상회복'이라는 뜻으로, 지상에서 죄를 지은 자도 내세에서 죄를 사면받아 구원받을 수 있다는 교의. 고대 그리스에서는 병에서 회복되는 치유를 뜻했다.—옮긴이

와 동화의 구분을 그 나름의 방식으로 재구성하는 맥락에서 동화와 설화의 혼합양식을 다루었다. 그는 이렇게 말했다. "동화와 설화의 혼합양식은 신화적 요소를 내포하는데, 그 신화적 요소는 매우 주술적이고 정적(靜的)이며, 그럼에도 인간사의 바깥에 있지 않다. 설화에서 '신화적' 분위기가 짙은 요소는 도가적 인물들, 특히 이를테면 필레몬과 바우키스[29] 같은 도가풍의 노인들이다. 이들은 자연에 귀의하여 평온한 삶을 살면서도 마치 동화에서처럼 마법에서 벗어난 존재들이다. 고트헬프의 작품에서도 도가적 분위기가 훨씬 미약하지만 동화와 설화의 그런 관계를 분명히 보여준다. 그런 관계가 때때로 설화에서 편협한 지역성을 제거하고, 삶의 불빛을 구제한다. 안에서나 밖에서나 조용히 타오르는, 인간 본연의 삶의 불빛." 레스코프의 이야기에 등장하는 인간 군상을 인도해 주는 이들은 '동화에서처럼 마법에서 벗어난' 존재들인데, 바로 의인이 그렇다. 파울린, 피구라, 분장예술가, 곰 조련사, 의협심 강한 파수꾼 등은 모두 세속의 지혜와 선의와 위안을 구현한 인물들로 이야기꾼 주위로 모여든다. 이들에게는 레스코프의 어머니 이미지가 짙게 배여 있음을 엿볼 수 있다. 레스코프는 어머니를 이렇게 묘사했다. "어머니는 마음씨가 너무 고와서 누구에게도 해를 끼치지 못했고, 심지어 동물에게도 그랬다. 어머니는 살아 있는 동물을 끔찍이 어여삐 여겨서 고기와 생선을 먹지 않았다. 그래서 이따금 아버지가 핀잔을 주곤 했다. (…) 그러면 어머니는 이렇게 대답했다. '어린 짐승을 내가 직접 키웠으니 친자식이나 다름없어요. 자식을 잡아먹을 순 없잖아요!' 어머니는 이웃집에 가서도 육식을 하지 않았다. 그러면서 이렇게 말했다. '살아 있을 때 모습을 보았거든요. 그러니 제겐 지인이나 다름없지요. 지인을 잡아먹을

---

29 괴테의 『파우스트』 2부에 등장하는 노부부로 오비드의 『변신 이야기』(8장 611-724행)에서 유래했다.―옮긴이

수는 없잖아요.'"

의인은 피조물의 대변자인 동시에 최고의 피조물이다. 레스코프의 작품에서 의인은 모성적 특성을 지녔으며, 그 모성이 때로는 신화적 차원으로 고양된다(물론 그럼으로써 동화적 순수성이 위협받는다). 「양육자 코틴과 플라토니다(Kotin doilez i platonida)」라는 이야기의 주인공은 그런 특성을 잘 보여준다. 농부인 주인공 피손스키는 양성적 존재다. 그의 어머니는 12년 동안 그를 소녀로 키웠다. 그의 남성적 신체기관과 더불어 여성적 신체기관도 성숙했고, 그의 양성적 특성은 '신적인 인간의 상징'이 되었다.

레스코프는 그런 인간형에서 피조물이 최고의 경지에 도달했고 또한 지상의 세계와 천상의 세계 사이에 가교를 놓았다고 생각했다. 대지의 강인함과 모성애를 겸비한 남성의 형상은 레스코프의 이야기 예술에서 거듭 등장하는데, 그들은 정력이 한창 왕성한 나이에 성욕의 지배에서 벗어나기 때문이다. 그렇다고 이들이 금욕의 이상을 구현하고 있는 것은 아니다. 오히려 그 의인들의 절제는 개인적 특성과는 무관하며, 레스코프가 「므첸스크 출신의 맥베스 부인(Ledi Makbet Mcenskogo uezda)」에서 보여주는 고삐 풀린 정욕과는 정반대의 원초적 인간형을 구현하고 있다. 파울린 같은 인물과 이 상인 부인 사이의 대립 관계에서 피조물 세계의 폭넓은 스펙트럼을 가늠해 볼 수 있다면, 레스코프는 그가 창조한 인물들의 위계에서 그 못지않은 깊이를 측정하고 있다.

18.

의인에서 최고의 정점에 도달하는 피조물 세계의 위계는 아래로는 다양한 단계를 거쳐 가장 밑바닥에 있는 무생물 세계에까지 이른다. 이와 관련하여 어떤 특별한 정황을 유념할 필요가 있다. 레스코프에게 피조물 세계 전체는 인간의 목소리로 울리기보다는 그의 가장 의미심장한 이야기 중 하나의 제목을 따서 '자연의 목소리(golos prirody)'라 일컬음직한 소리로 울린다. 이 이야기는 필립 필리포비치라는 말단 관리를 다루고 있는데, 그는 여행 중인 어느 장군이 그가 사는 소도시를 경유하는 기회에 자기 집에 유숙하도록 손님으로 모시고자 온갖 수단을 동원한다. 그는 뜻을 이룬다. 손님은 관리의 간절한 초대에 처음에는 어리둥절했으나, 시간이 지나자 예전에 이 관리를 만난 적이 있다는 것을 알아차렸다. 그렇지만 누구인지는 도무지 기억나지 않았다. 이상하게도 집주인 역시 자기가 누구인지 알려주려고 하지 않았다. 오히려 집주인은 언젠가는 틀림없이 '자연의 목소리'가 알아듣게 말을 걸어올 거라고 위로하며 존귀한 손님을 하루하루 달랬다. 그렇게 한참이 지나서 마침내 손님은 다시 여행을 떠나기 직전에 '자연의 목소리'를 들을 수 있게 해달라는 집주인의 공식 요청을 들어주지 않을 수 없게 되었다. 그러자 안주인이 어디론가 사라졌다. 부인은 "반들반들하게 닦은 큼직한 놋쇠 사냥나팔을 갖고 돌아와서 그것을 남편에게 건네주었다. 남편이 나팔을 들어 입술에 갖다 대자 그 순간 그는 변신한 것 같았다. 그가 볼을 잔뜩 부풀려 우레처럼 우렁차게 나팔 소리를 울리자 곧바로 장군이 소리쳤다. '잠깐, 이제 알겠어! 여보게, 이 소리를 들으니 금방 자네를 알아보겠네! 자네는 소총부대 소속의 악사였지. 나는 자네의 정직함을 높이 사서 사기꾼 같은 병참 관리를 감시하라고 자네를 파견했더랬지.' 그러자 집주인이 대답했다. '맞습니다, 각하. 제가 직접 지난 일을 상기시켜드리지 않고 자연의 목소리가 말하게 하고 싶었습니다.'" 이 황당한 이야기의 이면에 숨겨진 깊은 뜻을 새겨 보면 레스코프의 웅대한 유머를 제대로 이해할 수 있다.

그러한 유머는 같은 이야기에서 더 은근한 방식으로 작용한다. 이미 밝혀진 대로 이 말단 관리는 장군이 그의 '정직함을 높이 사서 사기꾼

같은 병참 관리를 감시하라고' 파견되었다. 장군이 그를 알아보는 마지막 장면에는 그렇게 묘사되어 있다. 그런데 이야기의 첫 부분에서는 집주인에 관해 이렇게 묘사한다. "그 고장 주민들은 모두 이 사내를 잘 알고 있었고, 그가 높은 관직에 오르지 못했다는 것도 알고 있었다. 그는 국가공무원도 군인도 아니었고, 작은 지방관청 소속의 말단 감독관이었던 것이다. 거기서 그는 다른 생쥐들과 함께 국가 소유의 건빵과 군화 밑창을 야금야금 갉아먹었고 (…) 세월이 흘러 마침내 아담한 목조 주택을 챙겼다." 여기서 보듯이 이 이야기에는 이야기꾼이 사기꾼이나 악당에게 호감을 표하는 전통적인 스타일이 살아 있다. 모든 해학문학은 그 점을 입증해 준다. 그런 스타일은 고급 예술에서도 무시되지 않는다. 헤벨 같은 작가의 이야기에서도 불한당과 사기꾼이 작가의 가장 충실한 동반자로 등장하는 것이다. 그렇지만 헤벨의 이야기에서는 의인이 세상의 무대에서 주역으로 등장한다. 하지만 워낙 아무도 그런 주역을 감당해 내지 못하기 때문에 주역은 여러 인물로 분산된다. 때로는 부랑자가, 때로는 행상 유대인이, 때로는 옹졸한 자가 무대에 올라와 그런 역할을 맡는 것이다. 언제나 그런 역할은 경우마다 다르게 설정되는 임시 배역이며, 도덕적인 즉흥극이다. 헤벨은 구체적 사례로 이야기하는 작가다. 그는 결코 어떤 하나의 원칙을 고수하지 않으며, 또한 그 어떤 원칙도 배척하지 않는다. 어떤 원칙이든 언젠가는 의인의 도구가 될 수도 있기 때문이다. 이런 태도는 레스코프의 태도와 비교해 볼 만하다. 레스코프는 「크로이처 소나타」에서 이렇게 말했다. "나는 나의 사고방식이 추상적 철학이나 숭고한 도덕보다는 실용적인 인생관에 바탕을 두고 있다는 것을 잘 알고 있다. 그에 못지않게 나는 내가 행동하는 대로 생각하는 경향이 있다." 그 밖에도 레스코프의 작품에서 묘사되는 도덕적 파탄이 묵묵히 흐르는 거대한 볼가 강에 비견된다면, 헤벨의 작품에서 이따금 일어나는 도덕적 해프닝은 물레방아를 돌리며 졸졸 흘러내리는 개울

물에 비견될 수 있다. 역사적 소재를 다룬 레스코프의 이야기 중에는 아킬레스의 분노나 하겐[30]의 증오처럼 엄청난 파괴적 격정이 몰아치는 경우가 상당수 있다. 그의 작품에서 세상이 얼마나 끔찍하게 암울해질 수 있고 또 악이 얼마나 당당하게 승리를 거둘 수 있는지를 지켜보노라면 놀라울 따름이다. 확실히 레스코프는 그가 이율배반적 윤리에 가까이 다가섰음을 보여주는 분위기를 익히 알고 있고, 그것은 그가 도스토옙스키와 공유하는 드문 특징 중 하나다. 그의 '옛날 옛적 이야기들'에 등장하는 원초적 본성의 소유자들은 앞뒤 재지 않는 격정을 극한으로 밀어붙인다. 하지만 그런 극한상황이야말로 다름 아닌 신비주의자들에게는 참담한 타락이 성스러움으로 역전될 수 있는 지점으로 나타난다.

19.

레스코프가 피조물의 세계에서 일련의 단계를 따라 아래로 내려갈수록 그의 세계관은 점점 더 분명히 신비주의적 세계관에 접근한다. 이제부터 살펴보겠지만, 그 밖에도 이야기꾼의 본성 자체에 내재하는 어떤 특징이 그 과정에서 분명한 형태로 드러나는데, 여러 징후가 그것을 말해준다. 무생물 세계의 깊은 곳까지 과감히 파고든 이야기꾼은 당연히 아주 드물다. 근대의 이야기 문학 전통에서 활자 문화의 세례를 받지 않은 이름 없는 이야기꾼의 목소리가 레스코프의 「알렉산드르의 보석」이라는 이야기에서처럼 깊은 반향을 울리는 경우도 흔치 않다. 이 이야기의 제재는 금록석(金綠石)이라는 보석이다. 암석은 피조물의 세계에서 가장 아래층에 자리 잡고 있다. 그렇지만 이 작품의 이야기꾼은 암석을 피조물 세계의 가장 높은 층위와 곧장 연결할 줄 안다. 그는 석화된 자연의

---

30 중세 독일의 영웅서사시 『니벨룽겐의 노래(Das Nibelungenlied)』에 등장하는 장수.—옮긴이

무생물이 그 자신이 사는 역사세계를 향해 자연스럽게 예언하는 능력이 있다는 것을 반(半)보석인 금록석에서 알아보는 것이다. 그 역사세계란 알렉산드르 2세의 세계다. 이 작품의 화자는—차라리 화자가 자신의 지식을 대신 말하게 하는 인물이라고 하는 편이 나을 것이다—벤첼이라는 이름의 보석공인데, 그의 보석 가공 기술은 우리가 상상할 수 있는 최고의 경지에 이르렀다. 그는 툴라의 은세공 장인들에 견줄 만하며, 레스코프의 의미에서 이 완벽한 장인은 피조물 왕국의 가장 내밀한 방에도 진입할 능력을 지녔다고 할 수 있다. 그는 경건한 자의 화신이다. 이 보석공은 작품에서 이렇게 묘사된다. "그는 알렉산드라이트 보석으로 만든 반지를 끼고 있는 내 손을 갑자기 움켜잡았다. 알다시피 이 보석은 인공조명을 비추면 붉게 빛나는데, 그는 이렇게 외쳤다. '보세요, 예언을 하는 러시아의 보석이 여기 있군요! 오, 영리한 시베리아의 보석이여! 이 보석은 언제나 희망의 초록빛을 띠고 있다가 저녁때가 되면 온통 핏빛으로 물들지요. 태초부터 원래 그랬는데, 장구한 세월 동안 땅속에 묻혀 있다가 알렉산드르 황제의 성년식 날에 맞추어 비로소 모습을 드러냈답니다. 위대한 마법사가 시베리아에 가서 발견했지요. 정말 마법사가……' 내가 그의 말을 가로막았다. '무슨 뚱딴지같은 소릴 하는 겁니까. 이 보석을 발견한 사람은 마법사가 아니라 노르덴스키욜드라는 학자라고요.' 그러자 벤첼이 큰 소리로 외쳤다. '마법사라니까요! 분명히 말하지만 마법사라고요! 얼마나 신기한 보석인지 보라고요! 이 보석은 초록빛 아침과 핏빛 저녁을 함께 품고 있다니까요! 이것이 바로 운명입니다! 고귀한 알렉산드르 황제의 운명입니다!' 이렇게 말하면서 벤첼 노인은 벽 쪽으로 몸을 돌리더니 머리를 팔꿈치로 괸 채 흐느껴 울기 시작했다."

이 소중한 이야기의 의미는 폴 발레리(Paul Valéry)가 상당히 다른 맥락에서 짤막하게 언급했던 말로 가장 잘 설명될 수 있을 것이다. 그는 어느 예술가를 고찰하는 글에서 이렇게 말했다.

"예술적 관찰은 거의 신비적인 깊이에까지 이를 수 있다. 예술적 관찰의 대상들은 그 이름을 잃고, 어둠과 밝음이 아주 독특한 체계를 형성하여 매우 독특한 질문을 던진다. 그 질문은 그 어떤 학문으로도 답할 수 없고 그 어떤 실천으로도 해명되지 않으며, 천성적으로 자신의 내면에서 그 질문을 파악하고 불러낼 줄 아는 사람이 영혼과 눈과 손의 조화를 통해 만들어 내는 모종의 화음에서만 전적으로 그 존재와 가치를 획득한다."

발레리는 이런 말을 통해 영혼과 눈과 손을 하나의 동일한 맥락 속에 결합하고 있다. 영혼과 눈과 손이 긴밀한 상호작용을 일으켜 하나의 실천을 이루어 낸다. 우리는 이제 이러한 실천을 좀처럼 접하기 어려워졌다. 생산 과정에서 손이 하는 역할은 미약해졌고, 이야기할 때 손이 채워주던 자리는 썰렁해졌다. (감각적인 측면에서 보자면 이야기를 한다는 것은 결코 목소리만의 작업이 아니다. 오히려 진정한 이야기는 손이 거들어주는데, 손은 노동에 숙달된 동작으로 목소리가 이야기하는 것을 수백 가지 방식으로 받쳐 주는 것이다.) 발레리가 말하는 영혼과 눈과 손의 오랜 협동은 이야기하는 기술이 진가를 발휘할 때 우리가 접하게 되는 수공업적 협동이다. 더 나아가 이야기꾼이 이야기의 소재인 인간의 삶과 맺는 관계 자체가 곧 수공업적 관계가 아닐까 하는 질문을 던져 볼 수도 있을 것이다. 이야기꾼의 과제는 타인의 경험이든 자신의 경험이든 간에 경험의 원재료를 견실하고 유익하고 유일무이한 방식으로 가공하는 것이 아닐까? 그러한 가공이 어떤 성질의 것인지는 예컨대 속담을 이야기의 상형문자처럼 파악할 경우 그런 의미의 속담으로 가장 잘 이해될 수 있을 것이다. 속담이란 옛이야기들이 꽃피었던 자리에 남겨진 잔해 같은 것이다. 마치 담쟁이덩굴이 담장을 타고 자라듯이 그 잔해에서 도덕이 모종의 제스처를 취하며 자라나는 것이다.

그렇게 보면 이야기꾼은 교사와 현자의 반열에 든다. 이야기꾼은 조언을 해줄 줄 아는 사람이다. 그의 조언은 속담처럼 제한된 경우에만 들어맞는 게 아니라 현자의 조언처럼 수많은 경우에 두루 통한다. 이야기꾼은 한 사람의 인생 전체를 되짚어 볼 줄 알기 때문이다. (더구나 그 인생은 자신의 경험 못지않게 타인의 경험까지도 포괄한다. 또한 이야기꾼은 전해 들은 이야기도 자신의 고유한 이야기와 적절히 결합시킬 줄 안다.) 이야기꾼의 재능이란 자신의 인생, 자신의 품위, 요컨대 자신의 전 생애를 이야기할 줄 안다는 것이다. 이야기꾼이란 조용히 타오르는 이야기의 불꽃으로 자기 인생의 심지를 남김없이 태울 수 있는 사람이다. 레스코프와 빌헬름 하우프(Wilhelm Hauff, 1802~1827),[31] 에드거 앨런 포(Edgar Allan Poe, 1809~1849)[32]와 로버트 루이스 밸푸어 스티븐슨(Robert Louis Balfour Stevenson, 1850~1894)[33] 같은 이야기꾼 주위에 감도는 비할 데 없는 분위기는 그런 권능에 힘입은 것이다. 이야기꾼은 의인이 자기 자신과 만나게 해주는 그런 인물이다.

---

31 독일 낭만주의 작가. —옮긴이
32 미국 소설가. —옮긴이
33 영국 소설가. —옮긴이

서사정신의 회복을 위하여

발터 벤야민의 「이야기꾼」

임홍배

1. 레스코프와 '구전' 이야기

「이야기꾼—니콜라이 레스코프의 작품에 대한 고찰(Der Erzähler-Betrachtungen zum Werk Nikolai Lesskows)」(1936)은 발터 벤야민이 파리 망명 중에 집필한 글이다. 이 글의 부제로 언급되는 니콜라이 레스코프(1831~1895)의 소설 독일어판 전집이 1924~1927년에 총 아홉 권으로 간행되었고, 벤야민은 이 작품집을 읽고 깊은 인상을 받았노라고 언급한 바 있다. 벤야민이 레스코프의 소설에서 주목한 것은 무엇보다 '구전 이야기'의 전통이다. 레스코프는 러시아문학사에서 옛 구전설화(skaz)의 형식을 계승하여 발전시킨 대표적인 소설가로 알려져 있다. 그리고 1910년대 러시아 소설에서 다시 구술 이야기를 부흥하려는 움직임이 활발해졌는데, 이를 계기로 보리스 미하일로비치 예이헨바움(Boris Mikhailovich Eikhenbaum)은 전통적인 구술 이야기와 현대 소설의 차이를 규명한 바 있다. 예이헨바움에 따르면 "말 자체는 원래 문자와는 아무런 상관이 없으며, 목소리와 표현과 억양에다 제스처와 몸동작까지 곁들여서 들려주는 생생하고 역동적인 활동"이다.[1] 반면

---

1 Eichenbaum, Boris(1918): *Die Illusion des Skaz*, in: Jurij Striedter(Hg.): Texte der russischen

에 '소설'은 '읽기 위한 문자'에 갇혀서 생생한 목소리를 상실하고 있다고 본다. 구술 이야기와 소설의 차이는 예컨대 관객 앞에서 공연되는 드라마와 혼자 책으로 읽는 드라마의 차이에 비견될 법하다.

예이헨바움이 '탁월한 구술 이야기꾼'이라 일컬은 레스코프는 자신의 이야기 스타일에 대해 다음과 같이 말했다.

사람들은 내 작품을 읽으면 재미있다고들 한다. 그것은 우리 모두가, 내 작품의 주인공들과 나 자신이, 각자 자기만의 고유한 목소리를 갖고 있기 때문이다. (…) 수많은 세월 동안 나는 다양한 사회계층에 속해 있는 러시아인들의 어법과 말투를 주의 깊게 들어 왔다. 그들은 내 작품에서 자기만의 방식으로 말하며, 문어체를 구사하지 않는다. 글을 쓰는 작가에게는 주위 사람들의 언어를 습득하는 것이 책에 있는 언어를 습득하는 것보다 어렵다. 그래서 우리 문학에는 문어체가 아니라 생생하게 살아 있는 화법을 구사하는 스타일의 예술가, 이야기의 장인이 드물다.[2]

요컨대 다양한 사회계층에 속해 있는 러시아인들이 제각기 자기만의 고유한 목소리를 낼 수 있도록 생생한 구어체 화법을 구사하는 것이 레스코프 문학의 기본 특징이다. 레스코프는 전통적인 구술 이야기를 대체하는 새로운 소설 형식이 '줄거리의 완결성과 하나의 구심점을 향한 집중을 요구하는 인위적이고 부자연스러운 형식'이라고 비판하면서 의식적으로 구술 이야기를 추구한다. 그 결과 현대 소설과 달리 단일한 '주인공'에 초점을 맞추기보다는 주인공이 겪는 다양한 사건으로 이야기가 끝없이 확장되는 양상을 띤다. 예컨대 레스코프의 대표작 가운데

Formalisten, München 1969, p. 161.

2 Eichenbaum, Boris(1925): *Leskov und die moderne Prosa*, in: Jurij Striedter(Hg.)(1969), p. 222에서 재인용.

하나로 꼽히는 『마법에 걸린 순례자』는 이러한 특징을 고스란히 보여준다.[3] 이야기의 시작 부분은 익명의 등장인물들이 이야기의 주인공을 찾아내어 이야기를 시작하도록 하는 일종의 무대 지시문적 성격을 띤다. 이어서 주인공은 먼저 자신의 신상을 소개하는 것으로 이야기를 시작하여 앞으로 펼쳐질 이야기의 화자 겸 주인공으로서 자신이 겪어 온 파란만장한 인생 역정을 좌중에게 생생하게 들려주는 식으로 이야기가 전개된다. 이 이야기를 읽는 독자는 작품 속에서 화자 옆에 둘러앉아 주인공 겸 화자가 들려주는 이야기를 듣는 작중 인물처럼 이야기꾼의 생생한 목소리를 직접 듣는 듯한 효과를 경험한다. 러시아 구전설화의 맥을 잇는 이런 이야기 스타일을 예이헨바움은 "어휘, 억양, 통사 등의 선택에서 화자의 구어체 화법을 추구하는 이야기 형식"[4]이라 정의한다. 벤야민이 말하는 '이야기'도 바로 그런 구전 이야기를 뜻한다. 과거에 농사꾼이나 수공업자 혹은 먼 곳을 여행하는 선원들이 들려주었던 이야기는 유익한 실용적 지식이나 진기한 경험 그리고 삶의 지혜를 전수하고 공유할 수 있게 해주는 특별한 힘을 발휘한다. 아울러 그런 이야기를 할 줄 아는 능력까지도 함께 전수된다.

2. '이야기'의 종언과 '소설'의 위기

벤야민은 그런 이야기를 할 줄 아는 기술이 종언을 고했다는 진단으로 논의를 시작한다. 이야기하는 능력은 경험을 함께 나눌 줄 아는 능력이므로 이야기하는 기술의 몰락은 곧 경험을 공유할 수 있는 능력의 상실을 뜻한다. 그 주요한 원인은 경험의 가치 자체의 추락이다. 경험의 가

---

3 『매료된 여행자』, 니콜라이 레스코프, 김진욱 옮김, 생각하는 백성, 1999, 7-27쪽 참고.

4 Eichenbaum, Boris(1925): *Leskov und die moderne Prosa*, in: Jurij Striedter(Hg.)(1969), p. 219.

치가 추락한 원인을 벤야민은 다양한 관점에서 진단한다. 신문 등 대중매체의 발달로 날마다 새로운 소식이 쏟아지지만, 대중매체가 전달하는 정보는 금세 새로운 정보에 파묻혀서 시효를 상실하기 때문에 진기한 경험으로 공유될 가치가 없다. 진기한 경험으로 길이 전수되는 '이야기'와 금방 소멸하는 '정보'의 차이는 벤야민이 소개하는 헤로도토스의 이야기에서도 확인할 수 있다. 이집트를 정복한 페르시아 왕 캄비세스는 이집트의 프사메니투스 왕을 능욕하기 위해 그의 딸을 우물물 길러 가는 하녀로 부리지만, 그는 아무런 반응을 보이지 않는다. 그뿐 아니라 프사메니투스는 아들이 처형장으로 끌려가는 것을 보고서도 전혀 동요하지 않는다. 그런데 한때 충신이었던 노인네가 거지 행색으로 나타나자 그는 주먹으로 머리를 치며 비통한 감정을 드러낸다. 이 이야기에 대해 일찍이 몽테뉴는 딸과 아들의 비참한 운명에 프사메니투스의 슬픔이 이미 최고조에 달했기 때문에 약간의 슬픔만 더해져도 감정이 폭발한 것이라고 해석했다. 그런가 하면 벤야민 자신은 극한의 고통은 억눌려 있다가 이완의 순간에 폭발한다고 보았다. 이처럼 프사메니투스 왕의 이야기는 수천 년이 지나도록 새로운 해석을 낳으면서 이야기 본래의 '고갈되지 않는 원천'이 어떤 것인지 여실히 보여준다. 그렇지만 이 이야기를 신문기자가 전달하는 '정보'의 관점에서 파악할 때는 단순히 '프사메니투스 왕은 자기 아들보다 신하를 더 사랑했다'는 일면적 판단을 '뉴스'로 알리는 데 그치고 만다. 왕의 불가사의한 태도는 헤아리기 힘든 운명적 깊이를 상실하고 단 한 줄의 기삿거리로 처리되는 것이다. 대중매체의 발달 외에도 제1차 세계대전 같은 물량전과 대량학살의 충격은 사람들을 외부의 자극에 둔감하게 만들고 실어증에 빠뜨렸으며, 대공황의 인플레이션은 경제적 감각을 마비시켰다. 또한 벤야민은 사물의 아우라를 남기지 않는 천편일률적 '유리·강철 문화'의 지배가 경험을 빈곤하게 만든다고 말한다. 요컨대 공유할 만한 가치가 있는 경험의 소멸은 벤야민이 「기술복제 시대의 예술작품(Das Kunstwerk im Zeitalter seiner technischen Reproduzierbarkeit)」에서 말하는 '아우라의 붕괴'에 상응하는 현상이라 할 수 있다.

이야기의 몰락을 대체하는 것이 소설의 융성이다. 인쇄술의 발달에 힘입어 소설은 급속히 확산되었다. 그렇지만 벤야민은 예이헨바움의 생각과 유사하게 소설이 지혜와 경험을 나누는 이야기 고유의 권능을 상실했다고 본다. 이야기가 입에서 입으로 전해지면서 지혜와 경험을 공유하는 데 기여하는 반면, 소설가는 자신을 고립시키고 소설의 산실은 고독한 개인이다. 알프레트 되블린(Alfred Döblin)의 소설『베를린 알렉산더 광장(Berlin Alexanderplatz)』에 대한 서평 형식으로 쓴「소설의 위기(Krisis des Romans)」(1930)에서, 벤야민은 소설이 바깥세상과 절연된 원자화된 개인을 내면세계의 침묵에 침잠하게 한다고 말했다.[5] 그리고 "책은 실제적 언어들의 죽음입니다"[6]라는 되블린의 말을 인용하여, 이야기와 소설을 '살아 있는 언어'와 '죽은 문자'의 관계로 대비한다.

신문 같은 대중매체의 발달 역시 소설 형식에 결정적 변화를 가져오며, 소설의 위기를 부추기기도 한다. 벤야민이 구체적 사례를 언급하지는 않지만, 소설의 전성기를 구가한 발자크 소설에서도 그 점은 확인된다. 예컨대『잃어버린 환상』에서 파리 입성에 성공한 주인공 뤼시앙은 신문 편집자가 되어 그의 기사 하나가 파리 연극계 유명 여배우들의 출연료를 좌우하는 위력을 실감한다.

뤼시앙은 편집자로 취임했고, 지배인들로부터 인사를 받았으며, 여배우들에게서 추파를 받았다. 그의 기사 한 편이 코랄리에게는 연간 1만 2천 프랑

---

5 「소설의 위기: 알프레트 되블린의『베를린 알렉산더 광장』」,『서사·기억·비평의 자리』(발터 벤야민 선집 9), 발터 벤야민, 최성만 옮김, 길, 2012, 492쪽.
6 같은 곳.

에 짐나즈 극장에, 그리고 플로린에게는 8천 프랑에 파노라마 극장에 계약 되게 해주었다는 것을 여배우들은 모두 알고 있었던 것이다.[7]

또한 파리 사교계의 추문을 폭로하여 유명 정치인을 하루아침에 매장 하는 것도 신문의 위력이다. 이렇듯 세인의 관심을 집중시키며 독자를 집어삼키는 신문 기사는 똑같이 독자의 흥미를 사로잡아야 하는 소설의 잠재적 경쟁자라 할 수 있다. 그런 관점에서 보면 이 소설에서 오로지 출세욕과 인정 투쟁에 눈먼 뤼시앙의 허황된 환상이 한 꺼풀씩 벗겨지 고 바닥없는 나락으로 추락해 가는 아슬아슬한 모험의 곡예와 심리묘사 는 마치 한 치 앞을 내다볼 수 없는, 그러면서도 나의 모든 것을 판돈으 로 걸어야 하는 도박판을 방불케 한다. 그러한 플롯과 심리묘사는 무릇 도박이 중독성을 갖는 만큼은 독자를 사로잡으며 소설의 흥행을 보장할 것이다. 그렇지만 주기적으로 예측 불허의 극적 반전을 삽입해서 독자 의 흥미를 지속시키는 서사형식은 결국 소설의 플롯을 정형화하고, 독 자의 비판적 성찰을 무력화하는 심리묘사의 미궁에 빠질 공산이 크다.[8] 발자크 소설은 사회의 역동적 총체성을 날카롭게 묘파한 위대한 리얼리 즘에도 불구하고 그 이면에 장차 소설이 직면할 위기의 징후가 잠복해 있는 것이다. '심리적 분석'에서 벗어난 이야기야말로 고유한 경험의 전 달과 공유 가능성을 높여 준다는 벤야민의 말은 그런 맥락에서 이해할 필요가 있다.

---

7 『잃어버린 환상』, 오노레 드 발자크, 이철 옮김, 서울대출판부, 1999, 410-411쪽.

8 그런 의미에서 프랑코 모레티(Franco Moretti)는 발자크 소설의 플롯이 일체의 내면적 성찰 을 배제하는 '산문'(provorsa, 뒤돌아보지 않고 '앞으로만 나아가는 이야기'라는 뜻)의 완벽한 승리를 보여준다고 말한다. 『세상의 이치: 유럽 문화 속의 교양소설』, 프랑코 모레티, 성은애 옮김, 문학동네, 2005, 297쪽 참고.

3. 기억과 서사

지금까지 살펴본 대로, 벤야민은 '이야기'와 '소설'을 대비해 이야기가 지혜를 전수하는 자생적 힘을 지닌 반면 소설은 그러한 능력을 상실한 고독한 개인의 산물이라고 본다. 다른 글에서 원래 벤야민 자신이 소설보다는 이야기를 선호한다는 사실을 밝히기도 했는데, 이러한 논조는 퇴락한 서사 양식인 소설을 버리고 다시 이야기로 돌아가자는 주장으로 오해될 소지가 있다. 하지만 구전으로 전승되는 이야기가 몰락하고 책으로 유통되는 소설이 서사 양식의 주류로 부상한 것은 기술 매체와 생산력의 발달에 따른 돌이킬 수 없는 과정이다. 따라서 이야기냐 소설이냐 하는 양자택일의 접근은 벤야민의 논지에서 벗어난다. 그렇긴 하지만 벤야민이 「이야기꾼」(1936)을 쓰기 전에 「소설의 위기」(1930)를 심각하게 고민했고, 그전에 '이야기'의 전통을 되살린 레스코프의 작품에 깊은 인상을 받았다는 전후 맥락을 고려해 보면 단지 이야기와 소설의 발생사적 순서에 얽매이지 않고 이야기의 고유한 전통에서 소설의 위기를 돌파할 계기가 무엇인지를 치열하게 고민했다고 짐작해 볼 수 있다. 이야기와 소설, 그리고 서사 양식의 원형이라 할 서사시에서 공통분모가 되는 '기억'의 문제에서 벤야민은 서사 양식의 발생사적 순서의 불가역성을 극복할 하나의 단서를 모색한 것으로 보인다.

벤야민에 따르면, 기억은 무엇보다 중요한 서사적 능력이다. 고대 서사시는 이야기와 소설의 공통된 원천으로, 나중에 이야기와 소설로 분화되어 나타나는 기억술의 원형을 농축하고 있다. 고대 그리스에서 원래 서사시는 문자 텍스트로 읽힌 것이 아니라 음송자(吟誦者, Rhapsode)가 청중에게 들려주는 형식으로 전달되었다. 서사시의 음송자는 전적으로 기억에 의존하여 이야기를 전달했던 것이다. 그래서 예컨대『오디세이아(Odysseia)』의 서두는 음송자가 뮤즈 여신에게 오디세우스의 모든 행적을 이야기해 달라고 기원하는 일종의 축문으로 시작된다.[9] 그러한 전달 방식은 훗날 이야기가 구연(口演)으로 전달되는 화법을 선취한 것이라 할 수 있다. 다른 한편 기억은 서사시에 유기적 통일성을 부여하는 구성적 원리이자 서사시가 표현하는 세계관의 구성적 원리이기도 하다. 예컨대 페넬로페가 오디세우스를 알아보는 장면,[10] 그리고 오디세우스의 아버지가 아들을 알아보는 장면[11]이 그렇다. 오디세우스가 트로이 전쟁에 출정한 뒤 오랜 세월 구혼자들의 압박에 너무 시달린 나머지 페넬로페는 어떤 남자도 믿지 않으며, 심지어 20년 만에 돌아온 오디세우스를 알아보지도 못한다. 그래서 오디세우스가 진짜인지 시험하기 위해 페넬로페는 신혼 시절에 오디세우스가 지은 신방의 침대를 바깥으로 옮겨서 '손님(오디세우스)'에게 제공하라고 하인에게 명한다. 그러자 오디세우스는 일찍이 '살아 있는 올리브 나무' 거목을 기둥으로 삼아서 신방을 지어 올렸고, 그 나무에 침대를 짜서 맞추었기 때문에 아무리 천하장사라도 그 나무를 뽑지 않고서는 침대를 옮길 수 없노라고 답해서 페넬로페의 '시험'에 합격한다. 대지에 뿌리박은 살아 있는 나무를 기둥 삼아 신방을 지었다는 이 회고담은 두 사람의 사랑이 생사를 알 수 없는 20년의 세월을 거뜬히 뛰어넘어 신방을 꾸릴 때처럼 변함이 없다는 것을 보여주는 절묘한 장치다. 더 나아가 지상의 행복은 그처럼 대지에 뿌리내린 삶을 통해서만 온전히 성취될 수 있다는 것도 일깨워 준다. 오디세우스의 아버지 라에르테스 역시 아들을 알아보지 못하고 아들이라는 증거를 대보라고 말한다. 그러자 오디세우스는 어

9　"말씀해주소서, 무사(뮤즈) 여신이여, 트로이아의 신성한 도시를 파괴한 뒤/많이도 떠돌아
다녔던 임기응변에 능한 그 사나이에 대해서."(『오디세이아』, 호메로스, 천병희 옮김, 단국대학교
출판부, 1996, 1쪽.)

10　『오디세이아』, 353쪽 이하.

11　같은 책, 374쪽 이하.

릴 적에 온갖 묘목을 구해 달라고 아버지를 졸라서 '배나무 열세 그루 와 사과나무 열 그루와 무화과나무 마흔 그루'를 선물로 받았고 또 '포 도나무 쉰 줄'을 주겠다는 약속도 받았노라고 말한다. 여기서 볼 수 있 듯이, 오디세우스는 트로이 전쟁의 영웅, 이타카의 왕위 계승자이기 이 전에 대지에 뿌리내린 소박한 자연인임을 실감할 수 있다. 10년 동안 트로이 전쟁을 치르고 10년 동안 거친 바다와 싸우며 온갖 모험을 겪고 서도 어린 시절의 무구한 기억을 그대로 간직하고 있는 것이다. 벤야 민이 기억을 '서사시의 뮤즈'라고 일컫는 것은 이런 의미로 이해될 수 있다.

서사시가 붕괴한 이후 이야기와 소설에서 기억은 다른 형태로 변주된 다. 이야기에서 기억은 흩어져 있는 이야기의 가닥을 연결해 주고, 하나 의 이야기에서 다른 이야기가 생성되도록 하는 연결 고리로 기능한다. 이것은 한 명의 이야기꾼이 다양한 이야기를 연결해서 들려주는 이야 기 스타일에 해당하는 것으로, 『천일야화』나 『마법에 걸린 순례자』가 그 런 경우에 속한다. 그리고 이야기를 듣는 이가 다시 이야기를 전승하는 형태로 전통의 연쇄를 이루기 때문에 이야기에서 기억은 집단적 경험 의 매체가 된다. 이야기꾼의 기억은 짧은 지속성을 갖는다는 벤야민의 주장은 기억의 그러한 역할과 상충하는 것 같지만, 이야기꾼이 들려주 는 이야기가 대개 상대적 자립성을 갖는 다양한 사건을 아우르기 때문 에 그 각각의 사건은 그 자체로 완결된 짧은 지속성을 갖는다는 뜻이다. 예컨대 『마법에 걸린 순례자』에서 주인공이 말 조련사로 뛰어난 수완을 발휘하는 초반부 이야기,[12] 이어서 뜻하지 않게 떠돌이 수도사를 죽음으 로 몰아넣고 백작 부부를 구하는 이야기,[13] 그리고 중앙아시아의 유목

---

12 『매료된 여행자』, 니콜라이 레스코프, 김진욱 옮김, 생각하는 백성, 1999, 30쪽 이하.
13 같은 책, 34쪽 이하.

부족에 납치되어 노예 신세로 고난을 겪는 이야기[14] 등은 제각기 완결된 별개의 이야기다. 이야기의 이러한 특성은 고대 서사시가 제각기 완결된 수많은 모험담으로 구성되어 있는 것과 유사하며, 그런 점에서 이야기는 서사시의 전통을 계승하는 측면이 있다. 또한 이야기가 분산된 다양한 사건을 다루는 반면 소설이 특정한 '한 명의 주인공'에 집중한다는 것은 이야기가 집단적 경험을 전수하는 반면 소설은 개인의 운명에 초점을 맞춘다는 뜻으로 이해될 수 있다.

벤야민은 이야기에서의 기억이 지속성이 짧은 반면에 소설에서의 기억은 영속성을 추구한다고 말했다. 이것은 삶의 무상함과 무의미에 맞서는 개인의 고독한 투쟁이 기억의 주된 기능이라는 뜻이다. 벤야민이 루카치의 『소설의 이론』을 인용하여 "소설의 내적 줄거리 전체는 다름 아닌 시간의 (파괴적) 힘에 대항하는 투쟁"이며 소설에서의 시간 경험이 "대상을 꿰뚫고 변화시키는 창조적 기억"으로 나타난다고 하는 것은 그런 의미에서다. 그러한 '창조적 기억'이 소설에서 어떤 유형으로 나타나는지를 일의적으로 정의할 수는 없을 것이다. 다만 "창조적 기억"의 대립항에 해당하는 기계적 시간 경험을 벤야민은 「역사의 개념에 대하여(Über den Begriff der Geschichte)」(1940)에서 "균질적이고 공허한 시간(homogene, leere Zeit)"이라 비판했다.[15] 그것은 역사적 경험의 순차적 경과와 누적이 곧 역사의 진보로 이어질 거라는 역사주의의 환상에 대한 비판이다. 과거에 있었던 일을 그대로 복원하는 것을 역사 서술의 과제로 삼았던 레오폴트 폰 랑케(Leopold von Ranke)의 역사주의는 과거와 현재의 관계를 균질적 시간의 순차적 흐름과 기계적 인과율의 틀에 가두는 결정론적 사고의 소산이기도 하다. 그 반면 벤야민이 추구하는 진정

---

14 같은 책, 84쪽 이하.

15 『역사의 개념에 대하여 외』(발터 벤야민 선집 5), 발터 벤야민, 최성만 옮김, 길, 2008, 344쪽.

한 역사적 상상력은 "지나간 과거와 지금 현재가 섬광처럼 하나의 성좌(Konstellation)로 결합되는 변증법적 이미지"로 형성된다.[16] 예컨대 벤야민이 자신의 유년 시절에 대한 회상의 기록을 삶의 순차적 흐름에 따른 전기적 서술이 아니라 특정한 "공간과 순간들과 불연속적인 것"의 서술이라 일컫고, "여기서 몇 달 몇 년에 걸친 시간대가 서술된다 하더라도 그것은 회상(Eingedenken)의 순간에 떠오르는 형태로 나타난다"[17]라고 하는 의미에서 창조적 기억은 "섬광처럼 떠오르는 이미지"로 포착되는 것이다. "회상의 순간에 떠오르는" 이미지가 어떤 것인지 보여주는 구체적 사례로 역시 벤야민이 자신의 유년 시절 흑백사진을 바라보면서 19세기를 떠올리는 다음 대목을 들 수 있다.

나는 마치 연체동물이 조개껍데기 안에 살고 있듯이 19세기 안에 거주하고 있었다. 이제 19세기는 마치 텅 빈 조개껍데기처럼 내 앞에 놓여 있다. 나는 그것을 귀에 대본다.

무엇이 들리는가? 거기서 들려오는 것은 전쟁터 총소리의 소음이나 오펜바흐 무도곡의 소리도, 공장 사이렌 소리도 아니고, 오후가 되면 증권거래소에서 울리는 고함소리도, 보도블록 위를 달리는 말발굽 소리나 수비대의 행진곡도 아니다. 내 귀에 들리는 것은 무연탄이 양철통에서 철제 난로 속으로 떨어지면서 잠깐 동안 내는 '칙' 하는 소리이고, 가스 심지의 불꽃이 불붙을 때 나는 치직거리는 소리이며, 거리를 지나가는 마차의 놋쇠바퀴 테 위에서 램프 갓이 내는 삐걱거리는 소리다.[18]

16　Benjamin, Walter(1991): Passagenwerk. Gesammelte Schriften, Bd. V.1, Frankfurt a. M., p. 576.

17　『베를린 연대기. 1900년경 베를린의 유년시절』(발터 벤야민 선집 3), 발터 벤야민, 윤미애 옮김, 길, 2007, 194쪽. 번역은 인용자가 수정했다.

18　같은 책, 82-83쪽.

벤야민이 떠올리는 청각 이미지는 역사 교과서를 통해 학습된 지식의 재현이 아니라 오히려 그런 기성 지식에 파묻혀 망각된 경험이며, 무심코 스쳐 지나간 사물의 구체적 질감으로 화자의 몸에 전해지는 생생한 기억이다. 그것은 나의 의지가 작동하기도 전에 무의식적으로 떠오르는 기억이라는 점에서 벤야민이 프루스트 소설의 기억술과 관련해 언급하는 '무의지적 기억'과 통한다고 할 수 있다.[19]

벤야민이 기억을 '과거를 탐사하기 위한 매체'에 견주고 있는 다음 대목도 음미해 볼 가치가 있다.

기억은 과거를 탐사하기 위한 도구가 아니라 매체라는 것을 언어는 분명히 깨우쳐 주었다. 대지의 왕국이 고대 도시들이 파묻혀 있는 저장 매체이듯 기억은 체험된 것을 저장하는 매체다. 파묻혀 있는 자신의 과거에 접근하고자 하는 사람은 땅을 파는 사람과 같은 태도를 취해야 한다. 무엇보다 그는 하나의 동일한 사태를 거듭해서 천착하길 주저하지 말아야 한다. 마치 땅을 파헤치듯 파헤치고, 대지의 왕국을 갈아엎듯이 갈아엎어야 한다. 왜냐하면 '사태'란 지극히 주도면밀한 탐사를 통해서만 발굴할 만한 가치가 있는 결과를 제공하는 지층들에 다름 아니기 때문이다. 말하자면 기억의 상(像, 이미지)들은 과거의 모든 맥락으로부터 떨어져 나와서 우리의 사후적 통찰을 담은 가식 없는 저장고 안에—마치 수집가의 진열실에 있는 토르소처럼—귀중품으로 놓여 있는 것이다. 발굴을 할 때는 계획에 따라 진행하는 것이 확실히 유익하다. 그렇지만 캄캄한 땅 속으로 신중하게 더듬으면서 삽질을 하는 것도 불가결하다. 그리고 발굴된 것을 재고 조사만 하고 오늘날의 토양에서 옛것을 보관할 장소와 위치를 지정하지 않는 사

19 「프루스트의 이미지」, 『서사·기억·비평의 자리』(발터 벤야민 선집 9), 최성만 옮김, 길, 2012, 236쪽 이하.

람은 터무니없이 자기기만을 하는 것이다. 따라서 진정한 회상은 보고하는 방식으로 진행되기보다는 탐구자가 기억을 활용할 수 있는 장소를 지정하는 방식으로 진행된다. 따라서 진정한 회상은 회상하는 사람에 관한 상(像)까지도 엄격한 의미에서 서사적으로, 음송(吟誦) 시인의 서사처럼 제시해야 한다. 그것은 마치 훌륭한 고고학적 보고서가 발굴품이 나온 지층만 보여주는 것이 아니라 무엇보다 그 이전에 뚫어야 했던 다른 지층들까지도 보여주어야 하는 것과 같은 이치라 하겠다.[20]

기억은 단지 과거에 있었던 사실의 복원이나 연대기적 재현을 위한 수단이 아니라 역사를 "과거의 모든 맥락에서 떨어져 나와서 우리의 사후적 통찰을 담아" 재구성하는 매체다. 매체의 특성에 따라 "기억의 상"은 다르게 구성되고, 우리가 기억의 상을 인지하는 방식과 기억 내용의 형질까지도 달라지게 마련이다. 그렇지만 기억의 이미지는 회상하는 주체의 현재적 관점이나 의도('계획')에 의해 자의적으로 만들어지는 것이 아니라, 회상하는 주체의 상(像)까지도 엄밀하게 "서사적으로 제시해야" 한다. 그렇게 해서 "지나간 과거를 개인사적으로 돌이킬 수 없는 우연의 소산으로 보는 것이 아니라, 사회적으로 돌이킬 수 없는 필연적인 것으로 통찰"[21]할 것을 요구한다.

4. 자연사와 역사

벤야민이 「이야기꾼」에서 구술 이야기의 몰락과 소설의 위기에 직면하여 유력한 대안적 서사의 가능성으로 탐색하는 것은 자연사

---

20 『베를린 연대기. 1900년경 베를린의 유년시절』(발터 벤야민 선집 3), 발터 벤야민, 윤미애 옮김, 길, 2007, 191쪽. 번역은 인용자가 수정했다.

21 같은 책, 33쪽.

(Naturgeschichte)의 문제의식이다. 「이야기꾼」에서는 헤벨의 단편 「뜻밖의 재회」를 길게 인용하면서 "자연사에 가장 깊숙이 편입된 작품"이라 평했지만, 정작 자연사 개념을 별도로 설명하지는 않았기 때문에 먼저 벤야민이 어떤 맥락에서 자연사 개념을 사용하는지 살펴볼 필요가 있다. 「이야기꾼」과 마찬가지로 파리 망명 중에 집필한 미완성 유작『아케이드 프로젝트(Passagen-Werk)』에서 벤야민은 파리의 대도시 자본주의 문화를 자연의 역사에 유추하여 분석하는 독특한 방법을 취했다. 벤야민이 역사와 자연사를 교차하는 방법은 간단히 말하면 자연 사물을 역사를 나타내는 기호로 불러내는 방식이다.[22] 이를테면 자본주의 유행 상품의 전시장인 아케이드는 다음과 같이 묘사된다.

중신세나 시신세의 거대한 괴물들의 흔적이 각각의 지질시대의 바위에 각인되듯이, 오늘날 대도시의 아케이드는 멸종한 괴물의 화석을 간직한 동굴 같다. 자본주의 시대 중 제국주의 이전 시대의 소비자들, 유럽 최후의 공룡.[23]

아케이드는 처음 건설된 19세기 중후반에만 해도 첨단 유행 상품의 집결장이었지만 20세기에 이르면 대형 백화점에 밀려 몰락하기 때문에 한때 아케이드로 몰려들었던 초기 자본주의 소비자들은 "최후의 공룡"에 비견되는 것이다. 이와 마찬가지로 상품의 소비는 식물을 번성하게 하는 "수액"으로 묘사되고, 홍수처럼 쏟아지는 광고 문구는 "고대 이집트의 역병"에 비유되며, 아케이드 상점 간판은 "포획된 동물의 서식지 대신 원산지와 품종이 씌어 있는 동물원 표지판"이라 일컬어진다. 요컨

22 『발터 벤야민과 아케이드 프로젝트』, 수전 벅 모스, 김정아 옮김, 문학동네, 2004 제2부 참고.
23 같은 책, 94쪽에서 재인용. 번역은 인용자가 수정했다.

대 역사를 자연사에 투과시켜 관찰하는 이러한 접근 방식은 자본주의가 양산하는 소외되고 물화된 죽은 문화를 번성하다 못해 부패하여 해체되는 생물의 이미지로 포착하는 것이다. 그런가 하면 혁명의 기운이 꿈틀 대는 19세기 후반의 파리는 베수비오 화산의 마그마에 비견되기도 한다. 그런 점에서 벤야민의 자연사는 역사의 몰락과 폐허뿐 아니라 역동적 고양과 활력의 이미지도 동시에 내포한다. 이러한 자연사적 사유의 연원에 대해 벤야민은 괴테의 자연관을 역사에 적용한 것이라 밝힌 바 있는데, 특히 괴테의 근원현상(Urphänomen) 개념에서 영감을 얻은 것으로 보인다.[24] 괴테는 모든 생명체에 공통으로 작용하는 근원현상의 원리를 다음과 같이 서술한 바 있다.

생동하는 통일성의 근본 특성: 서로 분리되고 결합하며, 보편적인 것으로 고양되었다가 특수한 것에 머무르며, 모습을 바꾸고 자신을 특화시키며, 생동하는 존재가 무수한 조건 여하에 따라 어떻게 모습을 드러낼지라도 나타 났다가 사라지며, 응고되었다가 용해되며, 굳어졌다가 흘러가며, 확장되었 다가 수축한다. 그런데 이 모든 작용은 동시적으로 진행되기 때문에 이 모든 현상과 각각의 현상은 동시에 나타날 수 있다. 생성과 소멸, 창조와 파괴, 탄생과 죽음, 기쁨과 슬픔, 이 모든 것이 뒤엉켜서 작용한다. 똑같은 의지와 똑같은 정도로. 그래서 모름지기 특수한 것이 생겨나면 그것은 언제 나 보편적인 것의 형상이자 비유로 나타나는 것이다.[25]

여기서 벤야민의 자연사적 사유와 연결되는 핵심 논지는 분리와 결합, 생성과 소멸, 창조와 파괴, 탄생과 죽음이 모든 유기적 생명체에 동

24　같은 책, 101쪽 이하.

25　Goethe, Johann Wolfgang von(1989): Schriften zur Naturwissenschaft, Hamburger Ausgabe, Bd. 12, München, 367 f.

시적으로 작용한다는 것이다. 그리고 이 모든 과정은 생동하는 통일성을 이루기 때문에 미세하고 특수한 현상에서도 항상 보편적인 원리가 작동한다. 자연의 이러한 운행 원리를 인간사와 역사의 차원에 투영해 보면, 발전과 상승의 국면에도 쇠락의 위기가 동시에 내포되어 있으며 몰락과 하강의 국면에도 신생과 고양의 기운이 동시에 작용한다.

자연사와 역사의 그러한 교차를 선명히 보여주는 작품이 바로 헤벨의 「뜻밖의 재회」다. 이 작품은 세 부분으로 구성되어 있는데, 서두에서는 교회에서 하느님의 축복을 받고 결혼식을 앞둔 예비 신랑이 예기치 않은 광산 사고로 매몰되어 죽음을 맞는다. 죽음은 하느님의 축복도 다시 거두어 갈 만큼 필연적 숙명으로 묘사된다. 이어서 홀로 남겨진 신부가 오직 죽은 신랑만을 생각하며 50년 세월을 보내는 사이에 벌어진 세계사적 격변이 7년전쟁에서부터 프랑스대혁명에 이르기까지 차례로 제시된다. 그 첫머리에 리사본 대지진이 언급됨으로써 세계사의 격동은 대지진의 천재지변에 견주어진다. 역사적 격변의 묘사가 끝나는 지점은 다시 농부들의 일상과 연결된다. "영국군이 코펜하겐을 포격했으며, 그러는 중에도 농부들은 씨를 뿌리고 양식을 거두었다. 방앗간 주인은 곡식을 빻았고, 대장장이는 쇠를 벼렸으며, 광부들은 광맥을 찾아서 지하 갱도를 파내려 갔다." 이처럼 세계사의 격변은 농부들이 농사를 짓는 자연의 리듬과 연결되어 사멸과 신생의 리듬을 타는 세계사의 도도한 흐름도 자연사의 운행에 편입되는 것이다. 이로써 농부들이 씨를 뿌리고 곡식을 거두는 소소한 일상도 세계사의 부침에 비해 결코 가볍다 할 수 없는 고유한 무게를 얻게 된다. 벤야민이 헤벨에 관한 다른 글에서 그의 작품이 세상이 돌아가는 이치를 비유로 서술하여 '소우주'와 '대우주'의 깊은 상관성을 묘파한다고 언급한 것은 그런 의미로 이해될 수 있다.[26]

---

26 「요한 페터 헤벨」, 『서사·기억·비평의 자리』(발터 벤야민 선집9), 발터 벤야민, 최성만 옮김,

「이야기꾼」에서 자연사적 문제의식은 다양한 형태로 변주된다. 레스코프의 단편 「자연의 목소리」는 타성에 젖은 관습의 세계에서는 불가능한 '자연의 목소리'가 진정한 인간적 소통을 가능하게 해주는 새로운 언어의 가능성으로 다루어진다. 「알렉산드르의 보석」은 생명 없는 돌멩이조차 부침하는 인간 운명과 연결되어 있음을 보여준다. 그것은 물론—"땅속 깊은 품 안에 있는 돌들과 하늘 높이 떠 있는 행성들이 인간의 운명을 돌봐주었던"—"좋았던 옛 시절"의 이야기다. 그런 옛이야기의 표본적 사례로 괴테의 자서전 『시와 진실(Aus meinem Leben, Dichtung und Wahrheit)』의 첫 부분을 떠올릴 수 있다.

1749년 8월 28일 정오 12시를 치는 종소리와 함께 나는 마인 강변의 프랑크푸르트에서 태어났다. 별자리는 상서로웠다. 태양은 처녀자리에서 그날의 절정에 이르렀다. 목성과 금성은 태양에게 다정한 눈길을 보냈고, 수성도 싫은 기색이 아니었으며, 토성과 화성은 초연했다. 다만 방금 만월이 된 보름달은 지구를 사이에 두고 태양과 일직선이 되어 대일조(對日照)의 힘을 한껏 발휘했다. 그래서 달이 나의 탄생을 가로막는 바람에 그 시각이 지나기 전에는 내가 태어날 수 없었던 것이다.

훗날 점성술사들이 아주 높이 평가했던 이 좋은 측면들이 아마도 내가 목숨을 보존한 원인이었을지 모른다. 왜냐하면 산파가 서툴렀던 탓에 나는 거의 사산아로 태어났는데, 여러모로 애쓴 끝에야 겨우 세상의 빛을 볼 수 있었기 때문이다. 우리 식구들을 큰 곤경에 빠뜨렸던 이런 상황이 그래도 시민들에게는 큰 득이 되었다. 시장이셨던 우리 할아버지 요한 볼프강 텍스토어가 이 일을 계기로 조산사를 고용하게 하고, 산파 교육을 도입하거나 혁신하게 했던 것이다. 이는 나중에 태어난 많은 사람들에게 혜택을 주었을

길, 2012, 191쪽.

것이다.[27]

천체의 운행과 자신의 출생 그리고 동시대인들의 삶 사이에 어떤 운명적 연관성을 발견하려는 이러한 서술 방식은 당연히 점성술에 대한 믿음을 설파하는 것이 아니라 프랑스대혁명을 겪고 세계사적 격동의 시대를 살았던 괴테가 자신의 삶이 세상의 운행과 어떻게 맞물려 있는지를 탐색하겠다는 자서전의 화두를 던지는 것이다. 벤야민이 결코 같은 형태로는 반복될 수 없을 그런 옛이야기의 매력을 거듭 강조하는 것도 그런 이유에서일 것이다. 세상의 운행이 본래적인 역사적 범주의 바깥에 있다는 벤야민의 주장은 미시세계와 거시세계의 연관성을 천착하려는 발상과는 상충하는 것처럼 보인다. 하지만 벤야민이 말하려는 진의는 정형화된 역사 인식의 틀을 깰 때만 비로소 세상의 진상이 보일 수 있다는 것이다. 이야기가 역사 서술과 차별화되는 고유한 힘을 발휘하는 것도 기성의 관념으로는 해명될 수 없는 사태를 서사화하는 데서 연유하는 것이다.

벤야민이 빼어난 이야기의 요건으로 "이야기의 모든 부분에는 이야기의 어느 지점에서든 새로운 이야기를 지어낼 줄 아는 세헤라자데가 살고 있다"라고 하는 것도 자연사적 문제의식과 연결된다. 비유하자면 식물의 생장점에서 싹이 트고 줄기가 자라나고 가지를 뻗고 잎을 내고 꽃을 피우듯이 훌륭한 이야기에는 살아 있는 유기체처럼 그런 자가생성의 원리가 작동한다. 그리하여 이야기의 각 부분은 다른 모든 부분들과 그물처럼 연결되어 유기적 통일성을 이룬다. 이것은 옛이야기의 미덕일 뿐 아니라 오늘날 소설가가 풀어야 할 가장 어려운 숙제이기도 하다.

---

27 『시와 진실』, 요한 볼프강 폰 괴테, 전영애·최민숙 옮김, 민음사, 2009, 15-16쪽. 번역은 인용자가 수정했다.

더 나아가 벤야민은 개념적 사유로 해명하기 어려운 삶의 실상을 어떻게 서사화할 수 있는가에 깊은 관심을 가졌다. 「이야기꾼」에서 언급하는 아포카타스타시스의 교의도 그런 경우다. 어원상 '만물의 원상회복'을 뜻하는 아포카타스타시스는 지상에서 죄를 지은 사람도 사후에는 신의 자비로 죄를 사면받고 구원받을 수 있다고 믿는 초기 기독교의 교리다. 그런 믿음은 레스코프의 『마법에 걸린 순례자』에 깊은 영향을 주었다. 예컨대 주인공 푸랴긴은 출생의 순간부터 한평생 내내 뜻하지 않게 죄를 짓는다. 그의 어머니는 오랫동안 자식을 낳지 못해 매일 하느님께 기도한 끝에 겨우 아들을 얻지만 아들을 낳는 순간에 죽음을 맞는데, 갓난아이의 머리가 유난히 컸기 때문이다. 어머니의 소원으로 태어났지만 어머니의 소원이 이루어지는 순간 어머니를 죽게 하는 업보를 짊어진 것이다. 주인공이 방랑 중에 만난 집시 처녀 그루샤와의 기구한 인연도 그렇다. 그루샤는 빼어난 미모로 주인공이 잠시 모시는 공작의 부인이 되지만 금세 공작으로부터 버림받고 깊은 숲속 오두막에 유폐되는 신세가 되는데, 가까스로 탈출한 그루샤는 자신의 미모가 비싼 몸값으로 팔렸다가 금방 버려지는 신세에 절망하여 주인공에게 칼로 찔러 죽여 달라고 애원한다. 하지만 주인공은 차마 찌르지는 못하고 엉겁결에 그루샤를 절벽 아래로 밀어 떨어뜨려 죽게 한다. 그로 인해 말 못할 죄책감에 시달리는 주인공에게 그루샤는 수호천사로 나타나 전투에서 그를 구해 주기도 한다. 『마법에 걸린 순례자』에서 다양한 형태로 변주되는 이런 이야기들은 아포카타스타시스 교의와 관련되기 때문에 주목을 요하는 것이 아니라, 일반적인 선악의 규범이나 가치의 위계로는 설명될 수 없는 삶의 비의(秘義)를 부단히 일깨우기 때문에 경이로운 서사로 다가오는 것이다.

5. 현대적 서사와 경험의 활성화

벤야민이 「이야기꾼」에서 말하려는 핵심 논지는 현대적 삶의 조건이 강요하는 경험의 빈곤을 타파하고 이야기가 삶을 통찰하고 형성하는 힘을 회복해야 한다는 것이다. 「이야기꾼」에서는 그런 맥락에서 삶의 지혜를 공유할 수 있게 해주었던 옛이야기를 선호하는 경향을 보인다. 그렇지만 벤야민은 그런 옛이야기의 전통을 깨고 새로운 글쓰기를 시도하는 현대적 서사도 적극적으로 평가하는데, 이것은 사물화되고 획일화된 경험의 빈곤을 타파하려는 일관된 문제의식의 확장이라 할 수 있다. 카프카에 대한 벤야민의 해석도 그런 경우에 속한다. 벤야민은 "카프카에게 중요했던 사실들의 세계는 비가시적인 것"이라는 막스 브로트(Max Brod)의 말을 인용하면서 그 비가시적 세계를 표현하는 수단이 "제스처"라고 말한다.

> 카프카의 소품과 이야기들 중 상당수는 이를테면 오클라호마 노천극장 위에서 벌어지는 연기 동작들로 옮겨 놓고 보아야만 비로소 그 전모가 분명히 드러나게 된다. 그때야 비로소 카프카의 전 작품이 **제스처들의 암호**로 구성되어 있다는 사실을 분명히 인식하게 될 것이다. 그런데 **이 제스처**들은 처음부터 작가에게 어떤 확실한 상징적 의미를 지녔던 것이 아니라, 오히려 작가가 **이 제스처들로부터 끊임없이 연관관계를 변화시키고 실험적인 배치를 하면서 의미를 찾아내려고 노력했다.** (…) 각각의 제스처는 모두 하나의 사건, 아니 일종의 드라마 자체라고 할 수 있다.[28]

카프카가 "제스처들의 암호"로 이야기를 서술하는 이유는 이미 명료

---

28 『발터 벤야민의 문예이론』, 발터 벤야민, 반성완 옮김, 민음사, 1983, 72-73쪽. 인용자 강조. 번역은 인용자가 수정했다.

한 의미가 부여된 기성 언어는 곧 억압적 시스템을 작동하는 언어, 권력의 언어이자 소외된 언어, 죽은 언어이기 때문일 것이다. 그렇게 보면 카프카가 구사하는 "제스처들의 암호"는 억압적 시스템에서 소통되는 언어의 바깥을 사유하려는 글쓰기의 결과라 할 수 있다. 그래서 제스처의 암호에 "확실한 상징적 의미"를 부여하지 않고 제스처들의 연관관계를 부단히 변화시키고 "실험적인 배치"를 하면서 새로운 의미를 탐색하는 것이다. 그러한 제스처가 일종의 드라마를 연출하는 기능은 카프카 문학의 디테일에 다층적 의미를 부여한다. 예컨대 단편 「선고」에는 주인공 그레고르의 아버지가 아들의 약혼을 못마땅해 하면서 "그 더러운 년이 치마를 들어 올렸기 때문에" 아들이 결혼을 결심한 거라고 아들의 약혼녀를 원색적으로 비난하는 장면이 나온다.[29] 아버지는 아들의 약혼녀가 치마를 들어 올리는 장면을 흉내 내어 자기 속옷을 추켜올리는데, 그때 아버지의 허벅지에서 전쟁 당시 입은 상처의 흉터가 드러난다. 이 장면은 부자 관계와 관련하여 엇갈리는 상상을 불러일으킨다. 아버지 입장에서 보면 아들의 결혼은 곧 아들이 어엿한 가장으로 독립하여 아버지의 권위에서 벗어나려는 시도이므로 그것이 괘씸해서 아들의 약혼녀를 욕하는 것이라 할 수 있다. 그런데 아버지가 무심코 드러낸 전쟁 상처의 흉터는 젊은 시절 참전 용사의 기백이 아직 살아 있음을 은연중에 과시하는 것일 수도 있고, 반대로 이제는 가부장의 권위를 행사하기에는 너무 노쇠했다는 징표로 읽힐 수도 있다. 이 상반된 해석에 따라 작품 전체는 상이한 드라마로 펼쳐질 수 있는 또 다른 디테일로 겹겹이 포개져 있다. 그렇지만 어느 한쪽의 해석에 전적으로 타당성을 부여할 수 없는 팽팽한 긴장이 작품 전체를 관통한다. 카프카 문학에서 부자 갈등이 곧 권력을 둘러싼 인정 투쟁의 압축적 모티프라면 카프카 문학의 '제

---

29 『변신·선고 외』, 프란츠 카프카, 김태환 옮김, 을유문화사, 2015, 20쪽.

스처'는 권력의 생리를 여실히 드러내는 '암호'라 할 수 있다.

벤야민이 되블린의 『베를린 알렉산더 광장』에서 몽타주 양식에 주목하는 것도 인지적 경험을 활성화하는 새로운 서사적 가능성을 발견했기 때문이다.

> 이 책의 양식 원리는 몽타주이다. 소시민적인 인쇄물, 추문, 사건 사고, 1928년의 센세이션, 광고들이 이 텍스트 속으로 쏟아져 내린다. 몽타주가 이 '소설'을 폭파하고 있는데, 이 폭파는 구성의 측면에서도 일어나고 양식의 측면에서도 일어나며, 새로운 가능성들, 매우 서사적인 가능성들을 열어준다.[30]

사물의 친숙한 질서를 해체하고 교란하는 몽타주 기법은 전통적인 미의 관념인 조화와 유기적 통일성이 현실의 모순을 은폐하는 거짓된 가상임을 폭로하는 충격 효과를 유발한다. 또한 이질적 소재들을 파편적으로 조합하는 몽타주는 벤야민이 「이야기꾼」에서 경험의 가치를 무화하는 원인이라 비판했던 대중매체의 보도와 정보의 홍수를 걸러 내어 현실의 생생한 단면을 즉물적으로 경험하게 하는 효과도 얻는다. 『베를린 알렉산더 광장』에서는 시간 역시 몽타주를 통해 재구성된다. 예컨대 전차를 타고 가는 어떤 소년이 장차 결혼해서 일곱 자녀의 아버지가 될 것이며, 건설회사에서 일하다가 쉰다섯 살에 사망할 것이고, 신문에는 이러저러한 부고가 실릴 거라고 이야기의 서술시간(Erzählzeit) 층위에서는 확인할 수 없는 미래 시점의 이야기가 앞당겨서 서술된다.[31] 그런가 하면 다층 연립주택의 각 층에 사는 주민들이 '같은 시각'에 어떤 일을

---

30 「소설의 위기: 알프레트 되블린의 『베를린 알렉산더 광장』」, 『서사·기억·비평의 자리』(발터 벤야민 선집 9), 발터 벤야민, 최성만 옮김, 길, 2012, 495쪽.

31 『베를린 알렉산더 광장』, 알프렛 되블린, 권혁준 옮김, 을유문화사, 2012, 70쪽 이하.

하고 있는지가 마치 다큐 필름처럼 차례로 묘사되기도 한다.[32] 경험적 시간의 순차적 흐름을 끊어서 새롭게 배치하는 이러한 몽타주를 되블린 자신은 '영화 스타일'이라 일컬었는데, 영화의 편집 기법을 서사에 활용한 이러한 몽타주는 벤야민이 비판하는 "균질적이고 공허한 시간"의 흐름을 교란하면서 관습화된 지각 방식을 허물어뜨리고 현실을 다른 눈으로 보게 해주는 것이다.

프루스트는 벤야민 자신이 『잃어버린 시간을 찾아서(A la recherche du temps perdu)』의 완역을 시도했을 정도로 카프카와 더불어 가장 심취했던 작가다. 벤야민은 프루스트의 소설이 시와 회상록과 학문적 주석의 종합이라는 점에서 "새로운 장르"를 창안했으며, 가장 촘촘히 짜여진 텍스트, 한 생애 전체를 정신이 최고도로 깨어 있는 상태로 충전하려는 부단한 시도, 지난 수십 년 동안 가장 위대한 문학적 성취라고 극찬한다.[33] 이미 언급한 대로 프루스트의 회상은 지나간 경험의 의식적 재현이 아니라 '무의지적 기억'의 실타래를 풀어낸 것이다. 의식적 기억은 회상하는 사람의 자기검열을 통해 정제된 경험만을 불러오기 때문에 과거와 현재가 시간의 관성적 흐름을 깨고 새롭게 만나는 창조적 경험의 가능성을 차단한다. 반면 의지와 상관없는 회상은 회상되는 순간의 선후로 연결되는 모든 체험을 해명하는 열쇠가 되어 과거와 현재의 교차가 창조적 생성의 경험을 선사한다. 프루스트의 회상록은 벤야민 자신의 회상록에도 심대한 영향을 준 것으로 보인다. 이를테면 『1900년경 베를린의 유년 시절(Berliner Kindheit um Neunzehnhundert)』에는 유년 시절 글자를 처음 배울 때 글자판을 가지고 놀았던 기억을 회상하는 장면이 나온다.

---

32 같은 책, 189쪽 이하.

33 「프루스트의 이미지」, 『서사·기억·비평의 자리』(발터 벤야민 선집 9), 발터 벤야민, 최성만 옮김, 길, 2012, 235쪽 이하.

나의 유년 시절 전체는 글자들을 단어들의 배열에 따라 글자판 가장자리로 밀어 넣는 손동작 안에 들어 있었다. 손은 그때의 손동작을 아직도 몽상에서는 재현할 수 있지만 꿈에서 깨어나 그것을 실제로 하는 것은 불가능하다. 나는 예전에 걸음마를 어떻게 배웠는지를 몽상할 수는 있다. 그러나 그것만으로는 아무 소용이 없다. 나는 이제 걸을 수 있을 뿐, 더 이상 걷기를 배우는 것은 불가능하기 때문이다.[34]

처음 글자를 깨우칠 때 글자판을 더듬던 손동작, 그 손의 촉감으로 글자가 가리키는 세계를 처음 인지했을 때의 경이와 희열이 벤야민에게는 그의 한평생 삶을 규정하는 원형적 기억으로 각인된다. 처음 걸음마를 배울 때의 경이와 희열도 그에 버금가는 경험일 것이다. 그렇지만 성년이 되어 걷기가 단지 습관적인 동작의 반복이 될 때는 걸음마를 처음 배울 때의 경이가 망각되기 마련이다. 마찬가지로, 글자가 낯익은 사물을 가리키는 기호로 굳어지면 글자를 처음 배울 때의 새로운 세상이 열리는 경이로운 경험은 되살릴 수 없다. 벤야민이 말하려는 진정한 서사적 경험도 그처럼 글자나 걸음마를 처음 배울 때의 경이를 어떻게 회복할 것인가 하는 물음으로 수렴되는 것으로 보인다.

---

34 『베를린 연대기. 1900년경 베를린의 유년시절』(발터 벤야민 선집 3), 발터 벤야민, 윤미애 옮김, 길, 2007, 91-92쪽.

4장

D. H. 로런스
G. 루카치
발터 벤야민
M. 바흐친
사르트르
아도르노
프레드릭 제임슨
루쉰
최재서
임화
김현
백낙청

M. 바흐친 Mikhail Bakhtin 1895~1975

러시아의 철학자이자 미학·문학 이론가. 혁명 전 페트로그라트 대학에서 수학했다고 하나 이에 대한 기록은 남아 있지 않다. 1919년「예술과 책임」을 발표하면서 학술활동을 시작한다. 1920~1924년『미적 활동에서 작가와 주인공』(『말의 미학』(김희숙 옮김, 서울:길, 2006)에 수록),『도스토옙스키 창작의 문제들』(1929)을 중심으로 자신의 철학과 문학이론을 만들기 시작했다. 1928년 종교활동을 이유로 체포되었다. 1931년 악명 높은 솔로베츠키 수용소 5년형을 언도받았으나, 당시 이미 지병인 척수암을 앓고 있어서 카자흐스탄의 쿠스타나이로 유형을 가게 된다. 1936년 유형을 마치고 모르도바 공화국 사란스크의 모르도바 국립 교육 대학교에서 교편을 잡는다. 1938년 척수암으로 오른쪽 다리를 절단하게 된다. 이후 러시아로 돌아와 1937~1945년까지 칼리닌주(州) 사불로보에서 살았다. 1946년 모스크바의 고리키명(名) 세계문학연구소에서『리얼리즘의 역사에서 프랑수아 라블레』로 칸디다트 학위를 받는다. 이 시기 바흐친의 주된 작업은 소설 이론과 서유럽 중세의 민중문화를 중심으로 이루어졌다. 바흐친의 칸디다트 논문이 '코스모폴리타니즘'으로 비판받게 되면서 러시아를 떠나 사란스크로 돌아가게 되었고, 학계에서 바흐친이라는 이름은 잊히게 된다. 1960년대 모스크바 대학의 러시아 문학사학과의 교수들에 의해 재발견된다. 이 교수들은 이후 '바흐친의 제자'로 스스로를 명명했다.『도스토옙스키 창작의 문제들』을 개작한『도스토옙스키 시학의 문제들』(1963), 칸디다트 논문인『리얼리즘의 역사에서 프랑수아 라블레』를 개작한『프랑수아 라블레의 창작과 중세 및 르네상스의 민중문화』(1965)는 2000년대에 이르기까지 러시아 인문학계에서 가장 많이 인용되는 저서가 된다. 70~80년대에 크리스테바, 토도로프 등 슬라브 출신 유럽학자들에 의해 유럽에 소개된다. 1980년대 '바흐친 산업'이라 호칭될 정도로 서구에서 열광적으로 수용되었다.

문학 장르로서의 소설[1]

◆ M. 바흐친
◆ 변현태 옮김

역사적이고 체계적인 학문으로서 장르 이론은 문학적 종들과 장르들에 대한 **철학**에 근거해야만 한다.[2] 그러나 유감이지만 마르크스·레닌주의의 요구와 문예학의 현재적 상태, 그리고 문예학이 축적해 왔던 풍부한 역사적 자료를 만족시켜 줄 수 있는 철학은 우리에게 없다. 장르에 대한 헤겔의 철학은 그것이 관념론이기 때문만이 아니라 그 철학이 근거하고 있는 역사적 자료가 제한적이고 낡은 것이기 때문에 우리를 만족시켜 줄 수 없다. 현재 장르의 본질에 대한 우리의 연구에서 우리는 잘 계발되어 있는, 단단한 철학적 지주를 갖지 못하고 있다. 이러한 상황 탓에 우리의 작업은 매우 어려워지고 있으며, 우리는 분산되어 있고 **내적으로** 연결되어 있지 않은 사실들에 대한 체계적 서술과 분류에 몰두하고 있다. 따라서 소설 장르 이론의 토대를 다루고 있는 이 발표문에서 우리는

---

1 원전은 *Бахтин М.М. Собрание сочинении в 6-ми томах.*〔이하 『바흐친 저작집』〕(М: Языки славянских культур 2012) pp. 608-643과 pp. 644-645다. 옮긴이주는 『장편소설과 민중언어』, 미하일 바흐찐, 전승희·서경희·박유미 옮김, 창비, 1988에서 많은 도움을 받았다. 또한 『바흐친 저작집』의 주석도 가능하면 반영하고자 했다.—옮긴이

2 아리스토텔레스는 자신의 장르 이론에서 문학적 종들과 장르들에 대한 철학으로 서문을 썼다. 그러나 그의 장르 이론은 단지 체계적일 뿐이지 역사적이고 체계적이지는 않다.

장르 철학의 영역과 직접 관련되어 있는 몇 가지 문제와 관련된 예비적 작업에 많은 부분을 할애할 수밖에 없다.

　장르로서의 소설이론은 다른 장르들의 이론이 알지 못하는 특별한 어려움으로 두드러진다. 이는 대상 자체가 가지고 있는 특수성으로 설명된다. 즉 소설은 **지금도 형성 중인**(становящийся), 그리고 **아직도 굳어지지** 않은 유일한 장르인 것이다. 장르를 형성하는 힘이 우리 눈앞에서 작동하고 있다. 즉 소설 장르의 발생과 형성은 역사적 현재의 완벽한 조명 속에서 전개되고 있다. 소설의 장르적 뼈대는 아직 전혀 굳어지지 않았으며, 우리는 그것이 취할 수 있는 전체적인 육체적 가능성을 아직도 추측할 수 없다. **장르로서의** 다른 장르들, 즉 예술적 체험의 주형을 위한 어떤 단단한 형식들에 대해서 우리는 이미 굳어진 형태로 알고 있다. 그들이 형성되었던 고대의 과정은 역사적으로 선사시대에 위치한다. 우리는 서사시(эпопея)를 오래전에 완성된 장르일 뿐 아니라 이미 매우 낡은 장르로 발견한다. 다른 근본적인 장르나 심지어 비극에 대해서도 약간의 단서가 필요하긴 하지만 똑같이 말할 수 있다. 우리에게 알려져 있는 그들의 역사적 삶은 단단해져서 이미 말랑말랑한 뼈가 거의 없는 **완성된** 장르들의 삶이다. 그들 모두는 **규범**(канон)을 가지고 있다. 이 규범은 문학에서 현실적인 역사적 힘으로 작용하고 있다. 그것은 언어의 형식들과 유사하다. 마찬가지로 이미 완성된 형태로 발견하게 되는, 그 형성 과정이 선사시대에 있으며 그러나 언어의 규범이자 정형으로 작용하고 있는 바로 그 언어의 형식들과 유사한 것이다. 이 모든 장르 또는 그 근본적인 요소들은 대부분 언어체와 책보다 더 오래된 것들이며, 그 최초의 구어적이고 시끄러운 본질을 이러저러한 정도로 오늘날까지 간직하고 있다. 거대 장르 가운데 오직 소설만이 문자와 책보다 젊으며 소설 하나만이 소리 없는 지각이라는 새로운 형식, 즉 독서에 유기적으로 적응했다. 더 중요한 것은 다른 장르들과 달리 그와 같은 규범을 갖고 있지 않다는 사실이다. 소설의 개별적인 전형들만이 역사적으로 작용하고 있는 것이지 장르적 규범 그 자체는 작용하고 있지 않다.

이로 인해 장르로서의 소설의 이론이 지닌 일반적이지 않은 난점이 만들어진다. 본질적으로 소설이론은 다른 장르들의 이론과 연구 대상이 전적으로 다르다. 소설, 이는 단순히 장르들 가운데 하나의 장르가 아니다. 소설은 오래전에 완성된, 부분적으로는 이미 사멸한 장르들 중에서 유일하게 **형성 중인** 장르인 것이다.[3] 소설은 세계사의 새로운 시대[근대] 에 태어나고 그 시대에 의해 양육된 유일한 장르이며, 따라서 이 새로운 시대와 매우 친숙하다. 반면 다른 거대 장르들은 새로운 시대에게 완성된 형태로, 유산으로 온 것이며 새로운 존재 조건에 — 어떤 장르는 낫게, 어떤 장르는 나쁘게 — 적응한 것일 뿐이다. 그들과 비교해 보면 소설은 다른 종(種)의 존재다. 소설은 다른 장르와 사이가 나쁘게 살아간다. 소설은 문학에서, 자신이 승리한 곳에서, 그리고 다른 낡은 장르들이 해체되고 변형되고 있는 곳에서 자신의 지배권을 위해 투쟁하고 있다. 고대소설의 역사를 가장 훌륭하게 다룬 에르빈 로데(Erwin Rohde, 1845~1898) 의 책[4]이 고대소설의 역사를 이야기하기보다는 고대의 토양에서 온갖 거대하고 고급한 장르들의 해체 과정을 서술하고 있는 것도 우연이 아니다.

특정 시기 문학의 통일체 속에서 장르들의 상호작용 문제는 매우 중요하고 흥미롭다. 몇몇 시대—그리스의 고전 시기, 로마 문학의 황금시대, 중세 초기와 중기 시대, 위대한 문학에서의(즉 지배적인 사회적 그룹의 문학에서의) 신고전주의 시대—에 모든 장르는 어느 정도 조화롭게 서로

---

3 소설을 제외한 장르에 대한 연구는 사멸한 언어의 연구와 유사하다. 반면 소설 장르에 대한 연구는 살아 있는—게다가 아직 젊은—언어에 대한 연구와 유사하다.

4 『그리스의 소설과 그 선구자(Der griechische Roman und seine Vorläufer)』(1876)를 가리킨다.—옮긴이

를 보완하며, 장르의 총체로서의 문학 일반은 대개 상위 질서를 갖는 어떤 유기적인 전체다. 그러나 특징적인 것은 소설은 결코 이 전체로 들어가지 않으며, 장르들의 조화에 참여하지 않는다는 사실이다. 위계적으로 조직되어 있는, 문학의 유기적 전체로 들어가는 것은 단지 이미 형성되어 있고 또 특정한 장르적 얼굴을 가지고 있는 완성된 장르뿐이다. 그들은 자신의 장르적 속성을 간직한 채로 서로서로 구별되고 또 서로서로 보완한다. 그들은 그 깊숙한 구조적 특수성이라는 점에서 서로서로 통합되어 있고, 또 친족적이다.

과거의 위대한 유기적 시학, 예컨대 아리스토텔레스, 퀸투스 호라티우스 플라쿠스(Quintus Horatius Flaccus), 니콜라 부알로(Nicolas Boileau)의 시학은 문학의 **전체**에 대한 깊숙한 감각으로, 이러한 모든 장르의 전체 속에서의 결합의 **조화성**에 대한 깊숙한 감각으로 침윤되어 있다. 이 시학들은 마치 장르들의 이러한 조화를 구체적으로 듣고 있는 듯하다. 바로 여기에 이 시학들이 갖는 힘, 반복될 수 없는 **전체적** 완전함이 있으며, 그들이 가진 **잠재력의 완전한 실현**(исчерпанность)이 있다. 이 시학들은 모두 일관되게 소설을 무시한다. 19세기의 학문적 시학들은 이러한 전체성이 결여되어 있으며, 절충적이며 기술적(記述的)이다. 그들은 살아 있고 유기적인 완전함이 아니라 추상적이고 백과사전적인 완전함을 지향한다. 그들은 특정 시대 문학의 살아 있는 전체 속에서 특정 장르들이 공존할 실제적인 가능성을 지향하는 것이 아니라 최대한 완전한 앤솔러지 속에서 그들의 공존을 지향한다. 그들은 물론 이미 소설을 무시하지 않는다. 다만 그들은 소설을 (존경받을 만한 위치에서) 존재하고 있는 장르들에 덧붙일 뿐이다. 그리하여 소설은 장르들 가운데 한 장르로서 앤솔러지 속으로 포함된다. 그러나 소설은 문학의 살아 있는 전체 속으로 전적으로 다른 방식으로 들어간다.

우리가 이미 말했듯이 소설은 다른 장르들과 사이가 나쁘다. 상호 구별과 상호 보충에 기초하고 있는 어떠한 조화에 대해서도 이야기할 수 없다. 소설은 다른 장르들을 (다름 아닌 장르로서) 패러디하고, 그 형식들과 언어들의 관례성을 폭로하고, 어떤 장르들은 몰아내고, 어떤 장르들은 그것들을 재사유하고 달리 강조하면서 자신의 고유한 구축으로 도입한다. 문학사가들은 때로 여기서 단지 문학적 경향들과 유파들 간의 투쟁을 볼 뿐이다. 그와 같은 투쟁은 물론 존재한다. 그러나 그것은 주변부적이고 역사적으로 사소한 현상이다. 그와 같은 투쟁 배면에서 더욱더 심오하고 본질적인, **장르들 간의 투쟁, 문학의 장르적 뼈대의 형성과 성장**을 볼 수 있어야 한다.

소설이 주도적 장르가 되는 그와 같은 시대에 특히 흥미로운 현상들이 관찰된다. 그때에는 모든 문학이 형성 과정과 일종의 '장르적 비평'에 사로잡혀 있다. 헬레니즘의 몇몇 시대, 중세 후기와 르네상스 시대가 그러하며, 18세기 후반부부터는 특히 강하고 선명하게 그러하다. 소설이 지배적인 시대에는 거의 모든 다른 장르가 이러저러한 정도로 '소설화된다.' 드라마가 소설화되고(예컨대 헨리크 입센(Henrik Ibsen), 게르하르트 하웁트만(Gerhard Hauptmann)[5]의 드라마, 모든 자연주의적 드라마), 포에마(Poema)가 소설화되며(예컨대 조지 고든 바이런(George Gordon Byron)의 『차일드 해럴드의 편력(Childe Harold's Pilgrimage)』, 특히 『돈 주앙』), 심지어 서정시(가장 분명한 예는 하이네의 서정시다)가 소설화된다. 자신의 오래된 장르적 속성, 자신의 엄격한 규범성(каноничность)을 계속해서 유지하는 장르는 양식화의 성격을 얻게 된다. 일반적으로 장르 규범의 엄격한 준수는 작가의 예술적 의지와 상관없이 양식화, 때로는 **패러디적인** 양식화의 느낌을 주기 시작한다. 지배적인 장르로서의 소설의 존재와 함께 엄격하게 정전화된 장르들의 관례적인 언어는 소설이 대(大)문학에 존재하지 않던 다른 시대

---

5 1862~1946. 독일의 극작가, 소설가. 『직공』, 『외로운 사람들』 등의 희곡을 썼다. —옮긴이

에 울리던 것과 다른 방식으로 새롭게 울리기 시작한다.[6]

직접적인 장르들과 양식들에 대한 (이러저러한 정도의) 패러디적 양식화는 소설 속에서 본질적인 지위를 차지한다. 하지만 특징적인 것은 소설이 자신의 변종 중 어떤 하나를 안정화하거나 정전화하지 않는다는 사실이다. 소설의 전 역사에 걸쳐 이 장르의 지배적이고 유행적인 변종들, 전범화되고자 하는 변종들에 대한 일관된 패러디화 또는 트라베스티화가 지속된다. 기사도 소설에 대한 패러디〔기사도 모험소설에 대한 최초의 패러디는 13세기와 관련되는데, 『모험 이야기(Dit d'aventures)』가 그것이다〕, 바로크 소설에 대한 패러디, 목가소설에 대한 패러디〔샤를 소렐(Charles Sorel)의 『이상한 목동(Le Berger extravagant)』〕, 감상주의 소설에 대한 패러디〔필딩, 요한 카를 아우구스트 무제우스(Johann Karl August Musäus)의 『그랜디슨 2세(Grandison der Zweite)』〕 등이 있다. 이러한 소설의 자기비판은 형성 과정 중의 장르로서 소설의 눈에 띄는 특징이다.

앞서 언급한 다른 장르들의 소설화는 어떻게 표현되는가? 그것들은 더 자유로워지고 유연해진다. 그들의 언어는 비문학적인 이질발화와 문학어의 '소설적' 층위들로 인해 혁신된다. 그들은 **대화화되며**, 더 나아가 **웃음과 아이러니, 유머, 자기패러디**의 요소들이 그들로 침투한다. 마지막으로—그리고 이것이 가장 중요한 사실인데—소설은 그들에게 **문제적 성격**(проблемность)을, 특수한 의미적 **비종결성**을, **완성되지 않은 형성 중의 당대**(종결되지 않은 현재)**와의 생생한 접촉**을 도입한다. 앞으로 우리가 살펴보겠지만 이 모든 현상은 예술적 형상들의 구조에서 **새로운 특별한 영역**(비종결성을 가진 현재와의 접촉 영역)으로, 소설에 의해 처음으로 자기화된 영역으로 장르들을 변조(變調)한 것으로 설명된다.

---

6 소설의 창조적 흥기(興起)의 시대에, 특히 이 흥기를 준비하는 시대에 문학은 온갖 고급한 장르들(개별 작가나 경향이 아니라 다름 아닌 장르들)에 대한 패러디와 트라베스티로 넘쳐난다. 소설의 선행자이자 동반자이자 일종의 연습곡인 패러디들로 말이다.

물론 소설화의 현상을 단지 소설 자체의 직접적이고 무매개적인 영향으로 설명해서는 안 된다. 그와 같은 영향이 정확하게 설정되고 또 드러나는 곳에서도 그것은 **현실 그 자체**에서 발생한 변화들의 직접적인 작용과 분리될 수 없게 얽혀 있다. 이 변화들이 또한 소설을 규정하며, 특정 시대에 소설의 지배를 조건 짓는 것이다. 소설은 유일하게 형성 중에 있는 장르이며, 그렇기 때문에 소설은 현실 그 자체의 형성을 더 심오하고 본질적으로, 더 예민하고 빠르게 반영한다. 형성 중에 있는 것만이 형성을 이해할 수 있다. 소설이 근대의 문학적 발전의 드라마에서 주도적인 주인공이 되었던 것은 소설이 가장 뛰어나게 새로운 세계의 **형성의 경향들**을 반영하고 있기 때문이다. 소설은 이 새로운 세계에 의해 태어나고 많은 점에서 그것과 속성을 공유하고 있는 유일한 장르인 것이다. 소설은 많은 점에서 문학 전체의 **미래**의 발전을 예견했고, 또 예견하고 있다. 그렇기 때문에 지배권을 획득하면서 소설은 모든 다른 장르의 **혁신**에 영향을 미친다. 소설은 그들을 형성과 비종결성으로 감염시킨다. 소설은 권력을 가지고 그것들을 자신의 궤도로 견인하는데, 다름 아니라 소설의 궤도가 문학 전체 발전의 근본적인 방향과 일치하기 때문이다. 바로 이 사실에 이론이나 문학사의 연구 대상으로서 소설이 가지고 있는 예외적인 중요성이 있다.

유감스럽게도, 문학사가들은 소설과 다른 완성된 장르의 이러한 투쟁이나 소설화의 온갖 현상을 유파와 경향의 삶과 투쟁으로 환원하고 있다. 예컨대 그들은 소설된 포에마를 '소설적 포에마'(이는 올바르다)라고 부르고, 이것으로 이야기가 끝났다고 생각한다. 그들은 문학 과정의 복잡하고 시끄러운 표면 너머에 있는 더 거대하고 본질적인 문학과 언어의 운명을 보지 못한다. 이 운명의 주인공은 무엇보다도 **장르들**이며, 경향과 유파는 단지 2차적이거나 3차적인 인물일 뿐이다.

문학이론은 소설과 관련해 자신의 완전한 무능력을 드러내고 있다.

다른 장르들에 대해 문학이론은 확신에 차 있으며, 또 정확하다. 다른 장르들은 완성되어 있고 형성되어 있는 대상이자, 규정되어 있고 뚜렷한 대상이다. 자신의 발전에서 모든 고전적인 시대에 이 장르들은 자신의 견고함과 정전성을 유지한다. 시대와 경향, 유파에 따른 변주는 주변부적인 것이며, 그들의 이미 굳어 버린 장르적 뼈대를 건드리지 못한다. 이러한 완성된 장르들에 대한 이론은 오늘날까지 이미 아리스토텔레스에 의해 만들어진 것에 본질적으로 새로운 것을 거의 덧붙이지 못했다. 아리스토텔레스의 시학은 장르 이론의 흔들리지 않는 토대로 남아 있다 (비록 때로 그의 시학이 너무 깊숙하게 자리 잡고 있어서 장르 이론에서 그를 볼 수 없을 때도 있긴 하지만). 소설을 건드리지 않는 한 모든 것은 조화롭다. 그러나 이미 **소설화한** 장르들이 이론을 궁지로 몰고 간다. 소설의 문제에서 장르 이론은 근본적인 개혁의 불가피성에 직면하게 된다.

학자들의 피땀 어린 노동으로 거대한 역사적 자료가 축적되었고, 소설의 개별적 변종들의 발생과 연관된 일련의 문제가 조명되고 있다. 그러나 전체로서의 장르 문제는 다소간일지라도 만족스러운 원칙적 해결점을 찾지 못하고 있다. 계속해서 소설을 여러 장르 중 하나의 장르로 보고 있고, 소설의 차이를 완성된 장르로서 다른 완성된 장르들과의 차이로 고정하려 하고 있으며, 소설의 내적 규범을 견고하고 굳어진 장르적 특징들의 특정한 체계로 밝혀내고자 하고 있다. 소설에 대한 작업은 대부분 소설적 변종들을 가능한 한 완전하게 등록하고 기술하는 것으로 귀결되고 있는데, 그와 같은 기술의 결과 다소간이라도 장르로서의 소설을 위한 어떤 포괄적인 정식을 조금도 제시하지 못하고 있다. 더 나아가 연구자들은 어떤 단서 없이는 단 하나의 특정하고도 견고한 소설의 특징을 가리키지 못하고 있는데, 문제는 이 단서가 장르적 그것으로서의 그 특징을 완전하게 무화할 수도 있다는 사실이다. 그와 같은 '단서를 단' 특징들의 예를 살펴보자. 소설은 다층적인 장르다. 비록 주목할 만한 단층적인 소설들도 존재하지만. 소설은 첨예한 플롯을 가진 역동적인 장르다. 비록 극단적으로 순수한 묘사성에 도달하고 있는 소설도 존재하지만. 소설은 문제적 장르다. 비록 대중적인 소설 생산품이 다른 어떤 장르도 도달하지 못한, 순수한 흥미와 사유 없음의 전형이기는 하지만. 소설은 사랑 이야기다. 비록 유럽 소설의 위대한 전형들이 사랑의 요소를 결여하고 있기는 하지만. 소설은 산문 장르다. 비록 뛰어난 시로 쓰인 소설이 존재하지만. 그것들에 솔직하게 결합되어 있는 단서들에 의해 파괴되는, 그와 같은 종류의 '장르적 특징들'은 물론 얼마든지 더 열거할 수 있다.

소설가들 자신이 제시하고 있는, 소설에 대한 규범적 정의가 훨씬 더 흥미롭고 일관된데, 이 소설가들은 특정한 소설적 변종을 제시한 다음 그것을 소설의 유일하게 올바르고, 필요하며, 실제적인 형식으로 설명한다. 예컨대 루소가 『누벨 엘로이즈』에 붙인 서문, 크리스토프 마르틴 빌란트(Christoph Martin Wieland, 1733~1813)가 『아가톤(Agathon)』(1767)에 붙인 서문,[7] 요한 카를 베젤(Johann Carl Wezel, 1747~1819)이 『토비아스 크나우츠(Tobias Knouts)』(1773)에 붙인 서문이 그러하다. 이 같은 발언들은 소설에 대한 절충적 정의 속에서 소설의 온갖 변종을 포괄하려고 하지 않으면서, 대신 그 자체로 장르로서의 소설의 생생한 형성에 참여하고 있다. 그들은 종종 소설 발전의 특정 단계에서 소설과 다른 장르들의 투쟁, 소설과 자기 자신(다른 지배적이고 유행하는 소설의 변종들의 모습을 한)의 투쟁을 심오하고 올바르게 반영하고 있다. 그들은 다른 장르들과는 통약될 수 없는, 문학에서 소설이 차지하는 독특한 상황에 대한 이해에 더욱더 근접하고 있다.

---

7 『아가톤』은 빌란트가 그리스 소설의 형식을 빌려 쓴 자전적 소설로 독일 성장소설의 효시로 여겨진다.—옮긴이

18세기 말 소설의 새로운 유형 창조를 수반하고 있는 일련의 발언은 이러한 점에서 특별한 의미를 갖는다. 이러한 일련의 발언은 『톰 존스(Tom Jones)』에서 소설과 그 주인공에 대한 필딩의 발언으로 개시된다. 『아가톤』에 대한 빌란트의 서문이 그것을 지속했고, 가장 본질적인 고리는 프리드리히 폰 블랑켄부르크(Friedrich von Blankenburg, 1744~1796)의 『소설에 대한 시론(Versuch über den Roman)』이었다. 본질적으로 이 계열의 정점은 이후 헤겔이 제시한 소설이론이다. 소설의 중요한 한 단계에서 (『톰 존스』, 『아가톤』, 『빌헬름 마이스터』) 소설의 형성을 반영하고 있는 이 모든 발언에서 특징적인 것은 소설에 대한 다음과 같은 요구다. 첫째, 소설은 예술문학의 다른 장르들이 시적인 바로 그런 의미에서 '시적인 것'이어서는 안 된다. 둘째, 소설의 주인공은 서사시나 비극적 의미에서 '주인공'이 되어서는 안 된다. 소설의 주인공은 자신 속에서 긍정적인 특징뿐 아니라 부정적인 특징을, 저속한 특징뿐 아니라 고귀한 특징을, 우스운 특징뿐 아니라 진지한 특징을 결합해야 한다. 셋째, 주인공은 완성되고 변하지 않는 것이 아니라 형성 과정 중의, 변화하는, 삶에 의해 양육되는 것[교양을 쌓는 것]으로 제시되어야만 한다. 넷째, 소설은 서사시가 고대에 그런 것처럼, 동시대 세계에 바로 그런 것이 되어야만 한다(이러한 생각은 블랑켄부르크가 뚜렷하게 말했으며 그 후 헤겔에 의해 반복된다).

　　이 모든 주장은 매우 본질적이고 생산적인 성격을 갖는다. 이는 다른 장르들과 그들이 현실에 대해 갖는 관계에 대한 **소설의 관점에서의** 비판인 것이다. 과장된 영웅화, 관례성, 협소하고 생기를 잃어버린 시성(詩性), 그 주인공들의 일면성, 추상성, 완성성, 불변성. 본질적으로 여기서 제시되고 있는 것은 다른 장르들과 선행하는 소설의 변종들(바로크의 영웅소설과 리처드슨의 감상적 소설)에 특징적인 문학성과 시성에 대한 원칙적인 비판이다. 이러한 발언들은 대개 이 소설가들의 실천으로 강화되었다. 여기서 소설은—그 실천이자 실천과 연관된 이론으로서—지배적인 문학성과 시성의 토대 자체를 혁신해야만 하는, **비판적이고 자기비판적인** 장르로서 직접적이고 의식적으로 등장한다. 소설과 서사시의 비교(그리고 그들의 대립)는 한편으로 다른 문학 장르에 대한(특히 서사시적 영웅화의 유형 자체에 대한) 비판에서의 계기가 되는 것이자, 다른 한편으로 새로운 문학의 주도적인 장르로서 소설이 갖는 의의를 높인다는 목적을 갖는다.

우리가 인용한 주장과 요구는 **소설의 자기의식**의 정점 중 하나다. 물론 이는 소설이론이 아니다. 이 주장들이 거대한 철학적 깊이를 가지고 있는 것도 아니다. 그러나 그럼에도 불구하고 이 주장들은 존재하는 소설이론에 비해, 더 많이는 아닐지 몰라도, 더 적지 않게 소설의 속성에 대해 우리에게 증명해 주고 있다. 그 후 발표문의 뒷부분에서 나는 다름 아닌 **형성 중에 있는** 장르로서의 소설, 근대의 모든 문학의 발전 과정의 정상에서 나아가고 있는 소설에 접근하고자 한다. 나는 견고한 장르적 특징들의 체계로서, 문학과 그 역사에서 소설의 작동하고 있는 규범에 대한 정의를 만들려고 하지 않을 것이다. 그러나 나는 장르 중에서 가장 유연한 이 장르의 근본적인 구조적 특수성들을, 특히 소설의 고유한 변화 가능성의 방향과 다른 문학에 대한 소설의 영향과 작용의 **방향**을 규정하는 구조적 특수성들을 더듬어 만지고자 할 것이다.

나는 소설을 나머지 다른 장르들과 원칙적으로 구별해 주는 세 가지 근본적인 특수성을 발견한다. 첫째, **다언어적 의식**과 그 속에 실현되어 있는 것과 연관된 소설의 문체적 **3차원성**. 둘째, 소설에서 문학적 형상의 **시간적 좌표들**의 근본적인 변화. 셋째, 소설에서 문학적 형상 구축의 **새로운 영역**, 즉 다름 아닌 **비종결성에 있는 현재**(동시대)와의 **최대한의 접촉 영역**.

소설의 이 세 가지 특수성은 서로서로 유기적으로 연관되어 있으며 모두가, 유럽 인간사에서 특정한 변곡적 계기들에 의해 조건 지어진다. 즉 민족적으로 폐쇄적인 조건, 황량한 반(半)가부장제적 조건으로부터 민족들 사이, 언어들 사이의 연관과 관계라는 금융경제의 새로운 조건으로의 진출이 그것이다. **언어, 문화 그리고 시간의** 다양성이 유럽 인류에 열리게 되었으며 그의 삶과 사유의 규정적인 요소가 되었다.

근대 세계, 새로운 문화, 새로운 문학-창조 의식의 적극적인 다언어성과 연관된 소설의 첫 번째 특수성, 문체적 특수성에 대해 나는 이미 이전의 발표문에서 검토했다.[8] 가장 근본적인 것에 대해 간략하게 상기시켜 보도록 하겠다.

새로운 문화적·문학-창조적 의식은 적극적인 다언어적 세계 속에서 살아간다.[9] 세계는 다언어적으로 그렇게 되었고, 그렇게 된 이상 복귀 불가능하다. 민족어들의 고립적이고 폐쇄적인 공존의 시대는 끝났다. 언어들은 **상호 조명하고 있으며** 하나의 언어는 다른 언어의 빛 아래에서만 자신을 볼 수 있다. 또한 특정한 민족어 내부에서 '언어들'의 소박하고 단순화된 공존, 즉 지역적인 방언들, 사회적이고 계급적이고 전문적인 방언들과 은어들, 문학어, 문학어 내부의 장르적 언어들, 언어 속의 **시대**들 등의 공존은 끝났다. 이 모든 것들은 운동을 시작했으며, 적극적인 상호작용과 상호 조명의 단계로 진입했다. 말, 언어는 다르게 지각되기 시작했으며 **객관적으로** 그것들은 과거의 자신이기를 중단했다. 이러

---

8 바흐친이 언급하는 것은 그 후 『문학과 미학의 문제들(Вопросы литературы и эстетики)』(1975)에 「소설적 말의 전사(前史)로부터」라는 제목으로 출판된 발표문을 가리킨다. 바흐친은 1940년에 한 번, 1941년에 한 번 모스크바의 고리키 세계문학연구소에서 열린 학회에서 논문을 발표했는데, 이 글은 1941년의 발표문이다. 더 자세한 내용은 해제를 참고하라. —옮긴이

9 다언어는 언제나 있어 왔다(다언어는 규범적이고 순수한 단일 언어보다 더 오래되었다). 그러나 그것은 창조적 요소가 아니었다. 다언어에 대한 예술적으로 의도적인 선택은 문학적·언어적 과정에서 창조적 중심이 아니었다. 고전 시기의 그리스인들은 '언어들'과 언어의 **시대들**을 감각했지만(그리스의 문학 방언들. 비극은 다언어적인 장르다), 창조적 의식은 폐쇄적이고 순수한 언어들 속에 자신을 실현했다(비록 이 폐쇄적이고 순수한 언어들 또한 **실제적으로는** 혼합적인 것이지만). 다언어는 장르들 사이에서 정돈되고 규범화되었다.

한 언어들 간의 외적·내적 상호 조명이라는 조건에서 모든 특정한 언어는, 심지어 그 언어적 성분(음운, 사전, 형태론 등)의 절대적 불변성이라는 조건에서도 마치 새로 태어난 것 같게 되었으며, 그 언어로 **창조하는** 의식에 질적으로 다른 것이 되었다.

언어와 그 대상, 즉 실제 세계 사이의 이 적극적이고 다언어적인 세계에 전적으로 새로운 관계가 설정되었으니, 이 관계는 폐쇄적이고 고립적인 단일 언어의 시대들에 형성되었던 모든 완성된 장르들에 거대한 결과로 가득한 것이었다. 다른 대장르들과 달리 소설은 다름 아닌 외적이고 내적인 다언어의 첨예한 활성화라는 조건에서 형성되고 자랐으니 이것이 그 태생의 힘이다. 그렇기 때문에 소설은 언어적·문체적 관계에서 문학의 발전과 혁신 과정의 정상에 설 수 있었다.

다언어라는 조건과의 관계로 규정되는, 소설의 심오한 문체론적 특수성에 대해 나는 이전의 발표문에서 조명하고자 했다. 이 문제로 돌아가지는 않겠다.

다른 두 특수성, 소설 장르 구조의 주제적 계기들과 관련되는 특수성으로 넘어가기로 하자. 이 특수성들은 소설과 서사시(эпопея)의 비교라는 방법을 통해 더 잘 드러나고 해명된다.[10]

우리의 문제의 단면에서 **특정한** 장르로서의 서사시는 세 가지 **근본적인** 특징을 갖는다. 첫째, 서사시의 대당은 민족적인 서사시적 과거, 즉 괴테와 실러의 용어법에 따르면 '**절대적 과거**'다. 둘째, 서사시의 원천은

---

10 서사시에 해당하는 러시아어는 에포스, 에포페야가 있다. 이 글의 다른 제목이기도 한 '서사시와 소설(Эпос и роман)'에서는 에포스라는 단어가 사용되었고, 『문학백과사전』의 「소설」 항목에서 루카치가 작성한 '부르주아 서사시로서의 소설'에서는 에포페야라는 단어가 사용되었다. 에포스와 에포페야 두 개념 사이에 엄밀한 경계는 없다. 에포스가 더 넓은 의미에서 서사 장르를 가리킬 때가 있고, 에포페야는 예컨대 '호메로스의 서사시(에포페야)'와 같이 구체적인 서사시 작품을 가리킬 때 주로 사용된다. 이 번역에서는 둘 다 일관되게 서사시로 옮겼다.―옮긴이

민족적 전설이다(즉 개인적인 체험과 그 체험에서 자라난 자유로운 공상(вымысел)
이 아니다). 셋째, 서사시적 세계는 당대, 즉 낭송가(작가)와 그 청중으로부
터 **절대적인 서사시적 거리**로 분리되어 있다.

　서사시의 이러한 근본 특징들 각각을 자세하게 살펴보기로 하자.

　서사시의 세계, 이는 민족적인 영웅적 과거로서 민족적 역사의 '**기원**'
과 '**정상**(아르케와 아크메)'의 세계이고 아버지들과 선조들의 세계이고, '최
초이자' '가장 탁월한' 세계다. 중요한 것은 이 과거가 서사시의 **내용**이
라는 것이 아니다. 형상화되는 세계와 과거의 연관성, 형상화되는 세계
와 과거로의 관여성, 이것이 장르로서의 서사시의 근본적인 **형식적** 특성
이다. 서사시는 **현재**에 대한, 자신의 시대에 대한 포에마가 아니다(서사
시는 후손들만을 위한 과거에 대한 포에마다). 우리에게 알려진 특정한 장르로
서의 서사시는 처음부터 과거에 대한 포에마였다. 서사시에 내재적이고
서사시에 근본적인 작가적 지향(즉 서사시적 말의 발화자의 지향)은 그로서
는 도달할 수 없는 과거를 말하고자 하는 사람의 지향이자 후대의 공경
하는 지향이다. 그 양식, 어조, 형상성의 특징에서 서사시적 말은 동시대
인을 향하는, 동시대인에 대한 동시대인의 말과는 전적으로 다르다.("**나
의 선량한 지인**, 오네긴은 네바강가에서 태어났으며 이 네바강가에서 당신들, **나의 독자**
도 태어났을 수도 혹은 산책했을 수도 있겠군."[11]) 장르로서의 서사시에 내재적
인 낭송가와 청자는 동일한 시간, 동일한 가치 평가적(위계적) 차원에 위
치한다. 그러나 주인공들의 형상화되는 세계는 서사시적 거리에 의해
분리되는, 전적으로 다른, 도달 불가능한 **가치 평가적 · 시간적** 차원에서
건설된다. 그들 사이를 민족적 **전설**이 매개한다. 사건을 자기 자신, 자신
의 동시대인들과 같은 하나의 가치 평가적·시간적 차원에서(따라서 개인
적 체험과 공상에 기초해서) 형상화하는 것, 이는 근본적인 전환, 즉 서사시

11　푸시킨의 소설 『예브게니 오네긴(Evgeny Onegin)』의 화자 서술 부분이다.—옮긴이

적 세계에서 **소설적** 세계로 건너감을 의미한다.[12]

우리는 실제적으로 우리에게 전달된 특정한 장르로서의 서사시에 대해 이야기하고 있다. 우리는 서사시를 이미 완성된, 심지어 굳어졌고 거의 죽어 가는 장르로서 발견한다. 서사시의 완전성, 확고함, 절대적인 예술적 **비소박성**(ненаивность)은 장르로서의 그의 나이를, 그의 오랜 과거를 이야기해 준다. 하지만 이 과거에 대해 우리는 단지 추측할 수밖에 없으며, 단도직입적으로 말하자면 아직까지 우리는 이에 대해 매우 빈약하게 추측하고 있다. 최초의 가설적 시가들, 즉 서사시의 형성과 서사시의 장르적 전통의 창조에 선행하는, 동시대인들에 대한 노래이자 방금 일어난 사건들에 대한 직접적인 반응이었을 가설적 시가들, 이러한 추측될 뿐인 시가들을 우리는 알지 못한다. 이 그리스의 아오이도스[13]의 최초의 노래들 혹은 칸틸레나[14]들이 어떠했을지에 대해 우리는 단지 추측할 수 있을 뿐이다. 그리고 그것들이 예컨대 우리의 일상적인 펠레통이

---

12 물론 '나의 시간'도, 마치 저 먼 시간으로부터 단절된, 그 역사적 의미라는 관점에서 영웅적인 서사시적 시간으로 받아들여질 수 있으며(자신이나 당대인으로부터가 아니라 미래의 조명에서), 과거도 친숙한 것으로 받아들여질 수 있다(나의 현재로서). 그러나 그럼으로써 우리는 현재 속에서 비현재를, 과거 속에서 비과거를 받아들이는 것이다. 우리는 나의 시간으로부터, 내게 친숙한 접촉의 영역으로부터 자신을 끄집어내는 것이다.

역사소설에서 작가와 독자는 당대인의 관점에 자신을 위치 짓는다.("나의 선량한 지인 오네긴……")

고대문학의 적극적인 창조적 능력이자 힘으로서, 인식이 아닌 **기억**.

자기 자신에 대한 아킬레우스의 영웅적 시가. 야만인들에게서의 자기영웅화. 이러한 현상들 중 어떤 현상은 문학 발전의 **장르 이전의** 단계에 위치한다(물론 이 경우 서사시를 이야기할 수 없다). 다른 현상은 자신에 대한 영웅화와 함께 합법칙적이고 유기적으로 과거로 이전하고 과거에 위계적으로 관여한다. 또 다른 현상은 관례적이고 문학적인 성격을 갖는다(키케로의 자신에 대한 포에마).

13 Aoidos, 고대 서사시의 토대에 있는 민중적 노래의 낭송가.—옮긴이

14 cantilena, 라틴어로 '노래'를 뜻한다. 중세 음악-시 장르에 대한 명칭에서 출발한다.—옮긴이

나 일상적 차스투시카[15]보다 이후의 (우리에게 알려진) 서사시적 시가와 좀 더 유사할 것이라고 생각할 어떠한 근거도 없다. 우리가 접근할 수 있고 전적으로 실재하는, 동시대인들을 영웅화하는 서사시적 시가들은 이미 서사시 형성 이후 고대의 강력한 서사시적 전통의 토대 위에서 발생했다. 그것들은 기존의 서사시적 형식을 동시대의 사건, 동시대인들로 이전한다. 즉 과거의 가치 평가적·시간적 형식을 동시대의 사건, 동시대인으로 이전하고, 그것들을 아버지의 세계, 시작과 절정의 세계에 관여시킨다. 마치 살아 있을 때 그들을 규범화하는 듯하다. 가부장적·반(半)가부장적·봉건적 구조의 조건에서 지배 그룹의 대표자들은 일정 정도 그 자신으로서 '아버지들'의 세계에 속했으며 거의 '서사시적인' 거리로 다른 사람들과 분리되어 있었다. 동시대인 주인공의 선조들과 시조의 세계로의 서사시적 관여는, 오래전에 완성된 서사시적 전통의 토대 위에서 자라난, 따라서 예컨대 신고전주의적 송가(ode)와 같은 서사시의 발생에 대해 설명해 주는 것이 매우 적은, 특수한 현상이다.

그 발생이 어떠한 것이든, 우리에게 전달된 실재적인 서사시는 매우 완전한 장르적 형식이며, 그 근본적인 특징은 그것에 의해 형상화되는 세계를 민족적 기원과 절정의 절대적 과거로 관여시키는 것이다. 절대적 과거는 특수한 **가치 평가적**(위계적) 범주다. 서사시적 세계관에서 '시작', '최초의', '시조', '선조들', '과거에 있었던' 등은 순수하게 시간적인 범주가 아니라 가치 평가적인 범주다. 이는 **가치 평가적·시간적으로 월등한** 수준으로, 사람들 사이의 관계에서뿐만 아니라 서사시적 세계의 모든 사물과 현상의 관계에서도 실현된다. 이 과거에서 모든 것은 훌륭하고, 모든 본질적으로 훌륭한 것('최초의 것')은 오직 이 과거에만 존재한다. 서사시적인 절대적 과거는 후대의 시대에 있어서도 모든 훌륭한 것

---

15 частýшка, 차스투시카, 러시아의 전통적인 민중 속요.─옮긴이

의 유일한 원천이자 시작이다. 서사시의 형식은 그렇게 주장한다.

서사시적 과거가 '절대적 과거'로 불리는 것은 우연이 아니다. 그것은 동시에 가치 평가적인(위계적인) 과거로서, 온갖 상대성을 결여하고 있다. 즉 그것을 현재와 연결할 수도 있을 어떤 점진적이고 순수하게 **시간적인** 진행(переход)을 결여하고 있는 것이다. 서사시적 과거는 이후의 모든 시대로부터, 무엇보다도 낭송가와 그 청자가 위치하고 있는 그 시대로부터 **절대적인 경계**로 분리되어 있다. 이 경계를 파괴하는 것은 장르로서의 서사시의 형식을 파괴하는 것을 의미한다. 그런데 이후의 모든 시대로부터 단절되어 있기 때문에 서사시적 과거는 절대적으로 **폐쇄적이고 완결적**이다. 그것은 **원처럼** 폐쇄적이다. 그 속에서 모든 것은 완성되어 있고 최종적으로 가득하다. 서사시적 세계에는 어떠한 비완결성도, 비결정성도, 문제성도 존재할 수 없다. 서사시적 과거에는 어떠한 **미래로의 개구멍**도 남아 있지 않다. 그것은 자기만족적이며, 어떠한 지속도 필요로 하지 않고, 또 전제하지 않는다. 시간적 규정과 가치 평가적 규정이 여기에서는 하나의 분리 불가능한 전체로서 통합되어 있다(마치 이 규정이 언어의 고대적인 의미론적 층위에서 통합되어 있는 것처럼). 이러한 과거에 관여하는 모든 것은, 그럼으로써 진정한 본질과 의미에 관여하는 것이다. 그러나 이와 함께 그것은 완결성과 종결성을 얻게 되고, 실제적인 지속/연장에 대한 모든 권리와 가능성을 상실한다. 절대적인 완결성과 폐쇄성, 이것은 가치 평가적·시간적 서사시적 과거의 눈에 띄는 특징이다.

전설로 넘어가 보자. 이후의 시대로부터 통과 불가능한 경계로 분리되어 있는 서사시적 과거는 오직 민족적 전설의 형식 속에서만 유지되고 이야기된다. 서사시는 이 전설에만 근거한다. 이것이 서사시의 실제적인 원천이라는 사실이 문제가 아니다. 중요한 것은 절대적 과거가 서사시의 형식에 내재적인 것처럼, 전설에 근거하기가 서사시의 형식에 내재적이라는 사실이다. 서사시적 말은 전설에 따른 말이다. 절대적 과거의 서사시적 세계는 그 속성상 개인적 체험에 호용될 수 없으며, 개인적·개성적 관점과 가치 평가를 허용하지 않는다. 그 세계는 볼 수 없고, 만질 수 없고, 건드릴 수도 없다. 어떠한 관점으로도 그것을 바라볼 수 없고 체험하고, 분석하고, 분해하고 그 핵심으로 침투할 수 없다. 그것은 성스럽고 반박 불가능한 전설로서만, **보편적인** 가치 평가를 포함하고 자신에 대해 경건한 태도를 요구하는 전설로서만 주어진다. 반복해서 강조해 두기로 하자. 문제는 서사시의 **사실적인** 원천이 아니고, 그 내용적인 계기들이나 그 작가들의 선언에 있지 않다. 모든 것은 서사시 장르에 근본적인 그 형식적 특성(정확하게는 형식-내용적 특성)에 있다. 비개성적이고 반박 불가능한 전설에 근거하기, 다른 어떤 접근 가능성도 배제하는 가치 평가와 관점의 보편성(общезначимость), 묘사 대상과 전설의 말로서 묘사 대상에 대한 말 그 자체에 대한 깊숙한 경외감.[16]

서사시의 대상으로서의 절대적 과거, 서사시의 유일한 원천으로서의 반복 불가능한 전설, 이것이 또한 **서사시적 거리**의 성격, 즉 장르로서의 서사시의 세 번째 근본적인 특징의 성격을 규정한다. 우리가 이야기한 것처럼 서사시적 과거는 자신 속에 폐쇄된 것이고 이후의 시대, 무엇보다도 아이들과 후손들의 영원히 지속되는 현재로부터—이 현재 속에 서사시의 낭송가와 청자가 위치하며, 그들의 삶의 사건들이 전개되고 서사시를 이야기하기가 실현된다—통과 불가능한 경계로 분리되어 있

---

16 필로스트라토스(Philostratos).
헬레니즘 시대 트로이 연작의 주인공들과의 접촉(트로이 연작의 소설로의 변환). 서사시적 질료의 소설적 질료로의 변환의 일반적인 문제. 접촉의 영역으로 서사시적 질료의 이식(친숙화와 웃음의 단계를 통해 옮기기).
체험과 인식이 아닌 **기억**. 체험, 인식 그리고 실천(미래)이 소설을 규정한다. 소설이 주도적인 장르가 되면 인식 이론이 주도적인 철학적 원리가 된다.
[과거에] **그러했고** 이것은 바꿀 수 없다(과거에 대한 성스러운 전설).
온갖 과거의 상대성의 의식은 아직 없다. 절대적인 시작, 절대적으로 첫 번째가 있다. '중세', '르네상스[부활]', '새로운 시대[근대]'.

다. 다른 한편 전설은 서사시의 세계를 개인적인 체험으로부터, 온갖 새로운 깨달음으로부터, 그에 대한 이해와 해석에서 온갖 개인적인 주도권으로부터, 새로운 관점과 가치 평가로부터 분리한다. 서사시적 세계는 저 먼 과거의 실제적인 사건으로서뿐만 아니라 그 의미와 가치 평가에서도 철저하게 마지막까지 완결되어 있다. 그것은 변화시킬 수도, 새로 의미를 부여할 수도, 다시 가치 평가할 수도 없다. 그것은 실제적 사실로서, **의미**로서, **가치**로서 완성되고 완결되어 있으며 변화 불가능하다. 절대적인 서사시적 거리도 이러한 사실에 의해 규정된다. 서사시적 세계는 경건하게 받아들일 수 있을 뿐이며, 그것과 접촉할 수 없다. 서사시적 세계는 변화하게 다시 사유하는 인간적 활동의 영역 밖에 위치한다. 반복해서 강조해 두기로 하자. 이 거리는 서사시적 질료, 즉 형상화되는 사건들과 주인공에 대해서만 존재하는 것이 아니라, 그것들에 대한 시각과 그것들에 대한 가치 평가에 대해서도 존재한다. 시각과 가치 평가는 대상으로부터 분리 불가능한 전체로 자라난다. 서사시적 말은 자신의 대상으로부터 떼어 낼 수 없으며, 그 의미론에 특징적인 것은 가치 평가적 계기들(위계적 계기들)과 함께 있는 대상적·시공간적 계기들의 절대적인 유착(сращенность)이다. 이러한 절대적 유착과 그것과 연관되어 있는 대상의 **부자유**(несвобода)는 적극적인 다언어와 언어들의 상호 조명이라는 조건에서만 처음으로 극복될 수 있었다(이때 서사시는 반(半)관례적이고 반은 사멸한 장르가 되었다).

활동성과 변화의 온갖 가능성을 배제하는 서사시적 거리로 말미암아 서사시적 세계는 내용의 관점에서뿐만 아니라 그 의미와 가치의 관점에서도 예외적이라 할 완결성을 획득하게 된다. 서사시적 세계는 절대적으로 먼 형상의 영역에서 형성 중에 있는 것, 비완결적인 것, 따라서 다시 사유될 수 있고 평가될 수 있는 현재와 접촉 가능한 영역 외부에서 구축된다.

우리가 서술한 서사시의 세 가지 근본적인 특징은 이러저러한 정도로 고전적 고대와 중세의 다른 고급 장르들에 존재한다. 이 모든 완성된 고급 장르들의 토대에는 마찬가지의 시간에 대한 가치 평가, 마찬가지의 전설의 역할, 유사한 위계적 거리가 놓여 있다. 어떤 고급 장르에서도 그 자체로서의 **동시대적 현실**은 접근 가능한 형상화 대상이 되지 않는다. 동시대적 현실은 현실 그 자체에 자신의 위치에 의해 이미 거리가 발생한, 그런 위계적으로 상위의 층위들로만 고급 장르 속으로 들어갈 수 있다. 하지만 고급 장르로 들어가면서[예컨대 핀다로스(Pindaros)의 송가, 시모니데스(Simonides)의 작품] '고급한' 동시대성의 사건들, 승리자들, 영웅들은 마치 과거에 관여하는 듯 되면서 매개하는 다양한 고리들과 연관들에 의해 영웅적 과거와 전설의 통일적인 직물로 얽혀 들어간다. 그것들은 모든 진정한 본질과 가치의 원천으로서의 과거로의 이러한 관여를 통해서만 자신의 가치, 자신의 고귀함을 획득한다. 그들은 비완결성, 비결정성, 열려 있음, 다시 사유하고 가치 평가할 수 있는 가능성을 가진 동시대성으로부터 배제된다. 그들은 과거의 가치적 차원으로 상승하고 그 속에서 자신의 완결성을 획득한다. '절대적 과거'가 이 말의 제한되고 정확한 의미에서 **시간**이 아니라 일종의 가치 평가적·시간적인 위계적 범주라는 사실을 잊지 말아야 할 것이다.[17]

---

17 **자신의 시간에서 위인**이 될 수 없다. 위대함은 언제나 후손들에게 호소하며, 후손들에게 위대함은 과거의 것이 되고(그것은 먼 형상 속에 위치한다), 살아서 바라보고 접촉하는 대상이 아니라 **기억**의 대상이 된다. '기념비'의 장르에서 시인은 자신의 형상을 후손들의 미래의 먼 차원 속에 구축한다. 동양의 전제군주와 아우구스투스에 대한 묘비(надпись)를 비교해 보라. 기억의 세계에서 현상은 생생한 바라보기, 실제적이고 친숙한 접촉의 세계에서와는 다른 전적으로 특수한 맥락들, 전적으로 특별한 합법칙성의 조건들 속에 위치한다. 서사시적 과거, 이는 인간과 사건에 대한 예술적 지각의 특수한 형식이다. 이 형식은 예술적 지각과 형상화 전반을 완전하게 덮고 있다. 예술적 형상화는 영원의 관점에서의(sub specie aeterni) 형상화다. 회고의 가치가 있는 것들만이, 후손들의 기억에 보존되어야 할 만한 것들만이 예술적인 말로써 형상화되고 영원화될 수 있고 또 되어야 한다. 후손들에게 형상

완성된 고급 장르들에서 전설도, 비록 열려 있는 개성적 창조라는 조건들 속에서 전설의 역할은 서사시에서보다 좀 더 관례적인 것이 되긴 하지만, 자신의 의미를 유지한다.

전체적으로 고전 시대의 위대한 문학의 세계는 과거로, 기억의 먼 차원으로 투사되어 있다. 그것은 끊임없는 시간적 흐름으로 현재와 연관되어 있는 실제적인 상대적 과거로 투사되는 것이 아니라 처음과 정상이라는 가치평가적인 과거로 투사된다. 이 과거는 거리화되어 있고, 완결되어 있고, 원처럼 폐쇄적이다. 이는 물론 그 자체에 어떠한 운동도 없다는 것을 의미하지는 않는다. 그 반대로 그 내부에는 상대적인 시간적 범주들이 풍부하고 세밀하게 계발되어 있다('전에', '후에'의 뉘앙스, 계기들의 연속성, 속도, 지연 등). 시간에 대한 고급한 예술적 기술이 존재한다. 하지만 원으로 폐쇄되어 있고 완결된 시간의 모든 점은 한결같이 동시대의 실제적이고 운동하는 시간으로부터 떨어져 서 있다. 전체로서의 완결된 시간은 실제 역사과정으로 국지화되어 있지 않으며, 현재와 미래와 관련되지 않고, 그것은 자신 속에 시간의 전체적인 온전함을 포함한다. 그 결과 고전 시대의 모든 고급 장르들, 즉 모든 위대한 문학은 비완결성 속의 현재와 온갖 가능한 접촉 외부에 있는 먼 거리의 형상의 영역

이 만들어지며, 후손들의 앞으로 도래할 먼 차원 속에서 이 형상이 형성된다/형식화된다. 동시대를 위한 동시대(기억을 요구하지 않는)는 점토로 언급되며, 미래(후손들)를 위한 동시대는 대리석과 청동으로 언급된다. 시간들의 상관관계가 중요하다. 가치 평가적 강세는 미래에 놓여 있지 않으며 미래에 종사하지 않고, 미래 앞에서 하인들이 되지 않는다(하인들은 초시간적인 영원 앞에 있다). 그것은 **과거에 대한 미래**의 기억으로 종사하며, 절대적 과거의 세계의 확장에 종사하고, 새로운 형상으로써(동시대성을 희생하여) 절대적 과거의 세계를 풍부화하는 일에 종사한다. 이 세계는 지금 일어나고 있는 온갖 현재에 언제나 그리고 원칙적으로 대립한다.

동시대에 대한 영웅적인 시가들. 키케로 등에게서 영웅화된 자서전(전기)의 이념. 이는 자서전의 문제다.

에 구축된다.[18]

그 자체로의 동시대적 현실은 자신의 살아 있는 동시대의 얼굴을 유지함으로써, 앞서 지적한 것처럼 고급 장르들의 형상화 대상이 될 수 없다. 동시대적 현실은 서사적 과거와 비교할 때 저급한 수준의 현실이 된다. 그것이 예술적 사유와 가치 평가의 출발점으로 기능할 일은 거의 없다. 그와 같은 의미 부여와 가치 평가의 초점은 단지 절대적 과거에 위치할 수 있을 뿐이다. 현재, 이는 지금 일어나고 있는 어떤 것이다. 이것은 흐름이며, 처음도 끝도 없는 어떤 영원한 지속이다. 그것은 진정한 완결을 상실하고 있으며, 따라서 본질을 상실하고 있다. 미래는 혹은 현재의 본질상 아무런 상관없는 연장으로 사유되거나 혹은 **끝**으로, 최종적인 파멸로, 파국으로 사유된다. 절대적인 시작과 끝이라는 가치 평가적·시간적 범주들은 시간의 감각, 과거 시간의 이데올로기 속에서 예외적인 의미를 갖는다. 시작은 이상화되고 끝은 암울해진다(파국, '신들의 죽음'). 시간에 대한 이러한 감각과 그에 의해 규정되는 시간의 위계는 고대와 중세의 모든 고급 장르를 관통하고 있다. 이것들이 장르들의 토대 자체

---

18 고급한 장르들의 과거의 이상화가 갖는 공식적인 성격. 지배적인 세력과 진리(모든 완결된 것)의 모든 외적 표현은 과거의 가치 평가적·위계적 범주들 속에서, 거리 있고 멀리 떨어진 형상(몸짓과 의복에서 양식까지, 모든 권력의 상징들) 속에서 형성된다. 비공식적인 말, 비공식적인 사유의 영원히 생생한 힘들과 소설의 연관(축제적 형식, 친숙한 발화). **세속화.**
죽은 자들은 다른 방식으로 사랑받는다. 죽은 자들은 접촉의 영역에서 제외되어 있다. 그들에 대해서는 다른 양식으로 말할 수 있고 말해야 한다. 죽은 자에 대한 말은 살아 있는 자에 대한 말과 문체적으로 전적으로 구별된다. 모든 권력과 특권, 모든 대단함과 고귀함은 친숙한 소통의 영역으로부터 떨어진 차원으로 떠난다(의복, 에티켓, 그 발화 양식, 그에 대한 발화 양식).
비극에서 동시대적인 문제들과의 접촉(특히 에스힐에게서). 에브리피데스와 소설화. **Ив. Ив.** 톨스토이를 보라.
모든 비소설적 장르들의 고전성. 완결성으로의 지향.
사회적 에티켓과 예의바름의 양식('당신' 등), 그리고 그것의 고전성(위계적 과거로의 관련), 아버지-권력자의 그것.
친숙한 양식.

로 깊숙이 침투했기 때문에 그들 속에서 그 이후의 시대, 19세기까지, 심지어 그 이후에도 지속적으로 산다.

더 흐르는 중이고, 더 진행 중이며, '더 저급하고', 더 현재적인 동시대적 현실, 이 '시작도 끝도 없는 삶'은 단지 저급한 장르들에서만 형상화의 대상이 된다. 무엇보다도 동시대적인 현실은 **민중의 웃음 창작**이라는 더 넓고 풍부한 영역에서 근본적인 형상화 대상이 된다. 지난 발표문에서 나는 소설적 말의 탄생과 형성에서 (고전 시기뿐만 아니라 중세에서도) 이러한 영역이 갖는 커다란 의의를 보여주고자 노력했다. 그와 같은 영역은 소설적 장르의 다른 모든 계기에 대해 (그 발생과 형성 초기의 단계에 있어서) 똑같은 의미를 갖는다. 다름 아닌 여기, 즉 민중적 웃음에서 진정한, **소설의 민속적인 뿌리**를 찾아야만 한다. 현재, 그 자체로서의 동시대성, '나 자신', '나의 동시대인들' 그리고 '나의 시간'은 최초로 양가적인 웃음, 즉 동시에 한편으로 유쾌하고 다른 한편으로 파괴적인 양가적인 웃음의 대상이었다. 다름 아닌 여기서 현실과 세계, 대상에 대한 원칙적으로 새로운 관계가, 언어와 말에 대한 새로운 관계가 형성된다. 여기서 생생한 동시대에 대한 직접적인 형상화·조롱과 함께 온갖 고급한 장르들, 민족적 신화의 고급한 형상들에 대한 패러디, 트라베스티가 번성한다. 신들, 반(半)신들, 영웅들의 '절대적 과거'가 여기서, 패러디에서, 특히 트라베스티에서 '동시대화한다(осовременивается).' 동시대의 차원에서, 동시대의 일상적 상황들 속에서, 동시대의 저급한 언어 속에서 격하된다.

고전 시대에 민중적 웃음의 이러한 힘으로부터 다분히 광범위하고도 다양한 고대문학의 영역이 직접적으로 자라나는데, 이 영역을 고대인들은 '스푸도겔로이온(spoudogeloion)', 즉 '진지하고 우스운 것'의 영역이라 불렀다. 소프론(Sophron)의 빈약한 플롯의 마임, 온갖 목가시, 우화, 초기의 회고문학[키오스의 이온(Ion of Chios)의 『에피데미아이(Epidemiai)』, 크리티아스(Critias)의 『토론문(Homilae)』], 팸플릿이 이와 관련된다. 고대인들 자신이 '소크라테스적 대화'(장르로서의 '소크라테스적 대화')를 이와 관련시켰다. 또한 로마의 풍자[가이우스 루킬리우스(Gaius Lucilius), 퀸투스 호라티우스 플라쿠스(Quintus Horatius Flaccus), 아울루스 페르시우스 플라쿠스(Aulus Persius Flaccus), 쥬베르날루스]가 이와 관련된다. '향연가들'의 광범위한 문학도 이와 관련되며, 마지막으로 '메니푸스(Menippus) 풍자'(장르로서의 '메니푸스 풍자')와 루킬리우스 유형의 대화가 이와 관련된다. '진지하고 우스운 것'의 개념으로 포괄되는 이 모든 장르는 소설의 진정한 선구자들이다. 그들 중 몇몇은 순수하게 소설적 유형의 장르로서 이후 유럽적 소설의 중요한 변종들의 근본 요소들을 맹아의 형태로, 때로는 발전된 형태로 포함하고 있다. 형성 중인 장르로서 소설의 진정한 정신은 이른바 '그리스 소설'이라 불리는 것에 비해 비할 수 없이 큰 정도로 그들 속에 존재하고 있다(이 이름에 적합한 유일한 고전 시대의 장르). 그리스 소설은 다름 아닌 바로크 시대에 유럽 소설에 커다란 영향을 미친다. 이 무렵은 바로 소설이론의 계발이 시작되는 시기이며[신부 위에(Abbe Huet)[19]], '소설'이라는 용어 자체가 정교해지고 자리를 잡은 시기다. 그렇기 때문에 고대의 온갖 소설 작품 중 '소설'이라는 용어는 오직 그리스 소설에만 자리를 잡았다. 그럼에도 우리가 언급한 진지하고 우스운 장르들은 우리가 소설적 장르에 요구하곤 하는 견고한 구성적·플롯적 뼈대가 없긴 하지만, 근대의 소설 발전에서 더욱 본질적인 계기들을 예견하고 있다. 이는 특히 슐레겔의 말을 변형해서 '그 시대의 소설들'이라 부를 수 있을 소크라테스적 대화들과 관련되며, 그 후로는 메니푸스 풍자가 있는데[여기에는 페트로니우스 아

---

19 신부 위에, 1630~1721, 아브랑슈(Avranches)의 주교로서 다양한 주제에 관해 방대한 저서를 남겼다. 그의 『소설의 기원에 대한 연구(Traaite de l'origine des romans)』(1670)는 상류사회의 영향을 받고 있던 시기의 라 파예트(La Fayette) 부인의 소설 『자이드(Zayde)』의 서문으로 출판되었던 글이다.—옮긴이

르비터(Petronius Arbiter)의 『사티리콘(Satyricon)』도 포함된다〕소설의 역사에서 이 메니푸스 풍자의 역할은 거대하고 아직까지 학문에 의해 충분히 가치 평가되는 것과는 거리가 멀다. 이 모든 진지하고 우스운 장르들은 형성 중인 장르로서의 소설 발전에서 진정으로 최초이자 본질적인 단계다.[20]

이러한 진지하고 우스운 장르들의 소설적 정신은 어디에 있으며, 소설 형성의 첫 단계로서 그들의 의미는 어디에 기초하고 있는가? 그들의 대상, 그리고 이보다 더 중요하게는 이해와 가치 평가, 형식화/형성의 출발점으로 복무하고 있는 것은 동시대의 현실이다. 최초로 진지한(물론 동시에 우스운) 문학적 형상화의 대상이 어떠한 거리 없이, 동시대의 차원에서, 직접적이고 심오한 접촉의 영역에서 주어진다.[21] 과거와 신화가 이러한 장르들의 형상화 대상으로 복무하는 곳에서도 서사시적 거리는 없는데, 왜냐하면 당대가 시각을 제공하기 때문이다. 거리의 파괴의 이러한 과정에서 이러한 장르들 웃음의 원천〔민담(민속적 웃음)으로부터 퍼 올

---

20 희극과 소설.

21 희극적인(우스운) 형상화의 차원, 이는 시간적 측면뿐 아니라 공간적 측면에서도 특수한 차원이다. 잊기 위해서 조롱한다. 기억의 역할은 여기서 최소적이다. 희극적 세계에서 기억과 전설은 아무것도 할 것이 없다. 이는 최대한 친숙하고 깊숙한 접촉의 영역이다. 웃음-욕설-싸움. 근본적으로 이는 왕위 찬탈이다. 즉 먼 거리의 차원으로부터 대상을 끄집어내기, 서사시적 거리의 파괴, 먼 거리의 차원 일반의 폭풍과 파괴(낭만주의의 연극에서 소도구의 고의적인 파괴 혹은 노출, 마스크와 화장 없는 주인공들의 등장, 대중들에서 그들의 등장 등). 파라바세이(parabasei, 그리스 비극에서 합창이 관객들에게 호소하는 부분). 이러한 차원에서(웃음의 차원에서) 대상을 모든 측면에서 존중하지 않고 처리할 수 있다. 그 이상이다. 등, 대상의 엉덩이 부분(그리고 대상의 밖으로 보이지 않는 내부기관)은 이 차원에서 특별한 의미를 갖는다. 대상을 때리기, 노출하기(위계적인 장식들을 제거하기). 벌거벗은 대상은 우습다. 제거되고, 얼굴로부터 떼어 낸 '텅 빈' 의상 또한 우습다. 희극적인 조작으로서의 분해. **멀리 떨어진** 차원의 형식에서 진지함과 공포의 요소.
친숙화와 '근접화.' '그는 자신에 **근접했다**'(위계적인 차원에서) 혹은 '자신으로부터 멀어졌다.' 희극적인 것은 **이긴다**(즉 조롱한다). **공간**과 **시간**의 최초의 예술적 상징학〔상부, 하부, 앞, 뒤, 전에, 후에, 최초의, 마지막의, 과거, 현재, 짧은(찰라의), 오랜 등〕. 분석, 분해, 죽이기의 예술적 논리.

린)은 특별한 의미를 갖는다. 다름 아닌 **웃음**이 서사시적 거리, 일반적으로 온갖 위계적—가치 평가적이고 원격화하는—거리를 파괴한다. 멀리 떨어진 형상 속에서 대상은 웃긴 것이 될 수 없다. 우스운 것이 되기 위해 그것은 가까워져야 한다. 모든 웃긴 것은 가깝다. 모든 우스운 창조는 최대한 근접한 영역에서 작동한다. 웃음은 대상에 근접하는 놀라운 힘을 가지고 있다. 웃음은 대상을 거친 접촉의 영역으로 도입한다. 이 영역에서 대상은 모든 측면에서 친숙하게 만져볼 수 있고, 위아래 안팎으로 뒤집어볼 수 있고, 위로 아래로 살펴볼 수 있고, 그 외부의 단편들을 깨어 볼 수 있고, 내부를 들여다볼 수 있고, 의심해 볼 수 있고, 분해할 수 있고, 해체할 수 있고, 벗기고 폭로할 수 있고, 자유롭게 연구할 수 있고, 실험해 볼 수 있다. 웃음은 대상 앞에서의, 세계 앞에서의 공포와 경건을 파괴한다. 그것을[공포와 경건을?] 친숙한 접촉의 대상으로 만들고 그럼으로써 그것에 대한 절대적으로 자유로운 연구를 준비한다. 웃음, 이는 **두려움 없음이라는 전제**(이것이 없으면 세계에 대한 리얼리즘적 성취는 불가능하다)의 창조에서 가장 본질적인 요소다. 대상을 근접시키고 친숙하게 만들면서 웃음은 그것을 **연구자적 체험**(학문적이고 예술적인 체험)의 두려움 없는 손에, 그리고 이러한 체험을 목적으로 종사하는 자유로운 실험을 하는 **공상**의 손에 맡기는 듯하다. 세계에 대한 웃음의 친숙화, 민중적·언어적 친숙화는 유럽 인류의 자유로운 학문적·인식적, 그리고 예술적·리얼리즘적 창조 형성의 길에서 매우 중요하고 필수적인 단계다.

우리는 학문적 개념과 예술적이고 산문적인 새로운 소설적 형상의 동시적인 탄생을 반영하고 있는 뛰어난 자료들을 가지고 있다. 이는 소크라테스적 대화다. 고전적 고대의 출발점에서 태어난 이 뛰어난 장르에서 모든 것이 특징적이다. 특징적인 것은 그것이 '아폼네모네마타(apomnemonemata)', 즉 회고적 유형의 장르로서, 동시대인들의 실제적인 대화에 대한 개인적인 기억에 기초한 기록으로서 생겨났다는 사실이다.[22] 또 특징적인 것은 이 장르의 중심인물이 말하고 대화하는 사람이라는 사실이다. 이 장르의 중심 주인공인 소크라테스의 형상에서, 한편으로는 거의 마르기트(Margit)처럼[23] 이해하지 못하는 바보라는 민중적 가면과, 고급한 유형의 현자의 특징들(7인의 현자들에 대한 전설의 정신에서)이 결합되는 것도 특징적이다. 이러한 결합의 결과는 현명한 무지의 양가적 형상이다. 더 나아가 이 장르에 규범적인 이야기된 대화, 대화화된 이야기로 틀지어진 대화도 특징적이다. 고전 시기 그리스에서 이 장르의 언어와 민중적인 대화적 언어의 최대한의 근접 가능성도 특징적이다. 이 대화가 아티카(Attica) 산문을 개시했다는 사실도, 이 대화가 문학-산문어의 근본적인 혁신, **언어들의 교체**와 연관되어 있다는 사실도 특징적이다. 이 장르가 동시에 매우 복잡한 양식들의 체계, 심지어 방언들의 체계라는 사실도 특징적인데, 이 양식들과 방언들은 다양한 정도의 패러디성을 가진 언어들과 양식들의 형상으로서 이 장르로 들어간다(따라서 우리 앞에 있는 것은 진짜 소설처럼 다문체적인 장르다). 더 나아가 소설적·산문적 영웅화의 뛰어난 전형으로서의 소크라테스라는 형상 자체가 특징적이다(이는 서사시적인 영웅화와 매우 거리가 멀다). 마지막으로 매우 특징적이고, 여기서 우리에게 가장 중요한 것은 웃음, 소크라테스적 아이러니, 진지한 것, 고귀한 것, 세계와 인간과 인간적 사유에 대한 최초의 자유로운 연구와 함께하는 소크라테스적 격하의 전체 체계의 결합이다. 소크라테스적 웃음(아이러니의 수준까지 도달한), 소크라테스적 격하(삶의 저급한 영역, 수공업, 그날그날의 일상 등으로부터 차용한 은유와 비유의 전체 체계)는

---

22 회고와 자서전에서 '기억'의 특별한 성격. 즉, 동시대와 자기 자신에 대한 기억. 영웅화하지 않는 기억. 기록의(자료적이지 않은 기록의) 자동화의 계기. 계승이 없는, 개인적 삶의 경계로 제한되는 **개인적** 기억(아버지도 세대도 없는). 회고성은 소크라테스적 대화 장르에 이미 존재한다.

23 마르기트: 『마르기테스(Margites)』라는 그리스 작품의 주인공인 바보의 이름.—옮긴이

세계를 접근시키고 친숙하게 만들어 세계를 두려움 없이 자유롭게 연구할 수 있게 해준다.[24] 살아 있는 사람들과 그들의 견해를 둘러싸고 있는 동시대성이 출발점으로 기능한다. 이로부터, 이러한 이질목소리적이고 이질발화적인 당대성으로부터, 개인적 체험과 연구라는 방법을 통해 세계와 시간 속에서의 방향잡기가 전개된다(전설의 '절대적 시간'에서의 그것을 포함하여). 심지어 고의적으로 우연적이고 아무것도 아닌 근거(이는 장르에서 규범적인 것이었다)가 대화의 외적이고 매우 근접한 출발점으로 기능한다. 오늘날과 그 우연한 사태(우연한 만남 등)가 강조되는 듯하다.

다른 진지하고 우스운 장르들 속에서 우리는 소크라테스적 대화에서와 마찬가지의 예술적 지향의 가치 평가적-시간적 중심의 근본적인 위치 이동의, 마찬가지의 시간의 위계에서의 전환의, 다른 측면들, 뉘앙스들 그리고 결과들을 발견할 수 있다. 메니푸스 풍자에 대해서 몇 마디 하자면, 메니푸스 풍자의 민속적 뿌리는 그것이 발생적으로 연관되어 있는 소크라테스적 대화에서와 마찬가지다(일반적으로 메니푸스 풍자는 소크라테스적 대화의 해체의 산물로 간주된다). 여기서 웃음이 갖는 친숙하게 해주는 역할은 훨씬 강하고, 날카롭고, 거칠다. 세계와 세계관의 고급한 계기들에 대한 거친 격하, 뒤집기는 때로 충격을 줄 정도다. 하지만 이러한 예외적인 우스운 친숙함은 날카로운 문제성과 유토피아적인 환상과 결합된다. 절대적 과거의 서사시적인 멀리 떨어진 형상으로부터 아무것도 남지 않는다. 그 속에서 모든 세계, 그리고 가장 성스러운 모든 것은 아무런 거리 없이, 모든 것을 손으로 쥘 수 있는 거친 접촉의 영역 속에서 주어진다. 이렇게 완전히 친숙해진 세계 속에서 플롯은 예외적일 정도

---

24 소크라스테스적 대화에서 자화자찬의 양가성. 그는 누구보다 현명한데, 자신이 아무것도 알지 못한다는 사실을 알기 때문이다.
  소크라테스의 형상에서 산문적 영웅화의 새로운 유형을 추적할 수 있다. 그에 대한 카니발적 전설(크산티페), 단테와 푸시킨 등을 둘러싼 카니발적 전설. 영웅의 광대로의 전화.

의 환상적인 자유와 함께 움직인다. 즉 하늘로부터 대지로, 대지로부터 지옥으로, 현재로부터 과거로, 과거로부터 미래로. 메니푸스 풍자의, 죽음 이후의 우스운 비전[25]에서 '절대적 과거'의 영웅들, 역사적 과거의 다양한 시대의 활동가들(예컨대, 마케도니아의 알렉산더 대왕). 그리고 살아 있는 당대인들은 대화를 위해, 심지어 드잡이질을 위해 서로서로 친숙하게 충돌한다. 동시대의 단면에서 이러한 시간들의 충돌은 매우 특징적이다. 메니푸스 풍자의 아무런 구속도 받지 않는 환상적인 플롯과 상황은 하나의 목적, 즉 이념들과 이데올로그들을 시험에 처하게 하고 폭로하는 목적을 갖는다. 이는 실험적이고 선동적인 플롯들이다. 메니푸스 풍자 장르에서 유토피아적 요소(비록 그다지 설득력 없고 심오하지는 않지만)의 등장은 시사적이다. 비완결적인 현재는 스스로를 **과거보다 미래에 가까운 것**으로 느끼기 시작한다. 현재는 미래 속에서—비록 이 미래가 아직 사투르누스[Saturnus, 농신(農神)]의 황금시대의 회귀로 그려지긴 하지만—가치 평가의 지주를 찾기 시작한다[로마의 토대에서 메니푸스 풍자는 사투르날리우스(Saturnalius, 농신제(農神祭))와 사투르날리우스의 웃음과 밀접하게 연관되어 있었다]. 메니푸스 풍자는 대화적이고, 패러디와 트라베스티로 가득하며, 다문체적이다. 그것은 심지어 이중 언어의 요소들도 두려워하지 않는다[마르쿠스 테렌티우스 바로(Marcus Terentius Varro)의 작품, 그리고 특히 안키우스 만리우스 세베리누 보에티우스(Ancius Manlius Severinu Boëthius)의 『철학의 위안(De consolatione philosophiae)』에서]. 메니푸스 풍자가 당대의 사회적으로 다양하고 이질발화적인 세계를 리얼리즘적으로 반영하는 거대한 화폭으로 자랄 수 있다는 사실은 페트로니우스의 『사티리콘』이 증명하고 있다.[26]

---

25 비전: 사후 세계 방문기. 예컨대 단테의 『신곡』과 같은 것. —옮긴이
26 고골과 메니푸스 풍자. 고골은 『신곡』을 자신의 서사시 형식으로 그렸다. 그에게 자신의 노동의 위대함은 이 형식 속에 있다고 생각되었다. 하지만 그에게서 나온 것은 메니푸스

우리가 언급한 거의 모든 '진지하고 우스운' 영역의 장르에서 특징적인 것은 의도적이고 공공연한 자서전적이고 회고록적인 요소들의 존재다. 한편으로는 작가와 그 독자들을, 다른 한편으로는 그들에 의해서 형상화되는 주인공들과 세계를, 그들을 동시대인들로, 잠재적인 지인들로, 벗들로 만들어 주며, 그들의 관계를 친숙하게 만들어 주는 하나의 차원 속에서(다시 한 번『예브게니 오네긴』이 가지고 있는 노골적이고 강조되어 있는 **소설적** 원리를 상기시키고자 한다) 동일한 가치 평가적·시간적 평면으로 다시 위치 짓는 것은, 작가로 하여금 온갖 가면과 얼굴을 한 채로 형상화되는 세계의 장(場) 속에서—이 장은 서사시에서 절대적으로 접근 불가능하며 폐쇄되어 있다—자유롭게 운동할 수 있도록 해준다.[27] 작가는 아무것이나 작가적 포즈를 취해 형상화의 장(場) 속으로 등장해서 자기 삶의 실제적인 순간들을 형상화하거나 혹은 그것들에 근거해서 가상을 만들 수 있으며, 주인공들의 대담 속으로 개입할 수 있고, 자신의 문학적 적

풍자였다. 그는 친근한 접촉의 영역으로부터 빠져나올 수 없었다. 일단 친근한 접촉의 영역으로 들어가고 난 후, 고골은 거리가 있는 긍정적인 형상들을 이 영역으로 가져올 수 없었다. 서사시의 거리가 있는 형상들과 친근한 접촉의 형상들은 결코 형상화의 하나의 통일된 장에서 만날 수 없었다. 파토스는 이질적인 육체로서의 메니푸스 풍자의 세계로 파묻힌다. 긍정적인 파토스는 추상적인 것이 되고 결국 그 낯선 육체로부터 비껴 나오게 되었다. 그는 그와 같은 사람들과 함께, 그 작품에서 지옥으로부터 연옥과 천국으로 건너갈 수 없었다. 고골의 비극은 어느 정도는 장르의 비극이다(장르를 형식주의적인 의미에서가 아니라 세계에 대한 가치 평가적인 지각과 형상화의 영역이자 장으로 이해한다면 그렇다). 고골은 러시아를 잃었다. 즉 러시아를 지각하고 형상화하는 차원을 잃고 기억과 친숙한 접촉 사이에서 길을 잃었다(거칠게 말해서 그는 망원경의 적절한 거리 조절 장치를 발견할 수 없었던 것이다). 접촉(멀리 떨어진 형상에서가 아니라)의 영역에서의 이념.

27 형상화되는 세계의 장. 이는 시공간적이다. 장르와 문학 발전의 시대에 따른 이 장의 변화. 공간과 시간 속에서 이 장이 어떻게 조직되어 있고 어떤 경계를 갖는가. 중간적 영역과 거대한 영역. 현실적 시각장(視覺場)의 제한성. 전술과 전략.
소설은 완결되지 않은 현재의 자연적 힘과 접촉하고 있다. 그 자연적 힘이 이 장르를 굳지 못하도록 만든다. 소설은 아직 완성되지 않은 모든 것(해체되고 탄생하고 있는 것)으로 이끌린다. 장르의 플롯장(場).

들과 공개적으로 논쟁하는 것 등을 할 수 있다. 중요한 것은 작가의 형상이 형상화의 장(場) 속에 등장한다는 사실뿐만이 아니다. 중요한 것은 진정한, 형식적, 일차적 작가(작가적 형상의 작가)가 형상화되는 세계와 새로운 관계 속에 위치하게 된다는 사실이다. 작가는 이제 [주인공들과] 동일한 가치 평가적·시간적 차원에 위치하며, 작가의 형상화하는 말은 주인공의 형상화된 말과 같은 평면 속에 놓여서 그것과 대화적인 상호 관계, 혼종적인 결합을 갖게 된다(더 정확하게는 갖게 되지 않을 수 없다). 형상화되는 세계와의 접촉 영역 속에서 바로 이러한 일차적·형식적 작가의 새로운 위치가 형상화의 장에서 작가적 형상의 등장을 가능케 한다. 작가에 대한 이러한 새로운 설정은 서사시적(위계적) 거리 극복의 가장 중요한 결과 중 하나다. 소설적 장르의 특수성에서 작가에 대한 이러한 새로운 설정이 얼마나 커다란 형식-구성적, 문체적/양식적 의미를 갖는지에 대해서는 해명할 필요가 없을 것이다.

예술적 지향의 새로운 출발점으로서 동시대성은 영웅적인 과거의 형상화를, 그것도 아무런 트라베스티화가 없는 형상화를 배제하지 않는다. 크세노폰(Xenophon)[28]의 『키로파이디아(Cyropaedia)』를 예로 들 수 있는데, 그것은 물론 이미 진지하고 우스운 영역으로 포함되지는 않지만 그 경계 위에 위치한다(소크라테스적 대화의 요소들[29]). 과거가 형상화의 대상으로 복무하고, 키루스 대왕(Cyrus the Great)이 주인공이다. 그러나 형상화의 출발점은 크세노폰의 당대 현실이다. 다름 아닌 그 당대 현실이 시점과 가치 평가적 지향점을 준다. 특징적인 것은 영웅적 과거가 민족적 과거가 아니라 **타자의** 과거, 야만적 과거로 선택되었다는 사실이다. 세계는 이미 열려졌다. **자신들**의 단일하고 폐쇄적인 세계(서사시 속에서 그

---

28 크세노폰: B.C. 430~B.C. 359. 그리스의 역사가. ―옮긴이
29 진지하고 우스운 것의 모든 장르에서 특징적인 것은 성애적인 주제의 완벽한 부재다.

것이 어떤 곳이든)는 자신들의 것이자 타자들의 것인 거대하고 열린 세계에 의해 대체되었다. 이렇게 타자들의 영웅을 선택하는 것은 크세노폰의 당대에 있어서 특징적인 동양에 대한 고조된 관심, 즉 동양의 문화, 이데올로기, 사회적·정치적 형태들에 대한 고조된 관심에 의해 규정된다. 동양으로부터 빛이 올 것이었다. 문화들, 이데올로기들, 언어들의 상호 조명이 이미 시작되었다. 더 나아가 동양의 전제군주에 대한 이상화도 특징적이다. 여기에는 크세노폰의 동시대성이 울리고 있는데, 그것은 동양의 전제정과 가까운 정신 속에서 그리스의 정치적 형태의 복원이라는 이념(크세노폰의 동시대 지인들 대다수가 공유하고 있었던 이념)을 가지고 있다. 동양의 전제군주에 대한 이러한 이상화는 물론 헬레니즘 시기의 민족적 전설 모두에 매우 낯선 것이다. 더 나아가 그 시기에 매우 실제적이었던 인간의 교양의 이념이 특징적인데, 이후 이 이념은 새로운 유럽 소설의 주도적이고도 형식형성적인 이념들 중 하나가 되었다. 또한 크세노폰의 **동시대인**이었던 키루스 2세(Cyrus the Younger, 크세노폰은 키루스 2세의 원정에 참여한 바 있다)의 면모들을 키루스 대왕의 형상 위로 의도적이고 전적으로 공공연하게 옮겨온 것이 특징적이다. 또한 크세노폰의 다른 동시대인이자 지인이었던 소크라테스의 형상의 영향이 감지된다. 이로 인해 회고록적 요소가 작품 속으로 들어온다. 따라서 여기서 동시대성과 동시대의 문제 설정이 과거에 대한 예술적이고 이데올로기적인 의미 부여와 가치 평가의 출발점이자 중심이 된다. 여기서 과거는 거리 없이, 물론 저급한 평면이 아니라 고급한 평면이기는 하지만 그래도 동시대성의 차원에서, 동시대의 진보적인 문제 설정의 차원에서 주어지고 있다. 이 작품이 가지고 있는 몇 가지 유토피아적 뉘앙스를, 이 작품에 반영되어 있는 동시대의 과거로부터 미래로의 가벼운(그리고 불확실한) 운동을 지적해 두기로 하자. 『키로파이디아』는 이 말이 가지고 있는 본질적인 의미에서 **소설**이다.

소설에서 과거의 형상화는 결코 과거의 현대화를 전제하지 않는다(물론 크세노폰에게는 이러한 현대화의 요소가 있기는 하다). 그 반대로 과거로서의 과거에 대한 진정으로 객관적인 형상화는 오직 소설에서만 가능하다. 그 새로운 체험과 함께 동시대는 바라보기의 형식 자체에, 이 바라보기가 갖는 깊이와 첨예함과 폭과 생생함 속에 남는다. 하지만 동시대성은 과거의 힘이 갖는 고유함을 현대화하고 왜곡하는 것으로서 형상화되는 내용 자체로 침투해야만 하는 것은 결코 아니다. 그렇다. 모든 위대하고 진지한 동시대성은 과거의 진정한 모습을, 타자의 시대의 진정한 타자의 언어를 필요로 한다.

우리가 서술한 시간들의 위계 속에서의 전환이 예술적 형상의 구조에서의 근본적인 전환을 또한 규정한다. 이른바 '전체'로서의 **현재**는—비록 그것이 그 자체로 전체는 아니지만—원칙적이고 본질적으로 완결되어 있지 않다. 현재는 자신의 모든 존재로서 지속을 요구하며, 미래를 향해 진행한다. 현재가 이러한 미래로 더 적극적이고 의식적으로 진행할수록, 현재의 미완결성은 더 감각적이고 본질적으로 된다. 따라서 현재가 시간과 세계 속에서 인간적 지향의 중심이 되면 시간과 세계는 전체로서뿐만 아니라 전체의 각각의 부분으로서 자신이 가진 완결성을 상실한다. 세계의 시간적 모형이 근본적으로 변한다. 세계의 시간적 모형은 최초의 말(이상적인 처음)이 없으며, 최후의 말은 아직 발화되지 않은, 그러한 세계가 된다. 예술적이고 이데올로기적인 의식에서 처음으로 시간과 세계가 역사적인 것이 된다. 처음에는 아직 불분명하고 혼란스럽지만 시간과 세계는 형성으로서, 실제적인 미래로의 중단 없는 운동으로서, 통일적이고 모든 것을 포괄하는 미완결적인 과정으로서 전개된다.[30]

---

30 과거에 의미를 부여하고 과거를 정당화하는 활동의 중심이 미래로 옮겨진다.
   시간에 대한 부당한 평가와 경계를 맞닿고 있는, 소설이 가진 근절되지 않는 **현대성**. 과거에 대한 르네상스 시기에서의('고딕 시대의 어둠'), 18세기에서의(볼테르), 실용주의에서의

모든 사건(그것이 어떤 사건이든지), 모든 현상, 모든 사물, 전반적으로 예술적 형상화의 모든 대상이 완결성을, 희망 없는 완성성을, 불변성을—이러한 성격들은 지속되는 것으로부터, 끝나지 않은 현재로부터 넘을 수 없는 경계로 둘러싸인, 서사시적인 '절대적 과거의' 세계 속에서 예술적 형상화의 대상들에 특징적이었다—상실한다. 현재와의 접촉을 통해 [예술적 형상화의] 대상은 세계 형성의 미완결적 과정 속으로 끌려 들어가고 대상에는 미완결성이라는 각인이 새겨진다. [예술적 형상화의] 대상이 시간적으로 우리로부터 아무리 멀리 떨어진 것이라고 하더라도, 그것은 중단 없는 시간적 흐름에 의해 우리의 완성되지 않은 현재와 연결되어 있다. 그것은 우리의 미완성성과 우리의 현재와 관계를 가지게 되고, 우리의 현재는 미완결적인 미래로 진행된다. 이 미완결적인 접촉 속에서 대상이 갖는 의미적 불변성이 상실된다. 그것이 갖는 의미와 의의는 혁신되고 앞으로 전개되는 맥락에 따라 성장한다. 예술적 형상의 구조에서 이는 근본적인 변화로 귀결된다. 형상은 특수한 실제성을 획득한다. 형상은 우리들, 즉 작가와 독자들 또한 본질적으로 관여되어 있는, 지금도 지속되고 있는 삶의 사건과의 관계를—이러저러한 형식과 이러저러한 정도로—갖게 된다. 이를 통해 소설에서 형상들의 건축에 있어서 근본적으로 새로운 영역이 창조된다. 이 영역은 형상화의 대상이 미완결성 속에서의 현재와, 따라서 미래와 최대한 가깝게 접촉하는 영역이다.[31]

(신화, 전설, 영웅화에 대한 폭로) 재평가. '진보'의 이념. 최근 4세기의 도약. 민담의 '원시시대적 의식.' 기억으로부터 최대한 벗어나기와 '인식' 개념의 최대한의 축소(경험주의에 이를 정도로의 축소). 가장 상위의 기준으로서의 기계적 '진보성.'

31 서사시에서의 예언과 소설에서의 예견. 서사시적 예언은 전적으로 절대적 과거의 영역 내에서 실현된다(만일 특정한 서사시 속에서 예언이 실현되는 것이 아니라면, 그것은 그 서사시를 둘러싸고 있는 전설의 영역에서 실현된다). 서사시적 예언은 독자와 독자의 실제적 시간을 건드리지 않는다. 소설은 사실들을 예언하고 예견하기를 원하며, 실제적인 미래에, 미래의 작가와 독자들에게 영향력을 행사하고 싶어 한다.
서사시와 소설에서 이름과 별명에 대한 특별한 장(章). 허구에서의 이름. 가명들과 가명들이와 연관된 몇 가지 특수성을 살펴보자. 내적 완결성의 결여, 모두 소진되었음의 결여는 외적이고 형식적인, 특히 플롯 차원에서의 종결성과 모두 소진되었음에 대한 요구를 급격하게 강화하는 것으로 귀결된다. **시작, 끝 그리고 완전함**의 문제가 새롭게 제기된다. 서사시는 형식적 시작에 무관심하며, 완전하지 않을 수도 있고(즉 모든 사건을 포괄하지 않는다), 엄격한 의미에서 끝을 갖지 않을 수도 있다(즉 전적으로 자의적인 끝을 가질 수 있다). 절대적 과거는 전체로서뿐만 아니라 그 모든 부분에서도 폐쇄적이고 완결되어 있다. 따라서 모든 부분을 전체로서 형식화하여 제시할 수 있다. 절대적 과거의 모든 세계(이 세계는 플롯 차원에서 단일하다)는 하나의 서사시에서 포괄되지 않으며(모든 것을 포괄한다는 것은 모든 민족적 전설을 다 이야기하는 것을 의미하게 될 것이다), 심지어 몇몇 유의미한 단면들을 포괄하는 것도 어렵다. 하지만 그렇다고 빈곤하지는 않다. 왜냐하면 전체의 구조는 모든 부분들 속에서 반복되고, 모든 부분들은 완결되어 있고 전체로서 원적이기/둥글둥글하기 때문이다. 이야기는 거의 모든 순간들 중 아무것에서나 시작될 수 있으며, 거의 모든 순간들 중 아무것에서나 끝날 수 있다. 『일리아스』는 트로이 전쟁 연작 중에서 우연하게 잘려 나온 단면이다. 『일리아스』의 끝(즉 헥토르의 장례)은 소설의 관점에서 보자면 결코 끝이 될 수 없다. 하지만 서사시적 완결성은 그로 인해서 어떠한 고통도 받지 않는다. 서사적 질료에 대한 특수한 '끝에 대한 관심', 즉 전쟁은 어떻게 끝나는가, 누가 승리하는가, 아킬레우스는 어떻게 되는가 등은 내적 동기에서나 외적 동기에서나 전적으로 배제된다(전설이 가지고 있는 플롯적 측면은 이미 모두에게 잘 알려져 있다). 특수한 '지속에 대한 관심(그리고 어떻게 되었는가?)'과 '끝에 대한 관심(어떻게 끝나게 되는

의 시대.

예술적 형상의 구조로의 더욱 깊숙하고 혁신적인 침투. 새로운 소설적 문제 설정의 특수성. 영원한 재의미 부여, 영원한 재평가라는 범주.

가?)'은 소설에서만 특징적인 것이며, 근접성과 접촉의 영역에서만 가능하다(거리가 먼 형상의 영역에서 그와 같은 특수한 관심들은 불가능하다).[32]

소설의 다양한 변종에서 소설적 영역의 특수성들은 다양하게 드러난다. 소설은 문제성을 상실할 수 있다. 예컨대 길거리에서 팔리는 모험소설을 보자. 그와 같은 소설에는 철학적인 문제성이나 사회·정치적인 문제성, 심리의 문제성이 없다. 이러한 영역들 중 어떤 것을 거치지 않으며, 따라서 동시대적인 우리 삶의 미완결적인 사건과 접촉이 불가능하다. 여기서 거리의 결여와 접촉의 영역은 다른 방식으로 이용된다. 우리에게 우리의 지루한 삶 대신 그것을 대체할 흥미롭고 화려한 삶의 대체현실(서로깃(surrogate))이 제시된다. 이 모험들은 공체험될 수 있으며, 이 주인공들과는 동일시될 수 있다. 이러한 소설들은 거의 진짜 삶의 대체가 될 수 있다. 서사시 그리고 **거리가 있는** 다른 장르들에 대해서는 그와 같은 것이 있을 수 없다. 여기서 이러한 소설적 접촉 영역이 갖는 특별히 위험한 성격이 열린다. **소설 속으로는 직접 들어갈 수 있는 것이다**(서사시 속으로는, 다른 거리가 있는 장르들 속으로는 결코 들어갈 수 없다). 이로부터 술에 취한 듯 책을 읽음으로써 혹은 소설적인 전범(「백야(Belye nochi)」의 주인공)에 따라 공상함으로써 소설이 자신의 삶을 대체하는 것 같은—가령 보바리즘이나 유행하는 소설적 주인공들(환멸에 빠지고, 악마적이고 등등)의 삶에서의 등장 같은—현상들이 가능해진다. 다른 장르들은 그것들이 소설화되었을 때에만, 즉 소설적인 접촉 영역으로 옮겨졌을 때에만(예컨대 바이런의 포에마들) 그와 같은 현상을 낳을 수 있다.

---

32 거리가 먼 형상에서는 **전체** 사건이 주어지며, 여기서 플롯적 관심(알지 못함)은 불가능하다. 알지 못함이라는 범주의 특수함. 작가적 **잉여**(주인공은 알지 못하고 보지 못하는 잉여)의 이용 형식들과 방법들. 잉여의 플롯적 이용(외적). 인간 형상의 본질적 완결을 위한 잉여의 이용. 소설적 외화의 문제.
  다른 가능성의 문제.

새로운 시간적 지향과 접촉 영역은 소설의 역사에서 그와는 다른 매우 중요한 현상과 결부되어 있다. 즉 비문학적 장르들, 세태적이고 이데올로기적인 장르들에 대해 소설이 갖는 특수한 관계가 그것이다. 소설이 발생하던 시기에 이미 소설과 소설을 예비하던 장르들은 개인적이고 사회적인 삶의 다양한 비예술적인 형식들, 특히 수사학적 형식들에 기대고 있었다(소설을 수사학으로부터 도출하는 이론이 있을 정도다). 그리고 이어지는 발전의 시대들에 소설은 편지·일기·고백록의 형식을, 그리고 새로운 법정 수사학 등의 형식과 방법을 광범위하고 본질적으로 이용했다. 당대의 비종결적인 사건들과의 접촉 영역에서 구축되면서 소설은 때로는 도덕적 설교로, 때로는 철학적 논고로 변형되어 때로는 날것의, 형식에 의해 조명되지 않은, 고백의 영성으로, '영혼의 비명' 등으로 퇴화하면서 예술적이고 문학적인 특수성의 경계를 종종 건너뛰었다.[33] 이 모든 현상은 **형성 중의** 장르로서 소설에서 매우 특징적인 것들이다. 기실 예술적인 것과 비예술적인 것, 문학적인 것과 비문학적인 것의 경계란 신에 의해 한 번에 그리고 영원히 설정된 것이 아니다. 모든 특수성은 역사적이다. 문학의 형성은 특수성의 흔들리지 않는 경계 영역 내에서의 문학의 성장과 변화만은 아니다. 문학의 형성은 이 경계들 자체를 건드린다. 문화 영역(문학의 영역을 포함하는)의 경계들의 변화 과정은 매우 느리고 복잡하다. 특수한 것(위에서 지적한 것들과 같은)의 경계의 부분적인 파괴는 더욱더 심오한 기저에서 흐르고 있는 이러한 과정의 징후일 뿐이다. 형성 중의 장르로서 소설에서 이러한 특수성의 변화 징후들이 훨씬 자주, 더 격렬하게 드러나며, 더 의미심장하다. 왜냐하면 소설이 이러한 변화들의 선두에서 진행하고 있기 때문이다. 소설은 문학 발전의 더 이후의 운명, 더 거대한 운명을 추측하기 위한 자료로 기능할 수 있다.

---

33 철학적·학문적 문제 설정의 자기화(특수성의 경계의 위반).

하지만 시간적 지향과 형상들의 구축 영역의 변화는 문학에서, **인간 형상의 재구축**에서 매우 심오하고 본질적으로 드러난다. 그런데 오늘의 발표 틀에서 나는 이 거대하고 복잡한 문제를 간략하게 표면적으로만 다룰 수 있을 것 같다.

고급하고 거리가 있는 장르들의 인간, 이는 절대적 과거의 인간이자 거리가 먼 형상의 인간이다. 그와 같은 인간으로서 그는 **전적으로** 완결되어 있고 종결되어 있다. 그는 고급한 영웅적 차원에서 완결되어 있지만, 완결되어 있고 일말의 희망 없이 완성되어 있다. 그는 전적으로 여기에, 처음부터 끝까지 여기에 있으며, 자기 자신과 일치하고 자기 자신과 절대적으로 동일하다. 더 나아가 그는 전적으로 **외화되어** 있다. 그의 진정한 본질과 그의 외적인 현상들 사이에는 조그마한 불일치도 없다. 그가 가진 모든 잠재력, 그가 가진 모든 가능성은 그의 외적인 사회적 위치 속에, 그의 운명 전체 속에, 심지어 그의 겉모습 속에 완전하게 실현되어 있다. 이러한 그의 특정한 운명들 밖에서는, 그의 특정한 위치들 밖에서는 그에게는 아무것도 남지 않는다. 그는 그가 될 수 있는 모든 것이 되었으며, 그는 그가 되었던 바로 그것이 될 수밖에 없었다. 그는 전적으로 보다 근본적인 의미에서, 거의 축자적인 의미에서 외화되어 있다. 그에게서 모든 것이 공개되어 있고, 모든 것이 큰 목소리로 이야기되어 있다. 그의 내적인 세계, 그의 모든 외적 특징들, 드러남과 행위들은 하나의 차원에 놓여 있다. 자기 자신에 대한 그의 관점은 그에 대한 타자들의, 사회의(그의 동료들의), 가수와 청중들의 관점과 전적으로 일치한다.[34] 그는 자신에게서, 다른 사람들이 그에게서 보고 아는 바로 그것

---

34 플루타르크 등에게서의 자기찬양의 문제. 거리가 먼 차원의 조건들 속에서 '**나 자신**'은 자기 자신 속에, 자기 자신에 대해 존재하는 것이 아니라 후손들에게, 후손들의 앞으로의 기억 속에 존재한다. 나는 거리가 있는 먼 차원 속에서 자신을, 자신의 형상을 인식한다. 다시 말해 '나'의 자의식은 이러한 기억의 거리가 먼 차원 속에서 자신으로부터 소외된다. 자

만을 보고 안다. 타자, 작가가 그에 대해서 이야기할 수 있는 모든 것을 그는 자기 자신에 대해 스스로 이야기할 수 있으며 또한 그 역도 가능하다. 그에게는 찾을 어떤 것도 추측할 어떤 것도 없으며, 그를 폭로할 수도 선동할 수도 없다. 그는 전적으로 밖에 있으며, 그에게는 겉도 속도 없다. 더 나아가 서사시적 인간은 모든 이데올로기적 주도권을 결여하고 있다(이는 주인공들도, 작가도 결여하고 있다). 서사시적 세계는 하나의 통일적이고 유일한, 전적으로 완성된 세계관만을, 주인공들에게나 작가에게나 청중들에게나 똑같이 필수적이고 의심할 수 없는 세계관만을 알고 있다. 서사시적 인간은 언어적 주도권도 결여하고 있다. 즉 서사시적 세계는 하나의 통일적이고 유일한 완성된 언어를 알고 있다. 따라서 세계관도 언어도 인간 형상들의 구별화와 형식화, 인간 형상들의 개별화의 요소로서 기능할 수 없다. 여기서 인간들은 다양한 위치와 운명들로 구별되어 있고, 형식화되어 있으며 개별화되어 있지만 다양한 '진리들'에 의해 그러한 것은 아니다. 심지어 신들 또한 특별한 진리에 의해 인간들과 구별되어 있지 않다. 그들에게는 똑같은 언어, 똑같은 세계관, 똑같은 운명, 똑같은 철저한 외화가 있다.

근본적으로 다른 고급한 거리가 있는 장르들도 공유하고 있는, 이러한 서사시적 인간의 특수성은 이러한 인간 형상이 가진 예외적인 아름다움, 완전함, 수정 같은 투명성과 예술적 완결성을 창조한다. 하지만 이

신과 타자에 대한 관점의 형식의 이러한 일치는 소박한 것이자 전체적인 성격을 갖는다. 자신과 타자에 대한 관점들 간의 불일치는 아직 없다. 고백-자기폭로도 아직 없다.

묘사하는 것과 묘사되는 것의 일치. 형상과 관조하는 자들 간의 상호 지향.

자기 자신에 대한 새로운 관점의 모색(다른 사람들의 관점과의 혼합 없이). 인정-불인정의 문제.

표현적인 소설적 몸짓의 이론(드라마의 무대적 몸짓). 소설의 규범으로부터의 일탈, 소설의 오류는 다름 아닌 소설이 가진 주체적 의미를 드러낸다.

주체성. 처음에는 규범으로부터의 일탈, 그런 다음 규범 자체의 문제성. '심리학.'

와 동시에 이 특수성은 서사시적 인간의 협소함과, 인류 존재의 새로운 조건들 속에서 잘 알려진 생기 없음을 낳는다.

서사시적 거리의 파괴, 거리가 먼 차원으로부터 인간 형상의, 현재(따라서 미래)의 비완결적인 사건들과 접촉하는 영역으로의 이전은 소설 속에서(그리고 이후에는 모든 문학에서) 인간 형상의 근본적인 재구축으로 귀결된다. 그리고 이러한 과정에서 민담적인, 민중적—웃음적인 소설의 원천들이 커다란 역할을 수행한다. 이러한 형성의 최초이자 매우 본질적인 단계는 인간 형상의 우스운 친근화였다. 웃음이 서사시적 거리를 파괴했다. 웃음은 인간을 자유롭고 친근하게 연구하기 시작했다. 즉 인간을 뒤집고, 외모와 기질 간의 불일치와 가능성과 그 실현 간의 불일치를 폭로했다. 인간의 형상에 본질적인 동력이, 이 형상의 다양한 계기들 사이의 불일치와 모순의 동력이 도입되었다. 인간은 자기 자신과 일치하기를 중단했고, 따라서 플롯은 인간을 끝까지 소진하기를 중단하게 되었다. 이 모든 불일치와 모순으로부터 웃음은 무엇보다 먼저 희극적인(하지만 희극적이기만 한 것은 아닌) 효과를 끌어냈다. 그리고 고대의 진지하고 우스운 장르들 속에서 이 모든 불일치와 모순으로부터 전혀 다른 종류의 형상이 자라났다. 예컨대 거대한, 새롭고 복잡하게 완전하고 영웅적인 소크라테스의 형상이 그러하다.

소설 발전의 중요한 단계들에서(고대의 진지하고 우스운 장르들, 라블레, 세르반테스) 소설에서의 인간 형상 형성에 거대한 영향을 끼쳤던 고정된 민중적 가면의 형상이 갖는 예술적 구조가 특징적이다.[35] 서사시적·비극적 주인공은 자신의 운명과 그 운명에 의해 조건 지어진 플롯 외부에서는 아무것도 아니다. 즉 그는 다른 운명, 다른 플롯의 주인공이 될 수 없

---

35 소설의 현실은 가능한 현실 중 하나다. 소설의 현실은 필연적인 것이 아니라 우연적인 것이다. **다른 가능성**의 문제.

다. 민중적 가면〔마쿠스(maccus), 풀치넬라(Pulcinella), 아를레키노(arlecchino)〕은 그 반대로 어떤 운명이든 만들어 낼 수 있으며, 어떤 상황에서도 인물화 될 수 있다(심지어 그들은 하나의 극이라는 경계 내에서도 그렇게 하곤 한다). 하지 만 그들은 그것들로 결코 소진되지 않으며 어떠한 상황, 어떠한 운명 너 머로 자신의 유쾌한 잉여를 유지한다. 그들은 자신의 복잡하지 않지만 그러나 소진되지 않는 인간적 얼굴을 언제나 유지한다. 그렇기 때문에 그와 같은 가면은 플롯 외부에서 작동한다고 말할 수 있다. 더 나아가 그들은 무엇보다 플롯 외적인 등장 속에서—고대 로마의 막간 익살극 (tricae)이나 이탈리아 코미디의 막간 농담극(lazzi)에서—자신의 얼굴을 드러낸다. 서사시적 주인공도, 비극적 주인공도 자신의 속성상 플롯 외 적인 휴지부나 막간극에서 등장할 수 없다. 그에게는 이를 위한 얼굴, 몸 짓, 말이 없는 것이다. 바로 여기에 그의 힘이 있으며, 바로 여기에 그의 협소함이 있다. 서사시적·비극적 주인공, 이는 자신의 속성에 따라 파 멸하는 주인공이다. 그 반대로 민중적 가면은 결코 파멸하지 않는다. 고 대 로마의 막간 익살극의 플롯도, 이탈리아 또는 이탈리아화된 프랑스 코미디의 플롯도 마쿠스, 풀치넬라, 아를레키노의 실제적인 죽음을 예 견하지 않으며 예견할 수도 없다. 그 대신 종종 그들의 허구적이고 희극 적인 죽음을(이후의 부활과 함께) 예견할 수 있을 뿐이다. 이들은 자유로운 즉흥의 주인공이지 전설의 주인공이 아니다. 이들은 박멸되지 않는 주 인공이자 영원히 혁신되는 주인공이며, 언제나 동시대 삶의 과정의 주 인공이지 절대적인 과거의 주인공이 아니다.

이러한 가면들과 그 구조(모든 특정한 상황 속에서 자기 자신과의 불일치, 즉 유쾌한 잉여, 소진될 수 없음 등등)는, 다시 말하지만, 인간의 소설적 형상에 커다란 영향을 끼쳤다. 이러한 구조는 소설 속에 보존되었다. 그것도 더 욱 복잡한, 내용적으로 더욱 심화된, 그리고 진지한(혹은 진지하고 우스운) 형식 속에 보존되었다.

소설의 근본적이고 내적인 주제 가운데 하나가 다름 아닌 주인공과 그 운명의 불일치다. 인간은 자신의 운명보다 크거나 혹은 자신의 인간 성보다 작다. 그는 전적으로 끝까지 관료, 지주, 상인, 약혼자, 질투자, 아 버지 등이 될 수 없다. 만일 소설의 주인공이 어찌되었든 그와 같은 것 이 되었다고 한다면, 즉 자신의 상황, 자신의 운명에 전적으로 맞아 들어 가는 경우(장르적·세태적 주인공, 소설의 부차적 인물들 대부분), 인간성의 잉여 는 주요 주인공의 형상 속에서 실현될 수 있을 것이다. 즉 이러한 잉여 는 작가의 형식과 내용적 지향 속에, 인간을 바라보고 형상화하는 작가 의 방법 속에 언제나 실현되고 있다.[36] 완결되지 않은 현재, 따라서 미래 와의 접촉 영역 자체가 그와 같은 인간의 자기 자신과의 불일치의 필연 성을 창조하고 있는 것이다. 인간 속에는 언제나 실현되지 않은 잠재력 이, 실현되지 않은 요구가 남아 있다. **미래가 있다**. 그리고 이 미래는 인 간 형상을 건드리지 않을 수 없으며, 그 속에 뿌리를 갖지 않을 수 없다.

소설 속에서 인간의 서사시적 전체성은 또한 다른 노선에 따라 해체 된다. 내적 인간과 외적 인간 사이의 본질적인 차이가 등장하며, 그 결과 체험과 형상화의 대상이—처음에는 우스운, 친숙화하는 차원에서—인 간의 **주체성**이 된다. 양상들의 불일치, 즉 자기 자신에 있어서의 인간과 다른 사람들의 눈에서의 인간의 특수한 불일치가 등장하는 것이다. 소 설에서 인간의 서사시적(그리고 비극적) 전체성의 해체는 동시에 인간적

---

36 인간은 존재하는 사회적·역사적 육체로 끝까지 구현될 수 없다. 인간적인 가능성들과 요 구들을 끝까지 구체화할 수 있는 형식, 비극적 혹은 서사시적 주인공처럼 그 속에서 마지 막 말까지 자신을 완전하게 소진할 수 있는 형식, 인간이 경계의 끝까지 구체화할 수 있 는 동시에 그 경계의 끝을 통해 튀어나가지 않을 수 있는 형식은 없다. 언제나 실현되지 않은 인간성의 잉여가 남아 있으며, 미래에 대한 필요, 그리고 이러한 미래를 위해 필수 적인 장소가 언제나 남아 있다. 모든 존재하고 있는 의상은 몸에 꽉 낀다(따라서 어느 정도 인간 속에서 희극적이다). 하지만 이러한 잉여적이고 실현될 수 없는 인간성은 주인공 속에 서가 아니라 작가적 관점에서 실현될 수 있다(예컨대 고골에서 그러하다).

발전의 더 높은 단계에서 인간의 새롭고도 복잡한 전체성의 준비와 결합된다.

마지막으로, 인간은 소설 속에서 자기 형상의 특징을 변화시키는, 이념적이고 언어적인 주도권을 획득한다(형상의 새롭고도 높은 유형의 개별화). 소설 형성의 고대적 단계에 이미 이념가-주인공이라는 흥미로운 형상들이 등장한다. 소크라테스의 형상이 그러하고, 이른바 '히포크라테스적 소설(Hippocratic Novel)'에서 웃고 있는 에피쿠로스의 형상이 그러하며, 광범위하게 유포된 키니코스학파의 문학이나 메니푸스 풍자에서 디오게네스의 현저하게 소설적인 형상이 그러하고(메니푸스 풍자에서 디오게네스는 패러디된 가면의 형상에 근접한다), 마지막으로 루키아노스에게서 메니푸스의 형상이 그러하다. 일반적으로 소설 주인공은 이러저러한 정도로 이념가다.

소설에서 인간 형상의 재구축에 대한 다소 추상적이고 거친 도식은 이러하다.

몇 가지 결론을 내려 보자.

예술적·이념적 지향의 출발점이자 중심으로서, 완결되지 않은 현재는 인간의 창조적 의식에서 거대한 전환점이다. 유럽 세계에서 이러한 시대의 재정향이자 시대의 낡은 위계질서의 파괴는 고전적 고대와 헬레니즘 사이에서, 그리고 근대 세계, 즉 후기 중세와 르네상스에서 본질적인 장르적 표현을 획득했다. 이 시대들에 소설 장르의 기초가 형성되었다. 비록 소설의 요소들은 그 뿌리가 민담적 토대로 거슬러 올라가는, 아주 오래된 시대에서부터 준비되었던 것이기는 하지만. 이 시대에 나머지 모든 대장르는 이미 오래전부터 완성된, 낡은, 거의 석화된 장르였다. 그 모든 장르는 머리끝에서 발끝까지 낡은 시간의 위계질서로 침윤되어 있다. 장르로서의 소설은 처음부터 시간에 대한 새로운 감각의 토대 위에서 형성되고 발전했다. 절대적 과거, 전설, 위계적 거리는 장르로서 소설의 형성 과정에 어떠한 역할도 하지 않았다(이러한 것들은 소설이 예컨대 바로크 소설처럼 일정 정도 서사시화될 때와 같이 소설 발전의 개별적인 시기에만 그리 크지 않은 역할을 수행했다). 소설은 다름 아닌 서사시적 거리가 파괴되는 과정에서, 세계와 인간에 대한 우스운 친숙화의 과정에서, 예술적 형상화의 대상을 완성하지 않고 흘러가는 중의 동시대적 현실의 수준까지 격하하는 과정에서 형성되었다. 소설은 처음부터 절대적 과거의 거리 있는 형상에서가 아니라 이러한 완성되지 않은 동시대와의 직접적인 접촉 영역 속에서 구축되었다. 소설의 토대에는 개인적 경험과 자유롭고 창조적인 상상이 놓여 있다. 새롭고 냉철한 예술적·산문적 소설의 형상과 새롭고 경험에 근거한 비판적인 과학적 개념은 서로서로의 옆에서 동시에 형성되었다. 따라서 소설은 처음부터 다른 모든 완성된 장르와는 다른 반죽으로부터 만들어졌다. 소설은 다른 속성을 가졌으며 소설과 함께, 소설 속에서 일정 정도 모든 문학의 미래가 탄생한다. 그렇기 때문에 소설은 태어나면서 장르들 가운데 단순한 하나의 장르가 될 수 없었고, 평화롭고 조화로운 공존의 질서 속에서 그 장르들과 자신의 상호 관계를 구축할 수 없었다. 소설의 존재와 함께 모든 장르는 다르게 소리내기 시작한다. 다른 장르들의 소설화를 위한, 다른 장르들을 비종결적인 현실과의 접촉 영역으로 끌어들이기 위한 긴 투쟁이 시작되었다. 이 투쟁의 길은 복잡하고 구불구불했다.

문학의 소설화는 다른 장르들에 이질적인 **장르적 규범**을 강제하는 것이 결코 아니다. 사실 그와 같은 규범이 소설에는 전혀 없다. 소설은 그 속성상 비규범적인 것이다. 소설은 유연성 그 자체다. 소설은 영원히 모색하고, 영원히 스스로를 연구하며, 자신의 형성된 형식들을 재검토하는 장르다. 형성 중인 현실과의 직접적인 접촉 영역 속에서 구축되는 장르만이 그러할 수 있다. 따라서 다른 장르들의 소설화는 이질적인 장르적 규범에 종속되는 것이 아니다. 그 반대로 소설화는 다른 장르들을 그 자신들의 발전을 중단시키는 관례적이고, 이미 사멸한, 과시적이고, 생기 없는 모든 것으로부터 해방시키는 것이자 소설과 함께 다른 장르들을 이미 다 살아 버린 형식들의 어떤 양식화로 변화시키는 모든 것으로부터 해방시키는 것이다.

나는 오늘의 발표문 명제들을 다소 추상적인 형식으로 발전시켰다. 나는 소설 형성의 고대적 단계로부터 몇몇 예만으로써 그 명제들을 예시했다. 내가 이러한 선택을 한 것은 우리가 이 단계의 의미를 지나치게 과소평가하고 있다는 사실 때문이었다. 『문학백과사전』에 실린 소설에 대한 잘 알려진 논문에서 고대 소설은 보충적인 제시에서만 언급되고 있을 뿐이다. 그리고 소설의 고대적 단계에 대해 이야기할 때에는 전통적으로 오직 '그리스 소설'만을 염두에 두고 있다. 소설의 고대적 단계는 이 장르의 속성을 올바로 이해하기 위해서 거대한 의미를 갖는다. 하지만 고대적 토대에서 실제로 소설은 근대에 개진되었던 바로 그 모든 가능성을 발전시키지 못했다. 우리는 고대의 몇몇 현상에서 비종결적인 현재가 자신을 과거보다는 미래에 더 가깝게 느끼기 시작했다는 사실을 언급했다. 하지만 고대의 노예제적 구조의 전망 없음의 토대에서 현실적 미래로 재정향하는 이러한 과정은 완성될 수 없었다. 이러한 현실적 미래가 없었기 때문이다. 이러한 재정향은 르네상스 시대에 최초로 실현되었다. 르네상스 시대에 현재는, 동시대는 처음으로 자신을 과거의 비종결적인 연장으로 느꼈을 뿐만 아니라 어떤 새롭고 영웅적인 **원천**으로 느끼기 시작했다. 당대성의 수준에서 받아들인다는 것은 이미 격하할 뿐만 아니라 새로운 영웅적 영역으로 격상한다는 것을 의미했다. 르네상스 시대에 현재는 처음으로 자신을 매우 뚜렷하고 의식적으로 과거보다는 미래에 더 가깝고 더 친족적이라고 느꼈다.

소설의 형성 과정은 아직 끝나지 않았다. 그것은 새롭고 흥미로운 단계로 진입하고 있다. 계급사회라는 조건들 속에서 낡은 서사시적 완결성, 그리고 세계와 인간의 전체성 해체 과정이 불가피하게 제일선으로 대두하고 있다. 이러한 과정은 필연적이며 매우 생산적이었다. 이 과정은 세계의 유례없는 복잡화와 심화를, 인간적인 엄격함과 냉철함, 비판성의 유례없는 성장을 수반한다. 하지만 이러한 엄격함과 냉철함에 의해 획득된 모든 풍부함을 간직하고 있는 새롭고 복잡하고 형성 중인 전체성을 창조하는 것은 계급사회의 조건에서는 불가능하다. 이 과제는 이미 우리의 몫이 되었다. 소설과 소설적 리얼리즘은 그 형성에서 새로운 사회주의적 단계에 진입했다.

바흐친의 발표문에 붙이는 테제들

「문학 장르로서의 소설」

M. 바흐친

변현태 옮김

1. 장르로서의 소설이론의 난점, 소설이론의 계발에서 불만족스러운 상황은 소설이 유럽 문학에서 유일하게 아직 **완성되지 않고 형성 중에 있는** 장르라는 사실에 의해 규정된다. 소설의 장르적 틀은 아직 구성되지 않았고, 그 장르적 뼈대는 아직 굳어지지 않았으며, 다른 장르들과 비교할 수 없을 정도의 예외적인 유연성을 가지고 있다. 따라서 형성 중에 있는 장르로서 소설의 이론은 그것을 다른 완성된 장르들의 이론과 구별해 주는 특별한 계발 방법들을 요구하고 있다.

2. 형성 중에 있는 장르로서 소설은 근대의 문학적 발전의 정상에 서서 걸어가고 있으며, 다른 모든 장르에 대해 **비판적인** 장르가 되고 있다. 소설은 (특히 18세기 후반부터) 다른 장르들의 재구축에 강력하게 영향을 미치고 있고, 현실에 대한 다른 장르들의 관계에 강력하게 작용하고 있으며, 완성된 장르들에 고유한 관례성, 매너리즘, 언어적 정체 등의 극복에 강력하게 작용하고 있다. 19세기에 특징적인 것은 거의 모든 문학 장르들의 '소설화'다(포에마와 극뿐만 아니라 서정시도). 소설이 발생하자마자 소설과 다른 장르들의 상호 관계는 소설이 등장하기 전 장르들의 상호

관계가 그랬던 것과 달리 평화롭고 폐쇄적인 상호 공존과는 매우 거리가 멀다.

3. 형성 중에 있는 장르이자 가장 유연한 장르로서 소설은 문학에서 **리얼리즘적 경향**의 가장 일관되고 발본적인 표현자다. 거대 장르 중 소설이 처음으로 **동시대의** 현실 그 자체를 **진지한** 형상화의 대상으로 만들었다. 더 나아가 소설은 고급 장르들(특히 서사시)과 달리―고급한 장르들은 모든 예술적 본질, 가치, 그리고 완결성의 원천으로서 '절대적 과거(괴테와 쉴러의 용어)'를 가지고 있다―다름 아닌 동시대성(본질적인 의미에서)을 역사적 시간에서의 지향의 출발점이자 상대적인 중심으로 만들었다. 시간적 중심의 그와 같은 근본적인 장소 이동의 결과 **개인적 체험**과 그것에 근거해 자라난 자유로운 예술적 상상/공상이 일관되게 문학의 원천이 될 수 있었다[개인적 체험과 자유로운 예술적 상상/공상은 고급 장르들의 질료와 관점을 (이러저러한 관례성으로) 규정했던 **전설**을 대체하는 것이다]. 이러한 기초 위에서 소설 속에서 실제 리얼리즘적 도달과 형상화의 근본적인 예술적 방법들이 형성될 수 있었다.

4. 형성 중인 장르로서 소설은 또한 문학에서 **인간 형상**의 본질적 혁신을 규정했다. 소설이라는 조건에서 다른 장르들(특히 서사시와 비극)에 특징적인 **인간의 완결성과 외부화**가, 운명과 상황에 의한 인간의 완전한 소진이 극복된다. 이는 모든 인간 현상의 재구축으로, 인간 형상의 경계 자체의 변화로, 인간 형상과 현실과의 상호관계의 변화로 귀결된다. 그리하여 소설의 주도적인 주제 가운데 하나는 인간성의 가능성과 요구라는 관점에서 인간과 그의 운명, 상황과의 불일치가 된다. 이러한 부적합, 인간의 자기 자신과의 불일치는 소설에서 다양한 형식을 취하는데, 이 형식들이 의미 있는 정도로 소설적 주인공의 유형을 규정한다. 소설에서

인간은 **이데올로기적 주도권**을 쥐는데, 이것이 또한 그의 형상(서사시와 비교해서)을 본질적으로 재구축한다. 마침내 소설은 **형성 중인 인간**의 형상으로까지 상승한다(형성 중인 현실의 복잡하고도 모순적인 조건들 속에서).

5. 형성 중인 장르로서 소설의 모든 특수성(구성적, 플롯적, 문체적)은 예외적인 **유연성**으로 특징지어지며, 굳어 버린 장르적 특징으로서가 아니라 **장르 형성의 경향들**로서 고찰되어야만 한다. 이 경향들이 **전체** 문학의 발전에서 더욱 보편적이고 심오한 경향들을 짐작할 수 있도록 해준다. 소설이론의 계발이 갖는 예외적인 중요성은 이러한 사실에 의해 규정된다.

바흐친의 소설이론:

「문학 장르로서의 소설」 또는 「서사시와 소설」 읽기

1. 「문학 장르로서의 소설」을 둘러싼 서지학적 문제들

텍스트의 운명이라는 것이 있을까? 소비에트 시절 검열로 대표되는 국가화된 문학 제도하에서 텍스트의 운명은 종종 왜곡되었다. 검열의 대표적인 희생양이었던 미하일 아파나시예비치 불가코프(Булгаков. М. А.)의 『거장과 마르가리타(Мастер и Маргарита)』에서 악마 볼란드의 저 유명한, "수고(手稿)는 불타지 않는다"라는 말은 이 왜곡된 운명의 텍스트와 그 작가를 위로하기 위해 종종 포스트소비에트 러시아에서 호출되고는 했다. 포스트소비에트 러시아에서 소비에트 시절의 금서들, 무엇보다도 저 말을 만들어 낸 불가코프 자신과 안드레이 플라토노비치 플라토노프(Платонов А. П.), 알렉산드르 이사예비치 솔제니친(Солженицын. А. N.) 등의 작품을 출판하면서 인용되곤 했던 이 말은 권력을 포함한 어떠한 억압도 문학작품을 완전히 절멸시킬 수 없다는, 문학의 위대함에 대한 확인이기도 했으며 그로써 한동안 포스트소비에트 문학장을 지배했던 파토스를 대표하기도 했다.

바흐친의 텍스트도 대부분 이 관점에서 보아야 할 것이다. 특히 우리에게는 '서사시와 소설'이라는 제목으로 널리 알려진 「문학 장르로서의 소설(Роман как литературный жанр)」이 그러하다. 이 텍스트의 왜곡된 운명을 살펴보기 위해서는 약간의 서지학적 고찰이 필수적이다. 1928년 종교 관련 활동으로 체포된 바흐친은 카자흐스탄의 쿠스타나이에서 유형을 마치고 1936년부터 소련의 자치공화국이었던 모르도바 공화국의 수도 사란스크에 잠시 살았다(사란스크는 모스크바로부터 동남쪽으로 약 500킬로미터 떨어진 곳에 있다). 그 후 1937년부터 1945년까지 바흐친은 칼리닌 지역의 사블로보에서 살았으며(사블로보는 모스크바로부터 약 124킬로미터 떨어진 곳에 있다), 1945년부터 모스크바로 이주했던 1969년까지 다시 사란스크에서 살았다. 이는 정치범 경력 때문에 모스크바나 페테르부르크 같은 대도시 거주를 제한당했기 때문이다.

사블로보 시절 바흐친은 모스크바에 있는 고리키 세계문학연구소 문학이론 분과 학술회의에 참석해 논문 두 편을 발표했다. 바흐친 연구자인 판코프(Паньков Н.А.)에 따르면, 이는 모스크바에서 강의직을 얻어 모스크바에 거주하고자 했던 바흐친 개인의 희망에서 비롯한 것이기도 하다.[1] 첫 번째 논문은 1940년 10월 14일에 발표되었다. 이 발표문은 그 후 우여곡절을 거쳐 「소설적 말의 전사로부터(Из предыстории раманного слово)」라는 제목으로 공간(公刊)된다.[2] 우리가 살펴보고자 하는 두 번째

---

1 Паньков Н.А. *Вопросы биографии и научного творчества М.М. Бахтина* (М.: Издательство Московского университета, 2009) pp. 8–9.

2 '우여곡절'이라 함은 발표할 당시 이 글의 제목이 '소설 속의 말: 소설의 문체론의 문제에 대하여'였기 때문이다. 문제는 쿠스타나이 유형 시절 바흐친 자신이 같은 제목으로 소설론 관련 책을 준비했다는 것이다. 이 책은 이후 같은 제목으로 바흐친의 첫 번째 논문집 『문학과 미학의 문제들(Вопросы литературы и эстетики)』(1975)에 수록된다. 한편 바흐친의 첫 번째 발표문은 「소설 속의 말(Слово в романе)」이라는 제목으로 잡지 『문학의 문제들(Вопросы литературы)』(1965, 제8호)에 수록되었다. 그 후 바흐친은 모르도바 대학 학술지 『러시아와 외국 문학(Россия и иностранная литература)』(1967)에 이 발표문의 주요 부분을 「소설적 말의 전사(前史)로부터」라는 제목으로 출판하기도 했다. 결국 『문학과 미학의 문제들』을 출판하면서 제목이 같았던 책과 논문은 각각 「소설 속의 말: 소설의 문체론의 문제에 대하여」와 「소설적 말의 전사(前史)로부터」라는 제목으로 확정되었고, 바흐친 저작의 최종

논문은 1941년 3월 24일 발표된 것이며, 이때 발표문의 제목은 「문학 장르로서의 소설」이었다.

모스크바에서 정상적인 학자적 삶을 모색하는 마지막 단계는 바흐친이 1946년 11월 15일 고리키 세계문학연구소에서 칸디다트 논문『리얼리즘의 역사에서 라블레』를 방어한 일이 될 것이다.[3] 이 논문이 '코즈모폴리턴적 경향'으로 비판의 대상이 되었고, 그 후 바흐친의 정상적인 학자적 삶은 그가 재발견된 1960년대 초반까지 불가능했다.

다시 「문학 장르로서의 소설」로 돌아가면, 바흐친이 재발견된 이후 바흐친의 '발견자들'은 그의 글들을 다양하게 출판함으로써 바흐친의 정치적 복권을 모색했다. 이 두 번째 발표문도 코지노프(Кожнов В.В.)에 의해 「서사시와 소설: 소설 연구의 방법론에 대하여」라는 제목으로『문학의 문제들』(1970, 제1호, pp. 95-122)에 게재되었다.『문학의 문제들』에 게재될 당시 발표문의 첫 단락과 결론의 마지막 문장들이 생략된 상태로 출판되었으며, 그 후『문학과 미학의 문제들』에도 같은 상태로 출판되었다. 그 결과 우리에게 이 발표문은 「서사시와 소설」이라는 제목으로 알려지게 되었다. 발표문의 최종본이라고 할 수 있는『바흐친 저작집』제5권(2012)에서 이 발표문의 제목과 과거에 생략되었던 부분을 복원하여 출판함으로써 「서사시와 소설」에서 「문학 장르로서의 소설」로 재탄생하게 되었다.

기왕 「문학 장르로서의 소설」과 관련하여 약간의 서지학적 문제들을 살펴보았으니『바흐친 저작집』과 관련해서 바흐친 전 저작의 서지학적

판인『바흐친 저작집 1~6(Собрание сочинений М.М.Бахтина)』(1997~2012)에 역시 같은 제목으로 출판되었다(앞으로 이 텍스트에 대한 인용은 본문에 권:쪽수의 형식으로 기재하겠다). 곡절하지 않은가?

3 이 칸디다트 논문은 그 후 수정을 거쳐『프랑수아 라블레의 창작과 중세와 르네상스의 민중 문화』(1967)로 개작되어 출판된다.

문제들에 대해서도 간략하게 언급해 두기로 하자. 『바흐친 저작집』은 1997년에 당시까지 바흐친의 저작 중 가장 알려지지 않은 1940년대에서 1960년대 초반까지의 저작을 묶은 제5권을 출판함으로써 시작되었다. 원래 「1920년대의 철학적 미학」으로 시작하는 제1권부터 "'바흐친의 지인들'의 저작"이라는 제목으로 볼로시노프(Волошнов В.Н.)나 메드베데프(Медведев П.Н.) 같은 바흐친 서클 일원들의 저작을 묶는 제7권까지 기획되었으나(5:6) 2012년 제3권 『소설이론(1930~1961)』을 마지막으로 출판하면서 제7권을 제외하고 제1~6권으로 바흐친의 '아카데미본'이 확정되었다. 15년에 걸쳐 출간하면서 바흐친을 최초로 '발굴한' 학자들 대부분이 사망했고(아베린체프(Аверинцев С.С.), 트루빈(Турбин В.Н.), 코지노프 등. 그들은 간혹 스스로를 바흐친의 '제자'로 명명했다.), 소설론을 묶은 제3권의 편집자들과 주석가들 속에서 필자에게 낯선 이름도 발견된다. 각 권마다 엄청난 양의 주석을 단 이 저작 모음집은 바흐친 연구에서 하나의 이정표라 할 수 있다. 기왕에 발표된 주요 저작 대부분이―「문학 장르로서의 소설」처럼―새로 편집되었으며, 처음으로 공개되는 저작도 꽤 된다. 주석이 대부분 해당 저작에 대한 기존 연구를 개괄하고 있어서 앞으로의 바흐친 연구는 아마도 이 전집의 편집자와 주석가라는 '바흐친 연구의 수문장들'과 대면하지 않으면 안 될 것으로 보인다. 특히 우리가 다루고자 하는 「문학 장르로서의 소설」을 포함하고 있는 제3권의 경우 기존에 알려지지 않은, 소설에 대한 바흐친의 초고들을, 그것도 상당한 분량의 초고들을 처음으로 공개했다. 필자로서는 새로 출판된 바흐친의 글과 그에 대한 연구를 다 검토하지 못한 탓에 '바흐친 연구의 수문장들'과 본격적으로 대면할 기회는 다음으로 미룰 수밖에 없다. 여기서는 「문학 장르로서의 소설」에 대한 필자의 개인적인 '주석' 정도의 작업으로 만족하기로 한다.

2. 바흐친 이론의 진화에서 소설이론의 단계

1920년대의 '철학적 미학'과 '도스토옙스키론' 이후 30년대 바흐친의 작업은 확실히 소설이론의 단계로 구별할 수 있을 듯하다. 그 후 40년대에 바흐친은 라블레론을 중심으로 작업했고, 따라서 바흐친의 소설이론을 그의 도스토옙스키론과 라블레론을 매개하는 것으로 이해해 볼 수 있다.4 소설과 관련된 바흐친의 글들을 순차적으로 살펴보면 이 매개의 성격이 더욱 분명하게 드러난다. 기존에 우리에게 알려진 글들을 포함해서 2012년 『바흐친 저작집』 제5권에 실린 소설론 관련 글들은 대략 다음과 같은 순서로 씌었다. 「소설 속의 말: 소설의 문체론의 문제에 대하여」, 「교양소설과 리얼리즘의 역사에서 그 의의」, 「소설에서 시간과 흐로노토프의 형식들: 역사시학에 대한 개요」, 「소설적 말의 전사(前史)로부터」, 「문학 장르로서의 소설」, 그리고 저작집에 새롭게 포함된 「소설의 이론과 역사의 문제들」. 우선 소설적 말의 본질을 대화로 확정하고

---

4 바흐친 사유의 진화에 대한 대략적인 단계 구분에 대해서는 변현태, 「바흐쩐 읽기 1: 대화주의 이전의 대화주의」, 『크리티카』 제1권, 2005, 217-253쪽을 참고하라. 1920년대 도스토옙스키론과 40년대 라블레론의 매개됨의 문제는 바흐친 사유를 이해하는 쟁점과 관련된다. 도스토옙스키론의 '대화'와 라블레론의 '카니발' 개념은 종종 대립적으로 해석되었기 때문이다. 예컨대 서유럽 중세와 르네상스 전문가였던 핀스키(Pinskiy L. E.)의 유명한 발언, "바흐친은 도스토옙스키의 작품에서는 서구의 이념인 개성을 보여주었지만 라블레의 작품에서는 러시아의 이념인 정교집단주의(соборность)를 보여주었다"와 같은 바흐친 해석이 대표적이다('정교집단주의'로 번역한 соборность는 러시아어로 사원을 뜻하는 Собор에서 유래했다. 엄밀하게 말하자면 하나의 사원(Собор)을 중심으로 하는 교인 공동체가 соборность의 축자적인 뜻인데, 19세기말 20세기 초에 '정교집단주의'는 서구의 개인주의에 대립되는 러시아의 집단성을 대표하는 개념으로 자리 잡는다. '집단주의'라고 번역할 수 있으나 이 개념 자체가 정교적 이념과 밀접한 관계가 있기 때문에 '정교집단주의'로 번역했다). 핀스키가 지적하고자 했던 것은 가장 러시아적인 작가로 대표되는 도스토옙스키에게서 서구적인 것을, 그리고 서구의 중세 카니발에서 러시아적 이념인 '정교집단주의'를 내세우는 바흐친 사유의 어떤 '모순성'인데, 문제는 이 '모순성'을 이해하는 방식이 될 것이다. 바흐친의 사유가 '모순적인 것의 통일'을 지향하는 것은 명백하다. 문제는 이 모순이 '대화'와 '카니발'로 각각 대표되는 것이 아니라는 사실을, 즉 '대화'와 '카니발' 각각의 이념 속에 내재한 '모순성' 그 자체를 이해하는 것이다.

'상위언어학적〔=비언어학적(metalinguistic)〕 문체론'의 관점에서 소설적 말들의 유형론을 다루고 있는 「소설 속의 말」은 뚜렷이 『도스토옙스키 창작의 문제들(Проблемы творчества Достоевского)』(1929)의 제1부 제5장 「도스토옙스키의 말」의 문제의식의 연장에 있다.

이어지는 「교양소설과 리얼리즘의 역사에서 그 의의」와 「소설에서 시간과 흐로노토프의 형식들」에서는 소설 장르의 본질로서―우리가 다루고자 하는 「문학 장르로서의 소설」에서도 핵심적으로 등장하는―'형성(Становление)'을 내세우면서 고대부터 근대까지 소설의 역사를 다룬다.[5] 「소설적 말의 전사(前史)로부터」 또한 근대소설의 전사를 검토한다는 점에서 일종의 소설사로 볼 수 있는데, 소설의 발생 조건으로 '다언어(многоязычие)', '이질발화(разноречие)' 개념을 본격적으로 모색하고 이 개념들과 '웃음'을 연결함으로써 라블레론에 등장하고 있는 핵심 개념들을 예비한다. 실제로 「소설에서의 시간과 흐로노토프의 형식들」이나 「소설적 말의 전사(前史)로부터」에서 거론되는 고대와 중세의 '작품들'은 대부분 라블레론에서 다시 언급된다.

도스토옙스키론과 라블레론을 매개하는 소설이론, 그럼으로써 대화와 카니발의 이념의 연관성이 드러나는 것은 무엇보다도 도스토옙스키론의 개작인 『도스토옙스키 시학의 문제들(Проблемы поэтики Достоевского)』(1963)에서다. 주지하듯이 『도스토옙스키 시학의 문제들』

---

5 여기서 잠깐 '형성(Становление)'의 번역 문제를 살펴 두기로 하자. 「문학 장르로서의 소설」
   을 포함한 바흐친의 소설이론에서 소설 장르의 본질은 '형성 중'이라는 술어로 요약될 수
   있다. '형성'이라는 말은 '~이 되다'라는 뜻의 러시아어 동사 stanovit'sja의 명사다. 바흐친
   저작의 번역에서 '형성'과 함께 종종 '생성'이나 '정립'으로 번역되었다. 직역하자면 형용
   사 '형성 중(stanovyashchij)'이란 '~이 되고 있는 중'을 의미하며, 여기서 강조되는 것은 형성
   의 결과로서의 '정립'과는 구별되는 과정의 의미다. 한편 '생성'이라는 역어도 고려해 보았
   으나 '생성'이 갖는 들뢰즈적인 함의 때문에 피했다. 바흐친의 '형성'과 들뢰즈의 '생성' 개
   념이 유사하긴 하지만, 이를테면 그 개념들을 둘러싼 다른 '개념들의 성좌'가 다르기 때문
   이다.

은 1929년의 『도스토옙스키 창작의 문제들』의 개정본인데, 이 개정본에서 가장 커다란 차이를 보이는 곳은 『도스토옙스키 시학의 문제들』의 제4장, 「도스토옙스키의 작품에서 장르와 플롯 구성의 특징」이다. 이 제4장은 『도스토옙스키 창작의 문제들』의 제1부 제4장 「도스토옙스키 작품들에서 모험소설 플롯의 기능」을 대체하고 있는데, 10여 쪽 남짓한 『도스토옙스키 창작의 문제들』의 제1부 제4장이 도스토옙스키 작품과 모험소설의 플롯의 관계를 말 그대로 살짝 건드리는 수준이라면 『도스토옙스키 시학의 문제들』의 제4장은 '메니푸스 풍자', '카니발', '문학의 카니발화' 등의 '전통'이 도스토옙스키의 작품과 어떻게 연관되고 있는지를 본격적으로 다룬다.

그런데 여기서 핵심적으로 작동하는 것 가운데 하나가 소설이론을 다루면서 바흐친이 제시한 '장르' 개념이다. 예컨대 여기서 바흐친은 고대 그리스 로마의 장르인 '메니푸스 풍자'를 도스토옙스키의 소설과 관련시키면서 이를 '장르의 기억(помять жанра)'이라는 범주로 다루었다. 요컨대, 도스토옙스키 작품이 기대고 있는 '메니푸스 풍자'나 다양한 형태의 카니발화된 문학의 전통은 도스토옙스키라는 작가 개인에 의해 전유된 것이 아니라 도스토옙스키의 창작 장르, 즉 소설이라는 장르 자체가 가지고 있는 '기억'에 의해 전유된 전통인 것이다. 장르의 관점에서―도스토옙스키의 그것을 포함한―소설의 역사를 본다는 것은 "문학 과정의 복잡하고 시끄러운 표면 너머에 있는 더 거대하고 본질적인 문학과 언어의 운명"을 본다는 것이며, "이 운명의 주인공은 무엇보다도 **장르들**이며, 경향과 유파는 단지 2차적이거나 3차적인 인물일 뿐"이라는 사실을 의식하는 것이다(3:612, 강조는 바흐친).

그렇다면 1930년대 바흐친의 소설이론은 도스토옙스키론과 라블레론의 일종의 '사라지는 매개'일까? 그렇지 않다는 것을 보여주는 것이 우리가 다루고자 하는 「문학 장르로서의 소설」이나 「소설의 이론과 역사의 문제들」 같은 글이다. 이 글들은 소설 혹은 소설 장르에 대해 이론적·철학적 근거를 부여하고자 하는 '소설이론'의 성격을 가지며, 이로써 우리는 한편으로 '대화'나 '카니발'과 동등한 지위를 가진 '소설' 혹은 '소설 장르'라는 바흐친적인 이념을 설정할 수 있다. 다른 한편으로 '대화'나 '카니발'이 도스토옙스키에 대한 하나의 해석, 라블레에 대한 하나의 해석인 것처럼 바흐친의 소설론 또한 소설이론사의 맥락에서 접근할 수 있다. 먼저 전자의 관점에서 이 글을 살펴보기로 하자.

바흐친 자신은 「문학 장르로서의 소설」을 장르에 대한 일종의 철학적 접근으로 간주한다. "역사적이고 체계적인 학문으로서 장르의 이론은 문학적 종들과 장르들에 대한 **철학**에 근거해야만 한다. (…) 따라서 소설 장르의 이론의 토대를 다루고 있는 이 발표문에서 우리는 장르의 철학의 영역과 직접 관련되어 있는 몇 가지 문제들에 대해 예비적인 작업에 많은 부분을 할애할 수밖에 없다."(본서 205-206, 강조는 바흐친) 흥미로운 것은 이 글 전체를 통틀어 바흐친이 장르 개념 자체를 규정하지는 않고 있다는 사실이다. 발표 이후 토론에서도 이 부분이 지적되는데 이에 대해 바흐친은 다음과 같이 대답했다. "내가 소설은 형성 중인 장르라고 말하는 맥락에서 장르라는 말로 염두에 둔 것은 전체 구축에서의 이러저러한 문학적 규범이 아니었습니다. 장르, 이는 문학작품의 전체의 형식, 구조를 규정하는 규범이지요. (…) 한마디로 장르는 전체의 형식을 규정하지요. 그것도 규범적으로 규정합니다."[6]

실제로 바흐친은 소설 장르 이론에 대해 이야기를 시작하면서 그것이 가지고 있는 장르 이론상의 난점에서 출발한다. "장르로서의 소설이론은 다른 장르들의 이론이 알지 못하는 특별한 어려움으로 두드러진다. 이는 대상 자체가 가지고 있는 특수성으로 설명된다. 즉 소설은 **지금도**

---

6   Паньков Н.А. p. 73.

형성 중인, 그리고 **아직도 굳어지지 않은** 유일한 장르인 것이다. 장르를 형성하는 힘이 우리 눈앞에서 작동하고 있다."(본서 206, 강조는 바흐친) 그런데 쉽게 다음과 같은 질문들을 떠올려 볼 수 있다. 장르가 '문학작품의 전체의 형식, 구조를 규정하는 규범'이라고 한다면 애초에 '형성 중'으로 특징지어지는 소설을 '장르론'의 관점에서 규정할 수 있는가? 실제로 아베린체프Аверинцев С.С는 바흐친의 장르론을 일종의 '반(反)장르론'으로 규정한다.[7] 바흐친에게서 소설은 이를테면 발생, 형성, 정립의 과정을 거치는 혹은 거쳤던 다른 장르들과는 달리 언제나 '지금도 형성 중인' 장르다. 이 '지금도 형성 중'이라는 속성은 소설 장르가 가지고 있는 세 가지 근본적인 특수성과 관련된다. "1) **다언어적 의식**과 그 속에 실현되어 있는 것과 연관된 소설의 문체적 **3차원성**. 2) 소설에서 문학적 형상의 시간적 좌표들의 근본적인 변화. 3) 소설에서 문학적 형상 구축의 **새로운 영역**. 즉 다름 아닌 **비종결성에 있는 현재**(동시대)**와의 최대한의 접촉 영역**."
(본서 215, 강조는 바흐친)

소설에 도입된 '시간축의 변화', 즉 '현재=동시대성'의 도입과 그 '비종결적인 현재와의 최대한의 접촉'으로 인해 소설은 언제나 '지금도 형성 중'이 된다. 형식에 대한 규범적인 규정으로서의 '장르' 개념 대 일종의 '반(反)장르'로서의 '소설 장르' 개념의 구도가 독백 대 대화(도스토옙스키론)나 공식 문화 대 민중 문화(라블레론) 같은 일련의 바흐친적인 대립 구도의 변주 속에 위치하고 있다는 사실을 확인하기란 어렵지 않다. 이러한 일련의 대립 구도는 바흐친의 초기 철학에서 제시되는 문화의 통일성 대 개인의 유일성에서 출발하는데, 여기서 중요한 것은 바흐친이 문화의 통일성 대 개인의 유일성 구도에서 후자에 근거하면서도 양

---

7   Аверинцев С.С. *Риторика и истоки европейской литературной традиции*(М.: Языки русской культуры, 1996) р. 149.

자의 '전체성'을 모색하고자 했다는 사실이다.

문화의 통일성 대 개인의 유일성이라는 구도를 이를테면 개인의 구체적인 삶을 의미, 범주 등으로 포획하려는 폭력적인 체계 대 이 체계의 폭력의 덫을 어떤 식으로든 빠져나가는 개인의 실존적 삶['미래로의 개구멍'(3:620)]으로 범박하게 이해할 수도 있을 터인데, 여기서 바흐친이 후자의 입장에서 체계와 실존의 통일을 모색하고자 했다는 사실을 기억해 둘 필요가 있다. '존재-사건에서의 [존재자의] 부재 증명 불가(non-alibi in being-event)'(「행동철학(К филосоии поступка)」)로 대표되는 '날것으로서의 삶=실존'을 어떤 식으로든 긍정하기 위해서는 '의미', '가치'로 대표되는 문화의 관여가 필연적이기 때문이다. 바흐친이 「행동철학」에서 언급했던 '통일적 유일성' 혹은 '유일적 통일성'이 바로 이러한 '통일'의 표현일 것인데, 바흐친 사유의 '모순성'이 드러나는 대목이 이 지점이기도 하다. 바흐친의 이론을 일종의 '반(反)이론적 이론'이라는 '형용모순'으로 요약할 수도 있을 듯하다. 바흐친은 언제나 '형성 중=흘러가는 중=변화하는 중'인 개별적인 삶을 이론화하고자 한다. 문제는 모든 이론화는 어떤 보편적인 주체를 설정한다는 사실이다. 이 보편적인 주체로 환원되지 않지만 어떤 '보편성'을 갖는 어떤 개별적인 삶, 바흐친 이론의 '형용모순'은 이것에서 출발하고 이것으로 되돌아간다. 예컨대 도스토옙스키의 '대화'란 기존의 소설 형식을 대화라는 삶의 '형식'으로 대체하는 '소설 형식'이다. 라블레의 카니발은 민중들의 삶에 '형식'을 부여하는(=형식화하는) 공식 문화로부터 끊임없이 탈주하는 '삶'으로서의 민중 문화의 일종의 형식화다.

소설은 '문학작품 전체의 형식, 구조를 규정하는 규범'으로서의 장르에 언제나 반하는 '반(反)장르'로서의 장르다. 한 가지 예를 들어보기로 하자. 주인공의 형상화 문제다. 바흐친에 따르면 서사시나 비극의 주인공은 "자신의 운명과 그 운명에 의해 조건 지어진 플롯 외부에서는 아무것도 아니다. 즉 그는 다른 운명, 다른 플롯의 주인공이 될 수 없다."(본서 245) 요컨대, 오디세우스나 오이디푸스의 성격과 운명은 완벽하게 일치하며, 이 완벽성에 서사시나 비극의 위대함이 있다.[8] 반면 소설의 주인공은 '인간성의 잉여', 즉 '자기 자신과의 불일치의 필연성'으로 특징지어진다. "소설의 근본적이고 내적인 주제 가운데 하나가 다름 아닌 주인공과 그 운명의 불일치다. 인간은 자신의 운명보다 크거나 혹은 자신의 인간성보다 작다. 그는 전적으로 끝까지 관료, 지주, 상인, 약혼자, 질투자, 아버지 등이 될 수 없다."(본서 246) 요컨대, 라스콜리니코프는 페테르부르크의 나폴레옹주의에 빠진 가난한 살인자 대학생으로 환원될 수 없다. 그 이상으로 말할 수도 있다. 예컨대 바흐친식으로 말해 보자면 『죄와 벌』의 라스콜리니코프는 라스콜리니코프가 아닌 한에서만, 혹은 아닐 수 있는 한에서만 라스콜리니코프일 수 있다.

'반(反)장르'로서 소설 장르의 의미가 장르 개념이나 기존에 존재하는 장르 체계에 대한 일면적인 해체일 수 없다. 소설이 지배적인 곳에서 다른 장르들의 소설화를 언급하면서 바흐친은 다음과 같이 말한다. "소설

---

8 『도스토옙스키 창작의 문제들』에서 소설이론, 더 나아가 라블레론의 단계에 이르기까지 바흐친이 일종의 '소설주의자'인 것은 명백하다. 이 글에서도 바흐친이 소설을 서사시(혹은 예컨대 비극이나 서정시 같은 '고급 장르들')에 비교하면서 특권화하고 있다는 사실도 분명하다. 아마도 문제는 바흐친이 소설을 특권화하면서 다른 장르들을 부당하게 격하하고 있느냐일 것이다. 서사시에 대한 '완결성'이라는 관점에서 바흐친의 서사시 비판이 문제적이라는 지적에 대해 바흐친 자신은 다음과 같이 부언하고 있다. "나는 서사시를 단지 역사적으로 채택한 것입니다. 이러한 서사시의 완결성에 대해 나는 호메로스의 서사시보다 더 완전한 작품을 알지 못한다고 말하겠습니다. 나는 호메로스의 서사시에 대한 열광적인 숭배자입니다. 심지어 호메로스의 서사시를 외울 수 있을 정도지요. 어떤 소설도, 수백 편의 소설도 제게는 호메로스의 서사시만큼 즐거움을 주지 못합니다."(Паньков, Н. А. p. 82) 이러한 발언이 소설주의자 바흐친에게 '면죄부'가 될 수는 없을 것이다. 다만 만일 우리가 '모순성'으로 바흐친을 설명한다면 적어도 바흐친의 '미적 취향'과 '이론' 사이의 '모순성'을 지적할 수는 있을 것이다. 좀 더 나아가 본다면 바흐친이 서사시를 '완결성'으로 설명할 때, 이는 서사시의 '협소함'에 대한 지적일 뿐 아니라 '위대함'에 대한 지적일 수 있다는 해석도 가능하다.

의 존재와 함께 모든 장르는 다르게 소리내기 시작한다."(본서 248) '통일적 유일성' 혹은 '유일적 통일성'이라는 관점에서 바흐친의 소설이론은 서사시적 '전체성'에 대한 비판일 뿐 아니라 서사시적 '전체성'과 구별되는 어떤 다른 '전체성'에 대한 모색이 된다. "소설에서 인간의 서사시적(그리고 비극적) 전체성의 해체는 동시에 인간적 발전의 보다 높은 단계에서 인간의 새롭고도 복잡한 전체성의 준비와 결합된다."(본서 247)[9] 이 '새롭고도 복잡한 전체성'에 대한 모색은 바흐친 이론 전체의 '형용모순'과 관련될 것이다. 그리고 이러한 관점에서 「문학 장르로서의 소설」에서 복원된 마지막 구절 "새롭고, 복잡한, **형성 중의 전체성**을 창조하는 것은 계급사회의 조건에서는 불가능하다. 이 과제는 이미 우리의 몫이 되었다. 소설과 소설적 리얼리즘은 그 형성에서 새로운 사회주의적 단계에 진입했다"(본서 250, 강조는 변현태)라는 말은 소비에트 시기의 의례적인 클리셰 이상의 의미를 갖는다.

3. 바흐친 소설이론의 소설이론사적 맥락에 대하여

바흐친의 저작은 언제나 바흐친 자신이 강조했던 당대의 맥락 속에서 대화 상대자를 갖는다. 「문학 장르로서의 소설」의 경우 그 대화 상대자

---

9   여기서 잠시 '전체(celoe)'와 '전체성(celostnost')' 개념을 살펴보기로 하자. 바흐친의 초기 저작에서부터 '전체' 개념은 미적 활동의 최종적인 목적으로 설정된다. 바흐친의 용어로 말해 보자면 작가의 미적 활동은 주인공의 '전체'의 형상화를 목적한다. 바흐친의 '전체'는 부분과 전체의 유기성에 대한 바흐친의 언급들에서 확인할 수 있듯이 다분히 고전적인 개념이다. 흥미로운 것은 바흐친이 간혹 '총체성(total'nost')'이나 '총체적(total'nyj)'이라는 형용사도 사용하지만 압도적으로 '전체', '전체성'이라는 개념을 선호한다는 사실이다. 바흐친의 헤겔 비판을 미루어 보면, 바흐친은 헤겔적 의미에서 '총체성' 개념에 내재된 목적론(이른바 루이 알뛰세르(Louis Althusser)의 '표현적 총체성')의 뉘앙스를 의식하고 있었던 것으로 보인다. 「문학 장르로서의 소설」에서도 일관되게 '총체성'이 아니라 '전체성', '전체' 개념이 사용된다.

는 잘 알려져 있듯이『문학백과사전』의「소설」항목이다. 주지하듯이 이「소설」항목은 다시 포스펠로프(Поспелов П. Н.)가 쓴 '소설'과 루카치가 쓴 '부르주아 서사시로서의 소설'로 나뉜다. 일반적으로 루카치가 바흐친의 대화 상대자로 호명되지만,[10]「문학 장르로서의 소설」에서『문학백과사전』을 직접적으로 언급하는 대목을 보면 오히려 포스펠로프가 쓴 항목의 문제를 지적하고 있다. 예컨대 바흐친은 다음과 같이 언급한다. "『문학백과사전』에 실린 소설에 대한 잘 알려진 논문에서 고대소설은 보충적인 제시에서만 언급되고 있을 뿐이다. 그리고 소설의 고대적 단계에 대해 이야기할 때에는 전통적으로 오직 '그리스 소설'만을 염두에 두고 있다."(본서 249)「소설」항목에서 소설의 역사를 고대나 중세의 산문 장르와 관련해 검토하고 있는 것은 루카치가 아니라 포스펠로프다. 흥미로운 것은「문학 장르로서의 소설」에서나 이 글을 둘러싼 토론에서 주로 문제가 되는 부분은 소설 개념이 아니라 오히려 서사시 개념이었으며, 이러한 정황은 필연적으로 루카치가 취했던 '부르주아적 서사시로서의 소설'이라는 규정의 원소유자, 헤겔의 서사시 개념에 대한 검토로 거슬러 올라가게 만든다.「문학 장르로서의 소설」에서는 직접적으로 루카치를 거론하고 있지 않지만 이 발표문을 준비하면서 만든 것으로 추정되는 수고,「소설이론의 문제들에 대하여」에서 바흐친은 직접 루카치와 헤겔을 언급하고 있다. 이 대목을 직접 살펴보기로 하자.

루카치는 헤겔을 따라서 서사시(эпопея)를 동시대의 현실, 동시대의 질서와 세계 구조의 반영으로 해석했다. 반면 예술 장르로서 서사시는 다름 아닌 과거로의, 기원과 시조의 영웅적 시간으로의, 아버지들의 시간으로의 정

---

10 바흐친의 소설이론을 다루는 대부분의 글이 '바흐친 대 루카치'의 구도를 취하는 것도 흥미롭다.

향성을, 빽빽하게 완결되어 있고 자신 속에 폐쇄적인 시간으로의 정향성을 필수적인 **구성적** 요소로 포함하고 있다.(3:584-585, 강조는 바흐친)[11]

만일 「소설」 항목으로만 한정한다면 이러한 비판의 근거는 다음과 같은 루카치의 서술이 될 듯하다. 루카치는 고전 철학에 의해서 호메로스의 서사시가 갖는 구성적 특징의 많은 부분이 해명되었다는 사실을 지적하면서 다음과 같이 말한다. "이러한 일반적인 상황은 소설의 형식을 이해하기에 매우 중요하다. 왜냐하면 그것들이 형식적이고 창조적인 원칙들을 해명해 주기 때문이고 바로 이 원칙들에 근거해서 소설은 과거에 서사시가 주었던 것처럼, [우리를] 둘러싼 세계에 대한 완전한 상을, 자신의 시대에 대한 상을 줄 수 있기 때문이다."[12]

기실 서사시 개념에 대한 루카치(혹은 헤겔)와 바흐친의 차이는 일종의 '방점'의 차이라고 할 수도 있다.[13] 예컨대 앞서 인용한 대목에서 루카치의 방점은 '[우리를] 둘러싼 세계에 대한 **완전한** 상'에 대한 제시에 있다고 해석할 수 있기 때문이다. 여기에 바흐친은 굳이 '**자신의 시대에 대한 상**'의 제시라고 방점을 달리 찍어 해석한다.

---

11 동시대성의 반영이라는 관점에서 바흐친은 "헤겔에게서 호메로스적 서사시에 대한 성격 묘사는 소박한 리얼리즘으로 위협받고 있다(3:585)"라고 비판한다.

12 러시아어 「소설」 항목에 대한 인용은 http://feb-web.ru/feb/LITENC/ENCYCLOP/을 참조했다. 러시아어본과 독일어본 사이에 차이가 있다. 독일어본에서는 이 구절이 다음과 같다. "Diese allgemeinen Prinzipien sind für die Erkenntnis der Romanform von größter Wichtigkeit, da sie die formal schöpferischen Prinzipien analysieren, mit deren Hilfe der Roman, ebenso wie früher das Epos, ein vollständiges Weltbild, ein Bild seiner Zeit zu geben imstande ist." 우리가 엮은 이 책에서 김경식은 이 구절을 다음과 같이 옮겼다(58쪽). "이러한 일반적 원리들은 소설 형식의 인식을 위해 지극히 중요하다. 왜냐하면 그것들은 소설이 이전의 서사시와 마찬가지로 하나의 완전한 세계상(世界像)을, 자기 시대의 형상을 제공할 수 있게 만드는 그런 형식적 창작 원리들을 분석한 것이기 때문이다."

13 루카치와 바흐친의 유사성에 대해서는 우리가 엮은 이 책에 실린 페터 케슬러의 글(113쪽)을 참조할 수 있다.

루카치에 대한 교과서적인 표현을 빌리면, 루카치가 현실과 동시대성에 대한 '총체적인 반영'이라는 관점에서 '서사시와 소설'이라는 문제에 접근하고 있다면 바흐친은 서사시적 과거와 소설의 동시대성이라는 관점에서 이에 접근하고 있는 것이다. 물론 바흐친에게─루카치에게도 그렇지만─소설에서의 동시대성이란 단순한 시간적 범주가 될 수 없다. 서사시에서의 영웅적 과거 또한 그렇다. 바흐친은 반복해서 서사시와 소설에서 과거 혹은 현재/미래라는 범주가 시간적인 범주가 아니라 '가치 평가적-시간적' 범주라는 사실을 강조한다. 그리고 이 '가치 평가적·시간적' 범주들은, 소비에트 시기의 표현을 빌리면, 서사시의 '창작 방법'과 소설의 '창작 방법'의 본질적인 차이를 드러내 준다.

서사시의 세계, 이는 민족적 영웅적 과거로서 민족적 역사의 '**기원**'과 '**정상**'(아르케와 아크메)의 세계이고 아버지들과 선조들의 세계이며, '최초이자' '가장 탁월한' 세계다. 중요한 것은 이 과거가 서사시의 **내용**이라는 것이 아니다. 형상화되는 세계와 과거의 연관성, 형상화되는 세계와 과거로의 관여성, 이것이 장르로서의 서사시의 근본적인 **형식적** 특성이다. 서사시는 **현재**에 대한, 자신의 시대에 대한 포에마가 아니다(서사시는 후손들만을 위한 과거에 대한 포에마다). 우리에게 알려진 특정한 장르로서의 서사시는 처음부터 과거에 대한 포에마였다.(본서 218, 강조는 바흐친)

어찌 보면 사소할 수 있는 이 '방점'의 차이가 소설을 둘러싼 전략에서 커다란 차이를 가져온다. 바흐친은 '동시대성의 문학적 반영'을 서사시가 아닌 다른 곳에서 발견한다. "동시대성의 문학적 반영은 언제나 존재해 왔다. 하지만 그것은 문학적 삶의 주변부에 위치한다. 이것은 사소하고 '저급한' 장르들이다. 동시대성은 특수한 언어, 물질적·육체적 원리의 형상들과 관련되어 왔다."(3:586) 여기서 다시 바흐친의 또 하나의 중요한 이념, '웃음'이 등장한다. 니체의 표현을 틀어서 바흐친은 다음과 같이 말한다. "웃음의 정신으로부터의 소설의 탄생."(3:562)[14] 이로부터 소설의 '과거-현재-미래'를 바라보는 바흐친 특유의 소설의 역사가 만들어지는바, 이는 소설의 오롯한 근대성을 주장했던 루카치뿐만 아니라 '고대소설', '중세소설' 등의 범주로 소설의 역사를 구성했던 당대의 소비에트 소설 문헌학자들(예컨대『문학백과사전』「소설」항목의 다른 집필자였던 포스펠로프로 대표되는)과도 구별되는 것이다. 이를테면 바흐친은 포스펠로프와 같은 당대의 소비에트 소설 문헌학자들과 달리, 소설이라는 이름을 공유하는 '그리스 소설', '고대 소설', '중세 소설', '기사도 소설' 등에서가 아니라 동시대성에 "조야하고 리얼리스틱하게 접근"(3:585)했던 고대의 소크라테스적 대화나 메니푸스 풍자, 중세의 카니발과 다양하게 카니발화된 '우스운' 저급 장르들에서 근대소설의 전사(前史)를 발견한다.

소설과 웃음의 관계는 소설의 '과거'로 국한되지 않는다. 소설의 '미래'와 관련해 바흐친은, 예컨대 루카치가 말하는 '자본주의 사회에서의 인간의 타락', 그리고 사회주의 리얼리즘 소설에서 이 타락을 극복할 수 있는 서사시적인 '긍정적 주인공'을 염두에 두면서 다음과 같이 말한다.

소설에서 독자적인 인간으로서의 인간의 타락은 자본주의사회에 의해 설명될 수 있을 뿐 아니라─아니, 그렇게 설명되기보다는─세계의 끝없는 확장과 다양성, 그리고 인간의 질적 변화로 설명된다(이것은 자신들의 작고 폐쇄된 세계가 아니라 타자들의 거대하고 열려진 세계). 독자성의 중심은 다른 영역

---

14 이는 물론 '음악정신으로부터의 비극의 탄생'이라는 니체의 표현을 비튼 것이다. 사실 바흐친의 소설이론의 대화 상대는 '소설-서사시'의 루카치일 뿐 아니라, '소설-비극'의 뱌체슬라프 이바노비치 이바노프(Vyacheslav Ivanovich Ivanov)이기도 하며, 이바노프를 매개로 '비극'을 전면화했던 니체로 거슬러 올라간다. 이에 대해서는 변현태, 「소설의 '형식'에 대한 두 사유: 이바노프의 '소설-비극'과 바흐쩐의 '소설-대화'」, 『안과밖』 35호, 2013, 304-380쪽을 보라.

으로 옮겨지고, 행동의 성격이 또한 변화한다. 긍정적 주인공과 무한한 요구. 서사시 주인공들의 관례성이라는 요소. 그들의 긍정성은 형식에 의해 탄생되며 추상화를 요구한다.(3:562)

주지하듯이 루카치는 '인간 타락'의 원인으로서 자본주의가 갖는 '총체화 경향'에서 근대소설의 새로운 가능성, 즉 '현실과 동시대성의 총체적 반영'을 보았다. 이 '인간의 타락'을 '친숙화=속화'라고 방점을 달리 찍으며 바흐친은 여기서 새로운 '영웅'의 가능성을 본다. 바흐친에 따르면 소설의 주인공을 "동시대성의 수준에서 받아들인다는 것은 이미 격하할 뿐만 아니라 새로운 영웅적 영역으로 격상한다는 것을 의미했다." (본서 250) 그리고 아마도 바흐친의 다음과 같은 주장은 이 '새로운 영웅적 영역으로의 격상' 가능성의 관점에서 읽혀야 할 것이다.

우리가 새로운 서사시를 창조해야만 한다고 말하고는 합니다. 이것은 몰이해입니다. 서사시, 이는 전적으로 규정된 어떤 것입니다. 우리가 이야기하고 있는 것은 미래의 서사시입니다. 이것은 어떤, 전적으로 다른 것입니다. 우리가 이것이 서사시로의 회귀라고 말할 때, 우리는 사태의 상황을 근본적으로 왜곡하고 있는 겁니다. 이것은 서사시로의 회귀가 아닙니다. 이것은 문학 창조의 새로운 단계이지요. 정확하게는 소설의 새로운 단계라고 해야겠지요. 제가 설정한 문제의 해결, 이것은 우리가 새로운 전체성으로 건너가야만 한다는 것을 의미합니다. 하지만 이것은 호메로스의 서사시 이후 보존되어 왔던 것과 비교해서 복잡한 전체, 다른 전체성입니다.[15]

---

15 Паньков Н.А., p. 83.

4. 결론

소설주의자로서 바흐친의 소설에 대한 가장 격렬한 찬양은 아마도 소설이 문학을 포함한 문화 발전의 담지자이자 미래가 될 것이라는 단언일지도 모르겠다. 바흐친은 소설의 등장으로 말미암은 다른 장르들의 소설화, 장르들의 경계의 흔들림 등을 지적하면서 이 과정 자체를 일종의—바흐친적 의미에서—문학의 '형성'으로 파악한다. 이 문학의 형성, 문학의 발전과 변화를 가장 민감하게 반영하는 것이 소설이다. "형성 중에 있는 것만이 형성을 이해할 수 있"기 때문이다.(본서 211) 그리고 그렇기 때문에 "소설은 많은 점에서 모든 문학의 **미래**의 발전을 예견했고 또 예견하고 있다."(본서 211, 강조는 바흐친) 더 나아가 문학의 형성은 문학의 경계를 건드리고, 다시 이 문학의 경계의 흔들림은 문화 영역의 경계를 흔든다.

> 문화 영역(문학의 영역을 포함하는)의 경계들의 변화 과정은 매우 느리고 복잡한 과정이다. 특수한 것의 (…) 경계의 부분적인 파괴는 더욱 심오한 기저에서 흐르고 있는 이러한 과정의 징후일 뿐이다. 형성 중인 장르로서의 소설에서 이러한 특수성의 변화 징후들이 훨씬 더 자주, 더 격렬하게 드러나며, 더 의미심장한데 왜냐하면 소설이 이러한 변화들의 선두에서 나아가고 있기 때문이다. 소설은 문학 발전의 더 이후의 운명, 더 거대한 운명을 추측하기 위한 자료로 기능할 수 있다.(본서 241-242)

저 마지막 문장의 '문학 발전'을 문화 발전이라 읽어도 무방할 것이다. 바흐친의 글이 발표되고 75년이 흐른 지금 문학이, 좁게는 소설이 여전히 그러한가. 물론 필자는 그 75년의 시간 동안 기존 소설의 경계를 흔들고 그럼으로써 문학을 다시 묻게 만드는 괴물 같은 소설들이 등장해 왔다고 믿는 편이다. 하지만 최근의 문학/문화 상황은 소설이 여전히 '장르 형성력'을 가지고 다른 문학 장르나 문화 장르에 영향을 미치고 있는가라는 질문을 문제적으로 만들고 있는 것은 아닐까? 한 가지만 예를 들어보기로 하자. 바흐친은 이른바 '길거리 소설'을 다루면서 이것들이 사회적·철학적 문제성을 상실함으로써 동시대의 미완결적인 현실과의 접촉을 불가능하게 한다고 말한다. '길거리 소설'에서 '접촉의 영역'은 다른 방식으로 이용되는데, '흥미롭고 화려한 삶이라는 대체 현실(서로깃)'을 제시하는 것이다. 요컨대, 접촉 가능한 영역에서는 현실을 대신해서 살아갈 수도 있는 것이다. 바흐친에 따르면, "여기서 이러한 소설적 접촉 영역이 갖는 특별히 위험한 성격이 열린다. **소설 속으로는 직접 들어갈 수 있는 것이다.**"(본서 240, 강조는 바흐친) 사실 이 문제가 '길거리 소설'의 문제만은 아니다. 이른바 '보바리즘(Bovarysme)'에서부터 소설은 끊임없이 소설이 삶을 대체할 수 있는 가능성의 문제를 문제시해 왔다. '소설을 따라 살기'는 특정한 시대에 보편적으로 나타나는 현상이었다. 주지하듯이 '대체 현실(서로깃)'의 제시는 이제 압도적으로 영상매체의 몫이 되었다. 과연 우리 시대에도 '소설을 따라 살기'가 가능한가? 다른 장르의 경계를 무너트리고 새로운 문학/문화 형성의 미래를 책임지는 일, 이는 이제는 이미 소설의 몫이 아니게 된 것은 아닌가?

바흐친은 소설에 '미완결 현재'와의 접촉에 따른 '미완결성'을, 그럼으로써 '미완결 현재'라는 무한동력을 달고 무한히 변화·'형성'하는 잠재력을 부여했다. 현재의 문제적인 상황은 소설과 현실, 소설과 동시대성의 문제를 다시 고민하게 해준다. 물론 이 고민에서 바흐친의 소설이론이 일정한 길잡이 역할을 해줄 수 있을 것이다.

5장

D. H. 로런스

G. 루카치

발터 벤야민

M. 바흐친

사르트르

아도르노

프레드릭 제임슨

루쉰

최재서

임화

김현

백낙청

장폴 사르트르 Jean-Paul Sartre 1905~1980

1905년 파리에서 태어났다. 두 살 때 아버지를 여의고 외조부 슬하에서 성장했다. 파리의 고등사범학교에서 철학을 전공했으며 1929년에 교사자격시험에 수석으로 합격했다. 1939년 2차 세계대전에 참전하여 포로로 잡혔다가 1941년 수용소에서 석방되었다. 1945년 《현대》지를 창간하여 참여문학을 주창하고 실존주의를 대표하는 지식인으로 명성을 날렸다. 『존재와 무』 『변증법적 이성비판』 등의 철학서와 소설 『구토』 『자유의 길』의 저자이며, 『문학이란 무엇인가』, 『집안의 천치』 등으로 문학비평에서도 한 획을 그은 20세기의 대표적 사상가이다. 열 권으로 된 『상황』 시리즈에는 다양한 정치평론이 실려 있으며 『닫힌 방』 『더러운 손』 등의 희곡과 『게임은 끝났다』 『프로이트』 등의 시나리오도 기억할 만하다. 자서전 『말』로 1964년 노벨 문학상 수상자로 선정되었으나 수상을 거부했다. 전방위적 글쓰기와 활동으로 행동하는 지식인의 전범을 보여주었으며 1980년 사망하여 몽파르나스 묘지에 안장되었다.

『이방인』 해설

◆ 장폴 사르트르
◆ 윤정임 옮김

카뮈의 『이방인(L'Étranger)』은 출간되자마자 최대 호평을 받았다. 사람들은 "휴전 이래 최고의 책"이라고 입을 모아 말했다. 그즈음의 문학작품 사이에서 그 소설 자체가 하나의 이방인이었다. 그것은 적도 저쪽, 바다 건너에서 우리에게 왔기 때문이다. 석탄도 없는 이 썰렁한 봄에 소설은 태양에 대해 이야기하는데, 그것을 이국적 경이처럼 대하는 것이 아니라 너무 즐겨 신물이 난 듯 허물없이 다루었다. 소설은 낡은 체제를 또다시 손수 매장하거나 우리 자신의 보잘것없음을 깨닫게 하는 일 따위에 마음을 쏟고 있지 않았다. 이 소설을 읽고 있으면 예전에 작품 자체의 가치를 주장하며 아무것도 증명하지 않으려 했던 작품들이 떠올랐다. 하지만 그 같은 무상성(無償性)의 대가로 이 소설은 꽤 애매한 상태에 머물러 있었다. 자기 어머니가 죽은 다음 날 "해수욕을 하고 비도덕적인 애정 관계를 시작하고 코믹 영화를 보며 낄낄거리는" 인물, 그리고 "태양 때문에" 아랍인을 죽이고 자신의 사형 집행 전날 밤에 자기는 "행복했으며 여전히 행복하다"고 주장하며 사형대 주변에 수많은 구경꾼이 몰려들어 "증오의 함성으로 자신을 맞아주기를" 바라는 이 인물을 어떻게 이해해야 하는가? 어떤 이들은 "어리석고 한심한 작자"라고 했고, 좀 더 통찰력이 있는 이들은

"죄 없는 사람"이라고 했다. 이 죄 없음의 의미 또한 이해해야 할 것이다.

카뮈는 몇 달 뒤에 나온 『시지프 신화(Le Mythe de Sisyphe)』에서 자신의 소설에 대한 정확한 설명을 내놓았다. 그의 주인공은 선인도 악인도 아니며, 도덕적이지도 비도덕적이지도 않다는 것이다. 이러한 범주들이 그 인물에게는 적합하지 않은데 이유인즉슨 그 인물이, 저자가 **부조리**라는 이름을 마련해 놓은 매우 특이한 부류에 속하기 때문이다. 그런데 부조리라는 단어가 카뮈의 글에서는 아주 다른 두 가지 의미를 갖는다. 부조리란 하나의 사태(état de fait)이면서 동시에 이러한 사태에 대한 어떤 사람들의 명석한 의식을 지칭한다. '부조리'의 인간은 근본적인 부조리로부터 빚어지는 불가피한 결과들을 단호하게 끌어내는 사람이다. 여기에는 스윙 춤을 추는 젊은이를 '스윙'이라고 말할 때와 같은 의미의 전이가 있다. 그렇다면 사태로서의, 즉 근원적 조건으로서의 부조리란 무엇인가? 그것은 다름 아닌 인간과 세계의 관계를 말한다. 근본적인 부조리는 무엇보다 분리를 나타낸다. 즉 통합을 향한 인간의 열망과 자연과 정신의 극복할 수 없는 이원성 사이의 분리, 영원을 향한 인간의 도약과 인간 실존의 **유한성** 사이의 분리, 인간의 본질 자체인 '근심'과 인간의 헛된 노력 사이의 분리 말이다. 죽음, 진리들과 존재들의 환원 불가능한 다원성, 실재하는 것들의 비가지성(非可知性), 우연성, 이런 것들이 바로 부조리의 중심에 있다. 사실 이러한 것들이 굉장히 새로운 주제들은 아니며, 카뮈 역시 그것을 새롭다고 소개하지는 않는다. 이런 논의들은 그야말로 프랑스적인 이성, 즉 건조하고 짧고 사변적인 이성에 의해 17세기부터 열거되어 왔다. 그런 주제들은 고전적 염세주의의 흔한 논거로 사용되기도 했다. "연약하고 유한한 인간 조건의 타고난 불행, 가까이 들여다보면 너무나 비참하여 그 무엇도 위안이 될 수 없는 그 불행"을 강조한 사람은 파스칼 아니던가? 그 불행의 자리를 이성에 낙인찍은 사람이 바로 그 아니던가? "세상은 (완전히) 이성적이지도 비이성적이지

276

도 않다"는 카뮈의 문장에 파스칼이 두말없이 동의하지 않겠는가? "관습과 오락은 버림받은 인간과 그의 결핍과 무력과 공허"를 감추는 것이라는 점을 파스칼이 보여주지 않았던가? 『시지프 신화』의 차가운 문체, 그 에세이가 다룬 주제로 인해 카뮈는 샤를 앙들레르(Charles Andler)[1]가 정확하게 니체의 선구자들이라고 부른 프랑스 모랄리스트[2]의 위대한 전통에 자리하게 된다. 카뮈가 인간 이성의 능력에 불러일으킨 회의에 대해 말하자면, 그것은 가장 최근의 프랑스 인식론 전통 속에 자리한다. 과학적 유명론(唯名論, nominalisme), 쥘 앙리 푸앵카레(Poincaré, Jules Henri), 피에르 모리스 마리 뒤앙(Pierre Maurice Marie Duhem), 에밀 메이에르송(Emile Meyerson)을 생각해 보면 우리의 저자가 근대과학에 던지는 비난을 좀 더 잘 이해할 수 있다. "당신들은 보이지 않는 행성계를 이야기하고 그 중심 주변에 전자들이 돌고 있다고 한다. 당신들은 나에게 이 세계를 이미지로 설명한다. 그러면 나는 당신들이 시(詩)에 이르고 있음을 알아보게 된다. (…)"[3] 이것은 그와 거의 같은 시기에, 동일한 근원을 파 내려가던 어떤 저자가 표현한 내용과 다르지 않다. "(물리학은) 기계론적, 역학적, 심지어 심리학적 모델들을 무차별적으로 사용한다. 마치 물리학이 본체론적[존재론적] 주장에서 해방되어 자연 그 자체를 상정하는 기계론이나 역학의 고전적 이율배반에는 무관심해질 수 있다는 듯이 말이다."[4]

---

1 1920년에 출간된 앙들레르의 책 제목이 『니체의 선구자들(Les Procurseurs de Nietzsche)』 (Editions Bossard)이다.—옮긴이

1 1920년에 출간된 앙들레르의 책 제목이 『니체의 선구자들(Les Procurseurs de Nietzsche)』 (Editions Bossard)이다.—옮긴이

2 모랄리스트는 풍속, 관습, 습관, 성격 등 삶의 구체적인 양상을 고찰하여 인간의 행동과 태도를 설명하고 이를 통해 사회 속 인간의 삶의 양식을 성찰하는 태도 및 작가를 함께 일컫는다. 프랑스 문학의 중요한 특징으로 언급되는 모랄리스트 정신은 넓게 보면 거의 모든 프랑스 작가들에게서 나타난다. 특히 라퐁텐(Jean de La Fontaine), 몽테뉴(Michel Eyquem de Montaigne), 라브뤼예르(Jean de La Bruyère), 라로슈푸코(François de La Rochefoucauld), 파스칼 등을 대표적인 모랄리스트 작가로 꼽는다.—옮긴이

3 Camus, Albert, *Le Mythe de Sisyphe*, p. 35.

4 Merleau-Ponty, Maurice, *La structure du comportement*, La Rennaissance du Livre, 1942, p. 1.

카뮈는 카를 야스퍼스(Karl Jaspers), 마르틴 하이데거(Martin Heidegger), 쇠렌 오비에 키르케고르(Søren Aabye Kierkegaard)의 텍스트들을 인용하는 멋을 부리기도 하는데, 그것들을 제대로 이해한 것 같지는 않다. 오히려 그의 진정한 스승들은 다른 곳에 있다. 추론의 전환, 관념들의 명징성, 에세이스트답게 깔끔하게 잘려진 문체, 음산한 태양처럼 단정하고 엄숙하며 황량한 방식, 이 모든 것은 한 명의 고전적 인간, 지중해적 인간을 예고한다. 그의 방법론(우리를 명석함과 감동에 이르게 해주는 유일한 것은 자명성과 서정성 사이의 균형이다[5])까지도 파스칼(Blaise Pascal)과 루소의 그 오래된 "정념의 기하학"을 떠올리게 하며, 독일의 현상학자나 덴마크의 실존주의자보다는 이를테면 또 한 명의 지중해 사람인 샤를 모라스(Charles Maurras)—여러 면에서 다르긴 하지만—와 비교하게 한다.

하지만 카뮈는 우리의 이 모든 비교를 흔쾌히 용인해 줄 것이다. 그는 자신의 독창성은 자기 생각을 끝까지 밀어붙이는 데 있다고 생각했다. 사실 그로서는 염세주의자들의 격언들을 모아들이는 게 중요한 일이 아니다. 물론 인간과 세상을 각각 따로 떼어 놓고 보면 인간과 세상 그 어디에도 부조리는 없다. 그러나 "세계-내-존재"라는 것이 인간의 본질적 특징이기 때문에 결국 부조리는 인간 조건과 한 몸일 수밖에 없다. 또한 그것은 결코 단순한 개념의 대상이 아니며, 참담한 깨달음을 통해 우리에게 모습을 드러낸다. "아침 기상, 전철, 사무실이나 공장에서의 4시간 노동, 식사, 전철, 4시간 노동, 식사, 수면 그리고 똑같은 리듬으로 이어지는 월 화 수 목 금 토 (…)"[6] 그러다 갑자기 "배경이 무너지고" 우리는 희망 없는 명철한 의식에 다가선다. 그때, 우리가 종교나 실존철학의 기만적인 구원을 물리칠 줄 안다면, 우리는 몇몇 본질적인 명증들을 파악

---

5   Camus, Albert, *Le Mythe de Sisyphe*, p. 16.

6   Ibid., p. 27.

하게 된다. 세상은 하나의 혼돈이고 "무정부 상태로부터 탄생하는 신의 등가물"이라는 것을, 인간은 죽을 것이므로 내일이란 없다는 것을 말이다. "돌연 환상과 빛이 없어진 세계에서 인간은 스스로를 이방인으로 느낀다. 이러한 유배 상태는 잃어버린 조국에 대한 기억이나 약속의 땅에 대한 희망이 없기에 절망적이다."[7] 사실 인간은 세계가 **아니기** 때문이다. "내가 나무들 사이의 나무라면 (…) 이러한 삶도 의미가 있을 것이고 아니 적어도 그런 문제 따위는 아무 의미가 없을 것이다. 왜냐하면 나는 그 세계의 일원일 테니까. 나는 내가 지금 온 의식으로 대항하고 있는 바로 그 세계 자체**일 것이다.** (…) 이 가소로운 이성, 바로 그 이성이 세계 전체에 나를 대립하게 한다."[8] 카뮈 소설의 제목에 대해서는 이런 식으로 이미 부분적인 설명이 된다. 이방인은 세계를 마주한 인간이다. 카뮈는 자신의 작품에 조지 로버트 기싱(George Robert Gissing)의 저서처럼 『태생적 유배자(Born in exile)』라는 제목을 붙여도 될 법했다. 이방인은 또한 인간들 사이의 인간이기도 하다. "사랑했던 여인이 낯선 사람처럼 보이는…… 그런 날들이 있다."[9] 마지막으로 이방인은 자신에 대한 자기 자신, 정신에 비춰진 있는 그대로의 인간을 말한다. 그것은 "어느 순간 거울 속에서 우리를 만나러 오는 이방인"[10]이다.

그러나 단지 이것만이 아니라 부조리의 정열이 있다. 부조리한 인간은 자살하지 않을 것이다. 그는 자신의 어떤 확신도 단념하지 않고, 내일도 희망도 환상도 없이, 체념 또한 하지 않으면서 살아가기를 원한다. 부조리한 인간은 반항 속에서 자신의 존재를 뚜렷이 드러낸다. 그는 열정적인 관심으로 죽음을 응시하며 그러한 매혹이 그를 자유롭게 한다.

---

7   Ibid, p. 18.

8   Ibid., p. 74.

9   Ibid., p. 29.

10   Ibid.

그는 사형수의 "신의 경지에 이른 무책임"을 체험한다. 신은 없고 우리는 죽을 처지이므로 모든 것이 허용된다. 모든 경험은 동등하며, 되도록 가장 많은 경험을 얻어 내는 것만이 바람직하다. "쉼 없는 의식을 가진 마음 앞에 놓인 현재와 그렇게 계속 이어지는 현재들, 그것이 부조리 인간의 이상이다."[11] 모든 가치는 이 "양(量)의 윤리" 앞에서 무너진다. 이 세계에 던져진 부조리한 인간은 반항하고 무책임하며 "아무것도 정당화할" 의무가 없다. 그는 **죄가 없다.** 윌리엄 서머싯 몸(William Somerset Maugham)이 이야기하는, 목사가 도착하여 선과 악, 허용된 것과 금지된 것을 가르쳐 주기 전의 그 원시인들처럼 죄가 없다. 그에게는 **모든 것**이 허용되었다. "미소와 무관심으로 미묘한 차이를 드러낸, 영원한 현재 속에 살고 있는" 미슈킨 공작처럼 죄가 없다. 무죄(innocent)라는 말에는 세상 물정을 모른다는 의미도 있으므로, 어떻게 보면 '백치'이기도 하다. 이제 우리는 카뮈 소설의 제목을 완전히 이해하게 된다. 그가 그려 내고자 하는 이방인은 게임의 규칙을 받아들이지 않기 때문에 사회에 스캔들을 일으키는 너무도 순진한 사람들 중 하나다. 그는 이방인들 사이에서 살아간다. 하지만 그들에게도 그는 이방인이다. 바로 그 점 때문에 어떤 이들은 그를 사랑하게 된다. 뫼르소의 애인 마리처럼 "그가 이상하기 때문에" 애착을 갖는 것이다. 다른 이들은 그것 때문에 그를 증오하게 된다. 뫼르소를 향해 갑작스러운 증오를 드러내던 재판정의 대중들처럼. 그리고 그 책을 펼치고 있는 우리 자신도 아직은 부조리의 감정과 친숙해지지 않았기에 우리의 익숙한 규범에 따라 그를 판단하려고 애먼 노력을 한다. 그러므로 우리에게도 역시 그는 이방인이다.

당신들이 이 책을 펼치면서 다음과 같은 구절을 읽었을 때 받았던 충격이 바로 그러한 것이다. "일요일이 또 하루 지나갔고 엄마는 이제 매

---

11   Ibid., p.88

장되었고 나는 다시 업무에 복귀해야 하고 어쨌거나 달라진 건 하나도 없다고 생각했다."[12] 충격은 고의적이었고 그것은 당신들이 부조리와 대면한 첫 효과다. 하지만 책을 계속 읽어 나가면서 그 불편함은 사라질 것이고 모든 것이 차츰 분명하게, 이성에 근거하여 설명되리라고 기대할 것이다. 당신의 희망은 기대에 어긋났다. 『이방인』은 설명하는 책이 아니기 때문이다. 부조리한 인간은 설명하지 않고 묘사할 따름이다. 더구나 그것은 증명하는 책도 아니다. 카뮈는 단지 제시만 할 뿐이고, 원칙적으로 정당화할 수 없는 일을 정당화하려고 근심하지 않는다. 『시지프 신화』는 이 저자가 소설을 받아들이는 방식을 우리에게 알려 줄 것이다. 실제로 우리는 그 책에서 부조리 소설의 이론을 발견한다. 『이방인』의 유일한 주제가 인간 조건의 부조리이긴 하지만, 그것은 테제소설이 아니다. 그것은 증빙서류를 제공하는 데 급급한 "충족된" 사유로부터 나온 것이 아니다. 반대로 그것은 "한정된, 죽음을 면할 수 없는, 반항적인" 사유의 산물이다. 소설은 그 자체로서 합리적 이성의 무용성을 입증한다. "(…) (위대한 소설가들이) 추론보다는 이미지로 글을 쓰기로 선택했다는 사실은 그들에게 공통된 어떤 생각을 드러내 보인다. 즉 그들은 온갖 설명의 원리가 무용하다는 것을 확신하며 감각적 외양이 가르쳐 주는 메시지를 믿어 의심치 않는다."[13] 그러므로 소설적 형태로 자신의 메시지를 전달한다는 사실만으로도 카뮈로서는 겸손한 긍지인 것이다. 그것은 체념이 아니라 인간 사유의 한계에 대한 반항적 인정이다. 사실 그는 자신의 소설적 메시지에 대해 철학적 해석을 내놓아야 한다고 생각했고, 그것이 바로 『시지프 신화』다. 우리는 곧이어 이러한 이중 작업을 어떻게 받아들여야 하는지에 대해 생각해 볼 것이다. 하지만 어찌

---

12   Camus, Albert, *L'Étranger*, p. 36.

13   Camus, Albert, *Le Mythe de Sisyphe*, p. 138.

되었든 간에, 이러한 해석이 소설의 무상성을 변질시키지는 않는다. 사실 부조리의 창조자는 자신의 작품이 필연적이라는 환상까지 잃어버렸다. 오히려 그는 우리가 작품의 우연성(contingence)을 끊임없이 포착하기를 바란다. 그는 지드가 『위폐범들(Les faux-monnayeurs)』의 마지막에 "계속될 수도 있음"이라고 사람들이 써주기를 바랐던 것처럼 자신의 작품 첫머리에 "존재하지 않았을 수도 있었음"이라고 써주기를 바란다. 작품은 이 돌멩이, 이 물의 흐름, 이 얼굴처럼 존재하지 않을 수도 있었을 것이다. 그것은 세상의 모든 현재들처럼 단순하게 주어지는 하나의 현재다. 카뮈의 소설은 예술가들이 자신의 작품에 대하여 "그것을 쓰지 않을 수 없었다. 나는 그것으로부터 해방되어야만 했다"라고 말하면서 기꺼이 요청하는 주관적 필연성조차 갖지 않는다. 여기에서 우리는 예술작품은 삶에서 떨어져 나온 한 페이지에 불과하다는, 고전적 태양의 체에서 걸러진 초현실주의적 테러리즘의 한 테마를 다시 발견한다. 물론 예술작품은 삶을 표현한다. 그러나 삶을 표현하지 않을 수도 있다. 게다가 『악령(Besi)』을 쓰든 카페오레를 마시든 모든 것은 동등한 가치를 갖는다. 그러므로 카뮈는 "삶을 예술에 희생한" 작가들이 독자에게 요구하는 세심한 배려를 조금도 강요하지 않는다. 『이방인』은 그의 삶의 한 페이지다. 그리고 가장 부조리한 삶은 더없는 불모의 삶이어야 하므로 그의 소설은 장엄한 불모이고자 한다. 예술이란 무용한 시혜(施惠)(générosité inutile)다. 하지만 너무 겁먹지는 말자. 카뮈의 패러독스 아래서 미의 "목적 없는 합목적성"과 관련된 칸트의 매우 지혜로운 몇몇 표지가 발견되기 때문이다. 아무튼 『이방인』은 여기, 삶에서 떨어져 나와, 정당화될 수 없이, 불모의 상태로, 순간적으로, 이미 그의 저자로부터 버림받고, 다른 현재들을 위해 버려진 채로 있다. 그리고 우리는 바로 그런 모습으로 그 책을 받아들여야 한다. 이성을 넘어 부조리 안에서, 작가와 독자라는 두 사람의 돌연한 일치로서 말이다.

바로 이러한 것이『이방인』의 주인공을 바라보는 방식을 대강 지적해 준다. 카뮈가 테제소설을 쓰고자 했다면 집안에서 군림하는 어느 공무원이 갑자기 부조리의 직관에 사로잡혀 한순간 몸부림치다가 마침내 자기 조건의 근본적인 부조리성을 살아가기로 결심하는 모습을 어렵지 않게 보여주었을 것이다. 독자는 그 인물과 동시에, 그 인물과 똑같은 이유들로 설득되었을 수도 있다. 혹은『시지프 신화』에 열거된 그 부조리의 성인(聖人)들 중 한 사람의 삶을 다시 그려 낼 수도 있었을 것이다. 예컨대 카뮈의 각별한 호의를 받았던 인물들인 돈 후안, 배우, 정복자, 창작자들 말이다. 그는 그렇게 하지 않았으며, 부조리 이론에 친숙한 독자들에게도『이방인』의 주인공 뫼르소는 애매하게 남아 있다. 물론 우리는 그가 부조리하며 그의 냉혹한 명철성이 그의 주된 성격이라는 것을 확신한다. 더욱이 그는 여러 면에서『시지프 신화』에서 주장된 이론들에 어울리는 예시를 제공하도록 만들어져 있다. 이를테면『시지프 신화』에 이런 문장이 나온다. "한 인간은 그가 말한 것보다는 그가 침묵한 것들에 의해 더 인간답다." 그리고 뫼르소는 이러한 남자다운 침묵의 본보기, 빈말을 거부하는 사람의 예로 등장한다. "(사람들이 그에게 묻기를) 내가 내성적이라는 걸 알아보았냐고 하자, 내가 쓸데없는 말은 하지 않는 사람이라는 건 알아보았다고 했다."[14] 그리고 바로 두 줄 위에서 동일한 그 피고 측 증인은 "뫼르소가 사내다운 남자였다"고 증언했다. "그게 무슨 의미냐고 묻자 그는 그게 무슨 뜻인지는 모두들 알고 있다고 대답했다." 또한 카뮈는『시지프 신화』에서 사랑에 대해서도 길게 설명했다. "우리가 사랑이라고 부르는 것은 우리를 몇몇 존재들에 연결해 주는 어떤 것인데, 그것은 단지 집단을 보는 방식에 근거할 뿐이며 그 방식을 만들어 낸 책임은 책들이나 전설에 있다."[15] 이것과 나란

---

14   Camus, Albert, *L'Étranger*, p. 121.

15   Camus, Albert, *Le Mythe de Sisyphe*, p. 102

히 읽히는 『이방인』의 문장은 이러하다. "그러자 그녀는 내가 자기를 사랑하는지 알고 싶어 했다. 나는 그건 아무런 의미가 없다고, 하지만 그녀를 사랑하지는 않는 것 같다고 대답했다."[16] 이런 관점에서 볼 때, "뫼르소가 자기 어머니를 사랑했나?"라는 질문을 두고 재판정과 독자의 마음에서 벌어진 논쟁은 이중적으로 부조리하다. 우선 변호사의 말처럼 "그는 자기 어머니를 매장했기 때문에 기소된 건가? 아니면 사람을 죽였기 때문에 기소된 건가?" 하지만 무엇보다도 '사랑한다'는 말은 의미가 없다. 뫼르소가 자기 어머니를 요양원에 두었던 것은 아마도 돈이 부족했거나 "모자가 서로 나눌 말이 더 이상 없었기" 때문일 것이다. 또한 그가 어머니를 만나러 자주 찾아가지 않았던 것은 "그렇게 하면 자신의 일요일이 없어지기―버스를 타러 가고, 표를 끊고, 두 시간을 길에 버려야 하는 수고는 고려하지 않더라도―때문"[17]이었을 것이다. 하지만 이것이 무엇을 의미하는가? 그는 온통 현재에, 현재의 자기 기분에 속해 있지 않은가? 우리가 감정이라고 부르는 것은 추상적 동질성일 뿐이며, 불연속적 인상들을 의미화한 것에 불과하다. 나는 내가 사랑하는 사람들을 늘 생각하는 건 아니다. 하지만 그들을 생각하고 있지 않은 순간에도 나는 그들을 사랑한다고 주장한다. 그리하여 실제적으로는 그 순간 아무 느낌이 없는데도 추상적 감정의 이름으로 나의 평온은 위협받을 수 있다. 뫼르소는 이와는 다르게 생각하고 행동한다. 연속적이고 모두 비슷하며 중대한 그런 감정은 조금도 느끼려 하지 않는 것이다. 그에게는 특정한 사랑도 일반적인 사랑도 존재하지 않는다. 단지 현재적인 것, 구체적인 것만이 중요하다. 보고 싶은 마음이 들 때 자기 어머니를 보러 갈 뿐이고, 그것이 전부다. 그럴 욕구만 생긴다면 그것은 버스를 타러 가게 할 만큼 아

---

16   Camus, Albert, *L'Étranger*, p. 59.

17   Ibid., p. 12.

주 강력할 것이다. 다른 구체적인 욕구가 생겼을 때 이 게으른 남자가 맹렬히 달려가 질주하는 트럭 위로 뛰어들 정도인 것만 봐도 그렇다. 그는 언제나 자신의 어머니를 다정하고 어린애같이 "엄마"라고 부르며 그 엄마를 이해하고 엄마와 하나가 되는 기회를 놓치지 않는다. "사랑에 대해서 내가 아는 것은 그것이 욕망과 애정과 지성의 혼합이라는 것뿐이고, 그것은 나를 어떤 존재에 연결한다."[18] 그러므로 우리는 뫼르소 성격의 **사변적인** 측면을 무시할 수 없을 것이다. 마찬가지로 그에게 닥친 많은 일들은 근본적인 부조리의 이러저러한 양상을 부각하는 데 주된 목적이 있다. 예를 들어 『시지프 신화』에는 "어느 이른 새벽 활짝 열린 감방 문 앞에서 사형수가 느끼는 완벽한 자유"[19]를 찬양하는 모습이 나온다. 카뮈가 자신의 주인공에게 사형 집행을 언도한 이유는 바로 그 같은 새벽과 자유를 만끽하게 하기 위한 것이다. 그리하여 "사형 집행보다 더 중대한 일은 아무것도 없으며 (…) 어떻게 보면 그것이야말로 인간에게 진정으로 흥미로운 유일한 일이라는 걸 어떻게 내가 몰랐을까!"라고 주인공에게 말하게 하는 것이다. 이런 예와 인용문은 더 많이 찾아낼 수 있을 것이다. 그렇지만 이 명철하고 무심하며 과묵한 남자가 전적으로 명분상의 필요 때문에 구축된 것은 아니다. 물론 일단 성격의 윤곽이 잡히면 저절로 완성될 것이고, 인물은 고유의 무게를 갖게 될 것이다. 어쨌든 그의 부조리는 그가 얻어 낸 것이 아니라 주어진 것으로 보인다. 그는 그냥 그런 사람이고, 그것이 전부다. 마지막 페이지에 이르면 스스로에 대한 깨달음을 얻겠지만 그는 오래전부터 카뮈의 규범에 따라 살아왔다. 부조리의 은총이란 게 있다면 그는 그 은총을 입었다고 말해야 할 것이다. 그는 『시지프 신화』에서 논의된 문제들에 어떤 질문도 제기하지 않는 듯이 보인다.

---

18 Camus, Albert, *Le Mythe de Sisyphe*, p. 102.

19 Ibid., p. 83.

사형을 언도받기 전에는 반항하는 모습도 보이지 않는다. 그는 행복했고 모든 일에 무심했다. 그의 행복은 카뮈가 자신의 에세이에서 여러 차례 지적했던, 죽음이라는 명명백백한 현존에서 비롯하는 그 은밀한 고통 또한 모르는 것 같다. 그의 무사태평조차 아주 흔히는 게으름으로 보인다. 단지 게을러서 집 안에 죽치고 있던 어느 일요일에 "좀 지루했다"고 털어놓았을 때처럼 말이다. 이처럼 부조리의 시선으로 보아도 그 인물은 고유의 불투명성을 간직하고 있다. 그는 결코 돈 후안도 아니고 부조리성의 돈키호테도 아니며, 차라리 산초 판자라는 생각이 자주 들 정도다. 그는 여기에 실존하고 있으며, 우리는 그를 완전히 이해할 수도 판단할 수도 없다. 요컨대 그는 살아가고 있다. 그러니 우리에게 그를 정당화하는 것은 오로지 소설적 밀도일 뿐이다.

그렇지만 『이방인』을 전적으로 무상의 작품으로 생각해서는 안 될 것이다. 앞서 말했듯이 카뮈는 부조리의 '감정'과 '개념'을 구별하고 있다. 이에 대하여 그는 이렇게 말한다. "위대한 작품들에서처럼 심오한 감정들은 언제나 그것이 의식적으로 말하고 있는 것 이상을 의미한다. (…) 중요한 감정들은 그 화려하거나 비참한 세계를 함께 이끌고 다닌다."[20] 두 저서의 출간 순서가 이러한 가설을 공고히 하는 듯하다. 먼저 나온 『이방인』은 아무런 설명 없이 우리를 부조리의 '풍토' 속에 잠기게 한다. 뒤이어 나온 에세이는 그 풍경을 밝혀 주는 것이다. 그런데 부조리는 분리이며 괴리다. 그러므로 『이방인』은 괴리, 분리, 낯섦의 소설이다. 이로부터 그 능란한 구성이 비롯한다. 한편에는[1부] 체험된 현실에 대한 일상의 무정형한 흐름이 있고, 다른 한편[2부]은 이러한 현실을 인간적 이성과 담론에 의해 모범적으로 재구성하고 있다. 독자들은 우선 순수한 현실에 직면한 다음, 부지불식간에 합리적으로 전환된 그 현실을 다시

---

20 Ibid., p. 25.

마주하게 된다. 바로 여기에서 부조리의 감정, 즉 우리의 개념들과 단어들로는 세상의 사건들을 **사유**할 수 없다는 무력감이 비롯한다. 뫼르소는 자기 어머니를 매장하고 애인을 얻고 범죄를 저지른다. 이 상이한 사실들은 그의 재판에서 집단의 증인들에 의해 묘사되고 검사에 의해 설명된다. 뫼르소는 그들이 마치 딴 사람의 이야기를 하고 있는 듯한 느낌이 들 것이다. 이 모든 이야기는 마침내 마리의 갑작스러운 폭발에 이르도록 구축되었다. 증인석에서 인간적 규칙에 따라 구성된 이야기를 하고 난 그녀는 울음을 터뜨리며 "이게 아니었고 다른 것이 있었으며 사람들이 자기 생각과 반대되는 얘기를 하도록 몰아갔다"고 말하게 된다. 이거울 유희는 『위폐범들』 이래 흔히 사용되고 있다. 그러니까 그것에 카뮈의 독창성이 있지는 않다. 그러나 그가 해결해야 하는 문제는 그에게 독창적인 형식을 강요하기에 이른다. 우리가 검사의 논고와 살인자의 진실한 정황 사이의 괴리를 느낄 수 있도록, 책이라는 형태 안에서 부조리한 정의에 대한 느낌, 즉 그 정의가 제안하는 형벌이 결코 사실을 이해하게 하지도 않고 심지어 사실에 도달하게 하지도 못하리라는 느낌을 간직하게 하려면, 우선 우리가 그 현실 혹은 그 상황들 중 하나와 접촉하도록 해야 했다. 카뮈는 검사처럼 말들과 개념들만을 유용할 수 있다. 그로서는 말들을 가지고 그것들을 생각으로 조합함으로써 말들 이전의 세계를 기술해야만 한다. 『이방인』의 제1부는 최근에 나온 어떤 책처럼 『침묵의 번역(Traduit du silence)』[21]이라고 불릴 수도 있을 것이다. 우리는 여기에서 오늘날 많은 작가들에게 공통된 어려움을 접하게 되는데, 그 최초의 모습은 쥘 르나르(Jules Renard)에게서 나타난다. 나는 그것을 침묵의 강박이라고 부를 것이다. 장 폴랑(Jean Paulhan)이라면 거기에서 당연히 문학적 테러리즘의 한 현상을 볼 것이다. 그것은 초현실주의자의 자

---

21 1941년에 발표된 조에 부스케(Joë Bousquet)의 작품 제목이다.—옮긴이

동기술에서부터 베르나르(J. J. Bernard)의 그 유명한 '침묵의 연극'에 이르기까지 수많은 형태를 띠고 나타났다. 하이데거가 말했듯이, 침묵이란 말의 본래적인 양태이기 때문이다. 말할 수 있는 자만이 침묵한다. 카뮈는 『시지프 신화』에서 말을 많이 했고 수다스럽기까지 했다. 그렇지만 그는 침묵에 대한 그의 사랑을 우리에게 털어놓는다. 그는 키르케고르의 "가장 확실한 무언증은 침묵하는 게 아니라 말을 하는 것이다."[22] 라는 말을 인용하고 스스로 이런 말을 덧붙인다. "인간은 그가 하는 말보다는 그가 침묵하는 것에 의해서 더욱더 인간적이다." 그리하여 그는 『이방인』에서 침묵하는 일을 기획했다. 그런데 말들을 가지고 어떻게 침묵할 것인가? 생각할 수도 없고 무질서하게 계속되는 현재들을 어떻게 개념들로 표현할 것인가? 이 무모한 계획은 새로운 기법의 활용을 불러들인다.

그 기법은 어떤 것인가? 사람들은 "그것은 헤밍웨이식으로 쓰인 카프카다"라고 말하기도 했다. 고백컨대 나는 거기서 카프카를 찾아볼 수는 없었다. 카뮈의 시각은 완전히 지상적이다. 카프카는 불가능한 초월의 소설가다. 카프카에게 세계란 우리가 이해하지 못하는 기호로 가득 차 있다. 무대장치의 이면이 있는 것이다. 반대로 카뮈에게 인간의 드라마는 모든 초월의 부재에 있다. "나는 이 세상이 나를 넘어서는 어떤 의미를 가지고 있는지 알지 못한다. 하지만 나는 내가 그 의미를 모른다는 것과 지금으로서는 그 의미를 알아낼 수 없다는 사실만은 안다. 나의 조건 바깥에 있는 의미라는 것이 나에게 무슨 의미가 있는가? 나는 인간적 한계들 안에서만 이해할 따름이다. 내가 만지는 것, 나에게 저항하는 것, 바로 그것이 내가 이해하는 것이다." 그러므로 그로서는 비인간적이고 불가해한 어떤 질서를 짐작하게 하는 말들의 배열을 찾아내는 일이 문제

---

22 Camus, Albert, *Le Mythe de Sisyphe*, p. 42. 브리스 파랭(Brice Parin)의 언어이론과 침묵의 개념에 대해서도 생각할 수 있다.

가 아니다. 비인간적인 것은 단지 무질서한 것, 기계적인 것이기 때문이다. 그의 작품에는 수상쩍거나 불안하거나 암시적인 것이라곤 하나도 없다. 『이방인』은 계속해서 나타나는 빛나는 풍경들을 제공한다. 만일 그러한 풍경들이 낯설어 보인다면 단지 그것들이 수없이 많이 등장하면서도 그것들을 연결해 주는 관계는 없기 때문이다. 아침, 환한 저녁, 강렬한 오후, 이것이 그가 좋아하는 시간이다. 알제의 영원한 여름, 이것이 그의 계절이다. 밤은 그의 세계에 전혀 자리하지 않는다. 밤을 이야기할 때는 이런 식이다. "나는 얼굴 위의 별들과 함께 잠에서 깨어났다. 들판의 소리들이 나에게까지 치올라왔다. 밤의 냄새들, 대지와 소금의 냄새들이 관자놀이를 시원하게 했다. 잠든 이 여름의 경이로운 평화가 밀물처럼 내 안으로 들어왔다."[23] 이런 글귀를 쓴 사람은 카프카의 고뇌와는 가능한 한 아주 멀리 떨어져 있다. 그는 무질서 한복판에서도 아주 평온하다. 물론 자연의 완고한 맹목성은 그를 성가시게 하지만 안심시키기도 한다. 자연의 비합리적인 부분은 음화(陰畵)일 뿐이기 때문이다. 부조리한 인간은 휴머니스트이고, 그는 오직 이 세상의 재화(財貨)만을 알고 있다.

헤밍웨이와의 비교가 좀 더 유익해 보인다. 두 작가의 문체적 유사성은 분명하다. 두 사람의 텍스트에서 모두 짧은 구문들이 나타나는 것이다. 각각의 문장은 앞선 문장들에서 얻어진 도약을 이용하기를 거부하며, 각 문장이 새로운 시작을 나타낸다. 각 문장은 하나의 몸짓, 하나의 대상을 눈으로 포착한 것이다. 각각의 새로운 몸짓, 각각의 새로운 대상에 새로운 문장이 호응한다. 그렇지만 나는 만족스럽지 않다. '미국식' 이야기 기법의 존재는 분명코 카뮈에게 도움이 되었다. 엄밀하게 말해, 그것이 카뮈에게 영향을 미쳤다고 생각한다. 소설이 아닌 『오후의 죽음(Death in the Afternoon)』에서조차 헤밍웨이는 이 짧게 끊어지는 서술 방식을 고수했

---

23 Camus, Albert, *L'Étranger*, p. 158.

다. 각각의 문장이 마치 호흡경련 같은 것에 의해 무로부터 튀어나오는 것이다. 헤밍웨이의 문체는 바로 그 자신이다. 카뮈는 다른 문체, 의례(儀禮)의 문체를 가지고 있다는 걸 우리는 이미 알고 있다. 게다가 『이방인』에서조차 이따금 그는 어조를 높인다. 그 순간 문장은 좀 더 폭넓고 연속적인 어조를 띠게 된다. "이미 누그러진 공기 속에 신문팔이들의 외침, 작은 공원의 마지막 새소리, 샌드위치 장사들의 호객소리, 도시 고지대의 모퉁이를 돌아가는 전철의 비명, 밤이 기울기 전 항구에 내리는 하늘의 소음, 이 모든 것이 감옥에 들어오기 전에 내가 익히 알고 있던 것들을 맹인의 여정처럼 재구성해 주었다."[24] 뫼르소의 숨 가쁜 이야기 너머로 좀 더 대담한 시적 산문이 투명하게 지각되는데, 이것은 이야기의 기반을 이루면서 카뮈의 개인적인 표현 방식이 될 것이다. 『이방인』에 미국식 기법의 흔적이 두드러진다면 그것은 고의적으로 차용한 경우이기 때문이다. 카뮈는 주어진 도구들 가운데서 자신의 의도에 가장 적합해 보이는 것을 선택한 것이다. 그가 다음 작품에서도 이것을 사용할지는 의심스럽다.

  이야기의 짜임새를 자세히 검토해 보면 그의 방식들을 좀 더 잘 이해할 수 있을 것이다. 카뮈는 이렇게 말한다. "인간들 역시 비인간적인 것을 분비한다. 명석함이 드러나는 어떤 순간에는 인간들의 기계적인 몸짓, 의미가 제거된 그들의 무언극이 인간을 둘러싼 모든 것을 어리석게 만든다."[25] 그러므로 우선 그 점을 표현해야 한다. 『이방인』은 "인간의 비인간성 앞에서의 불안한 상태"를 우리 앞에 "느닷없이" 드러내 놓게 된다. 하지만 그러한 불안을 불러일으킬 수 있는 특별한 경우들이란 무엇인가? 『시지프 신화』는 그 한 예를 보여준다. "어떤 사람이 유리 칸막이 뒤에서 전화로 이야기를 하고 있다. 그의 말소리는 들리지 않지만 아무 의미 없

---

24 Ibid., p. 128. 또한 pp.81-82, 158-159 등도 참고하라.

25 Camus, Albert, *Le Mythe de Sisyphe*, p. 29.

는 그의 몸짓은 보인다. 그 모습을 보며 우리는 저 사람은 왜 저렇게 살고 있을까 궁금해진다."[26] 이제 우리는 이것이 무엇을 말하는지에 대해 지나치다 싶을 정도로 알게 된다. 왜냐하면 그 예는 저자의 분명한 선입관을 드러내기 때문이다. 사실, 소리는 들리지 않지만 전화를 하고 있는 그 사람의 몸짓은 '상대적으로만' 부조리하다. 그는 일부가 누락된 회로에 속해 있기 때문이다. 문을 열고 수화기에 귀를 대면 회로는 복원되고 인간의 활동은 제 의미를 되찾게 된다. 그러므로 솔직히 말하자면, 상대적인 부조리가 있을 뿐이며 그것도 오직 '절대적 합리성'에 비추어 본 것임을 인정해야 할 것이다. 그러나 지금 문제가 되는 것은 솔직함이 아니라 예술이다. 카뮈의 방식은 분명히 드러난다. 그는 자신이 이야기하는 인물들과 독자 사이에 유리로 된 칸막이를 만들어 놓은 것이다. 사실 유리창 뒤에 있는 사람들보다 더 어리석은 게 무엇이겠는가? 유리는 모든 것을 통과시키고 단 하나, 즉 그들 몸짓의 의미만은 붙잡아 둔다. 이제 남은 일은 그 유리를 선택하는 일이고, 유리는 '이방인'의 의식이 될 것이다. 그것은 실로 진정한 투명성이다. 그 의식이 보는 모든 것을 우리도 보게 된다. 단지 그 의식은 사물들에는 투명하고 의미에는 불투명하도록 만들어졌다.

"그 순간부터 모든 것이 급속히 진행되었다. 남자들은 관을 덮을 천을 들고 관을 향해 나아갔다. 사제와 그의 수행원들, 원장과 나는 밖으로 나왔다. 문 앞에 모르는 부인이 한 사람 있었다. '뫼르소 씨'라고 원장이 말했다. 나는 그 부인의 이름은 알아듣지 못했고 단지 그녀가 간호사 대표라는 말만 이해했다. 그녀는 미소 없이, 앙상하고 기다란 얼굴을 숙였다. 그리고 나서 우리는 시신이 지나갈 수 있도록 정렬했다."[27]

사람들은 유리창 뒤에서 춤을 추고 있다. 그들과 독자 사이에는 거의

---

26 Ibid.

27 Camus, Albert, *L'Étranger*, p. 23.

아무것도 아닌 하나의 의식, 순수한 반투명성, 그 모든 것을 기록하는 순수한 수동성이 가로놓여 있다. 그러나 그것은 속임수다. 의식이 수동적이라는 바로 그 점 때문에, 그 의식은 사실들만을 기록하는 것이다. 독자는 이러한 개입을 알아채지 못했다. 하지만 도대체 이런 종류의 이야기에 의해 암시된 가설은 어떤 것인가? 요컨대, 선율적 조직이었던 것을 불변 요소들의 합산으로 만들었던 것이다. 그리하여 연속적인 **움직임들**과 총체적으로 포착된 **행위를** 엄격하게 동일한 것이라고 주장하게 된다. 이것은 분석적 가설, 즉 모든 현실이 요소들의 총합으로 환원될 수 있다고 주장하는 가설 아닌가? 그런데 분석은 과학의 도구이지만 동시에 유머의 도구이기도 하다. 만일 내가 럭비 경기를 묘사하고 싶어서 다음과 같이 기술한다고 생각해 보자. "나는 짧은 바지를 입은 어른들이 서로 싸우고 땅바닥에 몸을 던지면서 가죽으로 된 공을 두 개의 말뚝 사이로 집어넣으려 하는 모습을 보았다." 나는 내가 **본** 것의 총합을 기록했지만 고의적으로 그것의 의미는 빠트렸다. 즉 나는 유머를 만든 것이다. 카뮈의 이야기는 분석적이고 유머러스하다. 그는—모든 예술가들처럼—거짓말을 하고 있다. 왜냐하면 날것의 경험을 복원한다고 주장하고는 의미 있는 관계들—이 관계들 역시 경험에 속한다—은 모두 교묘하게 걸러 내고 있기 때문이다. 예전에 흄(David Hume)이 경험에서는 고립된 인상들만을 발견할 뿐이라고 주장하며 했던 일이 바로 이것이다. 오늘날에는 미국의 신실재론자들(néo-réalistes)[28]이 여전히 그렇게 하고 있다. 그들은 현상들 사이에는 외적 관계와 다른 것이 있다는 사실을 부정한다. 이들에 반

---

28 신실재론(new-realism, neo-realism)은 비판적 실재론(critical realism)과 더불어 관념론에 반대하여 20세기 초에 미국을 중심으로 일어났던 실재론의 한 종류다. 실재론에서는 실재 세계가 그것에 대한 우리의 경험이나 인식과 독립해서 존재한다고 주장한다. 신실재론자들은 경험된 소여(所與)의 조각이나 사항들이 정신적이지도 물질적이지도 않은 중성적 실체(neutral entities)라고 생각한다.—옮긴이

대하여 현대 철학은 의미 역시 직접적 소여임을 밝혀냈다. 하지만 이런 이야기들은 우리의 논의를 너무 먼 곳으로 이끌어 갈 것이다. 부조리한 인간의 세계는 신실재론자들의 분석적 세계라는 점만 지적해도 충분하다. 문학에서도 이 방식은 진가를 발휘했다. 『랭제뉘(L'Ingénu)』(1767) 혹은 『미크로메가스(Micromégas)』(1752)[29]의 방식이 그렇고, 『걸리버 여행기』역시 그 방식이다. 18세기에도 그 시대의 이방인들이 있었던 것이다. 일반적으로 미지의 문명에 이식된 "착한 야만인들"은 어떤 사실들의 의미를 파악하기에 앞서 사실들을 먼저 지각한다. 이러한 간극의 효과는 독자에게 부조리의 느낌을 불러일으키는 바로 그것 아니겠는가? 카뮈는 여러 번에 걸쳐 그 점을 기억하고 있는 듯이 보인다. 특히 소설의 주인공이 자신이 감금된 이유들을 성찰하는 모습을 보여줄 때 그런 방식이 드러난다.[30]

그런데 바로 이 분석적 방식이 『이방인』에서의 미국식 기법 사용법을 설명한다. 우리의 여정 끝에 있는 죽음의 실존은 미래를 연기 속에 사라지게 했다. "내일이 없는" 우리의 삶은 현재들의 연속이다. 이것은 부조리한 인간이 분석적 정신을 시간에 적용한 것이 아니라면 무엇이겠는가? 베르그송(Henri Louis Bergson)이 분해할 수 없는 조직으로 보았던 그 지점에서 부조리한 인간은 일련의 순간성을 보고 있을 따름이다. 존재들의 복수성을 고려할 수 있는 것은 결국 소통 불가능한 순간들의 복수성이다. 그러므로 우리의 저자가 헤밍웨이에게서 빌려온 것은 시간의 비연속성을 본뜬 끊어진 문장들의 비연속성이다. 이제 우리는 그의 이야기의 절단 방식을 좀 더 잘 이해하게 된다. 각각의 문장은 하나의 현재다. 하지만 흔적을 남겨 뒤이은 현재에 조금이라도 연장되는 불분명한 현재가 아니다. 문장은 선명하고 연결 흔적이 없으며 그 자체로 닫혀 버린다. 그것

---

29 둘 다 볼테르의 철학 콩트다.—옮긴이
30 Camus, Albert, *L'Étranger*, pp. 103, 104.

은 데카르트의 순간이 뒤이은 순간과 분리되어 있는 것처럼, 무(néant)에 의해 다음 문장과 분리되어 있다. 각 문장과 다음 문장 사이에서 세계는 무화되고(néantiser) 다시 소생한다. 하나의 말은 나타나는 순간 무로부터의 창조가 된다. 『이방인』의 문장은 그 하나하나가 각각의 섬이다. 그리고 우리는 문장에서 문장으로, 무에서 무로 폭포처럼 급격히 떨어져 내린다. 카뮈가 자신의 이야기를 복합과거[31] 형태로 써나간 것은 각 문장 단위의 고독을 강조하기 위한 선택이었다. 단순과거는 연속성의 시제다. "그는 오랫동안 산책했었다.(Il se promena longtemps.)"라는 [단순과거형] 문장에서 단어들은 우리를 대과거로, 어떤 미래로 데려간다. 문장의 현실은 바로 동사이고, 그것은 그 추이적(推移的) 성격과 투명성과 함께 행위를 나타낸다. "그는 오랫동안 산책했다.(Il s'est promené longtemps.)"라는 [복합과거형] 문장은 동사의 자의성(字意性, verbalité)을 감춘다. 여기서 동사는 둘로 나뉘어 쪼개져 있다. 우선 과거분사가 발견되는데, 그것은 모든 초월성을 상실하여 사물처럼 불활성이 된다. 다른 한편 [조동사로 사용된] 'être' 동사는 계사의 의미만 갖고 있어서, 보어가 주어에 연결되듯이 과거분사를 실사[명사]에 연결한다. 동사의 추이적 성격은 사라졌고 문장은 응고되어 버렸다. 이제 이 문장의 현실은 명사다. 그것은 과거와 미래를 연결하는 다리처럼 던져지는 대신, 자족하는 고립된 작은 실체에 불과하다. 더구나 그것을 최대한 주절에 환원시키려 한다면 그 내적 구조는 완벽한 단순성이 되어 버린다. 그렇게 되면 문장은 더더욱 응집될 것이다. 그

---

31 프랑스어의 과거시제는 복합과거와 단순과거라는 두 가지로 표현된다. 이 둘은 형태와 의미에서 차이가 난다. 형태상으로 단순과거는 동사의 어미변화로만 표현되는 반면, 복합과거는 조동사와 과거분사를 연결하여 표현한다. 의미상으로 복합과거가 완료된 의미를 강조하는 반면, 단순과거는 전후 시제들(즉 대과거, 현재, 미래)과의 연속성을 강조한다. 프랑스어에서는 확연히 드러나는 두 시제 표현의 차이를 우리말로 옮겨 내는 일은 쉽지 않아 보인다. 원문에서 사르트르는 복합과거형을 '완료형 과거'로 단순과거형을 '정과거'로 표현했지만, 여기에서는 좀 더 일반적 용어인 '복합과거'와 '단순과거'로 옮겼음을 밝힌다. ─옮긴이

것은 정말로 분할할 수 없는 것이고, 시간의 원자이다. 물론 문장들은 서로서로 조직되지 않고 그저 나열된다. 특히, 이야기에 설명의 시초를 끌어들이거나 각각의 순간들에 순수한 연속과는 다른 어떤 질서를 들여놓을 수 있는 모든 인과관계는 피한다. 그리하여 이런 문장이 나타난다. 그

것은 정말로 분할할 수 없는 것이고, 시간의 원자이다. 물론 문장들은 서로서로 조직되지 않고 그저 나열된다. 특히, 이야기에 설명의 시초를 끌어들이거나 각각의 순간들에 순수한 연속과는 다른 어떤 질서를 들여놓을 수 있는 모든 인과관계는 피한다. 그리하여 이런 문장이 나타난다. "잠시 후 그녀는 내가 그녀를 사랑하는지 물었다. **나는 그녀에게 그건 아무 의미도 없는 말이지만 사랑하지 않는 것 같다고 대답했다. 그녀는 슬픈 기색을 띠었다.** 하지만 점심을 준비하면서 그녀는 아무것도 아닌 일로 여전히 웃었고 그래서 나는 그녀에게 키스를 했다. 바로 그 순간 레몽의 집에서 다투는 소리가 터져 나왔다."[32] 위의 굵은 글씨로 강조한 두 개의 문장은 단순 연속으로 보이며 인과관계를 매우 정교하게 감추고 있다. 어떤 문장에서 앞 문장을 절대적으로 암시해야 할 때는 '그리고' '그러나' '그리고 나서' '바로 그 순간에' 등과 같은 단어들을 사용한다. 이런 단어들은 분리, 대립, 혹은 단순 첨가의 의미 외에는 아무것도 지시하지 않는다. 이 시간적 단위들의 관계는 신실재론이 사물들 사이에 세워 놓은 관계처럼 외적이다. 실재는 데려오지 않아도 나타나고 부숴 버리지 않아도 사라진다. 세계는 시간의 박동에 따라 무너지고 다시 태어난다. 하지만 세계가 저절로 이루어진다고 믿어서는 안 된다. 그것은 관성적이다. 세계에서 벌어지는 온갖 일들은 우연이라는 안심스러운 무질서를 무시무시한 위력으로 대체하려는 경향이 있다. 19세기의 자연주의자라면 "다리가 강을 가로지르고 있었다"라고 썼을 테지만 카뮈는 그 같은 인간중심주의를 거부한

---

32   Camus, Albert, *L'Étranger*, p. 51.

다. 그는 "강 위에 다리가 하나 있었다"라고 쓸 것이다. 이렇게 해서 사물은 우리에게 즉각적으로 그 수동성을 드러내 보인다. 사물은 그저 무심하게, **거기에 있다.** "실내에는 검은 옷을 입은 네 명의 남자가 있었다. (…) 문 앞에는 내가 모르는 부인이 한 명 있었다. (…) 문 앞에 영구차가 있었다. (…) 차 옆에는 장례 주관자가 있었다. (…)"[33] 예전에 사람들은 르나르에게, 그러다가는 마침내 "암탉이 알을 낳는다(La poule pond)"라고 쓰게 될 거라고 말했었다. 카뮈와 많은 현대 작가들은 "여기에 암탉이 있고, 그 암탉은 알을 낳는다(Il y a la poule et elle pond)"라고 쓰게 될 것이다. 그들은 사물들을 그 자체로 좋아하기 때문이다. 그들은 사물들이 지속이라는 흐름 속에 희석되는 걸 원치 않는다. "여기에 물이 있다." 이것은 수동적이고 침투할 수 없으며, 소통할 수 없고 반짝이는 영원성의 작은 조각일 뿐이다. 그것을 만질 수 있을 때 얼마나 감각적인 기쁨이 느껴질 것인가! 부조리한 인간에게 그것은 이 세상의 유일한 재산이다. 바로 그렇기 때문에 우리의 소설가는 잘 짜인 이야기보다는 그 하나하나가 관능적 즐거움인, 내일 없는 작은 조각들의 반짝임을 더 좋아하는 것이다. 그렇기에 카뮈는 『이방인』을 쓰면서 자신이 침묵하고 있다고 믿을 수 있게 된다. 그의 문장은 담론의 세계에 속하지 않는다. 그것은 가지치기를 하지도 않고 다른 곳으로 연장되지도 않으며 내적인 구조도 없다. 그것은 발레리의 시 「공기의 요정(Sylphe)」처럼 정의될 수 있을 것이다.

본 적도 안 적도 없는.
두 개의 셔츠 사이
벌거벗은 젖가슴의 시간.[34]

---

33 Ibid., p. 23

34 폴 발레리의 시 일부. 모르는 어떤 여인이 셔츠를 갈아입는 아주 짧은 순간에 언뜻 보인 젖가슴, 그 찰나적인 시간에 대한 시다. 발레리는 '공기의 요정'처럼 순간적으로 나

그의 문장은 말 없는 직관의 시간에 의해 아주 정확하게 측정된다.

이러한 상황에서 카뮈의 **그** 소설이 이루어 낼 어떤 전체(tout)를 말할 수 있을까? 부조리한 인간이 하는 모든 경험이 동등한 가치를 지니듯이 그의 책에서 모든 문장은 동등한 가치를 지닌다. 각각의 문장은 제 힘으로 서 있고 다른 문장들을 무로 던져 버린다. 저자가 갑자기 자기 원칙의 충실성을 저버리고 시를 **지어 내는** 드문 경우들을 제외하면, 어떤 문장도 다른 문장들을 배경 삼아 두드러지지 않는다. 심지어 대화들도 이야기에 통합되어 있다. 사실 대화란 설명과 의미화의 순간이다. 그것에 어떤 특권적 자리를 부여한다면 의미가 존재한다는 것을 인정하는 일이 될 것이다. 카뮈는 대패질하듯 대화를 평평하게 다루거나 간략히 요약하고 흔히는 간접화법으로 표현함으로써 [따옴표를 붙이는] 인쇄상의 특권 부여를 거부하여 발언된 문장들이 다른 사건들과 비슷하게 보이도록 한다. 대화들은 열기나 소리나 냄새처럼 한순간 반짝이다가 이내 사라져 버린다. 그리하여 책을 읽기 시작하면 한 편의 소설을 마주하고 있다는 느낌은 전혀 들지 않고, 오히려 고대극의 단조로운 서창부(敍唱部) 혹은 콧소리를 내는 아랍 노래를 마주한 느낌이 든다. 그 순간 우리는 그 책이 조르주 쿠르틀린(Georges Courteline, 1858~1925)[35]이 말한 어느 가곡처럼 "가고는 결코 돌아오지 않으며" 이유도 알 수 없이 갑자기 우뚝 멈춰 버리는 노래와 흡사하다고 말할 수 있다. 그러나 작품은 서서히 독자의 눈 아래서 스스로 조직되어 가고 그것을 떠받치는 견고한 구조를 드러낸다. 거기에는 쓸데없는 디테일이란 전혀 없으며, 하나하나가 나중에 다시 취해 토론에 붙여지도록 고려되었다. 그리고 책을 덮고 나면, 이 책은 이렇게밖에는 달리 시작할 수 없었다는 것, 다른 결말을 가질 수 없

타났다 덧없이 사라져 버려 결코 포착할 수 없는 삶의 기쁨 혹은 시적 영감을 노래했다.—옮긴이

35 프랑스의 소설가이자 희곡작가.—옮긴이

었다는 것을 깨닫게 된다. 우리에게 부조리한 것으로 건네주려는 이 세계 안에서, 그리고 세심하게 그 인과성을 제거해 버린 세계 안에서 가장 사소한 사건도 어떤 무게를 갖는다. 무엇 하나 주인공을 범죄로, 사형 집행으로 이르게 하는 데 기여하지 않은 게 없다. 『이방인』은 부조리에 대하여, 부조리에 대항하여 작성된 고전적인 작품이고 질서 있는 작품이다. 이것이 저자가 말하고자 했던 바와 완전히 일치하는가? 나는 모른다. 이것은 그저 한 명의 독자로서 내가 제시하는 의견일 따름이다.

그러면 건조하고 선명한 이 작품, 무질서한 외양 아래 그토록 잘 구성된, 그토록 '인간적'인, 일단 열쇠만 소유하면 비밀이란 거의 없는 이 작품을 어떻게 분류할 것인가? 그것을 이야기라고 부를 수는 없을 것 같다. 이야기란 설명을 하고, 훑어가는 동시에 정돈하고, 시간적 연쇄를 인과적 관계로 대체하기 때문이다. 카뮈는 이 책을 '소설'로 명명했다. 그렇지만 소설은 계속되는 지속, 생성, 돌이킬 수 없는 시간의 명백한 현존을 요구한다. 조립 부품의 기계적인 조직 아래 엿보이는 관성적 현재들의 이러한 연속에 소설이라는 이름을 붙이는 일을 주저하지 않을 수 없다. 그렇다면 이것은 볼테르의 『자디그(Zadig)』나 『캉디드(Candide)』처럼 은근한 풍자와 아이러니한 초상화[36]를 담고 있는 모랄리스트의 짧은 소설일 수도 있다. 독일 실존주의자들과 미국 소설가들의 영향에도 불구하고 근본적으로 이 소설은 볼테르의 콩트와 매우 가까운 것이다.

1943년 2월

---

36 포주, 예심판사, 검사 등의 초상화.

「『이방인』해설」과
사르트르의 소설 기법론 *

윤정임

1. 글의 배경

장폴 사르트르(Jean Paul Sartre)의 「『이방인』해설」은 카뮈의 『이방인』이
출간된 이듬해인 1943년 잡지 〈카이에 뒤 쉬드(Cahiers du Sud)〉에 발표
된 후, 1947년 사르트르의 비평 모음집인 『상황1(Situations I)』에 수록되
었다. 당시 사르트르와 카뮈는 서로의 존재에 대해 알고는 있었으나[1] 직
접 만난 적은 없었다. 두 사람은 곧이어 사르트르의 희곡 『파리 떼(Les
mouches)』의 리허설 장소에서 첫 대면을 하게 되고, 레지스탕스 활동을
통해 동지이자 친구로서 돈독한 연대를 이어 간다. 이들의 관계는 동서
냉전 체제에서 비롯한 일련의 정치적·사회적 상황에 휘말리게 되고, 카
뮈의 『반항인(L' Homme revolte)』을 둘러싼 이념 논쟁과 '공개 결별 서한'
사건을 계기로 서로에 대해 침묵하게 된다. 1960년 불의의 교통사고로
카뮈가 맞이한 돌연한 죽음은 둘 사이의 관계를 어떤 식으로든 바꾸어

---

* 이 글은 2018년 6월 『유럽사회문화』 제20호에 게재된 동일 제목의 논문을 수정 보완한
  것이다.
1 카뮈는 1938년 사르트르의 『구토(La Nausée)』에 관한 서평을 발표했다. 그러니까 두 사람은
  직접 만나기 전에 글을 통해 서로를 알고 있었던 셈이다.

놓지 못한 채 결별 상태를 그대로 고착시키고 말았다.[2]

「『이방인』해설」이 아직 서로를 잘 모르는 시기에 작성되었다는 사실은 이 글에 흐르는 다소 '까칠한' 분위기를 어느 정도 설명해 준다.[3] 당시 사르트르는 카프카를 비롯한 외국 작가의 소설을 탐독했고, 미국 작가들의 '앞선' 소설 기법(techique romanesque)에 깊은 관심을 보이고 있었다. 그는 프랑스 문학의 고답적이고 보수적인 '방식'에 적잖이 비판적이었는데, 외국 소설을 접하면서 그 같은 비판의식을 좀 더 구체화하게 되었다. 『구토』에도 그 흔적이 보이지만 당시의 프랑스 문단과 문학 교육에 내재하던 '부르주아 의식'에 대한 그의 반감은 「『이방인』해설」에도 은연중에 드러난다.

사르트르는 『이방인』을 카뮈의 부조리 이론에 근거하여 읽어 내고 있다. 『이방인』이 출간된 직후에 『시지프 신화』가 발표되었는데, '부조리'의 사상을 설파한 카뮈의 에세이는 부조리의 인물을 그려 낸 『이방인』에 대한 더할 나위 없는 해설로 보였던 것이다. 물론 이러한 사르트르의 시각은 당사자인 카뮈를 비롯한 여러 평자들의 반발을 불러일으켰고, 『이방인』의 문학적 성취를 소홀히 다루었다는 비판을 받았다. 그러나 이 같은 반론에도 불구하고 사르트르의 글은 발표 당시부터 지금에 이르기까지 『이방인』에 대한 기본적인 '해설'로 자리 잡고 있다. 무엇보다 『시지프 신화』를 바탕으로 "부조리 의식이 곧 이방인"임을 밝혀내어 두

---

2   카뮈의 돌연한 죽음 앞에서 사르트르는 짧고 아름다운 추도사를 작성하여 둘 사이의 회복되지 못한 우정을 기리며 애도를 표했다.

3   "사르트르의 글은 '분해' 작업의 한 표본이라고 할 만합니다. 물론 모든 창작에는 작가가 예상하지 못했던 본능적인 요소가 있습니다. 지성은 거기에서 중요한 자리를 차지하지 않습니다. 그러나 비평에서는 그게 게임의 규칙이 됩니다. 다행한 일이지요. 그는 제가 무엇을 하려고 했는지에 대해서 몇 번씩이나 저에게 밝혀 주고 있으니까요. 저는 그가 한 비평이 대부분 제대로 맞추었다는 것을 인정합니다. 그렇지만 그 어조가 왜 그리 신랄한 걸까요?"『카뮈-그르니에 서한집』, 알베르 카뮈·장 그르니에, 김화영 옮김, 책세상, 2012, 136-137쪽.

작품의 연관성을 분명하게 짚어 준 점, 그리고 카뮈 소설의 구문 및 문장 분석을 통해 독창적인 문체 밑에 드러나는 세계관과 그 의미를 부각한 점은 사르트르의 탁월한 해석으로 받아들여지고 있다.

이즈음 사르트르는 몇 편의 문학비평을 내놓긴 했지만 한 작가에 대해, 게다가 한 작품에 대해 이렇게 긴 지면을 할애한 일은 드물었다. "『이방인』에 눈이 부셔 버린" 사르트르는 이 글을 쓰는 데 꼬박 사흘이 걸렸다고 한다.[4] 그는 『시지프 신화』의 부조리 소설론에서 『이방인』을 해석할 열쇠를 찾아냈고, 확신으로 응고된 지적 신념에 사로잡혀 글을 작성해 나갔다.

사람들은 훗날 불거진 카뮈와 사르트르의 대립의 시초를 이 글에서 찾아내기도 하고, 비평 내용보다 두 작가의 근원적 '다름'에 집중하며 글의 의미를 확대 해석하기도 한다. 그러나 좀 더 흥미로운 것은 이 짧은 글 속에 소설을 바라보는 사르트르의 생각이 언뜻언뜻 비친다는 사실, 그리고 그것이 곧이어 그가 매우 논쟁적인 어조로 펼치게 될 『문학이란 무엇인가(Qu'est-ce que la littérature)』의 중요한 논점들로 이어진다는 사실이다. 소설 기법과 시간성, 소설과 이야기의 구별, 예술의 "무용한 시혜"에 대한 사르트르의 발언은 우리가 「『이방인』 해설」을 주목하는 또 하나의 이유가 될 것이다.

2. 부조리의 감정에서 개념으로: 『이방인』과 『시지프 신화』

사르트르는 『이방인』과 『시지프 신화』의 출간 순서를 의미심장하게 지적하며, '개념'이 아니라 소설이 먼저 나왔다는 사실에서 "위대한 소설가들은 원칙이나 개념이 아니라 감각적 외양으로, 즉 이미지로 글을 쓴

---

4 『카뮈』 1, 올리비에 토드, 김진식 옮김, 책세상, 2000, 514쪽.

다"는 카뮈의 신념[5]을 읽어 낸다. 부조리의 개념과 감정은 다른 것이며, 『이방인』은 구체적인 체험이 감각적인 이미지로 형상화된 것이고, 『시지프 신화』는 소설에 그려진 부조리의 '풍토'를 개념적으로 설명하고 있다는 것이다.

사르트르에 따르면, 『시지프 신화』에 나타난 부조리 사상은 프랑스적 사유에서 볼 때 그다지 새로운 것이 아니며 몽테뉴에서 파스칼로 이어지는 프랑스 모랄리스트의 면면한 전통 속에 자리한다. 그는 소설과 철학이라는 카뮈의 이중 작업의 차이를 잘 알고 있었다. 카뮈가 자신의 소설에 대한 철학적 해석을 위해 『시지프 신화』를 내놓은 것은 사실이지만, 그것이 소설 자체의 존재 이유를 없앨 수는 없다. 소설은 부조리의 개념을 뫼르소라는 인물에 '대입'한 것이 아니며, 『이방인』은 '무엇을 주장하기 위한' 소설이 아니라는 것이다.

이 점을 이해하기 위해 사르트르는 개념만으로 충족되지 않는, 소설만이 갖는 특징들을 살펴볼 것을 제안한다. 부조리란 '세계 내 존재'인 인간이 세계에 대해 느끼는 분리와 괴리를 말하며, 이방인이란 바로 그러한 감정을 '살아가는' 뫼르소라는 인물이다. 그런데 소설이란 '무상적(無償的)'인 것이고 카뮈 스스로도 소설이란 '제시할 뿐' 설명하지 않는다고 했으므로, 『시지프 신화』에서의 설명과 달리 『이방인』에서만 감지되는 소설적인 어떤 것을 포착해야 한다. 사르트르는 『이방인』이 장착한 무상성, 우연성, 무목적성이라는 소설의 기본 덕목을 짚어 내고, 이 작품이 불러일으키는 매혹과 그로부터 일어나는 작가와 독자의 일치의 순간

---

5 『시지프 신화』에 나오는 이 문장은 사르트르의 소설 『구토』에 대한 카뮈의 서평에도 등장한다. 그는 『구토』가 철학적 성찰이 승한 소설이라 문학적 형상화에 도달하지 못했으며 "사유와 이미지가 두드러진 불균형"을 이루고 있다고 지적했다. 또한 실존의 막다른 길목에서 주인공 로캉탱이 모색하는 창작에의 돌파구는 설득력이 떨어진다고 비판했다. "*La Nausée* de J.P.-Sartre", Alger Républicain, 20, oct., 1938.

을 예술의 "무용한 시혜"로 설명해 낸다.

뫼르소는 부조리한 인간이며 이방인이지만 그는 여전히 애매한 인물로 남는다. 소설의 인물인 그를 지탱해 주는 것은 오로지 "소설의 밀도"이기 때문이다. 사르트르는 카뮈가 어떻게 이성의 언어를 뚫고, 침묵하는 부조리의 인간 뫼르소를 창출해 냈는지를 분석해 낸다. 말들을 가지고 침묵하는 법. 카뮈가 만들어 낸 침묵의 문장들은 곧 사르트르식 해석의 중심에 놓이게 된다. 이 작업은 소설의 구조 분석에서 시작하여 문장과 표현, 즉 문체의 이해로 이어진다. 소설이란 언어를 통해 비실재적 대상을 구성하는 것이므로 그것의 분석과 이해는 당연히 언어로부터 시작해야 할 것이다.

우선, 『이방인』의 거울 구조. 『이방인』의 1부에서는 뫼르소가 맞이한 일련의 사건들을 서술하고, 2부의 법정 장면은 1부에서 서술된 일들을 인간의 합리적 언어로 '재구성'하고 있다. 이것은 인간과 세계의 분리를 보여주는 부조리에 적합한 "능란한 구성"이다. 그러나 이러한 거울 구조는 소설의 역사에서 오래전부터 있어 왔던 것이고, 딱히 카뮈만의 독창성으로 보기 어렵다. 이 구성을 새롭게 하기 위해서는, 즉 카뮈만의 방식으로 독창적으로 풀어내기 위해서는 그만의 '기법'이 필요하다. 이것을 위해 카뮈는 "말을 가지고 침묵하는" 방식을 고안했다.

소설이란 말로써 이루어질 수밖에 없는데 어떻게 이 말들을 가지고 이방인의 침묵, 뫼르소의 '말 없음'을 표현해 낼 것인가? 카뮈의 문장들은 섬처럼 고립되어 있으며, 헤밍웨이식의 뚝뚝 끊어지는 단문을 빌려와 시간의 비연속성을 표현해 낸다. 앞뒤 연결 없이 나열되는 현재형의 문장들은 소통이나 인과관계를 배제한 고독과 단절, 부조리 인간이 마주한 분리와 낯설음을 부각한다. 과거의 일들을 기술할 때도 연속성의 의미를 내포한 단순과거가 아니라 복합과거형을 사용하여 '완료'와 '단절'을 강조한다. 접속사 없이 나열되는 문장들은 매 순간 명멸하는 빛처

럼 그저 나타났다 사라진다.『이방인』은 시간성의 차원에서 볼 때, 영원
한 현재들로 나열된 순간성의 시간이고 연결점이 끊어진 각각의 문장은
고립된 섬처럼 그저 거기에 있을 뿐이다.

　사르트르가 매우 적확하게 지적해 낸『이방인』의 문체와 그로부터 빚
어진 효과는 카뮈의 '기법'으로 칭송된다. 고립된 단문들과 복합과거의
사용이 빚어낸 단절의 효과에 대한 분석은 「『이방인』 해설」의 가장 빛
나는 부분이다. 그런데 바로 이 기법이 빚어낸 결과는 카뮈의 소설을
'소설'로 받아들이는 일을 주춤하게 한다. "무에서 무로 이어지는" 문장
들은 '담론의 세계'로 진입하지 못하며, 결국 한 편의 소설이 보여주어야
할 어떤 '전체'를 말하기 어렵게 한다는 것이다.

3. 소설 기법과 작가의 형이상학

문학(쓰기)을 "호소"와 "증여"로, 읽기를 작가와 독자 사이의 "시혜의 협
약(pacte de générosité)"[6]으로 설명하는 사르트르에게 기법이란 그 같은 호
소와 협약을 가능케 하는 작가의 기본 덕목이다. 작품을 매개로 작가와
독자 사이에 일어나는 '일치'를 바탕으로 문학의 의의를 설파하는『문학
이란 무엇인가』에서 그는 '시혜'를 "책의 바탕 그 자체를 이루는 것, 인
물과 사물이 만들어지는 원단"으로 설명한다. 책의 주제가 무엇이든 간
에 일종의 "본질적 능란함"이 도처에 나타나야 하고, 그렇게 함으로써

6　"쓴다는 것은 내가 언어라는 수단으로 기도한 드러냄을 객관적 존재로 만들어 주도록 독
　자에게 호소하는 것이다. (…) 작가는 독자의 자유에 호소하여 그의 작품의 산출에 협력하
　기를 바란다. (…) 읽기란 시혜의 실천이다. 그리고 작가가 독자에게 요구하는 것은 추상적
　인 자유의 적용이 아니라 정념, 반감, 동감, 성적 기질, 가치체계 전체를 포함한 그의 인격
　전체의 증여이다. (…) 이렇듯 작가는 독자들의 자유에 호소하기 위해서 쓰고, 제 작품을
　존립시켜 주기를 독자의 자유에 대해서 요청한다."『문학이란 무엇인가』, 사르트르, 정명
　환 옮김, 민음사, 1998, 91-96쪽.

"하나의 작품이란 결코 자연적 소여가 아니라 요청이며 증여"라는 점을 상기시켜야 한다. 따라서 "작가의 모든 기교는, 그가 '드러내 보이는 것'을 내[독자]가 '창조'하고 따라서 나 자신이 연루자가 되지 않을 수 없도록 만드는 데"[7] 소용된다.

사르트르는 기법의 탄생을 중세 말엽으로 본다. 민담이나 서사시의 시대에는 집단성이 강한 떠도는 이야기들을 조금만 손을 보아 전달하는 데 그쳤지만, 중세에 이르면 전달자가 직접 이야기를 만들어 내야 했다. 이야기를 꾸며 내는 단계로 이행하게 되면서 작가(즉 이야기를 만드는 사람)는 자기가 하는 일에 대한 반성을 시작하게 된다. 바야흐로 그는 "고독한 창조의 주관성"에 사로잡히고 자기가 하는 일의 "무상성"까지 느끼게 된 것이다. 이 같은 무상성을 은폐하기 위해, 즉 글을 쓸 권리를 근거 짓기 위해 작가들은 이야기의 진실성을 고민하게 된다. 누구에게나 그럴듯해 보이는 이야기, 진실의 외양을 갖춘 이야기를 만들어 내려는 작가의 고뇌가 시작된 것이다.[8]

'진실 같음'[9]의 추구로 이야기는 터무니없이 지어낸 것이 아니라 누군가가 진짜 겪은 이야기라는 추억담의 형태를 띠기 시작했다. 이로써 작가와 화자의 분리가 일어났고, 사르트르는 이를 원초적 주체와 부차적 주체로 명명했다. 매개자인 소설가와 허구적 화자를 구분하게 된 이 시기부터 문학적 관념론이 시작되었고, 19세기의 부르주아 작가는 원초적 주체가 부차적 주체를 떠받치는 관념론적인 기법을 사용하게 되었다. 이러한

---

7 같은 책, 87쪽.

8 같은 책, 186-187쪽.

9 '진실 같음(vraisemblance)'은 '그럴듯함' '진실다움' '핍진성' 등으로 번역되면서 오랫동안 이야기의 기본 규율처럼 용인되었다. 사르트르는 『구토』의 주제 중 하나가 이 '진실 같음'에 대한 공격이었음을 밝힌 바 있다. 그것은 문학적 관습을 넘어 로캉탱 같은 외톨이 인간이 상식과 규범에 적응하지 않을 때 부닥치게 되는 '진실 같지 않음'의 장면들을 표현해 낼 수 있었다. ("Notes de la Nausée", *Sartre Oeuvres Romanesques*, p. 1730.)

수법의 대표적인 예가 바로 모파상(Guy de Maupassant)의 소설이다. 모파상의 소설에서 늘 발견되는 공통적인 중심은 소설가의 개인적이며 역사적인 주관성이 아니라 "경험이 풍부한 인간"이라는 이상적이며 보편적인 주관성이다. 이야기는 언제나 과거시제로 진행되고, 화자의 주관적 과거(기억)는 이미 완료된 역사라는 이야기의 외피를 띠고 전개된다.

"무엇보다 이야기는 과거시제로 씌었다. 그것은 이야기되는 사건과 독자를 갈라놓기 위한 의례적인 과거이고, 이야기꾼의 기억에 해당하는 주관적 과거이다. 그것은 또한 이야기가 생성 중에 있는 미결의 역사가 아니라, 이미 이루어진 역사에 속한다는 점에서 사회적 과거이기도 하다."[10]

소설은 절대적 견지에서, 질서의 견지에서 서술되었다. 멈춰 버린 체계 안에서 전개되는 이야기는 어떤 위험이나 뜻하지 않은 사건도 없으니 두려워할 필요도 없다. 이러한 기법이 부정적으로 보인 이유는 그것이 부르주아사회의 이데올로기를 묵인 또는 승인하기 때문이었다. 그것은 현실과 동떨어진 채 "상공에서 조망하는" 작가의 위치를 그대로 드러내는 것이었다. 게다가 그 소설 작법이 고스란히 프랑스 소설의 전통으로 자리 잡아 학교교육을 비롯한 제도권의 문학에 답습되었다.[11]

사르트르가 미국 소설을 긍정적으로 평가한 이유도 이 프랑스적 전통

---

10 『문학이란 무엇인가』, 194쪽.

11 물론 19세기의 작가들이 안정되고 고착된 세계 안으로 도피하여 현실을 외면한 문학을 했다 해도, 그들이 내놓은 찬란한 수법과 매력적인 문학을 모두 부인할 수는 없다. 사르트르는 그들이 "그 사회의 관심사에 대해서는 무엇 하나 언급하지 않고, 그 이데올로기에 정면으로 대립"했으며 "미를 비생산적인 것과 동일시하고, 사회에 통합되는 것을 거부하고, 심지어는 읽히는 것조차도 바라지 않았다"는 점을 비판한다. '허무의 기사들'로 명명한 이들의 반항에는 지배계급의 가장 깊은 구조와 스타일이 그 밑바닥에 깔려 있다는 것이다. 『문학이란 무엇인가』, 197쪽.

인 부르주아 소설 기법에 대한 반발에서 기인한다. 미국 소설은 부르주아적 전통이 없었기 때문에 문학에서도 비교적 자유로운 실험들이 가능했을 거라는 것이다. 그들은 "이해할 수 없는 사건들에 휘말린 당혹감과 고립감을, 전통도 없이 임시변통으로 표현하려고 시도"했고 그로부터 다양한 기법이 양산될 수 있었다. 요컨대 사르트르 세대의 작가들이 외국 문학에 열광했던 것은 프랑스 문학의 "방어반사"였으며, 종래의 수법과 신화로는 새로운 상황에 대처할 수 없었던 "위기의 문학"이 외국의 방법을 이식했다는 것이다.

"오늘날의 문학이 그 자체를 의식하게 된 것은 그 기법에 있어서이며 그 기법을 통해서였다. (…) 두말할 필요도 없이 소설가는 오늘날에도 여전히 과거시제를 사용하고 있다. 독자로 하여금 역사를 현장적으로 체험하게 하는 데 필요한 것은 단순히 동사의 시제 변화가 아니라, 이야기 기법의 혁명인 것이다."[12]

사르트르는 "사건의 현장성과 애매성과 의외성을, 시간에 대해서 그 흐름을, 세계에 대해서 그 위협적이면서도 거대한 불투명성을, 그리고 인간에 대해서 그 기나긴 인내를 부여하는 예술"을 '진정한' 예술이라 생각했다. 소설의 경우, 독자가 소설 인물들의 불확실성과 불안에 전염되고, 그들의 현재와 미래에 압도되고, 결국 그들 정신의 움직임 하나하나에 인류 전체가 내포되어 있는 그런 소설을 바란 것이다.[13] '전체'를 드러내는 예술에 대한 이 같은 생각은 그것을 포괄할 기법, 예컨대 마르크시즘과 정신분석학을 수용하는 소설 기법을 요구하게 되는데, 누구보다

---

12 같은 책., 221쪽.
13 같은 책, 300쪽.

사르트르 자신이 그 일에 난항을 겪으며 소설 쓰기를 포기하게 된다.

4. 시간성의 표현

"소설 기법은 작가의 형이상학에 연결된다"고 생각한 사르트르에게 비평가의 역할은 소설의 "기법" 아래 숨겨진 "형이상학"을 찾아내는 일이었다. 그가 때로는 '방식(procède)'으로 부르기도 하는 기법(technique)은 단순한 기교가 아니라, 작가의 "근본적이고 진실한 선택, 은연한 형이상학, 동시대 사회와의 진정한 관계를 드러내는 것"이다.[14] 사르트르의 초기 비평에 분명히 드러나는 이 두 개의 축, 즉 미학적 판단과 이데올로기적 판단의 연계는 사르트르가 실행하게 될 일련의 비평 작업을 주도하게 된다.

사르트르가 소설 기법의 구체적인 양상으로 지목한 것은 시간성 표현이다. 시간성에 주목하는 이유는 그것이 '이야기하기'의 기본 틀을 드러내며, 시간화 방식을 통해 작가의 세계관 곧 형이상학을 읽어 낼 수 있기 때문이다. 『존재와 무(L'Être et le néant)』에서 사르트르는 인간 의식이 세계를 파악해 내는 방식, 곧 인간의 실존 방식을 여러 가지 용어로 표현하는데, 그중 하나가 시간화(temporalisation)다.

『상황1』에 실린 비평들에서 사르트르는 각각의 소설가가 시간을 다루는 방식에서 그들의 기법과 문체적 특성을 살펴 내고 그로부터 작가의 형이상학을 읽어 낸다.[15] 형식과 내용의 관계를 문제 삼아 각 작가의

14 　같은 책, 186쪽.

15 　이러한 생각은 후기의 사유에도 일관되게 나타난다. "한 작가의 문체는 세계에 대한 개념에 직접 연결된다는 사실을 결코 잊지 말아야 한다. 문장의 구조, 문단, 명사와 동사의 위치 등등은 차별화하여 규정할 수 있는 은밀한 전체를 표출한다."『변증법적 이성비판(Critique de la raison dialectique)』(1권), 사르트르, 박정자 외 옮김, 나남, 2009, 163쪽, 108쪽.

시간화 방식을 분석하고 그것의 이데올로기를 끌어내는 그의 작업에서 두 가지 판단이 항상 긍정적으로 일치하지는 않는다. 미학적으로 나무랄 데 없는 기법이라도 그것이 드러내는 형이상학은 미덥지 않을 수 있는 것이다.

이를테면 사르트르에게 『소리와 분노(The sound and the fury)』의 윌리엄 포크너(William Faulkner)는 시간성의 작가다. "인간의 불행은 시간적 존재라는 데 있고 (…) 시간이 바로 인간 고유의 불행이 된다"라는 문장에서 사르트르는 단박에 이 소설의 진정한 주제인 '시간'을 주목한다. 사실 "시계를 부수고" "시계를 서랍 속에 처박아 놓는" 인물들의 묘사에서 시간의 흐름을 정지시키려는 작가의 의도는 분명하다. 소설 속 인물들은 하나같이 과거에 묶여 있고, 운명에 미리부터 굴복하고 있다. "불가능한 혁명의 시기를 살아가며 노화로 죽어 가는 세계에서 질식해 가는" 인물들에게 작가는 아무런 미래도 마련해 주지 않는다. 그러니까 오직 과거와 운명으로 질주하는 이 소설의 서술 방식은 작가의 의도에 부합하는, 미학적으로 나무랄 데 없는 시간화 방식인 셈이다. 그러나 사르트르는 "막힌 미래도 미래다"라는 반론을 제기하며 "나는 그의 기법은 좋아하나 그의 형이상학은 믿지 않는다"라고 말할 수밖에 없었다.[16]

존 더스패서스(John Dos Passos)는 포크너처럼 과거에 함몰된 인물들을 그려 낸다. 하지만 그것은 인물 개인의 차원에 머물지 않고 그것을 읽는 독자에게까지 그 효과를 넓혀 간다. 각 인물의 삶은 더할 나위 없는 개인성으로 표현되지만 이미 그에게는 "사회적인 것"의 낙인이 깊숙이 찍혀 있다. 옴짝달싹할 수 없는 사회 속에서 질식해 가는 소설 속 인물은 "이미 게임이 끝난 듯한" 비극적 운명이 더해진다. 신문 기사 같은 '3인칭 과거형'의 서술 속에서 더스패서스의 인물들은 '사회적 개인'이 되어

---

16 "La temporalité chez Faulkner", *Situations I*, p. 65-75.

간다. 그것은 결국 '그 누구라도' 상관없는 집단의 성격을 띠게 됨으로써 독자의 감정이입을 유도해 간다. 독자는 인물의 비본래성을 통해 자기 자신의 비본래성을 자각하기도 한다. 물론 이것이 직접적인 정치 행동으로 이어지지는 않을지라도 최소한 사회적 인식의 계기는 될 것이므로 의미가 있을 수 있다.[17]

카뮈는 어떠한가? 사르트르는 카뮈의 문장이 헤밍웨이와 유사하지만 그것이 카뮈의 세계관에 직결될 수 있는 지극히 개인적인 방식인지에 대해서는 의구심을 표한다. "호흡 경련으로 튀어나오듯" 툭툭 끊어지는 헤밍웨이의 문장은 그의 어느 작품에서나 나타나는 고유의 문체다. "그 문체는 곧 헤밍웨이 자신"이기 때문이다. 반면에 카뮈의 단문은 부조리한 인간을 표현하기 위해 헤밍웨이에게서 '잠시' 빌려 온 도구일 뿐이라는 것이다. 이후의 카뮈 소설에 드러나는 사뭇 다른 문체들을 떠올리면 사르트르의 이 지적은 정확해 보인다.

사르트르는 『이방인』의 문장을 신실재론[18]의 분석적 세계관에 연결 지어 설명한다. 현상들 사이에는 외적 관계와는 다른 어떤 것이 있다는 사실을 부정하는 신실재론자들은 "고립된 인상들"만을 추려 내게 되는데, 이 방식이 "날것의 경험을 복원"하여 부조리의 세계를 표현해 내려는 카뮈의 의도에 부합한다는 것이다. 시간의 비연속성, 인과관계가 없는 삶, 그것은 오직 단속적인 현재와 복수의 순간성들로 표현될 수밖에 없다. 의미 있는 관계를 모두 걸러 낸, 소통 불가능한 순간들을 나타내는 고립된 문장들은 부조리한 인간이 느끼는 세계 안에서의 단절을 효과적으로 재현한다.

---

17   "A propos de John Dos Passos", *Situations I*, p. 14-24. 사르트르는 존 더스패서스를 "우리 시대의 가장 위대한 작가 중 하나"로 꼽았고, 『자유의 길(Les Chemins de la liberté)』 연작에서 그의 기법을 차용하기도 했다.

18   신실재론에 대해서는 「『이방인』 해설」의 각주(279)를 참고하라.

"각각의 문장은 하나의 현재다. 하지만 흔적을 남겨 뒤이은 현재에 조금이라도 연장되는 불분명한 현재가 아니다. 문장은 선명하고 연결 흔적이 없으며 그 자체로 닫혀 버린다. 그것은 데카르트의 순간이 뒤이은 순간과 분리되어 있는 것처럼, 무에 의해 다음 문장과 분리되어 있다. 각 문장과 다음 문장 사이에서 세계는 무화되고 다시 소생한다. 하나의 말은 나타나는 순간 무로부터의 창조가 된다. 『이방인』의 문장은 그 하나하나가 각각의 섬이다. 그리고 우리는 문장에서 문장으로, 무에서 무로 폭포처럼 급격히 떨어져 내린다."

여기에다 복합과거형이 강조하는 '완료'의 의미는 시간의 비연속성을 배가한다. 카뮈의 과거시제는 과거와 현재의 이어짐이 아니라, 시간의 흐름을 감추는 효과를 내기 위한 시제다. "침투할 수 없고, 소통할 수 없고, 반짝이는 영원성의 작은 조각"일 뿐인 카뮈의 문장들은 결코 "담론의 세계"에 속하지 않는다. 잘 짜인 이야기보다는 작은 조각의 반짝임을 좋아하는 카뮈의 문장들은 발레리의 '공기의 요정'처럼 나타났다 이내 사라져 버린다. 결국 사르트르는 한 편의 소설이 이루어 낼 어떤 "전체"를 『이방인』에 대해서 그려 볼 수 있을까를 자문하며 이 작품을 소설이라기보다 볼테르식의 콩트로 규정짓기에 이른다.

5. 이야기와 소설

사르트르는 이야기(récit)와 소설(roman)을 구별한다. 기법에 대한 논의와 시간화에 대한 분석은 결국 이야기와 소설의 대립을 위한 전초적 설명처럼 보인다. 이야기란 이미 완료된 어떤 사건을 작가가 다시 들려주는 형태로서, 대개는 과거시제로 진행되며 전지적 화자나 3인칭 화자들이 등장하여 작가의 의도에 따라 이야기를 꾸려 나간다. 19세기의 사실주의 소설 대부분이 '이야기'의 서술 형태를 따르고 있다.

중요한 것은 "불안정한 현재보다 과거나 영원성이라는 시간을 선택" 하는 일이 단지 개인의 선택만이 아니라는 사실이다. 그것은 사회의 가치 속에 새겨져 있으며, 그 가치는 사회를 지배하는 계급의 가치이기도 하다. 그러므로 이러한 서술 방식은 그것이 유래한 역사적 순간을 적절히 반영한다.[19]

반면에 소설은 "생성, 계속되는 지속, 돌이킬 수 없는 시간의 현존을 요구"한다. 시간을 처리하는 방식에서 볼 때, 사르트르가 보는 진정한 소설은 과거나 현재보다는 미래에 강조점을 두는 서술 형태를 띠게 된다.[20] 독자는 인물의 생각과 경험을 동시에 따라가며, 공감과 감정이입을 통해 인물의 불확실한 실존을 함께 체험하게 된다. 미래는 현재를 통해 열정적으로 추구되는 것이고, 이야기된 사건들에 의미를 부여하기 위해 과거로 되돌아가는 것도 바로 미래적 관점에서다. 이런 서술 형식은 소설가의 절대적 무개입을 요청하며, 소설가가 어떤 식으로든 끼어들지 않으려는 노력은 이야기의 방향을 미리 정해 놓기보다는 인물들 사이의 예측 불가능한 흐름으로 열어 놓을 수 있게 된다.

소설가가 개입하지 않는 방식은 전적으로 객관적 서술을 취하거나 전적으로 주관적인 서술을 취함으로써 가능하다. 이를테면 한 인물의 시각을 통해 그 관점의 한계와 불완전성을 공유하게 하면서 사건의 흐름을 보여줄 수 있다. 또는 인물의 주관적·심리적 현실을 완전히 감추고 오로지 외부의 행동들, 즉 인물의 말과 행위만을 보여줄 수도 있다. 어떤 형태를 취하든 그것이 작품 전체에 체계적으로 적용되어야 한다.

『문학이란 무엇인가』에서 이야기와 소설을 구분한 이유는 19세기 프

---

19 F. Jameson, "Three methods in Sartre's literary criticism", *Sartre*, edited by C. Howells, p. 140-141.

20 문학의 참여론을 주장하는 『문학이란 무엇인가』에서는 소설의 미래적 전망을 강조한다.

랑스 소설에서 자주 나타나는 전지적 관점의 이야기와 그것에 내장된 부르주아사회의 고착된 이미지를 비판하기 위해서였다. 반면에 미국 현대 소설가들의 모델을 긍정적으로 보았던 것은 미국식 소설이 열린 구조를 보여주면서 현대사회가 맞이한 불행한 모습을 반성할 수 있는 서술을 구사했다고 보았기 때문이다.

물론 이야기와 소설의 경계가 확실한 것은 아니며, 두 가지 형태가 혼재하는 경우도 많다. 존 더스패서스의 소설은 "이야기와 소설의 형태가 함께 등장하여 작가의 의도가 잘 드러난 작품"으로 꼽히기도 한다. 중요한 것은 "이야기 기법의 혁명"이지 소설은 무조건 현재시제로 쓰여야 한다거나 이야기보다 소설이 우월하다는 식의 기계적 구별이 아니다.

사르트르식 구별에 따르면, 이야기란 "설명하고 훑어가는 동시에 정돈하며, 시간적 연쇄를 인과적 관계로 대체"하는 것이다. 모든 인과관계를 배제하고 어떤 설명도 내놓지 않는 『이방인』은 당연히 이야기로 분류될 수 없다. 그렇지만 "기계적인 조직 아래 관성적 현재들"이 이어지는 이 작품에서 어떤 "초월적 미래"도 상정되지 않으며 뭔가 되어 가는 (생성) 느낌 또한 없다. 모든 것은 연결점 없는 문장들처럼 명멸하고, "가고는 다시 오지 않는" 노랫가락처럼 순간적으로 현전할 뿐이다.

6. 예술과 '전체'

"문학이 '전체'가 아니라면 한 시간의 수고도 기울일 가치가 없다"[21]거나 "만일 그림이 전체가 아니라면 장난일 뿐"[22]이라는 발언에서 보듯이 사르트르는 '예술은 전체다, 혹은 전체여야 한다'는 생각을 자주 표명했

---

21 *Situations, IX*, p. 15.

22 *La Mort dans l'âme*, in *Oeuvres Romanesques*, p.1160.

다.[23] 전체(tout), 총체성(totalité), 총체화(totalisation)에 대한 사르트르의 생각은 사회의 존재론을 다룬 『변증법적 이성비판』에서 여러 차례에 걸쳐 본격적으로 펼쳐진다.

총체성과 총체화라는 두 개념을 분명히 구분하는 것이 바람직하다.

총체화는 결코 완결되는 것이 아니며 총체성이란 기껏해야 탈총체화된 총체성으로서만 존재할 뿐이다.

내가 전체라고 부르는 것은 총체성이 아니라 총체화하는 행위의 통일이다.[24]

변증법을 '총체화하는 운동'으로, 변증법적 이성을 총체화에 다름 아닌 것으로 설명하는 사르트르에게 총체화란 "진행 중에 있는 행위"이며 스스로 멈출 수 없는 행위다. 총체성은 "가정(假定)에 의해 이루어진 실재성으로 오직 상상 속에서만 존재"할 수 있다. 그러므로 "총체화하는 행위의 통일"인 전체는 총체화 과정의 산물이다. 그가 예술에서 요구하는 '전체'란 예술품이라는 아날로공(Analogon)을 거쳐 [창조자와 감상자가] 감지하는 비실재의 세계, 즉 상상 작용의 상관자다.[25]

『상상계(L'Imaginaire)』에서 사르트르는 예술작품은 반드시 그 작품을 둘러싼 상상의식과 관련하여 생각할 수 있음을 누누이 강조한다. 『변증법적 이성비판』에 이르면 상상의식이 발동하여 이루어지는 비현실[비실재]의 창조가 변증법 운동에 의해 도달되며, 상상의식 내부의 변증법은

---

23 만일 문학을 순진무구한 것으로, 노래 같은 것으로 축소하면 문학은 말라죽는다. 각각의 문장이 인간과 사회의 모든 단계로 반향하지 않는다면 그것은 아무것도 의미하지 않는다. 한 시대의 문학이란 문학이 소화해 낸 시대를 말한다. *Situations IX*, p. 15.

24 『변증법적 이성비판』(1권), 244, 104, 248쪽.(역서에서는 총체성(화)을 전체성(화)으로 옮겼다.)

25 같은 책, 244-248쪽.

창조자로부터 수용자에 이르는 전체 구도 안에서 이해되는 것이다. 『문학이란 무엇인가』에서 밝힌 독서의 현상학은 결국 작품이라는 매개를 통해 총체성을 향해 가는 총체화의 과정이며 바로 이것이 예술[소설]의 전체에 이르는 길이다.[26]

『이방인』에 대해 소설이 그려 낼 수 있을 '전체'를 부정적으로 본 이유는, 이 작품의 "모든 문장들이 동등한 가치"를 지니고 있고 "각각의 문장은 제 힘으로 서 있어 다른 문장들은 무로 던져 버린"데에서 비롯한다. 그 어느 곳으로도 나아가지[초월하지] 않는 "관성적 현재들의 연속"일 뿐인 그의 문장들은 담론의 세계로 진입하지 못하여 총체화 운동의 여지를 없애 버린다는 것이다.

"인간은 결코 그가 가진 것의 총합이 아니라, 그가 아직 갖지 못한 것, 그가 가지게 될 것의 총체성"[27]이라며 "미래가 없는" 포크너의 세계에 동의하지 않았듯이, 사르트르에게 인간[혹은 예술]은 미래적 초월로서만 파악될 수 있는 '전체'로서 의미가 있다.

『이방인』 앞에서 사르트르는 "이렇게밖에는 달리 시작할 수 없고, 다른 결말을 가질 수도 없는" 강력한 완결성의 느낌을 받는다. 카뮈는 아무것도 정돈해 주지 않는 듯한 무질서한 이야기의 표피 아래 완벽하게 "고전적이고 질서 있는" 작품을 구축해 냈다. 지상의 세계만을 근심하

---

26 이 전체의 개념은 예술작품 내부로 적용해 볼 수 있다. 자연물이나 일상의 사물과 달리 예술작품은 "깊은 합목적성에 의해 떠받쳐져 있는 것"이기에 전체와 관련해서만 그 각각에 대한 이해에 다다를 수 있기 때문이다. 우리가 앙리 마티스(Henri Matisse)의 그림에 나타난 붉은색에서 느끼는 쾌감은 일상의 붉은색에 대한 것이 아니라 그 그림 안에서만 느껴지는 감각적 즐거움이다. 예술가에 의해 그 자체로 완결된 하나의 세계를 구성하는 예술은 다른 사물들과는 구분된다. 사르트르가 예술가 개인을 중요하게 생각한 이유도, 예술의 생명이 "탈총체화된 개인(예술가)이 총체화인 작품으로 이행"하는 데 있기 때문이다.

27 *Situations I*, p. 74.

는, 오로지 지상의 재화만을 거머쥔 카뮈의 세계는 그 너머의 다른 것을 상정해 볼 여지를 남겨 두지 않는다. "모든 현상의 돌이킬 수 없는 진실을 표현하고, 또 우리로서는 결코 도달할 수 없을 또 하나의 진실이 그런 현상 너머로 존재한다는 것을 예감하게 해주는 그런 수법",[28] 사르트르가 카프카에서 읽어 낸 그 "불가능한 초월"을 표현하는 수법이 『이방인』에서는 보이지 않았다. "초월의 부재"를 그려 낸 그 아름다운 폐쇄 앞에서 그는 소설적 '생성'의 단절을 느꼈던 것이다.

28　『문학이란 무엇인가』, 302쪽.

6장

D. H. 로런스

G. 루카치

발터 벤야민

M. 바흐친

사르트르

아도르노

프레드릭 제임슨

루쉰

최재서

임화

김현

백낙청

테오도어 비젠그룬트 아도르노

Theodor Wiesengrund Adorno 1903~1969

아도르노는 흔히 '비판이론가들'이라 불리는 프랑크푸르트 학파의 1세대를 대표하는 독일 학자이자 비평가이다. 개신교로 개종한 와인 상인인 유태인 아버지, 결혼 전에 전문 성악가였으며 가톨릭 신자인 코르시카 출신 어머니, 그리고 피아니스트인 이모 밑에서 행복한 유년기를 보냈다. 이 유년기와 그것과 극명하게 대조되는, 이차대전 중의 미국 망명 생활은 그의 사유에 형성적 영향력을 끼쳤다. 고등학교와 대학교에 다니는 동안 피아노 연주와 음악 공부에 많은 시간을 들였다. 철학, 예술 및 문화 비평, 사회학, 미학에 걸쳐 방대한 저작을 남겼으며 대표적인 저작은 호르크하이머와 공저한 『계몽의 변증법』(1944), 『부정변증법』(1966), 그리고 사후 출간된 『미학이론』(1971)이다. 예술 관련 저작 중 3분의 2가 음악에 대한 것이다. 독일 근현대 철학을 비롯해 서구 철학사 전반과 마르크스주의, 프로이트 정신분석, 뒤르켐과 베버 이후의 사회학의 흐름 등에 입문되어 있지 않고서는 그의 사유에 접근할 수 없지만 음악 교양이 부족한 이들도 베케트론과 카프카론 등 그의 문학 노트들을 통해 그의 미학에 접근할 수는 있다. 유고와 강의노트가 총 17권 분량으로 출간되고 있는 중이다. 세 주요 저작들과 『미니마 모랄리아』(1951)를 비롯해 적잖은 저작들이 국역되어 있는데, 번역의 질이 불균등하며 번역이 가장 훌륭한 저작도 원전대조가 필요하다. 그의 사유는 외적 자연에 대한 지배와 다른 인간들 및 인간의 본성으로서의 내적 자연에 대한 지배가 서로 맞물려 대국가의 잠재력을 증대시키며 강화되어온 계몽의 역사로서의 부정적 보편사에 비판적 초점을 맞추고 있으며 '자연과의 화해 이념'으로 총괄될 수 있다. 흔히 '포스트구조주의'라 불리는 사유를 선취한 것으로 보이기도 하지만 그의 사유는 그의 후학 비판이론들, 특히 하버마스의 사유를 포함해서 다른 모든 근현대적인 사유를 뛰어넘지만 여전히 근현대적인 사유로 이해될 때 가장 생산적이고 논쟁적인 효과를 발휘한다.

동시대 소설에서 화자의 위치[1]

테오도어 비젠그룬트 아도르노

정성철 옮김

형식으로서의 소설의 현재 상태에 관한 소견을 짧은 시간 안에 요약하는 과제는 폭력적으로라도 한 계기를 끄집어 낼 수밖에 없게 한다. 그것은 화자의 위치다. 오늘날 그 위치는 역설이라는 특징을 나타내 보인다. 즉 소설의 형식은 이야기하기를 요구하는 반면 이야기를 하는 것은 더 이상 가능하지 않다. 소설은 부르주아 시대의 고유한 문학 형식이었다. 그것의 시초에는 『돈키호테』에서와 같은 탈마법화된 세계 경험이 놓여 있는데, 세계가 탈마법화된 이래 한갓된 삶의 예술적 처리가 소설의 기본 요소가 되었다. 리얼리즘은 소설에 내재해 있었다. 심지어는 소재를 놓고 볼 때 판타지인 소설들조차 현실이 암시되도록 그것들의 내용을 제시하고자 했다. 19세기로 거슬러 올라가고 오늘날에는 극도로 가속화되어 전개된 사태로 말미암아 이와 같은 태도는 의심스러운 것이

1 아도르노가 베를린 미국 관할구 라디오 방송(RIAS)에서 'Standort des Erzählers im zeitgenössischen Roman'라는 제목으로 한 강연의 원고로 1954년 5월에 Akznte에 게재되었다. 번역에는 Theodor W. Adorno, *Gesammelte Schriften in zwanzig Bänden*. Hg. von Rolf Tiedemann unter Mitwirkung von Gretel Adorno, Susan Buck-Morss und Klaus Schultz(Frankfurt am Main: Suhrkamp Verlag, 1997)의 Band 11: Noten zur Literatur의 Noten zur Literatur I 에 실린 것을 이용했다.

되었다. 화자의 입장에서 보자면 이 과정은 어떤 변형되지 않은 소재도 더 이상 용인하지 않고 그럼으로써 대상성이라는 서사적 지침을 전복하는 주관주의를 통해 일어났다. 오늘날에는 아달베르트 슈티프터(Adalbert Stifter)가 했던 대로 대상들에 침잠하고 그렇게 해서 겸허하게 받아들인 직관된 것의 충만성과 조형성으로부터 효과를 끌어내고자 하는 어느 누구도 공예품적 모방의 제스처를 취할 수밖에 없을 것이다. 그는 연인에게 그리하듯 세계에 자신을 내맡긴다는, 세계가 유의미하다고 전제하는 거짓말을 하는 죄를 범할 것이고 향토예술의 특색을 띤 참을 수 없는 키치를 생산하는 것으로 끝날 것이다. 제재상의 난점 또한 적지 않다. 회화가 사진술로 인해 전통적 과제 중 다수를 상실했듯이, 소설은 르포르타주와 문화 산업 매체, 특히 영화로 인해 그것들을 상실했다. 소설은 보고형식들이 다룰 수 없는 것에 집중할 수밖에 없었을 것이다. 그렇지만 회화와는 대조적으로 소설에는 언어로 말미암아 대상으로부터 해방되는데 한계가 있는데, 언어는 소설에 보고라는 외양(Fiktion)을 강제한다. 그에 일관성 있게 대응해서 조이스는 리얼리즘에 맞선 소설의 반란을 논증적 언어에 맞선 반란과 결합시켰다.

조이스의 이 같은 시도를 부적절한 개인주의적 자의라고 거부하는 것은 궁색하다 해야 할 것이다. 경험의 동일성(identität)은, 즉 화자의 태도를 가능케 하는 유일한 것인 내적 연속성을 지니며 잘 분절되어 있는 삶은 해체되었다. 전쟁에 참가한 누군가가 예전에 사람들이 자신들의 모험에 관해 이야기를 하곤 했던 대로 전쟁에 관해 이야기하는 것이 얼마나 불가능한지 떠올려 보기만 해도 이 점을 알 수 있다. 독자들은 당연하게도 화자가 그러한 종류의 경험에 통달해 있기라도 한 것처럼 제시하는 이야기를 인내하지 않고 의심하는 태도로 대한다. 자리에 앉아 "좋은 책을 읽는다" 같은 생각들은 구닥다리다. 그 이유는 독자의 집중력 상실에만 있는 것이 아니라 전달되는 것 자체와 그것의 형식에도 있다. 이야기를 한다는 것은 말을 할 **특별한** 무엇인가를 가졌다는 것을 의미하는데, 바로 그것이 관리되는 세계에 의해, 표준화와 항구적 동일성(Immergleichheit)에 의해 방해된다. 내용상의 모든 이데올로기적 진술에 앞서 세계의 진로가 여전히 본질적으로 개체화의 진로라는, 충동과 감정을 지닌 개체가 여전히 운명에 맞설 수 있다는, 개인의 내면이 여전히 직접적으로 무엇인가를 할 수 있다는 화자의 주장이 이미 이데올로기적이다. 도처에 퍼져 있는 삼류 전기문학은 소설 형식 자체가 해체되는 과정의 부산물이다.

그러한 생산물들이 이렇다 할 성공 사례도 거의 없이 들어차 있는 심리 영역도 문학적 대상성의 위기로부터 면제되어 있지 않다. 심리소설 또한 코앞에서 대상을 빼앗겼다. 저널리스트들이 도스토옙스키의 심리학적 성취에 무던히도 도취해 있던 바로 그때, 사람들은 과학이, 특히 프로이트의 정신분석학이 오래전에 그의 발견들을 능가했음을 알아차렸다. 더욱이 도스토옙스키에 대한 그러한 과대 찬양은 빗나갔다. 그의 작품에 도대체 심리학이라고 할 만한 것이 있다면, 그것은 예지적 성격의 심리학, 본질의 심리학이지 경험적 성격의 심리학, 현실에서 활보하는 인간들의 심리학이 아니다. 도스토옙스키는 바로 이 지점에서 진보를 성취했다. 소설이 경험적 성격의 심리학과 단절하고 본질 또는 반본질의 제시에 몰두할 수밖에 없게 된 것은 내면의 사실성을 포함해 일체의 실제적인 것(Positive)이, 일체의 구체적으로 파악할 수 있는 것이 정보와 과학의 손아귀에 들어갔기 때문만은 아니다. 그것은 사회적 생활 과정의 표면이 더 팽팽해지고 더 솔기 없어질수록 그 표면이 장막이 되어 본질을 더 밀폐적으로 덮어 가리기 때문이기도 하다. **소설이 리얼리즘 유산에 충실한 채 남아 있고 있는 그대로의 현실을 말하고자 한다면, 그것은 외**

관을 재생산함으로써 외관의 위장 작업을 도울 뿐인 리얼리즘을 포기해야 한다. 개인들의 인간적 성질들을 체계(Maschinerie)의 매끄러운 작동을 위한 윤활유로 변형하는 개인들 사이 모든 관계의 물화는, 그 보편적 소외와 자기소외는 거명될 필요가 있으며 소설은 소수의 다른 예술형식들과 마찬가지로 그렇게 할 자격이 있다. 소설은 예로부터, 그리고 18세기와 필딩의 『톰 존스』 이래로는 확실히 살아 있는 인간들과 딱딱하게 굳어 버린 관계들 사이의 갈등을 진정한 대상으로 삼았는데, 그러면서 소외 자체가 소설의 미적 수단이 되었다. 왜냐하면 인간들, 개인들 그리고 집단들이 서로로부터 더 소외될수록 그들은 서로에게 그만큼 더 수수께끼가 되고, 이 외면적 삶의 수수께끼를 해독하려는 시도, 즉 소설의 고유한 충동은 본질을 포착하려는 노력으로 이행하는데, 바로 그 본질은 그것대로 관습들에 의해 확립된 친숙한 소외 속에서 당혹스럽게 이중적으로 소외된 것으로 나타나기 때문이다. 새로운 소설의 반리얼리즘적 계기는, 그것의 형이상학적 차원은 그것의 현실 대상, 즉 인간들이 서로와 그들 자신으로부터 찢겨져 있는 사회에 의해 야기된다. 미적 초월에는 세계의 탈마법화가 반영되어 있다.

이 모든 것은 소설가의 의식적 숙고에 자리를 갖고 있지 않다. 헤르만 브로흐(Hermann Broch)의 매우 야심 찬 소설들에서처럼 이것들이 의식적 숙고에 침투하면 작품에 득이 될 게 없다고 가정할 이유가 있다. 오히려 형식의 역사적 변화가 작가들의 독특한 감수성으로 변환되며, 얼마나 그 감수성이 요구되는 것과 금지되는 것을 측정하는 도구로서 기능하는지가 그것들의 등급을 본질적으로 결정한다. 보고 형식에 대한 반감이라는 면에서 마르셀 프루스트를 능가하는 이는 없다. 그의 작품은 소설이 주관주의적 극단에 의해 해체되는 노선, 즉 이 프랑스 소설가와는 역사적 연속성이 전혀 없지만 옌스 페테르 야콥센(Jens Peter Jacobsen)의

『닐스 뤼네(Niels Lyhne)』와 라이너 마리아 릴케(Rainer Maria Rilke)의 『말테의 수기(Die Aufzeichnungen des Malte Laurids Brigge)』 같은 작품들로까지 이어지는 리얼리즘적이고 심리학적인 소설 전통에 속한다. 소설이 더 엄격하게 외적 사물들의 리얼리즘을, '그래서 그러했다'라는 제스처를 고수할수록 모든 낱말은 그만큼 더 한갓된 '마치 ……처럼'이 되며, 이 주장과 실은 그렇지 않았다는 사실 사이의 모순이 그만큼 더 커진다. 작가가 불가피하게 제기하는—그가 무슨 일이 일어나고 있었는지를 정확히 안다는—내재적 주장은 증거를 필요로 하는데, 터무니없어지는 지경까지 견지되는 프루스트의 정확성은, 삶의 통일성을 궁극적으로 그것의 원자들로 분할하는 그의 미생물학적 기법은 형식의 한계를 위반하지 않은 채 그 증거를 제공하기 위한 미적 감각중추의 비할 데 없는 노력이다. 그는 현실이 아니었던 어떤 것을 현실이었던 양 보고하는 것으로 시작할 마음이 나지 않았다. 따라서 그의 연작은 어떻게 한 아이가 잠들었는지에 대한 회상에서 시작하는데, 제1권 전체는 아름다운 모친이 잘 자라는 입맞춤을 해주지 않음으로써 남자아이가 겪게 되는 잠드는 것의 어려움에 대한 상술 외에는 아무것도 아니다. 화자는 하나의 내면적 공간을 설정하는데, 그 공간은 말하자면 그가 소원한 세계에서 발을 잘못 내딛는 과실, 마치 그가 그 세계와 친숙하다는 듯이 행동하는 이의 허위적 음조에서 드러날 과실을 범하지 않게 해준다. 그 세계는 감지될 수 없을 정도로 은밀하게 이 내면의 공간 속으로 끌려 들어가며—이 기법에는 '내면적 독백'이라는 명칭이 붙어 있다—외부 세계에서 일어나는 어떤 일도 첫 페이지에서 잠드는 순간이 제시되는 것과 동일한 방식으로, 내면세계의 한 조각으로, 의식의 흐름의 한 순간으로 제시된다. 이 내면세계 또는 의식의 흐름은 객관적 시공 질서에 의해 반박될 수 없는데, 프루스트의 작품은 객관적 시공 질서를 중단시키는 데 투입되어 있다. 독일 표현주의 소설, 예컨대 구스타프 자크(Gustav Sack)의 『방탕한 학생(Verbummelter Student)』은 비슷한 것을 목표로 했지만 전혀 다른 전제와 취지를 갖고 그리했다. 완전하고 충만하게 주어질 수 있는 것들 외에는 어떤 대상적인 것도 서술하지 않는다는 서사 기획은 궁극적으로 대상성이라는 서사의 기본 범주를 폐기한다.

그 이념이 아마 플로베르에게서 가장 제대로 구현되어 있을 전통적 소설은 부르주아 연극의 요지경 무대(Guckkastenbühne)와 비교될 수 있다. 이 기법은 환영을 주는 기법이다. 화자가 막을 올린다. 독자는 마치 자신이 실제로 거기 있기라도 한 것처럼 벌어지는 사건들을 따라가야 한다. 화자의 주관성은 이 환영을 만드는 힘 속에서, 그리고―플로베르의 경우에는―언어의 정신화를 통해 화자의 주관성을 그 주관성이 내맡겨져 있는 경험적 영역으로부터 떼어 내는 언어의 순수성 속에서 증명된다. 반성(Reflexion)은 엄중하게 금기시된다. 그것은 사물적(sachliche) 순수성에 반하는 대죄가 된다. 오늘날에는 재현되는 것의 환영적 성격과 더불어 이 금기 또한 힘을 잃어 가고 있다. 새로운 소설에서는, 프루스트에서만이 아니라 『사전꾼들(Les Faux-Monnayeurs)』의 지드에게서도, 후기 토마스 만(Thomas Mann)에게서도, 로베르트 무질(Robert Musil)의 『특성 없는 남자(Der mann ohne eigenschaften)』에서도 반성은 형식의 순수 내재성을 깨뜨린다. 그러나 이러한 반성은 플로베르 이전의 반성과 이름 말고는 거의 어떤 공통점도 없다. 후자는 도덕주의적이었다. 소설 속 인물들에 반대하는 입장을 취하거나 찬성하는 입장을 취하기. 새로운 반성은 재현의 거짓말에 반대하는 입장, 정확히는 사건들에 대한 감독적 논평자로서 자신의 불가피한 진행 방식(Ansatz)을 바로잡고자 하는 화자 그 자신에 반대하는 입장을 취한다. 형식의 이러한 파괴는 형식의 바로 그 의미에 내재해 있다. 토마스 만이 즐겨 사용하는 매체인, 어떤 내용적 조소로도 환원될 수 없는 수수께끼 같은 아이러니는 오늘날에야 비로소 그 형식 구성적 기능 면에서 완전히 이해될 수 있다. 자신의 진술을 무효화하는 아이러니적 제스처로, 작가는 현실적인 무언가를 창조한다는 주장을, 어떤 말도, 심지어는 그의 말도 회피할 수 없는 주장을 내버린다. 이것은 그의 말기 작품인 『선택된 자』와 『기만당한 여인』에서 가장 뚜렷할 텐데, 그 작품들에서 작가는 낭만주의적 모티브를 가지고 유희하면서 그의 말투를 통해 이야기의 요지경적 성격을, 환영의 비현실성을 인정한다. 그렇게 함으로써 그는 예술작품을, 그 자신의 말마따나, 고급 농담의 지위로, 그것이 소박성의 결여라는 소박성에 빠져 너무나도 직설적인 방식으로 환영을 진실로 제시하기 전까지 갖고 있었던 지위로 되돌려준다.

프루스트의 작품들에서 논평이 속속들이 이야기의 진행과 얽혀 있는 나머지 그 둘 사이의 구별이 사라질 때, 화자는 독자에 대한 그의 관계의 기본적 성분이라고 할 '미적 거리'를 공격한 것이다. 전통적 소설에서 이 거리는 확고했다. 이제 그것은 영화의 카메라 각도처럼 변한다. 독자는 때때로 외부에 남겨지기도 하고 때때로 논평에 의해 무대로, 무대장치 뒤로, 소품실로 이끌리기도 한다. 그 거리를 완전히 없애는 프란츠 카프카(Franz Kafka)의 처리 방식은 극단에 속하는데, 우리는 그 어떤 이른바 '전형적인' 평균적 사태보다도 그 극단으로부터 동시대 소설에 관해 더 많은 것을 배울 수 있다.

충격을 통해 그는 읽을거리 앞에 있을 때의 독자의 관조적 안도감을 파괴한다. 그의 소설들은, 어떻게든 소설 개념에 포섭할 수 있다면, 파국의 영구적 위협이 더 이상 어떤 인간도 관여되어 있지 않은 구경꾼이 되는 것을 허용하지 않고 그 구경꾼의 입장의 미적 모방도 허용하지 않기 때문에 관조적 태도가 지독한 비웃음의 대상이 되어 버린 세계상태에 대한 하나의 선취적 반응이다. 그 거리는 사실들의 보고로 세계가 본래 이렇다(daß es geboren)고 변명하지 않는 말은 한마디도 쓸 엄두를 못내는 군소 작가들에 의해서조차도 붕괴되었다. 그들의 작품에서는 그 세계상 태의 미적 재현을 끈기 있게 해내기에는 너무 호흡이 짧으며 그 재현을 행할 수 있는 인간들을 거의 산출할 수 없는 의식 상태의 약점이 드러난다. 그러나 그러한 약점이 전혀 없지는 않은 가장 진보적인 창작에서 미적 거리의 폐기는 형식 그 자체의 요구다. 그것은 전경화되어 있는 연관들을 깨고 그것들 밑에 놓여 있는 것을, 긍정적인 것의 부정성을 표현하기 위한 가장 효과적인 수단 중 하나다. 카프카에게서 그런 것처럼 상상적인 것의 묘사가 필연적으로 현실적인 것의 묘사를 대체하는 것은 아니다. 그는 범례가 되기에는 적합하지 않다. 그러나 현실과 심상(imago) 사이의 차이는 원칙적으로 폐기된다. 당대의 위대한 소설가들의 공통특징은 그들의 작품에서 '그래서 그러하다'라는 소설의 오랜 요구가 그것의 궁극적 귀결들에 이르기까지 사유되어 일련의 역사적 원형들을 내놓는다는 것이다. 카프카의 우화와 조이스의 서사적 암호문에서 그렇고, 프루스트의 무의지적 기억에서도 그렇다. 대상적 재현의 관습과 결별했다고 선언하는 문학적 주체는 동시에 그 자신의 무능을, 독백의 한가운데로 회귀하는 사물세계의 우월한 힘을 고백한다. 이렇게 하여 제2의 언어가, 소설가의 독백에만이 아니라 제1의 언어로부터 소외되어 있는 수많은 대중의 독백에도 퍼져 있는 황폐화된 연상적 사물언어가, 제1의 언어의 찌꺼기로부터 여러 번 증류되어 생산된다. 루카치는 40년 전 『소설의 이론』에서 도스토옙스키의 소설들이 미래의 서사시를 위한 기반인가, 또는 아마도 심지어는 그것들 자체가 그 서사시인 것은 아닌가 하는 물음을 제기했다. 사실, 중요한 동시대 소설들, 즉 해방된 주관성이 그것 자신의 중력을 통해 그것의 대립물로 전화하는 소설들은 부정적 서사시들이다. 그것들은 개인이 자기 자신을 청산하는 상태의 증명서들, 한때 의미가 충만한 세계를 보증해 주는 것처럼 보였던 전 개인적 상태와 일치하는 상태의 증명서들이다. 이 서사시들은 다른 모든 동시대 예술과 마찬가지로 애매하다. 그것들이 기록하는 역사적 경향이 야만으로의 퇴행인지 아니면 인류의 실현을 목표로 하는지 결론 내리는 것은 그것들에 달려 있지 않으며, 실로 많은 서사시가 야만적인 것에서 극히 편안함을 느낀다. 무언가 쓸모가 있으면서 불협화와 방임되어 있음을 즐기기도 하지 않는 현대 예술작품은 없다. 그러나 공포를 비타협적으로 구현하고 관찰의 모든 행복을 이 표현의 순수성 속에 투여함으로써, 그러한 예술작품들은 자유에, 자유주의 시대에 개인에게 닥쳤던 것을 증언하지 않는 것만으로도 평균적인 작품이 저버리는 것에 봉사한다. 이 생산물들은 참여예술과 예술을 위한 예술 사이의 논쟁 너머에, 경향예술의 속물주의냐 향유를 위한 예술의 속물주의냐는 양자택일 너머에 있다. 언젠가 카를 크라우스(Karl Kraus)는 그의 작품에서 물리적이자 비미적인 현실로서 도덕적으로 발화했던 모든 것들이 언어의 법칙에 따라서만, 따라서 예술을 위한 예술의 이름으로만 그에게 주어졌었다는 생각을 정식화한 적이 있다. 오늘날 소설이 미적 거리를 폐기하고 그 폐기를 통해 우월한 힘을 갖고 있으며 오직 실제로 변화될 수 있을 뿐 형상으로 미화될 수는 없는 현실 앞에 굴복하는 사태는 형식이 스스로 나아가고자 하는 방향에 의해 요구되는 것이다.

아도르노 이후:

동시대 유럽 소설의 화자[1]

데이비드 커닝엄[2]

정성철 옮김

여전히 도처에서 모습을 보이고 문화의 중심에 자리 잡고 있는 듯 보이

---

1 이 글은 아도르노의 「동시대 소설에서 화자의 위치」의 해제로 적합하다는 판단 아래 David Cunningham and Nigel Mapp(ed.) *Adorno and Literature*(London, New York: Continuum International Publishing Group, 2006)에 수록되어 있는 데이비드 커닝엄(David Cunningham)의 'After Adorno: The Narrator of the Contemporary European Novel'을 번역한 것이다. 아도르노의 짧은 글에는 그의 미학과 문학적 식견 전체가 응축되어 있어 전자의 기본 윤곽만을 간신히 감 잡은 번역자로서는 해제를 다는 것이 불가능하다는 자괴감에 빠져 있던 차에 우연히 마주친 커닝엄의 글은 무리한 수고를 스스로에게 강제하는 처지에서 번역자를 해방시켜 주었다. 어떤 텍스트를 해제한다는 것은 그것을 해설하면서 그 텍스트의 현재적 의의를 규명하는 것이다. 따라서 해제는 그 텍스트가 놓여 있었던, 같은 대상을 다룬 다른 텍스트들과의 상호 텍스트 관계 및 그 텍스트가 다른 텍스트들을 넘어서는 지점, 그리고 그 텍스트의 대상이었던 것이 생산 시점 너머에서 계속 이루어 온 역사가 그 텍스트의 의의에 가하는 한정을 고찰하는 작업을 포함한다. 커닝엄의 길지 않은 글은 아도르노 전후 소설론의 전개와 소설의 역사 속에 아도르노의 글을 적절히 위치시켜 어떻게 그 글이 동시대 [서구] 소설의 기본적 경향을 비평적으로 이해하고 정당화하는 데 여전히 유효한지를 밝혀 주고 있다.―옮긴이

2 데이비드 커닝엄은 런던 웨스트민스터 대학교 영문학 강사이자 저널 〈급진철학(Radical Philosophy)〉의 편집자다. 그의 저술은 여러 주제에 걸쳐 있다. 특히 아도르노, 사뮈엘 베케트(Samuel Beckett), 초현실주의 그리고 동시대 음악에 관한 저술을 남겼다. 그는 또한 선집 『20세기의 사진과 문학(Photography and Literature in the Twentieth Century)』(2005)의 공동 편집자이기도 하며 현재는 아방가르드 개념에 관한 논문을 쓰고 있다.―옮긴이

지만, 소설은 어느 정도나 **우리 곁**에 있는가? 소설의 내러티브 기능은 마침내 더 젊은 20세기 경쟁자들—필름, TV, 비디오—에 의해 찬탈되었나? 1993년 빈프리트 게오르크 제발트(Winfried Georg Sebald)는 "나의 매체는 산문이지 소설이 아니다"[3]라고 썼는데, 이것은 오늘날의 가장 중요한 작가들에게 일반적으로 해당되는 사실인가? '소설' 그 자체는 이제 하나의 잉여적인 비평 범주인가?

이것들은 학계 안팎의 동시대 '문학' 문화에 하나의 특수한 압력을 행사한다는 의미에서 현실적인 물음이다. 1960년대에, 그리고 신저널리스트들과 아방가르드주의자들 양자 모두의 개종 이래 소설은 베스트셀러 비망록, 여행기 또는 비디오 게임 등에 의해 사면팔방에서 위협을 받으며 끊임없이 불안에 시달렸던 것처럼 보인다. '일류' 영국 일간지 문학편집자는 "이언 매큐언(Ian McEwan)의 『토요일』이 순수 픽션이 세운 이전의 모든 기록을 깨고 부커상 후보작에 가즈오 이시구로(石黒一雄), 줄리언 반스(Julian Barnes), 알리 스미스(Ali Smith) 그리고 아마드 살만 루슈디(Ahmad Salman Rushdie)의 중요한 신작들이 포함되는 시기에 소설의 죽음"을 얘기하는 것은 "부당한 데다 당혹스럽기까지 하다"고 썼다.[4] 그렇지만 판매고와 평판이라는 문화산업적 기준은 그러한 주장이 은연중에 표현하는 염려를 숨길 수 없다.

물론, 소설의 건강 상태에 관한 물음은 20세기 내내 소설의 전개에 동반되어 왔다. 토머스 스턴스 엘리엇(Thomas Stearns Eliot)은 『율리시스』에 대한 1923년의 유명한 리뷰에서 다음과 같이 썼다. "이 작품이 소설이 아니라면, 그것은 단순히 소설이 더 이상 쓸모가 없을 형식이기 때문이다. (…) 조이스 씨와 [윈덤] 루이스(Wyndham Lewis) 씨는, 그들의 시대에 '앞서'

---

3 W. G. Sebald, *Campo Santo*, trans. A. Bell(London: Penguin, 2005), p. xi.

4 R. McCrum, "Want to know what's happening? Read a novel," *The Observer*, review section, 4 September 19, 2005.

있기 때문에 그 형식에 의식적으로 또는 아마도 무의식적으로 불만을 느꼈던 것 같다."[5] 지난 수십 년 동안, 그러한 '불만'의 느낌은 확실히 더 강렬해진 것 같다. 예를 들어, 포스트모더니즘에 관한 영향력 있는 1991년의 저서에서, 프레드릭 제임슨(Fredric Jameson)은 "동시대 세계체제의 파악 불가능한 총체성"을 상대로 놓고 볼 때, 소설은 "최근의 문화 영역에서 가장 약한 것이며 필름과 비디오에서 소설의 내러티브에 상응하는 것에 의해 압도되었다"[6]고 주장했다. 아마 틀림없이, 제임슨이 계속해서 진술한 대로, "물론, 제3세계에서의 양상은 매우 다르다."[7] 그렇지만 어떤 "비서구" 동시대 소설 형식들의, 그것들 자체의 특수한 "불안정한 형성물들"과 "역설적 융합들"의 독특성은 분명 그 자체로 매우 독특한 **사회적** 발전의 역사적 산물이다.[8] 그러한 '확산'의 원천인 유럽 소설 자체에 그 독특성이 어떤 의미를 갖는지는 별로 분명하지 않다.

사실 문예창작 강좌에서 가르치는 도구화된 '기예'의 산물, 그리고 그 기예의 유명한 수상자급 실천가들 너머에서 오늘날 '진지한' 유럽 소설은, 어떤 근본적 의미에서, 그것의 **위기**에 의해 정의되는 것처럼 보인다. 그 위기는 서술과 논평, 이야기 쓰기와 에세이 쓰기, 르포르타주와 자서전 사이의 어떤 관습적 구별도 어려워졌다는 사실에서 표현된다. 이러한 어려움 때문에 작가를 화자로부터 분리하는 전통적 거리는 교란되는 동시에 조롱되는 것으로 나타난다. 이언 싱클레어(Iain Sinclair)에서 제임스 그레이엄 밸러드(James Graham Ballard), 제발트를 거쳐 미셸 우엘벡

---

5 T. S. Eliot, "*Ulysses*, order and myth," in *Selected Prose*, ed. F. Kermode(London: Faber and Faber, 1975), p. 177.

6 F. Jameson, *Postmodernism, or the Cultural Logic of Late Capitalism*(London and New York: Verso, 1991), pp. 38, 298.

7 Ibid., p. 298.

8 F. Moretti, *Atlas of the European Novel 1800-1900*. (London and New York: Verso, 1998), p. 194.

(Michel Houellebecq)에 이르기까지, 개별 작품들을 구획하고 한정하는 바로 그 경계에 여기저기 구멍이 나 있음이 드러났다. 소설은 글쓰기 실천의 연속선상에 놓였고 소설의 강박적 관심사는 수정되었으며 바흐친과 루카치 양자 모두가 소설 일반을 구성해 주는 것으로 보았던 종합과는 질적으로 다른 방식으로 다양한 장르가 소화되고 혼합되었다. 작가들은 그러한 작품들 속에 직접적으로 일기, 자서전, 여행기, 기사, 논쟁, 철학적 성찰, 광고 문구, 포르노그래피, 스크랩북 등의 문학적 (및 '하위 문학적') 스타일과 관행을 밸러드가 그러는 것처럼 종종 의도적으로 어색하고 서투르게 통합했다. 예술과 다큐멘터리, '픽션'과 '사실'은 충돌하며 따로 떨어져 있기를 거부한다.

소설의 이론

1954년에 원래 라디오 강연용으로 작성된, "오늘날 형식으로서의 소설이 처해 있는 상태"를 다루는 아도르노의 텍스트는 전후 시기 소설의 의미 변화에 대한 더 일반적인 연구의 에세이적 "요약"으로 제시된다. 오늘날 그것에 시선을 돌리는 것은 기묘해 보이고 심지어는 부적합해 보일지도 모른다. 포스트식민주의, 마술적 리얼리즘 그리고 핀천(Thomas Pynchon)이나 에드거 로런스 닥터로(Edgar Lawrence Doctorow) 류의 미국 '포스트모더니즘' 이전에 나왔기에 아도르노의 텍스트는 이미 집필 당시에 시대에 뒤졌던 것으로 보인다. 비록 "동시대 소설에서 화자의 위치"라는 제목을 달고 있지만 그 텍스트의 주요 인물들—조이스, 프루스트, 카프카, 무질—은 1년을 더 살았던 토마스 만을 제외하면 텍스트가 집필되기 오래전에 죽었다. 그렇기에 첫 번째 영어판 번역자가 『미학이론』에 대해 말했던 것이 그대로 이 텍스트에도 해당되는 것처럼 보이기 쉽다. 그것이 "처음부터 시대에 뒤졌으며 (…) 이[20] 세기의 초는 아니더라도 전반에는 끝나 버린 예술 경향들에 밀착되어 있다"[9]는 것이다. 그렇지만, 나는 몇 가지 명백한 한계에도 불구하고 그것이 흥미롭고 비평적으로 생산적인 텍스트로, 더 나아가 우리 자신의 동시대적 조건의 전사 중 어떤 것을 구성하는 "경향들"에 대한 날카로운 자각을 담고 있는 텍스트로 남아 있다고 주장하고자 한다.

일종의 요약으로서, 아도르노의 "소견"은 사실상 1940년대 이래 전개된 소설에 관한 그 자신의 사유들(예를 들어, 『계몽의 변증법(Dialectic of Enlightenment)』 35-36쪽을 보라)만이 아니라 20세기 초 전체에 걸친 이론화 작업—결정적으로 중요한데, 1914~1915년에 집필된 루카치의 『소설의 이론』과 카프카, 프루스트, 레스코프 등에 대한 벤야민의 1930년대 에세이들 양자 모두를 거치는 이론화 작업—역사의 중심적 테제들 또한 "요약"한다. 실로 텍스트 서두에서 동시대의 "화자의 위치"를 정의해 주는 본질적 "역설"에 관해 아도르노가 내린 판단—"소설의 형식은 이야기를 요구하는 반면 이야기를 하는 것은 더 이상 가능하지 않다"[10]는 것—은 레스코프에 관한 벤야민의 1936년 에세이의 도입부에서 직접 따온 것이다. 벤야민에게 소설의 부상은 이미 "이야기의 몰락으로 귀결되는 과정을 가장 먼저 드러낸 징후"[11]인데, 이것은 양자가 가장 결정적으로 소설을 한정하는 사실이라고 보는 것, 즉 소설이 하나의 특유한 역사를 갖고 있음을 가리키는 주장이다. 아도르노는 하나의 문학 형식으로서의 소설은 본질적으로 그것의 근대적인, 소외된 성격에 의해 정의되며 부르주아적 주체의 (역사적으로 새로운) "내적 경험"을 향한다고 주

---

9   G. Lenhardt, "Reply to Hullot-Kentor," *Telos* 65, 1985, p. 147.

10   Theodor W. Adorno, *Notes to Literature, Volume One*, trans. S. Weber Nicholsen(New York: Columbia University Press, 1991), p. 30.

11   W. Benjamin, "The Stotyteller," in *Illuminations*, trans. H. Zohn(London: Fontana, 1973), p. 87.

장한다. 그러한 설명이 최종적으로는 헤겔의 『미학』에 기원을 두고 있다면, 더 직접적인 출전은 아도르노가 1920년대 초 학생일 때 처음 읽은 루카치의 『소설의 이론』이다. 그것은 "동질성"이 어떤 "'나'와 '너' 사이의 분리"에 의해서도 "교란"[12]될 수 없는 사회 현실의 산물인 고전 서사시와 "고독한 개인" 속에서 "탄생"했으며 "인생을 사는 사람이 속수무책의 곤경에 처해 있음"[13]만을 표현할 수 있는 소설 사이의 역사화된 구별을 중심으로 해서 구성되었다. 루카치에게 단테 같은 작가는 이미 "순수 서사시에서 소설로의 역사적-철학적 이행"을 표시하는데, 그의 "인물들이 이미 개인들"이기 때문이다.[14] 소설다운 소설이라면, 그것은 헤겔이 "산문의 세계"라고 부르는 것의 서사시일 수 있을 따름이다. 그 사회세계에서는

> 업무와 활동은 무한히 많은 부분으로 분해·해체되어 개인들에게는 오로지 전체의 한 입자만이 할당될 뿐이다. (…) 이것이 세계가 개인과 타인들 양자 모두의 의식에 나타나는 바인 세계의 산문성이다. 유한성과 가변성의 세계, 상대적인 것에 얽혀 있는 세계, 개인으로서는 벗어날 수 없는 필연성이 억압하는 세계.[15]

서사시의 범위와 "전체성"의 회복을 추구하더라도 소설에 끝내 결여되어 있을 수밖에 없는 것은 "그것의 상황들과 관계들의 전반적 폭이라는

12　G. Lukacs, *The Theory of the Novel*, trans. A. Bostock(London: Merlin, 1971), p. 32.

13　W. Benjamin, "The Stotyteller," in *Illuminations*, trans. H. Zohn(London: Fontana, 1973), p. 87.

14　G. Lukacs, *The Theory of the Novel*, trans. A. Bostock(London: Merlin, 1971), p. 68.

15　G. W. F. Hegel, *Aesthetics: Lectures on Fine Art*, 2 vols, trans. T. M. Knox(Oxford: Clarendon Press, 1975), pp. 149-150.

면에서 한 민족과 시대의 총체 세계와 연계되어 있는 하나의 풍부한 사건으로서 우리의 관조에 들어와야 하는 행위의 발생"[16]이다. 예술작품에 의한 모더니티의 잠재적 매개에 관한 헤겔의 설명에 따르면, 이 결여는 임의의 한 명 한 명의 개인 주체에 의해 구현될 수 있는 하나의 집합적 총체로서 형성되지 않는다는 것이 모더니티의 구조적 특징이라는 사실에 기인한다. 개인 주체는 사회 속에 "연루되어 있는 채로만" 행위하며 "그러한 인물에게서 관심은, 그것의 목표와 활동의 내용과 마찬가지로 끝없이 특수하다."(194)[17] 비록 "전체"가 개인 현실을 규정하지만, 어떤 개인이든 간에 개인 주체의 지성 능력으로는 도무지 그것을 투시할 수 없으며, 따라서 어떤 이야기이든 간에 아무리 "이야기"가 보편성을 추구해도, 이야기는 언제나 특수하고 우발적인 것에 귀착할 것이다. 루카치의 아직 본질적으로 관념론적인 1914년 용어법에서, 서사시와 소설은 "형상화하는 의향에 따라 갈라지는 것이 아니라"—소설도 "총체성에의 **의향**은 갖고" 있으므로 갈라지지 않는다—주어진 역사철학적 상황에 따라 갈라진다."[18] 소설**로서의** 소설은 주체와 객체, 사실과 가치의 독특하게 근대적인 분열로부터 탄생했으며 소설 자체는 그 분열을 결코 화해시킬 수 없다.

　그처럼 소설의 내적 형식이 **일반적으로** "개인이 자기 자신을 향해 가는 편력"[19]이라는 형식이라면, 20세기 모더니즘의 더 급진적인 내향화—개인의 내면 의식, 그리고 텍스트의 "내면 공간"으로의 초점 이동. 그렇지만 이 초점 이동도 자신의 통제 너머에 있는 사회 현실과의 '영혼'의 겹침을 여전히 피할 수 없다—를 발동시키게 된 것은 루카치가

---

16 Ibid., p. 1044.

17 각주331에 해당하는 헤겔 책의 페이지 수. —옮긴이

18 G. Lukacs, *The Theory of the Novel*, trans. A. Bostock(London: Merlin, 1971), p. 56. 강조 추가.

19 Ibid., pp. 80-81.

특히 낭만주의적 "환멸 소설"이라고 부르는 것이다. 이 초점 이동은 소설 형식 자체가 "기분과 기분에 대한 반성의" 한갓된 "모호하고도 형상화되어 있지 않은 나열"로 "해체"될 명백한 위험을 감추는 경향이 있다.(113)[20] 이와 관련해 아도르노는 동시대 소설 에세이에서 다음과 같이 썼다.

> 리얼리즘은 소설에 내재해 있었다. 심지어는 소재를 놓고 볼 때 판타지인 소설들조차 현실이 암시되도록 그것들의 내용을 제시하고자 했다. 19세기로 거슬러 올라가고 오늘날에는 극도로 가속화되어 전개된 사태로 말미암아 이와 같은 태도는 의심스러운 것이 되었다. 화자의 입장에서 보자면 이 과정은 어떤 변형되지 않은 소재도 더 이상 용인하지 않고 그럼으로써 대상성이라는 서사적 지침을 전복하는 주관주의를 통해 일어났다.[21]

그렇지만 여기서 기술되고 있는 대상적인 것에 전념하기—헤겔의 말을 빌리면, **"현존하는 것**을 그것의 제재로 삼는 것"[22]—라는 서사시의 특징으로부터의 이탈에 대한 루카치와 아도르노의 평가는 다르다. 루카치에게 그것은 대체로 개탄스러운 일이지만 아도르노에게는 오히려 새로운 문학 형식들을 요구하고 발생시키는 변화해 가는 사회 현실의 한 측면이다. 원래 개인과 대상적인 것의 특권화를 추구했던 부상하는 부르주아적 세속주의와 경험주의에 뿌리를 둔 것이기 때문에, 근대소설의 서사형식은 필연적으로 처음부터 역설적인 위치에 처할 수밖에 없게 된

---

20 각주331에 해당하는 루카치 책의 페이지 수. —옮긴이

21 Theodor W. Adorno, *Notes to Literature, Volume One*, trans. S. Weber Nicholsen(New York: Columbia University Press, 1991), p. 30.

22 G. W. F. Hegel, *Aesthetics: Lectures on Fine Art*, 2 vols, trans. T. M. Knox(Oxford: Clarendon Press, 1975), p. 1044.

다. "오늘날은 슈티프터가 했던 대로 대상들에 침잠하는 (…) 어느 누구
도 (…) 연인에게 그리하듯 세계에 자신을 내맡긴다는, 세계가 유의미하
다고 전제하는 거짓말을 하는 죄를 범할 것이다."[23] 인간 현실이 더 이상
어떤 내재적 의미나 필연성을 갖고 있는 것으로 간주될 수 없다면, 소설
가의 서사에 의해 그것에 부과된 의미와 논리적 패턴은 (예를 들어 조이스
의 『율리시스』에서 분명하게 전경화되어 있는 대로) 필연적으로 인위적이고 자
의적인 것으로 나타날 수밖에 없으며, 따라서 어떤 관습적인 "리얼리즘"
요구도 의심스러운 것이 된다. 소설에 의해 수여되는 "객관적 순수성"
의 "환영"은 그것의 주관적 형성과 구상에 내재하는 한계에 의해 회복
할 길 없이 깨졌는데, 그 결과 소설은 필연적으로 아이러니적이 되었고
소설의 형식과 내용 사이의 괴리가 드러났다. "소설이 더 엄격하게 외적
사물들의 리얼리즘을, '그래서 그러했다'라는 제스처를 고수할수록, 모
든 낱말은 그만큼 더 한갓된 '마치 ……처럼'이 되며, 이 주장과 실은 그
렇지 않았다는 사실 사이의 모순이 그만큼 더 커진다."[24]

이것이 소설을 "주관주의적 극단에 의해 해체"되는 경로로 끌고 갔다
면, 그것은, 아도르노에 따르면, 동시에 또한 소설이 구성되는 과정의 중
심에 있었던 **개인**이라는 범주 자체를 문젯거리로 만들고 심지어는 "청
산"해 버린 하나의 객관적인 **사회적** 발전의 일부다. 오늘날 "관리되는 세
계"에서, 저자에 의한 것이든 화자에 의한 것이든 "세계의 진로가 여전
히 본질적으로 개체화의 진로"라는 어떤 "주장"도 불가피하게 "이미 이
데올로기적"이 된다.[25] 여기서 "모든 관계의 물화"라는 총체화하는 용어

---

23 Theodor W. Adorno, *Notes to Literature, Volume One*, trans. S. Weber Nicholsen(New York: Columbia University Press, 1991), p. 30.

24 Ibid., p. 33.

25 Ibid., p. 31.

들을 써서 말하는 아도르노의 경향이 비록 미심쩍기는 해도,[26] 아도르노의 이런 생각을 놓고 보면, 왜 하나의 고유한 서사적·사회적 형식으로서의 이야기의 경우에 그것의 현재적 불가능성이 아도르노와 벤야민 양자 모두에 의해 동일한 역사적 '사건'으로 소급되어 설명되는지 이해할 수 있다. "경험의 동일성은, 즉 화자의 태도를 가능케 하는 유일한 것인 내적 연속성을 지니며 잘 분절되어 있는 삶은 해체되었다."[27] 프루스트 같은 현대 작가는 "의미를 박탈당한 삶, 주체가 더 이상 코스모스의 형태가 될 수 없는 삶을 묘사한다."[28] 그렇지만 아도르노에게서도 벤야민에게서도, 여기서 기술된 '과정'은 (비록 "영원히 동일한 것"으로의 개성의 사회적 형성에 의해 막대하게 가속되기는 했어도) 전적으로 새롭지는 않다. 오히려 그것은 어떤 근본적인 의미에서, 소설 **그 자체**의 바로 그 시초에부터 현재해 있었다. 아도르노는 "우발적인 것의 범주"는 프루스트가 "소설의 위대한 전통과 공유하는"[29] 범주라고 썼다.

실로, 아도르노는 소설이 적어도 18세기 이래로는 **언제나** "살아 있는 인간들과 딱딱하게 굳어 버린 관계들 사이의 갈등을 그것의 진정한 대상으로 삼았다"고 주장한다. 그러한 "관계들"은 궁극적으로 "소외 그 자체"가, 특히 화자의 형상을 통해 "소설의 미적 수단"이 되어야 함을 함축한다.[30] 따라서 서사시의 잠재적 **귀환**에 대한 루카치의 멜랑콜리적인 동시에 유토피아주의적인 몽상에 맞서, 아도르노는 현대 소설을 질적으로 새로운 종류의 **부정적** 서사시라고, "해방된 주관성이 그것 자신의 중력

---

26 D. Cunningham, "A time for dissonance and noise: on Adorno, music and the concept of modernism", *Angelaki* 8(1), 2003, 61-74.

27 Theodor W. Adorno, *Notes to Literature, Volume One*, trans. S. Weber Nicholsen(New York: Columbia University Press, 1991), p. 31.

28 Ibid., p. 181.

29 Ibid.

30 Ibid., p. 32.

을 통해 그것의 대립물", 즉 "개인이 자기 자신을 청산하는 상태의 증명서들로 전화하는" 서사시라고 논리적으로 긍정한다.

대상적 재현의 관습과 결별했다고 선언하는 문학적 주체는 동시에 그 자신의 무능을, 독백의 한가운데로 회귀하는 사물세계의 우월한 힘을 고백한다.[31]

아도르노는 소외는 "거명될 필요가 있으며 소설은 소수의 다른 예술형식들과 마찬가지로 그렇게 할 자격이 있다"고 주장한다.[32]

형식, 혼종성 그리고 소설

그렇다면 왜 소설은 그렇게 할 자격이 있을까? 무엇이 그것에게 이 명백한, 아마도 예상되지 못했을 특권을 수여하는가? 후기 루카치의 모더니즘 비판에 대한 그의 잘 알려진 이견, 그리고 『소설의 이론』 그 자체에서 행해진 서사시적 총체성에 대한 묘사의 의심할 여지 없이 신화화된 성격에도 불구하고, 아도르노가 루카치로부터 받아들인 것은 소설 형식 **그 자체**의 **역사적** 성격에 관한 설득력 있는 테제였다. 루카치의 설명이 20세기 초의 또 다른 위대한 소설이론가이자 1980년대 동안 이른바 '포스트구조주의적' 비평의 핵심 인물로서 아마도 최근의 문학 연구에 대단히 큰 영향을 끼쳤을 미하일 바흐친의 설명과 날카롭게 대조되는 지점은 소설의 특수한 역사성에 대한 이러한 관심이다. 바흐친에게 소설은 헬리오도로스(Heliodorus)부터 도스토옙스키에 이르기까지 그것이 출

---

31 Ibid., p. 35.
32 Ibid., p. 32.

현하는 어느 시대에서나 늘 새로운 것으로, **언제나** 문학적 권위의 변화 무쌍하며 "전복적인" 교란자로 나타난다. 바흐친은 다른 장르들과의 관계라는 면에서 볼 때 소설은 영구히 갱신되는 "불확정성"의 지점, "미완인 채로 여전히 전개되고 있는 동시대 현실과의 생동하는 접촉"[33]이라고 썼다. 이 생각은 소설에 강력하게 일반화된 긍정적 '모더니티'를 배당하는 반면, 그렇게 하면서 소설로부터 루카치의 이론에는 결정적인 것을 박탈한다. 서정시와는 달리 "부르주아 시대에 고유한 문학 형식"[34]이라는, 광범위한 사회적 의미에서의 (자본주의적) 모더니티와 소설의 고유한 관계. 루카치와 바흐친 **양자 모두** 본질적 이질성 또는 혼종성을 소설 형식을 정의해 주는 것이라고 여기지만 이 차이로 인해 그것에 대한 설명에서는 결정적으로 갈라진다. 하나의 장르로서, 소설은 본래적으로 반(反)장르적이다. 다른 형식들의 지양될 수 없는 단편들과 조합들로 구성된, "부정적" 동일성만을 갖고 있는 아나키적이고 잡종적인 "장르." 그렇지만 루카치에게는 "장르들이 풀 수 없을 정도로 뒤죽박죽 뒤엉켜 있는" 그러한 불협화적 혼종성이라는 "집 없음"은 바흐친에게서보다 훨씬 더 한정된 일단의 역사적 좌표들을 갖고 있다.[35] 소설이 "부르주아 시대에 고유한 문학 형식"이라면, 그 시대의 "반영"으로서만이 아니라 그 시대의 유효한 "모델"로서도, 그 시대의 **사회적** 존재의 형식적 등가물로서도 그러하다. 서사시적 총체성의 확고한 반복이 되고자 아무리 애써도 소설은 그 사회적 성격 덕분에 "이질적이고 분산되어 있는 요소들이

---

33 M. Bakhtin, *The Dialogic Imagination*, trans. C. Emerson and M. Holquist(Austin: University of Texas Press, 1981), p. 7.

34 Theodor W. Adorno, *Notes to Literature, Volume One*, trans. S. Weber Nicholsen(New York: Columbia University Press, 1991), p. 30.

35 G. Lukacs, *The Theory of the Novel*, trans. A. Bostock(London: Merlin, 1971), p. 41.

하나의 유기체를 이루었다가 언제나 다시 해체되는 역설적 융합"[36], 즉 "세계 구성의 균열성을 형식 세계 속으로 가지고 들어오기"(38)[37] 외에 는 될 수가 없다.

아도르노가 후기 저술에서 자율적 현대 예술작품 자체의 성격—"화 해되어 있지 않은 것을 화해되어 있는 것으로"[38] 제시하기를 거부하 기—으로 확장하는 것은 아마도 이 "역설적 융합"의 잠재력—"자신의 필연적 대상이 현실화될 수 없음"[39]의 예시를 내재적으로 구성할 수 있 는 능력—일 것이다. 더욱이, 그것은 문학 모더니즘을 둘러싼 둘 사이의 논쟁에서 아도르노가 루카치에 맞서 제기하게 될 논변이다.[40] 궁극적으 로, 그것은 예술작품**으로서의** 예술작품이 무엇인지를 단적으로 정의해 주는 것이다.

어떤 예술작품도 감손되지 않은 통일성을 갖고 있지 않다. 각각의 예술작 품은 통일성을 갖고 있는 체해야 하고, 따라서 자기 자신과 충돌한다. 적대 적인 현실에 직면해서, 그 현실에 대항하는 미적 통일성은 내재적으로도 가 상이 된다. 예술작품들의 완성은 그것들의 생명이 정확히 그것들의 계기들 의 생명과 동일하다는 가상으로 귀결된다. 그러나 그 계기들은 예술작품들 속으로 이질적인 것들을 가져오고, 그 가상은 허위적인 것이 된다. 사실 개 개의 예술작품에 대한 모든 예리한 분석은 부분들이 자발적으로 통일성에 적합하게 되지 않고 통일성이 그것들에 부과될 뿐이라는 의미에서든, 계기

---

36 Ibid., p. 84.

37 같은 루카치 책의 페이지 수. —옮긴이

38 Theodor W. Adorno, *Aesthetic Theory*, trans. R. Hullot-Kentor(Minneapolis: University of Minnesota Press, 1997), p. 110.

39 G. Lukacs, *The Theory of the Novel*, trans. A. Bostock(London: Merlin, 1971), pp. 38-39.

40 *NL*: 216-40을 보라.

340

들이 미리 통일성에 적합하게 재단되어 있어서 진정한 계기들이 결코 아니라는 의미에서든, 미적 통일성에 허구적인 점이 있음을 폭로한다.[41]

그렇다면, **진정한** 예술작품은 그것의 요소들의 이 내재적 비동일성을 은폐하지도 않고 그것의 바로 그 자율성의 지속적인 **갱신**의 조건으로서의 이질적인 것들의 수용을 은폐하지도 않는 예술작품이다. 실로, 아도르노는 그의 마지막 저작인 『미학이론』에서 동시대 예술은 이질적인 것들에 대한 그러한 의존을 "사회가 수용할 수 있는" 유미주의로 전락하는 것에 저항하기 위한 필요조건인 지배적 규범들에 대한 비동일성이라는 생산적 논리의 일부로 점점 더 전경화하도록 강제된다고 주장한다. "현재 예술은 그것의 상위 개념을 해체하는 경우 가장 생명감 있게 활동한다. 그러한 해체 속에서 그것은 자신에게 충실하다. 혼종적인 것으로서의 불순한 것에 대한 미메시스적 금기를 깬다."[42] 예술의 타자들—동시대에 비(非)미적인 것으로 제시되는 형식들이나 실천들—과의 예술의 내재적 관계만이 예술을 **한갓된** "사회적 사실"이 아니라 오히려 **사회적으로 비판적인 것**이 되게 한다. 아도르노는 아방가르드 소설가 한스 G. 헬름스(Hans G. Helms)에 관한 1960년의 에세이에서 다음과 같이 썼다. 위대한 문학은 "그 위대성을 정확히 그것에 이질적인 것에 빚지고 있다. 그것은 그것과 예술 외적인 것 사이의 마찰을 통해 하나의 예술작품이 된다. 그렇게 그것은 예술 외적인 것을 존중함으로써 예술 외적인 것을, 그리고 그 자신을 초월한다."[43] 본래적으로 역기능(주의)적인(Problematic)

---

41 Theodor W. Adorno, *Aesthetic Theory*, trans. R. Hullot-Kentor(Minneapolis: University of Minnesota Press, 1997), p. 105.

42 Ibid., p. 182.

43 Theodor W. Adorno, *Notes to Literature, Volume Two*, trans. S. Weber Nicholsen(New York: Columbia University Press, 1992), p. 99.

그러한 변증법은 그러므로 소설에 의한 "비문학적" 언어 실천의 "병합"에서 발견될 수 있는 생산적 긴장의 잠재력의 실현을 수반한다. 그렇지만 나의 핵심 논점은 소설 형식의 경우 이것은, 어떤 의미에서는, 언제나 이미 타자들의 '조립'에 의해 **정의되는** '반장르적' 장르라는 소설 자체의 본질적 성격이 확장된 것일 뿐이라는 점이다.

소설이 일반적으로 모던한(모더니즘적인) 예술작품의 범례적 형식으로 남아 있는 것은 이러한 방식으로다—바흐친이 자본주의 모더니티 내에서 **모든** 예술형식의 점증하는 "소설화"[44]라고 기술하는 것의 토대. 그렇지만 아도르노의 분명한 딜레마인데, 또한 이 본질적 부조화와 혼종성 **바로 그것이** 필연적으로 하나의 형식으로서 소설 그 자체의 "통합성"을 불확실하게 하고, 따라서 **예술**로서의 그것의 바로 그 자율성을 위협한다. 이것은 아도르노가 "논평이 속속들이 이야기의 진행과 얽혀 있는 나머지 그 둘 사이의 구별이 사라지는" 프루스트의 작품을 비롯한 몇몇 현대 소설에서 확인하는 반성과 서사 사이의 뒤틀린 관계에서 가장 분명히 볼 수 있다. 아도르노가 지적했듯이, "형식의 순수 내재성"을 깨뜨리는 이 반성 경향은 인물들에 대한 논평으로서의 "플로베르 이전의 반성"에 특징적인, 본질적으로 "도덕주의적인" 판단과는 아무런 공통점도 없다.[45] 오히려 그것은 화자와 독자 사이의 바로 그 관계를 정의해 주는 것으로서, "전통적 소설"에서 확고했던 "미적 거리"의 내재적으로 경향적인 파괴가 된다. 그러나 이 "폐기"가 "리얼리즘 유산에 충실한 채" 남아 있는 소설 예술의 한 조건—"형식이 스스로 나아가고자 하는 방향에 의해 요구되는 것"—으로서 필연적이고 불가피하다 하더라도, 아도르

---

44 M. Bakhtin, *The Dialogic Imagination*, trans. C. Emerson and M. Holquist(Austin: University of Texas Press, 1981), p. 5.

45 Theodor W. Adorno, *Notes to Literature, Volume One*, trans. S. Weber Nicholsen(New York: Columbia University Press, 1991), p. 34.

노는 적어도 그것을 아무런 조건도 달지 않고 긍정하지는 않는다. 왜냐하면 그는 그것이 소설가의 "의식적 숙고에 침투하면 작품에 득이 될 게 없다고 가정할 이유가 있다"고 주의를 주기 때문이다.[46]

이것의 가장 분명한 사례는 무질의 미완성 결작 『특성 없는 남자』에 대한 그의 양면적 태도에서 찾을 수 있을 것 같다. 그 소설이 출간된 직후 베베른(Anton Webern)에게 쓴 편지에서 아도르노는 그것이 너무 많은 "사유"와 너무 적은 서사 또는 인물에 의해 침해당했다고 주장했다.[47] 그렇지만, 존슨이 지적했듯이, 어떤 면에서 무질의 소설은 "통상 소설이 수행하기로 기대되는 인지적 또는 미적 기능에 대한" 어떤 "규범적 정의"에도 저항하기에 "부정성 미학"의 "실질적 교과서"로 읽힐 수 있다.[48] 더 적절하게 말하면, "규범적 관습"에 대한 그러한 거부는 그 자체로 무질이 소설의 역사적 형식의 "진리"를 고수하고 있음을 알려주는 표지로 이해될 수도 있다. 존슨이 기술했듯이 무질의 손에서 "장르"로서의 소설은 "그것 자신의 내적 압력을", 그것 자신을 "과학적·구어적·서사적·종교적·정치적·시적·사회적·공상적·성적·법적 기타 등등 다른 모든 언어적 기록(registers)과 수사적 약호를 포함할 수 있는 담론들 중의 담론"으로서 제시하는 그것 자신의 경향을 폭발적으로 발현한다.(140)[49] 예술노동과 정신노동의 근대적인 사회적 분리를 (비록 해소하지는 않더라도) 내재적으로 거부하는 하나의 불가능한 총체성으로서의 이러한 수단에 의해, 무질의 기념비적 작품은 소설 그 자체의 형식적 독특성을 실제로 구성하는 하나의 형식적 자유를 구현한다. 헤겔의 근대적인 개인 주체처럼, 소설은 어떤 **주어진** 목표도 부재하는 가운데서도 (형식적으로) 자유롭

---

46 Ibid., p. 32.

47 S. Jonsson, "A citizen of Kakania," *New Left Review* 27, 2004, 140을 보라.

48 Ibid.

49 존슨 논문의 페이지. —옮긴이

게 그 자신을 창출할 수 있다. 그렇지만 이것 자체가 루카치의 "초월적 집 없음"의 직접적이고 당연한 결과다. 그것의 자유는, 이러한 의미에서, 형식적으로나 사회적으로나 하나의 예술작품으로서 그것의 바로 그 "통합성"을 위협하는 어떤 불가피한 **비어 있음**에 의해 정의된다.

　그렇지만 여기서 소설 형식의 "통합성"에 대한 아도르노의 관심은 예술적 순수성에 대한 일종의 그린버그식 방어가 아니다. 첫째, 아도르노에게 (소설을 포함한) 예술작품에 필연적인 "자율성"은 그린버그나 신비평가들에게서와는 달리 예술작품 그 자체의 자기반영적으로 형식적인 의미로 제한되어 있지 않으며, 자본주의적 모더니티 내에서 "예술"을 그러한 것으로서 구성하는 사회관계의 역사적 산물이다. 이것은 예술작품이 언제나 자율적인 것**과** "사회적 사실"[50] **양자 모두**라는 것을 의미한다. 둘째, 그러한 자율성은, 일반적으로도 그렇고 소설에서 특히 그러한데, 그 본성상 필연적으로 어떤 **특정한** 창작 방식(art)의 순수성에도 의존할 수 없다. 오히려 아도르노는 다음과 같이 썼다. "형식의 이러한 파괴는 형식의 바로 그 의미에 내재해 있다."[51]

동시대 유럽 소설

이 지점에서의 아도르노의 주장을 파악하려면, 또는 오늘날의 소설의 처지에 관해 그 주장이 알려주는 바를 검토하려면 형식의 그러한 파괴는 적절한 변증법적 의미에서 이해되어야 한다. 후기 에세이 중 하나에서 아도르노가 서로 다른 예술이나 장르를 나누는 경계선들의 "닳아 헤

50　Theodor W. Adorno, *Aesthetic Theory*, trans. R. Hullot-Kentor(Minneapolis: University of Minnesota Press, 1997), p. 225-229.

51　Theodor W. Adorno, *Notes to Literature, Volume One*, trans. S. Weber Nicholsen(New York: Columbia University Press, 1991), p. 34.

짐[Verfransung]"[52]이라고 지칭하는 것은 몇몇 최근 비평가들에 의해 1960년대 후의 설치 및 복합매체(intermedia) 미술의 전개를 숙고하기 위한 이론적 자원으로 채택되었다. 그렇지만 그것은 또한 소설에서도 일정한 타당성을 가지며, 그 의의에 대한 아도르노 특유의 주저도 일정한 타당성을 갖는다. 왜냐하면 그러한 경향의 "진정성 있는" 논리에 대한 강한 감각에도 불구하고, 아도르노는 어떤 개별 작품의 "진정성"도 "장르" 그 자체의 내적 압력으로부터의 탈출과 그 내적 압력을 존중하는 가운데 지속되는 가치 양자 모두에 달려 있음을 분명히 하기도 하기 때문이다. "인지적 또는 미적 기능들에 대한 규범적 정의들"의 (영구히 불완전한) "해소" 그 자체는 고유한 형식들의 내재적 논리 안에서 발원하는 요구의 산물이어야 한다.

소설이, 제임슨이 지적했듯이 "어떤 의미에서 변증법적으로, 그 자신의 불가능성을 자원으로 삼아 그 자신을 갱신"[53]하는 것은 아마도 이러한 방식으로이리라. 동시대 산문 텍스트 중 가장 "진보적인" 것들은 20세기 초 모더니즘 소설들을 따라 하는 가운데 그것들 자신의 형식들 안에 소설에 대한 그것들의 의문시를 내재적으로 기입하지 않을 수 없다. 그렇지만 동시에 그것들은 그것들 자신을 역사적으로 가지(可知)적이 되게 하려면 그러한 범주에 의존해야 한다. 이것이 자신을 선행한 것들에 대한 규정적 부정이 되는 방식으로 과거 작품들과 관계 맺는 것을 통해 의미를 획득해야 하는 현대 예술작품의 이중적 구속이며, 소설은 범례적인 현대 예술작품이다. 그러한 적대는 소설이 결코 해소할 수 없는

---

52   Theodor W. Adorno, "Art and the Arts", trans. R. Livingstone, in *Can One Live After Auschwitz? A Philosophical Reader*, ed. R. Tiedemann. Stanford, CA: Stanford University Press, 2003, pp. 371.

53   F. Jameson, *Marxism and Form: Twentieth-Century Dialectical Theories of Literature*(Princeton, NJ: Princeton University Press, 1971), p. 352.

예술적인 것과 예술 외적인 것의 부정변증법에서 발생되기에, 현대 예술작품 그 자체의 역사적 동학과 그것의 사회적 성격 양자 모두에 **본래적인 것**이다.

　나는 여기서 이상의 고찰에 비추어 한 동시대 작가, 즉 제발트의 작품들에서 화자의 위치에 관해 극히 간결하고 요약적으로 언급하며 이 글을 끝맺고자 한다. 제발트의 작품은 동시대에 소설이 전개되어 온 양상의 한 특유한 극을 대표하는 것처럼 보일 것이다. 사실, 여기서 '아도르노적인' 비평적 개입을 하는 것은 제발트 자신이 아도르노의 저작을 자주 인용했다는 이유만으로도 적절해 보인다.[54] 더 일반적으로, 비록 암묵적이기는 하지만, 그의 작품들은 대체로 '아우슈비츠 후'에 어떻게 문학작품을 써야 하는가라는 [아도르노적—옮긴이 추가] 물음과 대결하려는 작가적 의지의 산물로 이해되고 있다. 비록 대체로 홀로코스트와의 그러한 대결이 간접적이고 홀로코스트가 더 광범위한 역사적 파국의 일부로만 나타나기는 하지만, 이 이해는 어느 정도는 사실에 부합한다. 무엇인가가 제발트의 작품 전체를 '주제적으로' 통일시키는 것처럼 보인다면, 그것은 **기억**에 강박적이고 압도적으로 천착하는 양상이라고 할 만하다. 쓰기 "예술"은 "회상을 부단히 문자기호들로 옮기는 것으로 이루어지는 투쟁"으로 정의된다. 그 투쟁에 "예술가의 자아는 개인적으로 (…) 뛰어든다."[55] 심신을 쇠약하게 하는 불안을 야기하는 일종의 과도하게 민감한 감수성에 극심하게 시달리면서—제발트는 은근히 자신의 화자의 상태를 일기장에서 확인되는 카프카의 상태, 즉 "올라앉는 절망"과 "살그머니 다가오는 마비에 의해 장악"된 "비참한 상태"와 비교한

54　예를 들어 W. G. Sebald, *Campo Santo*, trans. A. Bell(London: Penguin, 2005), pp. 126-127, 222n., 226n을 보라.

55　W. G. Sebald, *On The Natural History of Destruction*, trans. A. Bell(London: Hamish Hamilton, 2003), pp. 176-177.

다—제발트의 화자는 "어떤 변형되지 않은 소재도 더 이상 용인하지 않는" 소설에서의 주관주의의 새로운 경지를 구현한다. 넌지시 화자-작가 관계의 혼동을 부추기면서—제발트는 그의 책에 삽입한 이미지들 사이에 그 자신의 스냅샷들을 전재(轉載)한다—제발트는 전통적인 "미적 거리"의 생략을 실행한다. 그 결과는 서사와 반성, 논평과 이야기가 더 이상 구별될 수 없을 정도로 속속들이 서로 얽혀 있는 쓰기 양식이다. 따라서 이것을 소설 형식 그 자체가 "기분들과 기분들에 관한 사색의" 한갓된 "불투명하고 구조화되어 있지 않은 연속"[56]으로 해소되는 과정의 최종 순간으로 읽는 것은 쉬우며 실로 그럴듯할 것이다.

그렇지만 제발트가 페터 바이스(Peter Weiss)에 대해 썼던 대로, "주관주의적 극단"을 통한 해체로 나타나는 것은 기억의 작업을 통해 화자가 "발견"하는 것이 한갓 "그 자신의 삶의 **치부**"가 아니라 사회의 어떤 "객관적 본성"이라는 믿음에 따라서도 추구된다. "사적 고통은 점점 더 (…) 괴기스러운 기형들은 공동의 사회적 역사에 그 배경과 기원이 있다는 깨달음과 융합한다."[57] 이러한 의미에서 제발트는 실로 "독백의 한가운데로 회귀하는 사물세계의 우월한 힘"[58]을 고백하는 방식으로 주관적 경험을 표현하고자 하는 모더니즘의 의지에 대한 '아도르노적' 개념화와 매우 닮은 어떤 것에 동참한다. 그러나 그것은 또한 그의 작품에서 소설 형식 그 자체의 "통합성"이 새롭게 의문시되는 지점이기도 하다.

제발트는 제2차 세계대전 직후 독일 문학에 대한 글에서 "보도, 다큐멘터리적 설명, 조사보고서 등의 산문 장르를 수용하는 실험"에서 발

---

56 G. Lukacs, *The Theory of the Novel*, trans. A. Bostock(London: Merlin, 1971), p. 113.

57 W. G. Sebald, *On The Natural History of Destruction*, trans. A. Bell(London: Hamish Hamilton, 2003), p. 188.

58 Theodor W. Adorno, *Notes to Literature, Volume One*, trans. S. Weber Nicholsen(New York: Columbia University Press, 1991), p. 35.

견되는 "역사적 우발성"의 인식에 찬동하면서, "소설 문화의 주형을 깨는"[59] 작업을 전적으로 긍정한다. 그러한 '깸'은 제발트 자신이 기성 장르를 마구 뒤섞는 데서 가장 분명히 표현된다. 그의 산문 작품들은 비망록, 스크랩북, 여행기, 비평 그리고 역사 문서의 독특한 형식적 혼합을 제시한다. 이언 싱클레어 같은 다른 동시대 작가들에게서와 마찬가지로, '픽션'과 자전적 '사실' 사이의 경계는 불확실해진다. 알렉산더 클루게(Alexander Kluge)의 『새로운 시각들. 권1-18(Neue Geschieten. Hefte 1-18)』(1977)에 대한 제발트의 논평은 그 자신의 작품들에 대한 적실한 요약으로 읽을 수 있다. "어쨌건 간에 그의 주관적 관여와 참여를 무효화하지 않는" "텍스트 재료와 그림 재료"[60]의 통합되어 있지 않은 결합. 그렇지만 그의 "매체"가 단순히 "산문"이라는 강조에도 불구하고, 그러한 하나의 성좌적 형식의 역사적 가지성 그 자체는 소설의 붕괴를 기입하는 **동시에** 소설의 본질적인 형식적 개방성을 반복하고 지속한다는, 소설의 역사에 대한 소설의 형식의 비판적 관계에 의존한다. 소설의 형식은 삭제되기보다는 약간의 서사적 **톤**에 지나지 않은 것에 의해 결합되어 있는 "단속적이고 산만하게 일어나는 반란의 불투명한 이미지들"[61]로서 재제시된다. 단일한 것에 대한 외양상의 강조, 그리고 아도르노가 "객체의 우선성"이라고 부르는 것에 대한 개방성에도 불구하고, 제발트의 텍스트들의 명시적 '내용'이 종종 이상스럽게 서로 교체될 수 있어 보이는 것은 바로 이 때문이다. 즉 그 내용은 한편에서는 도구적 합리성을 음울하게 패러디하고 다른 한편에서는 이룰 수 없는 백과사전적 구체성과 총체성을 명시적으로 대리하는 '사물들'의 일련의 리스트로 환원될

---

59   W. G. Sebald, *Campo Santo*, trans. A. Bell(London: Penguin, 2005), pp. 80-81.

60   Ibid., p. 89.

61   Ibid., p. 67.

수 있다(예를 들어 『아우스터리츠』에는 데어진슈타트 게토를 서술하는 거의 열두 쪽에 이르는 단일 문장이 있다[62]). 이것은 제발트의 텍스트에서 '문학' 그 자체가 형상화되는 방식에서 가장 분명하다. "회상을 문자기호들로 옮기는" 그의 지독히 "고통스러운" 노동에 추진력을 제공하는 지리적 방랑을 행하는 가운데 화자가 대개 회상하는 것은 다른 문학 텍스트다. 화자는 종종 돌이킬 수 없는 유럽 전통의 위대한 작품—스탕달, 콘래드, 앨저넌 찰스 스윈번(Algernon Charles Swinburne), 카프카, 프랑수아 오귀스트 르네 드 샤토브리앙(François Auguste René de Chateaubriand) 등—에 관해 상당한 길이의 에세이적 성찰을 행하며 '문학' 그 자체는 끝없이 쌓여 가는 현기증 나는 아카이브, 일련의 무수한 단편들, "바닥에 높이 쌓여 있는 뭉치들과 지나치게 많은 책이 꽂힌 서가들"[63], 또는 『토성의 고리(Die Ringe des Saturn)』에 나오는 토마스 브라우네의 상상의 봉인된 박물관(Musaeum Clausum)처럼 일체의 총체화를 거부하는 도서목록이라는 하나의 물질적 형태를 취한다.[64]

제발트의 텍스트들은 "실제 현실"에서 가져온 "예술 외적" 재료를 통합한 점에서도 새롭기는 하지만, 그것들의 **예술로서의** 자율성 주장—교환가치 형식이 어디서나 위세를 떨치고 있는 듯 보인다는 사실로 말미암아 그러한 자율성의 환영적 성격이 점점 더 작품의 구성을 침해하는 역사적 시기에 해야만 하는 주장—을 발생시키기 위해 다른 어떤 것보다도 더 우선해서 구사되는 것은 일체의 서사적 요소를 압도하는 제발트의 일관된 반성적 서사다. 그러나 그러한 주관주의, 그리고 그것을 표현하는 자기-의식적으로 '시적인(심지어 고답적인)' 화법은 단순히 동시대

---

62 W. G. Sebald, *Austerlitz*, trans. A. Bell(London: Hamish Hamilton, 2001), pp. 331-342.

63 Ibid., p. 43.

64 W. G. Sebald, *The Rings of Saturn*, trans. M. Hulse(London: Harvill, 1998), pp. 271-274.

의 사회 현실 일체로부터의 어떤 문제적인 이탈, '문학적' 유아론으로의
어떤 퇴행으로 귀결될 수도 있다. 한 비평가가 지적했듯이, 일종의 여가
시간 속에 거주하면서 제발트의 화자들의 눈이 사실 꽤 자주 "동시대의
명시적인 자본주의적 착취 및 상품화 과정으로부터 비껴" 있다는 점은
주목을 요한다. "기억의 예술"로 기획되는 것은 따라서 현재를 "망각하
기의 예술"이 될 위험에 처해 있다.[65]

레스코프에 관한 에세이에서, 벤야민은 일찍이 "우리 곁에 있는 것"으
로서의 이야기를 폐위시켰던 소설 그 자체가 신문(오늘날이라면 텔레비전
과 인터넷)에 특징적인, 그가 "정보"라고 불렀던 "새로운 커뮤니케이션 형
식"[66]에 의해 대체되고 있다고 보았다. 제발트의 최근작에서 아버지의
"흔적을 찾아" 파리로 간 주인공 아우스터리츠는 옛 국립도서관이 "조
용한 조화"를 상실했음을 한탄한다. "전자 데이터 검색 시스템"이라는
"연산처리된" 기억 형식의 "냉혹한 확산"과 대면하게 되자, 그는 조사를
포기하고 발길을 돌려 발자크의 지면들로 퇴각하는 것 말고는 달리 할
수 있는 것이 없다.[67] 소설이 "해체"된 와중에서 소설로의 이 알쏭달쏭한
복귀를 밸러드나 우엘벡 같은 다른 동시대 작가들이 명백히 추구했던
경로와 비교하는 것은 가치가 있을 것이다. 그들은 광고 카피의 현재시
제 스타일들, 포르노그래피 또는 전문 소책자들을 자신들의 작품의 조
직에 외삽하면서 소설의 서사 양식들이 더 새로운 정보 형식들에 저항
할 길 없이 항복했음을 암시한다. 대조적으로, 제발트는 "사회적으로 수

---

65 S. Martin, "W. G. Sebald and the modern art of memory," in D. Cunningham, A. Fisher
    and S. Mays(eds), *Photography and Literature in the Twentieth Century*(Newcastle: Cambridge
    Scholars Press, 2005), p. 195, p. 182.

66 W. Benjamin, "The Stotyteller," in *Illuminations*, trans. H. Zohn(London: Fontana, 1973), p.
    88.

67 W. G. Sebald, *Austerlitz*, trans. A. Bell(London: Hamish Hamilton, 2001), p. 398, p. 392.

용될 수 있는" 유미주의로 빠질 위험이 있는 하나의 저항 양식을 구성하는 것으로 보일 수도 있다. 그렇지만 형식의 파괴가 "형식의 바로 그 의미에 내재적"이라면, 그것은 분명히 단순하게 둘 중 하나를 선택하는 문제가 아니다. 아도르노가 썼듯이 모든 "진정성"이 의심스러운 상황에서, "그것들이 기록하는 역사적 경향이 야만으로의 퇴행인지 아니면 인류의 실현을 목표로 하는지 결론 내리는 것"[68]은 소설가의 책무가 아니다.

---

68 Theodor W. Adorno, *Notes to Literature, Volume One*, trans. S. Weber Nicholsen(New York: Columbia University Press, 1991), p. 35.

7장

D. H. 로런스

G. 루카치

발터 벤야민

M. 바흐친

사르트르

아도르노

프레드릭 제임슨

루쉰

최재서

임화

김현

백낙청

프레드릭 제임슨 Fredric Jameson 1934~

미국의 마르크스주의 철학자이자 문화이론가로서 사르트르 연구로 박사학위를 받았다. 경험주의와 실증주의가 주류를 이루던 미국에 68혁명을 전후해 마르크스주의 연구의 토대가 마련되자 그는 『마르크스주의와 형식』(1971)을 통해 아도르노, 벤야민, 루카치 등의 사상가들을 소개하면서 변증법적 사유의 중요성을 역설했다. 이후 『언어의 감옥』을 통해 러시아 형식주의와 프랑스 구조주의 및 후기 구조주의를 비판적으로 검토했고, 윈덤 루이스론인 『침략의 우화』를 통해 문학과 정치의 관계를 폭넓게 다루었으며, 주저인 『정치적 무의식』(1981)에서는 '실재' 및 '생산양식'과 약호전환되는 역사 개념을 전개하면서 마르크스주의 문학연구 방법론을 확립하는 동시에 후기 구조주의 이데올로기와 포스트마르크스주의를 비판했다. 이후 모더니티 이론들이 대두하자, 생산양식 이론을 가지고 그 현상과 이론들을 분석해냈다. 『포스트모더니즘, 혹은, 후기 자본주의의 문화적 논리』(1991), 『시간의 씨앗』, 『문화적 선회』 등이 그러한 작업에 속하고, 그밖에도 『후기 마르크스주의: 아도르노 혹은 변증법의 지속』, 『브레히트와 방법』, 『변증법의 결속력』(2009), 『헤겔 변주』, 『『자본』 재현하기』 등을 통해서 마르크스주의와 변증법을 강조해 왔다. 그밖에 영화론과 SF론, 추리소설론(레이먼드 챈들러), 그리고 막스 베버론을 비롯한 방대한 논문들이 묶여 나왔으며, 세계적 석학들과의 대담집도 출판되었다. 그는 현재 모더니티의 단계를 거슬러 올라가며 모더니즘, 리얼리즘, 로맨스에 해당하는 연구서들을 기획, 출간하고 있는데, 그중 『특이한 모더니티』, 『모더니즘 논고』, 『리얼리즘의 이율배반』, 『고대와 포스트모던』(2015)이 출판되었다. 다른 한편 유토피아론은 이데올로기론과 함께 그의 이론의 근간을 이루고 있는 바, 논문집 『미래의 고고학』에 이어서 『아메리칸 유토피아』(2016)에서 그 폭을 넓히고 있다. 그간의 연구업적을 기려서 2008년에는 인문사회학계의 노벨상이라 불리는 홀베르그 상을 수상했고, 2012년에는 미국현대어문학협회의 공로상을, 2014년에는 트루먼 카포티 상을 수상했다. 현재 듀크 대학에 재직 중이다.

역사 속의 『율리시스』[1]

● 프레드릭 제임슨
● 이경덕 옮김

나는 이 글에서 제임스 조이스의 『율리시스』에서 가장 지루한 두 장—대부분의 사람들은 이 장들이 분명 「에우마에우스」 장과 「이타카」 장, 즉 역마차 오두막이라는 커피하우스 장면과 교리문답 형식을 띤 장이라는 데 동의할 것이다—에 대해 뭔가 말할 생각이었다. 그러나 그것을 제대로 하려면 나머지 장들에 대해서도 어느 정도 세부적으로 이야기하여 결국 이 장들에 대한 논의를 큰 폭으로 줄이지 않을 수 없다는 점을 알게 되었다. 이러한 주제가 고찰하게 하는 것들 중 하나는 지루함(boredom) 자체와 우리가 이러한 종류의 문학 텍스트, 특히 본격 모더니즘 또는 더 나아가 포스트모더니즘의 고전적 텍스트를 다룰 때의 그 적절한 사용법이다. 나는 여전히 그것에 대해서 뭔가 말하고 싶지만—나는 이러한 지루함에 생산적인 사용법이 있다고 생각하는데, 이는 우리 자신이나 우리가 오늘날 살고 있는 세계에 대해 뭔가 흥미로운 것을 말

---

1 이 번역문은 W. J. McCormack and Alistair Stead eds, *James Joyce and Modern Literature*(Routledge and Kegan Paul, 1982), pp. 126-141에 실렸다가 Fredric Jameson, *The Modernist Papers* (London and New York: Verso, 2007), pp. 137-151에 다시 수록된 "*Ulysses* in History"를 옮긴 것이다.—옮긴이

하고 있다―또한 이 단어를 훨씬 덜 긍정적인 의미로도 사용하려 한다. 우선 그렇게 덜 긍정적인 의미에서『율리시스』에 우리가 어떻게든 더불어 살아 내기를 배워야 하는 지루한 장들이 있다면『율리시스』에 대한 지루한 해석들 또한 있으며, 이제 이 책이 출판된 지 60년이 지나 이 텍스트에 대한 정전적인 독서들이 발명된 때와는 근본적으로 다른 사회적·지구적 상황인 만큼 그러한 해석들을 피하려는 노력을 할 수 있다는 말을 하려고 한다.

우리가 조이스를 읽는 새롭고 신선한 방식을 발명할 수 없다고 하면 놀라운 일일 터이지만, 다른 한편 내가 언급하려 하는 전통적인 해석들이 우리의 텍스트에 너무나도 침전되어 있어서―『율리시스』는 "항상-이미-읽혀진", 시작도 하기 전에 다른 사람들이 항상 읽고 해석해 놓은 책들 중 하나이기 때문에―새롭게 보기가 힘들고 마치 그러한 해석들이 전혀 존재하지 않았던 것처럼 읽는 것은 불가능하다.

그 해석들은 세 겹으로 되어 있다고 할 수 있는데, 이를 나는 각각 신화적인 것, 정신분석학적인 것, 그리고 윤리적 읽기라고 부를 것이다. 이 해석들은 다시 말해『율리시스』의 읽기들이되 첫 번째는『오디세이아』와 평행하는 맥락이며, 두 번째는 아버지-아들 관계의 맥락이고, 세 번째는 어떤 가능한 해피엔딩의 맥락에서 이날 즉 블룸즈데이가 모든 것을 변화시킬 것이며 특히 가정에서의 미스터 블룸의 위치 및 아내와의 관계를 변형할 것이라는 맥락에서의 읽기다.

이 마지막 읽기를 먼저 보기로 하자. 나는 여기서 몰리의 독백에 관해서는 할 말이 거의 없을 것이며, 지금은 단지 우리가 왜 이 대표적인 하루 동안에 뭔가 결정적인 것이 일어나도록 만들려는 기획에 그토록 집착하는지를 물어보고 싶을뿐더러 무엇보다도 미스터 블룸이 자신의 권위를 재주장하는 것으로 보이는(여러분은 그가 몰리에게 다음 날 침대로 아침을 가져다 달라고 한 것을 기억할 것이다. 구혼자들에 대한 그의 승리다!)―그렇게 해서 아마도 다시금 중요한 가족 단위가 이루어지는 것으로 되는데—이러한 특정한 종류의 사건에 몰두해야 하는지 물어보고 싶다. 전투적인 페미니즘의 예봉 전체가 핵가족 및 가부장적 가족에 향해 있는 오늘날,『율리시스』를 결혼 상담식의 노선에 따라 개편하면서 이 결혼을 구원하고 이 가족을 복구하고자 하는 관점에서 그 인물들과 운명을 열심히 탐구하는 것이 과연 적절한 것인가? 미스터 블룸의 더블린에 대한 우리의 경험 전체가, 불운한 주인공이 남자다워져서 지배적이고, 가부장적이고, 권위적인 남성이 되는 "해피엔딩"을 위한 편력으로 환원되고 마는 것이?

그런데 이러한 특정한 읽기는『율리시스』를『오디세이아』와 평행으로 거슬러 올라가 맞추려는 좀 더 일반적인 시도의 일부라고 말할 수 있다. 신화적 해석—『오디세이아』와의 평행은 의심할 여지 없이 수세대의 굴종적인 해석자들만이 아니라 텍스트 자체에 의해서 강조되어 왔다—에 관해서도 여기서는 뭔가 다른 것을 생각하는 것이 바람직하다. 바람직하게도 우리는 오늘날 고전적인 모더니즘과 그 이데올로기들의 계기를 넘어서 있지만, 그 이데올로기에서는 사르트르가 어디에선가 말했듯이 "신화에 대한 신화"가 있어서 모종의 신화적 통일체와 화해라는 개념 자체가 신화적인 또는 (내가 선호하는 표현인) 물신화된 방식으로 사용되었다. 신화적인 것의 이데올로기적 파산은 모더니즘 이데올로기 일반의 파산에서 한 가지 특징일 뿐이지만, 가장 흥미로운 것이어서 이에 대해 고찰해 보는 것은 많은 도움이 될 것이다. 소비사회의 깊이 없음, 우리의 시뮬라크르(simulacre) 세계의 본질적인 표면 논리에서는 왜 깊이에서의 통합이라는 모종의 신화적 이상이 더 이상 매력적일 수 없고 더 이상 가능한 또는 실행할 수 있는 해결책이 되지 못하는 것일까? 분명 신화적 이상 또는 신기루의 이러한 퇴조와 고전적 혹은 본격 모더니즘에서 소중히 여겼던 또 하나의 주제 및 경험, 즉 시간성에 대한 것, "지속(durée)", 살아지는 시간, 시간 흐름의 소멸 사이에는 분명 친족 관계가 있다. 그러나 아마도 신화와 신화비평의 붕괴를 극화하는 가장 쉬운 방법은 클로드 레비스트로스(Claude Lévi-Strauss) 같은 인류학자와 더불어, 단순하게 우리가 갑자기 신화란 애초에 우리가 생각했던 것이 아니라는 것을 발견했음을 제시하는 것이다. 즉 신화란 카를 구스타프 융(Carl Gustav Jung)식의 영혼의 어떤 깊은 통합 장소가 아니라 그와는 정반대로 영혼 또는 주체 자체, 에고, 인격, 정체성 등의 구성 바로 그것 이전의 공간이자 전(前)개인적인 것이며 집단적인 것의 공간으로서, 신화비평이 우리에게 약속했던 위안을 제공하기 위해 호소할 수 있는 그런 것이 아닌 것이다.

그렇다고 우리가 『율리시스』를 다른 어떤 것인 양 불러 읽기를 바랄 수도 없는 노릇이다. 그렇다면 나는 우리가 해석의 행위 또는 작업 자체를 대체할 것을 제시하고자 한다. 『오디세이아』와의 평행은 따라서 서사 텍스트의 구성 조직 중 하나로 볼 수 있지만, 신화의 이데올로그들이 생각해 왔던 것처럼 그 자체가 서사의 해석은 아니다. 오히려 그 자체가―구성 조직으로서―해석되어야 할 것으로 남는다. 『오디세이아』와의 평행은 그 자체로―장 콕토(Jean Cocteau)나 『아름다운 엘렌(La Belle Hélène)』[2]의 고전적인 혼성모방(패스티시)부터 장 지로두[3]나 카프카, 심지어 존 바스(John Barth), 빅토르 펠레빈[4]에 이르는 전통 전체가 그러하듯이―기지(wit)로 작용한다. 맞추기 작업이 우리 독자들에게 요구되는데, 현대적인 세부 사항이 고전적인 덧텍스트(overtext)와 맞아떨어질 때 그 적확함과 경제성으로 찬탄을 받는다. 『율리시스』의 오디세우스와 페넬

---

2 1864년에 초연된 자크 오펜바흐(Jacques Offenbach)의 희가극. ―옮긴이

3 Jean Giraudoux, 1882-1944, 프랑스의 시인, 극작가, 외교관. ―옮긴이

4 Victor Pelevin, 1962~ 러시아 출신 포스트모던 소설가. ―옮긴이

로페의 긴 이별이 블룸 집안에서 파트너와의 10년간에 걸친 교접 단절 혹은 항문교접이라는 맥락에서 환기될 때처럼 말이다. 그러나 평행의 확립은 해석의 문제가 되기 어렵다. 다시 말해, 두 가지 사태 사이의 아이러니한 맞춤에 의해서는 고전적인 호메로스 텍스트에도, 당시의 출산 통제 관행에도 아무런 새로운 의미가 부여되지 않는다.

진정한 해석은 이와는 다른 어떤 것이며, 형식 자체에 대한 근본적인 역사화를 포함한다. 그렇다면 해석되어야 할 것은 우선 이 매우 특별하고 복잡한 텍스트적 구조 또는 읽기 작업의 역사적 필연성이다. 우리는 여기에 대해 철학적인 개념이면서 또한 실존적 경험인 '우연성'이라는 것을 환기함으로써 시작할 수 있다고 생각한다. 현대 시기의 어떤 시점의 사태에 있어 옛날에는 문제적이지 않았던 의미 또는 우리가 경험의 내용이라고 부를 수 있는 것에 무엇인가가 일어난 것처럼 보이고, 이 특별한 사건은 종종 미적 차원에서 가장 먼저 실감할 수 있으며 가시적이다. 세부 사항의 위기 같은 것이 존재하는데, 우리는 서사 과정에서 우리의 인물들이 잠잘 집, 그들이 대화할 수 있는 방을 필요로 할 수 있지만, 다른 것이 아닌 이 특정한 집 혹은 이 특정한 방, 가구, 전망 같은 것의 선택을 정당화해 주는 것은 아무것도 없는 것이다. 그것은 매우 특수한 딜레마로서, 현대적인 것 혹은 모더니티의 근본적인 경험을 의미와 현존 사이의 모종의 괴리라는 맥락에서 설명할 때의 롤랑 바르트(Roland Barthes)야말로 그 누구보다도 이를 잘 기술하고 있다.

"실재"에 대한 순수하고 단순한 "재현", "존재하는 것"(혹은 존재했던 것)에 대한 날것대로의 이야기는, 따라서 의미에 저항하는 것으로 드러나며, 이러한 저항은 vécu[즉, 경험적인 것 혹은 실존주의자들이 "살아낸 경험"이라고 부르는 것]와 인지 가능한 것 사이의 저 강력한 신화적 대립을 재확인한다. 우리 시대의 이데올로기 안에서, "구체적인 것"에 대한 강박적 환기(과학, 문학, 사회적 실천에 대해 요구되는 것에서)는 언제나 의미에 대한 공격적인 무기로 작용하며, 이는 마치 모종의 정당한 배제에 의해서처럼, 살아가는 것은 구조적으로 의미를 수반할 수 없는 것이고 그 반대도 성립한다는 것을 상기하기만 하면 된다.[5]

누군가는 살아 있는 것, 삶, 생기론 역시 하나의 이데올로기라는 사실을 덧붙임으로써 이러한 설명을 단박에 수정하고 싶어 할 수도 있고, 조이스 자신을 두고는 이 점을 더 일반화해 언급하는 것이 적절하기도 하다. 그러나 존재하는 것과 의미하는 것 사이에 바르트가 설정한 대립은 대체로 우리로 하여금 이른바 본격 모더니즘 내부의 형식적 전략의 전 영역을 가늠케 한다. 이 영역은 예술작품의 탈물질화〔버지니아 울프(Virginia Woolf)의 자연주의에 대한 공격, 지드의 인물 및 사물 묘사의 제거, "순수시" 방식의 "순수"소설이라는 이상의 출현〕부터 상징주의 자체의 실행까지 아우르는데, 이 실행에는 현존하는 사물들을 그만큼의 가시적이거나 감촉 가능한 의미들로 불법적으로 변형하는 것이 포함된다. 나는 오늘날 우리 자신의 미적 오류 혹은 장애가 무엇이든지 간에, 우리가 이 특정한 교훈을 매우 잘 배웠다고 믿는다. 그리고 우리에게 상징주의를 실행하는 예술은 이미 사전에 불신을 받고 무가치한 것이다. 고전적 모더니즘의 오랜 경험은 마침내 우리에게 문학에서의 상징주의의 파산을 가르쳤다. 우리는 예술가들에게 존재하는 것은 또한 의미한다고 하는, 사물들은 또한 상징이기도 하다는 손쉬운 확신 이상의 무엇인가를 요구한다. 이 점이 바로 내가 조이스를 상징적 작가라고 불리는 그 극도로 의심스러운 공과에서 구원하고자 애쓰는 이유이기도 하다.

그러나 『율리시스』라는 텍스트에서 정말 무엇이 진행되고 있는지를

---

5 Roland Barthes, "L'Effet de réel," *Communications*, no.11(1968), p. 87.

묘사하기 전에, 내가 인용했던 그 문장에서 바르트가 하려고 하지 않았던 그 무엇을 해내고 저 모더니즘의 위기, 현존하는 것과 의미 있는 것 사이의 분리, 문제시되는 우연성에 대한 강렬한 경험의 역사적 이유들을 지적하고자 한다. 우리는 이러한 경험을 역사적으로 설명해야만 한다. 왜냐하면 이 경험은 전혀, 특히 이데올로기적인 관점—실존적인 혹은 니체적인—에서는 자명한 것이 아니기 때문이다. 이 관점은 그 누구보다도 바르트의 것인데, 이 관점에서는 부조리한 것의 발견과 객관 세계의 근본적인 우연성 및 무의미성의 발견은 단지 종교 이후의, 세속적이고 과학적인 시대에 인간 존재들에 관한 점증하는 투명성 및 자의식의 결과다.

그러나 이전 사회들(또는 생산양식들)에서 **자연**은 무의미하거나 반(反)인간적인 것이었다. 모더니즘의 역사적 경험과 관련해 역설적인 것은 모더니즘이 자연—또는 인간이 아니거나 반인간적인 것—이 도처에서 인간 프락시스(praxis)의 성취 및 인간의 생산에 의해 대체되거나 파괴되고, 지워지고, 말살되는 과정에 있는 바로 그 시기를 가리키고 있다는 점이다. 샤를 보들레르(Charles Pierre Baudelaire)와 플로베르부터『율리시스』그리고 그 너머까지 위대한 모더니즘 문학은 도시 문학이다. 그 대상은 그러므로 반자연적이고, 특히 인간화된 풍경으로서 이는 어디서나 인간 노동의 결과이며, 그 안에서는 모든 것이—이전에는 자연적인 것이었던 풀, 나무, 우리 자신의 신체까지 포함하여—궁극적으로 인간들에 의해서 생산된다. 그렇다면 이것이 우연성에 대한 경험(그 이데올로기들—실존주의와 니힐리즘—및 미학—모더니즘—과 더불어)을 우리가 마주 대할 때의 역사적인 역설이다, 즉 '도시가 어떻게 무의미할 수 있는가?'라는 것이다. 어떻게 인간의 생산물이 부조리하거나 우연적이라고 느껴질 수 있는가? 또 다른 의미에서는 애초에 진정한 의미를 창조한 것은 오직 인간의 노동이라고 생각할 법한데 말이다.

그러나 우연성의 경험이 진정한 것이고 "객관적인" 것임은 마찬가지로 분명하며, 단순히 환영이거나 허위의식의 문제만은 아니다(또한 그렇다고도 할 수 있지만). 여기서 빠져 있는 단계―근대 시기 인간의 현실 생산이라는 사실과 그러한 생산의 결과 또는 생산물에 대한 경험 사이의 간극―에서 이 본질적인 매개는 분명 노동 과정 자체 안에 위치 지어야 하는바, 그 조직은 생산자들로 하여금 최종 산물과의 관계를 파악할 수 없게끔 한다. 또한 시장 체계 안에 위치 지어야 하는데, 이는 소비자들로 하여금 생산물의 기원이 집단적 생산에 있음을 파악하지 못하게 한다.

지금 이 지점은 소외와 사물화에 대한, 자본의 역학과 교환가치의 본질에 관한 일반적인 강의를 끼워 넣을 순간이기도 하고 아니기도 하다. 나는 과정으로서의 사물화가 취하는 기본적인 형태 중 하나에 대해 얼마간 길게 숙고하고자 하는데, 그 형태야말로 옛날의 유기적인 또는 적어도 자연적인(naturwüchsige) 또는 전통적인 과정들의 분석적 파편화라 불릴 수 있는 것이다.[6] 이러한 파편화는 온갖 층위에서 볼 수 있다. 무엇보다 노동과정의 층위에서는, 수공업 생산의 옛 단위들이 와해되고 "테일러화되어" 대량 산업 생산의 무의미하되 효율적인 톱니바퀴가 된다. 정신 혹은 심리적 주체의 층위에서는, 이제 일단의 근본적으로 다른 정신적 기능들로 분해되어 그중 어떤 것들―측정과 합리적 계산에 관한 것들―은 특권화되는 반면 다른 것들―지각하는 감각들과 미적인 것 일반―은 주변화된다. 시간, 경험, 그리고 이야기하기의 층위에서는 이 모든 것들이 가차 없이 원자화되고 그 최소 단위들로, 유명한 "햇빛이 내리쬐는 파편 더미들"[7]로 부서져 내린다. 마지막으로, 옛날의 위계적인

---

6 사물화에 대한 보다 상세한 설명으로는, 나의 *The Political Unconscious: Narrative as a Socially Symbolic Act*(London and Ithaca, 1981), 특히 pp. 62-64, 225-237과 249-252를 보라.

7 T. S. Eliot, *The Waste Land*, 430행. ―옮긴이

공동체들, 이웃들 그리고 유기적 그룹들 자체의 파편화인데, 돈과 시장 체제가 침투함에 따라 이들은 체계적으로 분해되어 동등한 개인들, "자유롭되 동등한" 단자들, 노동력을 동등하게 자유로이 팔 수 있지만 현대 도시라는 저 거대한 응집체 안에서 단지 가산적인 방식으로 나란히 살아가고 있는 고립된 주체들 간의 관계가 된다.

우연히도 사물화의 이 마지막 형태야말로 앞서 언급한 『율리시스』에 대한 세 번째 관습적 해석의 부적절함을 설명해 준다. 즉 아버지-아들 관계, 이상적인 아버지 혹은 잃어버린 아들 찾기 등의 "원형적인" 패턴의 맥락에서 텍스트를 물신화하는 것 말이다. 그러나 분명 오늘날 핵가족에 대한 그토록 오래 지속된 철저한 검토 끝에 이러한 관계들에 대한 집착과 핵가족 자체에서 유래한 이처럼 빈약해진 상호 인간적 도식을 특권화하는 것은 와해의 산물이자 알 수 있는 공동체의 상실에 대항하고자 하는 방어기제로 읽을 수 있다.

근대 서사에서 이러한 가족 도식의 편재성을 천명하고자 하는 에드워드 사이드(Edward Said) 등의 노력은 이러한 관계의 궁극적인 우선성에 대한 긍정이라기보다는, 그와 정반대로 반사회적 질병에 관한 연구(sociopathology)이자 집단적인 것의 옛 형태들의 파괴에서 결과하는 인간 관계의 빈약화에 대한 진단이다.[8] 『율리시스』에서의 아버지-아들 관계는 온통 비참한 실패이며, 무엇보다도 블룸과 스티븐 사이의 신화적인 궁극적 "만남"이 그러하다. 이 특정한 주제에 대해 그 이상의 것이 필요하다면, 질 들뢰즈(Gilles Deleuze)와 펠릭스 가타리(Félix Guattari)의 『안티 오이디푸스(L'Anti-Oedipe)』에서 전개된 오이디푸스 콤플렉스 개념 자체에 대한 비판을 이에 대한 하나의 증언으로 읽을 수도 있다. 나는 그 비판을 반드시 지지하지는 않지만, 그러한 비판이 이러한 특정한 해석적

---

8 Edward Said, *Beginnings*(New York, 1975), pp. 137-152.

유혹에 종지부를 찍게 해주는 것만은 확실하다.

그러나 정신분석학적이거나 오이디푸스적인 해석 자체는 『오디세이아』와의 평행 읽기 혹은 신화학적 유혹에서 그 하위집합 중 하나일 뿐으로, 이에 대해서는 지금의 곁가지 논의를 마치고 되돌아올 것을 약속한다. 『율리시스』에서의 『오디세이아』와의 평행에 의해 규정되는 종류의 읽기에 대해 내가 제시하고자 하는 것은 이러한 평행, 그리고 그 평행이 사용된 텍스트 및 덧텍스트의 두 층위 간에 부추겨지는 그러한 종류의 짝짓기는 비어 있는 형식 같은 어떤 것으로서 기능한다는 점이다. 고전적 일치법칙들처럼, 그것은 유용하지만 전적으로 외부적인 일련의 제한으로서 이를 배경으로 작가는 작업하는 것이며, 이는 그렇게 하지 않으면 세부들의 무한정한 증식이 될 위험에 대한 순전히 기계적인 제어로서 역할을 하는 것이다.[9] 요점은, 좀 전에 제시했듯이 이전의 전통적인 서사적 통일성은 전반적인 파편화 과정 속에서 사라지고 파괴되었다는 것이다. 따라서 서사의 유기적 통일성은 더 이상 경험의 통일성에 대한 상징으로서도, 서사적 문장 생산에 대한 형식적 제한으로서도 역할을 하지 못한다. 하루─『율리시스』의 지배적인 형식적 통일성─는 인간 경험에서도, 서사 자체에서도 의미 있는 통일성이 아니다. 그러나 그 지점에서 경험이었던 것─인간의 운명과 그와 유사한 것─은 점심시간에 직장에서 레스토랑을 향해 걷는다거나, 비누를 산다거나, 술을 마신다거나, 병원에 있는 환자를 방문한다거나 하는 요소들─이 각각의 요소는 그 자체로 무한히 분할될 수 있다─로 부서지며, 그렇다면 이 단편들의 서사적 문장으로의 전환이 무한히 연장되고 실상 영구히 지속되지 않으리라는 보장은 전혀 없다. 『오디세이아』와의 평행은 이러한 바람직

---

9 문장의 증식에 관한 언급을 더 보려면, 나의 *Fables of Aggression: Wyndham Lewis, the Modernist as Fascist*(Berkeley, 1979)를 참고하라.

하지 못한 전개를 피하도록 해주고, 이러한 외적 제한을 설정해 주는 바이 외적 제한이 궁극적으로 조이스의 구성상의 최소 단위—개별 챕터 자체—가 되는 것이다.

그러나 신화적 평행—이를 나는 '맞춰 넣기(matching up)'라고 불렀는데—이 부추기는 독서 유형과 더불어 온갖 방식으로 이러한 읽기에 저항하면서 그것을 전복하는 다른 형태의 읽기가 존재한다. 이는 연속적인 종류의 다른 읽기를 차단하고, 이전의 언급이나 앞으로 있을 언급을 찾아 쌓아 가는 방식으로 텍스트를 가로질러 앞으로 또 뒤로 움직인다. 휴 케너(Hugh Kenner)를 비롯한 이들이 지적했듯이 이것은 인쇄가 되기 전, 숫자가 매겨진 페이지들이 있기 전에는, 특히 사전이나 백과사전이라 불리는 비상한 진기한 물건이 제도화되기 전에는 상상할 수 없는 유형의 읽기이자 정신적 작용이다.[10] 이제 누군가는 이러한 종류의 읽기를 보다 관습적인 주제적 혹은 주제화하는 종류의 읽기, 즉 이미저리의 유형, 강박적인 단어들이나 말투, 특수한 제스처나 정서적 반응 같은 반복되는 모티프를 목록화하는 것과 일치시키고 싶은 유혹을 받을 수도 있겠다. 그러나 『율리시스』에서 벌어지는 것은 이런 것이 전혀 아니다. 여기서 교차-참조(cross-referencing) 행위의 대상은 언제나 사건이기 때문이다. 리오던 부인을 산책에 동행시킨 것, 유명 콘서트에서 벤 돌러드가 빌려 입은 꼭 끼는 바지, 또는 22년 전에 일어난 피닉스 파크에서의 암살 등등. 이는 겉보기에 주제적인 이 모티프들이 여기서는 언제나 참조적 (referential)임을 말하는 것이다. 왜냐하면 이것들은 텍스트 너머의, 일정한 텍스트적 변주들이 표현하거나 한껏 다 말할 수 있는 용량 저 너머에 있는 내용을 지시하고 있기 때문이다. 이러한 교차-참조에서는 실상,

---

10 Hugh Kenner, *Flaubert, Joyce, Beckett; the Stoic Comedians*(Boston, 1962)를 보라. 또한 마셜 매클루언(Mashall MacLuhan)과 월터 옹(Walter Ong)의 저작을 보라.

참조 대상 자체가 그에 대한 모든 상상 가능한 텍스트화를 초월하는 어떤 것으로서 생산된다고 말할 수 있다. 이에 대한 적절한 유추는 발자크의 『인간희극(La Comédie humaine)』에서 인물들의 재등장이랄 수 있는데, 일정한 인물의 다양한 위상—한 소설에서는 주인공이다가 두 번째 소설에서는 성격배우이다가 세 번째 소설에서는 단지 엑스트라였다가 네 번째 소설에서는 그냥 나열된 이름 중 하나다—은 문제의 서사 형식들 각각을 효과적으로 불안정하게 만들고, 그 형식들 모두에 하나의 초월적인 차원을 부여하는바, 그 형식들은 이에 관한 수많은 상대적인 전망들을 열어 놓게 된다.

이와 유사하게 『율리시스』를 관통하여 재등장하는 사건들과 인물들은 마찬가지로 텍스트 자체가 불안정해지고 훼손되는 과정, 그 말투와 서사적 특징, 재현이 성취되고 약호화된 상징적 질서 및 육중한 서사적 표면으로 굳어져 가는 전반적인 경향이 영구적으로 중단되는 과정으로 이해할 수 있다. 나는 이 과정을 '탈사물화(dereification)'라고 부를 것인데, 우선 이 작용을 도시 자체와 관련해 서술하고자 한다. 고전적인 도시는 건물들의 집적도, 층층이 살고 있는 사람들의 집적도 아니다. 또한 대체로 근본적으로 길들의 집적이라거나, 건물들이나 도시 공간 사이를 오가는 사람들의 궤적의 집적도 아니다. 이런 묘사가 고전적 도시에 약간 더 가까이 갈 수 있게 해주기는 한다. 그렇다. 고전적 도시란—이제 우리는 교외나 거대도시나 개인 자동차의 시대에는 사실상 절멸된 어떤 것에 대해 이야기하고 있다는 것을 항상 염두에 두어야 하는데—본질적으로 저 모든 길과 궤적이 만나거나 횡단하는 결절점으로 정의된다. 우리는 그것을 총체성의 지점들이라고 부를 수 있을 것이다. 이는 공유된 경험을 가능케 하며, 경험과 정보의 저장소로서, 요컨대 객체(장소)와 주체(인구)의 종합체와 같은 어떤 것, 케빈 린치(Kevin Lynch)가 성공적이며 비소외적인 도시의 지표이자 상징으로 인정한 통일적인 전망 및 이

미지의 가능성과 다르지 않은 초점들이다.[11]

그러나 도시에 대해 이런 식으로 집단적 통과 지점과 사원 및 집회장의 원형 광장, 펍과 우체국, 공원과 묘지를 예로 들어가며 공간적으로 말하는 것은 이러한 공간적 형태가 집단적 경험과 하나가 되는 매개 작용을 아직 적시하고 있지 않다. 놀랄 것도 없이 그 매개 작용은 언어적인 것이 되어야 하겠지만, 그것은 특유하게 사적인 것도 아니고 비개인적이고 공적인 형태 속에서 거부감이 들 정도로 표준화된 것도 아닌 그런 종류의 말을 한정해 주어야 할 것인바, 이런 유형의 담론에서는 동일한 것, 반복이 한 무리의 사건에 가득 찬 변주들을 통해서 되풀이 전달되지만, 그 각각이 고유한 가치를 가진다. 이러한 담론은 가십(gossip)이라고 불린다. 가십에 의해서, 그리고 일화(anecdotes)를 통해서 도시적 삶의 상한선—성직 임명, 조직 정치, 그리고 지역 지도자들의 흥망성쇠가 있는 세계—에서부터 저 아래 사적인 삶의 가장 미세한 탈선행위들에 이르기까지 도시의 여러 차원이 인격적인 한계 내에서 유지되고 도시적 삶의 통일성이 인정되고 누려진다. 이는 존 버거(John Berger)가 『기름진 땅(Pig Earth)』에서 이야기하듯이 이미 도시의 원형태인 마을에도 해당된다.

사실상 가깝고, 구술적이며, 일상의 역사인 이러한 가십의 기능은 마을 전체가 자신을 규정해 주도록 한다. (⋯) 마을 (⋯) 은 자신에 대한 살아 있는 초상화다. 공통의 초상이지만, 그 안에서는 모두가 그려지고 모두가 그린다. 로마네스크 양식 교회의 대접받침 조각들처럼 거기에는 보여진 내용과 방식 사이에 정신의 동일성이 존재한다. 그려진 것이 조각가들이기도 한 것이다. 마을의 자신에 대한 초상은 그러나 모두 돌이 아니라 말해지고 기억

---

11   Kevin Lynch, *The Image of the City*(Cambridge, MA, 1960).

된 말들로 되어 있다. 의견, 이야기, 목격담, 전설, 평판과 풍문들로 말이다. 그리고 이는 계속 그려지는 초상으로서, 작업은 결코 멈추지 않는다. 최근까지만 해도 마을과 농부들에게 자신을 규정하는 데 사용할 수 있는 유일한 자료는 그들 자신이 한 말들뿐이었다. (…) 이러한 초상―그리고 원자료인 가십―없이는 마을은 자신의 존재를 의심할 수밖에 없었을 것이다.[12]

그러므로 저 큰 마을, 조이스의 더블린에서 파넬은 그가 떨어뜨렸다가, [블룸이―옮긴이] 주워서 돌려준 모자에 관한 하나의 일화라 할 수 있지만, 아직은 텔레비전 이미지도 아니고 신문에 나오는 이름도 아니다. 그리고 마찬가지로, 농촌 마을에서처럼, 명시적으로 사적이거나 개인적인 것―몰리의 충실하지 못함, 혹은 그리스 조각가들이 여성의 신체적 해부학을 어디까지 그려 내는지를 알고자 하는 블룸의 강박―인 모든 것들은 또한 공적인 것이며, 끊임없는 가십과 일화의 전파에서 자료이기도 한 것이다.

모종의 보수적인 사고에서는, 그리고 이른바 '대중'과 그들의 표준화된 도시 생활이 현대적 삶에서 타락한 모든 것에 대한 상징 바로 그것이 되어 버린 1920년대의 영웅적인 파시즘에서는 가십―하이데거는 이를 '잡담(das Gerede)'이라고 부를 것인데―은 비진정성의, 그저 지껄이는 (pour rien dire) 공허하고 진부한 수다떨기(talking)의 언어로 낙인찍히며 이에 대하여 이러한 이데올로그들은 죽음의 불안 혹은 영웅적 선택에 관한 최상의 사적이며 개인적인 발언을 대비시킨다. 그러나 조이스―좌파적인 의미에서도, 반동적인 의미에서도 급진적이지 않은―는 적어도 인민주의자이자 한 사람의 평민이다. 그는 한때 "왜 공산주의자들이 나를 좋아하지 않는지 모르겠다. 나는 평범한 사람들에 대해서밖에 쓰질

---

12   John Berger, *Pig Earth* (New York, 1981), p. 9.

않았는데"라며 불평한 적이 있다. 사실 계급적 관점에서 보면 그는 디킨스가 그러했던 것처럼 귀족들에 대한 재현에 재능 혹은 흥미가 없었고, 발자크가 그러했던 것처럼 노동계급 사람들이나 농민들에 대해 경험이 없었다(사실 본질적으로 도시적인 조이스보다는 베케트가 아일랜드의 시골이나 농촌 슬럼에 대해 훨씬 건전한 안내자다).

　따라서 계급적 맥락에서 보자면, 조이스의 인물들은 모두 단호할 정도로 프티부르주아다. 이러한 명백한 제한성에 그 재현상의 가치와 힘을 부여하는 것은 식민주의 상황 자체다. 아일랜드의 문화적 민족주의에 대한 그의 적대감이 어떤 것이건 간에, 조이스의 작품은 제국주의하의 메트로폴리스에 관한 서사시이며, 그 안에서 부르주아지와 프롤레타리아 양자의 발전은 저지되고 민족적 프티부르주아에게 이익이 돌아간다. 인간적 에너지의 발전에서 제국주의가 가하는 이러한 엄격한 제한 바로 그것이 온갖 종류의 달변, 수사학 및 웅변적인 언어로 상징적으로 대체되고 꽃피운 것이다. 이러한 상징적인 관행은 사업가에게도, 노동계급에게도 본질적인 것이 못 되지만 전자본주의 사회에서는 높이 평가되는 것이면서, 마치 타임캡슐처럼 『율리시스』 자체에 보존되어 있다. 그리고 도시에 대한 우리의 이전 언급을 수정하면서 『율리시스』가 도시적 삶의 어떤 플라톤적 이념에 대한 고전적인, 최상의 재현이기도 하다고 말할 수 있다면, 지금이야말로 이는 또한 외국 주인들의 지배 덕분에 더블린이 바로 저 만개한 자본주의적 메트로폴리스가 아니라 플로베르의 파리와 같이 여전히 퇴행적이며, 여전히 멀게나마 마을과 유사하며, 재현이 가능할 만큼 여전히 발전이 안 되었거나 저발전 상태라는 사실에 부분적으로 기인한다는 것을 언급할 순간이다.

　이제 가십이 내가 탈사물화라 불렀던 것의 과정에서, 혹은 사실상 우리로 하여금 『율리시스』를 마치 핸드북처럼 앞으로 뒤로 읽게 만드는 교차-참조의 특수한 네트워크에서 하는 역할을 말할 때다. 가십은 사실

참조—혹은 '참조 대상' 자체라고 해도 좋다—가 확장하고 수축하면서 끊임없이 단순한 지표, 표기, 속기된 대상으로부터 정식 서사로 변형되어 들어간다. 사람도, 사물도 이러한 잠재적 이야기하기의 사물화된 표지들이다. 그리고 본격 리얼리즘에서 인물 혹은 개별 에고의 실체성은 여기서는 동일하게 일화들의 흐름 속으로 휩쓸려 가버린다. 한편으로는 고유한 이름들이면서, 다른 한편으로는 가십의 간헐적인 저장소가 된다. 그러나 이러한 과정은 그것이 물질적인 사물에서 작용하는 것을 볼 때 한층 확실해지고 극적이다. 동상, 가게 진열장에 있는 상품, 더블린과 교외를 잇는 시내 전차의 철커덩 소리(이는 구제역에 대한 미스터 디지의 걱정을 거쳐서 가축을 부두로 운반하는 궤도전차에 대한 환상의 투사 속으로 용해된다). 혹은 하나의 이미지로서 조용한 우아함과 훌륭함을 가진 삼돛대 배는 마침내 수다스럽고 입담 좋은 선원들의 너절한 현실 속으로 용해된다. 혹은 마지막 예로서는, 샌드위치맨의 글자판—그 글자들은 불규칙하게 텍스트를 통해 몰려다니는데—은 사실상 말라르메의 '책(livre)'과 유추되는바, 미스터 블룸이 환상으로 떠올리는 저 궁극의 시각적 사물화를 향해 나아간다.

행인들로 하여금 놀라움에 멈추어 서게 하는 유일하고 독특한 광고, 신기한 포스터, 모든 무관한 군더더기는 제거된, 가장 단순하면서도 가장 효과적인 말들로 압축된, 통상적인 시각 범위를 넘어서지 않으면서도 현대 생활의 속도와 부합하는 것.(592) [13]

시각적인 것, 공간적으로 볼 수 있는 것, 이미지는 기 드보르(Guy Debord)가 언급했듯이 상품의 최종 형식, 사물화의 궁극적인 종착지다.

---

13 *Ulysses*(New York, 1986), p. 720. 텍스트 참조는 한 권짜리로 된 이 Gabler판에 의한 것이다.

그러나 샌드위치 광고판의 광고처럼 두드러지게 사물화된 자료조차 다시 한 번 힘들이지 않고 탈사물화되고 용해되는데, 예컨대 마부의 오두막으로 가는 길에 스티븐이 영락한 친구가 이런 말을 하는 것을 들을 때가 그렇다. "광고판을 들고 다니려 해도 기껏 사무실 여직원한테서 '다음 3주는 꽉 차 있어요. 참내, 미리 예약을 했어야죠!'라는 말만 듣는다네."(505) 여행자가 갖는 이국적인 그림엽서 비전이었던 더블린은 갑자기 직업과 계약과 다음번 식사와 같은 황량하고 익숙한 현실로 바뀐다. 그러나 이것이 반드시 황량한 전망일 필요는 없다. 어떤 이상적인 외부 경계에서는 더블린 자체의 외양상 물질적이고 견고한 것처럼 보이는 모든 것이 저변에 있는 인간관계와 인간적 실천의 현실로 다시 용해될 수 있는 전망을 열어 놓을 가능성이 있기 때문이다.

그러나 샌드위치맨의 이동 문자들은 또한 텍스트성 자체에 대한 표지 바로 그것이며, 이것이 『율리시스』가 사물화 및 탈사물화 유희의 외양상의 무한한 힘에 대해 지불해야 할 대가라는 것을 말할 수 있는 순간인바, 이 순간은 다시 말해 조이스의 모더니즘과 담판을 지어야 할 순간인 것이다. 나쁘게 말해 그 대가는 급진적인 탈개인화, 또는 달리 말해 텍스트로부터 작가를 제거하려는 플로베르의 기획이다. 이 기획은 독자 역시 제거하며, 마침내는 작가와 독자 양자의 통합하고 조직하는 신기루 혹은 사후 이미지인 '인물' 혹은 더 나아가 '시점(point of view)'을 제거한다. 이 지점에서 벌어지는 것은 좀 지나치게 단순화하면 이렇게 서술할 수 있겠다. 이러한 본질적으로 관념론적인(혹은 이상적이거나 상상적인) 범주들은 원래는 작품의 통일성 또는 과정의 통일성을 위한 지지대 역할을 했는데 이제는 그 지지대로서의 역할은 물러나고, 오직 물질적 통일성의 형식만, 즉 인쇄된 책 자체, 페이지들의 묶여진 집합체만 남아 그 안에 앞서 언급한 교차 참조가 들어가 있게 되는 것이다. 모더니즘에 대한 고전적 정의 중 하나—클레먼트 그린버그(Clement

Greenberg)의 정의[14]—는 매체 자체의 물질성에 대한 점증하는 인식(악기의 소재에서나 유화에서나), 그 물질성에 있어서 매체의 전경화 출현을 특정화한다. 물론 언어의 물질성을 환기하는 것은 역설적이다. 그리고 인쇄물이나 대본의 물질성으로 말하자면, 유화나 오케스트라 음색에서의 물질들보다는 감각이나 지각 방식에서 훨씬 덜 만족스럽거나 향유되지 못한다. 그럼에도 조이스의 작품에서는 책 자체의 역할이 다른 예술에서의 물질적인 역학과 기능적으로 유사하다.

이제 어떤 의미에서 텍스트화는 사물화 자체의 하나의 형식이나 하위 조합으로 볼 수 있다. 그러나 그렇다면 그것은 사물화의 독특한 유형으로서, 고정하고 결정화하는 만큼이나 풀어놓는다. 이는 사실 조지프 프랭크(Joseph Frank)가 이제는 고전이 된 에세이[15]에서 "공간적 형식"으로 서술한 바 있는 현상을 다룰 수 있는 오늘날의 가장 적절한 방식을 제공하고 있다고 할 수 있다. 예컨대 나는 대서양 너머로 피닉스 파크 살인 사건 뉴스를 전송하기 위한 놀랍고도 독창적인 방법이 서술되는 순간을 생각하고 있다. 리포터는 광고를 접하고(미스터 블룸의 "유일하고 독특한 광고") 그 공간적 특징들을 살인자들의 행동 경로와 암살 지도를 전달하기 위해 사용한다(112). 이것은 시각적으로 사물화된 것과 역사적으로 사건적인 것 사이의 특수하게 유동적인 관계를 성립해 주는데, 왜냐하면 여기서 이 범주들은 끊임없이 앞뒤로 서로 침투하기 때문이다.

이러한 전개의 클라이맥스는 여러 가지 방식으로 나이트 타운 부분[16]에서 도달하는데, 그 자체는『성 앙투안의 유혹(La Tentation de Saint Antoine)』

---

14 Clement Greenberg, "Beginnings of Modernism", Monique Chefdor et al. eds., *Modernism: Challenges and Perspectives* (Urbana and Chicago: Univ. of Illinois Press, 1986) —옮긴이

15 Joseph Frank, "Spatial Form in Modern Literature," *The Widening Gyre: Crisis and Mastery in Modern Literature* (New Brunswick, New Jersey: Rutgers Univ. Press, 1963) —옮긴이

16 「키르케」장. —옮긴이

에서의 비견할 만한 움직임, 그리고 플로베르가 도달한 외각의 경계를 연장한 것이다. 실로 이 두 편의 "독서용 희곡"이 생성하는 특수한 재현 공간, 서사 또는 소설적 재현이라는 서로 매우 다른 공간에서의 고유하게 연극적인 공간의 외관상의 폭발과 침입—아무리 실험적일지라도—을 논하는 것은 즐거운 일이 될 것이다. 이 새로운 공간은 그 명시적인 연극적 형식(장면 지시, 인물의 특징, 인쇄된 대사, 표현에 대한 지침)에도 불구하고, 전통적인 연극적 재현의 폐쇄성과는 관계가 없고, 사실 환각 (hallucination)의 공간과 훨씬 더 관련이 있다. 플로베르는 종종 이 맥락에서 자신의 창작 과정을 묘사했는데,『성 앙투안의 유혹』에서는 다음과 같이 재현된다.

그리고 갑자기 허공에 물웅덩이가 움직이더니 매춘부, 사원의 모서리, 병사의 얼굴, 두 마리 백마가 끄는 전차가 솟아오른다. 이 이미지들은 별안간, 갑자기 나타나서 밤을 배경으로 흑단 위의 진홍색 그림들처럼 떠 보인다. 그 움직임은 갈수록 빨라진다. 이들은 어지러운 속도로 서로를 쫓는다. 때로 그들은 멈추어 점차 사위어 가서 녹아 없어진다. 또는 날아올라 사라지고 다른 것들이 곧 그 자리를 차지한다.[17]

이러한 종류의 환각적 경험은, 게슈탈트 심리학의 언어로 말하자면 배경이 없는 형태의 지각, 토대나 맥락으로부터 분리된 형태나 형상으로서 시야를 가로질러 측면 운동을 하면서 끊임없이 지나가는데, 어떻게 해선가 이쪽 편에 더 가까이 있는 것처럼 움직인다. 이러한 종류의 경험에서 공간의 불안정성은 별도의 분리된 이미지가 그것이 뿌리내릴 수 있는 어떠한 배경이나 깊이도, 어떠한 세계성도 산출해 내지 못한다

---

17 Gustave Flaubert, *La Tentation de Saint Antoine*(Paris, 1951), vol.1. p. 69.

는 데 있다. 인쇄된 페이지 위에서라면 이것은 본질적으로 서사의 토대, 즉 예기적·회고적 짜임새—그레마스(Algirdas Greimas)가 동위태(isotopies)라 부른 것[18]의 그 순행조응적[19]이고 역행조응적[20]인 관계—가 파열되어 있음을 의미한다. 따라서 이 불연속적인 이미지들을 함께 묶는 것(또는 다시 묶는 것)은 연극적 지시 또는 장면 지시라는 인쇄 체제상의 혹은 물질적인 메커니즘의 몫이 된다. 인쇄 체제는 따라서 무엇보다도 텍스트 내의 사건이 된다. 혹은 여기서 유혹하고 자극하고 있는 것은 시각적인 것의 사물화된 지각이므로, 이제 이 지각은 마치 빈 공간에서처럼 기능하는데, 물질적인 기표나 인쇄된 말들 자체를 그 대상으로 삼으며 더 이상 그 말들의 기의나 재현이나 의미를 대상으로 하지 않는다고 말할 수도 있다.

아무튼, 『율리시스』에서 연극적 재현의 외양상의 직접성—이는 실상은 인쇄된 책에 대한 매개되지 않은 경험인데—의 이러한 특수한 클라이맥스는 이제 우리로 하여금 두 가지 종류의 것들을 이해할 수 있게 해준다. 즉 뒤에 이어지는 챕터들(이제 나는 마침내 이 챕터들에 도달했다!)의 특별히 반클라이맥스적인 성격, 그리고 『율리시스』 서사의 비인격화된 텍스트화가 일어나는 토대 말이다. 이는 일종의 "자폐적 텍스트화"라 부르고 싶어지는 것으로서, 빈 공간에서의 문장 생산이자 인물, 시점, 작가나 아마도 심지어 독자도 더 이상 필요 없이 자체적인 계기하에 책이 자체의 텍스트를 정교화하기 시작하는 순간들이다.

　　미스터 블룸은 에식스 브리지에 도착했다. 예스, 미스터 블룸은 에식스 브리지를 건넜다.(215)

18　텍스트 차원의 의미론적 단위들의 반복 형태. —옮긴이
19　anaphoric, 앞에서 지칭된 것을 뒤에서 받는 형태. —옮긴이
20　cataphoric, 뒤에서 지칭된 것을 앞에서 받는 형태. —옮긴이

사랑은 사랑을 사랑하기를 사랑한다. 간호사는 새로 온 약제사를 사랑한다. 경관 14A는 메어리 켈리를 사랑한다. 거티 맥도월은 자전거를 가진 소년을 사랑한다. M.B.는 멋진 신사를 사랑한다. 리 치 한은 키스하는 차 푸초를 사랑한다. 코끼리 점보는 코끼리 앨리스를 사랑한다. 트럼펫 귀를 가진 버스코일 노인은 쑥 들어간 눈을 가진 버스코일 노부인을 사랑한다. (…) 당신은 어떤 사람을 사랑한다. 그리고 이 사람은 다른 사람을 사랑한다. 모두가 누군가를 사랑하기 때문에 그러나 신은 모두를 사랑한다.(273)

『율리시스』어디에나 있는 이러한 문장들에 대해 내가 말하고 싶은 요점은, '시점(point of view)'이론이 거기에 **적용되지** 않는다는 것이다. 함축된 저자라는 있을 법한 개념도 그 저자가 백치이거나 정신분열자가 아니면 적용되지 않는다. 그 누구도 이러한 말들을 발설하거나 생각하지 않는다. 누군가는 이 말들은, 단지, 인쇄된 문장들에 지나지 않는다고 말하고 싶어 할지 모른다.

그리고 이 지점에서 나는 『율리시스』에서 가장 지루한 장들, 그리고 종결로 이행할 것이다. 왜냐하면 「에우마에우스」 장에서 일어나고 있는 것은, 말하자면 조이스가 보다 전통적인 서사적 '시점'으로 다시 빠져드는 것이기 때문이다. 즉 『율리시스』에서 처음으로 우리는 다시 "그는 생각했다/그녀는 생각했다" 식의 간접 담화, 내가 불특정 제3자라 부르고자 하는 것과, 따라서 저 중심에 있는 반성적 의식에 대한 관습적 신뢰를 만나게 되는데, 이 양자는 블룸과 스티븐이 마침내 마주 앉게 되자, 닫혀 있고 유아적인 두 단자들이 "소통의 결핍"이라는 우리 시대의 가장 진부한 주제를 투사하고 있는 장에서는 적절하면서도 아이러니한 것이다. 사실 문장구조라든가 정교한 우회 용법, 가끔 사용하는 외국어 표현과 조심스럽게 특정화된 '구어적' 표현으로 판단하건대, 이 장은 정말이지 조이스가 특별히 공감이나 존경을 갖지 않았던 작가, 즉 헨리 제임스(Henry James)에 대한 패러디 혹은 혼성모방의 시도를 구성한다고 말하고 싶다.(그렇다 하더라도 이는 그리 좋은 혼성모방은 아니다. 조이스의 흉내 내는 힘, 무엇이든 문체론적으로 소화해 내는 그의 능력에 대한 더할 나위 없는 신뢰가 우리로 하여금 이것을 알아채지 못하게 방해하기 때문이다.) 더욱이 이 장은 헨리 제임스의 문체상의 매너리즘을 채용하고 있는데, 그것은 오히려 제임스의 적대적 동지이자 원형적 경쟁자, H. G. 웰스(Herbert George Wells)에게 특징적인 사회적·심리적 내용을 기록하기 위해서다. 말하자면 본질적으로 프티부르주아적인 내용이 제임스적인 서사 장치와 편안하게 맞아 들어간다는 것은 양자 모두에게 뭔가 모욕적인 것이며, 그들이 서로 등을 맞대게 한 채로 퇴출시키는 셈인바, 이는 소설의 형식과 기능에서 그들의 잘 알려진 차이점들은 서로 양립할 수 없는 입장을 취하는 데 있다기보다는—좀 더 오늘날의 표현을 쓰자면—단일한 문제틀 즉 닫혀 있는 단자, 고립되고 사적인 주체성이라는 중심화된 주체의 문제틀 내의 변종들에 불과한 것처럼 보이게 한다. 우리가 헨리 제임스와 연관시키는 서사적 '시점'의 이론과 실천은 단순히 형이상학적 선택의 결과나 개인적 강박의 결과가 아니며, 더 나아가 형식의 역사에서의 기술적 발전도 아니다(하지만 분명 이 모든 것이기도 하다). 시점은 오히려 근본적인 사회적 전개 자체, 즉 후기자본주의 사회의 점증하는 사회적 파편화 및 단자화, 그 주체들의 강화되는 사유화 및 고립에 대한 유사-물질적인 표현인 것이다.

우리는 이미 이러한 전개의 한 양상—사물화—에 대해 다룬 바가 있는데, 이제 그것은 또 다른 방식으로 특징화할 수 있겠다. 즉 자본주의하에서의 사적인 것과 공적인 것, 개인적인 것과 정치적인 것, 여가와 일, 심리학과 과학, 시와 산문, 혹은 이 모든 것을 요약하여 주체와 객체 사이의 점증하는 분리로 말이다. 중심화되었으되 심리화한 주체와 사물화된 객체는 사실 이 두 끝맺음하는 장들, 「에우마에우스」와 「이타카」 각

376

각의 방향성이다. 그리고 조이스는 마치 우리로 하여금 이러한 대립에서 참을 수 없는 모든 것을 세부적으로 돌파하게끔 강제하는 것과 같다. 그렇다면 우리가 지루함이라고 부르는 것은 조이스의 실패가 아니라 오히려 그의 성공이며, 우리 스스로가 유기체로서 그 상황을 등기하는 신호이며 그러한 우리를 궁극적으로 숨 막히게 만드는 형식들인 것이다.

내가 보기에 「이타카」 즉 교리문답 장면에서 물음과 답이라는 구성은 실제로는 이전 챕터들에서의 실험—더 나아가 텍스트화—으로의 복귀가 아니다. 이는 아주 다른 것—주체(송신자 혹은 수신자)가 근본적으로 배제된 담론 형식의 구축—으로서, 다른 말로 하자면, 그런 것이 정말로 가능하다면 말이지만 뭔가 근본적으로 객관적인 담론 형식이다. 그리고 물음과 답이라는 이 외양상 메마른 교차가, 이 장의 마지막을 향해 가면서는 점차 미스터 블룸의 사적인 생각과 환상, 다시 말해 객관적인 것보다는 주관적인 것을 중심으로 돌아가고 있지 않느냐는 언급이 나온다면, 나는 이러한 환상들(미스터 블룸의 '보바리즘', 이를 조이스는 전략적으로 '야심'이라고 불렀다)은 이후 최상의 소비사회적 전통에 따라 대상들과 뗄 수 없이 묶여 있게 된다고 말할 것이다. 이러한 것들은 거짓의 주관적 환상이다. 실상은, 상품들이 여기서 우리를 통해 스스로에 대해 꿈을 꾸고 있는 것이다.

이 마지막 블룸 챕터들은, 그렇다면 불편한 문제들을, 특히 서사 자체에 대하여 제기한다. 주관적인 혹은 시점 챕터인 「에우마에우스」는 모든 개인적 경험의 비상한 상대화, 그리고 그 내용이 그토록 많은 순전히 심리적인 반응으로 변형되는 점을 볼 때 우리가 왜 사적 개인들에 대한 이야기들에 계속해서 흥미를 가져야 하는지를 묻고 있다. 다른 한편, 객관적인 챕터인 「이타카」는 서사의 객관적 내용의 무한한 세분화를 완성하고 있는바, '사건들'을 그 최소의 물질적인 요소로 부수고 있어, 과연 그러한 형식으로 도대체 흥미를 불러일으킬 수 있는지를 묻고 있다.

두 남자는 코코아에 대해 대화를 나누는데, 그것은 어떤 경우에는 흥미로울 수도 있다. 그러나 끓이기 위해서 주전자를 올려놓는 행위에 대해서는 어떤가? 같은 행위의 일부이긴 하지만, 이것도 흥미로운가? 물 끓이는 과정에 대한 정교한 해부(548-550)는 세 가지 의미에서 지루하다. (1) 그것은 본질적으로 비서사적이다. (2) 이 대량 생산된 물질적 도구들은 (호메로스의 창과 방패와 달리) "그 사용자의 운명들의 유기적 부분들"이라고 말할 수 없다는 의미에서 진정한 것이 아니다. 마지막으로 (3) 이 대상들은 그 도구적 형태에 있어서 우연적이며 무의미하고, 문학에서는 오직 상징으로 변형되는 대가를 치르고서야 만회된다. 따라서 이러한 문장들은 다음과 같은 세 가지 질문을 하고 있다.

1. 우리는 도대체 왜 서사를 필요로 하는가? 이야기들이란 무엇이며 그것들과 우리의 실존적 관계는 어떠한 것인가? 세계에 대한, 그리고 존재(Being)에 대한 비서사적 관계는 가능한 것인가?

2. 만일 우리를 둘러싼 대상들이 온통 어떻게 해선가 외적이고, 비본질적이고, 우리에게서 소외된 것들이라고 할 때, 우리는 어떤 종류의 삶을 살고 있으며 어떠한 종류의 세계 속에서 살아가고 있는 것인가?

3. (이 질문은 내가 이미 제기했지만 대답되지 않은 것으로 남아 있는 것처럼 보인다) 인간 노동의 산물들이 어떻게 해서 무의미하거나 우연적인 것으로 느껴지는가?

그러나 적어도 이 마지막 질문에 대해서는, 조이스의 형식이 일종의 대답을 갖고 있고, 그것은 내가 이미 환기한 바 있는 탈사물화의 거대한 움직임에서 발견할 수 있다. 교리문답 장에서 더 큰 더블린이라는 객관세계의 활기 없는 격자망은, 마침내, 저 깊은 지하의 우회로들... 자연 속의 기원들이 아니라 인간과 집단적인 프락시스에 의한 자연의 변형으로까지 추적하는 우회로들에 의해서 탈소외된다. 그러므로 나는 몰리의 잘 알려진 최종적인 긍정에서 나오는 생기론적 이데올로기보다는 다음의 문장을 더 선호하는 편이다.

블룸은 레인지에서 무엇을 했는가?

그는 소스팬을 왼쪽 선반에 옮겼고, 일어나 쇠주전자를 싱크대까지 들고 가서 물을 받기 위해 수도꼭지를 돌려 물이 흐르게 하였다.

물이 흘렀는가?

그렇다. 위클로 카운티에 있는 24억 갤런 용량의 라운드우드 저수지로부터 야드당 초기 설치 비용 5파운드에 부설된 단관 및 이중관으로 된 지하 여과 도관을 거쳐서 (…)(548)

프레드릭 제임슨의
『율리시스』 읽기

이경덕

제임슨의 『율리시스』론은 총 3편으로 『모더니즘 논고(The Modernist Papers)』(2007)의 제3부에 모두 실려 있다. 그중 조이스와 포스트콜로니얼리즘(postcolonialism)의 관계를 다룬 「모더니즘과 제국주의」(1988)에 대해서는 다른 원고[1]에서 다룬 바가 있으므로 간략하게만 언급하고, 이 글에서는 여기 번역해서 같이 싣는 **「역사** 속의 『율리시스』」(1980)를 주로 다루되 「조이스인가 프루스트인가?」(2006)에 관해서도 어느 정도 논의해 볼 생각이다.

『정치적 무의식』(1981)에서 잘 나타나듯이 대문자로 표시된 History(**역사**)는 라캉의 실재(the Real)와 약호 전환된다. 제임슨은 더 나아가 이 **역사**를 역사적 사건들 및 연대기적인 역사 기술과 구별하고 '생산양식'과 약호 전환하여 사용하고 있는 만큼, 그가 **「역사** 속의 『율리시스』」에서 『율리시스』를 읽을 때는 바로 그 실재 또는 자본주의 생산양식과의 연관성을 밝히겠다는 의도가 명시적으로 드러난다고 할 수 있겠다.

---

1 「프레드릭 제임슨의 역사와 유토피아 공간」, 『처음 읽는 영미 현대 철학』, 이경덕, 동녘, 2014.

제임슨의 해석 과정에 따르면 첫 단계는 연대기적인 역사의 지평이고 두 번째는 계급적인 지평이며, 작품을 생산양식 속에 놓아 보는 것이 마지막 최종 지평이다. 물론 최종 지평을 논의하기 위해서는 그 작품이 생산된 역사적 지평과 계급적 이데올로기의 문제가 동시에 다루어지게 마련이다.

외양상 리얼리즘 작품에서는 이러한 해석 과정이 타당해 보이고 잘 들어맞는 것처럼 보인다. 일단 리얼리즘 작품은 역사적 '현실'과 계급 관계가 잘 드러나 있는 것으로 되어 있기 때문이다. 제임슨도 이를 '투명성의 수사학'이라 칭하고, 현실에 대한 재현이 과연 애초부터 가능하냐는 문제(바르트 등이 제기한)를 떠나서 발자크 같은 리얼리즘 작가는 그것이 가능하다고 믿었고 또 그 믿음을 바탕으로 현실 재현을 했다는 사실을 강조한다.

물론 여기에서 의미하는 현실은 실재 자체가 아니라 실재의 규정을 받는 상상적인 것과 상징적인 것을 통해 점근선적으로 접근한 실재라는 점을 강조해야 한다. 이것은 현실이 단지 구성된 것일 뿐이라는 주장과는 거리를 둔다. 즉 현실을 현실로 만드는 것은 실재의 작용이기 때문이다. 또한 언어와 서사 자체는 상상적인 것도 상징적인 것도 아닌, 그러나 상상적인 것과 상징적인 것을 동시에 가진 '제3의 것'이지만, 마찬가지로 실재의 규정을 받는 것이기에 **역사** 속에 존재하는 것이라는 점도 인식되어야 한다.

그렇다면 이른바 재현의 위기에 봉착했다고 말해지는 모더니즘 작품과 현실은 어떠한 관계에 놓여 있는가. 모더니즘을 규정하는 혹은 생산하는 실재는 제임슨에 의하면 제국주의 또는 독점자본주의다. 그러나 이 실재는 식민본국에서는 감지하거나 가시화하기 어려워진다. 식민본국, 특히 대도시에 사는 사람들은 헤겔의 주인이 노예가 노동을 통해 제공한 것들을 향유할 뿐 세계의 실체에 대하여 무지한 것처럼, 단자화된 주체로서 자신의 내면에 갇히는 경향이 있기 때문이다. 이때 세계는 플라톤의 동굴의 우화에서처럼 그림자와 이미지 또는 스펙터클로 바뀌고, 따라서 현실에 대한 유물론적이고 실천적인 사유 대신에 형이상학적인 사유가 주조를 이루게 된다. 반면에 식민지 출신은 식민본국을 끊임없이 의식할 수밖에 없으며, 그 모순적 관계를 해결하고자 하는 필사적인 야생적 사고 또는 정치적 무의식을 가질 수밖에 없다. 그러한 정치적 무의식의 대표적인 경우가 바로 제임스 조이스의 작품이다.

그렇다면 모더니즘은 하나가 아니라 식민본국의 모더니즘과 식민지에 살거나 망명한 작가들의 모더니즘으로 나뉘며, 의식의 내면을 파고드는 작품과 대화적이고 다성적인 작품으로 나뉠 수 있다. 그러나 제임슨에 의하면 식민본국의 모더니즘 작품들도 그 궁극적인 지시 대상(referent)은 제국주의 현실이다. 다만 그 현실은 억압되어 있으므로, 침묵과 부재를 하나의 징후로 삼아 그 지시 대상을 복원할 수 있다고 주장하고 실제로 그렇게 분석해 내기도 했다. 보들레르와 아르튀르 랭보(Jean Nicolas Arthur Rimbaud), 월리스 스티븐스(Wallace Stevens), 알랭 로브그리예(Alain Robbe-Grillet), 조지프 콘래드의 작품들이 그런 예다. 이러한 작품들에서 그저 상징주의라거나 누보로망이라는 타이틀 아래 모더니즘적 세계관(이데올로기) 또는 이른바 모더니즘적 기법만 보려 하는 경향을 비판하는 셈이다.

제임슨이 『율리시스』를 읽는 데, 아니 소설이라는 장르 전체를 읽는 데 있어 끈질기게 비판하는 것은 시점이론(point of view theory)에 따른 독법이다. 시점이론은 부르주아적 단자로 전락한 주체들을 어떻게든 서로 연결하려는 시도이긴 하지만, 그러한 주체를 이미 실체화해 놓고 그것이 영구적이라는 전제하에 이루어지는 시도이기 때문이다. 게다가 헨리 제임스의 경우에서 보이듯이 여러 단자의 행위를 내려다볼 수 있는 중심 주체 또는 중심 지성의 설정 따위야말로 허구적인데, 그것이 전제하는 것은 개별 단자들이 "자기도 모르게 우연적으로 저지르는 행위"의 깊은 도덕적·윤리적 의미를 어디선가는 드러내 줄 수 있으리라는 작가적 야심이기도 하다.

제임슨은 특히 윤리적 읽기에 대해 회의적이다. 그것은 그러한 윤리나 도덕 자체가 니체가 말한 선악 이분법, 더 나아가 부르주아적 이데올로기에 깊이 물들어 있기 때문이다. 또한 이러한 선악 이분법을 전제하는 한, 소설이 로맨스가 되어 버리고(악당 젠틀맨 브라운이 등장하는『로드 짐』후반부를 제임슨은 로맨스로 보았고, 따라서 이 작품에는 장르의 불연속이 존재한다고 보았다) 독법도 로맨스 읽기가 되고 말 것이기 때문이다. 다른 한편으로,『율리시스』를 아버지-아들의 재회나 블룸 부부 간의 화해라는 해피엔딩으로 보는 독법은 은근히 가족 윤리에 기대는 바가 있다. 제임슨은 들뢰즈-가타리의『안티 오이디푸스』를 들어 가며, 이러한 해석들이 철지난 이데올로기임을 지적한다. 제임슨은 가족이라는 틀은 전체 사회의 축도 또는 그 사회와의 매개 역할을 하지 않는다면 그 자체로는 하나의 핵가족 이데올로기나 부성 또는 모성에 대한 신화가 될 것임을 지적하고 있는 것이다.

『오디세이아』와의 평행이 이러한 내용적 읽기를 부추기는 바가 있지만, 이 부분을 제임슨은 철저하게 모더니즘 기법(모더니즘 이데올로기가 아니라) 또는 축조술로 설명한다. 말하자면 이른바 근원적이라든가 원형적이라든가 하는 신화적 내용이 중요한 것이 아니라 서사를 직조해 내기위한 하나의 방편으로서, 무한히 늘어날 수도 있고 또 자체 증식할 수도 있는 세부적인 것들을 조직해 내기 위한 형식적 틀로 보는 것이다. 제임슨은 따라서 조이스를 상징주의자로 만드는 것을 방지하고자 하는데, 이것은 상징 및 상징주의에 대한 그의 반감과도 관련이 있다.

상징은 모든 내용의 비역사적·무차별적 압축으로 이끌고, 형식에 대한 의식과 서사의 서사성 또는 사유의 중단을 의미하는 것이기 때문이다 (반면에 알레고리는 여러 차원으로 열어 놓고 풀어 놓으며 무엇보다도 서사화의 길을 열어 놓는다). 아도르노가 바그너의 음악을 비판할 때, 대중으로 하여금 모티프 선율만 듣게 하고 따라서 듣는 귀를 타락시킨다고 말한 취지와 같다. 특히 소설에서 큰 줄거리와 상징과 몇몇 모티프를 찾아내고는 다 읽은 것처럼 여길 수도 있지만, 사실 조이스의『율리시스』는 그런 읽기에 산뜻하게 맞아떨어질 만큼 정돈된 작품도 아니고 이 방대한 말 무더기 속에서 몇몇 상징과 모티프를 찾아낸다고 해서 큰 의미가 있는 것도 아니다. 이 작품처럼 다이제스트화 같은 사물화에 저항하는 작품도 없다.

사물화의 문제를 좀 더 들여다보기로 하자. 제임슨은 모더니티의 문제를 무엇보다 이 사물화의 과정으로 보는데, 사물화는 루카치에게서 가져온 개념으로서 명시적으로는 막스 베버의 합리화(rationalization)나 들뢰즈·가타리의 탈영토화 및 재영토화와 약호 전환되지만 폴 드 만(Paul de Man)의 주제화(thematization), 니클라스 루만(Niklas Luhmann)의 분화(differentiation) 및 자기반영성(self reflexivity)의 과정과도 서로 약호 전환될 수 있음을 시사한다. 물론 카를 마르크스(Karl Marx)의『경제학-철학 수고』에서의 네 가지 소외에 대한 분석이 가장 기초적인 문헌이다. 마르크스는 노동과정에서 노동자는 자연 및 자기 자신으로부터 소외될 뿐만 아니라 더 나아가 노동 생산물로부터 소외되고 유적 존재로서의 인간으로부터 소외되어 오직 생명 유지에만 매달리는 존재가 되며 그 과정에서 인간과 인간이 서로 소외됨을 밝히고 있다. 이렇게 소외되는 가운데 주체와 객체는 서로 분리되며 각각은 사물화되어 간다. 루카치의 사물화 개념의 특징은 노동과정에서 출발한 이 과정이 삶의 모든 과정에서 재연된다는 것을 밝힌 데 있다고 할 수 있다. 다시 말해 전통적인 마르크스주의의 구분으로 말하면 상부구조와 토대를 서로 매개해 주는 것이기에 생산과 노동과정에서 일어나는 사물화는 정신 영역에서도 일어나서 주체와 객체가 분리되고, 사유와 감각과 감정이 서로 분리되고, 심지어 언어도 기표와 기의가 서로 분리된 것처럼 보이게 만든다.

이때 '보이게 만든다'에 주목할 필요가 있다. 이는 실재의 영역에서는 서로 연결되어 있던 것들이 이 또한 실재(**역사**)의 작용으로 인해 서로 분리되어 현상하게 됨을 뜻하기 때문이다. 따라서 마르크스주의 인식론에서는 이 가시적 현상을 "항상 역사화하는" 것이 중요하다.

하여간 이 쪼개짐과 분화와 파편화와 자기반영과 복제와 증식이라는 프랙탈화는 한 무더기의 통제할 수 없는 파편들 각각이 자율화되고 더나아가 전체를 자임할 때 사물화의 극치를 이루게 된다. 예컨대 주관과 객관이 분리되어 한편으로 주관이 자율화될 때, 객관은 주관이 투사된 현상으로 나타나게 되고, 객관이 자율화될 때 주관은 객관적인 것의 수동적 교차점에 불과하게 된다. 또한 주관 자체도 헤겔의 오성작용(이른바 베버의 합리성)이 다른 정신작용과 분리된 채 특화되며, 인간세계는 이른바 동물의 왕국으로 전락하여 오직 생존의 문제에만 목숨을 거는 세계가 그려지게 된다. 인간의 잠재력 가운데 생존의 문제만 특화되어 보이는 세계, 그래서 가난과 비참의 문제가 인간다운 사회의 건설에서 유일하게 진정한 문제라고 보일 때, 그래서 이 가난과 비참이 졸라의 작품에서처럼 도덕의 문제 및 이와 연관된 명명된 정서로 감싸일 때 루카치가 자연주의라고 이름 붙인 소설 세계가 나타나게 된다. 모더니즘 작품에서는 감각이 자율화되면서 색채와 소리와 향기의 세계가 다른 삶의 영역과는 분리되어 자율성을 주장하고, 그 색채만으로, 혹은 음색만으로 혹은 향기만으로 근대적 일상의 무료하고 황량하고 무의미한 무채색의 삶을 '순간적으로' 보상해 줄 수 있는 것으로 보이게 된다. 다시 말하면 사물화가 사물화를 위로하는 형국인 것이다. 감정도 이름 붙일 수 있는 감정(emotion)과 신체의 감각자료에 가까워 명명할 수 없는 감정(affect)으로 분리되어서 신체적이고 무시간적인, 순간적 자극 또는 만족감과 희

열을 통해 전자를 극복하거나 대체하려는 경향을 보인다.[2]

그러나 완전한 사물화란 그러한 위로나 극복이나 대체도 가능하지 않은 세계, 하나의 극단이며 하나의 개념이다. 인상주의에서 색채를 형태에서 해방시킨 데서 더 나아가 잭슨 폴록(Jackson Pollock)의 실험을 거쳐 말레비치(Kazimir Severinovich Malevich)의 단색화에 이른 과정, 그리고 아르놀트 쇤베르크(Arnold Schönberg)와 알반 베르크(Alban Berg)의 무조음악, 더 나아가 모든 미니멀리즘의 운명을 보면 그 무의미성 자체가 어디에선가 의미를 끌어낼 수 있는 장치에 기대고 있음을 알 수 있다.[3]

즉 사물화는 삶 전반에서 진행되고 있는 하나의 거대한 흐름이되, 사물화 자체를 사물화를 통해 저항하고 위로하는 흐름 또한 존재하며, 탈사물화를 통해 실재를 환기하는 움직임 또한 존재한다. 윤리적인 판단을 넘어서서 사물화의 이러한 복잡한 변증법적 과정을 천착하는 것이 제임슨의 작업이라고 할 수 있다.

제임슨은 단호하게 조이스와 프루스트 둘 다 현재(the Present)를 영구화하는 작가라고 말한다. 아일랜드 역사를 끊임없이 인유하고 언급하는 조이스와 '잃어버린 기억을 찾는' 프루스트를 '현재'의 작가라고 말하는

---

2 제임슨은 「포스트모더니즘 혹은 후기자본주의의 문화적 논리」(1984)에서 affect의 퇴조를 포스트모더니즘의 특징으로 삼았는데, 브라이언 마수미(Brian Massumi)와 레이 테라다(Rei Terada)는 affect가 퇴조하는 것이 아니라 오히려 더 강화되고 있다고 비판한 바 있다. 제임슨이 이 글에서 affect라는 말로 의미한 것은 모더니즘, 특히 실존주의 문학에서 특징적인 권태와 불안 등이다. 사실 권태나 불안은 emotion보다는 affect에 속하는 감정으로서 이러한 특정 affect들이 포스트모더니즘 시대에 퇴조하면서 행복증(euphoria)으로 대체되는 경향이 있다는 것이 제임슨의 논지이므로 마수미와 테라다의 비판은 표적에서 빗나간 감이 없지 않다. 그 후 제임슨은 『리얼리즘의 이율배반(The Antinomies of Realism)』에서 명명된 감정(슬픔, 분노 등)은 emotion으로, 명명되지 않는 신체적인 것은 affect로 나누어 계열화하여 정리하고 더 나아가 리얼리즘 소설 전반을 이 양자의 영역 사이에서 진자운동하고 있는 것으로 서술한다. Fredric Jameson, *The Antinomies of Realism*(London & N.Y.: Verso, 2013).

3 영화 〈스피드(Speed)〉에 대한 제임슨의 분석 참고. Fredric Jameson, "The End of Temporality", *The Ideologies of the Theory* (London & N.Y.: Verso, 2008).

것은 이상하게 보일지 모르겠다. 그러나 제임슨에 따르면 조이스에서 아일랜드 역사는 텍스트 저편에 초월적인 지시 대상(referent)으로 존재하고 있되 언제나 일화나 삽화의 형태로 가섭 속에서만 존재하는 것이다. 이 **역사**는 악몽처럼 그 존재감은 확실하고 자신을 사로잡고 있긴 하되(작중인물 스티븐에게 역사는 그가 깨어나려고 애쓰는 악몽이다), 현재의 의식, 특히 '철저한' 프티부르주아의 의식으로서는 그에 대해 되풀이하여 언급하고 목록화하고 가섭거리로 만드는 것으로서 대처할 수밖에 없는 실재다. **역사** 자체에 대한 조이스의 관념은 다분히 전도서적이고, 니체적인 영원회귀에 가까우며, 또한 비코적이라고 할 수 있다. 그럼에도 아일랜드 역사가 텍스트 속에 생생하게 살아 있는 것처럼 느껴지는 것은 더블린이라는 공간과 인물들 속에 치밀하게 그 역사적 '사건'들을 짜 넣고 있기 때문이다. 이것은 부정적으로 말하자면 역사 또는 실재의 현재화 또는 현재의 영구화이지만, 긍정적으로 말하면 역사 또는 실재에 대한 환각작용(hallucination)이다. 마치 역사적 사건들을 현재에 목도하는 것 같은 환각 말이다. 이것은 쥘 미슐레(Jules Michelet)가 역사 기술을 통해 이루고자 했던 것, 마치 피를 마신 티레지아스가 죽은 이의 혼령을 불러내는 것과 같은 일을 소설을 통해 달성했다고도 말할 수 있다. 그런 면에서 보면 이 작품은 특정한 종류의 지리지이며 역사서이자 역사소설이기도 하며, 그런 면에서 리얼리즘 소설이기도 하다.

　매년 6월 16일 블룸즈데이, 『율리시스』의 바로 그 하루에는 더블린에 사람들이 모여 당시의 복장으로 코스프레를 하고, '아, 여기가 바로 그 장소!'라는 것을 확인하고 마치 보물찾기 하는 사람들처럼 즐거워한다고 한다. 마침 요즘 포켓몬고라는 게임에서 가상의 세계와 실제 세계의 마주침이 엄청난 희열을 주는 것과 유사한 작용이 아닌가 싶기도 하다. 그런데 이런 작용이 있을 수 있는 것은 포켓몬고가 실제 지도를 프로그램에 입력했듯이 『율리시스』에도 실제 사건과 공간이 촘촘히 짜여 들어가 있기 때문이다. 특히 파넬 사건과 피닉스 파크 암살 사건은 틈만 나면 등장하는 대사건이며, 그와 관련된 장소들 또한 소설 곳곳에 널려 있다. 또한 조이스가 더블린이 온통 불타 없어진다 해도 이 책을 통해 완전히 재건할 수 있으리라고 했을 만큼 공간적으로도 현실감이 뚜렷하다. 예를 들면 스티븐이 찾아갔던 홍등가가 실제로 있었고, 지금도 있다. 이 책에 언급된 수많은 연대기적 사실과 종교적 의례와 신학, 문학, 음악, 노래, 연극, 오페라 등은 이미 이 책에 대한 책들, 특히 주석들을 통해 일일이 그 존재가 확인되었다. 필자의 경우 조이스가 언급한 셰익스피어의 부인 이름을 꼭 확인해야 할 것 같은 강박이 생겨 주석을 뒤진 적이 있다. 그러다 보니, 아니 내가 왜 이런 일을 하고 있는가 하는 의문이 들면서 실소하기도 했다. 그런데 곧이어 조이스는 한 작중인물을 통해, 셰익스피어의 전기적 사실이 그의 작품을 읽는 데 무슨 상관이 있느냐는 코멘트를 날리고 있다! 완전히 조이스의 유희에 놀아나고 있다는 생각이 들지 않을 수 없는 것이다.

좀 제대로 이 작품을 읽자면 원본 옆에 필수적으로 두게 되는 주석책이야말로 엄청난 시간이 들었을 작업인데, 이 작품의 주술에 기꺼이 말려든 즐거운(?) 주석가의 얼굴이 떠오르기도 한다. 그런데 그런 작업을 기꺼이 할 수 있는 것은 사실 그 작업이 가능케 하는 토대를 조이스가 제공하고 있기 때문이다. 그리고 자신이 힘들여 뒷조사를 한 작품에 대해서는 검찰과 피의자 간에 혹은 정신분석의와 환자 사이에 모종의 관계(전이 현상이라고 말하는)가 생기듯이 살아 있는 작품과의 관계가 형성되는 것이다. 사르트르가 과거의 작품들에 대해, 작은 관에 들어가 서가에 꽂혀 있다고 표현한 적이 있지만 그렇게 유골처럼 안치되어 형해화되어 있는 것이 아니고, 게다가 스티븐과 블룸 같은 작중인물들이 아직도 더블린 시내를 돌아다니고 있을 것 같은 느낌, 더블린에 가면 그들을 만날 수 있을 것 같은 느낌이 들게 만드는 것이다. 이것은 고전이 영원하다는 식의 진부한 클리셰가 말해 주고 있는 것이라기보다는 환각의 직접성에 가까운 것이다.

이 책에는 『젊은 예술가의 초상(A Portrait of the Artist as a Young Man)』과 『더블린 사람들(Dubliners)』에 이미 등장한 인물들이 상당수 등장한다. 그래서 이 작품들을 먼저 읽어 본 사람들은 이상한 기시감과 친근감을 느끼게 되는데, 그로 인해 더욱더 이 인물들이 더블린이라는 공간 안에서 정말로 살아 움직이는 인간들인 것처럼 느껴지며, '어 이 사람, 내가 아는 사람인데' 하는 생각을 하게 된다. 앞 장에서 나왔던 인물들이 뒤 장에서 나올 때도 비슷한 느낌이 든다. 이처럼 앞으로 뒤로 찾으면서(제임슨이 말하는 '교차 참조') 그 인물의 존재감이 더욱 느껴지는데, 그것은 역사적 사건의 경우에도 마찬가지다. 사람들은 1904년 당시에 14년 전에 죽은 파넬에 대해 끊임없이 이야기하다 못해 아직도 어디선가 살아 있다는 소문까지 만들어 내어 퍼뜨린다. 가십은 죽은 사람을 급기야 살아 있게 만드는 것이다. 이처럼 이야기는 죽은 것을 살아 있게 만드는 힘이 있다. 벤야민은 이를 두고 이야기는 사람을 따뜻하게 해주는 힘이 있다고 했던가.

제임슨이 언급했듯이, 이는 발자크가 쓰던 수법이기도 하다. 보트랭이라는 잊을 수 없는 인물은 『고리오 영감』, 『잃어버린 환상』, 『창녀들의 영광과 비참(Splendeurs et Misères des Courtisanes)』에 연이어 나오면서 변신을 거듭하며 영원히 죽지 않을 것 같은 인상을 준다. 디킨스는 말년에 자기 작품들의 주인공들이 실제로 살아서 눈앞에 나타나는 환각에 시달렸다고 하는데, 차가운 석상이 살아 움직인다는 피그말리온 신화나 책 속의 인간들이 불쑥 현실로 나타나 사랑도 하고 살인도 한다는 드라마나 좀비 영화들이 모두 '만들어진 것'이 나름의 생명을 가진다는 것을 환각의 형태로 보여주고자 하는 것이 아닐까. 이는 제임슨이 제기했던 문제, 인간이 만든 것이 우리로부터 소외되는 이 사물화의 시대에 있을 수 있는 문화·예술적 해결책이라고 볼 수 있지 않을까 싶다.

이처럼 한 인물이 여러 장소에 반복해서 나타날 뿐 아니라 블룸 및 스티븐과 어떤 방식으로든 연결되어 있다는 사실이 환각성을 더해 주지만, 사실 블룸과 스티븐은 어떤 확고한 에고나 내면적 주체로서 존재하기보다는 사람들의 가십 속에서 이리저리 "말해지고" 휩쓸려 들어가는 존재이며, 15장 「키르케」의 소망 성취 환각에서처럼 여러 자아(더블린 시장, 아일랜드의 왕, 창녀에게 매 맞는 마조히스트 등)로 분열되기까지 한다.

그런데 환각 작용이 가장 사실적으로 지금 눈앞에서 감촉할 수 있는 것처럼 발생한다는 것은, 거꾸로 말하면 환각은 바로 실재와 닿아 있다는 말이기도 하다. 자크 라캉(Jacques Lacan)에 따르면 환각은 폐제(foreclosure)된 것, 즉 상징계에서 축출되어 마치 처음부터 없었던 것처럼 여겨진 것이 실재계의 차원에서 되돌아오는 것을 말한다. 자크 데리다(Jacques Derrida)가 이른바 유령학(hauntology)이라는 말로 말하고자 했던 것이 바로 이것이기도 한데, 우리의 현실세계에서 일어날 법하지 않은 것, 즉 유령이 나타나서 "말하라 말하라 말하라!"라고 반복해서 강제하는 것과 같다. 그렇다면 당시 아일랜드에서 이처럼 말을 증식시킨 것들은 비록 텍스트 바깥에 초월적으로 존재하는 지시 대상이긴 하지만 다른 한편 환각 속에 되돌아오는 엄혹한 실재로서 자리 잡고 있는 것이라고 말할 수 있다. 욕망이 환상(fantasy)과 관련되어 현실에서 가능한 시나리오의 형성과 관련되어 있다면, 소망 성취(wish fulfillment)는 꿈에서처럼 겉보기에는 전혀 현실과 관련이 없어 보이는 황당한 형식이지만 내용으로는 실재 및 신체와 관련된 것이다. 제임슨이 발자크의 욕망, 즉 개인의 욕망이 욕망 자체, 즉 유토피아적인 것과 연결되던 시대가 지나 욕망이 사소하고 물질적인 것에 대한 집착으로 바뀜에 따라 자연주의적인 것으로 바뀐다고 지적한 바 있지만, 이것은 욕망이 환상을 통해 현실에서 시나리오화될 수 있기를, 즉 행동화가 가능하기를 그칠 때 일어나는 현상이라고 말할 수 있다. 이때 환각은 하나의 증상 또는 꿈의 형태로서의 소망 성취 자체라고 말할 수 있다. 다시 말해 성 앙투안의 환각처럼 블룸의 환각, 더 나아가 『율리시스』라는 거대하게 집적된 환각도 궁극에는 저 실재에 닿아 있다고 말할 수 있다.

제임슨에 따르면 발자크는 발생기 자본주의, 즉 아직 자본주의가 정착하지 않았던 시기, 아직 계급 상승이 가능했던 시기, 아직 단자화된 주체가 등장하기 전의 작가다. 말하자면 개인의 욕망이 사회적으로 실현되기 위한 시나리오 즉 라캉적인 '환상'이 가능했던 시대였다는 말이다. 루카치는 발자크의 작품에서 왕당파적 이데올로기에도 '불구하고' 리얼리즘이 가능했던 것을 두고 '리얼리즘의 승리'라고 했지만, 제임슨은 오히려 그 이데올로기가 '환상'을 가능케 했고, 그 환상이 현실과 부딪히는 과정에서 리얼리즘이 가능했다고 본다. 또한 아직 고정된 부르주아 주체가 등장하기 이전이기 때문에 사촌누이 베트 같은 극단적인 악의적 인물이나 윌로 남작 같은 욕망의 화신 같은 인물, 연금술 등 무엇인가에 광적으로 집착하여 파멸하는 인물이나 보트랭같이 신비한 힘을 가진 인물군이 현실 속에서 움직이는 것이 가능했던 것으로 보인다. 그 후에 플로베르의 성 앙투안이나 애서광이나 '부바르와 페퀴세', 릴케의 말테, 발레리의 테스트 씨, 사르트르의 로캉탱 같은 인물은 어떤 기준에서 보면 극단적인 인물이지만 현실적으로는 별로 특별나지 않다. 머릿속만이 극단적인 것이다. 어떻게 보면 인간의 여러 기능 중에서 한 부분—지각 능력이나 지적 호기심 등—만이 특화된 것처럼 보인다. 이것은 현실 내에 있지만 현실과의 부딪힘이 없는 상태라고 할 수 있다. 즉 현실 내의 자기소외 상태이고 그 특징적인 반응이 바로 '가능성의 악마'가 준 선물이라고 할 수 있는 권태와 불안이다.

조이스의 작품에서 펍에 모이는 인물 중에는 그런 이들이 없다. 그야말로 평범한 사람들로서 단지 누군가는 음악이나 노래, 문학에 좀 더 소양이 있거나 하는 정도인데 그것도 그 개인의 내면의 문제가 아니라 가십거리에 불과하다. 누구는 죽고, 누구는 출산을 하고, 누구는 돈을 빌리고서 안 갚으며, 누구는 바람을 피우고, 누구는 홍등가에 가고, 누구는 자위행위를 하는데, 그것도 사람들의 가십 속에서 때로는 칭찬으로 때로는 비아냥으로 때로는 노골적인 비난이라는 형태로 알려지게 된다. 그런데 이 모든 것이 하루 중 여러 장소에서 벌어지는 가십 속에서 드러난다. 블룸이 유태인이라는 것, 아마도 프리메이슨이라는 것, 아마도 항문성욕자라는 것 따위도 가십을 통해 드러난다. 그 밖에도 블룸의 죽은 아들, 아내 몰리, 사진을 전공하는 딸에 대한 사실들이 처음부터 전지적 화자에 의해 알려지는 것이 아니라 반복적인 언급 속에서 차츰 차츰 드러나기 때문에 제임슨의 지적처럼 끊임없이 앞뒤를 참조하게 만든다. 그런데 가십이란 것이 원래 평범한 사람들이 파넬 같은 비범한 사람에서부터 거리의 여인에 이르는 사람들을 대상으로 하고, 파넬의 추락이나 피닉스 파크 암살 사건 같은 비범한 사건에서부터 블룸이 조각상의 궁둥이를 보고 있었다는 데 이르기까지 시시콜콜 지껄이는 것이다 보니, 높은 것과 낮은 것, 중대한 것과 사소한 것 사이를 자유로이 오가는 효과를 가져온다. 그리고 바로 이 요설이야말로 모더니즘 특유의 문체에의 의지(will to style)를 통과하여 그것을 넘어서게 만드는 것인데, 에즈라 파운드(Ezra Pound)가 불평했듯이 이 작품은 장마다 문체가 달라질 뿐만 아니라 한 장은 아예 역사상 있어 왔던 모든 수사 및 문체의 실험장으로 꾸며져 있는 것이다. 이러한 가십은 펍과 함께 레이먼드 윌리엄스(Raymond Williams)가 말한 '알 수 있는 사회(knowable society)'의 특징이다. 그래서 제임슨은 조이스의 더블린이 도시이긴 하되, 전자본주의적인 공동체의 성격을 띠고 있다고 말하는 것이다.

조이스의 작품에서 무적혁명단과 파넬과 피닉스 파크 암살 사건은 모두 실패한 사건이자 인물로서 작중 아일랜드의 1904년 당시의 역사적 경과 또는 이 작품의 집필 기간(1914~1921) 내에 속하는 1916년의 부활절 봉기와 직접적인 관련이 없다. 오직 전설과 일화와 가십으로만 남아 더블린의 곳곳과 연결되어 있을 뿐이다. 당시의 더블린 사람들은 그 사건들을 오직 "말"(제임슨의 표현에 따르면, 온갖 종류의 달변과 수사학과 웅변) 속에서만 살고 있는 것처럼 보인다. 그러나 말은 말에 불과하다고 말해 버릴 것이 아닌 것이, 말은 상상계적인 특성과 상징계적인 특성을 다 가지고 있되 또한 그 어느 영역에도 속하지 않는 제3의 것이면서 실재와 맞닿아 있기 때문이다. 실재와 맞닿아 있는 말의 특성을 라캉은 라랑그(Lalangue)라고 칭하기도 했지만, 아무튼 말과 서사를 실재 및 현실과 관련시키지 않고 자율적인 어떤 것으로 만들고자 하는 모더니즘 이데올로기에 맞서기 위한 이론을 전개하자면 이 무성한 말들을 단지 텍스트의 자율성 안에 가두어 놓을 수는 없는 것이다.

그러나 제임슨이 지적했듯이, 분명 텍스트의 자율성 또는 자체 생산성이 이 작품에 없는 것은 아니다. 제임슨이 인용했듯이, 에식스 브리지가 예스라는 말과 결합하여 예식스 브리지가 된다거나 사랑이 사랑하기를 사랑한다는 등의 말장난은 그 어떤 기의와의 결합도 거부하는 것처럼 보인다. 즉 텍스트는 기표들의 유희로서 삶 또는 현실과 무관하게 증식하는데, 이는 알파벳 하나씩을 제목으로 하여 책을 써보겠다는 작중 스티븐의 한때의 야심과 통하는 것이기도 하다. 더 나아가 아내의 정부인 보일런에 대한 블룸의 질투조차 서사 전개의 동기에 불과할 뿐, 실제 삶에서는 살인으로까지 이어질 수 있는 그 맹렬한 감정의 독성은 느껴지지 않는다. 사랑과 증오 같은 맹렬한 열정은 이 책에 없다. 반복적으로 언급되는 오스카 와일드의 동성애와 파넬의 간통 사건과 블룸이 갖고 있다고 추정되는 항문성욕의 반사회적 의미도 그 통렬함을 잃고 가십 속에 용해되어 있다.

제임슨은 프루스트의 『잃어버린 시간을 찾아서』에서의 '질투'도 통렬한 실제 감정이라기보다는 서사화의 수단이라고 지적한다. 프루스트의 작품에서도 과거의 인물이나 사건은 화자에 의해 재발견되고 추가되고 삽입되는 방식으로 나타나기 때문에 화자의 현재적 의식이 가장 중요하다. 제임슨에 따르면 들뢰즈가 언급했던 이른바 '비자발적 기억'은 사실은 서사화에 대한 작가적 의지력에 따라 선택된 것이다. 어떻게 보면 기억들이 비자발적인 것처럼 보이도록 엄격하게 선별된 것이라는 이야기다. 프루스트에게 이야깃거리가 되지 못하는 세부 사항은 주의력의 대상이 되지 못한다. 서사화할 수 없는 사물이나 인물이나 사건은 그에게 금방 지루함을 가져다줄 것이기 때문이다.

반면에 조이스는 서사화에 대한 그러한 집요한 시도 대신에 잡동사니의 집적 같은 인상을 줄 것이 뻔한, 온갖 세부적인 것들을 나열하는 작업을 감행한다. 프루스트에게는 일상생활이라는 것이 없다는 것이 제임슨의 지론이다. 그 유명한 마들렌 과자처럼 어떤 특별한 의미를 창출해 내지 않는 일상적인 사건이나 사물은 그에게 서사적 효용성이 없다. 말하자면 모든 사물은 주관적인 기억의 옷을 입혀 상징적이고 심오한 것으로 만들지 않으면 안 된다.

제임슨은 '일상생활' 자체가 근대에 와서야 '발명'된 것이라고 말한 바 있다. 그 일상이야말로 무의미한 반복에 가득 차 있어서, 거기에서 어떤 의미를 끌어낼 수 있는 것은 그렇게 많지 않다. 제임슨이 인용하고 있듯 일상은 소스 팬을 옮기고 불을 켜는 것 같은 기계적이고 반복적이고 무의미한 몸짓으로 가득 차 있으며, 이것을 그대로 서술하는 것은 독자에게 지루함을 가져다주게 마련이다. 이때 루카치와 더불어 파편화된 삶을 파편화된 상태로 묘사하는 것이 무슨 의미가 있느냐고 물어볼 수도 있겠으나, 이를 지루함에서 도피하여 손쉬운 상징화나 극화(이것은 멜로드라마나 로맨스에서 잘 사용되는 장치로, 본격소설도 이에 의존할 때가 많다)로 나아가기보다는 지루함 자체를 견디는 하나의 방식으로 볼 수도 있다. 제임슨에 따르면, 이는 실패가 아니라 오히려 성공일 수 있다! 또한 프롤레타리아로 전락하기 일보 직전의 프티부르주아로서 별 볼 일 없는 평범한 블룸의 딸 생일이 언제인가 또는 음독자살한 것이 나중에 밝혀지는 블룸의 아버지 기일이 언제인가를 작품을 앞뒤로 뒤져 가며 열심히 따져 알아낸다 한들, 급기야 10장 「배회하는 바위들」에 가서야 블룸즈데이가 언제인가를 알게 된다고 한들 그것이 무슨 큰 의미를 갖느냐고 물어볼 수도 있겠다. 실제로 에드먼드 윌슨(Edmund Wilson)처럼 조이스를 '상징주의자'로 읽으려는 비평가는 상징화되지 못한 지루한 부분들을 일종의 실패로 보기도 했던 것이다. 그러나 조이스의 더없이 꼼꼼한 의도적 축조술에 공감하는 독자들은 어느새 퍼즐 맞추기에 동참하여 거기에서 재미를 느끼고 새로운 인식과 감명을 얻는다.

또한 우리는 지식인 특유의 진지함 혹은 실존주의적 결단과 엄숙함, 또는 제임슨이 언급한 파시스트적 열광에 대항해 조이스가 이 지루함 혹은 파편적 서사의 형식으로 저항하고 있다고 볼 수 있게 된다. 당시의 아일랜드 민족주의에 교묘하게 섞여 들어간 헬레나 페트로브나 블라바츠키(Helena Petrovna Blavatsky)류의 신비주의와 간통 사건 이후 가톨릭교단의 파넬 격하, 작중인물 '시민'으로 대표되는 저열한 열혈 애국주의, 일종의 문화주의적 단체인 "게일연맹"의 명시적인 정치적 행위 또는 이데올로기에 대해 그는 "모두 다 보고 있지만" 일정한 거리를 두면서 "침묵과 망명과 교활"(『젊은 예술가의 초상』에서 예술가의 전략으로 등장하는)로 대응하고 있기 때문이다.

조이스가 1930년대에 소련의 비평계로부터 공격을 받자, "이상한 일이야, 내 책 속에는 일 년에 천 파운드 이상 버는 사람이 한 명도 없는데"라고 응수했다는 사실은 잘 알려져 있지만, 이데올로기화한 혹은 상징으로 굳어 버린 아일랜드(이에 대한 언급은 작중에 수없이 많이 나온다)가 아니라 사람들이 그 안에서 특정한 장소와 날에 실제로 살아가는 아일랜드를 그려낸 조이스의 도저한 리얼리즘[4]과 성적인 것을 포함한 도발적인 해학과 H. G. 웰스가 '뒷간 집착(cloacal obsession)'이라고 비꼰 바 있으며 『더블린 사람들』과 관련하여 흔히 거론되는 이른바 '자연주의'[5]의 측면이 제임슨이 말하고 있듯 '탈사물화'되고 있는 점을 간과해서는 안 될 것이다. 또한 『오디세이아』라는 덧텍스트와의 치밀한 평행 작업을 통해 이 책을 끊임없는 퍼즐 맞추기로 만들고 방대한 주석과 해석을 생산하게 했을 뿐만 아니라 더블린을 배경으로 하되 그 안에 전 세계와 문명의 전 역사를 밀어 넣음으로써 세계적 고전이자 "세상의 책"이며 "세계 텍스트"(프랑코 모레티(Franco Moretti)의 표현을 빌리면)의 반열에 올려놓은 공적은 높이 사야 할 것이다.

---

4 제임슨은 모더니즘과 리얼리즘은 상호 배제적인 관계에 있다기보다는 각자가 매우 다른, 같은 기준으로 설명할 수 없는(incommensurable) 미적·형식적 방식을 갖는다고 말한다. 그러므로 모더니즘 작품이면서 동시에 리얼리즘 범주에 속한 작품들도 있을 수 있는데, 그 좋은 예가 바로 장소와 날짜라는 절대적 존재(초월적으로 존재하는 지시대상)에 대한 집요하고도 힘겨운 장악을 시도하고 있는 『율리시스』다. *The Antinomies of Realism*, pp. 215-216.

5 자연주의를 리얼리즘과 엄격하게 분리하고 모더니즘과 동궤에 놓는 루카치의 입장에 반하여 제임슨은 발자크 등의 유연한 초기 리얼리즘이 이후에 고착화되고 정체된 형태가 되어버린 '본격 리얼리즘(high realism)'의 범주에 자연주의를 포함시키는 경향이 있다.

8장

D. H. 로런스

G. 루카치

발터 벤야민

M. 바흐친

사르트르

아도르노

프레드릭 제임슨

루쉰

최재서

임화

김현

백낙청

루쉰 魯迅 1881~1936

이름은 저우수런(周樹人), 루쉰은 모친의 성(魯)을 따라 지은 필명이다. 저장(浙江) 사오싱(紹興)에서 태어났다. 과거시험 부정에 연루된 조부의 투옥과 부친의 중병으로 어린시절 전당포와 약방을 드나들었다. 난징수사학당(南京水師學堂)과 광무철로학당(礦務鐵路學堂)을 거쳐 1902년 국비로 유학을 가서 일본 센다이(仙臺)의학전문학교에서 공부했다. 수업시간에 러일전쟁에 관한 필름 속에서 마비된 중국인을 보고 이른바 '국민성 개조'의 절박함을 깨닫고 문학으로 방향을 바꾸었다. 도쿄에서 독일어, 러시아어를 공부하면서 동유럽의 단편소설을 번역하여 『역외소설집(域外小說集)』을 출판했다. 1909년 귀국하여 사범학당 등지에서 교사로 근무했다. 1912년 교육총장의 요청으로 교육부 사회교육사에서 근무하면서 묘지명과 탁본을 수집하고 불교 사상에 몰두했다. 1918년 『신청년(新青年)』의 편집인과의 '철방'에 갇힌 사람들의 '희망과 절망'에 관한 대화 후에 근대 중국 최초의 백화소설로 평가되는 「광인일기(狂人日記)」를 발표함으로써 오사 신문화운동을 이끌었다. 1925년 베이징여사대의 학생운동을 지원했다는 이유로 교육부에서 면직된다. 연인 쉬광핑(許廣平)과 함께 남쪽으로 내려가 샤먼(廈門)대학, 중산(中山)대학을 거쳐 1927년부터는 학계를 떠나 상하이에서 전업작가로서 생활했다. 중국자유운동대동맹, 중국좌익작가연맹 등의 일원으로 활동하면서 청년 문인과 목판화가의 창작과 출판을 물심양면으로 지원했다. 베이징여사대 사건 전후부터 소설, 시 창작은 그만두다시피 하고 '잡문(雜文)'이라 불리는 에세이 형식의 글쓰기에 매진했다. 1936년 10월 19일 세상을 떠났다. '민족혼(民族魂)'이라는 세 글자가 수놓인 휘장이 그의 영구를 깊이 감쌌다.

『외침』 자서

루쉰

이보경 옮김

나는 젊은 시절에도 많은 꿈을 꾸었다. 나중에는 대부분 잊어버렸지만 결코 안타깝게 여기지 않았다. 이른바 기억이라는 것은 사람을 기쁘게 만들 수 있다고들 하지만 가끔은 아무래도 사람을 적막하게 만들기도 한다. 정신의 실오라기로 하여금 지나가 버린 적막했던 시절에 끌려 다니게 하는 것이 무슨 의미가 있겠는가? 그런데 나는 완전히 망각할 수 없음에 고통스러워한다. 이 완전히 잊어버릴 수 없는 것의 일부분이 지금에 와서 『외침(吶喊)』의 유래가 되었다.

나는 4년여 동안 자주—거의 매일—전당포와 약방을 출입했다. 나이는 잊어버렸다. 아무튼 약방의 계산대는 내 키와 높이가 똑같았고, 전당포의 계산대는 내 키의 배나 되었다. 나는 키보다 배나 높은 계산대 바깥쪽에서 옷이나 장신구를 밀어 넣고 모멸 속에서 돈을 받았다. 다시 키만 한 계산대로 가서 긴 병을 앓고 있던 부친을 위해 약을 샀다. 집으로 돌아와서는 다른 일로 바빠야 했다. 처방을 내린 의사는 가장 유명한 사람이었고 이런 까닭으로 사용하는 보조약이 기괴했기 때문이다. 겨울 갈대 뿌리, 삼 년 묵은 사탕수수, 귀뚜라미는 본처여야 하고, 열매 맺은 자금우(紫金牛)…… 대부분은 쉽게 마련할 수 있는 것이 아니었다. 하지만 부친은 나날이 병세가 중해지고 끝내 돌아가시고 말았다.

살림이 괜찮았던 집안에서 몹시 곤궁한 처지로 추락한 사람이 있는가? 나는 이 과정에서 대개 세상 사람의 진면목을 볼 수 있게 된다고 생각한다. 나는 N시로 가서 K학당에 진학하고자 했다.[1] 다른 길을 걷고 다른 곳으로 달아나서 다른 모습의 사람을 찾고 싶어 했던 것 같다. 나의 모친도 별 수 없었다. 8위안의 여비를 마련해서 내 마음대로 하라고 했다. 하지만 그녀는 울었다. 그것은 당연한 일이었다. 왜냐하면 그때는 공부를 하면 과거에 응시하는 것이 바른 길이었기 때문이다. 이른바 양무(洋務)를 공부한다는 것은 사회적으로 막다른 골목에 이른 사람들이 하릴없이 영혼을 양놈에게 팔아먹는 것이라고 여기고 갑절로 비웃고 배척하기 마련이었다. 게다가 그녀는 자신의 아들을 볼 수 없게 되는 것이었다. 그런데 나는 이런 일들에 신경 쓸 수가 없었다. 마침내 N으로 가서 K학당에 들어갔다. 이 학당에서 나는 비로소 세상에는 이른바 격치(格致),[2] 수학, 지리, 역사, 회화 그리고 체조가 있음을 알게 되었다. 생리학은 가르치지 않았지만 우리는 목판의 『전체신론(全體新論)』, 『화학위생론(化學衛生論)』[3] 따위를 보았다. 나는 아직도 기억하고 있다. 예전 의사의 의론과 처방을 당시에 알게 된 것과 비교해 보고 중의(中醫)는 의식적혹은 무의식적인 사기꾼에 불과하다는 것을 차츰차츰 깨닫게 되었고, 그와 동시에 속은 병자와 그의 가족들에 대한 깊은 동정심이 생겼다. 그

---

1 난징(南京)의 강남수사학당(江南水師學堂)을 가리킨다. 루쉰은 1898년에 강남수사학당에 입학하고 이듬해 광무철로학당(鑛務鐵路學堂)으로 옮겨 1902년에 졸업한 뒤 청 정부의 국비장학생으로 선발되어 일본에서 유학했다.

2 물리, 화학 등의 통칭이다.

3 『전체신론(Treatise on Physiology)』은 영국인 전도사 벤저민 홉슨(Benjamin Hobson, 1816~1873)이 지은 생물학 관련 저술로, 1851년 광저우(廣州)에서 중국어로 출판되었다. 『화학위생론(Chemistry of Common Life)』은 영국인 제임스 핀리 위어 존스턴(James Finlay Weir Johnston,1796~1855)의 저술로, 1879년 중국어로 번역되었다.

뿐 아니라 번역된 역사책을 읽고 일본의 유신(維新)의 실마리는 대부분이 서방의 의학에서 시작되었다는 것도 알게 되었다.

이러한 유치한 지식 덕분에 후에 나는 일본의 시골 의학전문학교[4]로 학적을 옮기게 되었다. 내 꿈은 너무나 아름다웠다. 졸업하고 돌아가 부친처럼 잘못된 치료를 받고 있는 병자들의 고통을 치료하고, 한편으로 전쟁이 일어나면 군의가 되어 동포들의 유신에 대한 신념을 촉진할 생각이었다. 이제 나는 미생물학을 가르치는 방법이 지금은 어떻게 진보했는지 모르겠다. 좌우지간 당시는 환등기를 사용해 미생물의 형상을 보여주었다. 이런 까닭으로 가끔 강의가 일단락되었는데도 시간이 남으면 그 시간을 쓰기 위해 교사들은 풍경이나 시사 필름을 학생들에게 보여주었다. 당시는 마침 러일전쟁 시기여서 전쟁에 관한 필름이 자연스럽게 좀 많아졌다. 나는 강의실에서 늘 동학들의 박수와 갈채를 따라 해야 했다. 한번은 뜻밖에 갑자기 오랫동안 만나지 못했던 많은 중국인들을 필름 속에서 만날 수 있었다. 한 사람은 묶인 채로 가운데 있었고 많은 사람이 좌우에 서 있었다. 한결같이 건장한 체격이었으나 정신은 마비된 것처럼 보였다. 설명에 따르면 묶인 사람은 러시아를 위해 군사 일을 한 스파이로 곧 일본군에 의해 머리가 잘려 구경거리가 될 것이고, 둘러싸고 있는 사람들은 이 공개처형의 성대한 행사를 감상하러 왔다는 것이다.

이 학년을 마치기도 전에 나는 도쿄로 갔다. 그때 이후 나는 의학이 긴요한 일이 아니라고 느꼈기 때문이다. 무릇 우매하고 유약한 국민은 체격이 아무리 온전하고 튼튼하더라도 아무런 의미 없는 조리돌림의 재료와 구경꾼이 될 뿐이고, 병들어 죽는 사람이 얼마가 되건 꼭 불행이라고

---

4   일본 센다이(仙臺) 의학전문학교를 가리킨다. 루쉰은 1904년부터 1906년까지 이곳에서 의학을 공부했다.

여길 필요가 없다고 생각했다. 따라서 우리의 첫 번째 중요한 행동은 그들의 정신을 바꾸는 것이었다. 그리고 정신을 바꾸는 데 능한 것에 대해 나는 당시에 당연히 문예를 추동하는 것이라고 여겼고, 따라서 문예운동을 제창하게 되었다. 도쿄 유학생의 상당수는 법정, 물리·화학이나 경찰, 공업을 공부했고 문학과 미술을 연구하는 사람은 없었다. 그러나 냉담한 분위기에서도 다행히 몇몇 동지를 찾아냈고, 그 밖에 또 필요한 몇 사람을 불러 모았다. 논의 끝에 나온 첫걸음은 당연히 잡지를 내는 것이었다. 당시는 대부분이 복고적 경향을 띠고 있었고, 따라서 제목은 '새로운 생명'이라는 뜻에서 따와 『신생(新生)』이라고만 했다.

『신생』의 출판 시기가 가까워졌다. 그런데 글을 담당했던 몇몇 사람들이 제일 먼저 숨어 버렸고, 이어서 밑천을 가진 자가 도망갔다. 그 결과 한 푼 없는 세 사람만 남게 되었다. 시작할 때도 시류에 역행하는 일이었고, 실패할 때는 당연히 아무도 알려주지 않았다. 그리고 그 후로 이 세 사람도 각자의 운명에 쫓겨 한곳에 앉아 미래의 아름다운 꿈을 나눌 수 없었다. 이것이 바로 우리의 태어나지 못한 『신생』의 결말이다.

내가 이제껏 경험하지 못했던 무료함을 느낀 것은 이 일이 일어난 뒤였다. 나는 당초에는 그렇게 느끼게 된 까닭을 몰랐다. 나중에 와서야 이런 생각을 하게 되었다. 무릇 한 사람의 주장이 찬동을 얻게 되면 그것의 전진을 촉진하게 되고 반대를 얻게 되면 그것의 분투를 촉진하게 되는 법이다. 그런데 낯선 사람들 속에서 홀로 소리치고 있는데, 낯선 사람들이 찬성도 반대도 없이 아무런 반응도 하지 않는다면 끝없는 황야에 몸을 둔 것처럼 어찌할 바를 모르게 된다. 이것은 얼마나 비애스러운가. 나는 따라서 내가 느낀 것을 적막이라고 여겼다.

이 적막은 나날이 자라났다. 커다란 독사가 나의 영혼을 친친 감고 있는 것 같았다.

나는 비록 끝없는 비애에 젖어 있었지만 결코 분노하지 않았다. 이 경험은 스스로를 반성하고 스스로를 보게 만들었기 때문이다. 그것은 바로 나는 팔을 휘두르기만 해도 호응하는 사람들이 운집하는 영웅이 결코 아니라는 것이다.

다만 나 스스로의 적막은 물리치지 않을 수 없었다. 그것은 내게 너무나 큰 고통이었기 때문이다. 따라서 나는 여러 가지 방법으로 내 영혼을 마취시켰다. 나로 하여금 동포들 속으로 깊이 들어가게 하고 고대로 되돌아가게도 했다. 그 후로도 몇 가지 더욱 적막하고 비통한 일을 직접 겪기도 하고 방관하기도 했다. 모두 추억하고 싶지 않은 것들이고, 기꺼이 그런 일들이 내 머리와 함께 진흙 속으로 사라져 버리기를 원했다. 그런데 나의 마취법도 효과를 발휘하게 된 것 같았다. 더 이상 청년 시절의 강개격앙(慷慨激昂)하는 생각이 없어졌다.

S회관[5]에는 세 칸짜리 집이 있었고, 예전에 한 여인이 뜰에 있는 회화나무에 목을 매어 죽었다는 이야기가 전해졌다. 당시 이미 올라갈 수 없을 정도로 회화나무가 높이 자라 있었고 이 집에는 여전히 사는 사람이 없었다. 여러 해 동안 나는 이 집에 살면서 옛날 비석을 베꼈다. 오는 손님도 드물고 옛 비석에서는 무슨 문제와 주의[6]와 부딪히지도 않았다. 그런데 내 생명은 확연히 저도 모르게 사라지고 있었다. 이것 또한 내 유일한 소망이기도 했다. 여름 밤, 모기가 많아져서 부들부채를 부치며 회화나무 아래 앉아 있었다. 빽빽한 나뭇잎 틈새 한 점 한 점 푸른 하늘로부터 늦게 나온 회화나무 벌레가 한 마리 한 마리 차갑게 목덜미로 떨어

5 　베이징의 사오싱(紹興)회관을 가리킨다. 루쉰은 차이위안페이(蔡元培)의 요청으로 교육부 사회교육사 제1과 과장, 교육부 첨사로 일하면서 1912년 5월부터 1919년 11월까지 사오싱회관에서 살았다.

6 　1919년 6월 후스(胡適)가 「문제는 더 많이 연구하고 '주의'는 덜 이야기하자!」라는 글을 발표하면서 중국의 신문학 진영 내부에서 자유주의자와 마르크스주의자들 사이에 이른바 '문제와 주의 논쟁'이 일어났다.

졌다.

그때 우연히 와서 이야기를 나눈 사람이 오래된 친구 진신이(金心異)[7]였다. 손에 든 큰 가죽지갑을 부서진 탁자 위에 놓고 장삼을 벗고 마주 앉았다. 개를 무서워해서 심장이 아직도 두근두근 뛰고 있는 것 같았다.

"이런 것들을 베껴서 어디다 쓰려는가?" 어느 날 밤 그는 나의 옛 비석 필사본을 뒤적이며 궁금한 듯 질문했다.

"쓸데는 없다네."

"그렇다면 무슨 뜻으로 그것들을 베끼는가?"

"아무런 뜻도 없네."

"내 생각에, 자네는 글을 좀 써보는 것도 괜찮을 걸세……."

나는 그의 생각을 알고 있었다. 그들은 마침 『신청년(新靑年)』[8]을 만들고 있었고, 당시 특별히 찬동하는 사람도 없을뿐더러 반대하는 사람도 없는 듯했다. 내 생각에 그들도 아마 적막을 느끼게 되었지 싶었다. 하지만 말했다.

"만약 쇠로 만든 방인데, 창문도 전혀 없고 아무리 해도 부술 수 없고 안에는 많은 사람들이 깊이 잠들어 있고 머잖아 모두 질식해서 죽게 될 것이지만 혼수상태에서 죽음으로 가는 것이어서 결코 곧 죽게 될 것이라는 비애를 느끼지 못한다고 가정해 보세. 이때 자네가 크게 소리 질러 상대적으로 정신이 맑은 몇 사람을 깨워서 이 불행한 소수로 하여금 구제할 수 없는 임종의 고초를 겪게 한다면, 자네는 그들을 볼 낯이 있다고 생각하는가?"

"그런데 이미 몇 사람이 깨어난 이상, 자네는 이 쇠로 된 방을 부술 희망이 전혀 없다고 말해서는 안 되네."

---

7 『신청년(新靑年)』편집인 중의 한 사람인 첸쉬안퉁(錢玄同)이다. 도쿄에 있을 때 루쉰과 함께 장타이옌(章太炎)의 문자학 강의를 들었다.

8 1910년대 말 신문화운동을 주도하고 마르크스주의를 전파한 잡지다.

그렇다. 나는 스스로 내 나름의 확신을 가지고 있었지만, 그런데 희망을 말하자면 말살할 수 없는 것이었다. 왜냐하면 희망은 미래에 속한 것이므로 반드시 없다는 나의 증명으로 있을 수 있다고 하는 그를 결코 납득시킬 수 없었기 때문이다. 그래서 나는 마침내 그에게 글을 쓰겠다고 약속했다. 이것이 바로 처음으로 쓴 「광인일기(狂人日記)」다. 이때부터는 한 번 시작한 것을 거둘 수 없었고, 친구들의 부탁을 들어주기 위해 매번 소설 모양의 문장을 썼고 오랜 기간 모았더니 10여 편이 되었다.

나 자신으로서는 이제는 이미 절박함으로 말하기를 멈추지 못하는 사람은 아니라고 생각하고 있었다. 그런데 어쩌면 내가 느꼈던 그때의 적막의 비애를 잊지 못해서였을 것이다. 따라서 가끔은 여전히 불가피하게 몇 마디 외침으로써 잠시나마 그 적막 속에서 달리고 있는 용사들을 위로하고 선두에 선 그들을 두렵지 않게 만들고자 했다. 나의 함성이 용맹한지 비애스러운지, 가증스러운지 가소로운지에 대해서는 신경 쓸 틈이 없었다. 그런데 기왕에 외침인 이상 당연히 장수의 명령을 따라야 했다. 따라서 나는 왕왕 곡필을 사용하는 것을 걱정하지 않았다. 「약(藥)」에서 위얼(瑜兒)의 무덤에 근거 없이 화환을 보태고, 「내일(明天)」에서도 산(單)씨댁 넷째 아주머니가 아들을 만나는 꿈을 끝내 꾸지 못했다고 쓰지 않았다. 왜냐하면 당시의 사령관은 소극적인 것을 주장하지 않았기 때문이다. 나로서도 나의 청년 시절처럼 마침 아름다운 꿈을 꾸고 있는 청년들에게 고통스러웠던 나의 적막을 결코 전염시키고 싶지 않기도 했다.

이렇게 말하고 보니, 내 소설이 예술과 거리가 먼 것도 생각해 보면 알수 있다. 그런데 지금까지도 소설이라는 이름을 덮어쓸 수 있고 심지어 문집으로 만들어지는 기회도 얻게 되었으니 어찌 되었든 간에 결국 요행이라고 하지 않을 수 없다. 그런데 요행은 내 마음을 불안하게 만들기도 하지만, 인간 세상에 잠시라도 아직은 독자가 있다는 것을 짐작케 하므로 결국은 그래도 기쁜 일인 것이다.

따라서 나는 마침내 나의 단편소설을 묶어서 인쇄에 넘겼다. 또 앞서 말한 이유로 이것을 『외침(吶喊)』이라 이름 붙였다.

1922년 12월 3일. 루쉰이 베이징에서 쓰다.

『아Q정전』제1장 서문

루쉰

이보경 옮김

내가 아Q를 위해 정전(正傳)을 쓰려고 한 지는 벌써 한두 해가 아니다. 그러나 한편으로 쓰려고 하면서도 다른 한편으로 또 돌이켜 생각해 보면 내가 '입언(立言)'하는 사람이 아니라는 것을 충분히 알고 있었다. 왜냐하면 종래로 불후(不朽)의 붓은 모름지기 불후의 사람을 전해야만, 사람은 문(文)으로써 전해지고 문은 사람으로써 전해지는 법이기 때문이다. 필경 누가 누구에게 의지해서 전해지는 것인지 점점 더 그다지 명료해지지 않게 되기 시작했다. 그런데 결국은 아Q를 전하는 데로 귀결되었다. 흡사 생각 속에 귀신(鬼)이 있는 듯했다.

그런데 속후(速朽)의 문장[1]을 쓰자고 마음먹고 비로소 붓을 들었지만, 곧 어마어마한 곤란함을 느꼈다. 첫 번째는 문장의 이름이었다. 공자는 "이름이 바르지 않으면 말이 순조롭지 않다(名不正則言不順)"라고 했다. 이것은 원래 극히 주의해야 하는 것이다. 전(傳)의 이름은 아주 풍부했다. 열전(列傳), 자전(自傳), 내전(內傳), 외전(外傳), 별전(別傳), 가전(家傳),

---

1 '빨리 썩어 없어지는 문장'이라는 뜻이다. 중국 문인들은 '불후(不朽, 결코 썩지 않는)'의 문장을 쓰는 일을 필생의 과업 중 하나로 여겼다.

소전(小傳)……. 그러나 아쉽게도 모두 적합하지 않다. '열전'은 어떤가? 이 글은 수많은 부호들과 함께 '정사(正史)' 속에 결코 나란히 넣을 수 없었다. '자전'은 어떤가? 나는 결코 아Q가 아니었다. '외전'이라고 하자니 '내전'은 어디에 있는가? '내전'이라고 하려 해도, 아Q는 또 결코 신선이 아니었다. '별전'은 어떤가? 아Q는 그야말로 대총통의 칙령으로 국사관(國史館)에 넘겨 '본전(本傳)'을 쓰라고 한 적이 없었다. 영국의 정사에는 결코 '박도열전'이 없지만 문호 디킨스는 『박도별전(博徒別傳)』이라는 책을 썼다.[2] 하지만 문호니까 가능했지 나 같은 사람은 할 수 없는 것이다. 그다음은 '가전'인데, 나는 아Q와 혈족인지도 모르고 그의 자손의 부탁을 받은 적도 없었다. 혹 '소전'이라고 하자니 아Q는 더구나 달리 '대전'이 없었다. 결론을 말하자면, 이 글도 '본전'이기는 하지만, 나의 문장을 생각해 보면 문체가 천박하고 '인력거꾼, 콩국팔이 부류'들이 사용하는 말이기 때문에 감히 참칭할 수가 없었다. 따라서 삼교구류(三敎九流)[3]에 들지 못하는 소설가들의 이른바 "쓸데없는 말은 그만두고 정전(正傳, 본이야기)으로 돌아가자"라고 하는 상투어에서 '정전'라는 두 글자를 가지고 와 제목으로 삼았다. 설령 옛사람이 지은 『서법정전(書法正傳)』의 '정전(正傳, 바른 전수)'과 글자 그대로 보면 아주 혼란스럽지만 그래도 신경 쓸 수 없었다.

둘째, 전기를 쓰는 통례는 서두에 대개 "모(某)는 자(字)가 모이고, 모지(某地) 사람이다"라고 해야 한다. 그러나 나는 아Q의 성이 무엇인지 전혀 모른다. 한번은 그는 성이 자오(趙)인 듯했는데, 이튿날 아리송해져 버렸다. 자오 나리의 아들이 수재(秀才)가 되었을 때였다. 징징 울리는

---

2 *Rodney Stone*의 중국어 번역본 이름이다. 린수(林紓)가 번역했고, 디킨스가 아니라 코난 도일의 작품이다. 루쉰의 착오다.

3 '삼교'는 유불도(儒佛道), '구류'는 유가·도가·음양가·법가·명가·묵가·종횡가·잡가·농가·소설가를 가리킨다.

징소리로 마을에 소식이 전해졌다. 아Q는 마침 황주 두 잔을 마셨고, 손발로 춤을 추면서 이 일은 그에게도 아주 영광스러운 일이라고 말했다. 왜냐하면 그와 자오 나리는 원래 같은 집안이고 자세히 따지면 그가 수재보다 세 항렬 위라는 것이다. 그때 옆에서 듣고 있던 몇몇 사람의 마음에는 숙연한 존경심이 생겨났다. 이튿날 지보(地保)[4]가 아Q를 자오 나리 댁으로 데리고 갈 것이라고 어찌 알았겠는가? 나리는 아Q를 보자마자 온 얼굴이 벌게져서 소리쳤다.

"아Q, 네 이놈! 말해. 내가 너의 일가냐?"

아Q는 입을 열지 않았다.

자오 나리는 보면 볼수록 화가 났고, 걸음을 재촉하며 말했다. "감히 함부로 지껄이다니! 나한테 어떻게 너 같은 일가가 있을 수 있더냐? 네 성이 자오라고?"

아Q는 입을 열지 않고 뒤로 물러나려고 했다. 자오 나리는 튀어 나가 그의 뺨을 때렸다.

"네가 어떻게 성이 자오일 수가 있느냐! 네가 자오 성에 가당키나 하더냐?"

아Q는 그의 성이 확실히 자오라고 항변하지 않았다. 그저 손으로 왼볼을 만지면서 지보와 함께 물러났다. 밖에서도 지보에게 한바탕 훈계를 들었고, 지보에게 200원(文)의 술값을 바쳤다. 아는 사람들은 다 아Q가 너무 황당하고 스스로 매를 벌었다고 말했다. 그는 아마도 성이 자오가 아닐 것이고, 설령 진짜로 성이 자오라고 하더라도 자오 나리가 여기에 있는데 이렇게 함부로 말해서는 안 된다고 했다. 그 후로 다시는 그의 성씨를 거론하는 사람이 없었다. 따라서 나는 끝내 아Q의 성이 도대체 무엇인지 알지 못했다.

---

4 청대와 중화민국 초기 마을의 치안 담당을 가리키는 말이다.

셋째, 나는 또 아Q의 이름을 어떻게 쓰는지 모른다. 살아 있을 때는 사람들이 다 그를 아Quei라고 불렀고, 죽은 뒤로는 아Quei라고 부르는 이가 한 사람도 없었다. 어찌 '죽백(竹帛)에 기록'할 일이 있을 수 있겠는가? '죽백에 기록'한 것으로 논하자면, 이 글이 첫 번째라고 해야 하는데, 따라서 우선 첫 번째 난관에 부딪혔다. 나는 일찍이 곰곰이 이런 생각을 해보았다. 아Quei는 아구이(阿桂)인가 아니면 아구이(阿貴)인가? 그의 호가 월정(月亭)이라거나 8월 중에 생일을 치렀다면 틀림없이 아구이(阿桂)일 것이다. 그런데 그는 호가 없고―어쩌면 호는 있지만 그것을 아는 사람이 없을 따름일 것이다―또 생일에 글을 모으는 초대장도 뿌린 적이 없었다. 아구이(阿桂)라고 쓰는 것은 독단이다. 또 만약 그에게 아푸(阿福)라고 하는 형이나 아우가 있다면 틀림없이 아구이(阿貴)가 될 것이다. 그런데 그는 그저 혼자였다. 아구이(阿貴)로 쓰려 해도 입증할 증거가 없었다. 다른 Quei라는 음의 잘 모르는 글자는 더욱 어울리지 않았다. 전에 나는 자오 나리의 아들 무재(茂才)[5] 선생에게 물어보았다. 이분같이 학문이 넓고 고상한 사람도 끝내 망연자실할 줄 누가 알았겠는가? 그런데 결론적으로 천두슈(陳獨秀)가 『신청년』을 만들어 서양 문자를 제창하여 국수(國粹)가 몰락해 버렸기 때문에 밝힐 수 없게 되었다고 말했다.[6] 나에게 남은 최후의 수단은 아Q의 범죄 사건 조서를 찾아 달라고 동향 사람에게 부탁하는 것뿐이었다. 여덟 달 뒤에야 비로소 답신을 받았는데, 조서에는 결코 아Quei라는 소리와 흡사한 사람이 없다고 했다. 나는 진짜로 없는지 알 수 없었지만 찾아보지는 않았고, 그렇다고

---

5 수재(秀才)의 다른 이름이다. 동한 때 광무제(光武帝) 유수(劉秀)의 이름을 피휘(避諱)하기 위해 수(秀)를 무(茂)로 바꾸어 썼다.

6 훗날 루쉰은 『신청년』에서 "한자를 폐지하고 로마자모를 사용하자고 주장한 사람은 첸쉬안퉁(錢玄同)인데, 여기에서 천두슈라고 한 것은 무재 공의 오류다"라고 했다. 천두슈는 『신청년』의 주편이다.

또 달리 방법도 없었다. 주음자모는 아직 통용되지 않아서 어쩔 수 없이 '서양 문자'를 썼다. 영국에서 유행하는 발음표기법에 따라 그를 아Quei로 쓰고 줄여서 아Q라고 했다. 이것은 『신청년』을 맹종하는 것에 가까워서 나 스스로도 아주 유감이었다. 하지만 무재 공(公)마저 알지 못하는데, 내게 무슨 좋은 방법이 있었겠는가?

넷째는 아Q의 본적이었다. 그의 성이 자오라면 현재 군(郡)의 명문가를 칭하는 통례에 근거하여 『군명백가성(郡名百家姓)』의 주해에 따라 '룽시(隴西) 톈수이(天水) 사람이다'라고 할 수 있다. 그러나 안타깝게도 그의 성은 믿을 게 아주 못 되고, 이런 까닭으로 본적도 확정 지을 수 없었다. 그는 웨이좡(未莊)에 오래 살았지만 종종 다른 곳에서도 묵었으니 웨이좡 사람이라고 말할 수도 없었다. 따라서 '웨이좡 사람이다'라고 한다고 해도 여전히 사법(史法)에 맞지 않는 점이 있었다.

내가 잠시나마 스스로 위로하는 것은 그래도 '아(阿)'자는 아주 정확하고, 절대로 억지로 갖다 붙였다고 하는 문제가 없다는 것이다. 깊이 통달한 사람에게 가르침을 청해 봐도 좋다. 나머지에 대해서는 배움이 얕은 사람이 천착할 수 있는 바가 아니었고, 그저 '역사벽과 고증벽'이 있는 후스즈(胡適之)[7] 선생의 문하생들이 앞으로 혹 새로운 단서를 많이 찾아낼 수 있기를 희망할 따름이다. 그런데 나의 이 『아Q정전』은 그때가 되면 벌써 사라져 버렸을지도 모른다.

이상은 서문이라고 할 수 있다.

---

7 후스즈는 후스(胡適)이다. 1920년대 초 '국고정리(整理國故)', 즉 과학적 방법으로 국학을 연구할 것을 주장했다.

루쉰의 '소설 모양의 문장'에
관한 소론[1]

이보경

'소설 모양의 문장'

루쉰(魯迅, 1881~1936)은 1918년 중국 최초의 근대소설로 평가되는 「광인일기(狂人日記)」를 발표하고 그 후 1922년까지 발표한 14편의 단편소설을 모아 『외침(吶喊)』(1923)이라는 제목으로 묶어 출판했다. 그는 『외침』의 '자서'에 소설집을 내게 된 경위를 자신의 개인사와 엮어 풀어낸 뒤 다음과 같은 말을 덧붙였다.

나는 스스로 [희망은 없다고 하는] 내 나름의 확신을 가지고 있었지만, 그런데 희망을 말하자면 말살할 수 없는 것이었다. 왜냐하면 희망은 미래에 속하는 것이므로 반드시 없다는 나의 증명으로 있을 수 있다고 하는 그를 결코 납득시킬 수 없었기 때문이다. 그래서 나는 마침내 그에게 글을 쓰겠다고 약속했다. 이것이 바로 처음으로 쓴 「광인일기」다. 이때부터는 한 번 시작한 것을 거둘 수 없고 친구들의 부탁을 들어주기 위해 매번 소설 모양

---

1 이 글은 『중국어문학』 제50집(영남중국어문학회, 2007년 12월)에 「「阿Q正傳」이 "阿Q正傳"이 된 까닭—魯迅의 소설관 試探」이라는 제목으로 게재했던 글을 앞선 두 번역글에 대한 해제 형식에 맞도록 수정하고 전면적으로 보완한 것임을 밝힌다.

의 문장을 썼고 오랜 기간 모았더니 10여 편이 되었다.[2]

　루쉰은 자신의 작품에 대해 문학혁명이라는 '희망'의 깃발을 든 친구의 부탁을 모른 척하기 어려워서 쓴 '소설 모양의 문장(小說模樣的文章)'이라고 말했다. 루쉰의 소설 창작은 이른바 '쇠로 된 방(鐵屋子)' 안에서 죽음을 향해 가고 있는 질식된 사람들을 깨우는 것이 과연 옳은 일인가라는 질문에 대한 답이다. 그는 자신의 몇 차례의 좌절 경험을 통해 희망이란 것은 결코 존재하지 않는다고 확신하고 있었지만 그것이 미래에 속한 것인 이상 함부로 단언할 수 없기에 친구들의 부탁에 호응했던 것이다. 그런데 루쉰은 그 결과물에 대해 '소설'이 아니라 굳이 '소설 모양의 문장'이라고 이름 붙였다. 자신의 작품에 대한 겸양의 표현일 수도 있겠지만, 그보다는 소설 쓰기에 대한 진지한 고민과 더 나아가 중국에서의 근대소설이라는 장르의 성격에 대한 모종의 진실을 담보하고 있는 것으로 보인다.

　그는 '소설 모양의 문장'이 적막의 비애로부터 터져 나온 '외침'으로서 두려움 속에 선두에 선 '용사'들을 위로하기 위한 것이라고 하면서 그것의 예술적 가치에 대해 언급한다.

　이렇게 말하고 보니, 내 소설이 예술과 거리가 먼 것도 생각해보면 [그 까닭을] 알 수 있다. 그런데 지금까지도 소설이라는 이름을 덮어쓸 수 있고 심지어 문집으로 만들어지는 기회도 얻게 되었으므로 어찌 되었든 간에 결국 요행이라고 하지 않을 수 없다. 그런데 요행은 내 마음을 불안하게 만들기도 하지만, 인간 세상에 잠시라도 아직은 독자가 있다는 것을 짐작케 하므

2　「『吶喊』自序」(1923), 『魯迅全集』 제1권, 北京: 人民文學出版社, 2005, 441쪽.

로 결국은 그래도 기쁜 일인 것이다.[3]

　루쉰은 자신의 작품에 대해, 소설이라는 이름을 "덮어쓴" "예술과 거리가 먼 것"이라고 했다. 여기서 '덮어쓰다'의 원문 '멍저(蒙着)'에서 '멍(蒙)'은 사전적으로 보면 '덮다(覆蓋)' '입다(披戴)' '속이다(欺瞞)' '은혜를 입다(承蒙)'를 뜻한다.[4] 따라서 루쉰에게 자신의 작품에 붙인 '소설'이라는 이름은 명실상부하지 않은 말을 임시로 사용하고 있는 방편인 셈이다. 바로 이런 까닭에 자신의 작품이 '소설'이라고 불리는 것은 '요행'이고, 따라서 불안하기도 하고 기쁘기도 한 것이다.

　'소설을 어떻게 쓰게 되었는가'에 대한 말년의 고백에 따르면, 애초에 루쉰은 문단에 들어갈 생각이나 창작을 할 생각은 가지고 있지 않았고 사회의 개량을 위한 번역에 관심을 가지고 있었을 따름이다.

> 나도 소설로 '문단'에 들어갈 생각은 결코 없었고, 그것의 힘을 이용해 사회를 개량하고 싶어 했던 것에 지나지 않았다.
>
> 그렇다고 해도 스스로 창작할 생각은 없었고 집중한 것은 소개하고 번역하는 데 있었다. 특히 단편, 특별히 피압박민족 작가의 작품에 집중했다. (…) 따라서 '소설작법' 따위의 책은 나는 한 권도 읽은 적이 없었고, 단편소설은 적지 않게 읽었다. 절반은 내가 읽는 것을 좋아해서이고, 태반은 소개할 자료를 수집하기 위해서였다. 또한 문학사와 비평도 읽었는데, 이것도 중국에 소개해야 하는지를 결정하기 위해 작가의 사람됨이나 사상을 알고 싶었기 때문이다. 학문의 종류와는 아무런 상관이 없었다.[5]

3　「『吶喊』自序」, 『魯迅全集』 제1권, 442쪽.

4　『漢語大詞典』, 上海: 漢語大詞典出版社, 1994.

5　「我怎麼做起小說來」(1933), 『魯迅全集』 제4권, 北京: 人民文學出版社, 2005, 525쪽.

그는 청년 시절 외국 문학 번역에 대한 뚜렷한 목적의식을 가지고 있었고, 이를 위해 외국 단편소설을 주로 읽었다. 그와 더불어 문학사와 비평에 대한 독서도 꾸준히 했지만, "창작할 생각은 없었"기 때문에 "소설작법" 따위의 글은 한 권도 읽지 않았다고 했다. 위 인용문은 자신이 무작정 소설을 쓴 것이 아니라 외국의 단편소설, 문학사, 비평에 대한 독서를 통해 자연스럽게 근대소설의 장르적 특성을 공부하게 되었고 이것이 소설 창작의 밑거름이 되었음을 밝히고 있는 것이라고 할 수 있다. 그런데 이와 같은 고백은 역설적으로 '소설(novel)'을 창작하기 위해서는 소설의 문체와 구성 따위 '소설작법'에 대한 학습 과정이 따로 필요하다는 것을 의식하고 있었음을 보여준다. '소설'은 중국의 고전소설이나 기타 서사 장르의 창작과는 근본적으로 구분되는 새로운 '학문'이었기 때문이다.

요컨대 루쉰이 자신의 작품이 '소설'로 불린다는 사실을 기뻐했던 것은 전통 시대의 다양한 서사적 글쓰기와 구분되는 그야말로 '근대소설(novel)'로 인정받았다는 데서 오는 안도감 때문이었을 것이다. 그와 동시에 그가 불안을 느끼고 스스로 소설이 아닌 '소설 모양의 문장'이라고 이름 붙인 것은 자신이 창작한 소설과 서구 근대소설의 거리를 의식하고 있었음을 의미한다. '소설 모양의 문장'이라는 말은 문면 그대로 보면 '근대소설의 모양을 하고 있는 산문적 글쓰기'를 뜻한다. 그런데 구체적으로 어떤 서사적 형식이냐고 묻는다면 대답하기가 녹록지 않다. 루쉰의 대표작이라고 할 수 있는 「아Q정전(阿Q正傳)」 제1장에는 전통 시대 서사적 글쓰기도 아니고 서구의 근대소설도 아닌 '소설 모양의 문장'의 의미를 해석할 수 있는 몇몇 단서가 내장되어 있다.

'바른 이름'으로서의 '소설'

「아Q정전」은 베이징의 『천바오부간(晨報副刊)』에 1921년 12월 4일부터 1922년 2월 12일까지 매주 또는 격주로 발표된 중편소설이다. 「광인일기」를 발표한 때가 1918년이고 「아Q정전」을 발표하기 전까지 8편의 단편소설을 발표한 바 있어, 이미 명실상부한 소설가로서 소설작법이나 장르적 성격 등에 대해 그 나름의 확신이 있었을 법도 하다. 게다가 중국 문단의 상황을 두고 보더라도 량치차오(梁啓超, 1873~1929)가 이른바 '소설계 혁명'의 깃발을 내건 때가 1902년이고, 5·4 문학혁명을 거쳐 1920년대로 들어서면서부터는 문학연구회, 창조사 등 문학사단을 중심으로 각각 '인생을 위한 예술', '예술을 위한 예술'을 기치로 근대적인 작품 창작이 대단히 활발하게 이루어지고 있었다. 그럼에도 「아Q정전」의 '제1장 서문'은 19세기 말 이래 중국 문인들이 겪었던 소설이라는 장르의 성격 규정에 대한 이론적 고투가 여전히 해결되지 않은 채로 지속되고 있음을 보여준다.[6]

　「아Q정전」은 전체가 아홉 개의 장(章)으로 구성되어 있어서 전통 시대 중국의 장회소설(章回小說) 형식을 모방한 것처럼 보이는 작품이다. 그중 '제1장 서문'은 장회소설의 제1장이나 역사적 전기문학의 서두와 흡사하게 작품을 쓰게 된 유래와 등장인물에 대한 장황한 소개로 이루어져 있다. 근대소설의 관점에서 보면 작품의 일부라기보다는 오히려 작가 서문과 같은 인상을 주기 때문에 전체 소설의 구성을 고려한다면 생략한다고 해도 딱히 문제될 것이 없어 보일 정도다. '제1장 서문'이 전체 이야기의 일부로서 필연적이냐의 문제는 우선 차치하기로 하고, 이 글에서 주목하는 까닭은 중국의 근대소설 장르에 대한 루쉰의 이론적 견해가 곳곳에 잠복되어 있기 때문이다.

　「아Q정전」의 화자는 아Q에 관한 이야기를 쓰려고 마음을 먹으면서

6　마틴 황(Martin Weizong Huang)은 「아Q정전」의 제1장 서문에 대해 "이야기의 '장르적 본질'에 관한 담론"이라고 했다. "The Inescapable Predicament: The Narrator and His Discourse in 'The True Story of Ah Q'" *Modern China*, Vol 16, No. 4.(Oct., 1990), p.432.

부터 부딪히게 된 난제들을 하나하나 나열하며 서문을 조직한다. 그중 첫 번째 어려움으로 제시하는 것은 '문장의 이름'[7] 즉, 글의 형식을 결정하는 문제다. 화자는 열전(列傳), 자전(自傳), 내전(內傳), 외전(外傳), 별전(別傳), 가전(家傳), 소전(小傳) 등과 같은 전통 시대의 역사적 글쓰기에 해당하는 허다한 장르를 일일이 거론하며 그 어느 것도 적절하지 않다고 호소한다. 화자는 자신이 '문장의 이름'에 민감할 수밖에 없는 까닭에 대해 다음과 같이 이야기한다.

공자는 "이름이 바르지 않으면 말이 순조롭지 않다(名不正則言不順)"라고 했다. 이것은 원래 극히 주의해야 하는 것이다.[8]

화자가 인용한 구절은 『논어』의 자로(子路)편에 나오는 것으로 순자(荀子)의 이론적 재정립을 거쳐 확정된 이른바 유가의 '정명(正名)' 사상의 주요한 근거로 간주된다. 화자는 정명, 즉 '이름을 바르게 하기' 혹은 '바른 이름'에 관한 공자의 언설을 빌려 자신의 이야기에 대한 이름 붙이기의 긴요함을 강조한다. 물론 「아Q정전」이 풍자적이고 아이로니컬한 글쓰기로 일관된다는 점을 고려한다면, 이 대목 역시 내용이 아니라 이름 붙이기에만 열을 올리는 속류 문인들의 정명에 대한 집착을 조롱하고 있음은 두말할 필요도 없다. 그렇다손 치더라도 화자 역시 자신의 이야기에 걸맞은 이름을 지어 주어야 한다는 강박에서 자유롭지 않은 것만은 분명하다. 「아Q정전」 제1장은 이를테면 화자가 자신의 독자들에게 자신의 이야기와 등장인물에 붙인 이름의 타당성을 설득하기 위해 마련되었다고까지 할 수 있다.

---

7 「阿Q正傳」, 『魯迅全集』 제1권, 512쪽.
8 「阿Q正傳」, 『魯迅全集』 제1권, 487쪽.

'바른 이름'에 대한 화자의 강박은 루쉰이 자신의 작품에 대하여 굳이 '소설 모양의 문장'이라고 할 수밖에 없었던 까닭을 짐작하게 한다. 주지하다시피 중국에서 '소설(小說, xiaoshuo)'이라는 이름은 전통 소설과 근대소설의 통칭으로 사용되고 있다. 그런데 전통적으로 서구의 'novel'에 가까운 민중의 서사 장르인 백화문학은 '소설'이 아니라 설부(說部), 패사(稗史), 연의(演義) 등으로 불렸다. 전통 시대 '소설'이라 불리던 장르는 문인들의 서사적 글쓰기 중 하나였다. 물론 이른바 대아지당(大雅之堂)에 오른 정통 문인들이 전유하던 고급 장르는 아니었다. '소설'이 비주류 문인들이 쓴 저급한 장르 중 하나였음을 증명하는 자료로 흔히 인용하는 문헌은 반고(班固)가 쓴 『한서·예문지(漢書·藝文志)』다. 루쉰은 중국 소설사를 기술하면서 '소설가'에 대한 반고의 주를 참고하여 전통 시대 '소설'이 '자(子)' '사(史)'와 구분되었음에도 자, 사와 가까운 장르였다고 설명했다.[9] 소설이라는 것은 한마디로 자, 사와 같은 고급 문장을 쓸 자격을 갖추지 못한 비주류 문인들이 자, 사를 욕망하고 모방하여 만들어낸 장르였던 것이다.

그런데 루쉰은 '소설'이 비주류 문인들의 '심심풀이 글'을 일컫는 이름이 되어서는 안 된다고 여겼던 듯하다. 그는 소설의 '계몽주의'적 지향을 강조하면서 다음과 같이 말했다.

물론 소설을 쓰기 시작하면서 좌우지간 스스로 주견(主見)이 없을 수가 없었다. 예컨대, '왜' 소설을 쓰게 되었는지를 말해 보자. 나는 여전히 10여 년 전의 '계몽주의'를 아직도 마음에 품고 있다. 모름지기 '인생을 위해'야

---

9 루쉰의 다음과 같은 말을 참고할 수 있다. "오로지 반고(班固)의 주에 근거하면 여러 글들은 대체로 어떤 것들은 옛사람을 의탁했고, 또 어떤 것들은 옛일을 기록했다. 사람을 의탁한 것은 자(子)와 흡사하지만 천박하고, 사건을 기록한 것은 사(史)에 가깝지만 황당하다." 『中國小說史略』, 『魯迅全集』 제9권, 8쪽.

할 뿐 아니라 인생을 개량해야 한다고 생각한다. 나는 과거 소설이라고 불리는 것들이 '심심풀이 글(閑書)'이었던 것을 심히 싫어할 뿐 아니라, '예술을 위한 예술'도 '시간 보내기'의 신식 별칭에 불과하다고 생각한다.[10]

그는 '소설'이 과거 전통 시대 비주류 문인들의 '심심풀이 글'을 지칭하는 이름이었다는 것을 '심히 싫어한다'고 했다. 전통 시대 '소설'이라고 불리던 글 가운데 인물에 대해 쓴 '자'에 가까운 것은 '천박'하고, 사건에 대해 쓴 '사'에 가까운 것은 '황당'했기 때문이다. 마찬가지 이유에서 서구에서 수입한 '예술을 위한 예술' 역시 '시간 보내기' 식의 전통 시대 '심심풀이 글'과 다를 바 없다고 보았다. 그에게 '소설'은 인생을 위하고 개량하는 작품에 어울리는 이름이었다. 따라서 전통 시대 자, 사를 쓰면서 '문이재도(文以載道)'를 실현하고자 했던 정통 문인들처럼 작가의 세계에 대한 적극적인 개입은 지극히 당연한 것이 된다. 그의 첫 소설집의 이름이 중국인을 향한 '외침'이었던 것도 바로 이런 까닭에서였다고 하겠다.

작가, 세계, 글쓰기에 대한 루쉰의 이러한 이해는 소설의 미학을 아랑곳하지 않는 '곡필(曲筆)'마저 감행하게 한다.

그런데 기왕에 『외침』인 이상 당연히 장수의 명령을 따라야 했다. 따라서 나는 왕왕 곡필을 사용하는 것을 걱정하지 않았다. 「약」에서 위얼의 무덤에 근거 없이 화환을 보태고, 「내일」에서도 산씨댁 넷째 아주머니가 아들을 만나는 꿈을 끝내 꾸지 못했다고 쓰지 않았다. 왜냐하면 당시의 사령관은 소극적인 것을 주장하지 않았기 때문이다.[11]

10 「我怎麼做起小說來」, 『魯迅全集』 제4권, 526쪽.
11 「『吶喊』自序」, 『魯迅全集』 제1권, 441쪽.

곡필은 원래 '직필'의 반대말로 사관(史官)이 사실을 왜곡하여 기록하는 것을 가리키는 말이지만, 여기서는 소설적 구성에서 필수불가결하게 요청되는 '개연성'에 반하는 글쓰기를 의미한다. 루쉰의 곡필 감행은 신문화운동을 주도하는 장수의 명령을 따르는 것을 무엇보다 우선시했기 때문이다. 여기에서 근대소설의 최소한의 규약이라고 할 수 있는 '그럴 법함'에 대한 파괴는 불가피한 것이 되고 만다. 헛된 희생이 되어 버린 혁명가의 무덤에 화환을 놓아 그의 노모를 위로하고, 꿈에서라도 죽은 어린 아들을 보고 싶어 하는 여인의 소망을 외면할 수 없었기 때문에 차마 꿈을 꾸지 못했다고 쓰지 않았던 것이다. 루쉰의 곡필은 이 글의 서두에서 인용했던 '희망'의 문제와 밀접한 관계가 있다. 그는 끝내 희망의 부재를 증명할 수 없었기 때문에 친구의 손을 맞잡아 주었던 것처럼, 마찬가지 이유로 소설의 미학을 포기하고 곡필을 마다하지 않았던 것이다. 그의 곡필은 자기 창작물의 요절에 대한 소망, 더 나아가 소설이 아니라 그야말로 문장적 글쓰기로의 전향을 예고한다.

'속후(速朽)'의 문장

근대 초기 중국의 문인들은 다양한 문언적 글쓰기 가운데 비주류의 저급 장르에 속했던 '소설'이라는 이름을 빌려와 서구 근대소설 'novel'에 대한 번역어로 결정했다. 그런데 이 과정에서 중국에서의 근대소설은 기존의 백화문학이 아니라 「아Q정전」 제1장 화자의 고백에서처럼 '자(子)' '사(史)'와 같은 문언으로 된 역사적 글쓰기 장르와 긴장 관계를 형성했던 것으로 보인다. 전통 시대 중국에서 "자고로 예문(藝文)을 논단하는 것은 본디 또한 사관(史官)의 직분"[12]이었다. 따라서 글쓰기의 우열은

---

12 『中國小說史略』, 『魯迅全集』 제9권, 6쪽.

역사적 글쓰기 법칙, 즉 사법(史法)의 준수 여부에 따라 결정되었다고 해도 과언이 아니었다. 근대 문화는 전통문화의 고갱이를 뿌리째 뽑아내는 일에서 시작되었듯이, 근대 중국에서 소설이 문단의 주류로 자리 잡는 과정은 역사적 글쓰기 장르와의 전면적 대립을 요구했다.

다른 한편으로 또 돌이켜 생각해 보면 내가 '입언'하는 사람이 아니라는 것을 충분히 알고 있었다. 왜냐하면 종래로 불후의 붓은 모름지기 불후의 사람을 전해야만, 사람은 문으로써 전해지고 문은 사람으로써 전해지는 법이기 때문이다. 필경 누가 누구에게 의지해서 전해지는 것인지 점점 더 그다지 명료해지지 않게 되기 시작했다. 그런데 결국은 아Q를 전하는 데로 귀결되었다. 흡사 생각 속에 귀신(鬼)이 있는 듯했다.[13]

'입언(立言)' 즉, '말을 세우는 것'은 '덕을 세우는 것(立德)', '공을 세우는 것(立功)'과 함께 이른바 '삼불후(三不朽, 세 가지 썩지 않는 것)'라고 지칭되던 전통 시대 문인들의 필생의 과업 가운데 하나였다. 사마천(司馬遷)이 그러했듯이, '입언'할 수 있는 문장가로서 불후의 인물에 대한 불후의 문장을 써서 영원토록 후세에 남기는 것은 중국 문인들의 공통된 소망이었다. 그런데 「아Q정전」의 화자는 소설의 시작부터 자신이 입언할 수 있는 인물이 못 되고 자신의 글이 불후의 문장이 될 수도 없고 자신의 인물이 불후의 인물이 될 자격도 없다고 했다. 그럼에도 최종적으로 이야기를 전하는 데로 귀착된 것은 아Q의 '귀신'에게 홀렸기 때문이라고 둘러댄다.

화자는 이제 억울하게 죽은 귀신의 대변인이 되어 '불후의 문장'이 아니라 조만간 썩고 말 "속후(速朽)의 문장을 쓰자고 마음먹고 비로소 붓

---

13 「阿Q正傳」, 『魯迅全集』 제1권, 512쪽.

을 들"[14]게 된다. 「아Q정전」은 역사적 글쓰기를 부정하고 '속후의 문장'
을 쓰기로 작정한 화자와 이름도 성도 없이 죽어간 귀신의 대화의 결과
라고 할 수 있다. 역사적 글쓰기와 대결의식을 갖는 작가는 문학작품과
그 작품이 모방하는 현실과의 일치라는 문제에 대해 주의를 기울이는,
이른바 사실주의를 구현하고자 애를 쓸 것이라는 점에서 서구 근대소설
에 접근할 가능성이 높아진다. 그런데 문제는 무명씨 '귀신'의 대변인을
자임하게 됨으로써 서구 근대소설 장르의 이름 'novel'이 지시하는 개인
적 경험에서 비롯된 '독창성' 또는 '유래된 것이 아닌 독립적인, 직접적
인' 새로운 것이라는 의미를 담지하기 어려워진다고 하겠다.[15]

　그런데 「아Q정전」의 제1장이 신문의 문예란이 아니라 '웃기는 이야
기(開心話)'라는 난에 게재되었다는 사실은 흥미롭다. '신문예'란으로 옮
겨 발표된 것은 제2장부터이며, 그것도 루쉰이 요청했기 때문이 아니라
편집인의 한 사람으로서 기고를 부탁했던 쑨푸위안(孫伏園)이 "그다지
'웃기지' 않다"[16]고 판단했기 때문이다. 루쉰은 자신의 소설이 실리게 될
난의 이름이 '웃기는 이야기'라는 것을 뻔히 알고서 기고했던 것이다. 기
왕에 '속후의 문장'인 이상 굳이 문예로 평가되어야 할 이유가 없었고,
따라서 어느 난에 실리건 문제될 게 없었기 때문이었을 것이다. 게다가
루쉰은 차츰 소설을 처음 쓰기 시작했을 때의 "진지함에서 장난기(油滑)

14　「阿Q正傳」, 『魯迅全集』 제1권, 487쪽.

15　이안 와트의 다음과 같은 말을 참고할 수 있다. "문학적 전통주의는 소설에 의해서 처음
　　이자 가장 강력하게 도전을 받았는데 소설의 주된 판단 기준은 항상 독특하고 그러므로
　　새로운 개인적 경험의 진실이었다. 따라서 소설은 지난 몇 세기 동안 독창성과 새로운 것
　　에 유례없는 가치를 부여했던 문화를 논리적이며 문학적으로 전달하는 매개물이었다. 따
　　라서 소설(novel)이란 명칭은 썩 잘 붙여진 것이다." "중세에는 '처음부터 존재해 온' 것이
　　란 뜻을 의미했던 '독창적(original)'이란 용어는 '유래된 것이 아닌 독립적인, 직접적인'이
　　라는 의미를 띠게 되었다." 『소설의 발생』, 이안 와트, 전철민 옮김, 열린책들, 1988, 각각
　　22쪽, 24쪽.

16　「「阿Q正傳」的成因」(1926), 『魯迅全集』 제3권, 396쪽.

로 빠진다."[17] 두 권의 단편소설집을 내고 예로부터 전해지던 이야기를 다시 고쳐 쓰는 작업에 몰두하는데, 그 결과물을 묶어 낸 것이 바로 『고사신편(故事新編)』(1936)이다. 그는 『고사신편』을 내면서 서문에서 다시 한 번 자신이 쓴 것은 문학개론에서 말하는 소설이 되기에는 부족한 바가 있다고 언급했다.

지금 비로소 마침내 한 권의 책으로 묶어 내게 되었다고 할 수 있다. 그중에는 마찬가지로 급하게 쓴 것이 대부분이고 '문학개론'에서 말하는 소설이라고 부르기에는 부족하다. 사건을 서술한 것은 가끔은 그래도 옛날 책에 근거가 있는 것들도 있지만, 어떤 때는 입에서 나오는 대로 지껄인 데 불과하기도 했다. 그뿐 아니라 나 자신이 옛사람에 대해서는 지금 사람만큼 존경하지 않았기 때문에 가끔 아무래도 장난을 친 곳(油滑之處)이 있을 수밖에 없다.[18]

루쉰이 말하는 '장난기(油滑)'는 역사적 인물이나 사건에 동시대인들의 이야기를 멋대로 덧입혀서 '입에서 나오는 대로 지껄인'다는 뜻으로 해석될 수 있다. 그가 처음으로 소설을 쓰면서 '장난'을 친 것은 1922년 「하늘을 기운 이야기(補天)」를 쓰면서 의관을 차려입은 소장부(小丈夫)를 여신 여와(女媧)의 두 가랑이 사이에 배치한 때였다. 이러한 구성에 대해서 그는 "불필요할 뿐만 아니라 구조적인 것을 크게 훼손했다"[19]고 자평했다. 그런데 중국의 루쉰 연구자 류춘융(劉春勇)은 '장난기'에 대해 흥미로운 해석을 내놓았다. 그에 따르면 '장난기'는 근대소설의 이분법적 '지

---

17 「『故事新編』序言」, 『魯迅全集』 제2권, 353쪽.

18 「『故事新編』序言」, 『魯迅全集』 제2권, 354쪽.

19 「我怎麼做起小說來」, 『魯迅全集』 제4권, 527쪽.

식인의 장'에서 전통 시대 '이야기꾼의 장'으로의 창조적 소환을 보여주는 것으로, "그것의 근저로 말하자면 장난기의 성립은 반드시 '선악 초월'적인 서사 태도에서 만들어지고, 더불어 헛된(虛妄) 세계상에 대한 체득적 각성"[20]의 표현이다.

「하늘을 기운 이야기」는 원래 「부저우산(不周山)」이라는 제목으로 단편소설집 『외침』의 제일 마지막에 실려 있었던 소설인데, 당시 루쉰은 장난기가 창작의 대적(大敵)이고 장난기로 작품을 쓰는 자신에 대해 큰 불만을 가지고 있었기 때문에 다시는 사용하지 않겠다고 결심하기도 했다. 그런데 뜻밖에도 그의 마지막 소설집은 장난기로 일관한 『고사신편』이었다. 『고사신편』에는 「하늘을 기운 이야기」를 포함하여 1922~1935년에 창작한 8편의 단편소설이 실려 있는데, 이렇게 보면 루쉰의 창작 생애의 가장 긴 기간 동안 놓치지 않고 있었던 것은 '장난기'라고 해도 과언이 아니다. '진지함'으로 소설 창작에 임했던 것은 『외침』(1918~1922), 『방황』(1924~1925) 시기뿐이었던 것이다. 루쉰 소설의 예술적 성취를 이야기할 때 단연 손에 꼽는 것은 『외침』과 『방황』이지만, 역설적이게도 진지함에 기반한 근대소설은 루쉰에게 애초부터 맞지 않은 형식이었을지도 모른다. 어쩌면 이 점이야말로 루쉰의 글쓰기 전체에서 소설의 비중이 극히 적은 까닭에 대한 해답이 될 수도 있을 것이다.[21]

---

20 劉春勇, 「油滑·雜聲·超善惡徐事－謙論「不周山」中的"油滑"」, 『社會科學輯刊』 2017년 제1기, 173쪽.

21 루쉰은 소설 창작이라는 측면에서 보면 『외침』의 14편(1918~1922), 『방황(彷徨)』의 11편(1924~1925), 『고사신편』의 8편(1922년 1편, 1926~1927년 2편, 1934~1935 5편)이 전부로 과작의 작가라고 할 수 있다. 그의 글쓰기의 대부분을 차지하는 것은 이른바 '잡문(雜文)'이라고 하는 산문적 글쓰기다.

Stylist

「아Q정전」의 화자는 고심 끝에 자신의 이야기에 최종적으로 '정전(正傳)'이라는 이름을 붙이기로 결정한다.

결론을 말하자면, 이 글도 '본전(本傳)'이기는 하지만, 나의 문장을 생각해 보면 문체가 천박하고 '인력거꾼, 콩국팔이 부류'들이 사용하는 말이기 때문에 감히 [본전을] 참칭할 수가 없어서 삼교구류에 들지 못하는 소설가들의 이른바 "쓸데없는 말은 그만두고 정전으로 돌아가자"라고 하는 상투어에서 '정전'이라는 두 글자를 가지고 와 제목으로 삼았다.[22]

화자는 자신의 문장이 "문체가 천박하고 '인력거꾼' '콩국팔이 부류'"가 사용하는 말로 쓰였기 때문에 고급 문장의 서사 형식을 감히 참칭할 수 없어서 전통 시대 비주류 문인 '소설가'들이 상투적으로 사용하던 "정전으로 돌아가자"라는 말에서 '정전'을 빌려와 제목으로 삼기로 한다. 그런데 '정전'이라는 이름은 전통적 서사 형식이 아닌 화자 자신의 이야기야말로 '바르게 전하는' 형식임을 양각화한다. '바르게 전하는' 서사적 글쓰기는 근대소설에 걸맞게 천박한 하층 민중의 언어로 창작된다. 루쉰은 「아Q정전」을 '파인(巴人)'이라는 필명으로 발표했다. 그는 고대 초(楚) 땅에서 유행한 속곡 "'하리파인(下里巴人, 시골 파촉 사람)'에서 취한 것으로 고상하지 않다는 뜻이다"[23]라고 했다. '파인'이라는 필명은 인력거꾼과 콩국팔이의 말로 '속후의 문장'을 쓰는 작가의 필명으로는 더없이 제격인 셈이다.

그런데 문제는 화자에게 인력거꾼이나 콩국팔이의 입말을 문자로 옮

---

22 「阿Q正傳」,『魯迅全集』제1권, 512-513쪽.
23 「「阿Q正傳」的成因」,『魯迅全集』제3권, 383쪽,

기는 일이 결코 녹록지 않은 작업이었다는 것이다. 화자는 위 인용문에 바로 이어서 다소 석연치 않은 어휘를 사용하며 다음과 같이 말한다.

전기를 쓰는 통례는 서두에 대개 "모(某)는 자(字)가 모이고, 모지(某地) 사람이다"라고 해야 한다.[24]

석연치 않다고 한 까닭은 화자가 '모(某)'와 같은 문어적 표현을 쓰고 있기 때문이다. '모(某)'는 '아무' 사람, '아무' 곳 등을 의미하는 문어적 표현으로 화자의 바로 앞서는 선언과 모순된다. 그뿐 아니라 소설 텍스트 곳곳에 전통 시대 성현들의 언어가 무의식적으로 인용되고 있다는 것도 문제다. 화자는 고전적 소양을 갖춘 문인으로서의 신분과 민중의 소리를 대신 전하고자 하는 대변인의 역할 사이에서 그야말로 '벗어날 수 없는 곤경' 속에 놓여 있었던 것이다.[25]

근대 초기 중국의 문인들은 민중의 입말인 백화를 이해하고 쓰는 데 예기치 못한 어려움이 있음을 고백했다. 그들에게는 고어가 익숙했고 백화는 생경하기 그지없는 언어였기 때문이다. 이런 점에서 루쉰의 산문집 『무덤(墳)』 출간은 대단히 주목할 만하다. 『무덤』은 루쉰이 고문으로 썼던 일본 유학 시절의 글과 그 후 백화로 쓴 글을 함께 묶어서 1927년 3월에 출간한 산문집이다. 『무덤』은 공교롭게도 "우리는 앞으로 사실 두 가지 길이 있을 뿐이다. 하나는 고문을 안고 죽는 것이요, 다른 하나는 고문을 버리고 생존하는 것이다"[26]라고 선언한 「소리 없는 중국(無聲的中國)」의 기고와 거의 동시에 출판되었다. 루쉰은 중국 민족의 생존이

---

24 「阿Q正傳」, 『魯迅全集』 제1권, 513쪽.

25 Martin Weizong Huang, "The Inescapable Predicament: The Narrator and His Discourse in 'The True Story of Ah Q'", 같은 책 참고.

26 「無聲的中國」(1927), 『魯迅全集』 제4권, 15쪽.

백화문 사용 여부로 판가름될 것처럼 소리를 높이면서, 그와 동시에 고문으로 쓴 글을 폐기하거나 수정하지 않고 그대로 출판하는 이율배반적인 모습을 보이고 있다. 그는 『무덤』을 출판하는 까닭에 대해 후기에서 다음과 같이 말했다.

> 불행히도 나의 고문과 백화를 함께 묶어 만든 잡문집이 공교롭게도 이러한 시기에 출판되었다. 아마도 독자들에게는 약간의 해악이 될 것이다. 다만 나 자신으로서는 그래도 의연하고 결연하게 그것을 없애 버릴 수가 없고, 아직은 이것을 빌려 잠시라도 지나간 생활의 흔적을 보고 싶다.[27]

루쉰이 보기에 당시 중국에서 가장 시급한 과제는 고문을 없애는 일이었다. 심지어 입말과 글말이 완전히 분리된 한자 자체에 대해서도 의구심을 가지고 있었다.[28] 그런데 바로 "이러한 시기"에 독자들에게 해악이 될 것을 명명백백히 알고 있는데도 자신으로서는 고문으로 쓴 글을 결연하게 없애 버릴 수가 없다고 고백했다. 고문이 구현하고 있는 정신은 이미 과거가 되었고 또 마땅히 과거가 되어야 하지만, 그는 기어이 그것을 위해 '무덤'을 만들어 "지나간 생활의 흔적"으로 추억하고 보존하고자 했던 것이다.

고문과 백화에 대한 이와 같은 태도로 볼진대, 작가로서의 루쉰은 「아Q정전」의 화자가 느낀 곤경을 해결하는 방법을 애초부터 가지고 있었던 것으로 보인다. 다음은 소설 퇴고 과정에 대한 루쉰의 언급이다.

---

27 「寫『墳』後面」(1926), 『魯迅全集』 제1권, 303쪽.

28 루쉰은 일찍부터 에스페란토에 관심을 가지고 있었다. 나중에는 취추바이(瞿秋白) 등이 주장한 '한자의 라틴화' 방안에 동조하며 다음과 같이 말하기도 했다. "사람들이 그래도 살아가고자 한다면, 내 생각에는, 한자더러 우리의 희생이 되어 달라고 요청하는 수밖에 없다. 현재 '글쓰기의 라틴화'라는 오직 하나의 길밖에 없다." 「漢字和拉丁化」(1934), 『魯迅全集』 제5권, 585쪽.

나는 [소설을] 완성한 뒤에 언제나 두 번은 살펴보려고 했다. 스스로 혀가
잘 돌아가지 않는다고 느끼는 부분은 몇 글자를 보태거나 삭제하여 반드
시 술술 읽히게 만들려고 했다. 적절한 백화가 없으면 차라리 고어를 인용
하여 사람들이 이해할 수 있기를 희망했고, 나만 이해하거나 나 자신도 이
해할 수 없는 새로 만들어 낸 자구는 많이 사용하지 않았다. 이 점에 대해
많은 비평가 중에서 단 한 사람만이 보아 냈는데, 그는 나를 Stylist라고 칭
했다.[29]

소설 창작의 마무리 작업에서 루쉰이 집중했던 것은 잘 읽히는지 여
부였고, 바로 이런 까닭으로 백화가 적절치 않으면 차라리 고어를 선
택하기도 했다는 것이다. 그는 신문화운동, 백화문운동을 신봉하는 다
른 작가들과 달리 자신만 이해하거나 자신조차 이해하지 못하는 백화
를 억지로 쓰거나 만들어 내지 않았던 것이다. 그런데 위 인용문은 소설
의 가독성에 관한 이야기이기는 하지만, 그보다는 오히려 고어를 적절
히 섞음으로써 자신만의 새로운 문체를 만들어 낼 수 있었음을 은연중
에 강조하고자 한 것이 아닌가 한다. 따라서 그는 수많은 비평가들 중에
서 그것을 보아 낸, 자신을 'Stylist'라고 칭한 '단 한 사람'에 주목했던 것
이다. 요컨대 루쉰에게 근대소설은 민중의 백화를 지향하는 것이었음에
도 고문과의 철저한 단절을 기도한 것은 아니었다는 말이다. 이런 까닭
에 그의 문체는 이른바 근대소설 문체와는 엄연히 다를 수밖에 없었다.
'Stylist'로서의 루쉰은 '소설작법'과 민중의 언어에 예민한 근대적 소설
가라기보다는 언어의 함축과 세련된 수사, 그리고 유희에 몰두함으로써
소설의 경계를 의식적으로 훼손한 문장가라고 할 수 있다.

---

29 「「我怎麼做起小說來」」, 『魯迅全集』 제4권, 526-527쪽.

렌푸(臉譜)의 '유형'

「아Q정전」의 화자의 마지막 과제는 자신의 인물에 이름을 붙이는 일이었다. 그런데 그는 자신이 이야기하고자 하는 인물의 성도 이름도 모른다. 다만 "그가 살아 있을 때, 사람들이 모두 그를 '아Quei'라고 불렀다"는 사실만 알고 있을 따름이다. Quei라는 발음으로부터 화자는 다음과 같이 글자를 유추한다.

> 아Quei는 아구이(阿桂)인가 아니면 아구이(阿貴)인가? 그의 호가 월정(月亭)이라거나 8월 중에 생일을 치렀다면 틀림없이 아구이(阿桂)일 것이다. 그런데 그는 호가 없고—어쩌면 호는 있지만 그것을 아는 사람이 없을 따름일 것이다—또 생일에 글을 모으는 초대장도 뿌린 적이 없었다. 아구이(阿桂)라고 쓰는 것은 독단이다. 또 만약 그에게 아푸(阿福)라고 하는 형이나 아우가 있다면 틀림없이 아구이(阿貴)가 될 것이다. 그런데 그는 그저 혼자였다. 아구이(阿貴)로 쓰려 해도 입증할 증거가 없었다. 다른 Quei라는 음의 잘 모르는 글자는 더욱 어울리지 않았다.

화자는 'Quei'라는 발음으로 중국인들이 흔히 이름 붙이는 '난계제방(蘭桂齊芳)'의 '구이(桂)'나 '평안복귀(平安富貴)'의 '구이(貴)'가 아니었을까 추측해 본다. 그런데 '구이(桂)'라는 이름에 걸맞은 호도 없고 생일도 알 수가 없고, 또한 '구이(貴)'라는 이름은 통상적으로 짝을 맞추어 짓기 마련인데 형제도 없는 외톨이다. 따라서 '구이(桂)'도 '구이(貴)'도 될 수가 없다. 중국은 수천 년이라는 유구한 역사를 가진 문자가 엄연히 있는데도 민중의 처지에서 보면 소리만 있을 뿐 문자는 없는 상황이라고 할 수 있다. 화자는 하릴없이 신문화운동을 이끈 『신청년』을 추종한다는 오명을 감수하고 '서양 자모'를 빌려와 자신의 인물에 '아Q'라는 이름을 붙이기로 한다.

민중들은 '난계제방', '평안부귀'와 같은 문인 지배계급이 만들어 놓은 이미지에 천진한 소망을 기탁하여 '구이(桂)'니 '구이(貴)'니 하고 이름 짓지만, 그 이름은 신기루처럼 결코 자신의 것이 되지 못한다. 따라서 '아구이(阿桂)'든지 '아구이(阿貴)'든지 모두 결코 '바른 이름'이 될 수 없다. 아Q의 '아(阿)'는 애칭으로 부를 때 남녀노소, 지위고하를 불문하고 이름 앞에 붙이는 접두사일 따름이고, 'Q'는 아라비아숫자 '0'과 가장 흡사한 모양을 가진 글자이자 중국인의 변발을 닮은 글자다. 또한 중국인 누구라도 기대하는 원만한 '대단원'을 상징하기도 하고, 그것에 의문을 제기하는 '질문(Question)'이기도 하다.[30] 아Q는 비워져 있으므로 이름 없는 중국인 누구라도 될 수가 있고, 동시에 중국 문명이 붙인 모든 이름을 부정하는 이름이라고도 할 수 있다. 따라서 아Q는 매사에 '정신승리법'으로 응수하는 중국인의 전형으로 알려져 있지만, 그와 동시에 이러한 중국인을 계몽하고자 하는 '혁명가'에 가까운 인물이기도 하다. 실제로 「아Q정전」의 '제9장 대단원'은 여전히 '구경꾼'의 수준에서 한걸음도 나아가지 못한 웨이촹(未莊) 사람들의 교활한 '식인적' 본성에 대한 아Q의 찰나적인 깨달음을 보여준다.

아Q 등 루쉰의 소설에 등장하는 인물의 성격을 이해하기 위해서는 전통 연극의 얼굴 분장에 관한 그의 언급을 참고할 수 있다.

사군자(土君子)는 언제나 사람들을 한 부류 한 부류로 분류하고, 평민도 [사람들을] 분류하고 있다. 내 생각에, 이 '롄푸(臉譜)'는 배우와 관객이 함께 차츰차츰 의논하여 결정한 분류도다. 그러나 평민의 구분과 감수의 능력은 사대부만큼 섬세하지 않았다. 게다가 우리 고대의 연극 무대의 배치법은 로마와 달리 관객들을 대단히 산만하게 만들었기 때문에, 보이는 것에 더 집

---

30 杜慶來, 「從阿Q的名字說起」, 『時代文學』, 2010년 제22기, 227쪽 참고.

중하지 않으면 관객들은 알아차릴 수 없었고 구분할 수 없었다. 이렇게 해서 각각 인물의 롄푸가 과장되고 만화화되지 않을 수 없었다. 심지어 나중에 와서는 희한하고 괴상해지고 현실과 너무 멀어져 버려서 마치 상징 수법처럼 되었다.

롄푸는 물론 그 자체로 의미가 있지만, 나는 [그것이] 결코 상징 수법은 아니고. 그뿐 아니라 무대의 구조와 관객의 수준이 고대와 달라져 버린 시대에 그것은 더욱이 군더더기에 지나지 않고 그것이 존재할 수 있도록 지지해 줄 필요도 없다고 생각한다. 그런데 다른 재미있는 놀이에 쓰인다면, 지금에 있어서도, 나는 여전히 아주 흥미로운 점이 있을 것이라 생각한다.[31]

'롄푸'는 중국 전통 연극의 얼굴 분장을 가리키는 말이다. 당시 소련에서 메이란팡(梅蘭芳)을 초청해 연극을 공연했는데, 이 일로 인해 중국에서는 전통 연극의 미래와 전통 연극 속의 '상징(주의)'에 대한 논의가 일어나고 있었다. 위 인용문은 루쉰이 롄푸를 상징 수법으로 설명하는 데 의문을 제기하는 글의 결미에 해당하는데, 롄푸가 "과장되고 만화화"된 까닭에 대해 설명하고 있는 부분이다. 사군자, 평민들이 사람들을 분류하는 습관이 있었고 또 연극 무대가 산만해서 롄푸가 만들어졌다는 것이다. 다만 충신, 간신, 장수 등에 대해 붉은색, 흰색, 검은색 등으로 인물 분류를 세밀하게 표현한 사군자들과 달리 평민들은 스스로를 섬세하게 분류해 내지 못했다는 차이가 있을 따름이다. 상징이 일대일의 대응 관계를 보여준다고 한다면 롄푸는 수많은 인물을 몇 가지 종류로 '분류'한 결과다. 루쉰은 지금에 와서 롄푸는 현실과 괴리된 군더더기에 불과하지만 "다른 재미있는 놀이"에 쓰인다면 "아주 흥미로운 점이 있을 것"이라고 말한다. 글이 더 이상 이어지지 않기 때문에 "다른 재미있는 놀

---

31 「臉譜臆測」,『魯迅全集』제6권, 138쪽.

이"가 무엇을 의미하는지 가늠하기란 쉽지 않지만, 렌푸가 보여주는 인물의 분류 방식에 대한 루쉰의 특별한 관심이 표명된 것만은 분명해 보인다.

한편 루쉰은 자신의 인물 묘사에 대한 문제점을 이야기하면서 다음과 같이 말하는데, 렌푸와의 어떤 연관성을 짐작하게 한다.

그런데 시사를 논할 때 체면을 봐주지 않고, 적폐를 지적할 때는 늘 유형을 사용하는 것이 나의 단점이다. 후자는 더욱이나 시의에 부합하지 않는다. 대개 유형을 들어 쓰는 방식의 폐단은 병리학적 그림과 같다. 부스럼과 종기 그림은 모든 부스럼과 종기의 표본이어서 갑(甲)의 부스럼과 닮았기도 하고 을(乙)의 종기와 비슷하기도 하다. 그런데 잘 살펴보지도 않고 갑은 자신의 부스럼을 그려 터무니없이 모욕한다고 여기고, 그림 그린 이를 기필코 사지로 몰아넣으려고 한다.[32]

수많은 종기와 부스럼이 몇 종류의 종기와 부스럼으로 분류되어 병리학적 표본으로 만들어지듯이 '유형'은 다양한 인물을 몇 종류의 인물로 분류해서 만든 것이다. 그는 자신이 시사에 관한 글을 쓸 때 유형을 사용하는 폐단이 있고, 이런 까닭으로 종종 본인을 모델로 삼았다고 생각하는 많은 사람에게 공격의 빌미가 되었다고 했다. 위 인용문은 물론 자신의 '잡문'에 대한 설명이기는 하지만, 「아Q정전」이 한 회 한 회 게재될 당시의 독자들의 반응과 하등 다를 바가 없다.[33] 수많은 독자가 자신

---

32 「『偽自由書』前記」, 『魯迅全集』 제5권, 4쪽.

33 다음은 루쉰이 인용한 가오이한(高一涵)의 글 일부다. "나는 「아Q정전」이 한 단락 한 단락 계속해서 발표될 때 많은 사람이 떨면서 두려워하고 앞으로 욕이 자신의 머리 위에 떨어질까 두려워했던 것을 기억하고 있다. 게다가 한 친구는 내 면전에서 「아Q정전」의 어떤 한 단락은 자신을 욕하고 있는 것 같다고 말하기도 했다." 「「阿Q正傳」的成因」, 『魯迅全集』 제3권, 396쪽.

이 아Q 혹은 자오 나리 등의 모델이라고 지레짐작하고 바로 이런 까닭으로 작가를 공격했던 사실로 미루어 보면, 루쉰은 잡문뿐 아니라 소설에서도 이상에서 말한 '유형'의 방식을 사용했음을 알 수 있다.

루쉰이 말한 '유형'이 무엇을 지시하는지 한마디로 정리하기는 어렵지만, 앞서 언급한 인물의 '분류'에 기반한 전통 연극 속 '롄푸'의 방식과 모종의 유사성을 띠고 있는 것만은 분명해 보인다. 유형은 이른바 근대적 인물의 '내면의 발견'과 아무런 관련이 없음은 말할 것도 없고 특정한 사회적 성격과 모순을 반영한 구체적인 인물로서의 '전형'과도 구분된다. 그것은 수많은 구체적 인물상이 작가의 사상적 단련을 거쳐서 귀납되고 개괄되고 장식화된 추상의 결과다.[34] 따라서 루쉰의 소설은 소설에 이르지 못했거나 혹은 소설과는 다른 '소설 모양의 문장'이 될 수밖에 없었던 것이 아닐까 한다. 당대 중국 최고의 소설가로 손꼽히는 왕안이(王安憶)는 루쉰의 소설을 두고 '사상적 예술'이라고 명명했다. 유형화된 인물이 보여주는 것은 추상의 미다. 이것은 루쉰 소설이 한갓 소설에 그치는 것이 아니라 사상적 예술로 나아가게 했다는 것이다. 그의 해석은 루쉰의 소설에 대한 사고, 심지어는 중국의 근대소설이론으로 다가가는 새로운 시각을 열어 준다고 생각되므로 이를 인용하는 것으로 글을 맺고자 한다.

[아Q가 보여주는] 모든 우매, 마비, 낙후, 죄악은 각성되지 못한 몽매한 상태에서 드러나는 것이다. 이러한 몽매함은 형식으로 기획되고, 아이의 천진함

---

34 일본의 루쉰 연구자 마루오 츠네키(丸尾常喜)는 루쉰 소설 속 인물을 전통 연극의 롄푸와 관련지어 다음과 같이 설명했다. "아Q는 구체적 인물상을 귀납·개괄·장식해서 나온 '롄푸'의 '도안성'을 갖추고 있다. 아Q의 행동은 루쉰 사상의 단련을 거쳐서 자연 상태를 벗어났다. 그는 루쉰이 설계한 '본질'의 무대에서 '본질'의 논리 행동을 따르고 있다." 「『阿Q正傳』再考-關於"類型"」, 『魯迅研究月刊』, 2007년 제9기, 30쪽.

과 같은 변형된 형상으로 기획되는 데 이용된다. 그것은 개별성, 독특성이 아니라 유형화된 것이다. 유형의 미는 추상의 미다. 그것은 현실과 흡사한 생동성과 활발함을 장점으로 하는 것이 아니라 고도로 개괄적인 정련과 선명함을 장점으로 한다. 그것은 더욱이 형식의 미감과 사상의 무게를 갖추고 있다. 내 생각에 이것이야말로 루쉰의 소설이 많지 않은 진짜 원인이다. 유형은 훨씬 더 많은 양의 현실적 자료를 소모해야 한다. 그리고 오로지 유형만이 루쉰 사상의 무게를 담지할 수 있다.[35]

---

35 王安憶, 「類型的美」, 2000년 6월 9일 『文匯報』에 실린 글로 http://news.eastday.com/
    epublish/gb/paper7/20000609/class000700002/hwz58683.htm에서 인용했다.

9장

D. H. 로런스

G. 루카치

발터 벤야민

M. 바흐친

사르트르

아도르노

프레드릭 제임슨

루쉰

최재서

임화

김현

백낙청

최재서 崔載瑞 1908~1964

황해도 해주 출생으로 경성 제이고보를 거쳐 경성제대 영문과 및 동 대학원을 졸업하고(1933년) 경성제대 강사를 역임했다. 1931년 평론 「미숙한 문학」으로 등단하면서 식민지 시대 내내 비평가로 활동했다. 서구의 주지주의 문학론을 소개하고 이상, 박태원 등의 새로운 문학에 문단 내 지위를 마련해 준 것이 1930년대에 그가 행한 비평의 최대 성과이다. 「리얼리즘의 확대와 심화」는 이 면에서 그의 대표 평론에 해당한다. 1930년대 중반의 최재서 비평은 좌파 리얼리즘 문학이 주도권을 행사하고 있던 당대 문단의 지형을 변화시키고자 하는 문단 정치적인 감각 위에서 수행된 것인데, 이 과정에서 현재 모더니즘으로 간주되는 문학 운동을 촉촉했다는 문학사적인 의의를 갖는다. 최재서의 비평 활동은 그가 1939년에 『인문평론』을 창간하면서 문단의 주도권을 행사하는 데 이르게 된다. 이후 1941년에 『국민문학』을 창간하고 주재하면서부터는 친일 문학 활동에 경도되었다. 그의 친일 행적은 상황의 압력에 의해 급작스럽게 이루어졌다고 이야기되어 왔지만, 1930년대의 평론 활동에서부터 내적인 논리를 가진 것이라고 할 수 있다. 자유와 개성보다는 전체적, 전통적인 지성을 강조해 온 논리의 연장선상에서 일제 말기의 신체제를 옹호하게 되었던 까닭이다. 해방 후에는 평론 활동을 삼가고 연세대와 동국대의 교수로 재직하면서 영문학 연구에 몰두하였다. 1963년 「셰익스피어 예술론」으로 동국대에서 박사 학위를 받았다. 평론집으로 『문학과 지성』(인문사, 1938)과 『전환기의 조선문학』(인문사, 1943), 『최재서 평론집』(청운출판사, 1961)의 세 권을 썼고, 그 외 『문학원론』(증보판, 청조사, 1963)과 『셰익스피어 예술론』(을유문화사, 1963)을 출간했다.

「川邊風景」과「날개」에 關하야[1]

−리아리즘의 擴大와 深化

최재서

—

「川邊風景」은 朝光 八, 九, 十月號에 連載된 朴泰遠의 中篇小說이고 「날개」는 亦是 『朝光』 九月號에 發表된 李箱의 短篇小說이다. 두 作品이 다 巷間에 흔히 보는 卽興的 創作이 아니라 오래 동안 作者의 손때를 올린 듯싶은 作品일뿐더러 作者들은 어느 一定한 意圖를 갖이고 붓을 든 듯싶다. 그리고 그들의 意圖는 어느 程度까지 作品 우에 實現되여 있음을 기뻐한다.s

이 두 作品은 그 取材에 있어 判異하다. 「川邊風景」은 都會의 一角에 움즉이고 있는 世態人情을 그렸고 「날개」는 高度로 知識化한 소피스트의 主觀世界를 그렸다. 그러나 觀察의 態度와 밋 描寫의 手法에 있어서 이 두 作品은 共通되는 特色을 갖이고 있다. 卽 그들은 될 수 있는 대로 主觀을 떠나서 對象을 보랴고 하였다. 그 結果는 朴氏는 客觀的 態度로써 客觀을 보았고 李氏는 客觀的 態度로써 主觀을 보았다. 이것은 現代 世界文學의 二大傾向 −리아리즘의 擴大와 리아리즘의 深化를 어느 程度

---

1 출전: 조선일보, 1936.10.31~11.7 / 『문학과 지성』, 1938, 인문사.

까지 代表하는 것이니 우리에게 大端히 興味 있는 問題를 提供한다.

朴氏는 客觀을 客觀的으로 보고 李氏는 主觀을 客觀的으로 보았다는 말은 讀者에 奇異한 感을 줄른지도 모르겠다. 그러나 모든 自然現象을 感傷的으로밖에 볼 줄 몰으는 二流詩人이 있는 것과 同時에 自己自身의 心理作用을 科學的으로 (勿論 相對的인 말이지만) 觀察할 수 있는 心理學者가 있음을 생각하면 이 말은 決코 一片의 詭辯이 아님을 알 것이다. 어떠한 特殊한 必要 以外에 主觀世界와 客觀世界의 區別을 抹殺함은 文藝批評에 있어서 危險한 짓이다. 그러나 作家가 主觀世界를 材料로 쓰면 主觀的이고 客觀世界를 取扱하면 客觀的이라는 素撲한 論法을 우리는 무엇보다도 먼저 廢棄치 않으면 아니 될 것이다. 그리고 客觀的 材料를 쓰는 作家는 다만 그 한 가지 理由로써 主觀的 材料를 쓰는 作者보다 越等한 待遇를 받게 되는 現代의 傾向을 생각할 때 우리는 이 素撲한 倫理的 偏見을 미워하지 않을 수 없다. 小說家가 藝術家인 以上 그에게 있어 主觀世界와 客觀世界 새에 價値의 優劣은 없을 것이다. 다만 作家의 遺傳이라든가 敎養의 힘에 支配되여 한 作家가 똑같은 親密性을 갖이고 두 世界에 다같이 接近할 수 없는 事實만은 無可奈何다. 여기서 우리는 精神分析學者가 말하는 '心理的 타잎'을 文藝批評에 應用할 必要를 느낀다. 人間의 叡智는 세 가지 타잎으로 區別할 수 있다 한다. 行動의 動機가 늘 外部에서 오는 사람, 그것을 '外向的 타잎'이라고 그들은 말한다. 그와 反對로 그 動機가 늘 內部에서 오는 사람을 '內向的 타잎'이라고 한다. 이 두 타잎은 말하자면 極端한 例이니 그 中間에 內外 어듸로서나 오는 中間 타잎이 있다. 이것은 數로 보아 最大하나 그 生活形態가 平凡하야서 우리의 興味를 끌지 안는다. 外向的 精神은 늘 外界를 向하야 움즉이고 또 客觀物 새에 있을 때만 산 듯싶다. 그와 反對로 內向的 精神은 늘 自己自身의 內部世界를 省察하기를 즐겨하고 또 內部世界에 있어서만 安定과 快感를 느낀다. 우리는 藝術家에 向하야 이 두 世界中 어느 하

438

나를 取하라고 命令할 수는 없다. 藝術家는 先天的으로 그 精神이 志向되어 있고 또 그의 藝術의 動機는 이 志向 가운데에서만 생겨나니까. 그러나 우리는 藝術家에 向하야 誠實을 要求할 資格은 있다. 外部世界거나 內部世界거나 그것을 眞實하게 觀察하고 正確하게 表現하라고. 이것은 卽 藝術家에 對하야 客觀的 態度와 리아리즘을 要求하는 데에 不外하다. 藝術의 리아리티는 外部世界 惑은 內部世界에만 限해 있는 것이 아니다. 그 어느 것이나 客觀的 態度로서 觀察하는 데 리아리티는 생겨난다.

問題는 材料에 있는 것이 아니라 보는 눈에 있다. 主觀의 膜을 가린 눈을 갖이고 보느냐 아모 膜도 없는 맑은 눈을 갖이고 보느냐 하는 데서 藝術의 性格은 規定된다. '膜을 가리지 않은 맑은 눈'이란 말에 論爭은 集中될 것이다. 키네마에 있어서의 캐메라의 存在는 이 問題에 對하야 우리에게 적지 않은 曙光을 던저 준다고 나는 생각한다. 사람의 눈이 캐메라와 마찬가지의 機能을 發揮치 못함은 말할 것도 없다. 그러나 藝術家가 될 수 있는 대로 캐메라的 存在가 되랴고 하는 努力과 밋 그 努力이 어느 程度까지 成功한 實例를 우리는 現代文學에서 얼마던지 求할 수 있다.

二

小說家는 캐메라적 機能에 있어서 캐메라를 따르지 못할지니 그 反面에 캐메라가 갖일 수 없는 機能을 갖이고 있다. 卽 小說家는 캐메라인 同時에 이 캐메라를 操縱하는 監督者일 수 있다. 小說家는 캐메라的 活動에 있어 거지반 完全히 個人的 偏差를 超越할 수 있으나 그 監督者的 活動에 있어선 主觀의 習慣性을 떠날 수 없고 또 떠날 必要도 없다. 캐메라를 어떠한 場面으로 向하고 또 어떤 秩序를 갖이고 移動하느냐 하는 것은 結局 個性이 決定할 것이고 또 그 決定이 個性에 依據하였다는 데에 藝術의 尊嚴性과 價値가 있다.

小說家는 이 캐메라를 갖이고 自身의 心理的 타잎에 따라 外部世界로

向할 수도 있고 또 自己自身의 內面的 世界로 向할 수도 있다. 前者의 境遇에 있어서 事態는 比較的 單純하나 後者의 境遇에 있어선 大端히 微妙하다. 그것은 觀察者와 被觀察者의 關係가 同一人 內에 있기 때문이다. 그나마도 自己의 生活과 感情을 그대로 率直하게 吐露하는 身邊小說家라든가 自敍傳的 詩人의 境遇이면 別로 問題는 없을 것이다. 그러나「날개」의 作者와 마찬가지로 自己自身 內部에 觀察하는 藝術家와 觀察當하는 人間(生活者로서의)을 어느 程度까지 區別하야 自己 內部의 人間을 藝術家의 立場으로부터 觀察하고 分析한다는 것은 病的일런지 모르나 人間叡智가 아즉까지 到達한 最高峰이라 할 것이다. 이것은 自意識의 發達 -意識의 分裂을 前提로 하는 것이니 勿論 健康한 狀態는 아니다. 그러나 意識의 分裂이 現代人의 스테이타스·쿠(現狀)이라면 誠實한 藝術家로서 할 일은 그 分裂 狀態를 正直하게 表現할 일일 것이다. 마치 外向的 타잎의 作家가 캐메라를 갖이고 外部世界를 撮影하듯이 그는 自己의 캐메라로 自己自身의 內面世界를 撮影하여야 할 것이다. 그때에 그의 캐메라 우에 主觀의 膜이 가리워저서는 아모 價値도 없다. 藝術材料로서의 生活感情과 그 感情을 取扱하는 藝術家의 쎈티멘트는 判異한 물건이다. 科學者와 같이 冷嚴한 態度를 갖이고 自己自身의 生活感情을 다룰 줄 모른다면 그는 차라리 그 材料를 버림이 可할것이다. 이리하야 外部世界를 描寫하는 데에 캐메라的 精神을 갖이는 것은 比較的 容易하나 自己의 內面世界를 그리는 데에 그 精神을 갖이다는 것은 困難할 뿐만 아니라 境遇에 따라서는 殘忍한 일일 것이다. 朴氏가 混亂한 都會의 一角을 저만큼 鮮明하게 描寫한 데 對해서도 尊敬하지만 더욱히 李氏가 粉粹된 個性의 破片을 저만큼 秩序 있게 캐메라 안에 잡어 넛다는 데 對하야선 敬服치 않을 수 없다.

「天邊風景」이 우리에게 주는 興味는 흘러가는 스토-리나 或은 作者自身의 多彩한 個性이 주는 興味는 아니다. 이 作品에서 우리가 作者를

意識한다면 그것은 實로 不在意識뿐이다. 即 우리가 키네마를 보면서 캐메라의 存在를 意識치 않는 거와 마찬가지로 우리는 이 作品을 읽으면서 作者를 意識치 않는다. 作者의 位置는 이 作品 안에 있지 않고 그 밖에 있다. 그는 自己 意思에 應하야 어떻 假作的 스토-리를 따라가며 人物을 操縱치 않고 그 代身 人物이 움즉이는 대로 그의 캐메라를 廻轉 乃至 移動하였다. 勿論 그 캐메라란 文學的 캐메라 -小說家의 눈이다. 朴氏는 그의 눈 렌즈 우에 主觀의 몬지가 안지 안토록 恒常 操心하였다. 그 結果는 우리 文壇에서 드물게 보는 鮮明하고 多角的인 都會 描寫로서 우리 앞에 낱아나 잇다. 이 作品을 읽은 사람이면 이 方法에 있어서의 作者의 成功을 어느 程度까지 認定할 것이다.

三

그러나 우리는 「天邊風景」에 있어서 캐메라를 指揮하는 監督的 機能에도 마찬가지 程度로 成功을 보여주지 못하였음을 섭섭히 생각한다. 朴氏의 캐메라는 그가 向한 곧을 잘 撮影하였다. 그러나 그보다 몬저 朴氏는 自己의 캐메라를 어듸로 向할가, 그리고 場面 連繼에 어떠한 意圖를 줄까? 이런 點에 對하야 좀 더 생각할 餘地는 없었을가? 映畫監督에 映畫技術 以上의 그 무엇이 必要하다 함이 眞理라면 小說家에 小說技術 以上의 그 무엇이 必要하다 함은 더욱 眞理일 것이다. 技術 以上의 그 무엇이란 結局 描寫의 모든 디테일(細部)을 貫通하고 있는 統一的 意識 -그것은 社會에 對한 經濟的 批判일른지도 모르고 또 人生에 對한 倫理觀일른지도 모른다. 何如튼 讀者가 이곳저곳으로 끌려단인 後 그 意識에 남겨지는 統一感이다. 이 點에 關하야 나는 「天邊風景」에 多少의 疑惑을 품는다. 그러나 우리는 이 作品의 全體的 構成을 말하기 前에 그 部分部分에 낱아난 作者의 手法을 좀 더 仔細하게 吟味할 必要가 잇다.

作者의 캐메라는 위선 淸溪川 빨래터로 向하여진다. 이것은 어멈과 행낭사리 類의 女人들이 그들의 旺盛한 多辯慾을 發散식이고 또 附近一帶의 生活內幕에 關한 情報를 交換하는 一種의 社交場이다. 거기선 "아아니 요새 웬 비웃이 그리 빗싸우?" 하는 적은 生活의 嘆聲도 들리고 社會潮流에 밀리여 沒落하여가는 신전 主人에 對한 責任 없는 批評도 들린다. 가장 서울의 色彩가 濃厚한 이 川邊에 女人群이 비저내는 生活의 悲哀와 유모아의 리즘은 그들의 아름다운 哀辭와 함께 흘르고 있다. 作者는 어데엔가 端正히 앉어 그들의 動作과 會話를 周密히 觀察하였고 또 그것을 아모 偏見 없이 表現하였다. 大端히 口味 도는 一節이다.

다음 場面은 「理髮所」로 移動된다. 빨래터가 女人들의 뉴-스 交換所인 것과 마찬가지로 이곧은 男子들의 生活感情의 淸算所이다. 이곧에선 거울에 비최는 老衰한 얼골을 보고 젊은 妾을 聯想하야 閔主事가 憂鬱에 빠진다. 作者의 사-치라이트는 表面의 行動을 뚫고 드러가서 이 老紳士의 컹컴한 內部世界를 비최여 준다. 여기서 作者의 캐메라는 活動을 休止하고 그 代身 理髮所 少年의 캐메라가 廻轉을 始作한다. 이 少年이야말로 이 作品의 最大傑作이다. 이 少年은 이 作品의 人物인 同時에 또 觀察者이다. 그는 旺盛한 好奇心과 아모 偏見도 없는 맑은 눈을 가지고 理髮所窓 박게 流動하는 生活을 모조리 觀察하고 또 少年다운 純眞한 마음과 貴여운 유-모아를 갖이고 少年다운 批評을 내린다. 作者自身을 聯想식히는 滋味 豊富한 少年이다. 따라서 이 少年의 캐메라는 作者自身의 캐메라와 區別할 必要가 없다. 作者는 이후에도 가끔 이 少年의 눈을 빌어 實在의 斷面을 捕捉하기에 努力하였다.

天邊風景의 第一回에 있어 比較的 表面生活을 俯瞰한 데 比하야 第二回에 와선 人間生活에 깊이 드러가 그 感情의 波動을 追求하기에 努力하였다. 「시골서 온 少年」은 都會生活이 갖이고 있는 孤獨과 懷疑와 絶望을 외로운 少年의 生活을 通하야 잘 表現하였다. 理髮 少年이 智的이고 積極的인 데 比하야 이 少年은 感性的이고 消極的인 一面을 代表하였다. 이것도 亦是 作者의 一面을 具象化함인가? 借問한다. 都會生活의 페이소스와 유-모어는 「不幸한 女人」「慶事」「沒落」「閔主事의 憂鬱」等의 테-마를 쫓아 音樂같이 흘러간다. 作者의 캐메라는 前回와 마찬가지로 少年의 內部 행랑房 閔主事의 妾家 等으로 迅速하게 移動한다. 그 中에도 「慶事」의 一節은 大端히 印象的이다. 여기서 우리는 딕겐스를 聯想한다. 第三回에 가서도 前回와 같은 手法을 갖이고 府會議員選擧에 沒頭하는 一群과 憂鬱한 閔主事와 돈 없는 사람들의 孤獨과 悲慘 가페를 中心으로 한 愛慾 取引의 姿態 等을 描寫하였다.

이 모든 場面을 通하야 作者는 終始如一하게 캐메라的 存在를 堅持하였다. 서로 부드치지 않을 程度로 現實에 接近하야가며 그 動態를 될 수 있는 데까지 多角的으로 描出하랴고 애썻다.

그러나 나는 여기서 한 가지 疑問을 가진다. 即 이 作品의 世界가 된 川邊은 그 自身 一個의 獨立한 -或은 密封된 世界가 아니냐? 하는 疑問이다. 勿論 川邊과 外部와의 連關은 있다. 實例를 든다면 신전 主人의 沒落이라든가 布木商主人의 選擧運動이라든가 其他 二三處에 있어 外部社會와의 交涉을 暗示하는 點도 있다. 그러나 그것은 暗示 乃至 描寫에 不過한 것이고 作者가 처음부터 그런 關心을 갖인 것은 아닐 것이다. 이것은 勿論 캐메라의 機能으로선 到底히 企圖치 못할 일이다. 그 背後에 살아있는 作者自身의 意識의 問題이다. 作者가 萬一에 (一例를 든다면) 꼬올즈위-지와 같은 意識과 見解를 갖엇다면 그는 全體的 構成에 있어 이 좁다란 世界를 눌르고 또 끌고나가는 커다란 社會의 힘을 우리에게 늣기게 하야 주었을 것이다. 「作者後記」에 依하면 이 作品은 그가 計劃하고 있는 長篇의 一部라 한다. 「續天邊風景」에 있어 이 社會的 連關意識이 좀 더 堅密하야지기를 나는 바란다.

四

우리는 日前에 金起林의 「氣象圖」에서 알 수 없는 詩를 보았고 이번 李箱의 「날개」에 있어 알 수 없는 小說을 만난다. 이것이 무엇을 意味하든지 간에 何如튼 우리 文壇에 主智的 傾向이 結實을 보히기 始作했다는 證據는 될 줄로 믿는다. 그리고 이 傾向은 讀者의 困惑이 있음에도 不拘하고 斷然히 歡迎하여야 할 傾向이다.

"肉身이 흐느적흐느적하도록 疲勞했을 때만 精神이 銀貨처럼 맑소." 이것이 頭書에서 作者自身이 한 말이다. 여기서 우리는 肉體와 情神 生活과 意識 常識과 叡智 다리와 날개가 相剋하고 鬪爭하는 現代人의 一 타잎을 본다. 精神이 肉體를 焦火하고 意識이 生活을 壓倒하고 叡智가 常識을 克服하고 날개가 다리를 휩슬고 나갈 때에 李箱의 藝術은 誕生된다. 따라서 그의 小說은 普通小說이 끗나는 곧 -卽 生活과 行動이 끗나는 곳에서부터 始作된다. 그의 藝術의 世界는 生活과 行動 以後에 오는 純意識의 世界이다. 이것이 果然 藝術의 材料가 될ㅅ가? 傳統的 觀念으로써 본다면 이것이 藝術의 世界가 될 수 없다는 것은 짐작할 수 있다. 그러나 어떤 個人의 意識(그것이 病的일망정)을 眞實하게 表現하는 것을 藝術 行動으로부터 拒否할 아모런 理由도 우리는 갖지 않엇다. 더욱히 그 個性이 現代精神의 症勢를 代表 乃至 豫表할 때엔 두말할 것도 없다.

그러면 「날개」에 낱아난 個性이란 엇더한 것이냐? 우리는 이 小說 以前에 遡源하야 이 小說의 「나」라는 主人公을 가장 通俗的으로 記述하야 보자.

그는 "그냥 그날을 그저 까닭 없이 펀둥펀둥 게을로고만 있으면 만사가 그만인" 生活無能力者이다. 그는 完全히 自己 안해에 依支하야 사는 寄生植物的 存在이다. 그러나 그의 無能力은 다만 經濟生活에 있어서만이 아니라 本能生活에 있어서도 그러하다. 그는 果然 그의 안해를 사랑한다. 그러나 그것은 女性에 對한 男性의 사랑이 아니라 主人에 對한 개의 畏服이다. 그는 안해의 體臭를 想像만 하고도 몸을 비비 꼬나 그러나 한번 그를 征服하야 보랴는 勇氣를 내지 못한다. 또 그는 日常生活的 水準上에서 사람과 交際할 줄을 몰은다. 그는 그의 "몸과 마음에 옷처럼 잘 맞는" 房 안에서 밤이나 낮이나 누어 外界와의 接觸을 杜絶하였다. 그 뿐만 아니라 그는 普通人間의 生活感情에서조차 無能하다. 옆방에서 自己 안해(그는 아마도 카페 女給이 아니면 妓生일 것이다)와 來客이 서로 딩굴고 弄談을 하야도 嫉妬心을 늣길 줄을 몰은다.

이렇게 無能力者이면서도 그의 神經과 感受性은 面刀같이 銳利하다. 그는 안해가 外出한 틈을 타서 化粧臺 우에 늘어놓은 化粧品瓶들과 遊戲한다. "그것은 世上의 무엇보다도 매력적이다. 나는 그 중의 하나만을 골라서 가만히 마개를 빼고 병구멍을 내 코에 갓다 대이고 숨죽이듯이 가벼운 호흡을 하야 본다. 이국적인 센쥬알한 향기가 폐로 숨여들면 나는 제절로 스르르 감기는 내 눈을 늣긴다" 또는 돗뵈기 작란도 그의 病的인 神經狀態를 말한다. "평행광선을 굴절시켜서 한 초점에 모아 갓이고 초점이 따근따근하야지다가 마즈막에는 조희를 끄슬르기 시작하고 가느다란 연기를 내이면서 드디여 구녕을 뚫어 놓는 데까지 이르는 고 얼마 안 되는 동안의 초조한 맛이 죽고 싶흘 만치 재미있었다."

이 男子를 醫師가 診察한다면 무어라고나 適當한 病名을 부처 줄 것이다. 그러나 우리는 生活戰의 敗北者라고 記述하면 그만일 것이다. 그러나 萬一에 그가 여기서 끗첫다면 李箱의 藝術은 없엇을 것이다. 그가 背叛하고 나온 現實을 意識 안에서 다시금 詛嚼하는 過程이 없었드라면 그는 永遠히 救치 못할 敗北兒이였을 것이다. 敗北을 當하고 난 現實에 對한 憤怒 –이것이 卽 李箱의 藝術의 實質이다. 그리고 現實에 對한 憤怒를 그는 現實에 對한 冒瀆으로써 解消시키랴 하였다. 이 現實 冒瀆은 어떠한 形式을 갓이고 낱아낮는가?

그는 諷刺 윗트 揶揄 譏笑 誇張 패라독스 自嘲 其他 모든 知的 手段을

갖이고 家族生活과 金錢과 性과 常識과 安逸에 對한 冒瀆을 敢行하였다.
主人公과 그의 안해와의 生活은 決코 正常한 意味의 夫婦生活이 아니다.
다만 안해가 暴君이고 男便이 卑怯할 뿐만은 아니다. 到底히 常識으로
判斷할 수 없는 모든 揷話를 通하야 안해의 權力은 擴大되고 男便의 地
位는 戲畵化되어 夫婦生活의 價值顚倒를 實行하였다.

이것은 家族生活 ―더욱이 東方禮儀之國의 그것에 對하야 冒瀆이 되지
않을 수 없다.

五

안해는 男便을 옆房에다 두고 딴 男子와 만나기 爲하야 그때마다 돈을
머리맡 벙어리에다 넣어 준다. 그러나 "그것은 고것이 내 손가락에 닷는
순간에서부터 고 벙어리 주둥이에서 자최를 감추기까지의 하잘것없는
짧은 촉각이 좋앗을 뿐이지 그 이상 아모 기쁨도 없었다."

그러다가 "어느 날 고 벙어리를 변소에 갓다가 내허버렸다. 그 벙어리
속에는 몇 푼이나 되는지 모르겠으나 고 은화가 꽤 많이 드러 있었다"
이 얼마나 常識의 世界를 떠난 愚昧이랴! 그러나 그는 金錢을 使用할 機
能을 喪失하야 버린 것이다. 어느 날 밤엔 벙어리 돈을 들고 나가서 그것
을 써 버리랴고 밤새도록 도라다니다가 所望을 到達치 못하고 그저 도
라왔다. 이 얼마나 돈에 對한 冒瀆이랴! 루-소-는 돈 갖인 사람이 부끄
러워서 낯을 붉힐 時代가 오기를 바랐다. 그러나 돈 갖인 것을 부끄러워
하는 것보다는 돈 쓸 줄 모른다는 것이 돈에 對한 몃 倍나 深刻한 冒瀆이
랴!

이리하야 「날개」는 모든 常識과 安逸의 生活을 冒瀆하였다. 그것은 現
實에 있어서의 敗北에 對한 復讐가 되는 同時에 그의 날개로 하야금 마
음대로 날게 해도록 障碍物을 淸掃하는 準備工作도 될 것이다. 그는 懷
疑와 絶望과 疲勞의 一晝夜를 街里서 彷徨한 다음 그 自身 우에 奇蹟이

생기는 것을 늣것다.

"나는 불연듯이 겨드랑이가 가렵다. 아하 그것은 내 인공의 날개가 돗앗든 자족이다. 오늘은 없는 이 날개 머리속에서는 희망과 야심의 말소된 페-지가 닥슈내리 넘어가듯 번뜩였다.

나는 것든 거름을 멈추고 그리고 어디 한 번 이렇게 외치고 싶었다.

날개야 다시 도다라

날자. 날자. 한 번만 더 날자ㅅ구나

한 번만 더 날아 보자ㅅ구나"

넓은 世界에서 좁고 컹컴한 房밖에는 그의 있을 곳이 없엇다. 그러나 그 房도 그의 世界는 아니엿다. 그러면 그의 靈魂의 故鄕은 어데메냐? 그것은 옛날 그의 날개가 날라 보았다는 世界 -詩의 世界일 것이다. 그러나 三越 屋上에서 "피곤한 生活이 똑 금붕어 지느러미처럼 흐늑흐늑 허비적거리는" 灰濁한 世界를 내려다보며 眩氣를 이르키는 그에게 다시금 날개를 도처서 날아 볼 날이 잇을까?

우리는 「날개」에서 우리 文壇에 드물게 보는 리아리즘의 深化를 갖엇다. 現代의 分裂과 矛盾에 이만큼 苦悶한 個性도 없거니와 그 苦悶을 부질없이 詠嘆치 않고 이만큼 實在化한 例를 보지 못한다 「天邊風景」이 우리 文學의 리아리즘을 一步 擴大한 데 比하야 「날개」는 그것을 一步 深化하얏다고 볼 것이다. 그러나 우리는 이 作品을 읽고 나서 무엇인가 한 가지 不足되는 늣김을 감출 수 없다. 높은 藝術的 氣品이라 할가 何如튼 重大한 一要素를 갖우지 못하엿다.

그것은 이 作品에 모랄이 없다는 것으로써 說明할 수 있으리라고 생각한다. 作者는 이 社會에 對하야 어느 一定한 態度를 갖이고 있다. 이 作品의 모든 揷話에 낱아나는 포-즈이다. 그러나 그것은 斷片的인 포-즈에 不過하고 始終一貫한 人生觀은 아니다. 常識을 侮辱하고 現實을 冒瀆하는 것이 作者의 習慣인 것을 確認할 수 있다. 그것이 作者의 倫理觀이고 指導原理이고 批評 標準이 되느냐 하면 나는 선뜻 對答키를 躊躇한다. 作者는 이 世上을 辱하고 破壞할 줄은 안다. 그렇나 그 彼岸에 그의 獨自한 世界는 아즉 發見할 수 없다.

이것은 作品 全體의 構成上에 낱아난 缺陷을 보아도 알 수 있다. 이 作品의 모든 挿話는 그 하나하나가 모다 수수꺼끼 模樣으로 되여 있다. 作者가 最初의 出發點으로 덧고 나선 패라독스를 理解만 한다면 다음은 代數의 公式을 풀듯이 우리는 智力만을 갖이고도 比較的 容易하게 그 挿話의 수수꺼끼를 解譯할 수 있다.

그리고 이 하나하나의 挿話를 連結하는 데 그는 人爲的인 手段밖에는 갖이지 않었다. 이 作品은 生活 속으로서부터 우러난 生活 自體의 리즘으로써 構成되지 않고 한 場面 場面을 人爲的으로 連絡하였다. 이것이 이 作品에서 藝術的 氣品과 迫眞性을 剝奪하는 最大 原因일까 한다. 그리고 作品 가운데에 잇다금식 보히는 不自然한 哄笑와 不愉快한 揶揄도 結局 그것이 作者의 모랄에서 우러난 것이 아니라 表面의 人爲的 動機에서 觸發된 것이기 때문이라고 看做된다. 모랄의 獲得은 이 作者의 將來를 左右할 重大問題일 것이다.

리얼리즘-모더니즘
범주 (재)구성의 감각과 효과

최재서의 「리아리즘의 擴大와 深化—
「川邊風景」과 「날개」에 關하야」에 대하여

박상준

1. 「리얼리즘의 확대와 심화」를 바라보는 세 가지 초점

최재서의 「리아리즘의 擴大와 深化 —「川邊風景」과 「날개」에 關하야」(이후 「리얼리즘의 확대와 심화」)는 1936년 10월 31일부터 11월 7일까지 5회에 걸쳐 『조선일보』에 연재된 후, 1938년에 출간된 그의 첫 평론집 『문학과 지성』(인문사)과 해방 후에 나온 『최재서 평론집』(청운출판사, 1961)에 제목과 부제가 바뀌어 다시 수록되었다. 이 글의 특징과 문제적인 성격 및 의의는 다음 세 가지 측면을 살필 때 잘 드러난다.

첫째는 이 글이 최재서의 비평 활동 및 1930년대 중기 문단에서 갖는 위상과 의미다. 「리얼리즘의 확대와 심화」는 주지주의를 중심으로 외국 문학을 소개하는 데 주력해 오던 최재서가 처음 발표한 본격적인 실제 비평으로서, 그 개인의 비평 이력에서 중요한 이정표라는 의미를 지닌다. 더 나아가 이 글은 당대 문단과의 관계에서 큰 의의를 지닌다. 새로운 경향의 작품들에 주목하여 그것에 문단 내 지위를 부여하면서, 좌파 문학 중심의 문단 질서를 바꾸려는 문단 정치적·이데올로기적 의도를 바탕에 깔고 있기 때문이다.

둘째는, 실제비평으로서 이 글이 논의 대상인 작품들과 맺는 관계다.

리얼리즘-모더니즘 범주 (재)구성의 감각과 효과   449

「천변풍경」과 「날개」에 대한 이 글의 논의를 이 두 작품의 실제에 견주어 살펴볼 때, 「리얼리즘의 확대와 심화」의 특성이 한층 분명해진다. 선행 연구에서 이러한 접근을 찾을 수 없다는 점에서[1] 이는 그 자체로도 필요하며, 이 글의 당대적 의미와 의의를 명확히 하는 데 있어서도 빼놓을 수 없는 작업이다.

끝으로 셋째는 이 글이 논의하고 있는 소설 두 편이 현재 국문학계의 구도에서 보자면 모더니즘 소설 범주에 든다는 사실이다. 모더니즘 소설을 두고서 '리얼리즘의 확대'나 '리얼리즘의 심화'라는 규정을 내렸던 셈인데, 이러한 사실이 당대 문단에서 갖는 의미와 후대의 국문학계에 미쳐 온 파장을 검토해 봄으로써 이 글의 의의를 좀 더 구체화할 수 있다.

2. 1930년대 중기 문단 질서에 대한 도전

먼저 1930년대 문단의 상황을 염두에 두고 최재서의 이 시기 비평 활동의 특징을 살피고, 그 속에서 「리얼리즘의 확대와 심화」가 갖는 위상을 검토해 본다.

경성제대 영문과 출신인 최재서의 첫 평문은 1931년 7월 『신흥』에 발표된 「미숙한 문학」이다. 19세기 초 영국 장편시의 특성을 소개한 이 글은 최재서의 이후 평론이 보이는 기본적인 태도 세 가지를 보여준다는 점에서 주목된다. 첫째는 문학의 발전을 위해서는 비평정신의 발흥에 따른 시대의 사상이 마련되어야 한다고 주장하는 것이며, 둘째는 좌파 문학론이나 계급문학과는 거리를 두고 있다는 사실이고, 셋째는 이념과

---

1 식민지 시대의 비평 대부분에 대해서 이러한 접근이 시도되지 못했음을 지적할 수 있다. 이는 당시의 비평이 대체로 지도비평으로서 '비평의 고도(高度)' 즉 '작품과 비평과의 유리(遊離)'를 보였다는 사실(「비평의 고도」, 『문학의 논리』, 임화, 학예사, 1940)을 고려할 때 대단히 문제적인 현상이다.

실재, 사상과 행동, 의장과 재료의 완전한 일치를 강조한다는 점이다. 그
후의 글들에서도 확인되듯이, '반좌파적인 사상에의 부응'으로 요약할
수 있는 이러한 태도가 1930년대 최재서 비평의 일관된 특징을 이룬다.

학회 회보나 학술지 등에 발표된 논문과 시론을 제외하면 「리얼리즘
의 확대와 심화」에 이르기까지 최재서가 발표한 평문은 20여 편으로 추
산된다. 그중 대부분은 현대문학 이론 및 외국 문학의 일반적 동향을 소
개하거나, 외국 작가 혹은 당대 서구의 문화 상황을 알리는 글이다. 「구
미 현문단 총관」(1933년 5월)이나 「현대 주지주의 문학이론의 건설」(1934
년 8월), 「비평과 과학」(1934년 9월), 「현대비평에 있어서의 개성의 문제」
(1936년 4월) 등이 그것이다. 전체 평문의 3분의 1 정도에서 당대 문학에
대해 단편적인 관심을 표명했을 뿐, 중점은 외국 문학의 소개였다.

「리얼리즘의 확대와 심화」는 최재서의 이러한 비평 태도에 본격적인
변화가 시작되었음을 알려 주는 글이다. 변화의 현상적인 특징은, 외국
이론의 소개에 그치고 있던 이론비평적 단계를 벗어나 당대의 작품을
본격적으로 논의하는 실제비평으로 나아갔다는 것이다. 여기서 좀 더
나아가 변화의 요체를 살피면, 기존의 담론 질서에 교란을 가함으로써
당대 문단에 변화를 가져오려 한 이데올로기적 성격이 두드러진다는 사
실을 보게 된다.

1930년대 중기 문단에서는 카프(KAPF) 중심의 좌파 문학이 여전히 주
도권을 쥐고 있었다. 1935년에 카프가 해소되었다고 해서 상황이 급작
스럽게 바뀐 것은 아니다. 카프 계열 문인들에 의한 총체적 리얼리즘 계
열의 작품이 계속 발표되고[2] 임화, 김남천, 한효 등 비평가들 또한 건재

---

2   카프 계열 최고의 작가라 할 이기영이 「서화」(1933)와 『고향』(1934)이라는 걸출한 작품을
    내놓았고, 그와 겨루트는 한설야는 『황혼』(1936)과 『청춘기』(1937)로 자신의 작품 세계를
    지속했다. 여기에 『인간문제』(1934)의 강경애 외에 김남천, 송영, 엄흥섭 등이 가세하여 좌
    파 리얼리즘 소설을 풍성하게 했다.

하여, 이들이 대변하는 좌파 리얼리즘이 계속 막강한 위력을 행사하고 있었다.[3]

　물론 카프의 해산으로 좌파 문학의 주도권에 균열이 생기기 시작한 것이 사실인데, 바로 이러한 상황에서 좌파 문인들의 담론 특히 리얼리즘론에 직접적이고도 실질적인 균열을 가한 것이 「리얼리즘의 확대와 심화」가 갖는 기본적인 특징이다. 좌파의 리얼리즘론에 대한 최재서의 비판은 1930년대 내내 발견되는 것이지만,[4] 이 글의 비판은 「천변풍경」과 「날개」라는 작품을 근거로 했다는 점에서 실제적이며 작품들과의 시간적 상거가 거의 없다는 점에서 직접적이라고 할 수 있다. 이상의 「날개」가 『조광』에 발표된 것이 1936년 9월이고 박태원의 「천변풍경」이 처음 『조광』에 연재된 것이 1936년 8월에서 10월이므로, 10월 말일에서 11월 초에 걸쳐 발표된 「리얼리즘의 확대와 심화」야말로 두 작품이 발표되자마자 쓰인 것임을 알 수 있다. 이렇게 시간적 거리가 없이 이 글

3　1930년대 한국 근대문학에서 리얼리즘은 크게 세 유형으로 전개되었다. 첫째는 좌파 문인들의 '총체적 리얼리즘'으로서 사회·역사에 대한 마르크스주의적 이해를 바탕으로 하여 당대 사회를 총체(totality)로 파악하고자 했다. 둘째는 염상섭이 대표하는 '전체적 리얼리즘'으로서 '중간자'적인 인물을 통해 사회의 전 부면을 형상화하고자 했다. 끝으로 셋째는 현진건, 심훈 등이 보인 '종합적 리얼리즘'으로서 재현의 미학에 갇히지 않고 표현과 변형의 측면을 자유롭게 활용하여 사회문제를 작품화했다(졸저 『형성기 한국 근대소설 텍스트의 시학—우연의 문제를 중심으로』, 소명출판, 2015, 528~539쪽 참고). 이들 중 주류는 단연 좌파 문인들의 '총체적 리얼리즘'으로서, 1920년대 중반 신경향파로 시작되어 각종 창작 방법 논쟁을 거치면서 획득한 이론 발전의 역사와 10년간 문단의 우위를 쥐어 온 카프(1925~35)라는 문학예술 운동 조직의 힘이 그 바탕이 되었다.

4　리얼리즘에 대한 최재서의 논의와 태도는 애매한 감이 있다. 「문학 발견 시대」(1934년 11월)나 「문단 우감」(1936년 4월), 「센티멘탈 론」(1937년 10월) 등에서 좌파의 사회주의 리얼리즘을 전면적으로 부정하면서 그와는 다른 '(순정한) 리얼리즘' 자체는 확실히 긍정하며 강조하되 그러한 리얼리즘의 내포를 분명하게 밝히지는 않고 있다. 다분히 의도적인 이런 모호한 태도가 「리얼리즘의 확대와 심화」에까지 이어진다(졸고 「최재서의 1930년대 중기 문단 재구성 기획의 실제와 파장—「리아리즘의 확대와 심화—「천변풍경」과 「날개」에 관하야」를 중심으로」, 한국문학언어학회, 『어문론총』 69, 2016, 143~148쪽 참고).

이 쓰였다는 사실은, 좌파 문학 중심의 문단 질서에 균열을 내려는 최재서의 이데올로기적 의도가 강함을 알려 줄뿐더러, 이 글이 실제비평의 형식을 취하기는 했지만 그의 궁극적 의도가 이 작품들의 엄밀한 해석에 있는 것은 아니라는 사실의 징후이기도 하다.

3. 리얼리즘 논의 지형의 해체와 전복

최재서의 「리얼리즘의 확대와 심화」는 크게 다섯 절로 되어 있다. 1~2절에서는 문학과 리얼리즘에 관한 견해를 밝히면서 당대 문단에 대한 비판의식을 중점적으로 드러낸다. 이는 이 글이 이전 평문들의 연장선상에서 쓰였음을 알려 주는 것이다. 3절에서는 앞에서의 부분적인 논의를 이어 「천변풍경」을 본격적으로 검토하고, 4~5절을 할애하여 「날개」를 다루었다.

두 작품에 대한 구체적인 논의 이전의 일반론에 해당되는 부분의 주장은 크게 두 가지로 정리해 볼 수 있다.[5]

첫째는 예술 일반과 리얼리즘에 대한 견해다. 최재서는, 예술작품의 대상은 객관 세계와 주관 세계 양자이며 이에 대한 선호는 작가 개인의 '심리적 타입'에 의해 정해진다면서, 어떤 대상을 취하든 작가에게 요구되는 것은 성실 곧 진실한 관찰과 정확한 표현, 달리 말하면 객관적 태도와 리얼리즘이라 하고, 객관적 태도에서 리얼리티가 생겨난다고 한다. 더 나아가 그는, 소설가의 기능은 '카메라적 활동'과 '감독자적 활동'으로 이루어지는데 후자는 개성에 의해 결정되며 바로 이 점에 예술의 존엄성과 가치가 있다 하고, 카메라적 활동에 있어서, 외부 세계의 객관

---

5 이하 이 절 말미까지는 졸고 「최재서의 1930년대 중기 문단 재구성 기획의 실제와 파장」,
   앞의 책, 153-155쪽의 내용을 압축·정리한 것이다.

적 관찰이 비교적 단순한 데 비해 내면세계의 객관적 관찰은 '인간 예지의 최고봉'에 해당하는 훨씬 어려운 것으로서 현대인의 의식의 분열 상태를 그렸다는 의의를 지닌다고 역설한다.

이상의 정리에서 다음 세 가지가 특징적이다. 「리얼리즘의 확대와 심화」에 이르기까지 그가 표명해 온 리얼리즘 관련 주장들에 '객관적 태도'를 새롭게 더했다는 것이 첫째며, 이러한 논의를 예술 일반론의 견지에서 전개한다는 사실이 둘째고, 예술의 대상 설정에서 외부 세계보다 내면세계를 취한 것에 의의를 부여한다는 점이 셋째다.

리얼리즘 관련 논의의 특징을 명확히 하기 위해서는 약간의 부연이 필요하다. 해당 구절을 먼저 본다.

> 우리는 藝術家에 向하야 誠實을 要求할 資格은 있다. 外部世界거나 內部世界거나 그것을 眞實하게 觀察하고 正確하게 表現하라고. 이것은 卽 藝術家에 對하야 客觀的 態度와 리아리즘을 要求하는 데에 不外하다. 藝術의 리아리티는 外部世界 惑은 內部世界에만 限해 있는 것이 아니다. 그 어느 것이나 客觀的 態度로서 觀察하는 데 리아리티는 생겨난다.[6]

위에서 확인되듯이 최재서가 구사하는 리얼리즘의 개념은 뚜렷이 잡히지 않는다. 리얼리즘을 정의하기 위해 그가 구사한 항목들을 정리해 보려 해도 '진실한 관찰'과 '정확한 표현' 그리고 '객관적 태도'가 상호 간에 어떤 관계를 맺는지 알기 어려우며, 이들이 리얼리즘과 리얼리티 중 무엇의 요소인지도 모호하다. 이 글에까지 이르는 최재서의 리얼리즘 관련 언급들을 고려하면, 그때그때 특정 의미를 강조해 온 이전 논의

---

6 최재서, 「리얼리즘의 확대와 심화」, 『조선일보』, 1936년 10월 31일. 『문학과 지성』, 최재서, 인문사, 1938, 100쪽. 이하 이 글의 인용은 본문 속에 괄호를 열어 『조선일보』의 연재 일자와 『문학과 지성』의 쪽수를 '(10.31: 100쪽)'과 같은 방식으로 병기한다.

들과 마찬가지로 리얼리즘에 새로운 의미소를 다시 부가했다고 해둘 수 밖에 없다.

따라서 주목해야 할 점은, 위에 쓰인 리얼리즘의 개념을 명확히 하거나 당시 최재서가 갖고 있던 리얼리즘의 이해를 무리하게 재구성하는 것이 아니라, 리얼리즘의 특성을 이와 같이 각기 달리하면서 그가 끊임없이 리얼리즘을 거론하는 이유와 의도가 무엇인지를 따져 보는 일이 된다.

상호 관련된 두 가지를 말해 볼 수 있다. 하나는, 최재서가 리얼리즘에 대한 좌파 문인들의 개념을 흔들고자 한다는 것이다. 예술 원론과 정신분석학(?)적 규정까지 무리하게 끌어들이면서 리얼리즘을 관찰과 표현의 문제로, 객관적인 태도의 문제로 단순화하는 논의를 펼친 일을 납득하는 방법은 이 외에 달리 없다. 요컨대 자신이 쓰는 리얼리즘 개념의 내포를 밝히지는 않으면서 기존 개념을 뒤흔드는 데만 주력하는 최재서의 이런 논법은, 1930년대 전반을 달구었던 카프 진영의 마르크스주의적 세계관에 근거를 둔 리얼리즘 논의를 와해하고 폐기하려는 전략적 목적에 따라 구사된 것이라고 할 수 있다. 또 다른 하나는, 리얼리즘이라는 용어를 계속 쓰되 '확대'와 '심화'로 나누는 방식으로 당대 문단에서 새롭게 등장한 작품들의 특징을 포착하고자 함으로써, 새로운 문학의 새로움을 적절히 말하기 위해서는 기존 리얼리즘 문학 담론의 경계와 질서를 넘어서야 한다는 점을 확실히 한 것이다. 이것이 문단 동향 차원에서 「리얼리즘의 확대와 심화」가 갖는 최대 의의에 해당한다.

최재서의 논의에 깔린 이러한 기획의 의미는, 당대의 문단 지형에 대한 그의 견해를 함께 고려할 때 더욱 뚜렷해진다. 문단의 상황에 대한 그의 판단은 다시 셋으로 정리된다. 첫째는 이러한 객관적 태도를 가지고 객관 세계와 주관 세계를 그린 작품이 각각 「천변풍경」과 「날개」라 하면서 이것이 세계문학의 경향을 어느 정도 대표한다는 것이다. 둘 중에서 이상의 작업이 훨씬 존중되어야 한다는 견해가 둘째이며, 객관 세계만 중시하는 당대 문단의 풍토는 '소박한 논리적 편견'에 사로잡힌 잘못된 것이라고 비판하는 것이 셋째다.

이상을 종합해 보면, 「리얼리즘의 확대와 심화」의 일반론 부분의 전체 의미 구도와 최재서의 의도를 다음과 같이 정리할 수 있다. 최재서는 문단의 주류를 형성하고 있는 좌파 문인들이 객관적 재료만 중시하는 편협한 리얼리즘을 고집한다고 비판적으로 보는 견지에서, 새롭게 등장한 낯선 경향의 작품을 주목하고 이들이 기존의 리얼리즘과는 달리 객관적인 태도를 특징으로 했다는 점을 강조하면서 이를 세계문학의 동향에 관련지어 고평하는 방식으로 문단에 편입하고 있다. 이렇게 좌파적인 리얼리즘 중심의 논의 지형을 해체하면서 문단의 지형 설정에 적극적으로 개입하여 그 양상을 바꾸고자 하는 것, 이것이 「리얼리즘의 확대와 심화」를 쓰는 최재서의 궁극적 의도라 하겠다.

4. 「천변풍경」과 「날개」, 그리고 최재서의 의도

최재서의 「리얼리즘의 확대와 심화」가 갖는 문단 정치적·이데올로기적 성격은 「천변풍경」과 「날개」에 대한 논의에서 좀 더 뚜렷이 확인된다. 물론 이는 그의 의도를 밝히는 심층적 독법으로만 가능해진다. 이는 다시 두 층위로 나뉜다. 논의의 구도 설정에 대한 파악이 하나고, 그의 논의와 작품의 실제 양자의 관계를 분석하는 것이 다른 하나다.

전자는 간략히 다음 세 가지로 지적해 둘 수 있다. 당시 소설계의 기준 혹은 통념으로 볼 때 낯선 작품 세계를 보인 이 두 작품을 발표 직후 거론했다는 사실이 첫째다. 다음은, 이들 작품을 그렇게 실시간으로 포착할 수 있게 된 연유라고 해석될 만한 것으로서, 논의의 구도를 '리얼리즘의 확대'와 '리얼리즘의 심화'라는 '세계문학의 이대 경향'으로 짰다는 사실이다. 끝으로 셋째는 그렇게 함으로써 이 작품들에 문단적·세계문학적 위상을 부여하고 그 결과 문단의 질서에 변화를 주었다는 점이다.

요컨대 「리얼리즘의 확대와 심화」는 좌파 문학 중심의 문단 질서에 변화를 주기 위해 또는 최소한 균열을 내기 위해, 이질적인 작품 경향을 보인 두 소설이 발표되자마자 '리얼리즘의 확대·심화' 곧 '확대된 리얼리즘'과 '심화된 리얼리즘'이라는 새로운 개념을 적용하면서 재래의 좌파 리얼리즘 개념에 충격을 줌과 동시에, 이 두 가지 리얼리즘에 '세계문학의 이대 경향'이라는 엄청난 의미를 부여하는 방식으로 이 작품들에 문단적 지위를 부여했다. 글 제목에도 선명히 드러나 있는 논의 구도 설정상의 새로움을 통해 기존의 문단 질서에 변화를 꾀하고 있는 것이다.

문단의 질서를 변화시키고자 하는 「리얼리즘의 확대와 심화」의 의도는 위에 밝힌 구도 속에서 수행된 논의의 내용을 대상이 되는 작품의 실제와 견주어 볼 때 더욱 뚜렷이 드러난다. 한마디로 말해, 논지가 간단하고 주장하는 바가 뚜렷하여 명쾌한 느낌을 주는 최재서의 논의와 「천변풍경」 및 「날개」의 실제 사이에서 확인되는 부정합성을 통해 그의 의도와 목표를 더욱 명확히 확인할 수 있다.

「천변풍경」에 관한 「리얼리즘의 확대와 심화」의 논의는 두 가지 점에서 문제적이다. 첫째는 그 자체로 보아 논리적인 문제가 없지 않다는 것이고, 둘째는 앞서 말한 대로 이 글의 논의가 작품의 실제와 거리를 두고 있다는 점이다.[7]

첫째 문제를 먼저 살펴본다. 최재서는 「천변풍경」이 객관적 태도로 객관을 보았다며 '혼란한 도회의 일각을 선명히 묘사'한 점을 '존경'한다고 한다. '인물이 움직이는 대로 카메라 곧 소설가의 눈을 이동'시킴으로

7　이하의 논의는 졸고 「최재서의 1930년대 중기 문단 재구성 기획의 실제와 파장」, 앞의 책, 156-158쪽의 발췌를 기본으로 한다.

써 '우리 문단에서 드물게 보는 선명하고 다각적인 도회 묘사'를 선보였다는 것이다(11.3: 102-103쪽). 이렇게 기법을 상찬한 뒤에 최재서는 '카메라를 지휘하는 감독적 기능'에서는 그만큼 성공하지 못했다고 아쉬움을 표한다. 객관적인 묘사는 잘했지만 "그보다 몬저 박 씨는 자기의 캐메라를 어듸로 향할가, 그리고 장면 연계에 어떠한 의도를 줄까? 이런 점에 대하야 좀 더 생각할 여지는 없었을까?"라는 의문을 준다면서, '소설 기술 이상의 무엇' 곧 '독자의 의식에 통일감'을 남겨 줄 '묘사의 모든 디테일을 관통하고 있는 통일적 의식'에 대한 의혹을 제기하는 것이다(11.5: 103-104쪽).

이러한 논지 구성은 자가당착적이라는 혐의에서 자유롭지 못하다. 1절에서는 「천변풍경」이 객관 세계를 대상으로 객관적 태도와 리얼리티를 갖춰 '세계문학의 이대 경향' 중 하나를 '어느 정도 대표'한다 하고, 3절에서는 묘사 대상을 선정하고 장면들 사이에 의도를 부여하는 '감독적 기능'에 아쉬움이 있다며 작가의 '통일적 의식'을 문제시하는 까닭이다. 후자에 중점을 두면 객관 묘사 자체보다 작가의 의식이 더 중요한 것이 되어 1절의 상찬이나 객관적 태도를 중시하는 리얼리즘론이 허물어지게 된다. 반대로 1절의 주장에 중점을 두자면 뒤에서 최재서는 괜한 트집을 잡아 보는 것에 가깝게 되고 만다. 이는 일반론 부분에서 '개성'을 사실상 심리적 타입으로 축소하고는 '객관적 태도'와 '개성'의 관계 자체를 규명하지 않았던 문제의 연장에 해당된다.

이러한 문제점은 「천변풍경」에 대한 논의를 마감하면서 최재서가 다시 '의문'을 제기하는 데서도 확인된다. 그는 작품의 세계가 '일개의 독립한 혹은 밀봉된 세계'가 아닌가 하면서 "전체적 구성에 있어 이 좁다란 세계를 눌르고 또 끌고 나가는 커다란 사회의 힘을 우리에게 늣기게 하야 주"지 못했음을 문제시한다. 최재서 스스로 밝혔듯이 이는 '카메라의 기능으로선 도저히 기도치 못할 일'인데, '사회의 힘'의 파악 방법으로 그가 제시하는 것은 작가에게 "사회적 연관의식이 좀 더 견밀하야지기를" 바라는 것뿐이다(11.5: 106쪽). 요컨대 '더욱 긴밀해진 사회적 연관의식'이 '카메라적 기능'과 어떻게 관련되는지, 달리 말하자면 '카메라적 기능'과 '감독자적 기능'의 관계는 무엇인지를 논리적으로 깊이 있게 밝혀 주어야 마땅한데 그러한 논의를 전개하지 않고 있어 문제다.

좀 더 세세하게는 '작자의 수법' 곧 '카메라적 기능'에 대한 설명에서도 애매한 점을 지적하지 않을 수 없다. '재봉'이가 초점화자로 설정되는 부분을 두고 최재서는, 이발소 장면에서 작자 대신 소년의 카메라가 작동하지만 "그는 왕성한 호기심과 아모 편견도 없는 맑은 눈을 가지고" 있기에 "이 소년의 캐메라는 작자 자신의 캐메라와 구별할 필요가 없다"고 주장한다. 그렇지만 그 자신도 지적했듯이 바로 그 소년이 "소년다운 순진한 마음과 귀여운 유-모아를 갖이고 소년다운 비평을 내린다"는 점을 생각하면 이 주장은 받아들이기 어렵다. '소년다운' 시선과 '눈 렌즈 위에 주관의 먼지가 앉지 않도록 항상 조심'(11.3: 103쪽)하는 작자의 시선 모두가 객관적인 것으로서 동일하다고는 보기 어려운 까닭이다.

다음으로 이 글이 보이는 분석과 작품의 실제 사이의 차이에 대해서도 언급해 둔다.

최재서의 주장과는 달리 박태원의 「천변풍경」이 '카메라 아이'로 상징되는 객관적 수법으로 시종일관되어 있는 것은 아니다.[8] 앞에서 지적했듯이 시점의 주체가 바뀌면서 주관성이 틈입하는 것은 물론이요, 서술자-작가의 언어가 서사에 개입하여 작가의 의미 부여를 문면에 드러내는 양상이 확인된다. 대체로는 냉정한 관찰을 보이지만 주요 등장인

---

8 「천변풍경」에 대한 이하의 논의는 졸고 「「천변풍경」의 개작에 따른 작품 효과의 변화」, 『현대문학의 연구』 45, 한국문학연구학회, 2011과 「「천변풍경」의 작품 세계—객관적 재현과 주관적 변형의 대위법」, 『반교어문연구』 32, 반교어문학회, 2012의 분석 내용에 바탕을 둔다.

물들에 대해서는 심정적인 공감을 강하게 드러내어, 결과적으로 상이한 서술 태도를 보이는 것이다. 이러한 특성을 종합해 보면, 「천변풍경」에서 작가가 '시종일관 카메라적 존재를 견지'했다면서 기법의 객관성을 상찬하는 것은 무리다.

기법상의 특징뿐 아니라 그 대상의 설정에서도 「천변풍경」이 객관 세계를 객관 세계 자체로 형상화했다고는 할 수 없다. 천변을 배경으로 하여 1930년대 경성의 풍속을 그리고 있는 이 작품은 후에 최재서 자신도 말한 바대로, '도회 묘사를 주로 한 작품'이기는 해도 '경성에서도 가장 보수적이고 고전적인 일각의 묘사'일 뿐이어서[9] 객관적인 세계로서의 경성(의 삶) 자체나 경성의 일반적인 특징을 대상으로 한 것이라고 볼 수는 없다. 이러한 점은 인물 구성 면에서도 잘 확인된다. 150여 명에 이르는 방대한 인물을 등장시키되, 근대 자본주의 사회 일반의 계급 특성을 나타내는 부르주아도 프롤레타리아도 없으며 당시 한국 사회의 경제적 특성을 대변하는 지주도 소작농도 존재하지 않는다는 점은 물론이요 식민 치하라는 시대적 배경에도 불구하고 일본인이 단 한 명도 등장하지 않는다는 사실을 고려하면, 「천변풍경」의 세계를 두고 1930년대 중반의 경성을 객관적으로 그렸다고 할 수는 없게 된다.

「천변풍경」에 대해 「리얼리즘의 확대와 심화」가 보이는 이와 같은 문제들은 이 글을 쓰는 최재서의 의도가 어디에 있는지를 알려 준다. 작품의 실제에 대한 객관적·실증적 검토가 아니라, 이 작품을 문단의 새로운 자리에 위치 지으면서 자신의 리얼리즘 개념을 주장하고 이를 통해 기존의 담론 질서에 균열을 내는 것, 이것이 그의 의도다. 유사한 문제, 동일한 사정이 「날개」에 대한 논의에서도 마찬가지로 확인되는 것은 따라

---

9 석경우(石耕牛)[최재서], 「도회문학」, 『조선일보』, 1937년 9월 8일.

서 별반 이상한 일이 아니라 할 만하다.[10]

「날개」에 대한 논의의 첫머리에서 최재서는 '알 수 없는 소설'이라 하면서 "이것이 무엇을 의미하든지 간에 하여튼 우리 문단에 주지적 경향이 결실을 보히기 시작했다는 증거는 될 줄로 믿는다"(11.6: 107쪽)라고 말한다. 육성이라 할 만한 이 솔직한 고백은, 「날개」에 대한 논의 또한 작품의 실제를 밝히기보다는 이를 계기로 비평가로서 자신이 갖는 의도를 앞세우는 방식으로 이루어지리라 추측하게 한다.

최재서는 「날개」의 '작가의 말'에서 한 문장을 인용하고 이상의 소설이 "보통소설이 끗나는 곧―즉 생활과 행동이 끗나는 곳에서부터 시작된다"라고 주장한다. 더 나아가 그는 이상의 예술 세계는 '생활과 행동 이후에 오는 순의식(純意識)의 세계'이며 그러한 의식을 가진 개성이 '현대정신의 증세를 대표 내지 예표'하는 것이기에, '전통적 관념'에 서서 이 작품을 거부해서는 안 된다고 한다(11.6: 107쪽). "알 수 없는 소설"을 두고서 이렇게 긍정적인 판단을 내리며 부정적인 태도를 예방하고자 하는 데서, 최재서가 「날개」의 새로움을 강하게 의식한 상태에서 그러한 새로운 소설에 문단 내의 지위를 부여하려는 의도를 가지고 있음이 확인된다.

이러한 의도 위에서 진행되기에 「날개」에 대한 논의 또한 작품론의 견지에서 보면 적지 않은 문제를 안고 있다. 「날개」의 텍스트를 실증적으로 분석하기만 해도 최재서의 주장이 보이는 문제들을 어렵지 않게 지적할 수 있다.

최재서는 「날개」의 '작가의 말'과 본 서사를 구분하지 않고 '소설 이전에 소원(遡源)'하여 주인공을 검토하겠다며 주인공과 작가 이상을 동

---

10 「날개」에 대한 이하의 논의는 졸고 「최재서의 1930년대 중기 문단 재구성 기획의 실제와 파장」, 앞의 책, 160-164쪽의 발췌를 근간으로 한다.

일시한다. 그에 따를 때 「날개」의 주 서사는 '주인공(작가)'이 '생활전의 패배자'로 머물지 않고 현실을 '의식 안에서 다시금 저작(咀嚼)'한 뒤 그에 따른 '현실에 대한 분노'를 '현실에 대한 모독'으로 해소한 것이며 (11.6~7: 108-110쪽), 작품 말미의 소망 구절은 '그의 영혼의 고향'이 "옛날 그의 날개가 날라 보았다는 세계—시의 세계일 것"이라 추정된다(11.7: 111쪽).

「날개」의 실제는 어떠한가. 이 소설의 스토리는 '외출-귀가-아내에게 돈을 쥐어 주고 함께 자기'의 반복으로 구성되어 있다. 강도를 더해 가는 이 패턴의 반복을 통해 주인공은 남편으로서의 정체성을 회복하고자 하지만 그의 시도가 지속될수록 아내의 반발과 거부 또한 강해져서 끝내 좌절하게 되고 만다. 이와 같이 「날개」는 '생활전'에서 패배한 주인공이 남편·남성으로서의 정체성 회복을 통해 자신을 다시 추스르려 하나 부부관계의 악화 속에서 결국 좌절하게 되는 이야기를 보여준다.[11]

따라서 이 소설의 주인공이 아내에게 '주인에 대한 개의 외복(畏服)'을 보인다 하고 주인공의 행위를 가족생활과 성 등에 대한 '모독'이라고 해석하는 것은 작품 내에서 근거를 찾기 어렵다. 정처를 잃고 길에 서서 좌절 상태에 빠진 채 한 번 더 날아 보기를 마음속으로 소망하는 주인공을 두고서, '기적'이나 '영혼의 고향'을 운운하고 그가 '미쓰꼬시[三越] 옥상'에 있는 것인 양 잘못 해석하며 '시(詩)의 세계'를 제기하는 것 또한 자의적인 추정에 그칠 뿐이다.

이러한 문제들이 생겨난 직접적인 이유는 최재서가 「날개」의 주인공을 작가와 동일시하고 '작가의 말'과 본 서사를 구분하지 않으며 논의 틀을 짰기 때문이며, 궁극적인 이유는 그의 의도가 작품의 실증적 분석

---

11 이상의 작품 분석은 졸고 「잃어버린 정체성을 찾아서: 「날개」 연구(1) -'외출-귀가' 패턴 및 부부관계의 변화를 중심으로」, 『현대문학의 연구』 25, 한국문학연구학회, 2005의 주지를 요약한 것이다.

에 있지 않고 「날개」의 새로움을 강조하는 데 있기 때문이라 하겠다. 이 작품의 새로움과 의미를 일목요연하게 드러냄으로써 자신이 주장해 온 주지주의적 문학관의 실례로 삼아 문단에 충격을 가하고자 하는 마음이 앞서 있는 것이다.

이와 같이 작품의 실제와는 거리가 먼 분석(?)을 행한 뒤에, 예의 평가가 뒤따른다. "현대의 분열과 모순에 이만큼 고민한 개성도 없거니와 그 고민을 부질없이 영탄치 않고 이만큼 실재화한 예를 보지 못한다"면서 「날개」가 '우리 문학의 리얼리즘'을 '일층 심화'하였다고 상찬하는 것이다(11.7: 111-112쪽). 물론 아쉬운 점의 지적 또한 빠지지 않는다. '무엇인가 한 가지 부족되는 느낌'이 있다면서, "높은 예술적 기품이라 할가 하여튼 중대한 일 요소를 갖추지 못하엿다" 하고 이를 모랄의 부재로 설명하고자 한다. 그가 지적하는 바는, 이 작품에 '사회에 대한 일정한 태도'는 있지만 그것이 '단편적인 포즈'에 불과할 뿐 '시종여일한 인생관'은 아니어서 '윤리관이나 지도원리, 비평 표준'은 될 수 없다는 것이다. 이러한 판단의 근거로 그는 수수께끼와도 같은 「날개」의 모든 삽화가 '인위적으로' 연결되어 있을 뿐이라는 사실을 들고, 그 결과로 이 작품에 '예술적 기품과 박진성'이 박탈되었다고 한다(11.7: 112쪽). 이 위에서 "모랄의 획득은 이 작자의 장래를 좌우할 중대 문제일 것이다"(11.7: 113쪽)라 하며 전체 글을 맺는다.

이 부분에서 아쉬운 점은 다음 두 가지다. 「날개」의 결함으로 지적되는 '예술적 기품'이나 '모랄'이 무엇을 의미하는지 밝혀지지 않는다는 점이 첫째다.[12] 또 한 가지는 그러한 결함의 지적과 그가 앞에서 '리얼리즘의 심화'라며 상찬한 부분의 관련이 모호하다는 점이다. 「천변풍경」 논

---

12 모랄에 대한 최재서의 생각이 명확하게 드러나는 것은 근 2년 뒤에 발표되는 「비평과 모랄의 문제」(『개조』, 1938년 8월)에 이르러서다.

의에서와 마찬가지로, 여기에서도 최재서는 이러한 문제들을 의식하지 않고 있다. 앞서 지적한 대로,「날개」를 예시로 해서 문단의 질서를 재편하고자 하는 의도가 앞서 있는 까닭이다.

5. 「리얼리즘의 확대와 심화」의 현재적 의의

앞 절에서 밝혀 온 바, 최재서의 「리얼리즘의 확대와 심화」가 논의 대상인 두 소설의 실제와는 다른 분석을 행하고 있으며 논의 구도 자체도 문제적이라는 사실이 이 글의 의의를 부정하는 것은 아니다. 원래부터 이 글의 의의가 박태원의 「천변풍경」과 이상의 「날개」에 대한 해석의 전범을 보인 데 있는 것은 아니기 때문이다. 다소 역설적이게도 이 글의 의의는 최재서가 펼친 논의와 작품 실제 사이의 부정합성에서 찾아진다. 앞에서 언급한 '비평의 고도' 맥락의 의미가 이 글의 의의와 중요성을 지금까지도 약화되지 않게 하고 있는 것이다. 풀어 말하자면, 작품의 실제와 무관한 논의를 전개할 만큼 그가 강조하고 주장하려 한 것이 현재까지도 약화되지 않는 이 글의 의의를 이룬다.

전체적으로 볼 때 이 글의 의의는 다음 세 가지로 정리된다.

첫째는 최재서의 비평 활동에서 갖는 의의다. 여러 논자들도 지적했듯이 이 글은 외국의 문학이론을 소개해 오던 그가 당대의 작품에 대해 직접적·본격적으로 논의를 수행한 첫째 글이라는 위상을 갖는다. 이러한 위상 획득의 좀 더 깊은 의미가 이 글의 의의를 이룬다. 이 글을 통해서야 비로소 최재서가 문단에 실제적으로 영향을 주는 현장비평가가 될 수 있었다는 사실이 그것이다. 당대 문학에 대한 비판의식과 새로운 문학에 대한 바람이 박태원의 「천변풍경」과 이상의 「날개」를 실례로 하면서 리얼리즘의 '확대'와 '심화'라는 이름하에 객관적인 태도의 강조로 표출되면서 당대 문학의 양상에 직접 충격을 가하게 된 것이다.

이러한 사실이 1930년대 중반의 문단 상황에서 갖는 의미가 이 글의 둘째 의의를 이룬다. 앞서 언급한 대로 좌파 문인들의 위세가 여전한 상태에서 기존의 리얼리즘 소설과는 다른 새로운 작품들에 소설사적·문단적 위상을 부여해 주는 최초의 대담한 시도가 바로 「리얼리즘의 확대와 심화」다. 이것이 대담한 시도임은 다음 두 가지 사실에 말미암는다. 리얼리즘의 확대와 심화라는 범주를 설정하여 새로운 작품들을 호명하는 것은, 첫째, 기존의 좌파적 리얼리즘 문학이론으로는 그 실체를 해명할 수 없는 작가, 작품 들에 문단 차원의 위상을 부여하려는 시도이며, 둘째, 리얼리즘의 범주 구성에 변화를 주는 방식으로 기존의 좌파 리얼리즘 담론이 중심을 차지하고 있던 논의 구도에 균열을 가하고 리얼리즘의 내용 자체를 바꾸려는 것이기 때문이다.

요컨대 이 글은 주지주의라는 새로운 문학이론 주창 작업의 일환으로서, 알 수 없는 변화 양상을 보이는 동시대 문단의 동향을 파악하고 그에 질서를 부여하는 기능을 수행하고 있으며, 그 바탕에는 좌파 문학이 주도했던 문단의 구도를 재편성하고자 하는 문단 정치적 욕망이 깔려 있다고 하겠다. 정체불명의 소설 경향을 새로운 것으로 명명하고자 하는 시도의 바탕에 좌파 문학의 시효가 다했다는 판단을 내포하는 대치의식이 잠복해 있는 것인데, 이를 작품론의 형식을 통해 '리얼리즘'의 개념을 비틀며 제기한 데 이 글의 문단적 의의가 있다. 이 글이 그만큼 구체적이고[작품론의 형식] 위협적인[리얼리즘 개념의 변형] 것이었음은 당시에 제기된 반론들로도 확인된다.

최재서의 「리얼리즘의 확대와 심화」가 갖는 셋째 의의는 좀 더 현재적인 것으로서 그의 논의가 국문학계에서 갖는 파급력, 영향력에서 찾아진다. 이 작품들을 모더니즘 소설로 이해하는 현재의 상황에 비춰 볼 때 이러한 파악의 원형을 제시한 것이 바로 이 글인 까닭이다. 달리 말하면 이 글은 '현대 도시의 양상에 대한 객관적 파악'과 '개인 내면에 대한 객관적 해부'의 미학을 최촉함으로써 현재 우리가 모더니즘 소설로 분류하는 작품들의 특징에 대해 처음으로 나름의 정체성을 부여한 의의를 갖는다. 이는 다시 두 가지로 나눠 볼 수 있다.

앞서 살펴보았듯이 최재서의 분석 자체는 문제적인 측면이 크지만 그 중 몇몇 내용은 현재까지도 원용될 만큼 막강한 영향력을 행사하고 있다는 것이 첫째다. 「천변풍경」을 논할 때 '카메라 아이'를 빼놓지 않는다거나 「날개」의 마지막 장면을 긍정적인 맥락에서 읽는 오류가 지속되어 온 것이 대표적인 사례가 된다.

둘째는 어쨌든 그러한 방식으로나마 이 소설들을 '새로운' 유형으로 명명함으로써, 후대에 이루어진 모더니즘 소설 연구의 주요한 한 가지 원형으로서 이 글이 막강한 영향력을 행사해 왔다는 사실이다. 1940년대 이래의 국문학 연구 성과를 보면, 최재서가 명명한 '리얼리즘의 확대'는 '도시소설'을 거치고 '리얼리즘의 심화'는 '(신)심리주의'를 거치면서 모더니즘소설이라는 범주로 이어지고 있음이 확인된다.[13] 이러한 사실이 의미하는 바는 자명하다. 최재서의 이 글이야말로, 박태원이나 이상 등의 작가와 그들의 작품을 모더니즘 소설이라는 새로운 범주로 정립하는 획기적이고도 선구적인 이정표에 다름 아니라는 사실 말이다.

이상에 더하여, 「리얼리즘의 확대와 심화」가 근래의 리얼리즘/모더니즘 연구에 끼친 커다란 파장도 빼놓을 수 없다. 이 글이 「천변풍경」과 「날개」를 당대의 리얼리즘 소설들에 맞세운 결과, 후대의 연구자들이 한편으로는 리얼리즘과 모더니즘의 대립을 과장·부각하고 다른 한편으로는 그러한 동향에 대한 반발·극복의 시도로써 사태를 혼란스럽게 만들게까지 되었다. 직접적으로 말하자면, 현재의 학계에서 1930년대 모

---

13 이러한 과정의 상세한 분석으로, 졸고 「1930년대 한국 모더니즘 소설 연구의 문제와 나아갈 길」, 『한국 현대문학의 향연』, 박상준 외, 역락, 2017, 155-162쪽 참고.

더니즘 소설의 대표작에 포함하는 이 두 작품을 직접 다루되 '리얼리즘'의 맥락에서 그 특징을 살핌으로써, 리얼리즘과 모더니즘의 경계 문제를 유발하는 한편 이 양자의 작가, 작품들이 서로 명확히 구별될 수 있는 것인 양 단정적으로 논의하는 풍토를 초래하면서 관련 논의를 착종시키게도 되었던 것이다.

향후의 국문학 연구가 이러한 문제들을 해결해야 할 과제로 안고 있다는 점에서, 「리얼리즘의 확대와 심화」는 현재뿐 아니라 미래에도 자기 몫을 가지고 있다 하겠다. 발표된 지 80년이 지난 글인데도 이렇게 「리얼리즘의 확대와 심화」는 여전히 살아 있는 연구 대상으로 우뚝 서 있다.

10장

D. H. 로런스

G. 루카치

발터 벤야민

M. 바흐친

사르트르

아도르노

프레드릭 제임슨

루쉰

최재서

임화

김현

백낙청

임화 林和 1908~1953

1908년 10월 13일 서울에서 태어났다. 1921년 보성중학에 입학하였으나 1925년에 중퇴하였다. 1926년부터 문단에 등장하였다. 다다이즘에 경도되기도 했으며, 시, 연극 평을 쓰는가 하면 영화 주연을 맡기도 했다. 이후 프로문학으로 방향을 돌려 1929년 「우리옵바와 화로」, 「네거리의 순이」를 발표하였는데, 김기진은 이 작품들을 단편 서사시로 명명하면서 최고의 프로시로 평가한다. 일본 유학 후 귀국하여 카프의 볼셰비키화를 주도하고, 이후 카프 최고의 비평가로서 활동한다. 1931년 공산주의 협의회 사건으로 검거되어 3개월간 감옥 생활을 하고 카프 서기장이 된다. 임화는 일제 강점기에 시집 『현해탄』(1938)을 간행하는 등 최고의 프로시인이었다. 또한 김팔봉의 대중화론을 비판하는 「탁류에 항하여」(1929), 김남천과의 「물」 논쟁 등 탁월한 비평들을 발표하였다. 수많은 실제비평은 물론이고, 1935년 카프 해산 후에 발표한, 신남철의 신이원론을 비판하는 「조선신문학사론서설」(1935), 리얼리즘론인 「사실주의 재인식」(1937), 「주체의 재건과 문학의 세계」(1937), 장편소설론인 「세태소설론」(1938), 「최근소설계의 전망(본격소설론)」(1938) 그리고 신문학사를 서술한 「개설신문학사」(1939) 등은 기념비적인 비평이라 할 수 있다. 해방 후 임화는 조선문학가동맹을 결성하고, 남로당의 문화 담당 최고 이론가로 활동하였으며 시집 『찬가』(1947)를 발간하였다. 1947년 월북하여 해주에서 남로당 문화 활동을 주도하였는데, 한국전쟁이 종전된 직후 1953년 8월 남로당이 숙청될 때, '조선민주주의인민공화국 정권 전복 음모와 반국가적 간첩 테러 및 선전선동 행위에 대한 사건'으로 조선민주주의 인민공화국 최고재판소 군사재판부에 회부되어 사형 선고를 받고 처형되었다.

세태소설론

임화

[(1) 『동아일보』 1938. 4. 1]

1.

최근 발표되는 소설들의 매력이 부족하다는 말은 실상 근자의 조선문학 전반이 특색을 잃고 있다는 말인데, 이 상태는 여러 가지로 음미할 가치가 있는 것이 아닌가 한다.

우리가 아무리 순연한 비평의 작업 심리를 갖고 소설을 읽는다 하더라도 온전히 작품의 잡아댕기는 범위에서 벗어나기란 용이치 않은 일이다.

그러므로 동시인(同時人)의 비평이란 그 시대의 작품과 같은 흥미는 있으면서도 그 시대의 문학을 정확히 평가하기가 어려운 것이다.

오히려 지나간 시대를 회고한다든가, 벌써 앞서가는 시대를 전망한다든가 하는 것이 용이한 일이며, 동시대인이 보지 못한 그 시대 문학의 고유한 특색을 발견할 수가 있다.

그러므로 우리가 혼돈이란 두 자를 놓고 생각해 본다 할지라도 우리 자신에 있어서는 우리의 시대심리를 이야기하는 형용이 되는 듯 싶으면서도 다음의 시대가 우리 시대의 문학을 관찰할 때 과연 혼돈의 시대란 표현으로 만족할 것이냐 하면 심히 의심스럽다고 아니할 수 없다.

혼돈이란 우리의 시대에 있어선 이미 '타부'가 되다싶이 한 무의미한 말이다.

요컨대 전부를 표현하는 듯하면서도 실상은 아무것도 의미하지 않는 말이다.

정돈의 대립 개념인 한에서 혼돈은 무엇을 의미하는 것 같으나, 결국은 우리의 시대에 대한 우리의 성찰 자체가 혼돈되고 정돈되어 있지 않다는 절망의 심리의 표백에 불과할 것이다. 그것은 또한 우리가 작품으로부터 매력을 느낄 수 없다는 말과도 같다.

예하면, 『천변풍경』, 『탁류』, 「소년행」, 「제퇴선」, 『신개지』, 『임꺽정』, 「남생이」 등과 같은 소설을 한웅큼 집어다놓고만 본다 하더라도 우리 시대의 문학은 혼란의 세계인 것을 직감할 수 있으나, 혼돈이란 한 말을 가지고 이 소설들 개개가 소유한 개성이나 주장하고 있는 작가 정신을 또한 개괄할 수 있느냐 하면 아무도 할 수 있다고는 생각지 않을 것이다.

그렇다고 무슨 이 시대의 문학을 꼭 집어서 옮겨놓을 만한 적절한 말을 생각해 낼 수 있느냐 하면 그것은 더욱 가망없는 말이다.

우리가 한 말로 그 전성격을 이야기할 수 있는 발자크 같은 작가를 놓고도 대비평가 테느는 적절한 개념을 얻지 못한 일을 생각지 않을 수가 없다.

그러므로 결국 할 수 없어 쓰는 혼돈이란 개념에 이 이상 더 집착할 필요가 없다.

그러면 결국 우리는 우리의 시대의 문학을 암만해도 알 수 없다는 의미의 독백을 자꾸만 되풀이 하는데 지나지 않을 것이니까, 차라리 우리는 전시대의 부감(俯瞰)으로부터 한 걸음 내려와 일찌기 우리가 작품을 읽을 때 받던 단순한 인상이나 이것저것 품어 왔던 회의를 정리하고 분석해 보는 편이 낫지 않을가 생각한다.

요컨대 성급히 전체를 평가해 보려는 비평의 이상으로부터 좀더 숙고를 깊이기 위하여 얼마간 더 작품의 소리를 다시 듣고 작품들의 말로써 이 시대를 귀납해 보고 싶다는 것이다.

이렇게 각오를 정하고 최근 수삼년간의 소설을 돌아본다면 우선 연래로 보편화 되어온 판단의 하나인 사상성의 감퇴란 것을 절실히 느낄 수가 있다. 물론 작품이 이제와서 사상적 매력을 잃었다는 말은 결국 최근의 소설들이 일반으로 문학으로서의 매력이 적어졌다는 것을 의미하나 아직도 조선소설이(일반으로 문학이) 현대 청년들이 자기의 정열을 토로하고 의탁하는 주요한 영역의 하나임은 이유가 있지 않을 수가 없다.

그러면 어떠한 형태로 현대 조선청년이 문학을 생활 정열의 주요한 가탁물(假托物)로 선택하는 이유가 표현되는가?

정히 이것이 우리가 최근의 소설을 읽어오면서 천착하고 찾아내려고 하는 궁극의 요점이 아닌가 한다.

그것은 선악간 현대의 독자가 아직도 소설을 버리지 않고 읽어가는 즉 오늘날의 소설 고유의 매력이, 다시 말하면 재래의 의미에 대신하는 매력이 되는 것이다.

[(2) 『동아일보』 1938. 4. 2]

「말하려는 것」과 「그리려는 것」의 분열

나는 이런 몇 개 요소 중의 하나로 세태 묘사에의 길을 든다.

뿐만 아니라 이것은 최근 조선소설의 압도적 조류가 되어 가는 문학적 경향의 하나라고 생각할 수가 있다.

세태 묘사의 소설이란 직접으로는 내성의 소설과 대척되는 것으로 김남천씨의 소설과 채만식씨의 소설 또는 고(故) 이상의 소설과 박태원씨의 소설을 비교하면 이 특색은 명백히 나타난다.

더욱이 세태 묘사의 소설은 내성의 소설과 유기적인 대척관계를 가졌을 뿐만 아니라 양자가 한꺼번에 두각을 나타냈다는 데 또한 의미가 있다.

마치 조이스가 프루스트와 더불어 서구의 가장 신선한 문학적 요소인 것처럼 김남천, 채만식, 이상, 박태원씨 등은 현대 우리 문단에 있어서 가장 후렛쉬[신선]한 소설을 제작하는 이들이다.

그러면 외부로 향하는 작가의 정신과 내부로 파고드는 작가의 정신과의 사이에 어떤 공통한 관계란 것을 연상치 않을 수가 없다.

다시 말하면 외향과 내성은 본래 대립되는 방향임에도 불구하고 한 시대에 두 경향이 한가지로 발생하는 때는 그 종자들을 배태하는 어떤 기초에 단일성을 생각하지 않을 수 없는 것이다.

나는 이것을 작가의 내부에 있어서 '말하려는 것'과 '그리려는 것'과의 분열에 있지 않은가 하고 생각한다.

더 자세히 말하자면 작가가 주장하려는 바를 표현하려면 묘사되는 세계가 그것과 부합되지 않고, 묘사되는 세계를 충실하게 살리려면 작가의 생각이 그것과 일치할 수 없는 상태다.

지난 정초『조선일보』좌담회 석상에서 유치진씨가 작자의 희망을 살리려면 리얼리즘을 버리고 로맨티시즘을 취하지 않을 수가 없다고 술회한 바는 이 사실의 좋은 예증이 되지 않는가 한다.

현실을 있는 대로 그리면 작품 가운데선 작자가 인생에 대하여 품고 있는 희망이란 것이 살지 못할 뿐만 아니라, 오히려 암담한 절망을 얻게 되는 것이다.

그러므로 자연 작자의 생각을 살리려면 작품의 사실성을 죽이고 작품의 사실성을 살리려면 작자의 생각을 버리지 아니할 수 없는 딜렘마에 빠지는 것이다.

이것은 작가에게 있어선 창작 심리의 분열이고, 작품에 있어선 예술적 조화의 상실이다.

그러므로 민촌의 근작이나 설야의 근작에서 보는 바와 같이 작가는 부절히 이 양자의 중간을 방황하고, 제 생각에 지배되지 않는 묘사의 세계 때문에 또는 작품의 구조 가운데 동화되지 않는 제 생각 때문에 실로 통절한 고통을 맛보고 있는 것이다.

이런 현상은 말할 것도 없이 우리가 사는 시대의 이상과 현실이 너무나 큰 거리로 떨어져 있는 현실 자체의 분열상의 반영일 것이다.

그러나 중요한 것은 우리 소설가들이 이 분열 가운데서 고통하고 발버둥치는 이외에 아무런 능력도 없다는 것이다. 다시 말하면 시대의 이상과 현실을 연결시키는 결대(結帶)는 그 시대인이며 양자의 거리를 축소시키고 나중엔 이상을 현실로, 현실을 이상으로 전화시키는 오묘한 능력까지가 우리들에게 부여되어 있음에 불구하고 우리들 자신은 현재 영점(零點)하를 상하(上下)하고 있는 것이다.

더욱이 분열이 희유(稀有)의 거리를 가진 시대의 성격에 반하여 인간의 힘은 어떤 시대에 비해서나 약화되어 있을 때 실로 시대의 생활은 하나의 비극이 되는 것이다.

정신생활의 영역에나 작가들의 가슴 속에 저미(低迷)하는 가장 깊은 구름이 페시미즘[염세주의]임이 현재에 조금도 불가사의한 일이 아니다.

동시에 암운의 한가운데서 작가들이 비록 태양에 비할 바 되지 못한다 하더라도 일점의 별빛을 쫓으려 하는 원함도 또한 당연한 일이다.

성격과 환경과의 하모니가 본시 소설의 원망임에 불구하고 작가들이 이런 조화를 단념한 데서 내성(內省)에 살든가 묘사에 살든가의 어느 일방을 자연히 택하게 된 것이다.

내성의 문학을 통하여 수직적으로 자기 가운데로 들어가는 작가는 자기 자신의 개조란 것이 궁극에선 문학하는 이유가 되는 것으로 자기의 소설을 자기 고발의 형식이라 생각한 김남천씨에게서 다시 설명할 여지 없는 예를 볼 수가 있다.

어떤 이는 이상을 보들레르와 같이, 자기 분열의 향락이라든가 자기 무능의 실현이라 생각하나 그것은 표면의 이유이다.

그들도 역시 제 무력, 제 상극을 이길 어떤 길을 찾으려고 수색하고 고통한 사람들이다.

[(3) 『동아일보』 1938. 4. 3]

묘사되는 현실의 문제

그러면 외부로 즉 묘사의 세계로 향하는 작가들은 대체 어떠한 곳에서 문학하는 이유, 보람을 찾을 것인가?

예하면, 박태원씨의 소설 『천변풍경』을 통하여 우리는 얼른 작자의 문학하는 이유가 무엇인지를 찾아낼 수 있을까?

이 소설에 대하여는 최재서씨의 논문을 위시하여 2,3의 비평이 쓰여졌으나, 결국은 『천변풍경』이 리얼리즘의 확대가 아니냐 하는 도그마론에 머물러 버렸다.

오히려 문제는 리얼리즘이 작자의 생각을 떠나 존재할 수 있느냐 없느냐에 있었다.

왜 그러냐 하면 「소설가 구보씨의 일일(一日)」을 쓴 심리주의자 박태원씨가 『천변풍경』을 쓴 리얼리스트 박태원씨―그것이 어떤 리얼리즘이든 간에―로 변하는 데는 어떤 정신적 이유가 따랐는가를 당연 들어야 할 것이었으므로이다.

그러나 나는 「구보씨의 일일」과 『천변풍경』과의 사이에는 작자 박태원씨의 정신적 변모가 잠재해 있다고는 생각지 않는다.

똑같은 정신적 입장에서 쓰여진 두 개의 작품이라고 보는 게 가장 타당한 관찰일 것이다.

「구보씨의 일일」에는 지저분한 현실 가운데서 사체가 되어 가는 자기의 하루 생활이 내성적으로 술회되었다면, 『천변풍경』 가운데는 자기를 산송장을 만든 지저분한 현실의 여러 단면이 정밀스럽게 묘사되어 있다.

그러므로 이 두 소설이 훌륭한 의미에서 조화 통합되었다면 우리는 어떤 본격적인 예술소설을 연상할 수가 있다. 그러나 「구보씨의 일일」에 나타난 작자는 『천변풍경』의 세계의 지배자가 될 자격이 없었고, 『천변풍경』의 세계는 「구보씨의 일일」의 작자를 건강히 살릴 세계는 또한 아니었다.

즉, 양개(兩個)가 다 작자의 예술적 정신적인 비상을 위하여는 각각 하나의 중하(重荷)이었다.

그러므로 박태원씨는 아직도 두 개의 경향을 양수(兩手)에 들고 좀처럼 놓지 못하며 양자의 조화를 시험해 보려는 1,2의 단편에선 작자의 자기무력은 저조한 감상으로 변하고 마는 것이다.

그러나 작자가 제 눈을 사진기의 렌즈처럼 닦아가지고 현실생활의 각 부를 노리는데 자기를 약하게 만든 보이지 않는 세계에 대한 한 개의 보복 심리가 들어 있다.

그것은 지저분한, 실로 너무나 지저분한 현실을 일일이 소설 가운데 끄집어 내다가 공중 앞에 톡톡히 망신을 시켜주려는 꼬챙이 같은 악의(惡意)다.

마치 청계천변에 모인 빨랫군 여인들이 남이 보기엔 소슬대문을 달고 인력거를 타고 다니는 훌륭한 민주사(閔主事)의 가정은 그실 이렇게 이렇게 지저분한 게라고 입을 쫑긋거리며 속살대는 심리와 비슷하다.

그러므로 우리들에게 있어 중요한 것은 묘사하는 배후에 흐르는 작자의 정신이고, 묘사에는 반드시 묘사 이상의 묘사하는 의식이 잠재해 있음을 발견하는 데도 있다.

『천변풍경』을 관류하는 작자의 의식은 아까도 말한 바와 같이 「구보씨의 일일」의 그것과 본질상으로 구별할 수는 없는 것이다. 역시 우리가 문제삼을 것은 외향적인 길이 작자는 작품상에 있어 여하한 의의를 갖느냐 하는 데 있다.

나는 현실을 시련의 장소로 삼자는 말을 한 일이 있다. 그러나 박씨에게 있어 자기나 혹은 작중의 주인공이 생사의 운명을 만들어가는 장소로써 『천변풍경』은 쓰여지지 않았다.

그러나 소설 가운데서 작자의 생각이 사는 방법은 오직 묘사되는 현실을 통해야만 예술로써 형성된다는 것을 생각할 제, 우리는 소설 가운데 묘사되는 현실의 막대한 주요성을 재인식하지 않을 수가 없다. 그런 때문에 작자의 생각이 묘사되는 현실과 조화되지 않을 때 비극을 경험한다고까지 말하지 않는가?

더욱이 소설은 묘사의 예술, 산문의 문학이다.

소설은 시가 할 수 없는 것을 해낼 수 있는 특이한 예술이다.

시는 지저분한 현실에 대한 악의를 이렇게까지 교묘, 섬세하게 표현할 수가 없다.

그러므로 소설은 시가 절망하는 곳에서 교묘하게 활동할 수 있는 것이다.

이래서 세태 묘사의 소설은 풍자시와 같이 작자 자신의 자태를 그렇게 똑똑히 내놓지 않고 단지 묘사되는 현실 그것을 통하여 독자에게 현실의 지저분함을 능히 전달할 수 있는 것이다.

그러기 때문에 묘사되는 현실이란 실로 하나의 정신적 가치를 갖는 것이며 세태소설이란 순전히 이런 측면에만 작자가 자기를 의탁하려는 문학이다.

세태소설이 소설 가운데서 그 중 산문적인 문학인 이유가 이곳에 있다.

또한 내성문학과 더불어 세태적인 소설이 점차로 문단에 세력있는 조류를 이루고 있는 이유도 현대 작가들의 정신적 능력이 자기 무력의 증명이나 제가 사는 환경에 대한 경멸과 악의의 한계를 넘기가 어려운 데 있다. 이것은 현대 작가의 한계인 동시에 우리시대의 특색이기도 하다.

채만식씨의 『탁류』나 『천하태평춘』, 고 김유정의 소설, 금년 『조선일보』의 당선소설 「남생이」 등 최근 흥미있다고 읽은 소설의 대부분이 이런 작품들이다. 심지어 홍명희씨의 『임꺽정(林巨正)』까지가 이런 데 치중하고 있지 않은가 한다.

[(4) 『동아일보』 1938. 4. 5]

세부 묘사와 플롯의 결여

『임꺽정』을 세태적인 소설로 일괄하여 버린다는 데는 약간의 이의가 있을 줄 아나, 우리가 세태소설이란 것의 양식상 특성을 가장 산문적인 데 두었다면 아마 조선소설 중에 『임꺽정』만치 초산문적인 소설의 예는 없을 줄 안다.

우리가 소설의 세계를 현대로부터 과거에 옮긴다는 데는 실로 흥미 이상의 이유가 있다고 나는 생각한다.

흥미만의 이유로 무대를 옮기는 것은 야담의 일이고 문학의 일은 아니다. 그렇다고 소설에 취급되는 단순한 장소의 이동이 아닌 것도 주지의 일이다.

무엇 때문에 역사적 현실 가운데 소설 구조의 무대를 구하느냐 하면, 역사적 현실이 우리들의 문학의식과 어떤 유기적인 관계를 가지고 있을 때 작가는 제 소설을 역사의 현실을 빌어서 구성한다.

이 관계가 현대에 없는 것을 과거에 구하려 할 때 스코트와 같은 낭만주의가 나타나기도 한다.

이태준씨가 『삼천리문학』 창간호 좌담에서, 뚜렷한 성격과 장대한 기구를 가진 픽션을 구하려면 과거의 현실을 찾을 수밖에 없다고 말한 것은 다분히 이런 점에 있다. 춘원의 역사소설도 전부가 이런 부류에 속한다 할 수 있으나, 등삼성길(藤森成吉)의 『도변화산』이나 귀사산치(貴司山

治)의『양학년대기』, 또는 임방웅(林房雄)의『청년』등은 결코 그런 것이
아니다.

현대의 성격과 환경을 소설 가운데 구성할 조건이 불편해질 때 그들
은 역사와 유사한 과거의 한 시대를 택한 데 불과한 것이다.

그러면『임꺽정』은 어떤 종류의 역사소설이냐? 그것은 춘원의 그것과
는 결정적으로 틀림은 물론, 야담과는 비교될 수 없는 예술성을 가지고
있으며,『도변화산』등과도 또한 구별되지 않을 수가 없다. 그러나 역시
『도변화산』등과 가장 많은 유사성을 가지고 있다 아니할 수 없다.『임
꺽정』일당이나 그때 세상의 여러 면모가 어딘지 한 개 사회성으로서 우
리의 시대와 비슷한 듯한 느낌을 받을 수가 있기 때문이다.

그러나『도변화산』이나『청년』같은 소설에서 받는 것과 같은 직통하
는 공감을『임꺽정』가운데서 구할 수는 없다.

우리들과 같은 성격이나 우리가 탐내는 뚜렷한 성격도 없고, 그 성격
과 환경과의 비버트한 갈등도 없으며, 따라서 작품을 관류하는 일관된
정열도 없다.

단지『임꺽정』의 매력은 그 시대의 여러 가지 인물들과 생활상의 만
화경과 같은 전개에 있다.

그러면 화제를 일전하여 지금 우리가 세태소설이라고 부르는『천변
풍경』,『탁류』,「남생이」들의 매력이 순전히 진부한 일상 세계의 전개에
있음을 생각할 필요가 있다.

『천변풍경』가운데서도,『탁류』가운데도,「남생이」가운데도, 김유정
의 소설 가운데도, 탁마된 성격이 우리를 끄는 힘은 없으며, 그 성격과
환경이 어울어져 만들어내는 줄기찬 플롯이 우리를 끄는 힘도 없으며,
따라서 작가의 사상이나 정열이 우리를 매료해 버리지도 못한다.

조밀하고 세련된 세부 묘사가 활동사진 필름처럼 전개하는 세속생활
의 재현이 우리를 즐겁게 하는 것이다. 그러므로 세태소설 가운데서 작

가는 주의를 한군데 집중시키는 법이 없다. 현실의 어느 것이 중요하고 어느 것이 중요치 않은가—이것을 구별하는 것이 진정한 리얼리즘이다—가 일체로 배려되지 않고 소여의 현실을 작가는 단지 그 일체의 세부를 통하여 예술적으로 재현코자 한다.

이 세 점 즉, 세부 묘사, 전형적 성격의 결여, 그 필연의 결과로서 플롯의 미약 등에서 『임꺽정』은 현대 세태소설과 본질적으로 일치된다.

동시에 『임꺽정』의 지면에 흐르는 작가의 의식을 우리는 연상할 수가 있다. 그러나 세태소설로서 역사소설이 가능하느냐는 별개의 과제가 아닐 수가 없다. 왜 그러냐 하면 묘사되는 현실이 한 개의 정신적 실체로서 독자에게 작용하는 마당에서 있어 역사상 현실은 현대의 현실의 가치를 분명히 충족키 어려운 때문이다.

그러므로 현대의 세태적인 소설에서 발견하기 어려운 유락성(愉樂性), 일종의 파노라마를 보는 듯한 미감을 『임꺽정』 가운데서 발견함은 즐거운 일이나, 그것이 소설의 예술성으로부터 오는 미적 유락성인지 혹은 일종의 오락성인지는 재고할 과제인 것 같다.

이 점은 『임꺽정』과 현대의 세태소설과의 구조가 전자는 파노라마인 데 비하여 후자는 모자이크적인 데 더욱 명백히 볼 수가 있다.

왜 그러냐 하면 전형적 성격과 운명적 치열미를 가진 플롯이 불가능한 세부 묘사의 문학은 자연히 모자이크적이 아닐 수가 없기 때문이다.

이 모자이크의 대표적인 것이 『천변풍경』이고 쪼각보와 같은 비(非)심미적 체재를 피하려 한 『탁류』 같은 소설이 불가피적으로 통속미를 가미하여 플롯을 굵게 하고 있는 사실을 우리는 성찰해야 한다.

결국 세태적 소설은 꼼꼼한 묘사와 다닥다닥한 구조, 느린 템포와 자그막씩한 기지로 밖에 씌워지지 않는 것이다.

김유정, 현덕 그리고 『탁류』 등 비교적 최근에 호평을 듣는 작가의 문장, 구성 등이 전부 이런 점에서 특이하다.

그러나 모자이크가 좀 떨어져 보면 하개 하모니를 표출하듯 세태소설은 아주 평판(平板)한 것이라고 하더라도 우리들에게 일종의 유락(愉樂)을 주는 것이다.

[(5) 「동아일보」 1938. 4. 6]

이 조류는 발전시킬 것인가

끝으로 우리는 자꾸만 만연되어 가는 조선소설의 세태소설화의 경향을 어떻게 평가할 것이냐는 문제를 처리하지 않을 수 없다.

요컨대 세태소설은 발전시킬 것인가 어찌할 것인가의 문제다.

그러나 이미 소설의 일방(一方)을 지배하기 시작한 조류는 아무도 새삼스럽게 어찌하지 못할 것이다.

차라리 우리는 세태소설 가운데 작가들이나 우리 문학이 최량의 것을 수득(收得)할 준비를 게을리 하지 않는 것이 본무(本務)가 아닌가 한다.

그러나 내성소설이 심리묘사를 심화하고 세태소설이 현실 묘사를 확대하여 서로 각각 소설의 영역을 깊게 하고 혹은 넓혀 문학에 비익(裨益)한다고는 보지 않는다.

그런 것은 문학이 아니고 문학의 한 부분 조그만 측면에 악착하고 있는 슬픈 상태를 너무나 안일하게 긍정해 버리는 태만한 비평 정신의 하는 일이다.

물론 장래의 문학은 심리소설에서나 세태소설에서 각기 유용한 유산을 끄집어 낼 수가 있을 것이다.

그러나 우리의 시대는 결국 소설이 와해된 시대, 문학이 궤멸된 시대인 것을 생각지 않을 수가 없다.

조이스와 푸르스트를 평하여 어느 비평가가 소설예술의 사멸과 붕괴의 산물이라 하였음은 연유 없는 말이 아니다.

가령 조이스를 디킨즈에 비하며 묘사의 기술상으로 별반의 진화가 없고 단지 구조상의 차이가 있을 따름이며, 오히려 성격의 운명에 의하여 시츄에이션을 연속시키지 못한 치명적 결함이 있을 뿐이다.

단지 조선에 있어서 세태소설이 어딘지 청신하게 보이고 존재이유가 있는 듯한 것은 서구는 물론, 동경 문단의 전통과도 달라 조선소설사가 아직 묘사의 기술을 완성해본 단계를 가지고 있지 못했기 때문일 것이다.

동경 문단만 해도 이만한 묘사는 자연주의 문학이 완성하였다고 볼 수가 있다.

그러나 조선 신문학상에 있어 가장 정밀한 묘사가라는 상섭, 동인 등은 현대의 세태적 소설의 묘사 기술을 분명히 따를 수 없는 것이다. 이런 의미에서 세태소설에게 하나의 지위를 줄 수가 있고, 묘사되는 현실의 가치를 중시함으로서 우리는 묘사 기술의 성장을 기대할 수가 있다 할 수 있다.

그러나 묘사를 전부 세부 묘사에 국한하고, 소설을 시츄에이션의 집합물로 짜개버리는 결과를 반성하지 않을 수가 없다.

소설의 구조가 시츄에이션으로 분리되어 버리면 세태소설적 묘사란 결국 모래알같은 세부 묘사의 집합에 불과하고 만다.

이것은 현실을 있는 그대로 파악함을 목적으로 하는 진정한 묘사의 기술과 분명히 구별되지 않을 수가 없다.

이곳에서 나는 어떤 유효한 구제책을 생각하는 것보다 세태소설적 묘사가 스스로 규정하는 소설 장르상의 한계를 의식하는 것이 필요할 줄로 안다.

다름 아니라, 세태소설은 일견 그 정신적 질의 심오함에 장점이 있는 것이 아니라 묘사되는 현실의 양의 풍다(豐多)함에 가치가 있는 거와 같이 생각되어 자연히 장편을 택해야 할 상싶으나, 나는 이것을 심히 의심한다.

왜 그러냐 하면『천변풍경』,『탁류』등이 모두 장편소설이고, 또 그것으로서 흥미가 있는 듯싶으나 기실 자세히 생각해 보면, 이 작품들은 자체가 단편의 집합이었고, 흥미도 한토막 한토막의 시츄에이션 위에 걸려 있었다.

인물 자체나 또는 인물이 자꾸만 체험하는 사건에나 또는 그런 속에 만들어지는 줄거리에나 모두 우리는 긴장한 적이 없다.

만일 있었다면『탁류』에서와 같이 통속소설의 수법을 끌어들인 덕택이거나 설화조(說話調)의 매력에 있었을 것이다.

다시 말하면 세태소설은 합리적 구조와 소설 구조의 내적 필요성에 의하며 장편을 구성한 것이 아니라 명백한 비(非)장편적인 억지의 구성이나, 그렇지 않으면 인위적 연결이나 비예술적인 구성으로 겨우 장편이 된 것이다. 이것은 세태소설의 특성인 묘사되는 현실의 양적 풍다성(豊多性)에 반하여 단편소설을 주장하는 것 같으나, 그것과 모순한다는 것은 하나의 형식적 관찰에 불과하다.

본시 문학이란 어느 것을 물론하고 묘사되는 생활상의 양의 과다로 우월이 좌우되지 않는 것쯤은 일개의 상식이다.

그러면 시는 소설에 비하여 열등한 예술임을 영원히 면치 못할 것이다.

오히려 단편소설을 통하여 우리는 지저분한 현실에 대한 경멸과 악의를 날카롭게 해서 표현할 수 있는 것이며, 그것을 날카롭게 하기 위하여는 현실 가운데 어느 부분이 가장 그것을 표현하기에 전형적인가를 탐색하게 되는 것이다.

이 탐색이 우리는 무엇을 결과하리라고 예단할 수 없다. 그러나 작가의 이러한 의식이 장대한 기구와 운명의 긴박성을 가진 장편소설에 해당치 못하는 것과 단편 가운데 칩거하지 않을 수 없는 한계를 가질 것은 의식하게 될 것이다.

동시에 작가의 의식 방향이 현실 가운데를 탐색하고 있는 한, 즉 회색

빛 페시미즘이나 꺼십데일러적 악의를 넘어서 생활세계를 찾는 한, 세태소설 가운데를 방황하는 자기의 문학하는 이유를 모두 다른 곳에서 찾을 가능성도 기대할 수가 있는 것이다.

좌우간 세태소설, 내지는 세태적인 문학의 감행은 무력한 시대의 한 특색이라 할 수 있다.

임화의 「세태소설론」 읽기:

본격, 세태, 심리, 통속소설[1]

∵
조현일

1. 임화와 1938년의 (장편)소설론들

임화가 「세태소설론」(『동아일보』, 1938년 4월 1일~6일)을 쓴 것은 카프가 해
산된 지 3년 뒤인 1938년의 일이다. 그 후 연달아 「최근 조선 소설계 전
망」(『조선일보』, 1938년 5월 24일~28일)[2]과 「통속문학의 대두와 예술문학의
비극」(『동아일보』, 1938년 11월 17일~27일)을 발표하여 장편소설의 네 가지
양식, 즉 본격·내성(심리)·세태·통속소설을 도출하고 각각의 의미를 분
석함은 물론 장편소설의 나아갈 방향을 제시한다. 당대 최고의 비평가
임화가 장편소설론 쓰기에 몰두했다는 점, 그만큼 1938년 문단의 최대
화제가 장편소설론이었다는 점을 알 수 있는데, 여기에 하나 덧붙여야
할 것이 루카치의 장편소설론 수용이 중요한 배경으로 작용했다는 점이
다.[3] 카프 해산 후 임화의 비평 작업, 장편소설이 문제시될 수밖에 없었

---

1 이 글은 졸고 「임화 소설론」, 『한국문학의 근대성과 리얼리즘』, 월인, 2004를 수정하여 재
   서술한 것임을 밝혀 둔다.
2 『문학의 논리』, 임화, 학예사, 1940에는 「본격소설론」이라는 제목으로 실려 있다. 이후 본
   격소설론이라 칭하기로 한다.
3 「루카치 소설론의 수용양상」, 『한국근대문학사상사』, 김윤식, 한길사, 1984; 『게오르크 루

던 당대 창작계와 비평계의 상황, 그리고 루카치의 장편소설론 수용이라는 세 가지 맥락이 교차하는 가운데 탄생한 것이 임화의 1938년 소설론들이라고 할 수 있다. 그중 하나인 「세태소설론」을 이해하기 위해서는 이에 대해 검토하는 상당히 먼 우회가 필요하다는 것을 알 수 있다. 우선 앞의 두 가지를 살피는 것으로부터 시작하자.

임화는 1930년을 전후한 2차 방향 전환을 통해 카프의 볼셰비키화를 주도하면서부터 카프의 지도적 비평가로 활약하기 시작하는데, 그의 비평의 중심은 문학과 정치 일원론에 입각해 사상성을 포기하지 않으려 했다는 점에 있다. 1934년의 낭만주의론(「낭만정신의 현실적 구조: 신창작 이론의 정당한 이해를 위하야」, 『조선일보』, 1934년 4월 1일~25일), 1935년의 문학사 서술(「조선문학사론 서설」, 『조선중앙일보』, 1935년 10월 9일~11월 13일), 1937년의 사실주의론(「사실주의 재인식」, 『동아일보』, 1937년 10월 8일~14일; 「주체의 재건과 문학의 세계」, 『동아일보』, 1937년 11월 11일~16일) 등 볼셰비키화론 이후 이에 대해 자기비판하면서 새로운 방향성을 모색한 모든 비평 역시 그러한 성격을 갖는다. 이는 1934년 낭만정신을 고평한 것이 사회주의 리얼리즘이라는 신창작 이론을 사상성을 제거한 리얼리즘론으로 이해하려는 경향에 대항해 혁명적 파토스를 강조하기 위해서였다는 것, 1935년 문학사 서술이 그간의 프로문학에 대해 얻은 것은 이데올로기요 잃은 것은 예술이라고 평가한 박영희의 이원론, 그리고 이를 비판했지만 여전히 신경향파 소설을 예술성은 떨어지나 사상성은 높기에 의미 있다는 식으로 평가하는 신남철의 신이원론을 비판하고 정치·사상과 문학의 일원론으로 문학사를 재정립하기 위함이었다는 것에서 잘 드러난다.

리얼리즘의 승리! 그것은 사상에 대한 예술의 승리에 그치는 것이 아니라

카치』, 김경식, 한울, 2014 참조.

그릇된 사상에 대한 옳은 사상의 승리이다.[4]

위대한 리얼리즘의 승리 테제를 재해석하면서 관조주의와 주관주의 양자를 비판하고 있는 1937년의 사실주의론 역시 그 핵심은 엥겔스의 테제를 "그릇된 사상에 대한 옳은 사상의 승리", 즉 "그릇된 생활 실천에 의해 주체화된 작가의 사상을 현실의 객관적 파악에 의한 과학적 사상을 가지고 격충한 것"으로 재해석함으로써 사상으로서의 리얼리즘론, 주체 재건의 방법론으로서의 리얼리즘론을 정립하는 데 있다. 임화의 1938년 장편소설론들은 1937년 사실주의론의 구도, 즉 사상과 결합된 어떤 중심을 지향하면서 이를 시금석으로 주관주의적 편향과 객관주의적 편향을 비판하는 구도를 소설장르론으로 심화한 것이라고 할 수 있다. 그리고 전자에 엥겔스의 발자크론 수용이 배경으로 자리 잡고 있었다면, 후자에는 루카치의 장편소설론 수용이 이론적 심화를 위한 토대로 작용했다고 할 것이다.

임화를 위시하여 당대 비평가들에게 왜 장편소설이 문제 되었던 것일까? 김남천에 따르면 "장편소설의 개조론이 우리 문단의 최후의 희망인 것처럼 주목을 받게 되는 이유"는 "장편소설을 위기에서 구출해 보자는 노력이 문학이나 문단의 침체를 타개하는 길을 거쳐서 전문화적·정신적 위기의 타개에 일맥의 길을 걷게 되는 것"[5]이라는 점에 있다. 장편소설은 시민사회의 전형적 문학 형식으로서 시민사회와 불가분의 관계에 있기에 장편소설의 위기는 시민사회의 위기에 뿌리가 있고, 장편소설을 위기에서 구출하는 것은 곧 시민사회의 문화적·정신적 위기의 타개를 의미하기 때문이다. 일제 치하에서 시민사회를 운운한다는 것이 이해되

---

4 임화, 「주체의 재건과 문학의 세계」, 『동아일보』, 1937년 11월 13일.
5 김남천, 「세태와 풍속: 장편소설 개조론에 기함」, 『동아일보』, 1938년 10월 14일.

지 않을 수 있으나, 이 경우 시민사회의 위기란 곧 일제 군국주의가 일층 심화되어 파시즘에 이르렀음을 의미한다. 임화의 글을 포함하여 한설야의 「장편소설의 방향과 작가」, 백철의 「종합문학의 건설과 장편소설의 현재와 장래」, 김남천의 「현대조선소설의 이념」, 「세태와 풍속: 장편소설 개조론에 기함」 등 1938년의 장편소설론 혹은 로만개조론은 한낱 문예일반론이 아닌, 파시즘의 도래로 인한 절박한 위기의식 속에서 이를 헤쳐 나가기 위한 방편으로 "문단 최후의 희망처럼" 제시되었던 것이다.

구체적으로 장편소설의 위기를 어떻게 파악하는가는 비평가마다 상이하다. 임화의 경우 장편소설의 위기 역시 사상성의 감퇴와 밀접한 관련이 있는 것으로 파악한다는 데 특징이 있다. 민촌과 설야, 춘원과 상섭을 포함하여 과거 예술파라 불리던 작가들조차 "지금 작가들보다는 문학을 사상으로 이해하였"으며 "더 적극적인 열의와 희망을 현실에 대하여서나 저 자신에 대하여 품고 있었"고, "이는 조선에 있어 고전적(그것은 근대적이다) 의미의 소설 양식 완성의 지향"으로 나타날 수밖에 없었다.[6]

> 그러므로 소설 형식의 완성이란 것이 어느 한편에선 의식적(형식주의적으로!)으로 강조되고, 다른 한편에선 의식되지 않고(내용만능주의로!) 기도되었음에도 불구하고 그 실은 문학 논쟁의 진정한 승부 장소였다고 할 수 있었다.[7]

그러나 이제 카프 계열이건 구인회 계열이건, 문학 논쟁의 진정한 승

---

6 임화, 「최근 조선 소설계 전망」, 『조선일보』, 1938년 5월 26일.
7 같은 글.

부 장소인 "고전적(근대적) 의미의 소설 양식 완성의 지향"을 상실한 것이 곧 소설의 위기인바, 최근의 『천변풍경』, 『탁류』, 「날개」, 「종생기」, 김남천의 「제퇴선」, 「요지경」 등이 이를 잘 보여준다는 것이다. 왜 이런 사태가 벌어졌는가? 「세태소설론」은 이에 대해 분석하는 것으로 글을 시작하고 있다.

> 작자의 생각을 살리려면 작품의 사실성을 죽이고 작품의 사실성을 살리려면 작자의 생각을 버리지 아니할 수 없는 딜레마에 빠지는 것이다. 이것은 작가에 있어선 창작 심리의 분열이고, 작품에 있어선 예술적 조화의 상실이다.[8]

좀 더 구체적으로 소설의 위기는 "작자의 생각"("작가가 주장하려는 바")과 "작품의 사실성"("묘사되는 세계")을 일치시킬 수 없는 창작 심리의 분열이 작품에서 예술적 조화의 상실로 나타난 것으로서 사상을 살릴 수 없는 현실의 분열, 즉 "이상과 현실이 너무나 큰 거리로 떨어져 있는 현실 자체의 분열상의 반영"이다.[9] 근대적 자아와 세계의 분열 혹은 주체의 분열이 장편소설이라는 장르가 기반하는 역사철학적 토대라고 할 때, 당대는 그 분열이 너무 커 장편소설이라는 장르 자체가 위기에 빠지게 되었다는 주장이다.

소설의 위기에 대한 임화의 진단은 소설 형식을 완성하려는 과정이 곧 조선 신문학사의 전개 과정이라 파악하는 통시적 관점과, 현실(현실의 분열)·작가(창작 심리의 분열)·작품(예술적 조화의 상실)을 일관되게 해명하는 공시적 관점, 그리고 사상성을 강조하는 그의 고유의 비평관이 어우러

---

8 임화 「세태소설론」, 『동아일보』, 1938년 4월 2일.
9 같은 글.

져 다른 비평가들의 장편소설론이 갖지 못한 다층적 통찰을 보여준다는 점에서 의미 있다.

무엇보다 임화가 주체성에 대한 헤겔주의적 관점에 입각해 장편소설의 방향성을 제시하려 했다는 점은 중요한 의미를 갖는다. 임화는 한편으로는 "우리 소설가들이 이 분열 가운데서 고통하고 발버둥치는 이외엔 아무런 능력도 없다"라고 하면서도, 다른 한편으로는 "이상을 현실로, 현실을 이상으로 전화시키는 오묘한 능력까지 우리들에게 부여되어 있음에도 불구하고 우리들 자신은 영점 하를 상하고 있다는 것"[10]이라고 하여 궁극적으로 장편소설의 위기가 극복될 수 있다는 관점에 서 있다. 일견 모순적으로 보이는 이러한 주장이 가능한 이유는 임화가 헤겔주의적 마르크시즘에 입각해 있기 때문이다.

① 진화론으로 볼 때 초산아가 헤겔을 배우자면 적어도 몇 만 년을 요할 것인가? (…) 인간은 자연사적 시간을 단축한다. 이 힘은 의식성 가운데 있다. 오늘 우리는 이것을 주체성(혹은 능동성)이라 부른다. 이 가능성은 인간에게만 있는 것이다. 또한 이 가능성의 실현이 자연사로부터 사회사를 만들어 냈다.

② 순수한 의미에서 가능성과 현실성은 그것이 현실화될, 가능화될 전생의 전제를 내포한 한에서 비로소 양자는 존재하기 때문이다. 이 轉生의 계기는 노노한 바와 같이 행위다.[11]

임화가 이 시기에 어떻게 헤겔을 공부했는지는 좀 더 구체적으로 밝혀져야 할 과제이지만, 분명한 것은 이 "오묘한 능력"이 헤겔주의적 관점에

---

10   같은 글.
11   임화, 「역사, 문화, 문학」, 『동아일보』, 1939년 2월 19일

서 바라보인 주체성에 해당한다는 점이다. 임화에게 주체성과 행위란 사회를 구성하는 계기, 즉 사회사와 역사를 자연사와 구별시키는 계기이면서 동시에 현실성과 가능성을 상호 전환시키는 현실의 본질에 해당한다. 그리고 헤겔주의적 마르크시즘의 "인간은 그의 노동의 소외된 생산물 속에서 자신의 본질을 실현한다"[12]는 본질/현상 모델에 입각하여, 현상적으로 인간의 주체성(본질)이 분열(소외)되어 있다고 할지라도 주체성(본질)은 여전히 실현된다고 사유함으로써 오묘한 능력에 대해 계속해서 주장한다. 분열이 아무리 클지라도 사회가 지속되는 한 주체성과 행위는 계속될 수밖에 없는 것이 되고 이로써 소설 장르의 위기는 지금 당장은 아닐지라도 궁극적으로 극복될 수 있는 것으로 판단되며, "고전적 의미의 소설 양식 완성의 지향"은 포기할 수 없는 방향성이 되는 것이다. "오묘한 능력"에 대한 인정으로부터 시작되는 임화의 주장에 대해서는 과연 그러한 주체성이 존재할 수 있는가라는 좀 더 본질적인 질문이 가능하고, 구체적인 방법론이 아니라 원칙론이라거나 관념적이라는 비판이 가능하다. 그럼에도 그것은 최소한 단순한 혼란 혹은 사회주의에 대한 유토피아적 믿음으로 간주되기 힘들며, 헤겔주의적 마르크시즘에 입각함으로써 최악의 경우에도 포기할 수 없는 궁극적 방향성을 견지하게 하는 강점을 지닌다고 할 것이다.

2. 소설의 네 가지 양식과 루카치 소설론

임화는 이상의 관점에 기초해 당대 소설을 분석하면서 총 세 편의 소설론을 발표한다. 가장 먼저 발표한 것이 이 글에서 나름의 이해에 도달하고자 하는 「세태소설론」으로서 이것이 주로 현상 분석을 통해 세태소설

---

12   L. Althusser, *For Marx*(London: NLB, 1977), p. 226.

이 대세가 되어 버린 연유와 그 의미를 분석한다면, 다음에 발표된「본격소설론」은 본격소설의 문학사적 의미와 그 구조를 분석하면서 장편소설이 나아가야 할 방향성을 제시하고,「통속소설의 대두와 예술문학의 비극」은 최악의 양식으로 간주되는 통속소설을 비판하는 데 주력한다. 크게 보아 현상을 분석하고 방향성을 제시한 뒤 그릇된 현상을 비판하는 서술 구조를 취하고 있는데, 임화는 그 과정에서 매우 규범적인 네 종류의 소설 양식을 도출한다. "성격과 환경의 조화"를 특성으로 하는 본격소설, 양자의 조화를 포기하고 세태 묘사와 심리 묘사에 치중하는 세태소설과 내성(심리)소설, 통속적 방법으로 성격과 환경의 조화를 꾀하는 통속소설이 그것이다. 네 가지 소설 양식은 당대의 소설에 대한 구체적 분석과 더불어 매우 정교한 이론적 관점에 입각해 제시된다.

> 성격과 환경과의 하모니가 본시 소설의 원망임에도 불구하고 작가들이 이런 조화를 단념한 데서 내성에 살든가 묘사에 살든가의 어느 일방을 자연히 택하게 된 것이다.[13]

네 가지 소설 양식은, "소설의 원망(바람)"으로 간주되며 장편소설이 지향해야 할 본질적 특성으로 설정되고 있는 "성격과 환경과의 하모니"를 근거로 도출되는바, 본격소설이건 세태소설이건 임화의 소설론을 이해하기 위해서는 "성격과 환경과의 하모니"에 대한 이해가 필수적이다.

최초의 "성격과 환경과의 조화"라는 명제 혹은 그에 대한 요구는 카프 해산 후 카프계 작가들이 발표한 소설, 즉 이기영의「적막」, 한설야의『황혼』,『청춘기』등과 같은 구체적인 작품을 대상으로 한 비평적 작업에서 제시된다. 상황은 카프 해산 후를 그려 현실적인 반면, 인물은 여전

---

13 임화,「세태소설론」,『동아일보』, 1938년 4월 2일.

히 이전의 공식주의적인 인물을 그려 비현실적이라고 하면서 인물과 환경의 '괴리'를 비판하고 '조화'의 필요성을 주장하는 것이다. "성격과 환경과의 조화"는 이처럼 초기에는 인물과 상황의 현실성 여부를 의미하였는데 이후 「작가 한설야론」(『동아일보』, 1938년 2월 24일)을 거쳐 장편소설론에 이르면 장편소설의 본질적 특성을 의미하는 명제로 심화된다. 「작가 한설야론」에서 성격과 환경의 상호 관계 속에서 "사회인으로 자기를 완성해 가는 힘찬 형상"에 대한 요구로 나타나고, 「본격소설론」에서는 다음과 같이 구체화되는 것이다.

> '발자크', '졸라' 혹은 '톨스토이', '디켄스' 어느 사람을 물론하고 고전적 의미의 소설은 고전적 의미의 드라마와 같이 성격과 환경과 그 사이에 얽어지는 생활과 생활의 부단한 연속이 만들어 내는 성격의 운명이란 것을 소설 구조의 기축으로 삼았고, 그 구조를 통하여 작가는 제 사상을 표현해 온 것이다.[14]

성격과 환경의 조화에 대한 요구란 성격과 환경의 행복한 일치를 주장하는 것이 아니라 본격소설의 구조적 기축으로 간주되는 "성격과 환경과 그 사이에 얽어지는 생활과 생활의 부단한 연속이 만들어 내는 성격의 운명"에 대한 요구를 의미한다. 임화의 관점에서 '성격과 환경의 조화'는 "그 구조를 통하여 작가는 제 사상을 표현"하는 것인 만큼 핵심적인 의미를 갖는데, 이러한 일련의 주장은 임화가 루카치의 장편소설론에서 받은 영향을 고려할 때만 온전하게 해명될 수 있다.

당시 문제가 되었던 루카치의 글은 '부르주아 서사시로서의 소설'이라는 부제가 붙은 「소설」과 「'소설'에 대한 보고」였다. 전자는 1934년 말

---

14 임화, 「최근 조선 소설계 전망」, 『조선일보』, 1938년 5월 24일.

에 소비에트 문학대백과사전의 '소설' 항목을 위해 기술한 것이며, 후자는 1934년 12월 말에서 1935년 1월 초까지 세 차례에 걸쳐 '공산주의 아카데미 철학연구소 문학 분과'에서 소설론의 실제적인 문제를 위한 토론이 벌어졌을 때 전자에 입각해 제출한 요약본이다.[15] 일본어로는 구마자와 마타로쿠(熊澤復六)가 각각 1937년 6월과 1936년 3월에 번역했다.[16] 이 글들은 관점에 따라 상반된 평가가 가능하다. 케슬러에 따르면 헤겔주의적 관념론의 한계를 갖고 있으면서도, "그의 방법은 '장르 각각의 특수한 형식의 발생과 발전을 규정하는 저 사회적·내용적 계기들을 부각하여 드러내'고자 하는 것"으로서, "역사적이고 유물론적인 체계론을 강력히 옹호한 것은 매우 가치 있고 생산적"이며, 소련에서 페레베르제프로 대변되는 사회학주의의 오류를 극복하는 데 중요한 역할을 했다고 평가할 수 있다.[17]

루카치의 글들은 당대 최고의 이론이었던 만큼 조선의 비평가들에게도 중요한 의미를 가졌다. 앞서 제시한 백철의 글에서도 루카치에 대한 언급을 발견할 수 있으며, 특히 김남천은 루카치의 소설론에 큰 영향을 받은 것으로 평가되고 있다. 임화의 경우 루카치의 글로부터 받은 영향은 「휴머니즘 논쟁의 총결산: 현대문학과 휴머니티의 문제」(『조광』, 1938년 5월 24일)에서 직접 드러난다. 루카치의 「소설」에서 개진된 호메로스의 서사시와 근대 장편소설에 대한 논의가 세 페이지에 걸쳐 요약되어

---

15 P. Keßler, "Standortsuche für eine historisch-materialistische Theorie des Romangenres", in: *Disput über den Roman. Beiträge zur Romantheorie aus der Sowjetunion 1917-1941*, hrsg. von Michael Wegner u. a.(Berlin und Weimar, 1988), p. 287 참고.

16 일본어 본은 신승엽이 한글로 번역했다(『소설의 본질과 역사』, 소련콤아카데미 문학부편, 예문, 1988).

17 P. Keßler, ibid., p. 288 이하 참조. 케슬러는 페레베르제프가 비록 속류사회학주의의 모습을 보이지만 루카치의 헤겔적인 관념론적 요소에 대해 정당하게 비판하고 있다고 평가했다.

있으며, 요약본에서 언급되지 않은 부분이 제시되는 등 임화가 「소설」을 읽었음을 알 수 있는데, 더욱 중요한 것은 임화가 어떤 비평가들보다도 루카치의 글을 깊이 있게 이해하고 있었다는 점이다.

임화의 본격소설론 혹은 세태소설론과 관련하여 루카치의 「소설」에서 주목되는 지점은 크게 다음 세 가지다. 첫째, 케슬러가 지적하는 것처럼 루카치가 헤겔로부터 빌려온, 행위를 통해 표현되는 인간의 자립성과 자기활동성을 서사문학의 시적 기초로 간주한다는 점이다. 호메로스의 서사시건 근대의 장편소설이건 서사문학의 공통적인 특징은 인간의 숨겨진 본질로서의 자립성과 자기활동성을 형상화하는 데, 즉 서사적 포에지를 구현하는 데 있다고 보고 이를 중심으로 장편소설의 역사를 기술한다.

둘째, 루카치가 바로 이 인간의 자립성과 자기활동성을 형상화하는 서술 방식을 '서사(Erzählen)'라고 칭한다는 점이다. 서사란 당대 인간의 자기활동성의 운명을 드러내는 서사적 줄거리를 창조하는 서술 방법으로서 대상과 인물을 필연적 관계로, 즉 대상·환경을 인물 행위의 한 계기로 형상화하는 데 특징이 있다.

셋째, '서사'가 붕괴하면서 등장하는 서술 방식으로 '묘사(Beschreiben)'를 내세운다는 점이다. '서사'가 작가가 사회에 능동적으로 참여하고 삶에 동참할(Mitleben) 때 가능한 서술 방법이라면, 묘사는 능동성을 상실하고 삶에 대해 관찰만 하게 될 때 등장하는 서술 방법이다. 묘사는 대상·환경을 인물의 행위와는 독립적으로 서술함으로써 인간의 자기활동성의 운명을 포착할 수 없을 뿐 아니라 의미 있는 것에 대한 서사적 선별력을 상실한다. "진부한 평균이 전형적인 것과 동일시되면서 (…) 행위들의 서사적 형상화를 상태와 상황들에 대한 묘사로 대체"한다.[18]

---

18 G. Lukács, "Roman", in: *Disput über den Roman*, p. 348. 신승엽 학형의 일본어 번역과 김

위의 내용은 임화가 루카치 노선을 얼마나 충실하게 밟고 있는지를 매우 잘 보여준다. 우선 앞의 두 가지 지점부터 살펴보자. 첫째, 앞서 지적하였던 임화의 주체성, 행위 개념이 「소설」의 중심 개념인 자기활동성, 행위 등과 밀접한 관련을 갖는다는 것을 알 수 있다. 임화가 주체성, 행위에 의해 사회사와 자연사를 구분하는 것이나 소설 장르의 토대로 주체성을 설정하는 것은 루카치가 『역사와 계급의식(Geschichte und Klassenbewusstsein)』에서 변증법을 사회사에만 적용되는 방법으로 규정하는 것이나 소설 장르의 토대로 자기활동성을 설정하는 것과 거의 일치한다. 임화가 『역사와 계급의식』을 읽었는지는 알 수 없지만, 최소한 헤겔주의적 마르크시즘이라는 동일한 이론적 구조 속에서 소설론을 전개하고 있었으며 그로 인해 누구보다 깊숙이 루카치의 소설론을 이해하고 있었음을 알 수 있다.

둘째, 임화의 "성격과 환경과의 조화"라는 명제는 「소설」의 기본 개념인 '서사'에 대한 깊은 이해 속에서 제시되었다고 할 수 있다. "성격과 환경과 그 사이에 얽어지는 생활과 생활의 부단한 연속이 만들어 내는 성격의 운명"이란 루카치의 "인물과 대상(환경)이 필연적인 관계 속에서 형상화되어 있는 서사적 줄거리"에 다름 아니다.

① 줄거리란 성격과 환경, 따로 말하면 묘사와 작가의 주장이 정상한 교섭을 할 때만 그야말로 예술적인 의미의 것이 생겨나는 것으로 이것은 현재에 있어 조선문학이 장편소설을 구성할 힘이 부족한 가장 큰 표현이다.[19]

② 탁마된 성격이 우리를 끄는 힘도 없으며 성격과 환경이 어울어져 만들어 내는 줄기찬 플롯이 우리를 끄는 힘도 없으며, 따라서 작가의 사상이나

경식 학형의 독일어 번역을 참고하였다. 신승엽, 김경식 학형에게 감사드린다.

19 임화, 「통속문학의 대두와 예술문학의 비극」, 『동아일보』, 1938년 11월 23일.

정열이 우리를 매료해 버리지도 못한다.[20]

그리하여 루카치가 인간의 운명이 드러나는 서사적 줄거리를 강조했듯이 임화 역시 성격과 환경의 조화는 물론 인용문 ①에서처럼 성격과 환경이 정상적으로 교섭할 때 창조되는 줄거리의 중요성을 강조한다. 통속소설이건 세태소설이건 비판의 대상이 되는 중요한 이유는 본격적인 줄거리를 창조하지 못한다는 데 있다. 임화는 통속소설이, 조선의 문학이 줄거리를 창조하는 힘이 부족할 때 "祭物的 흥미와 가정소설 같은 스토리 삽입으로 통속성과 타협"[21]하여 줄거리를 만들어 내기 때문에 등장하게 되었다고 보고, 「통속문화의 대두와 예술 문학의 비극」 전체에 걸쳐 이를 중심으로 통속소설의 특성에 대해 서술하고 있다. 그리고 「세태소설론」의 경우 '세부 묘사와 플롯의 결여'라는 제목하에 한 장을 설정하여 세태소설을 비판하는데, 그 중심 내용은 "성격과 환경이 어울어져 만들어 내는 줄기찬 플롯"을 창조하지 못하고 모자이크적이게 되었다는 것이다.

줄거리의 창출이 이토록 중요시되는 이유는 성격과 환경의 조화가 곧 서사이며 그 결과물이 서사적 줄거리이기 때문으로, "성격과 환경과의 조화"와 이를 통한 서사적 줄거리의 창조는 분리 불가능한 이론적 틀이었다고 할 수 있다. 그만큼 성격과 환경의 조화를 구현하는 본격소설은 포기할 수 없는 지향이었으며, 현실적인 소설 양식으로 제시되는 세태, 내성, 통속소설은 루카치의 소설론에 기반한 매우 명확한 이론적 정합성 속에서 도출되어 주장되었던 것이다.

---

20   임화, 「세태소설론」, 『동아일보』, 1938년 4월 5일.
21   임화, 「통속문학의 대두와 예술문학의 비극」, 『동아일보』, 1938년 11월 25일.

3. 세태소설과 묘사

먼 우회로를 거쳐 비로소 「세태소설론」에 대해 직접적으로 서술할 수 있는 지점에 이른 것 같다. 그러나 「세태소설론」의 전체 구성을 고려하면 이미 몇몇 부분에 대한 설명이 이루어졌다고 할 수 있다. 「세태소설론」은 『동아일보』에 1938년 4월 1일부터 6일까지 총 6일간 연재되었다. 4월 1일에는 아무 제목 없이 당대 조선 문학의 특성을 "사상성의 감퇴"로 규정하며, 그다음부터 '말하려는 것과 그리려는 것의 분열', '묘사되는 현실의 문제', '세태 묘사와 플롯의 결여', '이 조류는 발전시킬 것인가'라는 제목으로 세태소설의 여러 면에 대해 논한다. 4월 1일자 내용과 4월 2일자 '말하려는 것과 그리려는 것의 분열'에서 장편소설 위기의 원인을 제시한 후, '묘사되는 현실의 문제'에서 세태 묘사의 의의를 도출하고, '세태 묘사와 플롯의 결여'에서 세태소설이 줄거리를 창출하지 못하는 무능력을 비판하며, 마지막으로 '이 조류를 발전시킬 것인가'에서 세태소설과 관련된 앞으로의 전망을 제시한다. 4월 1일자 내용과 '말하려는 것과 그리려는 것의 분열'에 대해서는 1장 '임화와 1938년의 (장편)소설론들'에서, '세태 묘사와 플롯의 결여'에 대해서는 2장 '소설의 네 가지 양식과 루카치 소설론'에서 그 의미가 상세하게 서술되었다고 본다. 이 장의 과제는 「세태소설론」의 나머지 두 장, 즉 '묘사되는 현실의 문제'와 '이 조류는 발전시킬 것인가'에서 제시된 내용을 루카치의 묘사관과 비교하면서 임화 소설론의 전체적인 구도 속에서 고찰하고, 임화의 독창성을 규명하는 것이다.

이 시기 임화의 묘사관은 매우 다층적인 면모를 보이는데, 크게 세 가지 정도를 지적할 수 있다. 우선 임화의 묘사관은 묘사란 고전적 소설의 수법이 방법으로 고양된 것으로서 서사적 줄거리를 파괴하는 서술 방법이라는 루카치의 묘사관에 기초해 있다는 점을 들 수 있다.

여러 가지 현대적 협작물을 가지고 있음에도 불구하고 결국에는 19세기 사실소설이 자연주의로 퇴화하던 그런 어떠한 추이가 이 세태소설들 가운데 표현되어 있지 않은가 하고 생각해 볼 수는 있다. 조선적인 본격소설의 쇠미를 따라 퇴화하던 본격소설의 유물, 혹은 수법을 방법에까지 고양한 소설형태로써 말이다.[22]

앞서 제시했듯이, 루카치는 묘사를 서사가 붕괴하면서 등장한 서술 방식으로 본다. 묘사는 원래 19세기에 들어 개인과 계급의 관계가 복잡해지면서 이를 표현하기 위해 발생한 수법이었다. 그것은 행위, 인간의 운명을 형상화하기 위한 계기, 즉 서사의 계기였는데, 19세기 후반에 들어서면서 구성의 결정적 원리로 그 위상이 변화했다. 졸라로 대변되는 자연주의는 바로 이 묘사로 전락함에 본질이 있다는 것이다. 위 인용문에서 드러나듯이, 임화 역시 동일한 관점을 취한다. 임화는 루카치의 「서사냐 묘사냐?(Erzählen oder beschreiben?)」(1936)에서 자세히 서술되고 「소설」의 이론적 토대를 이루면서도 특히 6장 '새로운 리얼리즘과 소설형식의 해체'에서 요약적으로 제시되는 서사 개념에 입각해 본격소설을, 묘사 개념에 입각해 세태소설을 분석한다. 본격소설은 지향해야 할 것이 되고 묘사는 비판의 대상이 되는데, '세부 묘사와 플롯의 결여'라는 장에서 묘사에 대한 비판이 이루어진다.

루카치는 "묘사와 함께 재현은 세태 묘사로 전락한다"[23]라고 주장한다. 앞서 지적한 바 있듯이 묘사는 의미 있는 것과 그렇지 않은 것을 선별하는 서사적 선별 능력을 갖고 있지 않으며, 그로 인해 묘사는 "인간

---

22 임화, 「최근 조선 소설계의 전망」, 『조선일보』, 1938년 5월 27일.

23 G. Lukács, "Erzählen oder beschreiben?", in: Georg Lukács, *Essays über Realismus. Georg Lukács Werke Bd.4. Probleme des Realismus I*(Neuwied und Berlin, 1971), p. 217. 조만영 선생님의 미발간 번역을 참조하였다. 조만영 선생님께 감사드린다.

적으로 의미심장한 것 모두를 깨끗이 씻어 낸 세태성(Genrehaftigkeit)"[24]의
서술에 멈춘다는 것을 고려하면 루카치에게 세태와 묘사가 분리 불가능
한 개념 쌍을 이루고 있다는 것을 알 수 있다. 세태소설의 핵심을 묘사로
본 데서 드러나듯 임화는 세태와 묘사의 관계에 대한 루카치의 관점을
심도 있게 파악하고 있었다. 똑같이 루카치를 언급하면서도 백철이 「종
합문학의 건설과 장편소설의 장래」에서 이런저런 이유를 들어 세태소설
이 아니라 사태소설이라 하여야 한다고 주장하거나, 김남천이 「세태와 풍
속」에서 세태를 넘어서 풍속을 그리는 것으로 나아가야 한다고 주장하는
것을 고려하면 묘사관과 관련해서도 임화의 남다름을 이해할 수 있다.

그러나 임화의 뛰어남은 루카치의 이론을 심도 있게 이해한 것에만
있지 않다. 더욱 중요한 것은 임화가 루카치를 넘어서 자신만의 묘사관
을 발전시켰으며, 이에 입각해 세태소설 고유의 의의를 도출해 냈다는
점이다. 임화는 세태소설 혹은 묘사의 근본적 한계를 비판하면서도 크
게 두 가지 점에서 의미 있다고 본다. 「세태소설론」의 '묘사되는 현실의
문제'라는 장에서 첫 번째 의미가 서술된다.

① 소설 가운데서 작자의 생각이 사는 방법은 오직 묘사되는 현실을 통해
야만 예술로써 형성된다는 것을 생각할 제, 우리는 소설 가운데 묘사되는
현실의 막대한 주요성을 재인식하지 않을 수 없다.
② 묘사되는 현실이란 하나의 정신적 가치를 갖는 것이며 세태소설이란
이런 측면에만 작가가 자기를 의탁하려는 문학이다.
③ 지저분한, 실로 너무나 지저분한 현실을 일일이 소설 가운데 끄집어내
다가 공중 앞에 톡톡히 망신을 시켜 주려는 꼬챙이 같은 악의다.[25]

---

24 Ibid., p. 218.
25 임화, 「세태소설론」, 『동아일보』, 1938년 4월 3일.

앞서 지적한 바 있듯이, 본격소설에서 작가는 서사적 줄거리 혹은 "성격과 환경과 그 사이에 얽어지는 생활과 생활의 부단한 연속이 만들어내는 성격의 운명"을 통해 자신의 사상을 표현한다. 그러나 이것이 불가능하다면 어떻게 해야 할 것인가? 세태소설에 대한 임화 나름의 긍정은 이러한 질문과 무관하지 않다. 임화는 "도대체 왜 박태원, 채만식 등 조선의 신선한 작가들은 거개가 세태소설로 나아가는 것일까? 작가들은 그로부터 어떤 보람을 찾는 것일까?"라고 질문하면서, 현재 "중요한 것은 묘사의 배후에 흐르는 작자의 정신이고 묘사에는 반드시 묘사하는 이상의 묘사하는 의식이 잠재해 있음을 발견하는 데" 있다고 주장한다. 그리하여 임화는 묘사가 또 하나의 "작자의 생각과 사는 방법"이면서 동시에 필수적인 방법이라 하면서 그 중요성을 재인식하고, "묘사되는 현실의 정신적 가치"와 "이런 측면에만 작가가 자기를 의탁하려는 문학인 세태소설"을 긍정한다. 그리고 구체적으로 인용문(③)에서 제시되듯이, 묘사되는 현실의 정신적 가치 혹은 작자의 생각은 "지저분한 현실을 톡톡히 망신 주려는 꼬챙이 같은 악의", "자기를 약하게 만든 보이지 않는 세계에 대한 한 개의 보복심리"라고 주장한다.

이와 같은 주장은 묘사가 "부르주아적 현실에 대한 증오와 경멸"[26]을 표현한다고 지적하면서도 비판적 입장만을 표명하는 루카치로부터 한 걸음 더 나아간 것이라 할 수 있다. 이것이 가능할 수 있었던 것은 임화가 오랜 시간 비평 작업을 통해 고유의 창조적 묘사관을 발전시켜 왔다는 데 그 이유가 있다. 루카치 수용 이전 임화의 묘사관은 가깝게는 엥겔스의 발자크론에, 멀리는 블라디미르 막시모비치 프리체(Vladimir Maksimovich Friche)의 묘사관에 이론적 근거를 두고 있었다. 초기에 프리체의 『구주문학발달사』에 크게 영향을 받아 '소설=서사적인 것=사실적

---

26   G. Lukács, "Roman", p. 346.

인 것=자연주의=실증사상=묘사'라는 도식을 갖고 있었으며, 묘사란 분석정신의 소산으로 소설로서의 성질을 획득케 하는 조건이라고 파악하고 있었다. 이러한 묘사관은 「사실주의 재인식」에서 엥겔스의 발자크론을 재해석하면서 "묘사로서의 의식론"[27]으로 발전한다. 엥겔스의 발자크론을 해석하는 과정에서 세계관·사상이 내재된 방법 개념을 도출함으로써 관조주의와 묘사에도 주관과 의식이 작용하고 있음을 간파하여 묘사되는 현실의 가치를 주장하게 된 것이다. 그러면서도 묘사가 분석정신의 소산이며 소설로서의 성질을 획득케 하는 조건이라는 생각은 여전히 유지된다. 이는 통속소설이 "묘사를 통하여 그 줄거리와 사실의 논리와를 검증할 필요를 느끼지 않고 속중의 생각이나 이상을 그대로 얽어 놓은 것", 즉 "상식이라는 현상을 그대로 사실 자체로 믿어 버리려는 엄청난 긍정의식"[28]의 소산으로 간주되고 부정적으로 평가되는 데서 잘 드러난다.

세태소설 혹은 묘사의 두 번째 의의는 「세태소설론」의 마지막 장인 '이 조류는 발전시킬 것인가'에서 서술된다.

단지 조선에 있어서 세태소설이 어딘지 청신하게 보이고 존재 이유가 있는 듯한 것은 서구는 물론 동경 문단의 전통과는 달리 조선소설사가 아직 묘사의 기술을 완성해 본 단계를 가지고 있지 못했기 때문인 것이다. (…) 그러나 조선 문학사에 있어서 가장 정밀한 묘사가라는 상섭, 동인 등은 현대의 세태적 소설의 묘사 기술을 분명히 따를 수 없는 것이다. 이런 의미에서 세태소설에게 하나의 지위를 줄 수가 있고 묘사되는 현실의 가치를 중

---

27 '묘사로서의 의식론'에 대해서는 신두원의 「임화의 현실주의론 연구」, 서울대석사학위논문, 1991 참고.
28 임화, 「통속문학의 대두와 예술문학의 비극」, 『동아일보』, 1938년 11월 27일.

시함으로서 우리는 묘사 기술의 성장을 기대할 수가 있다고 할 수 있다.[29]

임화는 "자꾸만 만연되어 가는 조선소설의 세태소설화의 경향을 어떻게 평가할 것이냐"라고 질문하고 "세태소설적 묘사가 스스로 규정하는 소설장르상의 한계를 의식하는 것이 필요"하다고 주장하면서 다른 한 편으로 조선소설사의 특수성으로 인해 세태소설 혹은 묘사가 의미 있다고 본다. 조선소설사는 동경 문단과는 달리 묘사의 기술을 완성해 보지 못했기에 세태소설을 통해 묘사 기술의 성장을 기대할 수는 있다는 것이다. 세태소설에 대한 이러한 평가는 이식문학사의 관점에서 벗어나지 못했다고 비판받을 수도 있다. 그러나 이는 조선소설사의 특수성을 고려한다는 점에서 임화의 글들이 사상을 포기하지 않으면서 공시적·통시적인 다층적 작업의 결과물이라는 앞선 지적을 다시 한 번 확인해 주는 것이기도 하며, 그만큼 임화의 남다름을 보여준다고 할 것이다.

임화가 발표한 소설론 세 편 중 왜 하필 「세태소설론」인가? 오랜 우회로를 거쳐 그 이유를 제시할 수 있게 되었다. 로만개조론을 주장했던 김남천은 임화의 소설론들에 대해 여러 장편소설론 중 "역시 가장 흥미 있고 또 음미의 가치가 있는 개조론은 임화 씨의 이·삼논책에서 찾아보아야 할 것 같다"[30]고 평가하면서도 임화가 구체적인 방법론이 부재하며 결국 "비관적 절망"에 이르고 있다고 비판한다. 그러나 김남천의 사고를 빌려 다시 표현해 본다면 「세태소설론」이 문제적인 이유는 비록 그것이 로만 개조의 구체적인 방법론을 제시하지 않고 있지만 「통속문학의 대두와 예술문학의 비극」과는 달리 비관적 절망론으로부터 벗어나 있으며, 무엇보다도 「본격소설론」과 달리 당대 소설들에 대한 치열하고

---

29   임화, 「세태소설론」, 『동아일보』, 1938년 4월 6일.
30   김남천, 「세태와 풍속」, 『동아일보』, 1938년 10월 19일.

도 현실적인 분석 작업을 벌이고 있다는 점에 있을 것이다. 그리하여 루카치를 심도 있게 이해하는 것을 넘어서 묘사의 긍정성과 부정성 모두를 아우르는 매우 창조적인 사고로 나아갔으며, 그 결과 임화의 장편소설에 대한 다층적인 사유를 가장 잘 보여주기 때문일 것이다.

11장

D. H. 로런스

G. 루카치

발터 벤야민

M. 바흐친

사르트르

아도르노

프레드릭 제임슨

루쉰

최재서

임화

김현

백낙청

김현 1942~1990

김현(본명 김광남). 1942년생. 서울대학교 불문과와 동대학원 졸업. 프랑스 스트라스부르대학교에서 유학했으며, 1990년 타계하기까지 서울대 불문과 교수로 재직했다. 1962년 김승옥, 김치수, 최하림과 함께 소설 동인지 《산문시대》를, 1966년 황동규, 김화영, 정현종과 더불어 시 전문지 《사계》를 창간했다. 1970년에는 계간지 《문학과지성》 창간의 주축이 된다. 4.19세대를 대표하는 비평가이자 문학연구자 중 한 명이다. 『한국문학의 위상』, 『분석과 해석』, 『말들의 풍경』, 『프랑스 비평사』, 『바슐라르 연구』 등 많은 책을 저술했다. 타계한 뒤에 『김현 전집』이 전16권으로 간행되었다.

소설은 왜 읽는가 *

김현

라디오와 텔레비전이 보급되기 전이어서였겠지만, 어렸을 때에 내가 제일 좋아한 것은 어머니나 아버지의 무릎을 베고 드러누워 옛날 이야기를 듣는 것이었다. 그 옛날 이야기의 종류는 아주 다양해서, 전래의 동화에서부터 내가 잘 알 수 없는 나라의 이야기에 이르기까지 종횡 무진이었다. 나는 커서 그 이야기들의 거의 대부분을 이 책 저 책에서 다시 확인할 수 있었지만, 물론 그 재미는 옛날만 못했다. 어렸을 때 즐겨 먹던 목화, 다래, 감꽃, 삘기, 조선배추 꼬랑이 등이 먹고 싶어, 나이든 뒤에 어렵사리 그것들을 구해 먹었을 때의 맛 비슷하게, 그 옛날 이야기들은 추억의 달무리 속에서 빛나고 있었다.

　어렸을 때에 그토록 이야기를 듣고 싶었던 이유는 무엇이었을까? 무엇이 어린애를 이끌어, 알 수 없는, 혹은 너무 자주 들어 익숙히 알고 있는 이야기의 세계로 달려가게 했을까? 지금도 대부분의 경우, 어머니 아버지의 추억은 그 이야기의 부드러운 공간 속에 녹아든다. 그 부드러운

---

* 　김현 지음, 『분석과 해석 / 보이는 심연과 안 보이는 역사 전망』, 문학과지성사, 1992에 수록된 글.

어루하며, 포근한 무릎, 그리고 시원하고 따뜻했던 방바닥 등의 공간이 그 추억의 공간이다. 그 공간은 언제나 되돌아가고 싶은 공간이며, 그 곳에서는 삶이 살만하다고 느껴지는 공간이다. 지금 돌이켜 생각해 보면, 어린애였을 때의 나의 삶은 말타기, 자치기, 구슬치기, 제기차기, 땅따먹기 같은 놀이 공간과 그 이야기의 공간으로 이루어져 있었던 것 같다.

이야기의 공간 속에서 나를 끝내 놓아주지 않은 것은 호기심이었다. 내가 살고 있는 그 좁은 공간 밖에 무엇이 있을까 하는 호기심을 옛날이야기들은 끊임없이 자극하고 있었다. 이야기를 아무리 들어도 그 호기심은 채워지지 않았다. 호기심은 채워지지 않지만, 이야기를 듣다 보면, 내가 살고 있는 삶과는 다른 어떤 삶이 있다는 것만큼은 분명하게 느껴졌다. 호기심은 이야기를 들을 때의 그 만족 혹은 행복의 느낌과 교묘하게 융합하여 삶의 공간을 부드럽게 만들고 있었다. 그렇다면 호기심은 어디에서 생겨나는 것일까?

그 호기심의 심리적 자리를 끝까지 파헤쳐 본 정신 분석학은 그 자리가 욕망이라고 말한다. 사람은 누구나 마음 편하고 즐겁게 살고 싶다는 생득적(生得的) 욕망을 가지고 있다. 그러나 자기 하고 싶은 것을 다 하고 살 수는 없다. 그래서 사람들이 무리를 이루어 살게 된 후에, 그 욕망을 최소한으로 규제하려는 시도가 생겨나게 된다. 정신 분석학에선, 자기가 원하는 대로 하고 싶어하는 욕망을 쾌락 원칙이라고 부르고, 그것을 규제하는 법규들은 현실 원칙이라고 부른다.

쾌락 원칙이 현실 원칙에 의해 적절하게 규제되지 않으면 사회는 성립될 수 없다. 그 현실 원칙 중에서 제일 중요한 것은, 인간 윤리에 위배되는 일을 금하는 갖가지 금기(禁忌)들이다. 그 금기 때문에 욕망은 억압되고, 억압된 욕망은 원래의 욕망을 변형시켜 그 모습을 드러낸다. 이야기는 바로 그 욕망을 변형시켜 드러낸 것이어서 사람들의 한없는 호기심을 자극한다. 이야기에서 사람들은 자기 욕망의 원초적 모습을 감지할 수 있다.

쾌락 원칙이 지배하려는 것은 자기가 하고 싶은 것을 마음대로 하고 싶다는 욕망, 즉 무엇인가를 소유하고 싶다는 소유 욕망인데, 그 소유 욕망은 모든 재화(財貨)를 대상으로 삼고 있다. 재화는 적고 욕망은 크기 때문에 거기에도 현실 원칙이 작용하며, 그 현실 원칙 때문에 금기(禁忌)가 생겨난다. 그 금기에 대한 호기심이 바로 이야기를 듣고 싶어하는 호기심이며, 그 금기에 대한 호기심이 바로 이야기를 하고 싶어하는 욕망이다. 그 욕망의 뿌리가 같기 때문에 이야기를 듣고 싶어하는 욕망이나 이야기를 하고 싶어하는 욕망은 같은 구조를 가지고 있다.

이야기를 듣고 싶어하는 호기심이나 하고 싶어하는 욕망은 죽음과 맞닿아 있다. 실제로 이야기에 대해 일정한 거리를 취하는 건강한 사람들도 술에 취해 의식이 어느 정도 마비되면, 다시 말해 의식이 죽음과 가까워지면, 한없이 이야기하려 하고, 한없이 들으려 한다. 술 좌석에서, 한 이야기를 되풀이하여 이야기하고, 이미 들은 이야기를 또다시 들으려는 욕심이 생겨나는 것은 술이 억압된 욕망의 뿌리를 흔들기 때문이다. 의식이 완전히 죽지 않는 한, 속에 있는 말—이야기—이 모두 밖으로 나오는 법은 거의 없다. 아니 절대로 없다.

이야기가 죽음과 맞닿아 있다는 것은, 이야기에 대한 다음의 옛 이야기에 분명하게 나타나 있다. '아라비안 나이트'에는 천하루 동안, 한국식으로 말하면 '영원히'라고 할 수 있을 정도로 오래, 밤마다 이야기를 하게 운명지워진 한 여인이 나온다. 셰에라자드라는 이름을 가지고 있는 그녀는, 자기 아내의 부정에 크게 노하여 여자의 정절을 믿지 않게 된, 그래서 하루 저녁을 같이 보낸 여자를 죽이는 나쁜 습관을 가지게 된 왕 앞에서 재미있는 이야기를 함으로써 자신의 죽음을 유예(猶豫)시켜 나가다가, 결국 왕의 나쁜 버릇을 고치게 된다. 그녀의 이야기는, 죽이고 싶어하는 왕의 욕망과 살고 싶어하는 그녀의 욕망 사이에 있다. 아니, 차라리 그녀의 이야기는 그 두 욕망 사이의 가교(架橋)이며, 이야기가 진행되는 한, 두 욕망은 팽팽한 긴장 관계를 유지한다. 그 어느 쪽 긴장이 풀어져도 그 결말은 죽음이다.

죽음과 싸우는 셰에라자드 이야기 못지 않게, 레비스트로스라는 프랑스의 한 인류학자가 대번에 그리스의 미다스왕 이야기와의 유사성을 발견해 낸, '임금님 귀는 당나귀' 귀라는 이야기 역시 이야기가 죽음과 관련되어 있다는 것을 여실히 보여 준다. 임금님은 자기 비밀이 퍼지면 조롱거리가 되기 때문에 이야기의 누설을 끝까지 막으려 한다. 이야기를 하면 혹은 이야기를 잘못하면 죽는다. 그런데도 복두장이는 이야기를 하고 싶어 죽을 지경이다. 실제로 복두장이는 이야기가 하고 싶어 죽을 병에 걸린다. 그는 대나무숲에 가서 이야기를 하고서야 살아난다. 그것은 이야기에 쾌락 원칙이 숨어 있다는 한 좋은 증좌이다. 쾌락 원칙을 감추고 현실 원칙을 감수하면서, 사실은 변형된 모습으로 쾌락 원칙을 드러내려 하고 있기 때문에 이야기는 죽음─금기와 맞닿아 있다. 이야기를 하는 사람이나 이야기를 듣는 사람이나 그 마음의 뿌리는 가능하면 쾌락의 원칙에 가까이 가, 현실 원칙의 금기를 이겨 보려는 욕망이다.

쾌락 원칙이 현실 원칙을 이길 수는 없다. 쾌락 원칙이 현실 원칙을 이길 때, 사회는 유지될 수 없다. 사회는 그래서 쾌락 원칙을 좇는 사람들을 감옥이나 정신 병원으로 보낸다. 이야기는 바로 그 감옥이나 정신 병원에 들어가지 않기 위해 쾌락 원칙이 현실 원칙을 피해 자신을 드러내는 자리이다. 아니다. 이야기는 쾌락 원칙이 자신을 드러내는 자리가 아니라, 현실 원칙이 쾌락 원칙을 어떻게 억압하고 있으며, 그것은 올바른 것인가 아닌가를 무의식적으로 반성하는 자리이다. 쾌락 원칙만을 좇아서 살 수는 없다. 그래서는 사회가 유지될 수 없다. 그러나 현실 원칙이 적절하게 쾌락 원칙을 규제하고 있는가 그렇지 않은가는 반성할 수 있다. 그래야 자유로운 공간이 조금씩 넓어질 수 있다.

이야기의 종류는 한이 없다. 이야기하는 사람의 수효도 한이 없으며, 이야기를 듣고자 하는 사람의 수효도 한이 없기 때문이다. 같은 이야기라도 하는 사람이나 듣는 사람에 따라 조금씩 달라진다. 그 이야기들은 크게 두 종류로 나눌 수가 있다. 하나는 세속적 이야기라고 부를 수 있는 것으로, 우리가 삶을 영위해 나가면서 매일 듣는 일상적인 이야기들이 바로 그것이다. 그것의 가장 대표적인 예가 저녁에 집에 돌아온 남편에게 그 날 일어난 일들을 시시콜콜 이야기하는 아내의 이야기이다. 세금 이야기, 아이들 이야기, 이웃집 여자 이야기, 신문 가십난 이야기 등 그녀의 이야기는 한이 없다. 그 이야기는 거창한 것도 아니고 별난 것도 아니다. 대개의 경우, 그녀가 하는 이야기들은 사소한 것들이며, 들어도 그만, 안 들어도 그만인 것들이다. 그러나 놀랍게도 그 사소한 이야기들 속에, 한 철학자가 범속한 트임, 세속적 트임이라고 부른 삶의 예지가 번득이는 경우가 있다. 그 삶의 지혜가 상투화되면, 다시 말해 공공의 의견이 되면, 그것은 속담으로 축소화된다. "가는 말이 고와야 오는 말이 곱다."거나 "서당개 삼 년이면 풍월을 한다."와 같이 이야기 속에 담긴 지혜는 속담으로 정리되고, 그 정리는 새 변형, 새 이야기를 만들어 낸다.

그 세속적 이야기 곁에 환상적 이야기라고 부를 수 있는 별난 이야기가 있다. 그 이야기는 사소한 실제의 이야기들과 다르게 비현실적인 별난 이야기이다. 그것은 일상적인 것이 아닌 묘한 이야기들이다. 그 비일상적 이야기들은, 일상적 이야기들이 속담으로 정형화되듯 수수께끼로 정형화된다. "깎아 낼수록 커지는 것은 무엇일까?" "연필심." 그런 수수께끼는 일상적인 것을 비일상적인 것으로 바꾸어 놓는다. 수수께끼는 환상적 이야기 속에서 기능적으로 작용하여 여러 변형을 만들어 낸다. 환상적 이야기에는 그 기능적 수수께끼들이 많다. 일상적 이야기의 이편은 현실이며, 환상적 이야기의 저편은 꿈이다. 현실과 꿈은 일상적 이야기나 환상적 이야기를 매개로 인간의 삶 속에서 연계된다. 현실이나 꿈은 삶이지 이야기가 아니다. 이야기는 현실과 꿈 사이에 있다. 현실과 꿈 사이에 있는 이야기를 정제하여 줄글로 옮겨 놓은 것이 소설이다.

모든 이야기가 다 소설이 될 수 있는 것은 아니다. 구태여 장르별로 가르자면, 어떤 것은 소설이 되고, 어떤 것은 자서전과 회고록이 되고, 어떤 것은 수필이 된다. 수필은 붓 가는 대로 쓴 글이 아니다. 그것은 쓰는 사람의 입장에서, 서술의 측면에서는 나의 입장에서 내가 읽은 것이나 보고 들은 것을 삽화적으로 나열하고, 거기에서 삶에 대한 어떤 태도를 찾아내 표명한다. 어떤 태도를 표명한다는 점에서 그것은 철학에 가깝지만, 내가 읽고, 보고, 들은 것을 삽화적으로 나열한다는 점에서 그것은 문학에, 아니 소설에 가깝다. 그것은 철학의 세계관과 소설의 구체성 사이에 존재하는 장르이다. 그것은 단편적인 이야기들을 모아 세계에 대한 태도를 표명한다. 수필의 이야기들은 단편적이지만 구체적이고 비관념적이다. 단편적인 혹은 삽화적인 이야기들을 통해서 세계에 대한 태도를 표명하기 때문에 그것은 비체계적이고 반체계적이다. 비체계적이고 반체계적이지만, 그 이야기들에는 진솔한 삶의 지혜가 담겨져 있다. 자서전과 회고록은 수필보다 더 유기적이고 체계적인 수필이다. 자서전과 회고록은 쓰는 사람의 과거에서 의미 있고 특정적인 사건들을 끄집어 내 그것들을 유기적으로 배열하고, 그 유기적인 배열 속에서 삶에 대한 일관된 태도 표명을 이끌어 내는 이야기이다. 자서전과 회고록에 기록된 이야기들은 삽화적이고 일화적인 이야기들이 아니고, 쓰는 사람인 내가 의미있게 체험한 사건들이나 이야기들이다.

소설은 수필이나 자서전과 다르게, 쓰는 사람이 읽거나 보고 들은 것을 나의 입장에서가 아니라 소설 속의 인물들의 입장에서 서술하는 이야기이다. 콩트〔장편소설(掌篇小說)〕나 단편 소설 등은 이야기를 단편적으로 그리고 삽화적으로 다루는 경향이 있으며, 중편 소설이나 장편소설은 유기적으로 다루는 경향이 있다.

여기서 주의할 것은, 소설에 '나'라는 인물이 나온다 하더라도 그 인물은 글을 쓰는 사람이 아니라는 것이다. 소설에 대한 중요한 혼란 중의 하나는 소설 속에 나오는 '나'가 바로 쓰는 사람을 의미한다고 믿는 경향이다. 소설 속의 '나'는, 삼인칭 '그'의 변형이지, 소설을 써서 원고료를 받아 생계를 꾸려 나가는 소설가가 아니다. 그렇다고 해서, 소설 속의 '나' 속에 소설가가 조금도 투영되지 않는다는 말은 아니다. 소설 속의 소설가는 차원이 다른 인물이다. 소설 속의 사건은 현실의 것을 그대로 베낀 것이 아니라 변형시킨 것이다.

흔히 쓰이는 예이지만, 가령 ㉠술이 반 남아 있는 술병을 보고 "아 이제 반밖에 안 남았구나."라고 이야기할 수도 있고, "야 아직 반이나 남았구나."라고 이야기할 수도 있다. 소설 속의 사건이 현실의 사건을 변형시킨다는 것은 그런 의미에서이다. 그 때의 변형은 해석에 가까운 의미를 가지고 있다. 그것이 어떤 이야기이든, 객관적으로 있는 그대로 사건을 재현할 수는 없다. 사건은 어떤 형태로든지 해석되어야 변형되어 전달될 수 있다. 해석 없는 전달은 있을 수 없다.

바로 여기에서 나는 다시 욕망이라는 개념과 만난다. 사물을 해석하는 힘의 뿌리가 욕망이다. 현실 원칙 때문에 적절하게 규제된 욕망이 마음의 저 깊은 곳에 자리잡고 있다가 사건들을 이야기할 때에 슬그머니 작용하여 객관적 사실을 자기 욕망에 맞게 변형시킨다. 객관적 사실이 자기의 욕망을 크게 자극하지 않을 때 그 변형은 그리 크지 않다. 그러나 객관적 사실, 다시 말해 자아 밖에 있는 사실이 자아 속에 있는 욕망을 크게 자극할 때에 그 변형은 갑작스럽고 전체적인 것이 된다. 그 세계는 세계를 욕망하는 자의 변형된 세계이다. 그 세계는 작가가 해석하고 바꿔 놓은 세계이다. 그 세계가 살 만한 세계인가 아닌가 하는 것은 작가에게 중요하지 않다. 작가에게 중요한 것은 그 세계가 자기의 욕망이 만든 세계라는 사실이다. 세계는 세계를 욕망하는 사람들에 의해 더욱 생생해지고 활기 있게 된다. 소설은 그 욕망의 세계를 구체적으로 드러낸다. 그것은 시처럼 감정의 세계만을 보여 주는 것도 아니고, 철학처럼 세계관만을 보여 주는 것도 아니다. 그것은 세계를 욕망의 대상으로 구체적으로 제시한다. 소설은 그 어떤 다른 예술보다도 구체적으로 또 전체적으로 세계를 보여 준다.

소설 속에는 세 개의 욕망이 들끓고 있다. 하나는 소설가의 욕망이다. 소설가의 욕망은 세계를 변형시키려는 욕망이다. 소설가는 자기 욕망의 소리에 따라 세계를 자기 식으로 변모시키려고 애를 쓴다. 둘째 번의 욕망은 소설 속의 주인공들의 욕망이다. 소설 속의 인물들 역시 소설가의 욕망에 따라 혹은 그 욕망에 반대하여 자신의 욕망을 드러내고, 자신의 욕망에 따라 세계를 변형하려 한다. 주인공, 아니 인물들의 욕망은 서로 부딪쳐 다채로운 모습을 드러낸다. 마지막의 욕망은 소설을 읽는 독자의 욕망이다. 소설을 읽으면서 독자들은 소설 속의 인물들은 무슨 욕망에 시달리고 있는가를 무의식적으로 느끼고, 나아가 소설가의 욕망까지를 느낀다. 독자의 무의식적인 욕망은 그 욕망들과 부딪쳐 때로 소설 속의 인물들을 부인하기도 하고, 나아가 소설까지를 부인하기도 하며, 때로는 소설 속의 인물들에 빠져 그들을 모방하려 하기도 하고, 나아가 소설까지를 모방하려 한다. 그 과정에서 읽는 사람의 무의식 속에 숨어 있던 욕망은 그 모습을 서서히 드러내, 자기가 세계를 어떻게 변형시키려 하는가를 깨닫게 한다. 소설 속의 인물들은 무엇 때문에 괴로워하는가, 그 괴로움은 나도 느낄 수 있는 것인가, 아니면 소설 속의 인물들은 왜 즐거워하는가, 그 즐거움에 나도 참여할 수 있는가, 그것들을 따지는 것이 독자가 자기의 욕망을 드러내는 양식이다.

그 질문은 이 세계는 살 만한 세계인가, 이 세계의 현실 원칙은 쾌락 원칙을 어떻게 억누르고 있는가 하는 질문과도 같다. 그 질문을 통해 "여기 내 욕망이 만든 세계가 있다"는 소설가의 존재론(存在論)이 "이 세계는 살 만한 세계인가?" 하는 읽는 사람의 윤리학과 겹쳐진다. 소설은 소설가의 욕망의 존재론이 읽는 사람의 욕망의 윤리학과 만나는 자리이다. 모든 예술 중에서 소설은 가장 재미있게 내가 사는 세계는 살 만한 세계인가, 아닌가를 반성케 한다. 일상성 속에 매몰된 의식에 그 반성은 채찍과도 같은 역할을 맡아 한다. 이 세계는 과연 살 만한 세계인가, 우리는 그런 질문을 던지기 위해 소설을 읽는다.

소설과 욕망 :
김현의 「소설은 왜 읽는가」 읽기[1]

⋮

오길영

1. 김현 소설론과 분석적 해체주의

이 글에서는 욕망이론에 근거한 김현 비평의 문제의식을 일목요연하게
보여주는 김현의 글 「소설은 왜 읽는가」를 중심으로, 그리고 그와 관련
된 몇 편의 김현 비평문을 연결해 읽으면서 김현 소설 비평의 면모를
살펴본다. 4·19세대의 일원으로서 김현 비평의 문학사적 의미에 대해
서는 여러 분석이 있어 왔다. 특히 외국 문학이론을 창조적으로 수용하
여 한국문학에 적용하려 했던 김현의 작업은 주목할 만하다. 이런 점은
같은 4·19세대 비평가라 할 김우창이나 백낙청과도 통하는 점이다. 통
상 '공감의 비평'으로 지칭되는 김현 소설 비평의 이론적 근원은 범박
하게 정리하면 정신분석 비평, 현상학적 비평, 그리고 이미지(주제) 비
평으로 요약할 수 있다. 김현이 그 나름의 시각으로 정립한 이런 소설
론은 소설의 욕망이론으로 요약되며, 한국문학 공간의 소설 비평에도
적지 않은 영향을 미쳤다. 외국 이론을 무비판적으로 추종하는 것이 아

---

1   이 글은 김현 소설 비평의 특징을 분석한 졸고 「소설은 왜 읽는가: 김현의 소설론」, 『힘의
    포획』, 산지니, 2015를 수정·보완한 것이다.

니라 그런 이론들을 한국의 현실에 맞춰 변용하면서, 한국 소설 비평사에서 그 나름의 명확한 이론 체계를 갖고 비평을 했던 김현의 작업은 주목할 만하다. 이 글에서 읽어 보려는 비평문인 「소설은 왜 읽는가」는 김현 소설론의 이론적 핵심이 무엇인지를 에세이적 문체로 잘 보여준다. 또한 「소설은 왜 읽는가」는 김현 비평에서 정신분석학적 욕망이론과 현상학적 주제비평이 어떻게 완미하게 결합되어 나타나는가를 예시한다.

작가도 그렇지만 비평가는 통시적(역사적) 맥락과 공시적(상황적) 조건을 고려하면서 자신의 글쓰기 활동을 조감한다. 그런 자의식 없이 좋은 비평가가 되기는 힘들다. 비평은 곧 되묻기이며 그 성찰의 대상에는 비평가 자신도 포함된다. 한글로 사유하고 글쓰기를 한 1세대 비평가로 자임했던, 그리고 4·19 시민혁명의 자장 아래 있었던 김현에게 글쓰기의 성찰은 거의 강박적으로 그의 작업에서 드러난다. 김현은 자신을 포함한 당대 비평가들의 유형을 이렇게 나눈다. "내가 비평가들을 세 범주로 나눈 것은, i) 모든 비평은 비평가의 문학관의 개진이다; ii) 비평가의 문학관은 그의 세계관의 표현이다라는 생각에 의해서이다. 그 세 범주란 문화적 초월주의, 민중적 전망주의, 분석적 해체주의이다. 문화적 초월주의란 문학이 현실 세계를 초월하는 가치를 갖고 있다라고 믿는 세계관을 뜻하며, 민중적 전망주의란 문화란 민중에 의한 세계 개조의 실천의 자리이며 도구이다라고 믿는 세계관을 뜻하며, 분석적 해체주의란 문학이 우리가 익히 아는 경험적 현실의 구조 뒤에 숨어 있는, 안 보이는 현실의 구조를 밝히는 자리이다라고 믿는 세계관을 뜻한다. 같은 분석이지만, 문화적 초월주의에 있어서는 분석은 가치 판단이며 민중적 전망주의에 있어서는 실천 행위이며, 분석적 해체주의에 있어서는 해체-구축이다. 작품은 물론 가치 판단을 가능케 하는 동적 존재이며, 실천 행위를 고취하는 움직임이며, 숨은 구조가 드러나는 자리이다."² 김현 소설 비평의 준거점은 주관적이되 주관성에 머물지 않고 그것을 넘어서려는, 유동적으로 형성되는 객관화를 지향하는 성찰의 깊이에 있다. 이 점에서 그는 현상학적 비평의 자장에 있다. 하지만 그는 객관성을 참칭하는 객관주의가 아니라 객관화를 지향하는 현상학적 비평을 보완하는 방법으로 정신분석 비평의 욕망이론을 끌어들인다. 그러나 심리주의 비평으로 자신의 소설론을 편협하게 규정하는 시각에 반대하면서 김현은 자신의 소설론을 '분석적 해체주의'라고 규정했다. 김현이 가스통 바슐라르(Gaston Bachelard)에게 기대어 강조하듯이, 우리는 "경험적 현실의 구조"를 넘어서기가 쉽지 않다. 텍스트 읽기와 비평은 읽기를 자극하는 주어진 텍스트의 읽기, 그리고 다른 읽기들과의 '생산적 대화'를 통해 우리 자신이 시도한 애초의 읽기와 생각을 되돌아보게 한다. 되돌아보기를 통해 "안 보이는 현실의 구조"가 조금씩 모습을 드러낸다. 이것이 김현이 스스로를 '분석적 해체주의자'라고 자리매김한 이유다. 소설에서 중요한 것은 "경험적 현실의 구조"가 아니다. 작가들은 세계의 경험적 구조를 그 나름의 방식으로 변용해 작품에 표현한다. 비평은 작품이 표현하는 일상 세계의 구조를 분석하는 데 그치지 않는다. 그런 차원에 머문 작품이 훌륭한 작품이 될 수도 없다. 분석적 해체주의는 눈에 보이는 세계만이 아니라 작품이 보여주는 "안 보이는 현실의 구조"에 관심을 둔다. 좋은 소설이 투박해진 일상적 인식과 언어로는 파악하지 못하는 세계의 숨은 구조와 진실을 표현하듯이, 좋은 비평은 그런 작품이 보여주는 비가시적 세계에 주목한다. "안 보이는 현실의 구조"가 정신분석 비평의 대상인 무의식, 욕망의 뿌리, 혹은 사회적 구조다. 그런데 그 "현실의 구조"는 작가의 주관성을 경유해 재구성된 현실이다. 따라서

---

2 「비평의 유형학을 향하여」,『분석과 해석/보이는 심연과 안 보이는 역사 전망: 김현문학전집 7』, 김현, 문학과지성사, 1992, 233-234쪽.

분석적 해체주의는 해체-구축의 비평이다. 보이는 세계의 구조를 해체하면서 그 밑에 숨은 현실의 구조를 재구성한다. 그렇게 해체와 구축은 하나가 된다. 그렇게 되면 보이는 세계는 분석 이전의 세계가 아니라 비평 행위에 의해 재구축된 구조물이 된다. 김현에게 소설은 현실 자체의 객관적 반영이 아니라 작가가 그의 욕망 구조에 따라 해체-재구축한 미학적 구조물이다.

2. 소설을 읽는 이유

「소설은 왜 읽는가」[3]는 이런 김현 비평의 문제의식을 집약해서 보여준다. 이 글은 그 형식과 문체에서도 김현 비평의 특징적인 면모를 드러낸다. 말년으로 갈수록 김현은 비평의 본원적 성격인 에세이 스타일에 매혹되었다. 그는 명료하고 압축적으로 생각을 표현하는 단장 형식을 선호하게 되는데, 이 글도 그런 변모의 일단을 보여준다. 김현은 이야기를 듣기를 원하는 본원적 욕망에 주목한다. 김현에게 인간은 이야기에 사로잡힌 서사적 인간이다. "어린애였을 때의 나의 삶은 말타기·자치기·구슬치기·제기차기·흙먹기 등의 놀이의 공간과 그 이야기의 공간으로 이루어져 있었던 것 같다. 이야기의 공간 속에서 나를 끝내 놔주지 않은 것은 호기심이었다. 내가 살고 있는 그 좁은 공간 밖에 무엇이 있을까 하는 호기심을 옛날 이야기들은 끊임없이 자극하고 있었다. 이야기를 아무리 들어도 그 호기심은 채워지지 않는다. 호기심은 채워지지 않지만, 이야기를 듣다 보면, 내가 살고 있는 삶과는 다른 어떤 삶이 있는 것은 분명하게 느껴졌다. 호기심은 이야기를 들을 때의 그 만족 혹은 행복의 느낌과 교묘하게 융

---

3 「소설은 왜 읽는가」, 『분석과 해석/보이는 심연과 안 보이는 역사 전망: 김현문학전집 7』, 김현, 문학과지성사, 1992. 이하 인용은 쪽수만 병기한다.

합하여 삶의 공간을 부드럽게 만들고 있었다. 그렇다면 그 호기심은 어디에서 생겨나는 것일까?"(215-216쪽) 인간은 "이야기의 공간"에 산다. 인간의 삶에는 언제나 이야기가 있었다. 그것이 설화적 형태의 "옛날 이야기"인가 혹은 소설이나 시인가는 중요하지 않다. 인간에게는 이야기를 듣고 싶어 하는 본원적 욕망이 있기에 그 이야기를 해줄 사람이 필요해진다. 그들이 이야기꾼 혹은 작가다. 김현은 인식과 감성의 형성에서 직간접적 체험이 지니는 역할에 주목한다. 경험 없이 인간은 성장하지 못한다. 그런데 인간이 할 수 있는 직접적인 경험의 폭은 항상 제한된다. 우리의 경험은 가정과 학교와 사회에서 교육과 독서와 문화적 교양의 습득으로 획득된 간접적 경험에 의해 대부분 형성된다.

김현에게 이야기와 문학은 그런 간접적 경험을 통한 새로운 세계 인식을 가능케 해주는 수단이다. 이야기는 "내가 살고 있는 삶과는 다른 어떤 삶"의 존재, 나와 다른 인식과 감성의 존재를 깨닫게 해준다. 그럴 때 '나'와 다른 존재들은 어떻게 만나야 하는가. 여기서 김현의 초기 비평부터 지속적으로 강조되는 '만남'의 문제가 제기된다. 타자와의 만남은 다시 왜 '나'와 그들은 이렇게 다른가라는 호기심, 혹은 세계에는 얼마나 다른 존재들과 인식들과 감성들이 있는가라는 호기심을 낳는다. 이런 호기심의 뿌리는 무엇인가. "그 호기심의 심리적 자리를 끝까지 파헤쳐 본 정신분석학은 그 자리가 욕망이라고 말한다. 사람의 마음은 편하고 즐겁게 살고 싶다는 생득적 욕망을 갖고 있다. 그러나 자기 하고 싶은 것을 다하고 살 수는 없다. 그래서 사람들이 무리를 이뤄 살게 된 후에, 그 욕망을 최소한으로 규제하려는 시도가 생겨나게 된다. 정신분석학에서는, 자기 하고 싶은 대로 하고 싶어 하는 욕망을 쾌락원칙이라고 부르고 그것을 규제하는 법규들을 현실원칙이라고 부른다. 쾌락원칙이 현실원칙에 의해 적절하게 규제되지 않으면 사회는 성립될 수 없다. 그 현실원칙 중에서 제일 중요한 것은, 아버지는 딸과 동침해서는 안 되며, 어머니는 아들과 성적 관계를 맺어서는 안 된다는 금기이다. 그 금기 때문에 욕망은 억압되고, 억압된 욕망은 원래의 욕망을 변형시켜 그 모습을 드러낸다. 이야기는 바로 그 욕망을 변형시켜 드러낸 것이어서 사람들의 한없는 호기심을 자극한다. 이야기에서 사람들은 자기 욕망의 시원의 모습을 감지할 수 있다."(216쪽) 이 대목은 김현이 한국 문학비평의 현장으로 생산적으로 받아들이고 적용한 욕망이론의 문제의식을 요약한다.

김현이 가족 안에서 벌어지는 욕망의 문제를 '가족 로맨스'로 단순하게 이해하는 것도 사실이고, 근친상간 금지에 관한 오이디푸스 콤플렉스의 의미를 라캉적인 이해, 즉 상상계-상징계-현실계의 사회문화적 지형 속에서 폭넓게 조명하지 못하는 것도 눈에 띈다.[4] 하지만 세부적인 디테일의 문제를 떠나서, 중요한 것은 욕망과 이야기, 서사를 연결 지으려는 비평적 태도다. 김현에게 이야기는 억압된 욕망의 승화된, 혹은 굴절된 표현이다. 욕망이론에 기대어 김현은 감춰진 욕망을 품고 있는 존재로 인간을 규정한다. 그리고 욕망을 '변형'하는 이야기의 힘에 주목한다. "이야기를 하는 사람이나 이야기를 듣는 사람이나, 그 마음의 뿌리는 쾌락의 원칙에 가능하면 가까이 가, 현실원칙의 금기를 이겨 보려는 욕망이다. 쾌락원칙이 현실원칙을 이길 수는 없다 쾌락원칙이 현실원칙을 이길 때, 사회는 유지될 수 없다. 사회는 그래서 쾌락원칙을 좇는 사람들을 감옥이나 정신병원으로 보낸다. 이야기는 그 감옥이나 정신병원에 들어가지 않기 위해 쾌락원칙이 현실원칙을 피해 자신을 드러내는

---

4 프로이트 정신분석학이나 욕망이론에 대한 김현의 이해는 의외로 단순한 데가 있다. 예컨 대 이런 지적. "한 인간의 심리적 외상을 이해하기 위해서는 그의 가족 환경을 분석해 보아야 한다. 심리적 억압은 가족 정황에서 생겨나, 무의식 깊숙이 가라앉는 법이기 때문이다."(『행복의 시학/제강의 꿈: 김현문학전집 9』, 김현, 문학과지성사, 1991, 182쪽) 프로이트 욕망이론을 '가족 환경'의 분석에 한정하는 가족주의적 해석론은 지나치게 단순한 이해다. 억압은 단지 '가족 정황'으로 환원하여 해명할 수 없다.

자리이다. 아니다. 이야기는 쾌락원칙이 자신을 드러내는 자리가 아니라, 현실원칙이 쾌락원칙을 어떻게 억압하고 있으며, 그것은 올바른 것인가 아닌가를 무의식적으로 반성하는 자리이다."(218쪽) 이야기를 읽고 해석하면서 우리는 각자의 감춰진 욕망을 마주하게 되고, 수많은 욕망들의 동일성과 차이를 알게 된다. 이야기는 그 이야기를 말하고, 쓰고, 듣고, 읽는 이들이 자신과 타자의 욕망에 대해 "무의식적으로 반성하는 자리"다. 이야기가 제공하는 욕망의 동일성에서 우리는 위로를 얻고, 욕망들의 차이에서 차이를 해명하고 싶은 호기심을 느끼게 된다. 그래서 우리는 계속해서 이야기를 욕망하고 읽는다.

작품 비평에서도 김현의 이런 관점은 일관되게 나타난다. 그 좋은 예가 김현이 아꼈던 작가인 김원일을 다룬 글인 「이야기의 뿌리, 뿌리의 이야기」[5]다. 이 글에서 김현은 "이야기의 심리적 기원"을 해명하려는 비평적 욕망을 드러낸다. "이야기하는 주체는 심지어 수다를 통해서도, 무의식적으로 이야기하지 않으면 견딜 수 없는 어떤 것을 밖으로 드러내려 하며, 그 드러남은 흔히 감춰진, 혹은 변형된 드러남이라는 것을, 단순한 형태의 이야기이건, 복잡한 형태의 이야기이건, 이야기의 종류에 관계없이, 따져 보려 한다. 그 따짐은 그러니까 이야기의 심리적 기원을 따지는 것이지, 이야기 내의 형식적 구조를 따지는 것이 아니다."(「이야기」311쪽) 「소설은 왜 읽는가」에서 표명된 이야기하기/듣기의 욕망학을 반복하면서 김현은 "변형된 드러남"은 이야기하는 자의 욕망 때문이라는 것을 밝힌다. 욕망들은 우선 가족 관계에서 작동한다. "그 구체성은 그 소설들에 있어서 가족 관계라는 이름을 갖고 있다. 하나의 사건을 둘러싼 가족들의 여러 형태의 반응이 이야기를 풍부하게 만들고 구체적으로 만든다.

---

5 「이야기의 뿌리, 뿌리의 이야기」, 『분석과 해석/보이는 심연과 안 보이는 역사 전망: 김현문학전집 7』, 김현, 문학과지성사, 1992. 이하 인용은 「이야기」로 약칭하고 쪽수를 병기한다.

그 다섯 편의 소설에 다 같이 나타나는 가족은, 아버지·어머니·나·동생·누나 등인데, 화자가 깊은 관심을 갖고 뒤쫓고 있는 것은 거의 언제나 어머니와 동생(혹은 튼튼치 못한 형제·자매)이다. 이야기하는 주체가 언제나 연민의 정으로 되돌아보는 것은 성치 못한 형제(자매)이며, 어머니를 보는 그의 눈초리엔 애증이 겹쳐 있다."(「이야기」 313쪽)

욕망은 관계가 있어야만 발생한다. 가족 관계의 구조적 분석, 특히 그 관계에서 작동하는 정서적 태도인 연민, 애증 등의 정서적 뿌리를 파악해야 한다. "관계를 이해하려면, 우선 관계항을 알아야 한다. 관계항의 첫머리는 언제나 아버지이다. 그 아버지는 부재하는 아버지이어서 관계의 숨은 원리로 작동하지 드러난 원리로 작동하지는 않는다."(「이야기」 313쪽) 여기서 "부재하는 아버지"는 정신분석학적 비유가 아니라 수많은 부재하는 아버지들이 존재했던 한국 현대사의 역사적 질곡과 관련된다. 드러난 원리가 아니라 "숨은 원리"이기에 아버지의 의미를 분석하는 게 관건이 된다. 아버지는 왜 숨어야 했는가? 혹은 왜 사라질 수밖에 없었나? 이 질문에서 가족 로맨스로서 소설은 가족을 넘어선 사회역사적 맥락과 만난다. "드러난 원리"를 이해하려면 겉으로 드러난 이야기에만 집착해서는 안 된다. 원리는 반복되는 이미지들, 정서들을 통해 파악된다. "그 정황을 이해하기에 이르는 과정은 느리고 완만하지만, 그 계기는 경련적이고 충격적이다. 죽음·매질·다짐·울음 등의 계기를 통해 화자는 서서히 자기가 세계의 중심, 가족의 중심임을 깨닫기 시작한다."(「이야기」 319쪽) 김현은 김원일 작품에서 반복되는 이미지나 모티프에 주목하며,[6] 김현 비평의 또 다른 축인 현상학적 주제비평의 영향을 보여준다.

6 김현이 김원일과 함께 높이 평가했던 이청준 소설을 다룬 글에서도 비슷한 시각이 엿보인다. 이청준 소설의 "원초적 체험 혹은 체험의 원형"을 천착하면서, 김현은 작품의 대립적 구조와 관련된 사항과 이미지를 분석한다. 김현이 보기에 그 대립은 "어머니 뱃속으로의 회귀 본능과 현실 적응 능력의 확대의 대립"이다. 「이청준에 대한 세 편의 글」, 『문학과 유

반복되는 모티프 분석을 통해 김현은 아버지-어머니-아들 사이의 숨겨진 관계를 드러낸다. 김원일의 경우에 그 모티프들은 "죽음·매질·다짐·울음" 등이다. 인물들이 보여주는 행위와 말, 그리고 그 행위와 말에서 표현되는 죽음의 반복적 제시가 김원일 소설이 감추고 있는 작품의 욕망이다. "부재하는 아버지는 비현실이며, 곁에 있는 어머니는 현실이다. 부재하는 아버지를 놓고, 나와 어머니는 새 관계, 아버지-아들, 아내-어머니의 관계를 구축한다. 부재하는 아버지가 심리적 질곡으로 작용하지는 않는다. 부재하는 아버지는 가족들의 결속을 다져 주는 긍정적 역할을 맡는다. 다시 말해 이야기하는 화자에겐 외디푸스 콤플렉스가 없다. 옛날에 아버지가 있었다, 그 아버지는 죽고, 내가 곧 아버지가 되었다. 외디푸스 콤플렉스는 아버지가 되려는 심리적 움직임이다."(「이야기」 321쪽) 김현은 아버지-어머니-자식 관계가 만들어 내는 욕망의 삼각형을 가족 관계 밖의 더 넓은 현실인 한국 현대사의 비극과 연결한다. 아버지의 부재는 단지 상징적 부재가 아니다. 아버지는 실제로 없다. 그는 이념 갈등의 희생자로 사라졌다.

아버지가 부재하기에 오이디푸스 콤플렉스가 없다는 김현의 분석은 다소 소박한 해석에 머문다. 라캉이 지적했듯이, 정신분석학에서 아버지는 단지 생물학적 아버지가 아니다. 그는 상징적 아버지이자 자식들의 삶을 규율하는 언어, 문화, 이데올로기, 혹은 사회적 규율이다. 그러므로 대타자 아버지의 존재가 문제가 된다. 아버지가 사라졌기에 아들은 상징적 아버지, 가짜 아버지가 되어야 한다. "그 변덕의 진짜 의미는 나는 내식으로 마음대로 살고 싶어요이지만, 그는 어머니 때문에 어쩔 수 없이 가짜 아버지가 된다. 그것을 우리는 성숙이라고 부른다. 성숙한 의식은 가짜 아버지의 의식이다. 그것을 사회화라고 불러야 할까, 자기

토피아: 김현문학전집 4』, 김현, 문학과지성사, 1992, 247쪽.

기만이라고 불러야 할까? 아노미 상태의 사회에서는 그것이 자기기만이겠지만, 안 그런 사회에선 사회화일 것이다."(「이야기」 324쪽) 김현은 한국 현대 소설에서 주인공이 보여주는 성숙, 교양의 의미를 묻는다. 그것은 성숙이라기보다는 자기기만에 가깝다. 김원일 소설이 전형적으로 보여주듯이, 한국 소설에서 인물들의 심리적 뿌리를 파헤치면 그 뿌리는 곧 사회적 뿌리와 연결된다. 김현은 이 두 뿌리의 연결고리를 깊이 천착하지는 않는다. 그러나 소설의 심리적 분석과 사회적 분석이 사실은 동전의 양면임을 파헤친 데 김현 비평의 미덕이 있다.

3. 소설의 욕망과 작가의 욕망

정신분석 비평과 함께 김현 소설론의 골간을 이루는 것은 현상학적 비평(phenomenological criticism)이다. 김현은 독자나 비평가의 의식과 욕망에 굴절될 수밖에 없는 세계의 수용을 깊이 천착한 현상학적 비평에 강하게 영향을 받았다. 20세기 초반부 세계전쟁과 경제적 혼란, 근대과학주의와 기술주의적 인식론에 대한 강한 환멸을 배경 삼아 탄생한 현상학의 기본적 문제의식은 주체가 세계와 맺는 관계, 주체의 세계 재현의 양상을 바라보는 관점의 전환이다. 현상학적 비평에서 객관주의는 배격된다. 이런 거부는 현상학만이 아니라 현대물리학의 작업에서도 확인된다. 실험하는 과학자의 주체성을 고려하지 않는 과학적 객관성은 존재하지 않는다. 심지어 과학의 경우에도 주체의 인식과 태도가 실험의 결과에 영향을 미친다. 욕망하는 주체들의 관계에 대한 관심은 욕망하는 주체들은 각기 세계를 어떻게 받아들이는가라는 현상학적 질문으로 이어진다. 욕망이 동일하다면 갈등과 분열은 존재할 수 없다. 욕망들이 다르기에 욕망의 부딪힘과 투쟁이 벌어진다. '나'의 욕망은 '당신'의 욕망과 다른가라는 현상학적 질문이 제기된다. 주체의 의식이 지향하거나 정립하지 않은 대상은 존재하지 않는다. 현상학적 비평에서 대상의 재현이나 반영은 중요하지 않다. 작품의 현실은 작가의 의식에 비춰진 정신적 현실이다. 세계의 물질성은 있다. 그러나 그 물질성이 자신을 있는 그대로 드러내는 법은 없다. 세계는 주체의 언어와 사유에 의해 굴절되고 해석된 프리즘을 통해서만 수용된다. 문학은 객관화와 추상적 진리의 확정을 경계하면서, 개별성의 진실에 주목한다. 각자의 삶이 제대로 된 삶인지, 혹시 다른 삶의 가능성은 없는지, 그런 문제를 제기해 줄 뿐이다. 문학은 부드럽게, 하지만 근원적으로 사람들에게 자기를 '돌아보기'를 권한다. 김현이 평생 동안 욕망이라는 화두를 포기할 수 없었던 이유도 '돌아보기'로서의 문학 혹은 비평이라는 그의 문제의식이 작용했던 까닭이다.

소설을 쓰고 읽는 과정에서도 작가와 독자의 현실 변형과 해석은 끼어든다. 작품의 세계는 외부 세계를 객관적으로 재현하지 않는다. 바깥의 '현실'에서 작품을 평가하는 근거를 찾아서는 안 된다. 재현론에 입각한 관점에서는 좋은 작품은 객관 현실을 충실하게 반영한 작품이다. 현상학적 비평에서는 외부 현실을 객관적으로 혹은 총체적으로 파악할 수 있는 작가나 비평가는 없다. 인식은 필연적으로 주관적이다. 작가의 의식은 특정한 편견, 취향, 감성, 세계관으로 채색되어 있다. 작가가 그의 의식의 스크린에 투영된 세계의 "현상"만을 포착하듯이 비평가도 그렇다. 선험적으로 작가보다 더 우월한 인식을 지닌 비평가는 없다. 여기서 김현이 강조하는, 작가와 비평가의 인식과 욕망이 만나고 대화하고 부딪히는 '공감의 비평'이 나온다. 문학은 작가의 경험과 욕망이 표현된 공간이다. 작품의 세계는 객관 세계의 변형된 형태다. 강조점은 '변형된 형태'라는 데 놓인다. 김현의 현상학적 비평에서 문제가 되는 것은 실제 세계가 아니라 '생활세계(Lebenswelt)'다. "우리는 [작품의―인용자] 심층구조들을 파악하면서 작가가 그의 세계를 '살아간' 방식, 주체로서의 작가와 객체로서의 세계 사이의 현상학적 관계들을 파악하게 된다. 작품의 '세계'는 객관 현실이 아니라, 독일어로 표현하면 '생활세계'다. 생활세계는 한 개별 주체가 실제로 조직하고 경험한 현실이다."[7] 김현이 '심판'으로서의 비평에 거리를 두고 작품, 작가와 같은 눈높이에서 대화를 나누는 비평을 강조한 데는 현상학적 비평의 주관성에 대한 그의 공감이 작용했다. 이야기의 구체성은 이야기꾼의 생생한 개별성에 연유한다. 이야기의 세계는 체험되고 해석된 현실이다. "현실이나 꿈은 삶이지 이야기가 아니다. 이야기는 현실과 꿈 사이에 있다. 현실과 꿈 사이에 있는 이야기를 정제하여 줄글로 옮겨놓은 것이 소설이다. 모든 이야기가 다 소설이 될 수 있는 것은 아니다. 구태여 장르별로 가르자면, 어떤 것은 소설이 되고, 어떤 것은 자서전-회고록이 되고, 어떤 것은 수필이 된다."(219쪽) 경험과 이야기 사이에는 메울 수 없는 심연이 있다. 그 거리를 미학적으로 매개하는 것이 이야기하는 주체(작가)의 욕망이다. 소설의 미덕은 그 욕망들을 단일한 주체가 아니라 수많은 등장인물들의 관계와 욕망으로 입체적으로 보여준다는 것이다. 소설의 이야기는 하나의 단일한 주체로 환원되지 않는다. 소설 속 인물들(캐릭터)의 욕망은 작가의 욕망으로 귀속되지 않는다. 인물들은 자신들만의 고유한 삶을 작품에서 산다. 그 점이 김현이 보기에 소설이 수필이나 자서전보다 뛰어난 이유다. "소설은 수필이나 자서전과 다르게, 쓰는 사람이 읽거나 보고 들은 것을 나의 입장에서가 아니라 소설 속의 인물들의 입장에서 서술하는 이야기이다. 콩트·단편소설 등은 이야기를 단편적으로, 삽화적으로 다루는 경향이 있으며, 중편소설·장편소설은 유기적으로 다루는 경향이 있다."(220쪽) 김현은 소설에서 객관화의 문제를 새롭게 제기한다. 인물들과 '나', 서술자의 관계가 문제가 된다. 인물들의 욕망과 서술자, 혹은 작가의 욕망을 구분해야 한다.

---

7 Terry Eagleton, *Literary Theory: An Introduction*(Blackwell, 1996; 2nd edition), p. 51.

"소설 속의 사건이 현실의 사건을 변형시킨 것은 그런 의미에서이다. 그 때의 변형은 해석에 가까운 의미를 갖고 있다. 그것이 어떤 이야기이든, 객관적으로 있는 그대로 사건을 재현할 수는 없다. 사건은 어떤 형태로 든지 해석되어야 변형되어 전달될 수 있다. 해석 없는 전달은 있을 수 없 다. 바로 여기에서, 나는 다시 욕망이라는 개념과 만난다. 사물을 해석하 는 힘의 뿌리가 욕망이다."(220쪽). 이렇게 해석과 욕망은 연결된다. 해석 의 뿌리가 욕망이다. 비평은 수많은 해석들이 어떤 욕망들에서 비롯되는 가를 분석한다.

그러나 텍스트 분석(analysis)과 해석(interpretation)은 평가(evaluation)와는 구분된다. 김현의 소설 비평이 기대는, 제네바 학파로 대표되는 현상학 적 비평을 끝까지 밀고 나가면 분석과 해석은 가능하지만, 평가나 가치 판단(value judgement)은 어려워진다. 세계를 해석하는 수많은 욕망들 사 이에 좋고 나쁨을, 우열을 나눌 수 있는 객관적 기준은 없기 때문이다. 텍 스트의 의식들과 욕망들이 어떻게 다르게 존재하는가를 현상학적 비평은 분석하고 해석할 뿐이다. 의식들이 부딪쳐 만드는 "내적 세계"에서 읽기의 평가 기준은 어떻게 확보되는가? 혹은 이런 질문 자체가 잘못 제기된 질문 인가? 제네바 학파의 날카로운 지적대로 모든 읽기와 해석은 주관성의 덫 을 벗어날 수 없다. 바슐라르의 지적대로 문제는 객관성이 아니라 객관화 의 방법이다. 그렇다면 주관적 경험의 표현인 문학의 경우 평가의 객관적 기준은 존재할 수 없는가? 이 질문에 김현은 명확한 답을 내놓지는 않는다. 이 문제를 대하는 제네바 학파의 입장에 대한 김현의 설명에서 해답의 실 마리를 얻을 수는 있다. 제네바 학파의 입장을 요약하면 "문학은 좋다 나쁘 다라고 판단될 수 있는 미적 대상이 아니라, 인간의 경험이 드러나 있어, 그 것을 읽는 자의 경험과 합치되기를 바라는 마주침의 자리이다."[8] 현상학

8   『프랑스 비평사』, 김현, 문학과지성사, 1991, 309쪽.

적 비평에서 대상의 재현이나 반영은 중요하지 않다. 작품의 현실은 작가의 의식에 비친 현실이다. 소설을 쓰고 읽는 과정에서도 작가와 독자의 현실 변형과 해석은 끼어든다. 작가가 만들어 낸 작품의 세계는 작품 바깥의 세계와는 관련이 없다. 아니, 관련이 없다기보다는 작품의 세계와 '객관 현실' 사이에 상응이나 재현 관계는 성립되지 않는다. 마르셀 레몽(Marcel Raymond)의 말대로 "본질적인 것은 불확실하며, 가장 찬란한 아름다움은 잴 수 없는 법이며, 가장 드높은 진리는 증명의 대상이 아니다."[9] 작품의 진리는 객관적으로 "증명"될 수 없다. 김현이 생전에 남긴 마지막 비평집의 제목이 『분석과 해석』인 것은 징후적이다. 다음 대목이 김현의 시각을 잘 보여준다. "그 세계는 세계를 욕망하는 자의 변형된 세계이다. 이야기는 그 변형의 욕망이 말이 되어 나타난 형태다. 소설의 세계는 그런 의미에서 작가의 욕망에 따라 변형된 세계이다. 그 세계는 작가가 해석하고 바꿔 놓은 세계이다. 그 세계가 살 만한 세계인가 아닌가 하는 것은 작가에게 중요하지 않다. 작가에게 중요한 것은 그 세계가 자기의 욕망이 만든 세계라는 사실이다. 세계는 세계를 욕망하는 사람들에 의해 더욱 생생해지고 활기 있게 된다. 소설은 그 욕망의 세계를 구체적으로 드러낸다. 그것은 시처럼 감정의 세계만을 보여주는 것도 아니고 철학처럼 세계관만을 보여주는 것도 아니다. 그것은 세계를 구체적으로, 욕망의 대상으로 제시한다. 소설은 그 어떤 다른 예술보다도 구체적으로 그리고 전체적으로 세계를 보여준다."(221쪽) 작가의 욕망이 만들어 놓은 작품의 세계가 살 만한 세계인가 아닌가 하는 것은 중요하지 않다. 이 세계가 객관 세계의 모습을 제대로 그렸는지 여부도 중요하지 않다. 중요한 것은 작가에게 "그 세계가 자기의 욕망이 만든 세계라는 사실이다." 작품들의 세계는 작가들의 욕망에서 발원한 해석의

9 『행복의 시학/제강의 꿈: 김현문학전집 9』, 김현, 문학과지성사, 1991, 209쪽.

산물이다. 그 해석이 어떤 욕망에서 발원하는가를 비평은 분석·해석할 수는 있지만, 그 욕망들 사이의 위계를 세우고 좋고 나쁨을 평가할 수는 없다. 문학은 "구체적으로 그리고 전체적으로 세계를 보여"주지만 그때의 구체성과 전체성은 객관적인 것이 아니다. 굳이 표현하자면 개인적 구체성과 전체성이다. 근대 철학은 세계의 객관적 진리를 제시하려 하지만 현상학적 비평에서 볼 때 문학은 그런 거창한 욕망을 품지 않는다. 가능한 것은 개별적인 작가와 비평가들이 그들만의 경험과 욕망에서 그려 내고 쓰고 읽을 수 있는 개별성의 세계다.

김원일 소설 분석에서 김현은 그 점을 분명히 밝힌다. 『마당깊은 집』은 이야기하는 화자가 왜 자기는 가족에 대한 소설을 계속 쓸 수밖에 없는지를 보여주는, 화자의 욕망의 뿌리를 보여주는 희귀한 소설이다. "나는 진짜 아들이면서 가짜 아버지이다. 어머니는 진짜 어머니이면서 가짜 아내이다. 가짜 아버지와 가짜 아내가 만들어 내는 이야기는 끝이 없다. 해석은 새 해석을 부르고, 새 해석은 새 사실을 부른다. 가족들은 조금씩 조금씩 신분을 달리하며 그 한없는 이야기를 구성하는 데 도움을 준다. 아버지와 어머니를 마음 내키는 대로 변용할 수 있다면 무슨 변용인들 불가능하겠는가. 무의식의 밑바닥에서 이야기하는 화자의 변덕스런 욕망에 의해 변용된 가짜 사실들은, 의식의 표면으로 진짜처럼 나타난다. 그 진짜처럼 나타나는 것이 과연 진짜일까?"(「이야기」 325–326쪽). 소설의 인물들은 자신의 입장에서 발언하고 행동한다. 그리고 인물들의 관계 속에서 자신의 위치를 재점검한다. 모두 욕망의 결과들이다. 그런데 욕망들은 서로 어긋난다. 어긋나기에 "해석은 새 해석을 부르고, 새 해석은 새 사실을 부른다." 그때 새 사실은 객관적 사실이 아니라 이미 (재)해석된 사실이다. 그것들은 "화자의 변덕스런 욕망에 의해 변용된 가짜 사실"이다. 문제는 가짜 사실들과 진짜 사실들을 명료하게 구분할 수 있는 초월적 위치는 작품 안에 존재하지 않는다는 점이다. 작가는 초월적 위치에 있지 않다. 작가도 그의 개별성에 갇힌 존재다. 그래서 우리는 계속 묻게 된다. "그 진짜처럼 나타나는 것이 과연 진짜일까?" 이런 물음에서 다시 새로운 해석의 욕망과 그로 인한 독서와 비평이 가능해진다.

작품은 작가의 욕망, 작품의 욕망, 그리고 독자의 욕망이 부딪히고 길항하는 욕망들의 공간이다. "소설 속에는 세 개의 욕망이 들끓고 있다. 하나는 소설가의 욕망이다. 소설가의 욕망은 세계를 변형시키려는 욕망이다. 자기 욕망의 소리에 따라 세계를 자기식으로 변모시키려고 소설가는 애를 쓴다. 두 번째의 욕망은 소설 속의 주인공들의 욕망이다. 소설 속의 인물들 역시 소설가의 욕망에 따라, 혹은 그 욕망에 반대하여 자신의 욕망을 드러내고 자신의 욕망에 따라 세계를 변형하려 한다. 주인공, 아니 인물들의 욕망은 서로 부딪쳐 다채로운 모습을 드러낸다. 마지막의 욕망은 소설을 읽는 독자의 욕망이다."(221쪽) 이런 욕망들의 길항 관계에서 '욕망의 윤리학'이 태어난다. 소설은 그 소설을 읽는 독자로 하여금 자신의 삶을, 자신이 살고 있는 세계의 이유와 타당성과 가치를 입체적으로 사유하게 만드는 인류의 뛰어난 발명품이다. "그 질문은 이 세계는 살 만한 세계인가, 이 세계의 현실원칙은 쾌락원칙을 어떻게 억누르고 있는가라는 질문과도 같다. 그 질문을 통해, 여기 내 욕망이 만든 세계가 있다라는 소설가의 존재론이, 이 세계는 살 만한 세계인가라는 읽는 사람의 윤리학과 겹쳐진다. 소설은 소설가의 욕망의 존재론이 읽는 사람의 욕망의 윤리학과 만나는 자리이다. 모든 예술 중에서, 소설은 가장 재미있게, 내가 사는 세계는 살 만한 세계인가 아닌가를 반성케 한다. 일상성 속에 매몰된 의식에 그 반성은 채찍과도 같은 역할을 맡아 한다. 이 세계는 과연 살 만한 세계인가. 우리는 그런 질문을 던지기 위해 소설을 읽는다."(222쪽) 김현에게 뛰어난 소설은 "이 세계는 과연 살 만한 세계인가"를 끊임없이 되물으면서, 그 세계가 살 만한 세계가 아니라면 왜 그런지를, 그리고 그 세계를 살 만한 세계로 만들기 위해서는 무엇을 해야 하는지를 사유하려는 고민의 모색이다. 비평가로서 김현은 당대의 작가들을 그런 고민을 나누는 사유의 동반자로 삼았다. 비평가는 자신이 읽는 작품을 매개로, 작품 안에서 벌어지는 욕망들의 관계를 분석·해석하면서 고민한다. 김현의 소설론이 지금도 호소력을 지닌다면, 작가와 작품을 동반자로 삼았던 김현의 소설 비평이 공감을 가능케 하는 욕망의 윤리학을 누구보다도 더 깊이 고민했기 때문이리라.

12장

D. H. 로런스

G. 루카치

발터 벤야민

M. 바흐친

사르트르

아도르노

프레드릭 제임슨

루쉰

최재서

임화

김현

백낙청

백낙청 1938~

1938년 대구에서 출생했다. 고교 졸업 후 도미하여 브라운대와 하바드대에서 수학했으며 이후에 재도미하여 1972년 하바드대학에서 D. H. 로런스 연구로 영문학박사 학위를 받았다. 1966년 계간 『창작과비평』을 창간한 이래 편집인·발행인을 맡았고 서울대 영문과 교수, 민족문학작가회의 이사장, 시민방송 RTV 이사장, 6·15공동선언실천남측위원회 상임대표 등을 역임하며 민족문학론과 리얼리즘론을 전개하고 분단체제의 체계적 인식과 실천적 극복에 매진해왔다. 현재 서울대 명예교수, 계간 『창작과비평』 명예편집인, 한반도평화포럼 공동이사장으로 있다. 저서로는 『민족문학과 세계문학 1 / 인간해방의 논리를 찾아서』(합본 개정판), 『민족문학과 세계문학 2』, 『민족문학의 새 단계』, 『통일시대 한국문학의 보람』 등의 문학평론집과 『백낙청 회화록』(전7권)을 냈고, 그밖에 『분단체제 변혁의 공부길』, 『흔들리는 분단체제』, 『한반도식 통일, 현재진행형』, 『어디가 중도며 어째서 변혁인가』 등의 사회평론서와 다수의 편저서가 있다. 제2회 심산상, 제1회 대산문학상(평론부문), 제14회 요산문학상, 제5회 만해상 실천상, 제11회 늦봄문익환통일상, 제11회 한겨레통일문화상, 제3회 후광김대중학술상 등을 수상했다.

황석영의 장편소설 『손님』*

한반도에서 화해와 평화 찾기

백낙청

1

한반도에서 '분단체제의 극복'이 단순한 '분단극복'과 다르다는 것은 거듭 강조할 만한 명제이다. 전쟁으로 국토가 온통 잿더미가 되거나 전쟁까지 안 가면서도 주민들이 온통 불행해지는 파국적인 통일에 의해서도 분단은 극복되는 셈이지만, 우리의 목표가 그런 것일 수는 없다. 당연히 분단체제보다 나은 인간사회를 한반도에 건설하는 통일이라야 하는 것이다.

그런데 한반도의 현실은, 분단상태에서 화해와 평화가 꽃피는 양질의 사회를 만들 수도 없으려니와, 분단체제의 반평화적이고 반민중적인 속성을 동원해서 통일을 달성하기도 어렵게 되어 있다. 왜냐하면 어느 한쪽에서라도 무력통일을 시도하는 순간 핵무기마저 동원되는 전쟁이 벌어질 것이 확실하며, 독일에서와 같이 기득권층이 주도한 '흡수통일'을 시도할 경우에도 그에 대한 반발로 전쟁이 터지거나 전쟁에 버금가는 혼란과 국제적 위상실추로 끝날 확률이 높기 때문이다. 이렇게 본다면 한반도에서 '분단극복'은 '분단체제의 극복'이 아닐 도리 또한 없는 것 같다.

---

* 　백낙청 지음, 『통일시대 한국문학의 보람』, 창비, 2006에 수록된 글

체제의 개량이 아닌 극복이라고 하면 일종의 혁명이다. 그러나 분단체제극복의 경우 그것이 평화적이고 장기적일 수밖에 없다는 데 특성이 있고, 그렇기 때문에 자칫하면 극복에 미달한 상태에 안주해버릴 위험이 따른다. 그러므로 '평화적 혁명' '장기적 혁명'이라는 일종의 형용모순을 감내하면서 안주의 위험을 떨치고 최대한 빠른 기간에 변혁을 성취해야 하는데, 이러한 작업은 분단 안 된 사회에서의 혁명전략이나 개혁운동과 다른 차원의 독창적인 기획을 요구한다.

분단체제극복의 과정에서 창조적 문학의 몫이 유달리 강조되는 것도 그 때문이다. 혁명기의 선전선동이나 안정된 사회의 문화창달이 모두 예술의 몫이기는 하지만, 평화적이면서도 변혁적이어야 하는 분단체제극복 작업이야말로 첨단의 인식과 지혜를 발견하고 실천하는 작업인 것이다. 비슷한 주장을 나는 「통일운동과 문학」(1989)에서도 했었다.

지식층의 (…) 자기정비를 위해서나 민중역량의 활성화를 위해서나 문학의 창조적 역할은 절대적이다. 물론 그것은 문학만의 몫은 아니고 유독 지금 이곳의 문학에만 주어진 몫도 아니다. 그러나 유례없이 경직되고 살벌한 분단이면서 남북 각각에서 세계가 놀라는 저나름의 실적을 올리기도 한 이 전대미문의 분단체제를 극복하려는 우리의 통일운동은 남달리 창조적인 운동이 아니고서는 성공하기 어렵게 되어 있다. 말하자면 통일운동은 하나의 창조적 예술이어야 하고 통일운동가는 누구나 예술가로, 역사의 예술가로 되어야 한다는 것이다. 이런 예술의 일부로서만 우리의 문학도 한껏 꽃 필 수 있는 것이지만, 민족언어의 예술이 응분의 몫을 해내지 못하는 곳에서 역사행위의 예술가들만이 어김없이 대령해주기를 기대하는 것도 부질없는 일일 터이다.[1]

---

1 백낙청 「통일운동과 문학」, 『민족문학의 새 단계』, 창작과비평사 1990, 129~30면.

이 대목에서 '통일운동'을 '분단체제극복운동'으로 이해한다면 문학의 창조적 역할에 대한 기대는 오늘날 더욱 절실해진 것이 아닐까 한다.

이런 의미로 분단체제극복에 기여하는 문학이 굳이 작품소재상의 분류에 따른 '분단문학'일 필요가 없음은 물론이다. 남북분단이나 민족분열, 외세개입 등의 문제와 표면상 별 관련이 없는 소재를 다루더라도, 분단체제가 지배하는 오늘의 현실에 대해 새로운 깨우침을 주고 창조적 대응을 일깨우는 작품이면 되는 것이다. 그렇다고는 해도, 남과 북의 현실을 두루 알면서 분단과 분열에 따른 문제를 직접 취급하는 작품이 전혀 없다면 문학이 그 시대적 사명을 제대로 감당하기 힘들지 않을까. 실제로 남과 북의 작가가 각기 휴전선 너머 다른 현실을 구체적으로 탐구하기 힘든 상황이야말로 분단체제를 아직까지 살아남게 해준 여건의 일부이기도 하다.

합법적인 남북간 민간교류가 확대되면서 문학에 대한 이런 제약도 점차 풀리고 있다. 덕분에 한국문학은 6·15공동선언 전에 이미 고은의『남과 북』같은 값진 수확을 거두었다. 이 시집은 남과 북을 두루 다니면서 시인 스스로 "남과 북에서 함께 읽히는 시집이기를"[2] 겨냥했을 뿐 아니라, 실제로 통일 이후에도 충분히 읽음직한 성과에 도달했다고 본다. 그러나 "『만인보』가 인간화엄이라면 『남과 북』은 국토화엄이다"[3]라는 최원식(崔元植)의 찬사가 역으로 함축하듯이 이 시집의 세계는 유달리 인적이 드물며 분단시대의 어지러운 갈등의 표출이 자제되어 있다. 그것이 원래 저자가 의도한 바이기는 하겠지만, 15일간의 (평균보다 훨씬 긴)

2 고은「후기」,『남과 북』, 창작과비평사 2000, 253면
3 최원식「나와 우리, 그리고 세상—통일시대의 문학」,『문학의 귀환』, 창작과비평사 2001. 이어서 그는『남과 북』을 "우리 시대가 산출한 최고의 시집"으로 규정하면서 "그럼에도 나는 어떤 결핍을 느낀다. 그의 시는 더 복잡해져야 한다. 언어도단의 깨달음, 그 촌철살인(寸鐵殺人)이 현실화하는 절차의 복잡성이 작품내적 논리와 정합하는 과정에서 자연스럽게 획득되는 문학적 질감이 더 두터워졌으면 싶다"(같은 글, 85면)고 덧붙인다.

방북도 『만인보』식의 인간화엄을 겸한 국토화엄 시집을 쓰기에는 충분치 않았을 터이며, 게다가 합법적 교류자 나름의 자기검열이 작용했을 수도 있다.

그런 점에서 1989년 최초의 불법 방북 이후 북녘을 남쪽의 어느 작가보다 널리 둘러보았고 이후 망명과 투옥이라는 댓가를 치른 황석영(黃晳暎)의 입지는 남다르다. 바로 이런 입지를 딛고, 또 그러한 입지가 6·15 공동선언으로 좀더 넓어진 싯점에 나온 것이 그의 장편 『손님』⁴이다. 북녘의 현실을 (비록 해방 직후와 한국전쟁 당신의 한 기간에 치중하기는 했지만) 장편소설의 규모로 다루고 있다는 점만으로도 이 작품은 한반도에서 화해와 평화를 찾고 분단체제를 극복하려는 작업에서 특별한 주목에 값하는 것이다.

2

물론 『손님』이 우리의 눈길을 끄는 것이 소재개척의 공로 때문만은 아니다. 무엇보다도 작가는 한국전쟁중 황해도 신천(信川)에서 벌어진 민간인학살사건의 진상을 파헤치는 작업을 통해 분단체제의 형성과정과 구성요인을 탐구하는 동시에, "아직도 한반도에 남아 있는 전쟁의 상흔과 냉전의 유령들을 이 한판 굿으로 잠재우고 화해와 상생의 새세기를 시작"(「작가의 말」, 262면)하려는 분명한 의지를 작품으로 보여주고 있다.

소설 속에는 물론 「작가의 말」에도 분단체제라는 표현이 나오지는 않는다. 그러나 '화해와 상생의 새세기'를 추구하는 그의 문제의식이 분단

---

4 황석영 『손님』, 창작과비평사 2001. 앞으로 이 책에서의 인용은 면수만 표시한다. 『손님』의 번역본으로는 현재 정경모(鄭敬謨) 옮김, 일어본 『客人』(岩波書店 2004)과 프랑스어본 Hwang Sok-yong, L'Invité, tr. Choi Mikyung et Jean-Noël Juttet (Zulma 2004) 두 가지가 있다. (그후 영역본 The Guest, tr. Chun Kyung-ja and Maya West (Steven Stories Press 2005)도 나왔음.)

체제론과 상통하는 바 적지 않다는 생각이다. 알려져 있다시피 신천학살에 대한 북측의 공식 입장은 "미제침략자들"에 의한 "천인공노할 범죄"(90면)였다는 것이다. 더 일반화한다면 (평양에서 류요섭 목사를 안내한 지도원이 말하듯이) "우리가 분렬하게 된 것은 원천적으로 외세 때문입네다. 일제와 미제가 그렇게 만들었디요"(96면)라는 입장으로서, 분단이 일종의 체제로 자리잡을 만큼의 내부적 요인을 확보했음을 충분히 인정치 않는 시각인 것이다.

　이러한 외세책임론은 실제로 1945년 당시의 국토분단과 이에 따른 민족분열에 관한 한 타당성이 높다. 그러나 휴전 이후 분단이 고착되고 분단체제라 일컬음직한 비교적 안정된 구조가 성립하는 과정에는 전쟁중의 상잔(相殘)을 포함해서 한반도 주민들 자신의 이런저런 행위가 크게 작용했다고 봐야 한다. 신천학살이 북의 공식 선전과 달리 주로 우익 기독교도들에 의해 저질러졌음을 밝혀내는『손님』은 바로 그런 종류의 내부요인들에 의해 분단체제가 구축되었고 오늘날까지 유지되어왔다는 통찰을 담고 있다. 동시에 참다운 화해는 남과 북 어느 쪽의 것이든 체제측의 선전에 얽매이지 말고 스스로 진실을 알아내는 노력이 필요함을 부각시킨다.

　그렇다고 이 소설이 기독교나 기독교도들에 대한 일방적인 규탄은 아니다. 많은 평자들이 주목했고 저자 스스로도 밝혔듯이 제목의 '손님'은 재미 목사 류요섭이 방문객으로 북에 왔음을 가리키기보다, 기독교와 맑스주의가 둘다 "우리가 자생적인 근대화를 이루지 못하고 타의에 의하여 지니게 된 모더니티"(「작가의 말」, 261면)이며 "하나의 뿌리를 가진 두 개의 가지였다"(262면)는 인식을 바탕으로, "천연두를 서병(西病)으로 파악하고 이를 막아내고자 했던 중세의 조선 민중들이 '마마' 또는 '손님'이라 부르면서 '손님굿'이라는 무속의 한 형식을 만들어낸 것에 착안해서 (…) 이들 기독교와 맑스주의를 '손님'으로 규정"(같은 면)했던 것이다.

동시에 이 소설이 기독교도와 맑스주의자에 대해 기계적인 양비론(兩非論)에 흐르지 않고 있는 점도 중요하다. 기독교들이라고 하나같이 부정적으로 그려지지 않았지만 특히 맑스주의가 조선의 현실에서 행사한 긍정적·해방적 기능을 어김없이 보여준다. 이 점은 반공 이데올로기가 지배하는 남쪽의 작가로서 특히 소중한 업적인데, 많은 평자들이 지적했듯이 이땅에서의 맑스주의 채택에는 그 나름의 '물질적 기반'이 있었던 것이다.[5]

실제로 『손님』에서 좌우가 모두 살육행위를 저지르긴 하나, 적어도 찬샘골의 주요 좌익들에게서는 홍승용(洪承瑢)의 지적대로 "광기를 조금도 느낄 수 없다."[6] 특히 리순남과 박일랑의 모습은 감동적이기까지 하다. 순남의 유령은 요한과 둘이서 요섭을 찾아왔을 때부터 예리한 통찰과 균형 잡힌 시각이 돋보이며 훌륭한 인간성의 소유자임이 느껴진다.

바른 말 하자문 너이 아부지 류인덕 장로나 너이 할아부지 류삼성 목사넌 일제 동척으 마름으루 땅마지기랑 과수원을 차지헌 사람덜 아니가. 그밖에 광명교회 나가던 동리사람덜두 거개가 많건 적건 제 땅 갖구 밥술깨나 먹던 사람덜이다. (…) 그런 사람덜이 건준 요원으 대부분얼 이루었넌데 점잖게 민족진영이라구 부른다멘서. (125면)

---

5 김재용 「냉전적 분단구조 해체의 소설적 탐구」, 『실천문학』 2001년 가을호, 329~30면; 양진오 「한반도의 민족 문제에 대한 장기지속적인 성찰」, 『실천문학』 2002년 가을호, 161면; 이정희 「유령을 재울 것인가, 기억에 몸을 입힐 것인가: 『손님』의 민중신학적 읽기」, 『당대비평』 2001년 겨울호, 383면; 홍승용 「미래의 조건」, 『진보평론』 2002년 여름호 223~25면; 임홍배 「주체의 위기와 서사의 회귀」, 『창작과비평』 2002년 가을호, 372면 등 참조. 이 가운데 양진오는 기독교의 정신적·물질적 기반도 함께 언급하면서 양쪽 다 "손님은 손님이되 아주 무례한 손님은 아니었을 것이다. 문제는 기독교와 사회주의의 교조성을 제어하고 상호공존의 지혜를 발견할 만한 민족의 내부역량이 부족했다는 데 있다"는 주장을 편친다.

6 홍승용, 앞의 글 223~24면.

기렇다구 좌파에 문제가 없던 거넌 아니야. 공산당 한다멘서 나 겉은 촌무지렁뱅이넌 분간두 못할 지경으루 파벌이 많아서. (같은 면)

너〔요한의 귀신〕 말 잘했다. 신으주 사건은 양켄이 다 잘못한 거이야. 어지러 올 때 좌우로 붙어 돌아치넌 기회주의자덜이 많거덩. (126면)

말하자문 조선으 빈농이며 가난헌 인민언 일제가 찌그러뜨린 못생긴 독이여. 그걸 귀하게 하여 시작허넌 것이 계급적 닙장이 아닌가. 너이야 그 독얼 깨어버리자는 거구. (128면)

뒤에 밝혀지는 피살 장면에서도 그는 가족을 생각해서 도망치기를 포기한 채 의연하게 죽음을 받아들인다.

평생을 '이찌로'로만 알려졌던 머슴 출신 리인민위원장 박일랑의 이야기는 마지막에 잡혀죽을 적의 장면들 빼고는 주로 순남과 요한 등 다른 사람의 입을 통해 전해진다. 그는 옛날의 상전인 류인덕 장로 내외를 폭력으로 제압한 바 있기 때문에 요한이 특별히 미워하는 표적이지만, 전부터 그와 친분이 있던 순남이 전해주는 8·15 이후 그의 변모는 오히려 해방의 참뜻을 되새기게 해준다.

생각해보라우, 너이덜이 반말지꺼리나 하구 아무 생각두 없넌 반편이라구 여기던 이찌로가 글얼 읽게 되어서, 박일랑이라구 제 이름얼 쓰게 되디. 해방언 이런 거이 아니가. 너이가 이밥 먹구 따스한 이불 덮구 학교 댕기멘 글을 배워 교회두 나가구 성경두 읽구 기도 찬송하넌 동안 나뭇짐이나 지구 소겥이 일만 허던 박일랑 동무가 '토지개혁'이란 글자를 읽고 쓰게 되었던 거다. (138면)

일랑은 철사에 코를 꿰인 채 끌려갔다가 방공호 속에 갇힌 사람들과 함께 휘발유 불에 타죽는 끔찍한 최후를 맞는다. 하지만 그의 마지막 술회는 긍지와 새로운 각성으로 깊은 인상을 남긴다.

아아, 성두 이름두 없이 이찌로 평생에 허리 한번 씨언허게 못 펴보구 일만 직싸도록 허였디만 지난 몇넌 동안언 보람이 있댔구나. (…)
나넌 평생에 누굴 미워해본 적이 없대서. 기래두 입성 얻어입구 좋언 날 되문 고봉 밥얼 얻어먹구 군입 소리 듣디 않을라구 땅을 파대구 또 파댔넌데. 기러티만 내 눈앞에서 식구덜 죽넌 거를 보구야 알았디. 제 속이 깨이디 않으문 숲속으 짐승이나 한가디라구. (224~25면)

순남이나 일랑에 대한 작품의 이러한 공감의 바탕에는 당시의 현실에서 가장 핵심적인 현안이자 갈등의 초점이 토지개혁 문제였다는 인식이 깔려 있다. "그런데 천지가 개벽할 일이 일어나기 시작한 거다. 그게 무엇이냐, 조상 대대로 물려받아온 땅을 빼앗는 거야. 토지개혁이 실시되었지"(123~24면)라는 요한(의 유령)의 진술대로 '광기'의 시초는 거기 있었던 것이다(일랑이 류장로의 면상을 후려친 것도 토지헌납을 요구하는 과정에서였다). 이 점 또한 여러 평자가 이미 지적한 바이며[7], 이재영(李在榮)은 "주민 학살의 결정적인 계기는 기독교에 대한 탄압이 아니라 토지개혁에 있었고, 따라서 기독교는 경제적 이익과 재산몰수자에 대한 복수심을 충족시키기 위한 투쟁에서 이데올로기적인 정당화기제로 활용되었"[8]음을 강조하면서, 모든 책임을 외세에 돌릴 수 없다는 작품내의 암시도 함께 고려할 때 "이 작품의 제목으로 '손님'이 선택된 것은 작품의 내용과

---

7 주508에 언급한 김재용, 이정희, 홍승용, 임홍배 등 참조.
8 이재영 「진실과 화해─『손님』론」, 최원식·임홍배 엮음 『황석영 문학의 세계』, 창작과비평사 2003, 109면.

어긋나는 일로 여겨진다"(같은 책, 114면)는 결론을 내린다.

이재영의 이러한 결론을 반드시 비판의 뜻으로 읽을 필요는 없을 듯싶다. 제목이 내용을 정확히 요약하지 않음으로써 오히려 묘미가 더해질 수도 있기 때문이다. 다만 "기독교와 맑스주의를 '손님'으로 규정"(262면) 운운한 「작가의 말」이 작품의 문제의식을 오히려 좁혀버릴 위험이 있는데, 작가를 믿지 말고 작품을 믿으라는 경구를 되새길 계제인지 모른다. 실제로 작품을 보면 "사람언 조상얼 잘 모세야 사람구실을 하넌 거야. 놈에 구신얼 모시니 나라가 못씨게 대고 망해버렸디"(39면)라든가 "손님마마란 거이 원래가 서쪽 병이라구 하댔다. 서쪽 나라 오랑캐 병이라구 허니 양구신 믿넌 나라서 온 게 분명티 않으냐"(43면)라는 증조할머니의 항변이 「작가의 말」을 뒷받침하고 있지만, 작중의 맥락에서 토지개혁을 주도한 사상에까지 적용될 수 있는 발언인지는 분명치 않다.

'손님'론과 토지개혁 핵심설이 착종하는 가운데 문제를 더욱 복잡하게 만드는 것은 요섭의 외삼촌 안성만의 존재다. 그는 독실한 기독교인이면서도 토지개혁의 정당성을 시인한다. "가난하던 이들이 땅을 분여받아 굶주리지 않게 된 것은 예수님의 행적으로 보더라도 훌륭한 일이었다. 교회나 절이 가지고 있던 땅을 소작인에게 나누어준 일도 당연했다."(176면) 그런데 당시의 외래 '신문학'에 대한 그의 반성은 '예전부터 살아오던 사람살이의 일'과 설익은 신문학의 '열심당'을 대비시킨 점에서 '손님'론과 통하지만, '외래적인 것'과 '본래적인 것'을 절대적으로 갈라놓는 발상은 아니다.

그때 우리는 양쪽이 모두 어렸다고 생각한다. 더 자라서 사람 사는 일은 좀더 복잡하고 서로 이해할 일이 많다는 걸 깨닫게 되어야만 했다. 지상의 일은 역시 물질에 근거하여 땀 흘려 근로하고 그것을 베풀고 남과 나누어

누리는 일이며, 그것이 정의로워야 하늘에 떳떳한 신앙을 돌릴 수 있는 법이다. 야소교나 사회주의를 신학문으로 받아 배운 지 한 세대도 못 되어 서로가 열심당만 되어 있었지 예전부터 살아오던 사람살이의 일은 잊어버리고 만 것이다. (같은 면)

더 많은 시간과 노력을 통해 '손님'이 '주인'으로 자리잡을 수도 있다는 발상이며, 물질적 평등과 사회정의의 중요성이 '예수님의 행적'과 사회주의에 공통된 것으로 이해함으로써 양자간의 화해가능성을 열어놓았다. 살육의 광기가 발동된 것은 이런 가능성을 실현하지 못한 전반적인 미숙성 때문이었던 것이다.[9] 분단체제의 형성·유지 과정에서 외래요인과 내부요인을 복합적으로 인식할 필요성을 다시금 상기시키는 대목이기도 하다.

3
그런데 '사람 사는 일'에 대해 좀더 성숙한 이해를 갖고 현실에 대응하는 길이 구체적으로 어떤 것이었을까? 예컨대 토지개혁의 당위성과 현실적 필요성을 기본적으로 긍정하면서 '예전부터 살아오던 사람살이의 일'을 반영하는 어떤 토지정책이 가능했을까? 훗날 남한에서 시행된 것 같은 '유상몰수(有償沒收) 유상분배(有償分配)'라면 토지 없는 다수 농민들의 욕

---

9 소설 속에서는 광기 또한 일률적인 것이 아니다. 재령사건이 보여주듯이 좌우 양쪽이 모두 광기를 경험했지만 신천사건의 주요 인물들의 경우 좌익 쪽에서는 광기를 느낄 수 없음은 앞서 지적한 바와 같다. 우익 청년단의 경우에도 "온몸이 성령의 불길에 휩싸이는 것처럼 사탄에 대한 증오와 혐오감이 뜨겁게 달아올랐"(203~4면)지만 그 나름의 기율을 지키던 초기의 열광과, 드디어는 자기 편에 가까운 사람들도 해치울 정도로 "더 이상 사탄을 멸하는 주의 십자군이 아닌 것"(246면)이 되어버린 말기현상을 요한 스스로가 구별하고 있다.

구에 크게 미흡하고 사회정의 실현에도 미달했을 것이다. 다른 한편 '유상몰수 무상분배'는 국가재정상의 부담도 부담이지만 과연 어느 수준의 유상몰수로써—또는 무상몰수의 범위를 어떻게 조절함으로써—지주층의 불만도 달래고 실효있는 개혁도 완수할 수 있었을 것인가.

물론 안성만이 이 문제의 정답을 제출할 의무는 없고 황석영도 마찬가지다. 작가는 작품을 통해 문제를 성실하게 제기하고 독자로 하여금 스스로 생각하게 만들기만 하면 되는 것이다. 다만 작품의 문제제기가 치열하고 치밀해서 독자가 해답이 아닌 해답에 안주할 수 없도록 만드는 일도 성실한 문제제기의 일부다.『손님』에서 성만의 발언을 두고 우리가 비판한다면 그것이 정답이 못 된다는 사실이 아니라, 성만이라는 인물이 거의 모든 문제에 대해 정답에 도달한 인간처럼 그려졌다는 점일 것이다.

성만의 일생이 결코 평탄하지 않았음은 소설에서 분명히 드러난다. 그러나 요섭이 만났을 때의 그는 이미 모든 갈등을 겪어냈고 자기 나름의 화해를 성취한 상태다. 그는 신천학살이 정점에 달한 날에 대해 "나넌 까딱 했으문 내 하나님얼 버릴 뻔하였다. 그 이튿날 밤이 내 믿음으 오십년을 끔찍허게 뒤흔들어서"(210면)라고 말하지만 정작 그날의 목격담도 없고 그 후 수십년간 신앙인으로서 겪은 시련도 더는 언급하지 않는다. 지난날의 마음속 고민을 굳이 조카에게 털어놓지 않는 것이 그의 성격일 수 있지만 홀로 회상하는 형식으로도 얼마든지 독자에게 알릴 수 있는 일이다.

성만이 비록 목사의 아들이고 유아세례자라고 하지만, 젊은시절에 이미 주변의 교인들보다 (비기독교도로 추정되는) 강선생을 더 존경했던데다가 전쟁중에 그 '불지옥'을 경험했는데도 지금까지 독실한 신앙인으로 살아오자면 남다른 영적 체험이 필요했을 것이다. 공산주의 체제와의 갈등 또한 만만찮았을 터인데 황주 철공장에 부역 나갔을 때 주일 지키기 문제로 야기된 마찰만 해도 지도원의 영명한 처사로 너무나 순탄하게 끝맺는다(178~82면). 결국 그는 온갖 시험과 단련을 이겨낸 기독교인이자 당원이며 "아주 훌륭한 아바이"(168면)로서, 학살사건에 대해서는 "더 자라서 사람 사는 일은 좀더 복잡하고 서로 이해할 일이 많다는 걸 깨닫게 되어야만 했다"(176면)라든가, 헛것들의 출몰을 두고는 "인차 세상이 바뀔라구 허넌지 부쩍 나타나구 기래. (…) 그 일얼 겪은 사람들으 때가 무르익었단 소리디. 이젠 준비가 되었단 말이다. 기래서…… 구원할라구 뵈는 게다"(174~75면), 헛것들이 물러가자 "갈 사람덜언 가구 이제 산 사람덜언 새루 살아야디"(251면)라는 식으로 '유권해석'을 발표하는 인물로 기능하고 있다.

'때가 무르익은' 지금이 정확히 몇 년도인지는 가늠하기가 쉽지 않다. 성만은 1945년 "해방 무렵"(176면)에 35세였는데 현재 "야든다섯"(171면)이라니 이대로 계산하면 요섭의 방북시기는 1995년이라야 맞다.[10] 다른 한편 "믿음으 오십년"을 문자 그대로 해석한다면 황석영이 『손님』을 집필하던 시기이자 남북정상회담이 성사된 2000년 무렵이 되며, 이쪽이 '전환기'로서는 더 방불하다. 다만 어느 쪽이든 김일성 주석 사망(1994년) 이후가 되는데 작중에서는 김일성 이후 시대의 표지를 전혀 찾아볼 수 없다. 이처럼 특정 시기의 사실주의적 묘사를 생략한 것은 1989년, 90년 방북체험의 기억을 활용하면서도 "화해와 상생의 새세기"의 기운을 담은 작품으로서 오히려 적절한 선택이었다고 할 만하다. 그러나 "야든다섯"이라고 나이를 명시함으로써 특정 연도를 추정케 한 것은 기법상의 허점이라 보아야겠다.

『손님』이 그려내는 화해가 어느 평자의 말대로 "조금은 느닷없고 억

---

10 학살사건이 벌어진 1950년 10월 현재 성만이 "마흔 안짝"(220면)으로 나오는 것은 미세한 착오이거나 그가 1911년생으로 '만 40세 미만'이라는 뜻으로 해석될 수 있겠다.

지스런"[11] 것이 된 데에는 인물이나 상황설정에서의 이런 허점들이 작용했다. 거듭 말하지만 작가나 작중인물에게서 어떤 구체적 대안이나 해답을 요구하는 것이 아니라, 질문의 무게와 치열함을 담보해줄 작중현실의 실감과 치밀성을 따져볼 필요가 있다는 것이다.

요섭과 만나기 전에 외삼촌이 그 나름으로 이미 화해를 달성하고 있었음을 언급했는데 실은 형수도 비슷하다. 학살자 류요한의 아내로, 그것도 아들을 낳는 순간 남편이 버리고 달아난 아내로 남아서 지낸 피눈물의 세월에 대해 백발의 형수는 침착하게 한마디 던질 뿐이다.

"난 홈자 여게 죄인으루 남아선……딸아이딜 벤벤히 멕이지 못해 잃구 저 거[아들 단열] 하나 남은 걸 데리구 살멘서 늘 생각해서요. 하나님두 죄가 있다구 말이다."(152면)

하지만 그녀 역시 요섭이 찾아오기 전에 이런 의문을 자기 나름으로 정리한 상태다.

"입다물구 그런 천불지옥이 벌어지는 걸 내레다보구만 게셨으니 하나님

---

11 "요한과 순남과 일랑을 포함한 수많은 억울한 죽음들이 아무런 갈등도 없이 서로 다른 입장의 차이만을 드러내는 고백을 하고 한데 어울려 천도됐음을 암시하는 결말이나 그들의 천도를 기원하는 지노귀굿 한 자락을 읊는 것으로써 그 팽팽했던 대립과 과거의 상처를 마무리하는 것은 너무 황당하고 맥이 빠지는 것이다."(조성면 「천청, 광기의 역사와 해원(解冤)의 리얼리즘」, '3. 조금은 느닷없고 억지스런 화해 그리고 우리에게 남겨진 과제', 『작가들』 2001년 겨울호, 324면) 조성면 자신은 곧바로 이것이 작품의 결함이라기보다 '우리에게 남겨진 과제'의 하나일 따름이라는 주장을 펼친다. "솔직히 말해서 달리 무슨 방법과 대안이 있을 수 있단 말인가. 어찌 보면, 근사한 대안과 전망을 제시한다는 것 또는 이를 기대한다는 것 자체가 허구이고, 망상인 것을. 사실 이렇게 해서라도 화해와 상생의 길을 찾기 위해서 부단히 노력해야 하는 게 아닌가. 따라서 대안과 전망의 부재로 해석될 수도 있는 결말 부분의 조금은 느닷없고 억지스러운 화해는 작가만의 한계라기보다는 우리 모두의 한계이며, 현존하는 역사 현실이 제약하는 불가피한 현상이라 할 수 있다."(같은 면)

두 죄가 있다구 생각해왔디. 기러다가 요새 와선 생각이 달라졌어요. 나 성
경얼 못 본 디 오래돼요. 거이 닞어뿌렜디. 하디만 욥은 생각나. (…) 사람이
원체가 인생에 고난언 타구나는 게라. 성님이 죽인 사람덜두 다아 영혼이
있대서. 그이덜 사탄이 아니대서. 류요한이두 사탄이 아니대서. 믿음이 삐
뚜레졌디. 나넌 이제서야 하나님언 죄가 없다구 알디."

"형수 지금 바라시는 게 뭐예요?"

"나 바라는 거이 없다오, 시동상. 땅에 평화 하늘엔 영광 머 기런 거나 생
각하오. 세상이 죄루 가득 차두 사람이 없애가멘 살아야디." (153면)

요섭이 짤막한 강론을 마쳤을 때도 형수는 "그런 줄 알구 있대서……"
(155면)라고 혼잣말로 중얼거린다.

이렇게 보면 요섭이 형수로부터 아기를 쌌던 형의 옷가지를 받아서
뼛조각과 함께 파묻는 행위는 형수에 관한 한 그녀가 혼자 이룩한 화해
를 추인하는 행위에 불과하다. 오히려 그녀의 말 중에서 논란의 여지를
담은 것은 "이스라엘이나 조선으 하나님 겉은 건 없다오. 그남…… 하
나님언 하나님이디"(157면)라는, 마치 "조선의 하나님을 믿어라"(17면)는
이찌로의 절규[12]를 반박하는 듯한 발언이다. 하지만 이 또한 요섭과의
만남을 통해 형수가 잃었던 신앙을 되찾아가는 기미로 제시될 뿐, '조선
의 하나님 대 그냥 하나님', 그리고 '조선의 하나님 대 미국의 하나님'에
대한 진지한 탐구로 이어지지 않는다.

『손님』의 화해달성 과정이 실감이 덜한 결정적인 원인은 사죄와 화해

---

12 이 말은 뒤에 일랑 자신의 일인칭 서술을 통해 "조선으 하나님얼 믿어라야"(214면)라고 반
복된다. 이는 "지금 조국해방전쟁중이오. 교인이라 할지라도 마땅히 인민들 편에 서야 하
지 않갔소. 미국으 하나님이 아니라 조선 하나님얼 믿어야 된다 그거요"(190면)라는 당 노
선의 표현이기도 하다. 그러나 죽음을 앞두고 목구멍으로 넘어오는 피를 삼키면서 외쳐
댄 일랑의 절규에는 어떤 당간부의 설득도 따르지 못할 절실함이 있다.

를 위해 고향을 찾아가는 류요섭 목사 자신이 여행을 통해 특별히 심각한 새 갈등을 겪는 바 없다는 점일 것이다. 조카 단열을 만나서의 서먹함과 껄끄러움 같은 것도 큰 무리 없이 해소된다. 더 중요한 것은, 고향을 방문하기 전에 요섭이 이미 학살사건의 진상을 대략 파악하고 있으며—심지어 그 자신에게나 독자에게나 가장 가슴 아프게 다가오는 두 인민군 여병사의 죽음에 관해서도 저들의 마지막 순간에 관해 듣지 못했을 뿐 대체적인 경위는 너무나 잘 알고 있다—그의 기본적 입장 또한 정리되어 있다. 생전의 형을 마지막으로 찾은 심방예배에서 그는 "예수님께서는 사랑과 화평을 가르치셨습니다. 다시금 말하지만 우리의 고향을 차지하고 남아 있는 저들에게도 우리와 같은 영혼이 있습니다. 우리가 먼저 회개하여야 합니다"(15면)라고 설교했고, 단열을 처음 만나서도 "그땐 서루 죽이구 미워했지. 이제 그 사람들두 하나 둘 세상을 떠나구 있다. 서로 용서를 하지 않으면 우리는 영영 못 만나게 된다"(94면)고 일러준다.

현실에 대한 그의 진단이 타당한가는 별개문제다. 왜 굳이 찾아와서 옛날을 들추느냐는 조카의 항변에 대한 그의 답변은 이렇다.

"우리 속담에 털 뽑다 살인난다는 말이 있다. 손뼉이 마주쳐야 소리가 난다구두 했어. 누구 남들이 그런 행악을 한 게 아니라, 우리가…… 동네에서 오순도순 살던 사람들이 그랬다."
"미신쟁이덜이 그랬다지요."
"아니다, 사탄이 그렇게 했어."
"그건 또 무슨 구신입네까?"
류요섭 목사는 말했다.
"사람의 마음속 어디나 따라다니는 검은 것이다."(116면)

'남들이 아니라 우리가 그랬다'는 진술은 '미제의 만행' 운운하는 공식 선전에 비해 작중의 진실에 다가간 것이 분명하다. 그러나 내부요인만을 지나치게 강조한데다 기계적인 양비론의 혐의마저 느껴진다. 사탄에 대한 그의 해석은 형수에게 「욥기」를 읽어준 뒤 "이것은 우리가 그렇듯이 전지전능하신 하나님도 내적 갈등을 지니고 계신 존재임을 나타냅니다. 이것은 신성모독이 아니라 사람의 신앙적 결단에 의해서만 하나님은 완전한 존재가 되시는 것입니다"(155면)라고 설교하는 그의 독특한 신관(神觀) 및 구원관의 일부인데,[13] 타인을 사탄시하는 습성에 대한 따끔한 일침이긴 하지만 토지개혁 등 '우리까리'의 현실적 갈등조차 추상화할 위험이 있다.

어찌 보면 이런 발언이 지주집안 출신의 목사이자 재미동포인 류요섭의 한계를 정확히 짚은 형상화일 수도 있다. "그런데 이제 보니 사실상 무서운 '손님 마마님'은 아직도 미국이 아닌가"(262면)라는 「작가의 말」이 작품에는 크게 반영되지 않은 느낌인데, 요섭의 사상적 한계를 통해 미국의 문제를 암시하려 한 것일까? 하지만 그러려면 요섭이라는 인물과 작가의 거리가 더 뚜렷해질 필요가 있을뿐더러, 이후의 진행을 통해 요섭이 자신의 한계를 대면하고 일정하게 극복하는 내면의 변화를 겪음으로써 진정한 화해의 가능성이 열리도록 했어야 할 것이다.

그런데 형상화 차원에서 요섭이라는 인물이 갖는 문제점은 오히려 작가와의 거리가 너무도 부족하다는 점이 아닌가 한다. 황석영과 그는 매우 다른 인물임에도 요섭은—그의 외삼촌이나 형수와 함께—저자가 독자에게 건네고 싶은 말을 발음하는 장치로 기능할 때가 많다. 게다가 그

---

13 다만 "저나 삼촌은 가해자가 아니잖습니까?"라고 성만에게 순진하게(?) 물었다가 "가해자 아닌 것덜이 어딨어!"(175면)라고 면박을 당하는 모습은 「욥기」에 대한 그의 해석과도 앞뒤가 맞지 않는다. 성만을 돋보이게 만드는 과정에서 빚어진 일인지도 모르겠다.

의 방북 경험을 그려내는 과정에서 저자 자신의 너무나 다른 처지가 은연중에 투영됨으로써 작품의 실감을 덜기도 한다. 쉬운 예로 북측 당국은 그가 애초에 신청도 안 했던 고향방문을 허가할뿐더러 추가로 온갖 특전을 베푸는데, 이는 한 재미목사에게 "조국통일사업에 앞장서달라는"(117면) 당의 기대만으로는 도저히 설명이 안 되는 현상이다. 남한의 유명작가이자 국가보안법을 어겨가며 북녘을 찾아온 황석영이라면 이런 특전을 베푸는 것도 당연하고 고향 신천에 간 김에 외세의 범죄상을 확인해주기를 기대하는 것도 그럴법하다. 하지만 사건 당시 열네살의 소년으로 현장에 있었던 류요섭이 신천박물관과 원암리 현장을 방문하고 친척들과 대화를 나눈다고 해서 당의 선전에 동조할 가능성은 태무한 것 아닌가.

형상화의 성과가 돋보이는 것은 요섭보다 요한이다. 그는 상대방의 활동가들뿐 아니라 무고한 여성 병사, 그리고 드디어는 친구의 약혼녀네 가족들마저 살해하는 범죄자요, 요섭과 마지막 전화통화에서까지 "내가 왜 용서를 빌어? 우린 십자군이댔다. 빨갱이들은 루시퍼의 새끼들이야. 사탄의 무리들이다. 나는 미가엘 천사와 한편이구 놈들은 계시록의 짐승들이다"(22면)라고 소리지르는 완고파지만, 소설을 끝까지 읽고 보면 "류요한이두 사탄이 아니대서"라는 형수의 말 그대로, 악마가 아닌 한 인간으로 실감되는 것이다.

요한이 끔찍한 일을 저질렀으리라는 암시는 작품 벽두의 요섭의 꿈(8~9면)에 이미 나오고, 아우와 통화하기 전 최초의 일인칭 서술에서 그는 자신이 이찌로의 "코를 삐삐선에 꿰어 이끌고 읍내까지 잡아갔"(17면)다든가 "나는 순남이를 그해 겨울에 해치운다"(20면)는 등의 단편적 고백을 들려준다. 마침내 제8장에서 그 전모가 밝혀질 때 요한의 잔혹행위는 거의 상상을 뛰어넘는다. 하지만 결코 극악무도하기만 한 것은 아니다. 일랑에게는 작심하고 복수했지만 순남을 죽인 것은—철사로 목을 매어달았는데 쉽게 목숨이 끊어지지 않아서 결과적으로 개를 잡던 행위를 연상시키는 상징성을 더하게 되었지만—읍내까지 끌고 갈 것 없이 빨리 끝내주자는 배려였고 마지막 권총 한방 역시 그런 의도였다. 휴양소에서 청년단원들의 노리개가 된 여선생을 쏘아죽이는 것도 윤간을 즐기는 그의 동료들과 구별되는 협기의 발로이자 평소 그녀에게 품고 있던 호의의 소산이다. 그에 비해 동생과의 약속을 어기고 여병사들을 살해한 일이나 박명선의 어머니와 자매들을 몰살한 것은 훨씬 용서하기 힘든 행위다. 그러나 전자의 경우는 청년단원이 '빨갱이'를 숨겨주었다가 체포된 사태를 의식한 탓이기도 했고, 후자의 경우 명선의 약혼자 조상호가 먼저 요한의 누나를 (매부가 입당을 했었다는 이유로) 살해한 데 대한 보복이었다.

요한의 이러한 면들을 감안하면 "우린 십자군이댔다. 빨갱이들은 루시퍼의 새끼들이야. 사탄의 무리들이다"라는 주장은 그의 본심 전부가 아니고 도리어 확신이 무너진 상태에서 나온 호통소리였기 쉽다. 실제로 그는 누나의 죽음을 확인한 순간 "나는 이제 우리의 편먹기는 끝났다고 생각했다. 더이상 사탄을 멸하는 주의 십자군이 아닌 것이다"(246면)라고 정리한 바 있으며, 죽기 직전에는 LA에 사는 박명선을 찾아보기로 한 참이었다. 이러한 요한의 생전의 고뇌를—예컨대 '뜬것'들을 서울에서 처음 보았을 때나 재혼한 처가 죽고 나서 미국에서도 다시 보기 시작했을 때의 경험 같은 것을—더 구체적으로 지켜볼 수 있었더라면 하는 아쉬움은 남지만, 그가 순남, 일랑 들과 더불어 『손님』에서 가장 생생하게 살아있는 인물 중 하나임은 분명하다.

4
소설 『손님』이 "황해도 진지노귀굿' 열두 마당을 기본 얼개로 하여 씌어

졌"(262면)음은 작가 스스로 밝혔고, 이 선택은 많은 평자로부터 높은 평가를 받은 바 있다.[14] 토착적 민중형식의 차용이 '손님' 주제에 부합하는데다가 그중에서도 진오귀굿은 해원(解寃)·상생을 위한 의식이다. 게다가 굿판에서 죽은 사람의 목소리를 듣곤 하는 관행은 대다수가 망자(亡者)가 된 신천사건 관련자들이 서사에 직접 끼여들 장치를 제공하는 것이다.

다만 이를 두고 대단한 '탈리얼리즘'의 성취인 양 평가하는 것은 리얼리즘 개념을 지나치게 좁게 잡은 일방적인 단정이다. 홍승용이 적절히 설파하듯이 "21세기의 리얼리즘 소설에 귀신이 등장했다고 해서 헷갈릴 이유는 없는 것"이며, 21세기 전이라도 "리얼리즘은 꽤 넓게 이해되어왔다."[15] 이렇게 리얼리즘 소설의 형식적·기법적 다양성을 인정한다면 지노귀굿 양식에 기대어 망자를 등장시키는 것이 리얼리즘으로부터의 이탈이 아님은 물론, 굳이 그런 빌미 없이도 망자들의 일인칭 서술을 포함시켜서 안 될 이유도 없다.

그러나 중요한 것은 『손님』의 성취를 리얼리즘이라 부를 거냐 말 거냐가 아니라 그 서술양식이 소설적 효과에 실제로 어떻게 기여하는지를 식별하고 평가하는 일일 테다. 우선 귀신의 등장만 해도, 산 사람이 죽은

---

14 한 예로 임홍배의 격찬이 있다. "작품에 귀신이 등장하고 굿의 형식으로 이야기를 풀어가는 것도 난데없는 형식실험이 아니라 〔『손님』특유의〕 문제의식과 유기적으로 결부되어 있다. 고향땅을 피로 물들인 요한에게 억울하게 죽은 자들의 원귀가 출몰하고 죽어서도 그의 천도행이 가로막히는 것은 당연하며, 또 과거의 참극을 잊지 못하는 산 자들의 마음속에 온갖 헛것들이 들끓는 것도 당연하다. 기억의 잔여물은 그것이 만들어진 과정을 망각하려 할수록 더 견고해지게 마련이라면, 산 자든 죽은 자든 과거의 망령에서 결코 자유로울 수 없는 것이다. 그런데 그 망령은 그냥 헛것이 아니라 전쟁의 참극이 오늘의 우리에게 풀어야 할 업으로 물려준 역사의 짐이라는 점이다."(임홍배, 앞의 글 374면)

15 홍승용, 앞의 글, 226~27면. 홍승용은 브레히트의 예를 제시하는데, 더러 완고한 리얼리즘론자로 비판받는 루카치(G. Lukács)도 '헛것'들이 출몰하는 19세기 독일작가 호프만(E. T. A. Hoffmann)의 소설을 리얼리즘의 훌륭한 성과로 꼽은 바 있다.

자의 헛것을 보는 경험 자체는 자연과학자나 극단적 자연주의 작가도 받아들일 수 있는 성질인바, 그런 경험이 실제로 얼마나 핍진하게 그려졌는지는 별개의 문제이며, 헛것들의 발언이 얼마나 진실에 부합하느냐라거나 그런 부합현상이 얼마나 독자의 동의를 얻어내느냐는 것은 또다른 문제인 것이다.

『손님』의 경우 신천사건에 대한 유령들의 발언은 결코 헛것들의 헛소리가 아니고 각자의 처지에서 인지한 진실임이 분명하다. 이는 망자와 생존자의 수많은 일인칭 진술들이 합쳐, 특히 작품의 클라이맥스를 이루는 제8장 '시왕'에서 독자를 압도하는 일관된 그림을 제시하기 때문이기도 하지만, 작가가 잠시 삼인칭 서술로 돌아갔을 때 객관적인 권위를 띤 음성으로 북측의 공식 입장을 정면으로 부정하고 유령들의 증언을 밑받침해주는 점도 간과할 수 없다.

> 그들[미군]은 신천 읍내에서 두 시간을 체류했다. (…) 미군이든 국방군이든 정규군은 겨울에 다시 후퇴할 때까지 북으로 진격해버려서 다시는 모습을 나타내지 않았다. 환영대회를 마치자마자 멸공통일이 현실이 되어버렸다면서 군당청사에서는 대한청년단과 자치경찰의 조직편성이 이루어졌고, 치안대와 경찰의 결성식이 이튿날 아침에 청사 앞마당에서 개최되었다. 그리고 방공호와 전호에서의 처형이 시작된다. (223면)

사실 예술적 차원에서 『손님』의 유령들을 문제삼자면 오히려 그들이 충분히 유령답지 않다는 점을 꼬집어야 할 것이다. 산 자를 현혹하고 오도하는 삿됨이 저들에게 없음은 물론, 원귀(冤鬼)다운 앙심이나 섬뜩함도 느껴지지 않는다. 철사에 코를 꿰이고 죽도록 얻어맞아 피투성이가 되었다가 휘발유 불에 타죽은 일랑을 포함해서 그 누구도 죽을 당시의 처참한 모습으로 나타나는 귀신이 없는 점도 그렇다. 이는 죽는 순간 편

가름도 다 없어지고 "자잘못이 다 사라"(194면)진다는[16] 이 작품 특유의
설정 때문이기도 할 텐데, 작중인물들 역시 처음 잠깐을 빼고는 유령들
을 거의 산 사람 대하듯이 한다. 아니, 제8장에서 마지막으로 다 모인 망
령들 자신이 마치 마을집회에 모인 평범한 주민들처럼 행동한다. 귀신
이라면 성만에게 따로 나타날 수도 있고 요섭과 외삼촌이 함께 있는 시
간에 나타날 수도 있으련만, "성만이두 밖으로 나오라우. / 하는 소리에
돌아보니 순남이 아저씨가 외삼촌의 방 앞에서 그를 불러내는 중이었
다. 외삼촌도 요섭처럼 거실로 어정어정 걸어나왔다."(194면) 더구나 이
대목은 헛것을 본 어느 한 사람의 일인칭이 아니라 (요섭의 관점을 빌린)
삼인칭으로 서술된다.

물론 실생활에서의 유령체험이나 진오귀굿 도중의 망자 육성을 실감
나게 재현하기보다 유령을 하나의 서술장치로 활용하는 것도 작가가 얼
마든지 선택할 수 있는 기법이며, 앞서 말했듯이 굳이 리얼리즘의 범위
를 벗어난다고 볼 필요도 없다. 다만 작품의 결말이 다소는 억지스러운
화해를 보여준 데에는, 서술양식에서 그처럼 큰 비중을 차지하는 유령들
이 좀더 유령답지 못하고 원귀답지 못한 점이 무관하지 않을 것이다. 화
해가 실다우려면 학살사건의 사실관계를 확인함은 물론, 사건의 원인이
되었던 온갖 갈등 중 아직도 산 자의 몫으로 남는 것을 밝히는 일도 중요
한데, 『손님』의 헛것들은 죽는 순간 이미 실질적인 화해를 이룩했을 뿐
아니라 요한과의 대질 및 요섭의 고향방문으로 해원이 완성되었음을 선
언하고 일제히 떠나간다. 하지만 가령 요한보다도 사람을 더 많이 죽였
다고 하며 요한과 달리 한국에 남은 상호와의 대면이나 화해는 없어도
되는 것인가. 또, 신천사건에 대해 원혼들의 주장을 부인하는 이야기를

16　순남의 유령이 이렇게 말하기 훨씬 앞서, 죽은 지 얼마 안 된 요한의 망령은 "야야, 그 얘
　　기 관두라. 우린 아무 편두 아니야"(51면)라고 요섭에게 말하며, 며칠 뒤에도 "우린 같이들
　　떠돈다"(59면)고 일러준다.

관계당국이 대대적으로 반복하고 있는 현실은 잊어도 좋은 것인가.

유령들에 관해 한 가지만 더 지적한다면 수많은 남녀가 출현하지만 대화의 형태로든 혼자서 회상하는 형태로든 자기 몫의 일인칭 서술을 배당받은 여자 귀신이 하나도 없다는 사실이다. 예컨대 바이올린을 켜고 노래를 부르던 인민군 홍정숙과 강미애는 헛것의 형태로나마 다시 만나고 싶은 인물들이며, 이들보다 더욱 짤막하게 그려진 윤선생(휴양소에서 죽은 여선생), 박미선의 어머니나 여섯 명의 동생들, 순남과 일랑의 아내 등등 중에 누구 하나라도 자신의 이야기를 직접 들려주었더라면 학살의 기억은 훨씬 충격적이었을 테고 남자 귀신들끼리 사이좋게 합의해서 다 털고 떠나가기도 조금은 더 어려웠을지 모른다.

21세기 초 한국문학의 큰 성과 중 하나이고 분단현실을 직접 다루면서 화해와 평화를 추구한 소설로는 여전히 독보적인 위치에 있는 작품을 두고 이런저런 불만을 내놓는 것이 지나친 투정일 수도 있겠다. 하지만 우리의 과제를 분단체제의 극복으로 설정했을 때 이 세계사적 과업에 부응하는 문학은 분단체제의 재생산과정이 복잡한 만큼이나 복합적인 인식을 지녀야 하고, 거기에는 동족간 화해의 필요성이나 보편적인 평화에 대한 염원과 더불어 계급·성차·환경 등 여러 모순의 작동에 대한 정밀한 인식이 포함되어야 한다.[17] 이는 또한 당연히 작품으로 구현된 인식이어야 하며, 그에 걸맞은 기법상의 혁신과 정교한 실행이 따르게 마련이다. 『손님』을 읽는 작업은 이룩된 소설적 성취에서 커다란 즐거움과 일깨움을 얻음과 동시에, 더러 미흡한 점들조차 분단체제에 대한 새로운 성찰을 촉발한다는 점에서, 한반도에서 화해와 평화를 찾는 모든 사람에게 값진 경험이 아닐 수 없다.

---

17 분단체제극복운동이 계급, 생태계, 여성 담론들과 결합할 가능성에 대해서는 졸저 『흔들리는 분단체제』, 창작과비평사 1998, 「분단체제극복운동의 일상화를 위해」, 특히 4절 (35~52면) 참조.

소설과 리얼리즘

「황석영의 장편소설『손님』:
한반도에서 화해와 평화 찾기」를 중심으로

1. 백낙청의 문학비평

1966년 계간『창작과비평』을 창간한 이래 지금까지 '현역' 평론가로 활동하고 있는 백낙청의 문학비평을 간략하게라도 일별하기란 쉽지 않은 일이다. 한동안 숨죽이다가도 불현듯 휘몰아쳐 온 한국 사회의 이른바 역동성을 반세기 넘도록 감당해 온 결과물을 두고 개괄이나 조망 같은 방식이 적절할 리 없다. 더욱이 그의 비평은 문학 공부를 중심에 놓는 '인문학'의 본래 면모가 어떠한지 입증하겠다는 듯 분과의 벽을 일찌감치 허물며 정치, 사회, 역사, 철학 등에 이르는 다양한 영역으로 뻗어 나간다. 자크 랑시에르(Jacques Ranciere)가 정의했던 바, 문학의 고유한 자율성이란 문학이 그 자체로 어떤 고유하고 자율적인 영역도 갖지 않는다는 말임을 오래전부터 선언하고 있었던 것이다. 백낙청이 개진하고 발전시킨 대표적인 문학 담론인 민족문학론과 리얼리즘론이 분단체제론이나 근대 이중과제론, 변혁적 중도론처럼 언뜻 문학 바깥에 있다고 보이는 그의 다른 담론과 긴밀히 이어지는 데서도 그 점은 잘 드러난다.

그런 가운데서도 백낙청의 문학비평에서 어떤 '시그너처'를 찾자면 그의 문학평론집 제목(때로 부제)에 계속 등장해 온 '민족문학과 세계문학'을 떠올리게 된다.[1] 2000년대 전후에야 프랑코 모레티(Franco Moretti), 파스칼 카사노바(Pascale Casanova), 데이비드 댐로시(David Damrosch) 등을 중심으로 세계문학 담론이 본격적으로 논의된 사실을 감안할 때 1970년대부터 꾸준히 '세계문학'을 내세운 점은 외국 문학 연구자라는 그의 배경에만 귀속되지 않는 대목이다. 그것은 백낙청의 민족문학론이 말하는 '민족문학'이 자기동일적인 폐쇄성에 근거를 두지 않았음은 물론이고 괴테나 마르크스가 제시한 세계문학 이념의 실현에 남달리 기여하기를 겨냥하는 대담한 구상이었음을 나타내 준다. 여기에는 세계문학이 종종 '보편성'의 이름으로 서구 문학 중심의 위계를 은폐해 온 데 대한 비판과 경계 또한 포함되어 있다. 민족문학과 세계문학 사이의 이와 같은 '운동적' 관계는 이후 그가 '근대의 적응과 극복'이라는 이중과제론을 제출하는 결정적 발단이 되기도 했다.[2] 어쨌든 이처럼 보편성의 비판적 재구성을 목표로 구상되었음에도, 또 그것이 민족주의적 발상과 어떻게 다른지 거듭 강조되어 왔음에도, '민족문학'은 민족을 입에

---

1 '민족문학과 세계문학'을 제목(또는 부제)으로 삼아 출간된 평론집은 다음과 같다. 「시민문학론」과 「민족문학 개념의 정립을 위해」가 실린 『민족문학과 세계문학 1』이 1978년(합본 개정판 『민족문학과 세계문학 1/인간해방의 논리를 찾아서』는 2011년)에 출간되었고, 「민족문학의 현단계」, 「리얼리즘에 관하여」, 「모더니즘에 관하여」 등이 담긴 『민족문학과 세계문학 2』가 1983년에 나왔다. 1990년의 『민족문학의 새단계: 민족문학과 세계문학 3』에는 「민중·민족문학의 새 단계」, 「작품·실천·진리」, 2006년의 『통일시대 한국문학의 보람: 민족문학과 세계문학 4』에는 「근대성과 근대문학에 관한 문제 제기와 토론」, 「2000년대의 한국문학을 위한 단상」, 「민족문학론과 리얼리즘론」 등이 각각 실렸고, 2011년에 출간된 『문학이 무엇인지 다시 묻는 일: 민족문학과 세계문학 5』는 「문학이 무엇인지 다시 묻는 일」, 「현대시와 근대성, 그리고 대중의 삶」, 「우리 시대 한국문학의 활력과 빈곤」 같은 글들을 담았다.

2 Paik Nak-Chung, "The Double Project of Modernity," *New Left Review* 95 (2015) p. 67 참고. 여기서 그는 이중과제론이 1970년대 이래 한국의 민족문학 운동에서 서구의 '민족문학들'에 대해 가질 수밖에 없었던 양가감정, 다시 말해 그것들이 보여준 성취에 방불하려는 욕망과 더불어 식민주의적 지배 도구로서의 측면에 저항해야 할 필요를 동시에 느꼈던 사실에 뿌리를 두고 있다고 이야기한다.

올리는 순간 민족주의로 낙인찍는 탈민족·탈국가 담론들의 서슬에 일방적으로 밀려온 감이 있다.

그런데 민족문학 개념이 영원불변의 실체가 아니라 "어디까지나 그 개념에 내실을 부여하는 역사의 상황이 존재하는 한에서 의의 있는 개념이고, 상황이 변하는 경우 그것은 부정되거나 한층 차원 높은 개념 속에 흡수될 운명에 놓여 있는 것"[3]이라면, 상황이 변함에 따라 그 유효성을 거듭 재검증해야 할 필요도 생긴다. 백낙청 자신은 2000년대 들어 민족문학론이 여전히 유효한가를 자문하는 가운데 반독재 운동의 구호로서나 한국문학에 국한된 담론으로서의 민족문학은 효용이 소진되거나 상대화되었다고 인정한다. 하지만 그러면서도, "한반도의 지역 경계를 벗어난 한국어 내지 한민족 문학의 존재를 부각시키면서 '디아스포라 문학'의 복합성에 대한 우리 나름의 인식을 촉구해 주는"[4] 것으로서 새로운 의미가 주어졌다고 본다. 민족문학론이 처음부터 민족국가와의 거리와 대결을 내포한 만큼, 민족국가의 개념적 해체와 실질적 약화가 진행되는 상황은 오히려 일국 범위를 넘는 문학으로서의 민족문학이라는 또 다른 용도를 발견해 준다는 것이다. 세계화와 관련해서도 마찬가지 이야기가 가능하다. 세계화의 진전은 민족문학의 용도 폐기를 정당화하기보다 세계문학에 기여할 민족문학의 잠재력을 부각하는 계기로 인식된다.

세계화의 물결이 거세질수록 이 대세가 세계문학의 진정한 꽃핌을 가져오기는커녕 진정한 문학의 존속을 위협하는 흐름이 아닌지 성찰할 필요가

---

3 「민족문학 개념의 정립을 위해」, 『민족문학과 세계문학 I/인간해방의 논리를 찾아서』, 백낙청, 창비, 2011, 125쪽. 이 글은 1974년 『월간중앙』 7월호에 '민족문학이념의 신전개'라는 제목으로 처음 발표되었다.

4 『통일시대 한국문학의 보람: 민족문학과 세계문학 4』, 백낙청, 창비, 2006, 23쪽.

커지는데, 현재 진행 중인 세계화에 그러한 위험이 내재하는 한에서는 민족어 내지 지역언어에 의존할 수밖에 없는 문학이야말로 다른 어떤 예술도 대신할 수 없는 성찰과 방어의 근거가 된다.[5]

이렇게 볼 때 민족문학과 세계문학의 관계는 여러모로 한반도 분단체제와 세계체제의 관계에 관한 그의 주장을 연상시킨다. 민족문학의 '건재'가 세계문학 이념의 실현에 기여한다는 발상은, 분단체제의 '극복'이 자본주의 세계체제의 근본적 변혁에 기여한다는 생각과 논리 구조에서 동일하고 지향점에서 정확히 대칭되기 때문이다. 민족문학은 이전만큼 내세워 논의되지는 않지만 백낙청의 비평에서 '분단체제극복에 기여하는 문학'이라는 개념 규정으로 정리된 채 잠재적으로 여전한 중요성을 갖는다.

그러나 이런 소개는 매우 제한적이어서 세부 주제, 예컨대 민족문학론이나 리얼리즘론, 혹은 근대성론을 제대로 살피기 위해서는 각각 별개의 논의가 필요하다. 여기에 더해 한국문학의 주요 작품들을 다룬 '실제비평', 그의 박사논문 주제였던 D. H. 로런스를 비롯한 영문학 텍스트에 대한 비평, 모더니즘과 포스트모더니즘 및 해체주의와 첨예한 이론적 대결을 펼친 비평, 근대과학과 학문의 성격을 탐문한 비평은 그것들대로 서로 다른 계열로 묶을 수 있다. 넓게 보아 문학비평에 속하는 이 범주들을 검토할 때 앞서 말했다시피 문학비평 '바깥'의 담론 역시 중요하게 참조해야 한다.

---

5 같은 책, 24쪽.

2. 소설론과 리얼리즘

소설[6]에 관한 백낙청의 사유는 리얼리즘 논의와 '유기적으로' 연결되어 있어서 소설론만을 따로 말하기는 어렵다. 여기서는 리얼리즘론을 펼친 글 가운데 특별히 장르로서의 소설을 언급한 몇몇 대목을 읽는 방식으로 그의 소설론을 구성해 보려 한다. 그럴 때 먼저 눈에 띄는 글은 로런스의 소설론을 설명하고 논평한 「D. H. 로런스의 소설관」[7]이다. 소설이 "근대적 시대정신을 대표하는 문학 장르"(272쪽)라는 루카치의 견해를 출발점으로 삼은 이 글에서 백낙청은 장편소설이 불가능한 시대가 되었다는, 지금도 심심치 않게 등장하는 '종언론적' 주장을 거론한다. 그는 이런 종언론을 말 그대로 소설 자체의 가능성에 회의하라는 촉구로 받아들이기보다 "소설이 대변한다는 근대정신은 과연 무엇"(273쪽)인지 새삼 묻는 계기로 삼아야 한다고 본다. 장편소설과 근대성이 구성적 연계성을 갖는다면 한쪽의 불가능에 대한 주장은 다른 한쪽의 불가능이라는 명제를 함축하게 마련이다. 그럼에도 소설의 불가능은 대개 장르상의 문제 혹은 문학의 역할과 기능이라는 문제로 다루어지기 십상임을 감안할 때, 백낙청이 취한 방향은 주목할 만하다. 근대정신을 심문하는 순간 그것이 "우리 현실"(273쪽)에서는 서구와 다른 양상으로 전개되어 온 사실에 생각이 미치며, 이는 다시 그와 같은 '우리 현실'이란 어떠한가를 묻는 일로 이끈다. 소설에 관한 질문을 현실에 관한 질문으로 이어가는 이 사유 방식이야말로 리얼리즘 담론이 발생하고 지속하는 과정에 다름 아닐 것이다.

로런스의 주장에 논평하는 형식으로 개진된 백낙청의 소설론은 이 장

---

6 별도의 설명이 없는 한 이 글에서 '소설'은 장편소설을 가리킨다.

7 『민족문학과 세계문학 I/인간해방의 논리를 찾아서』, 백낙청, 창비, 2011. 이하 인용은 쪽수를 병기한다. 이 글은 『마지막 강의』, 김찬국, 백낙청, 김윤수 (외), 정우사, 1977에 처음 실렸다.

르가 근대적 현실과의 관계에서 (원칙적으로가 아니라 역사적으로) 어떤 독보적 지위를 갖는다는 믿음을 핵심 항목으로 포함한다. 백낙청은 호메로스, 셰익스피어, 성경을 한데 아우르는 무리수를 감행하면서까지 가장 위대한 작품들을 소설로 지칭하기를 고집한 로런스의 소설 찬양론에 공감을 표시한다. 그는 "삶의 진실을 전달하는 것이 모든 예술의 할 일이지만 그 진실을 제대로 전달하기 위해서는 장편소설이 지닌 복합적인 구조와 무수한 디테일들이 반드시 있어야"(275쪽) 하며 "예술적 표현이 진실을 제대로 드러내기 위해서는 근대 장편소설 특유의 산문정신과 삶의 총체적인 모습을 담으려는 노력이 필요"(276쪽)하다고 설명한다. 또한 소설은 "삼라만상의 상대성을 그 어느 장르보다도 철저하게 보여준다는 바로 그 특성으로 인해, '있는 그대로의 삶'은 모두 그 나름의 진실이라는 맥 빠진 상대주의를 극복하고 '삶 그 자체'의 찬란한 진실을 실감시켜 줄 수 있"(280쪽)다. 장편소설이 담는 복합성과 총체성은 이른바 '객관적 현실의 총체적 재현'이라는 표현이 연상시키는 인식론적 사건에 그치지 않으며, '삶다운 삶'이라 부를 수밖에 없는 '진실'의 차원에 닿아 있다는 것이다.

이 이야기를 뒤집어 보면 근대적 현실 자체가 삶의 진실을 바로 그런 방식으로 드러낼 것을 요구한다는 말이 된다. 백낙청에 따르면 "'일어남 직한 일'의 정립에 있어서 실제로 일어났던 일, 일어나고 있는 일, 일어날 수밖에 없거나 일어나야 마땅한 일 들에 대한 사실적 인식─아리스토텔레스의 표현을 빌린다면 '역사가'의 인식─이 전혀 새로운 비중을 차지하게 되는 것"이 근대가 낳은 역사적 변화이며, 따라서 "사실주의의 사실성이 갖는 본질적 의의는 바로 이러한 역사 인식·세계 인식의 전환에서 찾아야 할 것이다."[8] 백낙청의 리얼리즘론이 문학사조로서의 사실

---

8 「리얼리즘에 관하여」, 『민족문학과 세계문학 2』, 백낙청, 창비, 1995, 372쪽. 이하 인용은 「리얼리즘」으로 약칭하고 쪽수를 병기한다. 이 글은 『한국문학의 현단계』, 김윤수, 백낙청, 염무웅 편, 창작과비평사, 1982에 처음 발표되었다.

주의와의 차이를 거듭 강조하면서도 '사실주의적 기율'의 중요성을 끝내 놓지 않으며 "통상적인 리얼리즘적 방법을 전혀 외면하고 리얼리즘의 의도를 달성할 길이 없다"[9]고 보는 이유도 바로 여기에 있다.

로런스의 소설론을 적극 수용하여 해석하는 과정도 그렇지만 소설가로서의 로런스가 노정한 한계를 지적하는 대목에도 역시 리얼리즘이 준거로 등장한다. 백낙청은 로런스의 성취가 인간적 고립이 빚은 한계와 더불어서만 가능했고 이는 그가 속한 시대와 사회 전체의 한계라고 평하면서, "장편소설이 무수한 구체적 사실들의 상호 연관성 속에서 삶의 진실을 드러내는 것이라는 말은, 소설가는 특정한 사회 현실에 깊이 뿌리박고 그 현실의 창조적 발전에 기여하는 움직임에 뛰어들 필요가 있다는 말과도 통한다"(282쪽)는 점을 강조한다. 이렇게 보면 "현실에 대한 정당한 인식과 정당한 실천적 관심"(「리얼리즘」 357쪽)으로 요약되는 그의 리얼리즘의 실천적이며 운동적인 성격은 사실상 장르로서의 소설이 요구하고 또 구현하는 바에 다름 아니게 된다. 마찬가지 논리로, 소설이 보여주는 '사실들의 상호 연관성'이란 가능한 한 '무수히' 사실들을 축적하는 일이기보다 무엇보다 '사회 현실에 깊이 뿌리박고 그 현실의 창조적 발전에 기여하는' 차원과 관련되는 일임을 알 수 있다.

여기서도 짐작할 수 있다시피 백낙청의 소설론과 리얼리즘론은 루카치의 논의와 여러모로 이어져 있다. 하지만 로런스가 그랬듯이 그 역시 루카치식으로 서사시와 소설에 어떤 본질적인 차이를 설정하지는 않으며, 자연주의(그리고 자연주의와 모더니즘의 유사성)에 관한 루카치의 통찰을 기본적으로 높이 평가하면서도 그가 "자연주의 자체에 너무 가혹한 만큼이나 자기 이론의 자연주의적 성향—모사론적이며 반영론적 성

---

9 「한국소설과 리얼리즘의 전망」, 『민족문학과 세계문학 I/인간해방의 논리를 찾아서』, 백낙청, 창비, 2011, 287쪽. 이하 인용은 쪽수를 병기한다. 이 글은 『동아일보』 1967년 8월 12일자에 처음 발표되었다.

향—에 대한 충분한 성찰이 아쉽지 않은가라는 의문"(「리얼리즘」 361쪽)을 제기한다. 이 지적에 이어 백낙청은 고전주의, 신고전주의, 낭만주의, 자연주의 등 서구에서 리얼리즘 이전에 등장한 사조를 두루 재평가하면서 그가 생각하는 리얼리즘의 좌표를 그려 나간다.

특히 고전주의 및 낭만주의와 관련한 대목에 유의할 필요가 있는데, 그는 흔히 고전주의에 반발하여 나왔다고 이야기되는 낭만주의를 두고 "신고전주의의 비고전성에 대한 고전주의적 비판과 낭만주의자들 나름의 비고전적 성향이 뒤섞인"(「리얼리즘」 363쪽) 복합적 움직임으로 평가하면서 여기서의 고전주의란 "특정 부류의 인간이 아닌 만인의 항구적인 감정에 호소할 수 있어야 한다는 대원칙"(「리얼리즘」 363-364쪽)이라 설명한다. 이런 의미의 고전주의는 물론 리얼리즘에도 뚜렷이 새겨져 있다. 그는 "당대 사회의 '전체적' 내지 '총체적'인 모습과 '전형적'인 인물 또는 상황·갈등을 작품 속에 구체화시켜야 한다는 리얼리즘의 요구가 본질적으로 '고전주의적'인 것"(「리얼리즘」 370쪽)이며, "진정한 리얼리즘 문학에서 자연주의적 박진성과 서정적·상징적 표현성을 결합하려는 끊임없는 실험이 중시되는 것도 전체성을 추구하는 그 '고전주의적' 작업과 밀접히 관련된 현상"(「리얼리즘」 371쪽)이라 강조한다. 한편 근대 현실과 리얼리즘 사이의 내재적 관계가 반드시 리얼리즘에서 소설이 특권적 지위를 가져야 한다는 요구가 아님에도 불구하고 리얼리즘이 상대적으로 소설에 초점을 두어 온 경향도 마찬가지 맥락에서 이해될 수 있다. 백낙청은 이 경향이 리얼리즘 자체에 내장한 "이론적 결함"이라기보다 오히려 소설 이외의 장르들이 리얼리즘을 상대적으로 외면한 데 따른 결과였으며, 따라서 "현대의 리얼리즘론에서 소설론이 핵심적 위치에 서게 된 것은 바로 그러한(전체성의 추구) 고전주의 이론의 원뜻을 되살린 셈"(「리얼리즘」 371쪽)이라 본다.

전체성의 추구, 곧 이런저런 상대적 진실이 아니라 '삶의 진실'이라 불러야 할 차원의 추구를 기준으로 본다면 리얼리즘의 좌표는 모든 사조에 걸쳐 있다고 할 수 있다. 하지만 그와 동시에 역사적으로 각 사조들이 이 추구에 얼마나 충실했는가 여부, 혹은 자체의 특정한 기법과 스타일에 대한 요구(예를 들어 고전주의라면 장르의 엄격한 분리 원칙이나 장르 고유의 형식에 대한 엄격한 요구 같은 것)를 이 충실성보다 앞세우는가 여부에 따라서는 이 사조들 모두와 구분될 수 있고, 이 점은 '사실주의적 기율'과 관련해서도 마찬가지로 적용된다. 백낙청은 "리얼리즘이 고전주의·신고전주의·낭만주의·자연주의 그 어느 것과도 구별되는 독자적 명칭을 요구하는 근거가 바로, 인간의 세계는 '현실'로서 인간이 체험하는 그것 이외에 따로 없지만, 이 현실의 정확한 인식은 '시적' 창조의 과정에서만 가능"하기 때문(「리얼리즘」 373쪽)임을 강조한다. 그런 점에서 리얼리즘은 각각의 문학사조와 다른 좌표를 가질 뿐 아니라 다른 층위에 놓인 다른 범주라고 할 수 있다.

리얼리즘이 갖는 범주상의 차별성은 모더니즘과 포스트모더니즘을 상대로 삼을 때도 확인된다. 같은 글에서 백낙청은 "리얼리즘이라는 것을 서구와는 다른 우리들 자신의 역사 속에서 우리가 떠맡은 인간해방의 과제의 일부로 인식한다면 서구에서의 리얼리즘의 퇴조를 세계문학의 대세로 받아들일 필요도 없고 그렇다고 모더니즘 나름의 성과를 수용하지 못하는 '신고전주의'에 빠질 필요도 없다"(「리얼리즘」 391쪽)고 이야기한 바 있다. 그런데 사조상의 모더니즘이 아니라 리얼리즘과 마찬가지로 '세계 인식' 차원을 포함하는 모더니즘이라면 또 다른 문제가 된다. 백낙청이 "루카치의 가장 기본적인 주장, 즉 그가 말하는 '리얼리즘' 대 '모더니즘'의 문제야말로 자본주의 시대가 시작하여 그것이 극복될 때까지의 전 시기를 통하여 지속되는 핵심적인 다툼이라는 주장"[10]을 받

---

10 「(대담) 맑시즘, 포스트모더니즘, 민족문화운동」, 『창작과비평』 67(1990), 프레드릭 제임

아들일 때는 바로 그런 차이를 염두에 둔 것으로 보인다. 이 차이가 '삶의 진실'로서의 총체성에 대한 추구 여부로 구성되어 있음은 이미 살펴본 바와 같다.

그럼에도 근년에 올수록 민족문학을 거명하는 일이 줄어들 듯이 리얼리즘이라는 말 자체도 덜 언급하고 있는 것이 사실이다. 민족 자체가 민족주의의 산물이라 보는 시각이 담론을 지배하는 상황에서 민족문학을 말하는 일이 논의를 공전시키기 십상이듯이, 리얼리즘을 번번이 문학사조상의 사실주의로 환원하는 경향이 대세인 조건에서 리얼리즘을 발화하는 일이 생산적인 토론으로 이어지기가 극히 어려워진 까닭이다. 하지만 이를 리얼리즘의 폐기라고 해석할 수 없다는 점은 말할 필요도 없다.

3. 분단체제론과 『손님』 읽기

백낙청의 비평을 한 편의 글을 대상으로 논하기란 어차피 무리가 따르지만 그 가운데 「황석영의 장편소설 『손님』: 한반도에서 화해와 평화 찾기를 중심으로」[11]를 택하여 그의 소설 비평을 엿보기로 한 데는 두 가지 요인이 작용했다. 첫째, 그의 저작이 여러 계열로 분류될 수 있음은 앞서 말한 대로지만 담론이나 외국 문학이 중심을 이루는 글보다는 어디까지나 당대 한국문학 작품을 다룬 쪽이 백낙청의 문학비평이 갖는 (종종 간과되곤 하는) '현장성'을 부각해 주리라 생각하기 때문이다. 작가 황석영이 민족문학론이나 리얼리즘론의 역사에서 남다른 위치를 갖는다는 사실도 일정하게 감안한 선택이다. 둘째, 이 평론이 텍스트의 안팎을 넘나

슨·백낙청, 285쪽.

11 「황석영의 장편소설 『손님』: 한반도에서 화해와 평화 찾기」, 『통일시대 한국문학의 보람: 민족문학과 세계문학 4』, 백낙청, 창비, 2016. 2005년 〈서울국제문학포럼〉에서 처음 발표되었다.

드는 글쓰기로서의 리얼리즘 비평의 특징을 체현하면서 특히 백낙청의 문학비평이 그 자신의 '비문학' 담론들과 어떤 방식으로 교류하는지 보여주는 좋은 사례라는 점 때문이다. '문학의 자율성' 신화를 근거로 삼는, 더 정확히는 모든 '바깥'을 빼고 남는 것이야말로 문학이라는 관점을 고수하거나, 반대로 문학 텍스트를 상대로 이미 제시된 '바깥'의 담론을 한 번 더 반복하는, 명시적으로 대립하면서도 암묵적으로 서로를 강화하는 이 두 뿌리 깊은 비평적 관행을 염두에 두면 이 글이 제시하는 '다른' 거점이 한층 분명해지리라 본다.

황석영의 『손님』(창비, 2001)은 한국전쟁기인 1950년 10월 황해도 신천(信川)에서 3만 5000여 명의 민간인이 학살된 사건을 다룬다. 그런 만큼 이 소설에 관한 백낙청의 평론이 분단체제에 대한 언급으로 시작하는 것은 당연해 보인다. 분단체제론은 "1980년대 중반의 이른바 '사회구성체 논쟁'과 관련하여 '분단모순'에 대한 새로운 인식을 강조한 것이 하나의 고비가 되"어[12] 발전한 담론으로서, 그의 회고에 따르면 "당시 사구체론의 다른 문제점들을 다 빼고도 민족문학론의 관점에서 의문을 품게 된 것은 그 사구체라는 것의 **단위** 문제였다"[13]고 한다. '국민'문학이 아닌 '민족'문학을 탐구해 온 입장에서 이 논쟁의 여러 입론들이 별다른 의식 없이 하나의 국가를 단위로 설정하여 진행되는 데 문제의식을 가질 수밖에 없었다는 것이다. 여기에는 백낙청이 주요하게 참조하는 이매뉴얼 월러스틴(Immanuel Wallerstein)의 세계체제론이 무엇보다 분석의 단위에 대한 의식에서 출발한다는 점도 일정하게 영향을 주었을지 모른다. 분석 단위를 문제 삼은 것은, 일차적으로 그것이 적절치 않을 때 분석이 제대로 이루어질 수 없기 때문이다. 백낙청은 "특히 문제가 된 것은 남

---

12 「분단체제의 인식을 위하여」, 『변혁적 중도론』, 백낙청, 창비, 2016, 35쪽. 이 글은 원래 계간 『창작과비평』 78(1992)에 실렸다.

13 「민족문학론, 분단체제론, 근대극복론」, 『창작과비평』 89(1995), 백낙청, 11쪽.

북한 각각이 분단으로 인한 엄청난 손실 가운데서도 뚜렷이 이룩한 성취를 분단의 폐해와 **함께** 설명하는 일"[14]로서, 하나의 국가로서 남한만을 대상으로 삼을 때 이를테면 1987년 체제 이후 개혁의 성과와 한계를 두고 혼란스러운 반응이 나오게 된다고 지적한 바 있다. 그리하여 "온전한 '일국'도 아니요 그렇다고 '일국'이 아니라기도 무엇한 분단사회의 경험이야말로 일국 단위의 사회 분석 자체를 탈피할 절호의 계기"[15]가 되지만, 그렇다고 언제든 한반도 전체가 단위여야 하는 건 아니다. 분석 단위에 대한 문제의식을 가져야 하고, 그래서 그때그때 남북한 어느 한쪽, 그리고 분단체제, 더 나아가 세계체제를 출발점으로 삼는(동시에 이들 사이의 연관성을 중시하는) 응용력이 필요하다는 데 방점이 찍힌다.

백낙청의 논의가 분단을 '체제'로 규정한 것은 "남북한이 각기 다른 '체제(즉 사회제도)'를 가졌으면서도 양자가 교묘하게 얽혀 분단 현실을 재생산해 가기도 하는 구조적 현실"[16]을 구성하고 있다는 의미다. 따라서 남북한 사이에는 적대만이 아니라 일정한 상호 의존성이 있고 분단 또한 일촉즉발의 긴장만이 아니라 일정한 재생산 구조를 갖는다. 이어 그는 "분단체제가 독립된 단위라기보다 세계체제의 '하위체제'로 존립"한다는 논의를 펼치면서, "남북한의 상이한 '체제' 역시 완결된 단위가 아니고 세계체제의 구성 인자임은 물론, 후자 중에서도 분단체제라는 특이한 하위 체제의 매개를 통해 세계체제에 참여하는—따라서 세계체제에 대한 그 '자기완결성'이 더욱이나 낮은—'사회'들"[17]이라 지적한다. 그의 분단체제론은 이렇듯 "그냥 이웃 나라와는 무언가 본질적으로 다

14 같은 글, 12쪽.

15 「분단시대의 최근 정세와 분단체제론」, 『창작과비평』 85(1994), 백낙청, 249쪽.

16 『흔들리는 분단체제』, 백낙청, 창비, 1998, 17쪽.

17 「분단시대의 최근 정세와 분단체제론」, 『창작과비평』 85(1994), 백낙청, 244쪽.

른 두 개의 분단 사회를 망라하는 특이한 복합체"[18]로서의 분단이 구조 혹은 체제로서 갖는 성격을 강조하고 규명하려는 시도다. 그로부터 남한 사회의 개혁이 분단체제극복의 전망을 품고 진행되어야 하며 분단체제극복은 궁극적으로 세계체제 변혁의 방도가 된다는 구상이 제출된다.

『손님』론 서두의 분단체제에 관한 언급은 분단체제극복에 문학이 어떻게 관여하는가 하는 데 초점을 두는데, 명시적으로 발화되지는 않지만 결국 이 부분은 민족문학에 관한 논의에 다름 아니다. 여기서 분단체제극복과 문학이 만나는 결정적인 접점은 '창조성'에 있다. 적대하면서 상호 보충하고 불안정한 채로 스스로를 재생산하는 분단체제의 독특한 현실은 그만큼 독특한 성취와 제약을 야기하고 허용한다. 따라서 수용이나 거부나 무시 같은 단순 반응 일체는 부적절할 수밖에 없다. 리얼리즘 작품이 마땅히 그러한 것과 마찬가지로 충실히 응시하는 과정을 통해 그 너머를 보며 제약을 돌파하는 방식으로 성취를 받아안는 복합적 대응을 요구하는 것이다. 이 지점에서 백낙청의 리얼리즘론이 "현실에 대한 창조적이고 비판적인 대응"을 주문해 왔을 뿐 아니라 스스로는 어디까지나 방편일 뿐 "중요한 것은 창조적 대응 자체"[19]라고 강조하고 있음을 재차 떠올리게 된다.

분단체제극복이 분단극복으로 환원되지 않은 것과 마찬가지로 분단체제극복에 기여하는 문학이 '분단문학'에 한정될 수는 없다. 그런 점에서 북한 현실을 소재로 삼은 『손님』을 대상으로 분단체제극복의 문학을 이야기하는 것이 도리어 분단체제론과 문학의 관계를 단순화할 소지가 있지 않을까. 이 점에 관한 백낙청의 해명 역시 그의 리얼리즘론을 연상시킨다. 리얼리즘이 주어진 사실의 충실한 반영에 그치지 않으면서도

---

18 「분단체제의 인식을 위하여」, 『변혁적 중도론』, 백낙청, 창비, 2016, 38쪽.
19 『통일시대 한국문학의 보람: 민족문학과 세계문학 4』, 백낙청, 27, 28쪽.

사실의 탐구 또는 '사실주의적 기율'을 요구하듯이, 분단체제극복의 문학에도 "분단과 분열에 따른 문제를 직접 취급"하고 "휴전선 너머 다른 쪽의 현실을 구체적으로 탐구"(『리얼리즘』 336쪽)하는 작업이 어느 정도는 필수적이라는 것이다.

그럴 때 『손님』이 갖는 미덕은 휴전선 너머의 현실을 다루는 데 그치지 않고 그 현실의 실제 면모가 무엇인지 파고드는 데서 드러난다. 신천학살은 남한 쪽에서는 거의 주목받지 못했고 소설에 그려지다시피 북한에서는 '미제국주의자'들의 잔혹 행위로 선전되고 있다. 『손님』은 양자 모두를 '사실' 차원에서 교정하면서 학살이 주로 신천 일대 우익 기독교도들에 의해 저질러진 것이었음을 밝힌다. 민간인 학살의 실상이 국가의 공식 기록과 어긋나는 경우는 남한에서도 '국민보도연맹' 사건이나 광주민주화운동 사례를 비롯하여 수차 경험된 바 있고, 그 진실 규명은 숱한 난관을 거치며 간신히 이루어지더라도 언제든 반격에 노출되는 위태로운 과정이었다. 남북 양쪽에서 실행된 진상 은폐가 각각 '반공'과 '반미'라는, 양쪽의 가장 지배적인 이데올로기에 따라 굴절된다는 사실도 주목할 점이다.

그런데 이 소설은 당시의 민간인 학살이 좌우 모두에 의해 이루어졌음을 밝히면서도 어디까지나 우익 기독교도 쪽에서 자행된 학살의 특별한 잔혹성을 전면화한 점에서 편파성 논란을 부추기는 면이 있다. 우익의 행위를 일방적으로 부각함으로써 좌익의 학살을 상대적으로 은폐한다는 비판이 제기되는 것이다. 반대로 이런 선택적 묘사를 옹호하는 입장이라면 더 많이 은폐되어 온 것에 더 초점을 둘 필요가 있다는 '역차별론', 혹은 평면적 균형이야말로 사실의 입체성을 배제한다는 주장을 펼칠 법한데, 백낙청이 이 선택을 옹호하는 대목은 좀 더 분명한 '당파성'에 토대를 둔다. 그는 『손님』이 당시의 좌우익, 곧 기독교도와 마르크스주의자 어느 쪽도 전적으로 비난하거나 두둔하지 않는 가운데서도 마르크스주의자들에게 분명 더 호의를 담은 이유는 "맑스주의가 조선의 현실에서 행사한 긍정적·해방적 기능"(339쪽)을 포착했기 때문이라 설명한다. 구체적으로 소설의 태도는 "당시의 현실에서 가장 핵심적인 현안이자 갈등의 초점이 토지개혁 문제였다는 인식"(341쪽)에서 비롯하며, 따라서 좌우익의 묘사에 토지개혁의 역사적 정당성을 둘러싼 판단이 깔릴 수밖에 없다는 것이다. 학살의 핵심 '컨텍스트'라 할 토지개혁을 지워버리지 않는 한 이를 둘러싼 갈등은 필연적으로 당파적이며 여기에는 작가나 비평가 모두 연루된다는 것이 백낙청의 설명에 깔린, 앞서 살펴본바 '사회 현실에 깊이 뿌리박기'를 요구하는 리얼리즘적 '컨텍스트'다.

백낙청의 비평이 검토하지는 않았지만, 『손님』이 우익 기독교도가 저지른 학살이라는 '실체적' 진실에 접근했더라도 그렇게 함으로써 한국전쟁이라는 더 큰 맥락에서 특히 남한과 미국 측에 오래도록 잔존해 온 인식의 불균등, 곧 미국이라는 '외부' 책임에 대한 상대적 은폐를 심화하는 면은 없는가 하는, 또 하나의 '당파적' 의문이 제기될 소지가 있다. 예컨대 미군의 노근리 민간인 학살 사건이 1990년대 들어서야 본격적으로 거론된 사실이 일러 주듯이 그런 불균등은 분명 실재해 왔다. 하지만 특정 사건의 진실을 규명하는 일이 그 배경과 연결되어야 마땅하듯이 더 큰 그림을 그리고자 할 때도 부분적인 진실들을 더 풍부하고 복합적인 맥락 속에 제시하는 것 말고 달리 방도가 있기 어렵다. 한국전쟁에 관한 한 숱한 민간인 학살을 둘러싼 실체적 진실이야말로 인식 불균등의 주된 요소가 아닐까. 더욱이 『손님』은 이 학살이 '내부'의 적대로 발생하기는 했어도 한국전쟁의 전황, 특히 미군의 인천상륙 이후 이루어진 북진이 뒷배가 되었음을 분명히 하고 있으며, 무엇보다 '손님'이라는 제목부터가 '외세'의 존재를 강하게 환기시킨다.

이 점과 관련하여 백낙청이 "제목이 내용을 정확히 요약하지 않음으로써 오히려 묘미가 더해질 수도 있"(342쪽)다고 한 대목이 눈길을 끈다.

『손님』이 신천학살의 실체를 밝혀 가는 과정은 "내부요인들에 의해 분단체제가 구축되었고 오늘날까지 유지되어 왔다는 통찰을 담"(338쪽)고 있으며, 따라서 학살의 책임을 '손님' 탓으로 돌릴 수 없음을 암시한다. 하지만 그러면서도 내부의 반목이 기독교와 사회주의라는 '손님'을 깊숙이 끌고 들어옴으로써 한층 날선 적대로 진화되었음을 놓치지 않는다. 백낙청은 제목이 주는 인상과 다르게 이 소설이 내부와 외부의 구분을 해체하고 있음을 특별히 강조하면서 심지어 그 두 손님 사이의 화해 가능성마저 암시한다고 지적한다. 그렇게 해서 『손님』은 "분단체제의 형성·유지 과정에서 외래요인과 내부요인을 복합적으로 인식할 필요성을 다시금 상기"시켜 주는 소설이 된다. 백낙청의 『손님』 읽기에는 이처럼 분단체제가 '체제'가 될 정도로 뿌리내리고도 자체 완결적일 수 없는 구조라는 관점이 곳곳에 스며 있다. 하지만 이 관점이 어디까지나 그 자신의 분단체제론과 『손님』의 분단체제론적 통찰이 서로를 구축한 결과로서, 혹은 그의 리얼리즘론과 『손님』의 리얼리즘이 상호작용한 결과로서 제시된다는 점을 놓치지 말아야 한다.

4. 화해의 리얼리즘과 유령의 리얼리티

『손님』이 갖는 문제적인 면은 이 소설이 굿 형식의 차용을 통해 추구하는 '화해' 시도에 집중되어 있다. 리얼리즘 비평을 두고 제기되는 오랜 비판의 하나는 작품에 (도대체 작품이 감당할 수 없고 그럴 이유도 없는) 어떤 대안을 요구한다는 것이었다. 작품이 섣불리 대안을 제시하려다 중대한 결함을 초래했다는 비판도 그만큼 흔하고 오래된 것이다. 이 소설은 스스로 해원(解冤) 혹은 화해라는 대안을 주요 의제로 배치해 두고 있으니, 애초부터 대담하거나 무모하게 위험을 무릅쓴 셈이다. 대안을 내놓지 못했다는 비판이 적절하지 않듯이 대안을 모색하고 형상화하려는 시도가 그 자체로 비판받을 일은 아니다. 리얼리즘에서 '대안'이란 '총체성'과 마찬가지로 소설이 하고자 하는 바를 집중적으로 그리고 남김없이 수행하게 만드는 동력이면서 또 그렇게 함으로써 비로소 발생하는 효과이기 때문이다.

이 소설의 핵심 갈등이 토지개혁을 둘러싼 것이었던 만큼, 화해는 일차적으로 당시의 토지개혁 방식을 어떻게 볼 것인가 하는 문제이지만 거기에는 그것이 어떻게 이루어졌어야 마땅했는가를 묻는 차원이 내포될 수밖에 없다. 그러나 이것이 바람직한 토지개혁의 구체적 정책과 시행 방안을 내놓으라는 요구가 된다면 그야말로 소설의 결함을 종용하는 일밖에 되지 않을 것이다. 작품은 어디까지나 그것이 다루는 인물과 사건을 실마리 삼아 그 실타래가 풀려 나가는 만큼만을 그릴 수 있을 뿐이다. "작가나 작중인물에게서 어떤 구체적 대안이나 해답을 요구하는 것이 아니라, 질문의 무게와 치열함을 담보해 줄 작중 현실의 실감과 치밀성을 따져 볼 필요가 있"(346쪽)으며, 그렇듯 "작품의 문제 제기가 치열하고 치밀해서 독자가 해답이 아닌 해답에 안주할 수 없도록 만"(344쪽)들었는가를 살펴야 하는 것이다. 백낙청은 요섭과 안성만 등 이 작품에서 일종의 도덕적 중심 역할을 하는 인물들의 형상화에 노정된 허점, 특히 이들이 처음부터 '이미' 정답에 도달했거나 심각한 갈등을 겪지 않은 채 정답에 근접하는 인물로 그려진 점을 지적함으로써 『손님』에서의 '대안'이 갖는 문제점을 드러낸다. 그가 보기에 여기서 작가가 질문을 충분히 밀고 가지 못했음은 작가와 일부 인물 사이의 거리가 부족한 것으로 드러나며, 이는 다시 그 인물들이 때로 충분히 형상화되지 못한 점과 연관된다.

이 소설을 리얼리즘으로 접근할 때 또 하나 주목할 점은 망자의 등장이다. 이 역시 리얼리즘이냐 아니냐는 식의 논란으로 이어진다면 유령이나 리얼리즘 양쪽 모두를 제대로 대접하지 못하고 논의의 폭을 협소하게 만들 것이다. 앞서 살펴본 대로 리얼리즘이 특정 스타일에 대한 요구가 아니라 할 때 여기서 더 합당한 리얼리즘적 반응은 망자의 리얼리티를 따지는 일이다. 이는 헛것을 보는 "경험이 실제로 얼마나 핍진하게 그려졌는지" 그리고 "헛것들의 발언이 얼마나 진실에 부합하느냐라거나 그런 부합 현상이 얼마나 독자의 동의를 얻어 내느냐"(352쪽) 같은 질문들을 포함한다. 그 가운데 결정적인 것은 헛것이 얼마나 그 존재답게, 곧 '리얼하게' 그려졌는가 하는 질문인데, 리얼한 존재이지 않은 것들의 리얼함은 어떻게 이야기할 수 있을까.

백낙청은 "예술적 차원에서 『손님』의 유령들을 문제 삼자면 오히려 그들이 충분히 유령답지 않다는 점을 꼬집어야 할 것"이라 지적한다. 구체적으로 이는 "원귀(冤鬼)다운 앙심이나 섬뜩함"이 없고 죽는 순간 갈등과 적대에서 벗어나게 그려진 점을 가리킨다. 그런데 '원귀답지 않음'은 죽음이 삶과 근본적인 단절을 만들어 살아 겪은 모든 일로부터 죽은 자를 놓여나게 해준다는 이야기로도 들린다. 백낙청은 이 소설이 유령을 '원귀답지 않게' 그린 나머지 "작중인물들 역시 처음 잠깐을 빼고는 유령들을 거의 산 사람 대하듯이 한다"(353쪽)고 지적하는데, 산 사람이라 치면 오히려 피차 과거에 더 얽매인 모습을 보였어야 하지 않을까?

여기서 백낙청이 문제 삼는 유령의 리얼리티는 결국 유령의 '타자성'에 대한 문제 제기에 다름 아니며, 이는 다시 소설에 그려진 산 자들의 리얼리티와 뗄 수 없이 얽혀 있다. 산 자와 죽은 자 사이에 놓인 어떤 본질적인 차이 역시 어디까지나 작품 속의 맥락에 의해 결정되는 것이지 삶이란 원래 이렇고 죽음이란 원래 이렇다는 규정에서 나오는 것이 아니다. 이 작품의 유령을 두고 '원귀답지 않다'는 비판이 나오는 이유는 실상 산 자들 사이의 화해 또한 '원한'의 방해 없이 너무 쉽게 이루어지기 때문이다. 다시 말해 여기서 죽은 자는 산 자들이 하는 바를 앞질러 반복하는 존재들로서, 그들이 "죽는 순간 이미 실질적인 화해를 이룩"

(354쪽)한 것은 현재 살아 있는 자들이 어떤 결정적인 갈등을 겪지 않은 채 화해에 이르는 과정을 뒷받침하고 추인할 따름이다. 백낙청은 유령들에서 나타나는 이런 관념성이 저자의 남성중심주의와도 무관하지 않으며, 그 점은 "자기 몫의 일인칭 서술을 배당받은 여자 귀신이 하나도 없다는 사실"(354쪽)로도 확인된다고 지적한다.

백낙청은 "현실은 언제나 '있어야 할 것'을 일부라도 배태한 '있음'이요 '없는 것'들의 '흔적으로 있음'이며 그런 의미에서 '온전하게 눈앞에 있음'이라는 관념은 '현존의 형이상학(metaphysics of presence)'을 비판하는 해체론적 인식에 어긋날 뿐 아니라 진정으로 변증법적인 리얼리즘론에도 배치되는 것"[20]이라 말한 바 있다. 『손님』의 유령들은 흔적으로 엄연히 '있기'에 그 '리얼리티'를 말할 수 있는 존재들이며, 다른 한편 그 흔적의 '있음'은 온전히 눈앞에 '있는' 것과의 차이를 통해 비로소 성립하고 드러난다. 유령의 리얼리티가 충분히 존중되고 있는가 하는, 얼핏 '불가능한' 백낙청의 질문은 리얼리티 자체에 내포된 (있어야 할 것의 있음과 없는 것의 있음이라는) 유령성을 존중하기에 가능해진다. 똑같이 '리얼한 것'을 가리키면서도 리얼리즘이 사실주의와 어떻게 다른 층위에 있는지 여기서 재차 확인하게 된다. 있어야 할 것과 없는 것마저 포함한 전체로서의 '삶의 진실', 그것이 리얼리즘의 일이다.

---

20 『통일시대 한국문학의 보람: 민족문학과 세계문학 4』, 백낙청, 창비, 2016, 43쪽.

저자 약력 (가나다 순)

김경식

연세대학교 독어독문학과에서 게오르크 루카치 연구로 박사학위를 받았다. 2018년 현재 '자유연구자'로 공부하면서 글을 쓰고 옮기는 일을 하고 있다. 쓴 책으로는『게오르크 루카치: 과거와 미래를 잇는 다리』,『통일 이후 독일의 문화통합 과정』(공저),『다시 소설이론을 읽는다』(공저),『루카치의 길: 문제적 개인에서 공산주의자로』등이 있으며, 옮긴 책으로는『게오르크 루카치: 맑스로 가는 길』(공역),『고차세계의 인식으로 가는 길』,『미적 현대와 그 이후: 루소에서 칼비노까지』,『소설의 이론』,『사회적 존재의 존재론을 위한 프롤레고메나』(공역) 등이 있다. 루카치의『소설의 이론』번역으로 2007년 제12회 한독문학번역상을 받았다.

김성호

서울대학교 영어영문학과를 졸업하고 동대학교 대학원에서 영문학 석사학위를 받았다. 미국 버펄로 소재 뉴욕주립대학교에서 D. H. 로런스 연구로 박사학위를 받았으며, 현재 서울여자대학교 영어영문학과 교수로 재직하고 있다. "Capitalism and Affective Economies in Lawrence's Women in Love"(2016) 등 로런스에 관한 글과 그 밖에 영문학·미학 관련 논문을 주로 써왔으며 근래에 정서·정동론에 관심을 두고 있다. 공저로『지구화시대의 영문학』,『영미명작, 좋은 번역을 찾아서』,『다시 소설이론을 읽는다—세계의 소설론과 미학의 쟁점들』, 역서로『처음에는 비극으로, 다음에는 희극으로: 세계금융위기와 자본주의』,『헤겔, 아이티, 보편사』,『바그너는 위험한가』,『24/7 잠의 종말』등이 있다.

박상준

서울대학교에서 국문학을 전공했다. 「한국 신경향파 문학의 특성 연구: 비평과 소설의 상관성을 중심으로」(2000)로 박사학위를 받았다. 현재 포항공과대학교 (POSTECH) 인문사회학부 교수로 있다. 국문학 연구서로 『1930년대 한국 모더니즘 문학과 이상, 최재서』(소명출판, 2018), 『통찰과 이론』(국학자료원, 2015), 『형성기 한국 근대소설 텍스트의 시학』(소명출판, 2015), 『한국 현대소설 텍스트의 시학』(소명출판, 2009), 『한국 근대문학의 형성과 신경향파』(소명출판, 2000), 『1920년대 문학과 염상섭』(역락, 2000)을 썼고, 문학평론집으로 『문학의 숲, 그 경계의 바리에떼』(소명출판, 2014), 『소설의 숲에서 문학을 생각하다』(소명출판, 2003)를, 인문교양서로 『에세이 인문학』(케포이북스, 2016)과 『꿈꾸는 리더의 인문학』(케포이북스, 2014)을 출간했다.

변현태

서울대학교 노어노문학과를 졸업하고 동대학원에서 석사학위를 받았다. 1996년에 노문학 박사과정을 수료하고, 모스크바 대학교 교환학생으로 연수를 마쳤다. 1997년에 모스크바 대학교 박사과정에 입학해 2000년에 고대 러시아 문학 분야의 논문 「17세기 러시아 웃음문학의 희극성」으로 박사학위를 받았다. 2003년부터 서울대학교 노어노문학과 교수로 재직 중이다. 「중세적 웃음의 이중적 의미」론과 「주점에의 예배」의 희극성」 「『원초 연대기』와 고대 러시아적 역사 인식과 재현의 특수성에 대하여」 「『이고르 원정기』의 신화적 사유와 역사의식」 등 고대 러시아 문학에 대한 논문을 썼다. 고대 러시아 문학 외에도 러시아 문학 이론에 대해 지속적으로 연구하고 있으며, 「바흐친의 소설이론과 그 현재적 의미」 「문화기호학과 폭발: 로트만의 『문화와 폭발』을 중심으로」 등의 이론관련 논문을 썼다. 저서로 『해석적 패러다임으로서의 반성과 지향』 『다시 소설이론을 읽는다』(공저) 등이 있으며 번역서로 도스토옙스키의 『스테판치코보 마을 사람들』 등이 있다.

오길영

현재 충남대학교 영문과 교수로 재직 중이며 문학평론가로 활동하고 있다. 주요 저서로는 평론집 『힘의 포획: 감응의 시민문학을 위하여』(2015), 연구서 『포스트미

메시스 문학이론』(2018),『세계문학공간의 조이스와 한국문학』(2013),『이론과 이론기계: 들뢰즈에서 진중권까지』(2008) 등이 있다.

윤정임

연세대학교 불어불문학과에서 공부했고 프랑스 파리 10대학에서 사르트르 연구로 박사학위를 받았다. 2018년 현재 대학에서 간헐적으로 강의를 하며 글을 쓰고 옮기는 일을 하고 있다. 저서로는『사르트르와 20세기』(공저),『사르트르의 미학』(공저),『다시 소설이론을 읽는다』(공저) 등이 있으며, 역서로는『변증법적 이성비판』(공역),『사르트르의 상상력』,『시대의 초상』,『자코메티의 아틀리에』등이 있다.

이경덕

연세대학교 영어영문학과를 졸업하고 동대학원에서 프레드릭 제임슨 연구로 박사학위를 받았다. 번역으로 프레드릭 제임슨의『정치적 무의식』(공역), 테리 이글턴의『문학비평: 반영이론과 생산이론』(원제: 마르크스주의와 문학 비평), 에두아르도 갈레아노의『사랑과 전쟁』등이 있고, 공저로『탈식민주의: 이론과 쟁점』,『처음 읽는 영미 현대 철학』이 있다. 그밖에「페미니즘의 공과, 그리고 19세기 영국 소설 읽기」,「이글턴과 제임슨에 있어서의 해체론」,「불교 철학과 근대 문학」등의 논문을 썼다. 연세대학교 영문학과 및 비교문학과 대학원에서 강의해왔고, 프레드릭 제임슨 및 해체론과 관련한 책을 준비하고 있다.

이보경

1969년생. 연세대학교 중어중문학과에서 중국 근대소설이론으로 박사학위를 받았다. 서울대학교와 콜롬비아대학에서 박사후 연수를 했고 지금은 강원대학교 중어중문학과에 재직 중이다. 저서로는『근대어의 탄생-중국의 백화문운동』,『문(文)과 노벨(Novel)의 결혼』이 있고, 역서로는『루쉰 그림전기』,『내게는 이름이 없다』,『동양과 서양 그리고 미학』(공역) 등이 있고,『루쉰전집』번역에 참가하여 문집『거짓 자유서』,『풍월이야기』,『열풍』,『먼곳에서 온 편지』와 서신 일부를 번역했다.

임홍배

서울대 독어독문학과를 졸업하고 동대학원에서 괴테 연구로 박사학위를 받았으며, 1999년부터 서울대 교수로 재직 중이다. 저서로『괴테가 탐사한 근대』(2016), 『독일 고전주의』(2017),『기초자료로 본 독일 통일 20년』(2011, 공저) 등이 있고, 역서로는『젊은 베르터의 고뇌』(2012),『어느 사랑의 실험』(2011),『로테, 바이마르에 오다』(2016),『세상의 끝』(2017),『나르치스와 골드문트』(1997),『진리와 방법』(2011, 공역) 등이 있으며, 펴낸 책으로『황석영 문학의 세계』(2003),『살아 있는 김수영』(2005),『김남주 문학의 세계』(2014) 등이 있다.

정성철

서울대학교 미학과에서 테오도르 W. 아도르노 연구로 박사학위를 받았다. 2018년 현재 서울대학교에서 예술사회학을 강의하고 있다. 쓴 논문으로는「예술사회학으로서의 아도르노 미학」,「환경운동과 마르크스주의」 등이 있으며, 옮긴 책으로는『역사유물론의 재구성』,『재현의 정치학: 40년대 이후의 미국미술』(공역),『현대미술의 지형도』(공역),『모더니티와 시각의 헤게모니』(공역) 등이 있다.

조현일

서울대학교 국어교육과를 졸업하고, 국어국문학과에서『손창섭·장용학의 허무주의적 미의식에 대한 연구』로 박사학위를 받았다. 1996년『소설과 사상』신인평론상을 수상하였으며, 현재 원광대학교 사범대 국어교육과에 재직하고 있다. 저서로는『한국문학의 근대성과 리얼리즘』,『전후소설의 허무주의적 미의식』,『조선적인 것의 형성과 근대문화담론』(공저) 등이 있으며 논문으로는「웃음·유머 교육에 대한 문학교육적 고찰」,「비상사태기의 문학과 정치」,「노동 소설과 정념 그리고 민주주의」,「박태순 소설에 나타난 유년기 형상에 대한 연구」,「권태와 혁명」,「대도시와 군중」,「자유주의와 우울: 김승옥론」 등이 있다.

황정아

서울대학교 영어영문학과를 졸업하고 동대학원에서 「D. H. 로런스의 근대문명관과 아메리카」를 주제로 한 논문으로 박사학위를 받았다. 현재 한림대학교 한림과학원 HK교수로 재직 중이다. 저서로는 『개념비평의 인문학』, 『다시 소설이론을 읽는다: 세계의 소설론과 미학의 쟁점들』(편저), 『트랜스내셔널 인문학으로의 초대』(공저), 『언어와 소통: 의미론의 쟁점들』(공저), 『자본주의 사회와 인간 욕망: 서구 리얼리즘 문학의 현재성』(공저) 등이 있으며, 역서로는 『왜 마르크스가 옳았는가』, 『역사를 읽는 방법: 텍스트를 어떻게 읽고 해석할 것인가』(공역), 『패니와 애니』(공역), 『도둑맞은 세계화』, 『종속국가 일본』(공역), 『쿠바의 헤밍웨이』 등이 있다.

찾아보기

지은이 **비평동인회 '크리티카'**

'크리티카'는 자율적이고 독자적인 비평행위의 공간을 만들고자 한 연구자들이 모여
2003년에 결성한 비평동인회의 이름이다. '크리티카'는 고전적인 비평정신이 살아 있는
비평 전문지, 비평적 관심과 학문적 관심을 결합한 비평 전문지이기를 자임한 동인지『크
리티카』 발간을 통해 사회적 소통을 시도했다. 하지만 크게 의미 있는 성과를 거두지는
못한 채 2013년 『크리티카』 6호를 끝으로 동인지 체제를 마감했다. 지금은 약 10여 명이
매달 한 차례 모여 같이 공부하는 형태로 유지되고 있다. 『소설을 생각한다』는 그 10여 명
의 동인이 동인지를 대신하는 단행본 형태로 집단 작업을 시도한 끝에 나온 첫 번째 결과
물이다.

소설을 생각한다

1판 1쇄 발행 2018년 12월 31일

지은이 비평동인회 크리티카
펴낸곳 (주)문예출판사 | **펴낸이** 전준배
출판등록 1966. 12. 2. 제 1-134호
주소 03992 서울시 마포구 월드컵북로 6길 30
전화 393-5681 | **팩스** 393-5685
홈페이지 www.moonye.com | **블로그** blog.naver.com/imoonye
페이스북 www.facebook.com/moonyepublishing | **이메일** info@moonye.com

ISBN 978-89-310-1128-9 93800